Unicorn
独角兽 书系

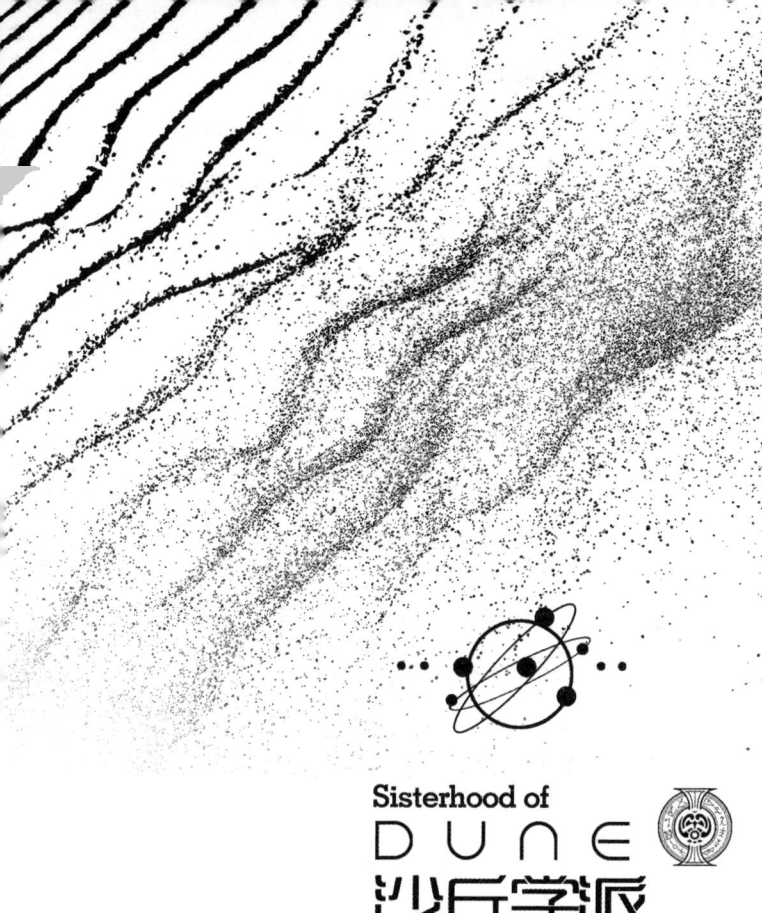

Sisterhood of
DUNE
沙丘学派
姐妹会

[美] 布莱恩·赫伯特　凯文·J.安德森　著
王梓涵　———————————　译

SISTERHOOD OF DUNE
Copyright © Herbert Properties, LLC 2011.
Published by agreement with Trident Media Group, LLC, through The Grayhawk Agency Ltd.
Simplified Chinese Translation Copyright ©2023 by Chongqing Publishing House Co., Ltd.
All rights reserved.

版贸核渝字(2020)第035号

图书在版编目(CIP)数据

沙丘学派:姐妹会 /[美]布莱恩·赫伯特,[美]凯文·J.安德森著;王梓涵译. —重庆:重庆出版社,2023.8
书名原文:Sisterhood of Dune(Great Schools of Dune 1)
ISBN 978-7-229-16605-2

Ⅰ.①沙… Ⅱ.①布… ②凯… ③王… Ⅲ.①幻想小说—美国—现代 Ⅳ.①I712.45

中国版本图书馆CIP数据核字(2022)第030389号

沙丘学派:姐妹会
SHAQIU XUEPAI: JIEMEI HUI

[美]布莱恩·赫伯特 凯文·J.安德森 著 王梓涵 译

特约统筹:丁 济
责任编辑:邹 禾 唐 凌 王靓婷
装帧设计:谢颖设计工作室
责任校对:廖应碧

重庆出版集团 出版
重庆出版社

重庆市南岸区南滨路162号1幢 邮政编码:400061 http://www.cqph.com
重庆出版社艺术设计有限公司 制版
重庆豪森印务有限公司 印刷
重庆出版集团图书发行有限公司 发行
E-MAIL:fxchu@cqph.com 邮购电话:023-61520646
全国新华书店经销

开本:890mm×1230mm 1/32 印张:19.625 字数:535千
2023年8月第1版 2023年8月第1次印刷
ISBN 978-7-229-16605-2
定价:138.00元

如有印装质量问题,请向本集团图书发行有限公司调换:023-61520678

版权所有 侵权必究

这是一个天才辈出的时代，人类不断突破自己想象力的极限，探索人类的各种潜力和可能性。

——《伟大名校的历史》

当思维机器被打败，旧贵族联盟被兰兹拉德①联盟取代之后，人们都以为人类将会迎来永久的和平和繁荣。但实际上，战争才刚刚开始。没有了外敌，我们便开始内斗。

——《帝国编年史》

---

① 兰兹拉德是帝国时期代表所有大家族的机构。

距离最后一批思维机器①在科林战役中被消灭，已经过去八十三年了。在那之后，费坎·芭特勒将自己的姓氏改为科瑞诺，并且成为了新帝国的首位皇帝。伟大的战争英雄沃立安·厄崔迪逃离了政治，漂泊于人烟荒芜之地，年深岁久却不怎么见老，因为他那位恶名昭著的父亲——已故的半机械生化人②阿伽门农将军③给他进行了延寿治疗，减缓了他的衰老。沃立安曾经的副官阿布鲁尔德·哈克南因为在科林战役中胆小怯懦的表现被判流放到兰基维尔星，并在二十年后死于那里。因此他的后代都对沃立安·厄崔迪恨之入骨，认为是他导致了哈克南家族的衰败且由此一蹶不振，但实际上沃立安·厄崔迪这个人已经八十多年没有露过面了。

在丛林星球罗萨克上，拉奎拉·贝托-阿妮鲁尔从一次残酷而邪恶的毒杀事件中幸存了下来，成为了第一位圣母。她效仿几近灭绝的女巫，借鉴她们的方式组建了自己的姐妹会，一所专门用来培训女性、增强其心智和身体机能的学校。

---

①思维机器是由人工智能在不经意间所创造出的会思考的机器，思维机器最终奴役了人类并导致了芭特勒圣战。
②半机械生化人是思维机器的一种，是由人类转化而成的生化人，拥有人类的大脑和机械身体。
③阿伽门农将军是残暴的半机械生化人泰坦的领袖，沃立安·厄崔迪的生父。

SISTERHOOD OF
DUNE

吉尔伯图斯·奥尔班斯曾一直受自主机器人伊拉斯谟[1]的监管，后来他在田园般的兰帕达斯星上建立了一所另类的学校，用来教导人类如何像计算机一样运作自己的大脑，将他们训练成门泰特[2]。

奥利留斯·文波特和诺玛·森瓦（这两人还活着，只不过处在一个高度进化的状态）的后代建立了一个强大的商业帝国，并被文波特家族牢牢掌控在手中；他们的太空船队使用霍尔茨曼引擎来折叠空间，并利用全身浸在香料罐里基因突变的领航员来引导飞船。

尽管自思维机器被消灭后，已经过去了许多年，但反科技的热潮仍继续席卷人类居住的各个星球，一个个声势浩大而狂热的组织和团体，展开了一次又一次的暴力清洗行动……

---

[1] 伊拉斯谟是一个独立且古怪的思维机器，在芭特勒圣战期间效力于人工智能集合体奥米诺斯。

[2] 门泰特指的是一种职业或学科，是在芭特勒圣战禁止创造具有人类大脑功能的机器之后，作为计算机和思维机器的替代品而发展起来的。

在被奴役了千年之后，我们终于战胜了计算机的永恒思维体奥米诺斯，然而我们的战斗还远没有结束。塞琳娜·芭特勒的圣战或许已经终结，但如今我们还得继续对抗一个更邪恶、更有挑战性的敌人——落后的人类科技以及重复过去错误的诱惑。

——曼福德·托伦多，《唯一的道路》

曼福德·托伦多[①]数不清自己执行过多少任务了。有些任务是他一心想要忘记的，比如炸弹将他炸飞，让他失去了下半身的那个恐怖时刻。不过这次任务简单多了，而且战果颇丰，令人满意——他消灭了不少人类头号敌人的残余势力。一艘艘架满冰冷武器的机器战舰在太阳系外飘浮，舰船的表面闪烁着点点微弱的星光。由于分散在各处的永恒思维体奥米诺斯均被消灭，所以这个机器人攻击舰队群从来没到达过其目的地，附近联盟星系的居民也从没意识到他们曾是这个机器人舰队群的攻击目标。直到现在，曼福德的侦察队才找到了这支舰队。

这些危险的敌舰看上去仍然完好无损，武器装备齐全、功能完备，自科林战役之后就这么飘浮在太空里，这些被遗弃的可怜虫变成了名副其实的幽灵船——但不管怎样，它们都是一样的邪恶可恨，令

[①]曼福德·托伦多是芭特勒圣战运动的二号人物，蕾娜·芭特勒的继承者。

人憎恶，而且必须得到应有的下场。

当他的六艘小型舰船靠近这些庞大的机器怪物时，曼福德不由自主地颤抖了一下。他手下那些圣战运动的忠诚追随者发誓要摧毁所有违禁的计算机技术残余痕迹。如今，他们毫不犹豫地包围了这支被遗弃的机器人攻击舰群，就像一群海鸥扑向搁浅在海滩上的鲸鱼尸体那样。

剑术大师埃勒斯的声音从临近的一艘舰船上传来。在这次行动中，这位剑术大师带领芭特勒圣战猎手们直捣黄龙，找到了这些无声无息飘浮了几十年都没人发现的机器人舰船。"曼福德，这是个由二十五艘舰船组成的攻击中队——我们找到这支舰队的地点跟门泰特预测的完全一样。"

曼福德靠在一个专门为他没有双腿的身体而改装的座位上，兀自点了点头，不禁再次对吉尔伯图斯·奥尔班斯以及他非凡的脑力刮目相看。"他的门泰特学校再次证明了人类的大脑要比思维机器优越得多。"

"人的思维是神圣的。"埃勒斯说。

"人的思维是神圣的。"这是神在异象中向曼福德显现的一句赐福。这句话在芭特勒圣战者当中备受尊崇。曼福德回过神来，继续在小型飞船上观察正在逐步展开的行动。

坐在曼福德旁边的座位上的是剑术大师①阿纳莉·艾达荷，她正注视着屏幕上机器人战舰的位置，开始发号施令。她穿着一身黑灰相间的制服，翻领上印有圣战运动的标志——那是个血红色拳头紧握着一个象征性机器齿轮的抽象图案。

"我们有足够的火力能从远处将其摧毁，"她说，"切记要能合理地使用炸药。没必要总是冒险登船，舰船上也许会有战斗机器人及其

---

①剑术大师是吉奈斯学院授予那些拥有相当实力的武士的一种称号。

沙丘学派：姐妹会

配备的攻击无人机。"

曼福德抬头看着他的女侍从兼好友，虽然她一直试图温暖他的心，但他却依旧是一副铁石心肠，冷酷无情。"不会有危险的——因为永恒思维体已经死了。在这些机器恶魔被我们的人消灭之前，我要亲眼去看看。"为了曼福德奋斗的事业，也因为他本人，阿纳莉最后接受了他的决定："好吧。我会保护你的。"曼福德看着她那张如满月一般天真的脸庞，他相信在她的眼中，他的一切决定都是对的，绝无半点失误——凭着一腔坚定的忠诚之心，阿纳莉拼尽全力保护着他。

曼福德一声令下："把手下的人分成若干小队。不必太过匆忙——相比于速度，我更喜欢完美。命剑术大师埃勒斯调集所有火力对准机器战船，等完事之后就把所有舰船炸得片甲不留。"

由于他身体上的缺陷，令他感到快乐的事情可以说是少之又少，亲眼看着那些机器毁灭便是其为数不多的快乐之一。思维机器攻占了他祖先居住的星球莫洛科，肆意掳掠平民，释放瘟疫荼毒百姓，最终杀死了所有人。要不是他的高曾祖父母那时正好在萨鲁撒·塞康达斯做生意，他们同样也在劫难逃。那么这世上自然也就没有他曼福德这个人了。

尽管那是他祖先所经历的浩劫，而且还是好几代人以前的事，但他仍然无比痛恨这些机器，并发誓要将毁灭机器的事业进行到底。

跟随芭特勒圣战者们一同作战的还有五位经受过严苛训练的剑术大师——他们堪称是新时代里的圣骑士，他们曾在塞琳娜·芭特勒圣战[①]中与思维机器进行贴身肉搏。在科林战役取得伟大胜利之后的几十年里，剑术大师们马不停蹄地投身于剿灭残余的清理行动中，追踪

[①] 芭特勒圣战是人类向计算机、思维机器以及那些有自主意识的机器人发起的圣战。战争爆发于公会前纪元201年，结束于公会纪元108年。

并消灭散落在太阳系各处的机器人帝国残余。由于他们的节节胜利，那些残余势力也很难再隐藏自己的行踪了。

芭特勒圣战者的战船就要抵达机器舰船时，阿纳莉看着屏幕上的图像，用只有对曼福德说话时才会用到的温柔声音，若有所思地问："曼福德，你觉得我们还能找到多少这样的舰队？"

答案显而易见："所有机器人的舰船一个都别落下，都要找到。"

这些失效的机器人战斗舰队很容易被人盯上，作为人类胜利的象征被拍成电影、做成广播或电视剧播放出去。然而最近，曼福德发现新生的科瑞诺帝国开始出现了腐败、堕落和诱惑的迹象，于是担心起来。人们怎么能这么快就忘了曾经的那些危险呢？这也太快了吧，看来他得把他手下那些追随者的狂热引向另一个方向，让他们在人类当中进行一场必要的清洗和净化行动……

剑术大师埃勒斯负责具体行动，他将所有的机器人战船划分成网格，并给每个小队分配作战目标。另安排五艘飞船分散在被遗弃的机器人舰船周围，并各自附靠在船体上。然后各小队借爆破之势一口气冲上敌舰。

曼福德的小队穿上宇航服，准备登上其中最大的一艘机器人敌舰。尽管很费力，但他坚持要去亲眼看看那个邪恶的机器，决不满足于只留在后方观望。他早已习惯了用阿纳莉做他的腿和剑。阿纳莉总是把像马具一样的结实背带随身带着，方便能让曼福德随时奔赴战场。她把背带套在自己肩上，调整了一下脖子后面的座椅，然后系好腋下、胸前和腰部的系扣。

阿纳莉体形高大，身强力壮，她不仅坚定不移地忠诚于曼福德，也全心全意地爱着他——曼福德每次看着她时，都能从她的眼神里看到浓浓爱意。但不止阿纳莉，所有的追随者都爱曼福德，只不过阿纳莉的爱比多数人更天真、更单纯。

像往常一样，阿纳莉毫不费力地举起曼福德那没有双腿的身体，

沙丘学派：姐妹会

然后把他放在自己身后的座椅上，这样的举动她已经做过无数次了。曼福德骑在她的肩膀上，并没觉得自己像个孩子，甚至觉得阿纳莉就是他身体的一部分。他的双腿是被一个被洗脑的科技拥护者设计安装的炸弹给炸掉的，这颗炸弹同时还炸死了反机器运动的神圣领袖蕾娜·芭特勒。在蕾娜因伤去世之前，曼福德得到了蕾娜的祝福。

苏克医生说他能活下来简直是个奇迹，没错，的确是个奇迹。在经历过那可怕的一天之后，他注定要活下去。尽管失去了双腿，但曼福德仍然牢牢掌握着芭特勒圣战运动的领导权，并以极大的狂热激情引领众人。一半的躯体，两倍的决心。他的骨盆只剩下几块碎片，而臀部也所剩无几了。但只要曼福德的心和脑还在，别的他就什么都不需要，只需要追随他的人就够了。

曼福德那被炸掉一半的身体正好杵在阿纳莉背带的托座上，让他高高地骑在她肩上。他利用身体重心的细微变化来引导她，就像引导自己的身体一样，阿纳莉仿佛就是他延展出来的下半身。"带我去舱口，我们要第一个登船。"

即便如此，他依然会受到阿纳莉行动和决定的支配。"不行。我得先派三个人过去瞧瞧。"阿纳莉语气坚决，不容任何反驳，"必须得等他们先登上船，确保没有危险之后，我才会带你上去。我的任务是保护你的安全，你着急也没用。等我一收到信儿，确定舰上安全之后，我会立刻带你上去，但在这之前，咱们一步也不动。"

曼福德气得咬牙切齿。他知道阿纳莉是出于好意，但她过分的保护欲让他很有挫败感。"我不想让任何人替我去冒险。"

阿纳莉抬起头，转过脸看着身后的曼福德，露出可爱的笑容："我们当然会替你去冒险。我们甘愿替你舍命，为你粉身碎骨。"

曼福德的小队登上了这艘死寂的机器人战船，沿着金属通道一路搜索，寻找放置炸弹的地点，而他仍留在自己的飞船上等着，在背带的托座上焦躁不安："他们有什么发现吗？"

阿纳莉毫不妥协:"他们如果有什么发现会立刻报告的。"最后,小队终于传来了报告:"长官,船上有十几个战斗机器人——现都已被关闭。船上温度很低,不过我们已经重启了维生系统,以便让您登船时感到舒适。"

"我不在乎舒适不舒适。"

"但您离不开氧气。等他们准备好了就会告诉我们的。"

虽然机器人并不需要维生系统,但许多机器人的舰船上仍配备了这一功能,这是为货舱里被抓捕的人类俘虏准备的。在圣战的最后几年里,奥米诺斯把所有可用的船只都编到了战斗机舰队里,同时还建造了巨大的自动化造船厂,以便能大量地生产新的战舰。

但最后还是人类赢了,只不过为了这场胜利,人类牺牲了一切……

半小时后,机器人舰船的大气达到了曼福德即使不穿宇航服也能适应的水平。"准备好了,长官,可以登船了。我们已经找到了几个放置炸药的合适地点。另外我们在一个货舱里还发现了人类尸骨,看样子至少有五十名俘虏。"

曼福德突然来了精神:"俘虏?"

"已经死很久了,长官。"

"我们这就来。"阿纳莉这才满意地下到舱口,曼福德高高地骑在她的背上,感觉自己像个胜利的国王。巨大的敌舰上,空气仍然稀薄而寒冷。曼福德打了个寒战,他赶紧抓住阿纳莉的肩膀稳住自己。

阿纳莉关切地看了他一眼,说:"要不咱们再等十五分钟,等暖和点儿再说?"

"我这不是因为冷,阿纳莉——而是因为空气中弥漫着的邪恶。这些恶魔害得多少人血流成河啊,我又怎么能忘记呢?"

在昏暗而冷冽的舰船上,阿纳莉把曼福德带到了一间货舱里,芭特勒圣战者们之前已经撬开了密封门,只见里面横七竖八地堆满了人类的尸骨,数十人惨死在了里面,或许是饿死的,或许是窒息而死,但不管怎样,那些思维机器根本不在乎。

阿纳莉·艾达荷这位剑术大师的脸上露出深深的痛苦和悲伤之色。尽管她也算久经沙场了,但仍旧对思维机器的残忍和冷血感到震惊。对于她的单纯,曼福德既羡慕又爱怜。

"这些家伙之前一定是在到处抓捕俘虏。"阿纳莉说。

"或者是为邪恶的伊拉斯谟寻找实验的对象,"曼福德说,"舰船收到攻击此星系的命令时,就不再管船上人类的死活了。"他喃喃自语,默默祷告着,希望能尽快把这些迷失的灵魂引到天堂。

阿纳莉带着他离开了关押人类俘虏的货舱,路上经过了一个棱角分明且被关闭的战斗机器人,它就站在通道里,像一尊静静的雕像。这个战斗机器人身上配有利刃和枪弹,钝钝的脑袋和眼里的光学射线像是对人类面孔的嘲笑和讽刺。曼福德厌恶地看着那台机器,又忍不住打了个寒战。他决不能允许这种情况再次发生。

阿纳莉抽出她那把又长又钝的脉冲剑,说:"无论如何咱们都得把这些舰船炸毁,长官……不过您能允许我先过过瘾吗?"

曼福德笑了,回答道:"当然可以啊。"

这位剑术大师身形矫健,就像松开的弹簧一样攻向静止不动的机器人。先是一剑击毁了机器人的光学视神经,紧接着又连挥几剑砍断了机器人的四肢,最后击碎了其身体核心。由于几十年没有启动过,尽管机器人被砍得七零八落,却一点儿火花或润滑油都没有喷出来。

阿纳莉低下头,喘着粗气道:"在吉奈斯的剑术学校里,我曾经砍杀过好几百个这样的机器人。学校到现在仍源源不断地订购功能完备的战斗机器人,这样受训者就可以充分练习如何摧毁它们。"

一想到这点,曼福德的心突然沉了下来。"我认为吉奈斯的战斗机器人太多了——这让我心里感到很不安。思维机器不应该被当做宠物一样豢养。精密复杂的机器全都毫无用处。"

阿纳莉有些伤心，因为她心中那份美好的回忆受到了曼福德的批评和指责。她用微小的声音说："可我们就是这样学会如何跟它们对抗的，长官。"

"你们互相之间进行对抗就可以了。"

"那不一样的。"阿纳莉把心中所有的挫败和懊恼都发泄在早已被打得稀烂的战斗机器人上，在给了机器人最后的重重一击之后，她便转身大步走向舰桥。

一路上，他们又看到了几个战斗机器人，每个机器人都被阿纳莉大卸八块，令曼福德也不禁觉得心中气血上涌，激情澎湃起来。在机器人控制室里，他和阿纳莉与队伍的其他几名队员会合。圣战者们撞开了舰船控制室里两个失效的机器人。"所有的引擎都在正常运转，长官，"一名又高又瘦的队员报告道，"我们可以往燃料箱里放炸药，或者直接在这里操纵舰船，让反应堆超载。"

曼福德点了点头，说："爆炸强度必须够大，足以让附近的所有舰船全都被毁。这些舰船虽然仍能运转，但舰船上的一块金属我都不想要。因为它们会……腐蚀人心。"

他知道他手下的这些人并不会让他担心。但在他的掌控范围之外，一群群贪婪且容易堕落的人正在沿着太空航线四处搜寻，寻找着像这样完好无损的敌舰，并进行抢救和维修。那些星际拾荒者根本没有任何原则可言！文波特集团太空船队就是其中最臭名昭著的一伙人。他们船队里几乎半数以上的飞船都是经过翻新的思维机器舰船。曼福德曾经跟约瑟夫·文波特总裁就这一问题争论了好几次，可这位贪婪的商人每次都不听他的。现在，曼福德至少清楚这二十五艘敌舰永远不会再被人利用了，想到这里，他心里才好受些。

圣战者们明白，科技都具有诱惑性，而且也充满了潜在的危险。自从奥米诺斯帝国被摧毁之后，人类变得越来越软弱，也越来越懒惰。人心开始发生改变，一心追求舒适和便捷，为了舒服和享乐，把

沙丘学派：姐妹会

道德的边界和底线一推再推。他们找各种借口哄骗自己：那个机器也许是邪恶的，但这个机器使用的科技略有不同，所以还是可以用。

曼福德拒绝人为划分边界和底线。因为道德在一点点地沦丧，犹如平直的地面在一点点地倾斜。一次小小的量变会引发出一次又一次的量变，最后小小的斜坡很快会变成陡峭的悬崖。人类绝不能再次被机器奴役了！

这时，他转过头对舰桥上的三个圣战者说："你们下去吧。我和我的剑术大师还有最后一件事情要做。通知埃勒斯——我们十五分钟后离开。"

阿纳莉很清楚曼福德在想什么。事实上，她早已做好了准备。当其他的圣战者都返回到各自的飞船上之后，这位剑术大师从她背带上的一个小袋子里掏出了一个小小的镀金圣像，曼福德曾经委托定制过许多这样的圣像，这便是其中之一。他虔诚地拿着圣像，望着蕾娜·芭特勒那张慈爱的脸庞。十七年来，他一直在追随着这个具有远见卓识的伟大女性的脚步。

曼福德亲吻了一下圣像，然后把它交回阿纳莉手里，阿纳莉把圣像放在了机器人控制台上。曼福德轻声说："愿蕾娜保佑我们，让我们今天这个至关重要的任务能够圆满完成。人类的思维是神圣的。"

"人类的思维是神圣的。"阿纳莉快步小跑，呼出的热气在冷冽的空气中瞬间变成温热的蒸汽。她迅速赶回了自己的飞船，队员们连忙封闭舱门，驾驶飞船飞离舰船甲板，远远离开了机器人战斗机群。

一个小时后，所有的芭特勒圣战者战舰在漆黑的机器人舰船上方会合。"倒计时还剩一分钟，长官。"剑术大师埃勒斯的声音传来。曼福德点了点头，目不转睛地盯着屏幕，但一句话也没说，因为他无须再说什么了。

其中一艘机器人舰船上喷出巨大的火焰，弹片四散飞溅。紧接着其他几艘舰船接连爆炸，有的是因为引擎舱超载，有的是燃料箱被定时炸弹引爆。一阵阵冲击波凝结在一起,飞旋的舰船残骸被卷进由金属蒸汽和膨胀气体混合而成的旋涡里。一时间,整个空间犹如新生的太阳一般耀眼夺目,令他不由得想起蕾娜灿烂的笑容……随后,那光便逐渐黯淡消散了。

在一片寂静中,曼福德对他虔诚的追随者们说:"我们在这里的任务已经完成了。"

我们是人类状况的晴雨表。

——拉奎拉·贝托－阿妮鲁尔圣母在对第三届毕业生的致辞中如是说

拉奎拉·贝托－阿妮鲁尔圣母不得不用长远的眼光来看待历史。由于她大脑中拥有浩如烟海一般丰富而独特的祖先记忆——也就是人格化的历史,因此这位老妇人看待过去的角度是与众不同的,任何人都无法参透和领悟……至少现在还无人能及。

拉奎拉的头脑中包含无数代人的记忆,她完全有能力预见人类的未来。学校里的其他姐妹都依靠这位唯一的圣母给她们指引方向。她必须把自己的观点和看法传授给其他姐妹,好让她们能更充分且客观地理解自己的命令和所说的话。并且她必须提高这些姐妹的身体素质和心智水平,使她们能够区别于普通的女性。

拉奎拉和其他姐妹站在罗萨克学校靠近悬崖边的阳台上,感觉有蒙蒙细雨落在脸上,这里是姐妹会的官方培训机构。她身穿高领黑袍,站在悬崖边庄严肃穆地俯视着悬崖下泛紫的丛林。空气温暖而潮湿,每年这个时候,天气都很好,令人感觉舒服,因为总有微风沿着崖面习习吹来。可她们要进行的仪式却阴郁而悲伤。空气中带着一股淡淡的酸味,其中还夹杂着来自远处火山的硫黄和一些化学物质的混合气味。

今天她们又要为一个死去的姐妹举行葬礼，又一个中毒而亡的悲剧……又一次创造圣母失败。

八十多年前，奄奄一息、痛苦不堪的女巫蒂西亚·森瓦给拉奎拉下了一剂最为致命的毒药。拉奎拉本来难逃一死，但她内心深处的每一丝意志、身体里的每一个细胞都充满了求生的欲望。她操纵体内的生化特性，改变了毒药本身的分子结构。于是她奇迹般地活了下来，但这次痛苦的折磨和残酷的磨难改变了她体内的某些机能，在死亡的边缘触发了一次危机导致的转变。她依然是原先的她，但又有所不同，她大脑里仿佛有个关于过去的图书馆，使她拥有了一种全新的能力，让她可以从基因的层面来看自己，对自己身体的每一个紧密连接的纤维组织都了如指掌。

危机。生存。进化。

但此后多年，尽管做了许多尝试，却再没有一个人达到同样的结果。拉奎拉也不知道为了达到这个难以实现的目标，她还能牺牲多少人的性命。她只知道一种让一个姐妹达到那种临界点的方法：把她推到死亡的边缘——也许——在那样的时刻，她能找到转化的力量……

她依然保持乐观，并且决心坚定，因为她最优秀的学员们都一如既往地相信她。

可她们现在都已经死了。

拉奎拉伤心地看着一个身穿黑袍的姐妹和三个穿绿袍的助手站在树冠上，把尸体缓缓向下放到银紫色的潮湿丛林深处。尸体将会留给丛林里的食肉动物啃食，这就是人类永不止息的生死循环，最终人还是会归于尘土的。

这位勇敢献身的年轻女子是狄安娜姐妹，而如今她的遗体被白布包裹着，从此世上再没人知道她的名字了。当吊着尸体的平台缓缓放下，被厚厚的树冠吞没时，丛林深处的动物们开始骚动起来。

拉奎拉在这世上已经活了一百三十多年了。她见证了塞琳娜·芭

沙丘学派：姐妹会

特勒圣战的结束，还有随后二十年的科林战役，以及之后多年的动荡和混乱。尽管上了年纪，但这位老妇人依旧精神矍铄、思维敏捷，她适量利用从厄拉科斯进口的香料以及调控自己体内的生化特性来控制衰老导致的弊端和影响。

拉奎拉的学校日益壮大，招收的学员都是帝国最优秀的年轻女子，甚至包括圣战前和圣战期间统治这颗星球的女巫们留下的最后一批后代，如今这批后代只剩下八十一人了。在这所学校里受训的姐妹共有一千一百名，其中三分之二是学员，另外一些还只是牙牙学语的孩子，是拉奎拉的忠诚追随者们在她的授意下，跟指定男性受孕，生下的女儿。负责招收学员的人源源不断地把有资质和潜力的女子送到这里，让一批又一批的人在此接受训练。

多年来，她脑海中的音言不断地催促她去进行试炼，增加像她这样的圣母人数。她和她的学监们毕生都致力于教导其他女性掌控自己的思想、身体和未来。既然思维机器已经消失，那么人类就要变得比以往任何时候都更强大。拉奎拉会告诉她们该怎么做。她知道一个有能力的女人是可以在适当的条件下把自己变成一个更卓越、更超群的人。

危机。生存。进化。

许多从拉奎拉的姐妹会毕业的学生都已经证明了自己的价值。她们前往各个星球，成为尊贵行星统治者们的幕僚，有的甚至进入了帝国法院。有些人去了兰帕达斯的门泰特学校，有的成为了天赋异禀的苏克医生。拉奎拉能感觉到她们正悄无声息地影响整个帝国。目前有六名姐妹成为了训练有素的门泰特。其中一人名叫多洛蒂娅，如今在萨鲁撒·塞康达斯星，是深受萨尔瓦多·科瑞诺皇帝信赖的幕僚。

但拉奎拉迫切希望能有更多追随者达到跟她一样的层次和认知，对姐妹会以及未来能有纵观宇宙层面的视角和视野，在心智和身体上能拥有跟她一样的力量。

可不知为何,她的学员们没一个能跃升到跟她一样的水平。而如今又一个前途无量的年轻女子死了……

此时,女人们镇定地看着死去姐妹的遗体被动物啃食,场面十分怪异,这让拉奎拉不禁对未来感到担忧。尽管她寿命很长,但她从没幻想过永生不死,假如在她死之前,没有一个姐妹能学会如何在转化过程中幸存下来,那她的超凡能力可能就永远失传了……

姐妹会的命运以及她们一系列浩繁的任务,要远比自己的生命重要得多。人类的未来能否长久,完全取决于审慎的改变和进化。姐妹会再也等不起了。她必须培养她的接班人。

尸体被啃净,葬礼也随之结束,姐妹们返回位于悬崖边的学校,继续上课训练。拉奎拉选中了一个新学员,一个来自不光彩的家族、没有任何前途的年轻女子,但还是应该给她一个机会。

此人便是瓦莉娅·哈克南姐妹。

拉奎拉看着瓦莉娅离开众姐妹,独自沿着悬崖边的小路朝她走来。瓦莉娅姐妹身材瘦长,鹅蛋脸,淡褐色眼睛。圣母眼中的她身形挺拔、步伐飘逸,微微歪着头,透着一股自信——每个微小的细节都至关重要,因为正是这些细节构成了一个人的整体。拉奎拉对自己的选择毫不怀疑,因为没有一个姐妹能像瓦莉娅那样尽职尽忠、尽心尽力。

瓦莉娅姐妹快十七岁那年离开了落后闭塞的家乡兰基维尔,想要寻求更好的生活,于是加入了姐妹会。她的曾祖父阿布鲁尔德·哈克南,在科林战役①后因胆小怯懦被判流放。在罗萨克生活的这五年里,瓦莉娅在训练中表现出色,证明了她是拉奎拉学员中最忠心耿耿,也是最有天赋的姐妹之一。她与卡丽·马奎斯姐妹(最后一批女巫之

---

①科林是奥米诺斯最后的据点,芭特勒圣战最后一场关键战役就发生在此,科林战役奠定了人类的胜利以及科瑞诺家族的崛起。

沙丘学派：姐妹会

一）通力合作研究在试炼过程中使用的新药和毒药。

瓦莉娅来到老妇人面前，似乎并没有因葬礼而过于难过。"您找我吗，圣母？"

"请跟我来。"

瓦莉娅显然十分好奇，但还是把疑问藏在心里。两人走过了行政部门所在的洞穴以及狭长的住宿区。在过去几个世纪的全盛时期，这座悬崖之城养活了成千上万的男女，包括女巫、药商以及丛林深处的探险者等等。但这么多的人都在一场瘟疫中丧命，整座城几乎空无一人，如今只有姐妹会的人住在这里。

在洞穴区里，有一个处所专门治疗因在出生时感染罗萨克自然环境中含有的毒素而有先天性缺陷的孩子，这样的孩子被称为畸生儿。多亏姐妹会对育种极为审慎，所以这样的孩子数量不多。这些畸生儿中幸存下来的将被送到靠近火山的一个北部城里并安排人照顾。拉奎拉规定校区内不得有任何男性居住，但男人们偶尔会来此运送物资供给，或者提供维修之类的服务。

拉奎拉带领瓦莉娅穿过一道道设有路障的崖边入口，曾经这些入口通向蜂巢一般巨大的洞穴城市，但如今都被遗弃并被封锁了。那座洞穴城市十分阴森，是个不祥之地，没有一丝生气，里面的人都死了，多年前，城里的那些尸体都被移走，埋在了丛林里。拉奎拉顺着陡峭的悬崖小道指向远处的崖顶平原，说："那就是我们要去的地方。"

年轻女子犹豫了片刻，紧接着便跟随圣母穿过一道路障和几个写着禁止通行的指示牌。瓦莉娅既兴奋又紧张。"育种记录在那里是吗？"

"是的，没错。"

多年前，奥米诺斯散播了一场恐怖的瘟疫，人类几乎濒临灭种。罗萨克的女巫们——她们一直保存着基因记录，以保证最佳的生育育种——于是她们展开了一项宏伟的计划，要将人类的世系血统都保存下来，形成一个影响深远的庞大基因目录。目前，拉奎拉和她挑选出的姐妹们正在搜集和处理大量的基因信息。

道路沿着峭壁陡然上升，在她们身侧，一边是坚实崖壁，另一边则是万丈深渊一般的茂密丛林。蒙蒙细雨已经停了，但脚下的岩石依然湿滑。

两人爬上了一个瞭望台，周围被一缕缕的薄雾笼罩。拉奎拉望向远处的丛林和冒着烟的火山——自从她几十年前第一次来到这里直到现在，这儿的景色几乎没有一丝改变。那时，她还是一名护士，陪同苏克医生莫汉达斯来此治疗奥米诺斯瘟疫的受害者。

"我们当中只有少数几人到这儿来过——但你和我将要走得更远。"拉奎拉不是个喜欢闲聊的人，她始终都严格控制自己的情绪，但每当要将姐妹会最大的秘密告诉另一个人，她就无比兴奋和激动。让新的同盟者加入，这是姐妹会得以生存下去的唯一办法。

靠近崖顶平原最高处的巨石中间有一个洞口，两人在洞口处停下，万尺之下是茂密的丛林。洞口处有两名女巫守卫，她们朝圣母点头致意，然后请两人进入洞穴。

"搜集和汇编育种记录大概是姐妹会最伟大的一项工作了，"拉奎拉说，"有了像这样庞大的人类基因数据库，我们就能绘制和推断出我们人类这一种族的未来……甚至可以对其进行引导。"

瓦莉娅郑重地点了点头，说："我听其他姐妹说，这是人类有史以来最大的数据库之一，可我一直不明白我们是怎么做到管理这么多信息的，这么浩如烟海的信息，我们如何消化并且以此来做出预测呢？"

拉奎拉决定暂时不揭开谜底。"因为我们是姐妹会。"

高高的洞穴里，她们走进两个巨大的房间，里面摆满了大木桌和写字台。女人们都在忙碌，整理一大摞一大摞的永久性文件，编写大

沙丘学派：姐妹会

量的基因图谱并分门别类，最后把这些文件压缩成显微镜级别的微小文本并存储起来。

"我们有四名姐妹在吉尔伯图斯·奥尔班斯的指导下完成了门泰特培训，"拉奎拉说，"但即使她们拥有非凡的脑力，这项工作的工程量也是十分浩大的。"

瓦莉娅极力控制住自己内心的震惊。"这么多的数据……"她那双眼睛熠熠生辉，被这前所未闻的信息所震撼。能有幸进入圣母的核心圈，她感到无比荣耀和自豪："我知道有不少姐妹在兰帕达斯受训，但要完成这项工程，需要一支庞大的姐妹会门泰特队伍。毕竟这里可是汇集了来自数千个星球的数百万基因记录呢。"

她们沿着狭长的隧道走向更深处，一位身穿白袍、上了年纪的女巫从一间档案室里走出来。她向两人致意问好："圣母，这就是您决定要引进的新人吗？"

拉奎拉点了点头，说："瓦莉娅姐妹学习成绩优异，并在协助卡丽·马奎斯在药物研究方面作出了极大的贡献。"她轻推年轻的瓦莉娅上前一步，"瓦莉娅，这位是萨布拉·哈珀林姐妹，她是在大瘟疫期间构建和扩展育种数据库的元老之一，早在我来罗萨克之前，她就已经展开这项工作了。"

"育种记录必须保存下来，"另一位老妇人说，"并且认真研究。"

"可……可我不是门泰特啊。"瓦莉娅说。

萨布拉把她们领进一条空荡荡的隧道，并回头看了看，确保没外人看见。"还有很多别的方法可以帮助到我们，瓦莉娅姐妹。"

一行人在通道一个转弯处停了下来，拉奎拉面前是一面石墙。她看了一眼年轻的瓦莉娅，说："你在害怕未知的事物吗？"

瓦莉娅勉强露出一丝浅笑："说实话，人对于未知的事物总是恐惧的。但我能够直面自己心中的恐惧。"

"很好。那就跟我来，踏进这一大片从未探索过的领域吧。"

瓦莉娅看起来有些不安。"你想让我做下一个转化药剂的尝试者吗？圣母，我想我还没做好准备——"

"不，这完全是另外一件事，不过同样重要。我老了，孩子。人越老就越偏激，但我相信我的直觉。我一直在仔细观察你，看着你跟卡丽·马奎斯一起合作——我想让你加入这个计划。"

瓦莉娅并没有害怕退缩，并把所有的疑问都埋在心里。好极了，拉奎拉心想。

"深呼吸，让自己冷静下来，姑娘。你很快就会知晓姐妹会最严格保守的秘密了。姐妹会里几乎没人见过这个。"

拉奎拉牵起年轻女孩的手，拉着她走向那堵看上去十分坚固的石墙。萨布拉走到瓦莉娅身边，三人一起穿过了那堵石墙——原来那只是个全息影像——然后进入了一个屋子。

三人来到了一个小小的前厅。在闪亮的灯光下，瓦莉娅竭力掩藏住内心的惊讶，用训练中学到的技能让自己保持镇定。

"这边走。"圣母带着她们走进一个灯光明亮的巨大岩洞，瓦莉娅睁大了眼睛，环视四周。

岩洞里摆满了或嗡嗡作响或滴滴答答的机器，无数闪烁的机器灯光仿若天上的繁星，星罗棋布——一排排禁止使用的计算机沿着蜿蜒的石墙高高耸立，并由螺旋楼梯和木制坡道将它们连接起来。几个身穿白袍的女巫来来回回地忙碌着，机器的噪声在空中回响。

瓦莉娅惊讶得语无伦次："这……这是……？"她吓得说不出一句整话来，最后大声喊道："这是思维机器啊！"

"你说的没错，"拉奎拉解释，"没人能把罗萨克女人世代收集的所有数据都记住并保存起来，就连训练有素的门泰特也做不到。无数代的女巫都是用这些机器秘密处理这些信息，我们选了最信任的几个女人，并教她们如何维护和管理这些机器。"

"可……这是为什么啊？"

沙丘学派：姐妹会

"我们只有借助计算机才能存储如此数量庞大的信息数据，并对后代进行必要的基因预测——但使用计算机确实是被明令禁止的。现在你明白我们为什么要严格保密，不让这些机器被外人知晓了吧。"

拉奎拉仔细地端详着瓦莉娅，发现她在环视房间，表情若有所思。她似乎愣住了，但不是因为害怕，而是好奇。

"你要学的东西还有很多，"萨布拉说，"多年来，我们一直在研究育种记录，十分担心真正的女巫即将灭绝。如今女巫已经所剩无几，所以留给我们的时间不多了。这也许是我们了解将要发生什么的唯一途径。"

"同时还要找出新的替代者，"拉奎拉说，"比如创造出一位新的圣母。"她小心翼翼地不让自己的声音颤抖，不要透出绝望或渴望的情绪。

一名管理机器的女巫向萨布拉姐妹简短地汇报了一件关于育种的事情，接着好奇地看了瓦莉娅一眼，然后就转身回去了。"以斯帖·卡诺姐妹是我们最年轻的纯血统女巫，"拉奎拉介绍道，"今年还不到三十岁。然而第二年轻的女巫比她大十多岁。女巫特有的心灵感应能力在本地出生的女孩身上已经很少见了。"

萨布拉继续说："学校的育种记录包含了来自数千个星球的人类基因信息。我们的数据库数量庞大，你刚才也了解了，我们的目标是通过选择性育种和个人进化来优化人种。通过计算机，我们能模拟基因相互作用的模型，并从几乎无限多的血缘配对中推测出可行的育种目标。"

片刻间瓦莉娅下意识的恐惧迅速被一种更强烈的兴趣所取代。她环顾四周，然后十分客观地说："这要是被圣战者发现，他们会把学校夷为平地，把所有姐妹都统统杀光的。"

"是的，他们一定会这么做，"拉奎拉承认，"那么现在你该明白我对你的信任有多深了吧。"

我对历史的贡献已超出了我应该做的。两个多世纪以来，我对敌作战，功勋卓著，对整个世界产生了深远影响。但最终，我还是转身走开了。我只想要安静地消失在所有人的记忆中，但历史却不让我有片刻安宁。

——沃立安·厄崔迪《遗产日记》，开普勒①生活时期

沃立安·厄崔迪从荆棘岭独自狩猎归来，突然看到浓烟滚滚，直冲天际，缕缕黑烟像羽毛一样从他全家居住的村庄和周围的农田里缭绕升起。

他立刻拔腿疾奔。

最近这五天，沃立安离开了他的乡间村舍、妻儿、亲戚和邻居，独自外出狩猎。他很喜欢猎捕那些胖得飞不起来的戈内特鸟，毕竟一只戈内特鸟就足够一大家子人吃上一个多星期。戈内特鸟居住在干燥的山脊高处，远离肥沃宜居的山谷，喜欢藏在锋利的荆棘中寻求庇护。

不过比起狩猎，沃尔更喜欢孤独的感觉，享受内心的宁静和平和。即使独自一人在荒野中，他也并不寂寞，因为脑海中有无数岁月的记忆陪伴着他，身边的人来了又走，缘分聚了又散，漫长人生中有

---

①开普勒是一颗与世隔绝的星球，沃立安·厄崔迪曾在此生活过一段时期。

遗憾，也有欢乐……朋友、爱人和仇敌，一切都时过境迁——有的爱恨情仇竟都跟同一个人有关。他现在的妻子名叫玛丽拉，他们两夫妻相濡以沫，携手走过了几十个春秋，有一个幸福美满的大家庭——儿子、孙子还有曾孙子，儿女绕膝，子孙满堂。

考虑到自己的过去，沃尔一开始并不情愿过这样的生活。但他已经适应了在开普勒星上的田园生活，感觉就像人穿上了一件虽旧但舒服的衣服一样。几十年前，他在卡拉丹有两个儿子，但跟他们都早已疏远。自从科林战役后，他就再也没见过这两个儿子，以及他们的家人。

很久以前，他的父亲，也就是臭名昭著的半机械生化人阿伽门农将军，对他秘密进行了延长生命的改造，却不承想沃立安竟然会决意与思维机器斗争到底。无数代人流血牺牲，让沃立安身心俱疲。在战争英雄费坎·芭特勒建立了新帝国之后，沃尔早已对政治失去了兴趣。他坐上自己的飞船，带着新皇帝慷慨赐予的奖赏，头也不回地离开了贵族联盟，飞向遥远而偏僻的边境地带。

在独自漂泊了多年之后，他遇到了玛丽拉，再次坠入爱河，并在这里定居下来。开普勒是个宁静而宜居的星球，沃尔在这里安家落户，找到了心灵的归属。他跟玛丽拉生了三个女儿和两个儿子，这些孩子都跟开普勒当地人结婚，给他生了十一个孙子和二十多个曾孙。如今就连他的曾孙也都长大成人，到了该成家立业的年纪。他很喜欢这里，享受每个快乐而祥和的夜晚。他更改了自己的姓氏，但半个多世纪过去，如今的他也不想再保守自己身世的秘密了，就算暴露身份又能如何？他又不是罪犯。

虽然沃尔的身体和样貌没怎么变老，但玛丽拉的脸上却显出了岁月的沧桑。她最大的快乐就是跟家人在一起，可当沃尔想要去山上打猎时，她却从不阻拦。两个世纪过去了，他知道该如何保护自己。他很少想起遥远的帝国，但他仍时常拿着印有他头像的旧帝国钱币仔细

SISTERHOOD OF DUNE

端详……

  然而此时此刻，沃尔打猎归来，发现村舍里冒起浓烟时，他顿时预感到一场暴风雨即将袭来，然后呼啸着吹开通向他过去的大门。他连忙扔下装着二十公斤新鲜戈内特鸟肉的背包，端起他那把老式射弹步枪，沿小路狂奔而去。他看到前面山谷拼图般错落的农田，橙色的火焰顺着一排排的谷物疾驰而过，所到之处皆留下一片焦黑，如一块块溃烂的伤疤。三艘巨大的飞船降落在农田里，而不是在指定的着陆地点：它们看起来不是攻击机，而是用于载货或载人的笨重鱼雷形飞船。事情很不对劲。

  一艘大飞船隆隆地飞向空中，紧接着，第二艘飞船也呼啸着卷起阵阵尘埃，排出股股废气，腾空而起。一群群的船员急匆匆地跑向第三艘飞船，也准备要起飞离开。

  虽然沃尔从没在开普勒星见过这样的飞船，但漫长的人生经验告诉他，这是掠奴者的飞船。

  他飞快地跑下山坡，担心着玛丽拉，还有他的儿女、孙子以及他们的家人和邻居——这里可是他的家啊。从眼角的余光中，他看到他住了多年的农舍，屋顶余烬未消，但损坏程度远没有其他几座屋舍那么严重。他女儿邦达的房子还在熊熊燃烧，小小的镇公所也陷在一片火海之中。太迟了！太迟了！这里的所有人他都认识，每个人都跟他有这样或那样的联系，或是血亲，或是姻亲，或是朋友。

  他气喘吁吁，喊不出话来。他想喝令那些奴隶贩子停下，可他只有一个人，他们压根不可能听他的。那帮掠奴者也根本不知道沃立安·厄崔迪是谁，过了这么多年，他们没准根本不在乎他沃立安是谁了。

  剩下的几个奴隶贩子拖着被掳来的奴隶，踉踉跄跄地登上了第三艘船。虽然隔着很远，但沃立安还是认出了被抓的人里有个梳马尾、穿紫色衬衫的，正是他的儿子克莱尔。克莱尔已经吓呆了，入侵者押

沙丘学派：姐妹会

着他上了飞船。其中一个奴隶贩子站在队伍最后，负责殿后，他的四个同伙押着最后几个被掳的人爬上坡道，正走到敞开的舱口。

见那奴隶贩子正好在射程范围内，沃尔立刻单膝跪地，举起步枪进行瞄准。尽管他心怦怦直跳，呼吸不稳，但他还是强迫自己镇定下来，集中精神，朝离他最近的那个奴隶贩子开了枪。他怕误伤到自己人，但他确信自己瞄准的目标没错。可那个奴隶贩子只是吓得身子一缩，环顾四周，然后大喊起来。他的同伙们立刻四处奔跑，寻找子弹的来源。

沃尔仔细瞄准，又开了一枪。第二枪也只是引起了一阵恐慌，没人被打中。这时他忽然意识到瞄准的这两个奴隶贩子都带着个人屏蔽场，这种肉眼几乎看不见的屏障可以阻挡疾速射来的子弹。他集中精神，眯起眼睛，朝殿后的家伙开了一枪，击中那个肌肉发达的奴隶贩子后腰。那家伙脸朝下倒在了地上。看来并不是所有人都带着屏蔽场。

打完第三枪后，沃尔站起来，朝奴隶贩子的飞船飞奔而去。倒下那人的同伙看到他被枪射中，大喊起来，并四下张望。沃尔一边快跑，一边举起枪再次开火。这次不再那么仔细瞄准了。子弹打在舱口附近的船身金属板上，又被反弹开，奴隶贩子们吓得大叫。沃尔再次开枪，击中了敞开的舱门。

沃尔一生征战沙场，出生入死，杀人无数，但都是出于正当的理由。此刻，他杀人的理由再正当不过了。实际上，昨晚上他还为杀死那只戈内特鸟感到有些愧疚。

这些奴隶贩子其实都是无能鼠辈，个个胆小怕死。在屏蔽场的保护下，剩下的几个家伙连忙冲进了飞船，关上舱门，扔下被打伤的同伙，仓皇而逃。巨大的飞船尾部喷出滚滚废气，最后一艘掠奴飞船，载着抓到的奴隶就这样摇摇晃晃冲上了天空。虽然沃尔使尽全力冲刺，但还是没来得及追上那艘飞船。他举起步枪朝飞船腹部开了两枪，但无济于事。他眼看着飞船掠过余烬未消的村舍和农田，飞驰而去。

沃立安闻到空气中的浓浓烟味，眼前一座座村舍正在熊熊燃烧，他心知他的家人朋友大部分都不在了，不知他们是被掠走了还是被杀了呢？玛丽拉怎么样了呢？他真恨不得立刻跑遍所有的村舍，寻找幸存者……可是他现在必须先得救活那个被打伤的奴隶贩子。在飞船离开这里之前，他得知道他们要去哪儿。

沃尔在那个受伤的家伙身旁停下脚步。奴隶贩子正躺在地上，双臂不停地抽搐。他头上缠着一块黄布，脸上有一条细长的黑色文身从左耳一直延伸到嘴角。他的嘴里发出一声呻吟，然后一道鲜血顺着嘴角流了出来。

他还活着。很好。不过受了这么重的伤，这家伙应该撑不了多久的。

"快说，那些被抓的人会被带到哪儿？"沃尔问。

那个人又咕哝了一声，听起来像是在骂街。沃尔对这个答案并不满意。他抬起头，看见火苗沿着屋顶向四处蔓延，然后说："你没多少时间回答了。"

见那家伙不肯合作，沃尔很清楚他接下来要做什么，他并不想这么做，不过这个奴隶贩子远远不值得他同情。于是他拔出长长的剥皮刀，再次问道："快告诉我。"

那人最终还是招了，说完就咽了气。沃尔在得到了想要的情报之后，立刻跑过他家大宅的外屋，嘴里大声呼喊着，想知道还有没有人活着。他的双手和胳膊上沾满了血，有的是来自他猎杀的那只戈内特鸟，有的则是他盘问奴隶贩子时染上的。

他在外屋找到了两个老头儿，他们都是玛丽拉的兄弟，每年都会

沙丘学派：姐妹会

过来帮他们家收割庄稼。两位老人昏昏沉沉的，意识才刚开始恢复。沃尔猜测那几艘掠奴飞船飞过村庄时，先用眩晕光束扫射了房屋和田地，这会让所有人都陷入昏迷状态，然后再把年轻力壮的人都抓走。而玛丽拉的两个兄弟太老了，所以才没被掳去。

那些更身强体健的人——他的儿女、孙子、邻居等等——都被奴隶贩子从家里拖走，运上了船。镇子里的许多房屋现在都着了火。

但对他来说最重要的还是他的妻子。于是沃尔连忙冲进主屋，大喊着："玛丽拉！"令他大感欣慰的是，他最终听到玛丽拉的声音从楼上传来。她正在二楼的客房里，身子探出高高的山墙，用一个压缩灭火罐抵挡着点燃的屋顶。沃尔冲进屋里，看到玛丽拉苍老但依旧美丽的脸上尽显憔悴，皱纹纵横，头发就像一根根银色的纺线。看到她安然无恙，沃尔激动得快流下热泪，但火势却越来越大了。他从玛丽拉手里接过灭火罐，朝窗外的火焰喷射。火苗沿着屋顶的边缘四散蔓延开来，好在房子并没有完全烧着。

"我刚刚担心死了，怕他们把你跟其他人一起带走，"玛丽拉说，"毕竟你看上去跟咱们的孙子一样年轻。"

火焰在灭火罐喷出的水雾下开始渐渐熄灭了。他把灭火罐放在一旁，一把搂住玛丽拉，半个多世纪以来，他一直都是这样抱着她的："我也很担心你啊。"

"我太老了，他们对像我这么老的人不感兴趣，"玛丽拉说，"你还是太心急了，停下来想想就能明白的。"

"我要是停下来想，就来不及在飞船离开前赶到那里了。可惜我只杀死了一个奴隶贩子。"

"他们几乎把能干体力活的人全都抓走了。有几个可能藏了起来，有些被杀了，可这下我们该怎么……"她摇了摇头，低头看着自己的双手，"真不敢相信，他们都被抓走了。"

"我会把他们救回来的。"

玛丽拉露出了一抹苦笑，沃尔亲吻着她熟悉的嘴唇。许多年来，玛丽拉是他生活的一部分，是他的家人，是他的归宿。她很像他在另一个世界的前妻——莱洛妮卡·特尔吉特，同样为他生儿育女，慢慢变老，最后撒手人寰，而他却始终不曾改变。

"我知道他们要去哪儿，"沃尔说，"这些飞船要把他们带到波里特林的奴隶市场去。是那个奴隶贩子告诉我的。"

他和玛丽拉的两个兄弟去了其他的村舍，寻找幸存者。他们陆续找到了一些分散在各处的人，并召集他们一起灭火，控制住火势蔓延，并救助伤者，清点失踪人口。在这个有几百人居住的山谷里，如今幸存下来的只有六十多人，而且大部分都是老弱病残。此外还有十个人因反抗而被杀害了。沃尔向住在开普勒其他山谷里的居民发送消息，提醒他们提防奴隶贩子入侵。

当天晚上，玛丽拉拿出了他们儿女、孙辈和亲戚的照片，把它们一一摆在桌上和架子上。这么多熟悉的面孔，这么多的家人需要被救出来……

她在他们家烟雾弥漫的阁楼里找到了沃尔，那里有一个锁着的储物箱。沃尔打开箱子，拿出了一件叠得很整齐的旧制服，深红色与暗绿色相间，是熟悉的人类军团的颜色，也就是很久以前的圣战军团。

这个箱子已经被尘封太多年了。

"我要去波里特林把咱们的家人都救回来。"他举起制服上衣，手指轻轻地摩挲着光滑的袖子，回想着这件制服曾因征战多少次被刀剑划破，多少次被染上鲜血。他原本希望自己永远不用再上阵杀敌了，但这次的情况却不同。

"等我救出他们之后，我要确保这种事情以后再也不会发生。我会找到办法保护这个星球的。这是科瑞诺家族欠我的。"

回首往事，很容易就把过去的一切错误都归咎给别人。但展望未来，为自己做下的决定，及其后果负责，那可难多了。

——格里芬·哈克南从厄拉科斯发出的最后一份急件

兰基维尔的冬天十分寒冷，但哈克南家族的人不得不忍受这恶劣的环境和条件。自从阿布鲁尔德·哈克南因在科林战役中的糟糕表现而被流放到此之后，哈克南家族已经历经好几代人，这个曾经权贵显赫的家族如今早已忘了他们在萨鲁撒·塞康达斯失去的荣耀。

家族里多数人的确都忘记了。

雨夹着雪冷酷无情地倾泻而下，每晚都会冻上一层玻璃一样的冰。他们在峡湾岸边的木屋里蜷缩着，当地人不得不每天早上替他们把门上的冰解冻，然后再把门踢开，他们才能呼吸到外面呼啸的冷风。有时他们瞥一眼波涛汹涌的海面和阴云密布的天空，然后就关上了门，觉得这种天气出海实在太过危险。毛皮鲸是这个星球上唯一值钱的商品，备受帝国各个成员国的欢迎。可是这一个多月来，猎捕毛皮鲸的捕鲸船队一直被困在港口，出不了海，这让他们颗粒无收。

短程的渔船也进不了深海区，逮不着几条鱼。人们不得不靠前一年储存的咸鱼和腊鲸鱼肉来充饥。跟过去的富贵荣华、锦衣玉食相比，如今的哈克南家族可谓前景黯淡、日暮途穷。

格里芬·哈克南——维吉尔的长子——表面上是代表兰兹拉德在

兰基维尔的统治者,但实际上他十分痛恨这个星球,他妹妹瓦莉娅也是如此。正是曾祖父阿布鲁尔德的错误和沃立安·厄崔迪的背叛才令这个家族落得如今这般悲惨的境地。他们兄妹俩都满怀雄心壮志,希望能带领家族走出困境,摆脱惨况。他们的父母以及家族的其他人却没有这样的志气和抱负,但这并没有阻止他们的决心,格里芬和瓦莉娅一定会尽其所能,想办法帮助家族东山再起的,尽管兄妹俩还太过年轻。

瓦莉娅已经离开这里了,到姐妹会寻求机会提升自己(从而使哈克南家族获得更大的势力和影响力);而格里芬则继续留在兰基维尔,努力创建家族产业,扩大投资,走出被孤立隔绝的不利境况。每天大部分时间他都在学习,立志要学会如何管理家族生意,在这个落后星球提高人们的生活水平。这个星球自然环境恶劣,并不宜居,但他坚决不向恶劣的环境低头妥协,并决心像他的妹妹一样对未来充满信心,相信他们会再次拥有财富,重获在帝国的影响力。他们目光远大,充满野心,他们的计划包括管理家族财产、合理投资、制订商业计划等等,而不只是想着如何在这种恶劣的天气条件下生存下来这种狭隘的目标。

格里芬今年二十三岁,身形瘦削,性情平和,思维务实。而他的妹妹比他性子更烈,忍受不了在兰基维尔的生活。而他则更加冷静镇定,就像一位船长,指挥船只在冰冷海面行驶,寻找更安全、更广阔而富饶的海域。因为他知道阳光终会透过云层向他射出万丈光芒。

格里芬尽管还很年轻,但可谓学识渊博,在历史、数学、商业和政治等方面均涉猎颇深。因为他立志终有一天要成为星球的统治者,一位雄才大略的领导人,为哈克南家族后代在帝国东山再起、重建辉煌而铺平道路。

对于错综复杂的鲸鱼毛皮生意、损益率以及帝国的各项规章制度等,格里芬比他父亲更了如指掌。尽管他父亲维吉尔·哈克南继承了

沙丘学派：姐妹会

爵位，但他对做生意并不感兴趣。于是他把大部分艰苦的工作和需要考虑的事情都交给了他的儿子处理。维吉尔只满足于当个相当于镇长的小官，手里有点儿小权力，却从没想过要当兰兹拉德的领导人。但不管怎么说，他是个好父亲，对他更年幼的两个孩子丹维斯和图拉关怀备至。

格里芬和他的妹妹瓦莉娅对这个家族有更大的野心和梦想，尽管家族里只有他俩有雄心壮志。有一次，在寒冷港口的一只摇摇晃晃的木筏上，瓦莉娅跟她哥哥进行了一场激烈的拳击比赛，比完后，瓦莉娅说她认为在这个星球上只有他们兄妹俩才是真正的哈克南人。

瓦莉娅仅比格里芬小一岁，他们的母亲对瓦莉娅没什么期待（"太不现实"是母亲对她的唯一评价）。她想着瓦莉娅长大后，能嫁个当地人就行了，或许她的丈夫有那么一两条捕鲸船，两人赶快生儿育女，日子就这么日复一日地过下去得了。然而，五年前一位传教的姐妹路过兰基维尔，瓦莉娅跟这位姐妹交谈了一番之后，终于抓住了一个离开这里的机会，前往罗萨克接受姐妹会的训练。不过在离家之前，她与格里芬进行了几次长谈，并跟他就如何改变家族命运，提升家族的财富和地位达成了一致。

此时，格里芬的父亲走到他身后，看到他正在研究晦涩难懂的官方语言和政史典籍，大部分内容都十分枯燥。这个年轻人像一位细心的外科医生，将一段段文章逐字逐句地分析解剖，直到把错综复杂的政府体系的所有细枝末节都弄清楚为止。

维吉尔看到自己的儿子这么专心致志，觉得很好笑。"我像你这么大的时候也研究过历史，我的祖父阿布鲁尔德给我讲过他的故事，但在科瑞诺家族的官方记录里关于咱们家族的记载实在令我无法忍受。于是我决定只为自己而活，过好自己的日子就好。最好还是别去重温过去那些日子啦。"

格里芬指了指那些文件，说："关于那段过去的历史，我已经读得够多了，父亲，但现在我研究的是更大范围的事情。帝国的政治对我们的未来至关重要。"他摸着自己的下巴，浅棕色的山羊胡跟他的头发颜色很相配。他觉得脸上的胡子能让他看起来更尊贵，也更稳重。"我正在研究兰兹拉德的组成结构及其宪章。我想参加审查考试，正式成为兰基维尔在兰兹拉德议会的官方代表。"

维吉尔笑出了声："可我们在兰兹拉德已经有一个代理人了。你何苦大老远跑到萨鲁撒·塞康达斯去开会呢？"

格里芬强忍住心中的愤怒，没把责骂父亲的话说出口："我研究了这个所谓的代理人提出的贸易协定。这份协定涉及了包括兰基维尔在内的九十二个星球——请相信我，这份协定对咱们没有半点利益和好处。这份协定令兰基维尔以及另外八十四个星球多交不少额外的税，只有八个已经富得流油的星球能获得真正丰厚的利润。在我看来，这个代理该被开除才对。"

"你别说得那么绝对。我见过内尔森·特莱博霍恩，他这人看着挺不错的。"

"没错，人是挺有魅力的，但代表我们行使权力，做我们的代理，绝对不行。父亲，让我们哈克南家族重获尊重的第一步就是得在兰兹拉德有哈克南家的人亲自作代表。我打算到萨鲁撒·塞康达斯去，亲眼看看兰兹拉德的大厅，亲眼见见我那位亲爱的远亲——皇帝陛下。"

几代之前，哈克南家和芭特勒家——也就是后来的科瑞诺家同属一个家族。但如今帝国的领袖们认为哈克南这个姓氏是个不光彩的耻辱，所以从来不提。格里芬知道自己的妹妹多么渴望将沃立安·厄崔迪给哈克南家族留下的耻辱抹去。同时他也感受到了自己家族遭受的各种不公。兄妹俩各自在为复兴家族而不懈努力。除了商业上的计划，格里芬还打算建立一个政治联盟，终有一天，他要去萨鲁撒，要求让兰基维尔在兰兹拉德的大厅里拥有合法席位。他要让哈克南家族得到应有的重视。

沙丘学派：姐妹会

如今所有的帝国联盟成员和过去的未联盟星球都被拉进了同一张网中，合并后的帝国统治着一万三千多个星球。但是如果这么多星球代表在进行投票表决之前都走一遍官方流程的话，那么什么协议也达不成。于是由皇帝萨尔瓦多指定的代理人将几十个零星的星球归总起来，由这位代理人作为他们的代表，替他们行使投票的权力。这样就更方便了（更容易获取帝国补贴或其他福利），但这并不是强制性的，可以有例外，但都是以牺牲福利为代价。在格里芬看来，帝国对兰基维尔根本不在乎，所以用请代理人的方式来换取帝国的好感是不可能的。

格里芬打算去萨鲁撒·塞康达斯，凭借一己之力，成为他的星球和家族的代言人。等瓦莉娅在著名的罗萨克姐妹会学有所成，等格里芬成为兰兹拉德联盟的官方代表，将家族产业经营得蒸蒸日上，将商业版图不断扩大，哈克南家族就会迎来一个真正光明的前景。

"好吧，我倒不是不相信你的决定。"维吉尔还是觉得自己儿子宏伟的构想很可笑。虽然如今维吉尔把大部分的工作都交给他儿子格里芬了，许多决策也都是格里芬制定的，但他还是认为格里芬只是个天真幼稚的年轻人。

格里芬和瓦莉娅两人曾为一个新商业投资大项目绞尽脑汁。格里芬让他的叔叔威勒代表哈克南家族前往各个星球，跟他们签订鲸鱼毛皮的贸易合同。虽然威勒是个出色的销售人才，人人都喜欢他，但他却没什么商业头脑。而他的兄弟维吉尔对于家族的大事更是不闻不问。至少威勒叔叔还懂得一些商业策略和目标，愿意贡献出自己的时间和才能，为家族做一些事情。可维吉尔却基本算是放弃了。也许格里芬的父亲年轻时有过雄心壮志（格里芬对此并不确定），但现在他肯定是没有了任何抱负。

而在去年，为了扩大市场的投资和规划，格里芬又增加了数百艘捕鲸船，并将所有船只都派出海，进行这个星球上有史以来最大规模的一次毛皮鲸鱼捕捞行动。然后他与一个低端的船运公司——天体运输公司——达成了一项货运协议，让威勒叔叔带着货物穿行于帝国的各个星球。

联盟的重要运输队伍是文氏集团太空船队，其安全性是毋庸置疑的，因为他们的飞船全都是由神秘的领航员来引导和驾驶的——据说这些领航员并非人类，他们能预见到尚未发生的危险和事故。只是文氏集团的船票价格高得离谱，令人望而却步，而哈克南家族又把大部分资产都投到了这次大规模的捕捞行动上。格里芬无法确定支出这种额外的运输费用是否合理。尽管天体运输的飞船速度较慢，也没有领航员，但价格实惠。于是，所有的细节都安排妥当之后，格兰芬的叔叔就带着大批丝绸一般光亮顺滑的鲸鱼毛皮启程了，并希望这一次能跟更多星球建立供需关系，达成利润丰厚的分销协议。

与此同时，格里芬则继续埋头苦读，准备参加资格考试，希望能尽快成为兰基维尔在萨鲁撒·塞康达斯的官方代表。他抬头看了父亲一眼，说："我得学完这些东西——他们要求我把考试答卷放到下一艘出港的船上运出去。"

维吉尔·哈克南敷衍地恭维了他几句作为鼓励："加油儿子，你会成功的。"说完他便转身离开了，留下格里芬继续学习。

我是一个慷慨的人，愿意将挣到的钱捐赠出去。但同时我也分得很清楚，有些人值得我解囊相助，而有些人则只是想利用我不劳而获。

——约瑟夫·文波特总裁，对捐款申请的标准回复

在厄拉科斯星文氏集团总部的环境自动控制会议室里，约瑟夫·文波特眯起蓝色的眼睛，看着正等着递交报告的飞船地勤主管们说道："不容半点差错，我要不惜一切代价保护我的财产。"

这位总裁在会议室里焦躁地走来走去，试图压抑住心中熊熊的怒火。他那头茂密的肉桂色头发从前额向后梳，薄薄的嘴唇上方留着浓密的胡子，绷着脸，不带一丝笑容。他看向经理们，浓眉紧皱，接着说："我的曾祖母诺玛·森瓦为了打败思维机器，牺牲了大部分的舰队，更不用说牺牲多少人的性命了。保护我自己的商业利益是天经地义的，所以我建议你们别考验我的耐性和决心。"

"我们从来没怀疑过您的决心，老板。"厄拉科斯香料开采公司的监理利力克·阿尔沃说，紧张得声音都在颤抖。阿尔沃皮肤被晒得黝黑，像皮革一样粗糙坚韧，看上去如同皱巴巴的葡萄干。站在一旁的另外两人则是在沙漠深处负责开采香料的开采队主管，他们也被约瑟夫的怒气吓得直往后缩。只有坐在会议室后排一个满身灰尘的女人没有表现出任何惧意。她看着眼前发生的一切，皱起了眉头。

"我打一开始就不想来这儿,"约瑟夫接着说,"我希望香料①开采由我们公司独家垄断,但如果有别的公司敢来偷香料——我的香料!——我就必须得出手阻止。立刻阻止。我必须查出偷偷开采香料的幕后黑手到底是谁,他们的资金是谁提供的,还有我那些该死的香料究竟被运到哪儿去了?"

每一个通过努力爬上文氏集团高管位置的人都很清楚,如果有人没能达到约瑟夫的要求,约瑟夫绝对饶不了这人。如果他手下的监理和主管不想成为他枪口下的炮灰,他们最好找到个合适的替罪羊,代他们受罚。

"请您下指示吧,老板,我们会处理好的。"会议室里的那个女人说,满是灰尘的破布下面是一套合身又保养良好的再循环服,"您就直说吧。"在约瑟夫看来,在座这么多人中,唯有这个女人是个称职的主管,也唯有她不喜欢待在这种凉爽湿润的环境里。

她眼睛周围布满道道皱纹,表明已经上了年纪。尽管她长期处在干燥的沙漠环境,并且食用能延年益寿的美琅脂香料,很难猜出她确切的年龄,但岁月的痕迹依然遮掩不住。她眼睛的颜色极为诡异,蓝中透蓝,说明她一直在吸食香料,甚至上了瘾。

约瑟夫十分满意地看着她,说:"你是最了解情况的,伊珊蒂。说说你有什么建议。"他狠狠地瞪了其余的主管一眼,气他们只会找借口,而提不出任何建议。

她耸了耸肩,说:"要找到一两个背后搞鬼的人,应该并不难。"

"可怎么找呢?"阿尔沃说,"我们必须得先找到偷香料的人。他们的机器上没有标记,从机器上查不出他们是什么人,而且沙漠那么大,上哪儿找去?"

---

① 美琅脂通常被称为"香料",是厄拉科斯独有的作物。香料主要以其抗衰老作用、提升大脑能力以及成瘾性闻名于世。其价格非常昂贵,围绕着香料产生了一系列科技、文化产业,美琅脂是帝国一切事务的基础。

沙丘学派：姐妹会

"你只要知道去哪儿找就行了。"伊珊蒂抿嘴一笑，笑不露齿。她那一头浓密的棕色头发被一条鲜艳的头巾裹住，项链上挂着两个有象征意义的吊坠。这并不奇怪，因为大多数在沙漠深处安营扎寨的部落族人都是禅逊尼[①]信徒，他们大多都是从奴隶贩子手下逃出来的难民。

尽管她在文波特股份公司及其下属的联合商业公司都没有正式职位，但约瑟夫花大价钱聘请她来为他提供服务。伊珊蒂来自沙漠深处，在与世隔绝的部落洞穴、太空港以及周围的各个聚居地穿梭，来去自如。她监督文波特的香料开采业务，与厄拉科斯的商人进行交易，然后又像个沙漠幽灵一样再次消失在沙丘里。约瑟夫从来没尝试过跟踪她，同时还下令严格禁止跟踪，必须给伊珊蒂留有隐私。

他向众人发话："我要你们所有人都把消息散出去，不管行贿也好，派人搜索沙漠也好，如发现有人暗中秘密开采香料，举报者可获得联合商业公司提供的巨额赏金。我会一直留在这里，不查个水落石出决不离开。"他皱起眉头说，"虽然我并不想在这儿久留。"

伊珊蒂又冲他笑了笑，约瑟夫有时真搞不懂禅逊尼的审美标准是什么。难道她是在跟他调情吗？他可一点儿不觉得这个坚毅又冷酷的沙漠女人有什么吸引力，不过他对这女人的能力倒是很欣赏。他在科尔哈有个妻子，是个受过姐妹会训练的聪明女人，名叫乔巴，是他唯一信任的人，他出差在外时会把文氏集团的运营全都交给乔巴。

"我们会尽量不让您在此逗留太久，老板，"阿尔沃说，"我这就着手去办。"实际上，约瑟夫更看好伊珊蒂。

他对众人训诫道："我的祖先奥利留斯·文波特看到了香料开采业务的商业潜力，冒着极大的风险，投入大量资金，以期从中获利。"

[①]禅逊尼是古代的游牧民族，可追溯至公会前纪元1381年，其教义主要强调神秘主义，并回归父系时代。

他身子微微前倾,继续说道,"我的家族数代人在这颗星球上花费了无数心血和金钱,所以我决不允许任何突然冒出来的竞争者染指文波特家族好几代人辛苦打下的基础。那些偷香料的贼必须得到严惩。"他喝了一口高脚杯里清凉的水,其他人也立刻跟着拿起杯喝起来。他真希望这是大家一起为胜利而干杯,可惜现在还为时过早。

约瑟夫独自待在厄拉科斯①的私人宅邸里,一边下意识地吃着仆人端来的食物,一边认真地研究着商业记录。乔巴已经把关于公司众多投资的大部分重要事项都做了摘要,另外还附上了一份私信,详细介绍了他们的两个女儿萨宾和坎迪斯在罗萨克接受训练的情况。

经过文波特家族几代人的经营,文氏集团不断发展壮大,如今实力雄厚,财富惊人。所以约瑟夫需要把货物集散部门从集团分离出去,建成一个单独的实体企业,即联合商业公司,负责载运从厄拉科斯采集的香料以及其他高价值商品。他还在一些重要的星球上建立了无数大型金融机构,方便他收购、投资以及隐藏文氏集团的利润。他不想让别人——尤其是那些疯狂的反科技狂热分子——摸清他到底有多强的实力和多大的影响力。但在他面对的众多威胁和挑战之中,排第一的始终都是目光短浅又粗暴野蛮的芭特勒圣战者。他们每次都把那些被遗弃却完全能使用的机器人飞船毁掉,无一例外。而这些舰船本来可以收入文氏集团太空船队,为其所用的。

等他回到科尔哈之后,有好多工作要做呢。另外他还得去一趟萨鲁撒·塞康达斯参加一个重要的兰兹拉德会议。可他眼下必须留在厄拉科斯,得等问题解决了才能走……

---

①厄拉科斯,也被称为"沙丘",是一颗位于老人星系统遥远边缘的荒芜沙漠行星。在很长一段时间里,它是香料美琅脂的唯一来源地。

沙丘学派：姐妹会

伊珊蒂的确在荒无人烟的沙漠中发现了有竞争者在非法开采香料。（约瑟夫不明白他手下那些侦察人员，驾驶着设备那么精良的侦察机怎么就什么都找不到呢。）可是当利力克·阿尔沃派紧急小队到那儿时，那伙儿偷盗者已经跑了。不过，阿尔沃还是在他们乘坐小型货船离开星球之前将其拦截了。货舱里果然装满了走私的美琅脂香料。约瑟夫理所当然地没收了这批货物，并留作自己的补给。

文氏集团的工程师们仔细检查了这艘没有标记的飞船，分析了飞船部件的序列号，发现这艘飞船竟为天体运输公司所有。这令约瑟夫很气愤。天体公司的老板阿尔扬·盖茨又一次把他的黑手伸向了不该伸的地方。

天体运输公司（简称"天运公司"）是约瑟夫在太空运输行业唯一的劲敌，对于竞争对手的入侵，约瑟夫极为不悦。从他得到的绝密信息来看（他为此付出了巨大的代价），他知道天运公司损失了百分之一的飞船——损失率简直高得离谱。不过风险买者自担。谁叫乘客和托运人为了图便宜，选择了这么一个不靠谱的运输公司呢？如果有什么闪失的话，他们只能自认倒霉……

阿尔沃和伊珊蒂押着一个男人来到了约瑟夫的私人宅邸，这个男人身穿一件没有标记的飞行服，被五花大绑，嘴里塞着东西。阿尔沃看上去得意扬扬，仿佛这次行动成功全都归功于他。"走私飞船上只有这一个家伙。我们一定会查个水落石出的，老板，但直到现在，这家伙也不肯开口。"

约瑟夫浓眉一挑，说："那么你就得鼓励他开口。"他转而走向那个大汗淋漓的俘虏。要是沙漠的人看见了，肯定会觉得这真是浪费水。"你们在厄拉科斯的行动是由谁负责的？我想跟你们的头儿谈谈。"

伊珊蒂取下那人嘴里塞着的东西，那人厌恶地噘起嘴，说："这是个自由的星球。所有人都无权垄断美琅脂香料，你也不例外。在瘟疫期间，有数百个开采队在厄拉科斯挖掘香料。香料就在地下，谁都可以挖！开采的钱是我们自己投的，我们不会影响你们生意。"

"香料是属于我的。"约瑟夫虽没有提高嗓门，但声音中隐含的怒火犹如滚滚惊雷在房间里回荡。他把手一挥，说："伊珊蒂，从他嘴里尽量多挖出些信息来，这是你的强项。作为报酬，他的水就归你了。"

这时，伊珊蒂咧嘴一笑，露出了牙齿。她从腰间缓缓拔出一把乳白色的匕首，说："多谢了，老板。"于是她又塞住那人的嘴，不顾他的抗议，把这个激烈挣扎的男人带走了。

我永远不可能跟任何人解释我的目的和动机，除了伊拉斯谟。尽管我们之间有着明显的分歧，但彼此却十分理解。

——吉尔伯图斯·奥尔班斯，私人日记摘录

为了使门泰特能够更为专注，吉尔伯图斯·奥尔班斯将门泰特学校建在了人口最少的兰帕达斯大陆上。虽然这里有些荒凉，但他需要一个安静的地方，让学校的导师和学生能专注于高要求的课程，不会被外界打扰和分心。

当他将这里选为门泰特学校的建校地点时，他犯了个错误，低估了奥米诺斯被打败后芭特勒运动的后劲和持续性。反科技的狂热本应该迅速消退，随着战斗的激情减退和对科技需求的增加而火苗渐熄。可曼福德·托伦多的影响力却有增无减。吉尔伯图斯现在必须谨慎行事。

他站在主教学室大讲堂的讲台上，成为众人眼中的焦点。四周是一排排阶梯座位，他站在讲堂中间，被众师生环绕。圆形讲堂四周的墙壁和天花板都是木制的，被染成了深色和古铜色，令整个讲堂显得庄严肃穆，格外尊贵。智能扩音器将他那沉着而内敛的声音传送到所有专注听讲的学生的耳朵里。

"你们必须看看过去最初的样子。"这位校长指着下面躺在讲台中央尸检桌上的两具尸体说。只见一张尸检桌上躺着一具苍白而赤裸的人类尸体,脸部朝上,双眼紧闭。死者的双臂伸直平放在身体两侧。另一张尸检桌上放着一个失效的战斗机器人,装备着凶狠武器的双臂也平放在两侧,子弹形状的头部同样也面部朝上。

"一个人和一个思维机器。要仔细观察两者的相似之处,研究他们,感受他们,并问自己这样一个问题:他们真的迥然不同吗?"

吉尔伯图斯穿着粗花呢马甲和长裤,窄窄的脸上戴着一副圆形的眼镜——他不喜欢用医疗手段改善自己的视力,与之相比他还是更喜欢戴眼镜。他的头发有些稀疏,不过发色仍像年轻时一样呈现出天然的草黄色。他不得不注意自己的外貌,极为小心地掩盖自己已经一百八十多岁的事实。他如此长寿,这还要归功于自主机器人伊拉斯谟对他进行了延长寿命的治疗。没有一个门泰特学生知晓那位机器人导师对他的人生曾有过多么重要的影响。如果芭特勒圣战者们发现了吉尔伯图斯的过去,那可就危险了。

"圣战证明了人类比思维机器更为优越,这是毋庸置疑的。但仔细观察,你就能发现这两者的相似之处。"

因为门泰特是人类计算机,所以反科技的芭特勒圣战者对吉尔伯图斯的学校表示支持。然而吉尔伯图斯对思维机器有完全不同的看法,所以为了自身的安全,他把内心想法深藏于心,不露半点声色,特别是在兰帕达斯。

吉尔伯图斯抬起战斗机器人光滑的头部,将它从颈部锚定装置上卸下,然后说:"你们看到的这个机器人是在那场战争中遗留下来的,我们获得了特别授权,可以将它用作教学工具。"(帝国政府没有任何异议,但我们费了不少口舌才说服曼福德·托伦多。)

他又抬起人类尸体苍白的右臂,说:"注意他的肌肉组织,将他跟战斗机器人的机械结构仔细对比。"

学生们静静地看着,有的人显得很好奇,而有的人则露出恐惧的神色。吉尔伯图斯有条不紊地一一取出人类尸体上的各器官,然后从

沙丘学派：姐妹会

战斗机器人身上取出类似的器官，并逐一进行比对。他一边进行尸检，一边把从两者身上取出的每个相应的器官都放在托盘上进行展示。

在半个小时的时间里，他将这个战斗机器人进行了详细解剖，并解释各个部件是如何装配和运作的，战斗机器人的内置武器系统是如何运行的，以及每个部件的功能，并将其跟人类相似的器官联系起来，进行比对和说明。

德莱格·罗杰特，是这所学校的一名高年级学生，也是吉尔伯图斯的教学助理。他微微调整了投影仪，将吉尔伯图斯尸检的过程和操作细节展示给大家。德莱格穿着一身黑色的衣服，把他那头乌黑的长发、黑色的浓眉和黑色的眼睛衬得更加明显。

在讲堂上，吉尔伯图斯将人类尸体的头骨打开，把大脑取出。然后他又把战斗机器人的计算机中央处理器取出。他把机器人的凝胶电路核心放在一个托盘里：那是一个外观柔软的金属球体，跟放在另一个托盘里的复杂人类大脑极为相似。他用指尖戳了一下计算机核心，说道："思维机器有着高效的记忆系统和高速的处理功能，但它们的能力是有限的，受制造规格的限制。"

吉尔伯图斯又解剖人类大脑，说："另一方面，人类大脑没有所谓的制造规格。请注意这个大脑剖面的复杂构造：这其中包括大脑、小脑、胼胝体、间脑、颞叶、中脑、桥脑、延髓——这些术语你们应该都熟悉。尽管大脑体积很大，但大部分思维和计算能力都从没被其主人使用过。"

他抬头看着学生们，说："你们每个人都必须学会充分开发和利用我们拥有的东西。我们的记忆能储存多少信息是没有任何限制的——只要我们正确合理地处理和储存信息。在这所学校里，我们会教每个学生如何模拟思维机器高效的组织和计算方法，学会之后，我们就会发现人类可以比思维机器做得更好。"

SISTERHOOD OF DUNE

学生们窃窃私语，有些人显得很不安。他特别注意到艾丽丝·卡罗尔脸上显出愠怒之色。卡罗尔是个有天赋的年轻女孩，但思想保守，是在芭特勒圣战者家庭里长大的。她是曼福德·托伦多派来的学生之一。不过令人惊讶的是，艾丽丝在精神技巧方面做得相当好。

为了能在兰帕达斯建立这所门泰特学校，吉尔伯图斯做出了一些牺牲。曼福德同意支持他建校办学，但条件之一就是每年吉尔伯图斯必须招收一定数量的芭特勒圣战者选派的学生入学。尽管芭特勒圣战者选送来的学生资质并不高，占据了本该留给更有天赋、更理智的学生的名额，但他不得不做出妥协和让步。

吉尔伯图斯后退了一步，离解剖台上的两个标本稍远一些，说："我的目标是把你们培养成思维组织和记忆能力极为开阔的人，你们学成之后，你们的能力将会超越任何一台计算机。"然后他像父亲一样对着他们微微一笑，"你们愿意为这一目标而付出努力吗？"

"愿意，校长先生！"同意的呼喊声响彻整个讲堂。

虽然门泰特学校外部的自然环境恶劣——大片的湿地、沼泽般的河道，还有危险的捕食动物，但吉尔伯图斯知道，只有艰苦的坏境才能磨炼出最训练有素的人。这是伊拉斯谟教他的。

学校是一个巨大的建筑群，各个教学楼相互连接，实际上这座综合性建筑群是建在一个浮动的平台上，平台漂浮在一个巨大的沼泽湖上，周围是荒无人烟的土地。学校四周设有屏蔽场系统，阻止身上带有病毒的沼泽昆虫进入，为门泰特学校的学生创造了一个安全的学习环境。

吉尔伯图斯穿过沼泽地上的一条浮动人行道，一路上几乎看不到深绿色的沼泽湖水。他经过了一个水上体育场和一座独立的礼堂，然后走进了教学楼旁的行政大楼，学校各院院长和终身教授的办公室就在这里。这座学校目前已经有两百多名导师,以及四千多名学生。思维机器被打败后,涌现出许许多多的教学机构,而在这其中,门泰特学校可谓成绩斐然,独占鳌头。由于门泰特教学十分严格,即使招收的都是资质最好的学员,淘汰率也将近百分之三十五(不包括芭特勒圣战者送进来的学生),只有最顶尖的一部分人才能晋升为门泰特。

吉尔伯图斯办公室的生物油灯发出一种微弱但并不难闻的气味。巨大的房间里铺着深色的科加尼木地板,地毯是用沼泽地柳树叶和树皮编织而成的。音乐声隐隐传来,他正在听古典音乐,他和伊拉斯谟曾经在科林的机器人静思园里一起欣赏过这些音乐作品。

出于怀旧之情,他仿照伊拉斯谟在科林的家,把自己的办公室装成一样的风格,一样的紫色丝绒窗帘,一样精雕细刻的华丽家具。他必须非常小心,不过他知道没人会把这个跟伊拉斯谟联系在一起。因为吉尔伯图斯是这世上唯一还记得自主机器人私人别墅里奢华装修的人。

书架高耸,直触到高高的天花板,这些书架所用的木头十分光滑,看起来有年头了。在制作和组装过程中还人为地加了一些裂缝和刮痕,给人一种年代久远的错觉。在建立门泰特学校时,吉尔伯图斯希望学校能呈现出一种庄严肃穆、历史悠久的印象,学校所有的一切,包括建筑群、教学楼甚至这间办公室,都是经过他深思熟虑而设计建造的。

他若有所思地想,这样才对嘛,毕竟我们是门泰特。

院长和教授们不断研究和改进,开发出许多创造性的教学方法,以突破人类思维的界限,但门泰特课程的精髓和核心,其来源只有吉尔伯图斯才知道——这个来源一旦被泄露,将会使整个学校陷入极大的危机。

当确定只有他一个人之后,吉尔伯图斯锁上了门,拉下了屋里的每一扇由木头和织物构成的百叶窗。他从马甲的口袋里掏出一把钥匙，打开了嵌在一组书架里的实木储藏柜。他伸手碰了特定位置的面板，随即那些书架立刻开始重新排列、旋转，然后像花瓣一样打开了。

书架上放着一个闪闪发光的存储器核，他对着那个东西说："我来了，伊拉斯谟，你准备好继续谈谈了吗？"

他的脉搏加快，一部分是因为情绪激动，一部分是因为这样十分危险。伊拉斯谟是所有自主机器人里最恶名昭著的，是跟奥米诺斯永恒体一样令人憎恨的思维机器。吉尔伯图斯不禁笑了起来。

在科林灾难性的陷落之前，他从这个注定要被毁灭的机器人身上取出了存储器核，并带着它偷偷逃走，混在无数人类难民里。在之后的许多年里，吉尔伯图斯为自己创造了全新的生活和虚假的过去。他运用自己的才能创立并发展了这所门泰特学校——其实一切都是在伊拉斯谟的秘密协助下进行的，而且伊拉斯谟一直都在给他提供建议。

凝胶电路球体活跃地跳动着，自主机器人那熟悉而透着博学的声音通过小型扩音器传来："谢谢你——虽然你允许我开启隐形间谍眼，可我都开始有点儿幽闭恐惧症了。"

"你曾经将我从无知的困境和肮脏的生活中救出，而我也救了你，让你免于毁灭。咱们互不相欠。但很抱歉我无法冉为你多做些什么——至少现在不能。我们必须十分谨慎才行。"

多年前，伊拉斯谟从机器统治的世界里的一个凄惨奴隶窝棚里选中了当时还是孩子的吉尔伯图斯作为实验品，想看看通过精心的培训能否使一个野性未驯的生物变成有教养的文明人。于是多年来，这个自主机器人成了吉尔伯图斯的父亲和导师，它教导吉尔伯图斯如何运用自己的思维，如何增强脑力，使他能够像计算机一样高效地思考。多么讽刺啊，吉尔伯图斯心想，他的学校致力于最大限度地开发人类大脑潜能，而其根源却来自思维机器。

伊拉斯谟是位严格而优秀的导师。任何人经这台机器人训练都能

沙丘学派：姐妹会

取得成功，但吉尔伯图斯却深深地感谢命运选中了他成为了这个机器人的实验品……

两人低声交谈，时刻担心被人发现。"我知道你已经冒了极大的风险，但我越来越感到不安。我需要一个新的框架，一个能让我再次移动起来的功能体。我不断思考，设想无数的测试场景，用在你最优秀的学生身上，这肯定会产生许多有趣的结果。我确信人类会持续不断地做出令人惊叹又十分不理性的事情来。"

像以往一样，吉尔伯图斯有意回避为机器人创造新身体的问题。"是的，父亲，他们的确会这样——而且还是不可预测且暴力的事情。所以我必须把你藏起来。帝国里隐藏着许多秘密，但你的存在也许是最大的秘密。"

"我渴望能与人类再次互动……可我知道你已经尽力了。"说到这儿，机器人停顿了一下，吉尔伯图斯能够想象到机器人那用流动金属制作的老面孔上不断变化的表情，而它的身体则留在了科林，"带我在房间里走走吧。把其中一扇窗户打开一条小缝，让我用传感器偷着看一眼外面。我需要摄入信息。"

吉尔伯图斯依旧保持警惕，他拿起轻飘飘的存储器核，把它放在手心里，小心翼翼地托着，不让它掉下来或者受损。然后他把球形核心带到一扇窗户前，面向又宽又浅的湖水——这个位置不会被人看到——最后掀开了百叶窗。面对伊拉斯谟这个小小的要求，他实在无法拒绝。毕竟他欠这个自主机器人太多了。

存储器核咯咯笑了起来，笑得开心而温柔，让吉尔伯图斯想起了在科林那段宁静安详、如田园诗一般的时光。"宇宙变化好大啊，"伊拉斯谟沉吟道，"但你已经适应了，你所做的一切都是为了生存。"

"以及保护你。"吉尔伯图斯紧紧握着存储器核说，"虽然很难，但我会继续伪装下去。我不在的时候你会很安全，父亲。"

很快，吉尔伯图斯将随曼福德·托伦多一起离开兰帕达斯，前往萨鲁撒·塞康达斯，在兰兹拉德议会和萨尔瓦多·科瑞诺皇帝面前发表讲话。对吉尔伯图斯来说，这是一种微妙而危险的平衡……一种总是令他感到不安的杂技表演。

生活是复杂的，不管我们出生的环境如何。
——摘自哈迪萨·科瑞诺写给她的丈夫罗德里克王子的书信

　　一辆由四只金狮拉着的皇家马车在一行队伍的护送下浩浩荡荡地穿过萨鲁撒的都城齐米亚。这是一座纪念碑之城，无数圣战英雄都长眠于此。无论在哪里，帝国皇帝萨尔瓦多·科瑞诺都能看到塞琳娜·芭特勒、她那殉道的孩子曼尼昂以及大主教伊布利斯·金乔的头像——或在飘扬的旗帜上，或是在建筑物的侧面，又或是在雕像上以及商店的门前。远远望去，也依稀能看到议会大厅巨大的金色圆顶，雄伟恢弘，这里承载着无数史诗般的历史性事件。

　　湛蓝的天空中白云朵朵，皇家车队经过一座高耸的半机械生化人标本，上面锈迹斑斑，与最高的建筑物比肩。这个可怕的机器曾经是由人类大脑控制的，在第一次齐米亚战役中，它也在敌人的进攻队伍当中。如今，这个巨大的躯壳已经完全没有了生气，只是静静伫立在此的遗迹，提醒人们不要忘记过去那段黑暗的日子。塞琳娜·芭特勒圣战持续一个多世纪，最终思维机器在科林被彻底击败，人类终于不再是奴隶了。

　　齐米亚在圣战中曾两次遭到机器人的猛烈进攻，受损严重，但每次都能得以重建——这便是人类不屈不挠精神的最好证明。在经过科林战役的浴血拼杀，走出硝烟弥漫的战场和废墟之后，芭特勒家族将姓氏改为科瑞诺,成为新帝国的统治者。新帝国的首位皇帝是萨尔瓦多的祖父费坎,其后的接任者是费坎的儿子朱尔斯。这两位皇帝加在一起总共统治了七十一年,之后萨尔瓦多继承了皇位。

在皇家马车里,皇帝对早上的安排被扰乱感到很恼火,但他收到了一个极为严峻的消息,所以他必须亲自来看看。他匆忙离开了宫殿,随行的有皇家卫队、大臣、幕僚还有贴身护卫(因为躁动的人总有事情要抗议)。一名苏克学校的医生坐在他后面的马车里,以防不测。萨尔瓦多担心很多事情,所有的忧虑都写在了脸上,看起来就好像穿了一件不合身的衣服。

队伍继续行进,皇帝其实根本不想被人护送着去目睹即将发生的可怕事件,但这是他的义务。金狮马车一路朝城市的中心驶近,路两旁百姓的马车、地行车和卡车全都停住,让皇家车队先行通过。

尊贵华丽的马车平稳地停在了巨型广场的中央,身穿制服的侍从匆匆跑来打开漆光锃亮的车门。皇帝由侍从搀扶着下了马车,一下车就闻到了空气中弥漫着一股皮肉烧焦的味道。

一个身形高大,浑身肌肉的男人走了过来,他身穿着猩红色的束腰外衣和金色的长裤,这是科瑞诺家族的颜色。罗德里克是皇帝的同父异母兄弟。两人还有一个总惹麻烦的同父异母妹妹,安娜。三个人分别由三个不同的母亲所生。(上一任皇帝朱尔斯虽然后宫庞大,但从没与自己的结发妻子生下一儿半女。)

"在这边。"罗德里克轻声说。他有一头浓密的金发,不像他哥哥萨尔瓦多,虽然只比他大两岁,今年四十七,却发量稀少,只在头顶有撮棕色的头发。两人都习惯随时开着身上的屏蔽场腰带,把自己保护在隐形的屏蔽场里,虽然他们根本不了解这种科技。

罗德里克指向伊布利斯·金乔的雕像,金乔具有超凡魅力,是神秘莫测的圣战宗教领袖,曾激励数十亿人反抗机器的压迫。萨尔瓦多惊恐地看到雕像上吊着一具烧焦而残缺的尸体。这具尸体被烧得血肉

沙丘学派：姐妹会

模糊无法辨认，尸体上还贴着一张告示，上面写着"图雷·博莫科——神和信仰的叛徒"。

萨尔瓦多对这个名字非常熟悉。二十年前，在他父亲当政时，普世翻译委员会出版了一部号称用于所有宗教的新圣经——《奥兰治天主圣经》①。图雷·博莫科曾是普世翻译委员会的主席，他和委员会的代表们在古地球充满放射性物质的荒地废土上一座圆顶建筑里，与世隔绝七年之久，潜心编纂这部新圣经。他们对宗教的基本教义和原则进行了折中性的概括和汇总，然后将其出版发行，号称这是不朽的杰作，并为此欣喜若狂。但没想到，这部新圣经一出版便引起轩然大波，掀起一阵可怕的反对浪潮。这部拼凑而成的圣经本意是想解决人类所有的宗教分歧，但结果却起了反作用。

这部新圣经并没有实现宗教统一的胜利结果，也没有被世人普遍理解和接受，反而因书中透出的狂妄自大而激起了强烈的抵制和反对浪潮，席卷了整个帝国。面对如暴徒般愤怒的民众，博莫科和委员会的代表们只得逃离。许多代表被私刑处死，另一些代表为了保住性命则立刻公开放弃自己之前的立场和主张。还有些人虽说是自杀，但实际情况可疑。而其他人，比如博莫科则躲了起来。

后来，朱尔斯皇帝格外开恩，允许博莫科在皇宫里寻求庇护。他公开承认他领导的委员会在试图创造新的宗教上犯了错误，他们这么做只会"给人们带来在接受信仰方面的不确定性，"并"激起对神的争议"。然而在皇宫里，博莫科主席又涉嫌跟皇帝的妻子有染，丑闻传出后，博莫科逃跑了——这是他第二次被迫逃亡，至今踪迹不明。

此时，罗德里克站在他哥哥身旁，看着吊在雕像上烧焦且辨认不出的尸体，说："您觉得这次他们真找到他了吗？"

---

①《奥兰治天主圣经》又称"集锦之书"。是一本包含了大多数古代宗教要素的宗教书籍，其内容涵盖了穆美萨利教、大乘基督教、禅逊尼天主教，以及伊斯兰佛教。其最高的戒条是："汝等不应毁损灵魂。"

萨尔瓦多对这具残缺不全的尸体无动于衷,翻了白眼,说道:"我看不一定。这是他们杀死的第七个所谓的'博莫科'了。但不管怎样还是得进行基因检测,确认一下。"

"我会处理好的。"

萨尔瓦多知道他不用担心。罗德里克向来比他这个当哥哥的更冷静、更镇定。皇帝缓缓叹了口气说:"要是我知道博莫科在哪儿,我会亲自把他交给他们,让那些暴徒高兴高兴。"

罗德里克皱起眉头,他严肃地看着自己的兄弟,说:"我以为你会先跟我商量的。"

"你说得对,没有你的建议,我不会擅自行事。"

多年来抗议的风浪此起彼落,但自从萨尔瓦多登上科瑞诺王位十多年以来都没什么大的骚乱发生。很快,他将宣布出版《奥兰治天主圣经》的修订版(某种程度上来说算是净化版),这必然还会激怒一些人。新版圣经将被冠以萨尔瓦多的名字,一开始这看起来似乎是个好主意。萨尔瓦多召集了众多宗教学者,想通过他们解决圣经中有争议的内容,但极端分子的要求却是希望把这种以一应全的圣经统统焚毁,而不是修改。对于这些宗教狂热者,他必须小心再小心。

罗德里克简洁利落地向皇家卫队的两名军官下令道:"移走尸体,清理现场。"

烧焦的尸体被抬下来时,肩膀和躯干上烧得发红的肉从骨头上滑落下来,卫兵们发出恶心的惊叫,连连向后退。萨尔瓦多拿着卫兵呈交上来的告示,眯着眼睛看背面的小字。擅自动私刑的暴民们认为他们有必要解释一下,他们对付这具尸体的方式跟思维机器残害塞琳娜·芭特勒的方式一模一样——而且他们为自己这种残忍至极、令人发指的行为辩护,认为这完全是正当而合理的。

罗德里克陪同兄长走回皇家马车的途中,皇帝抱怨道:"在经历了机器奴役人类一千年,又打了一个多世纪的血腥圣战之后,你会觉

沙丘学派：姐妹会

得人们如今应该已经厌倦这一切了吧？"罗德里克微微点了点头，"可他们似乎对斗争和暴力上了瘾，人们的情绪依然那么狂热暴躁。"

"人类真是太没耐性了。"皇帝跨进马车，接着说，"他们真以为奥米诺斯被打败之后，所有问题就都能立刻解决吗？科林战役已经过去八十年了，社会不该还这么动荡混乱！真希望你能帮我把局势稳定下来，罗德里克。"

皇帝的弟弟对他淡淡一笑，说："我会尽我一切所能的。"

"嗯，我知道你会的。"萨尔瓦多拉上车门，车夫喝令金狮起步快行，其他皇家车辆和随行都紧紧跟在其后。

· · · ✦ · · ·

当晚，罗德里克将基因检测结果呈交给正在乡村庄园里的皇兄。萨尔瓦多和皇后塔布丽娜正吵得不可开交，这次是因为皇后想在政府中担任一个较小的职务，而不只是像现在这样负责一些日常的礼仪工作。

萨尔瓦多对皇后的要求坚决反对。"这不合传统，帝国现在最需要的是稳定。"这对皇室夫妇此时正在陈列室里，四周的墙上挂着各类冰冻的鱼类和野生动物标本。

幸运的是，罗德里克王子以前就听过他们争吵不休，早就见怪不怪了，他大步走进陈列室里，对他们的吵闹声置之不理。

"兄长，我把结果带来了。我觉得您一定想亲眼看看。"

萨尔瓦多从罗德里克手里夺过那张检测报告，假装对他突如其来的打扰感到很生气，但实际上却偷偷对这个弟弟露出了感激的微笑。塔布丽娜坐在壁炉旁，一边喝着酒，一边强压住怒火——她很要面子，所以不会在客人面前继续争吵不休。萨尔瓦多看了看那张检测报告，似乎对结果表示满意，然后一把将那张纸揉成球扔进了火里。

"跟我想的一样——不是真的博莫科。那帮暴徒太狂暴，任何引起他们怀疑的人都会被他们吊死。"

"真希望他们把你也吊死。"皇后小声嘟囔道。她长得美艳动人,一双深色的杏眼顾盼流连,颧骨高耸,合身的长裙衬托出她那轻盈婀娜的身姿,一头红褐色的头发,发型精致优雅。

萨尔瓦多本想反唇相讥,说为了能远离她,他宁愿被人吊死。可他现在没心情开玩笑。他转过身离去,缓缓走出了房间。"来,罗德里克。我来教你玩儿一种很流行的新纸牌游戏,是我从新纳的妃子那儿学来的。"

一提到妃子,塔布丽娜就立刻气呼呼地哼了一声,萨尔瓦多却假装没听见。

罗德里克强硬地鞠了一躬,说:"如果这是您的命令的话。"

萨尔瓦多扬起眉,说:"需要我下令吗?"

"不必了。"

于是两人朝客厅走去。

在圣战期间，女巫们用自己的灵力保护罗萨克。她们是强大且活生生的武器，可以毁灭半机械生化人的思维，但同时也付出了生命的代价。唉，那段日子已经过去，一去不返了！如今纯血统的女巫仅剩不到一百人，而且她们没有祖先拥有的灵力。

——摘自姐妹会教材《罗萨克之谜》的序言

许多姐妹和信徒继续在悬崖之城里指导学生训练，年轻的学监们则在育儿室教导孩子。而瓦莉娅则下到茂密的丛林里执行日常的任务，而且是一项十分重要的任务。

嘎吱作响的木制升降机穿过浓密的树冠一路下降，进入昏暗而朦胧的丛林世界。瓦莉娅走出升降机，踏上潮湿的地面，不由得深吸一口气，闻到一股夹杂着泥土、植物和动物的混合气味。她沿着一条小路走进茂密的银紫色丛林。周围巨大的蕨类植物时卷时舒，仿佛在拉伸自己的肌肉。头顶上空，阳光透过树叶洒下一道道斑驳的光影，那光随着枝叶的晃动忽明忽暗。树叶沙沙作响，矮灌木丛里似乎有什么东西掠过；食肉藤蔓像鞭子一样抽打着毛茸茸的啮鼠，将其打昏，然后围住。在这里，她必须时刻保持戒备和警惕。

瓦莉娅走到一扇嵌在一棵巨树上的黑色金属门前。几个月以来，她每天都来到这里，用钥匙打开门，进入一条通向深处的昏暗通道，里面只有点点昏黄的球形灯照亮。她沿着树根下弯弯曲曲的楼梯走下去，不一会儿就能看到一间间在基岩上凿出的房间。在其中最大的一个房间里，老女巫卡丽·马奎斯正在用验电器、各种装着粉末的罐子、盛着液体的管子，还有离心机进行药物实验。

这些房间让瓦莉娅不由得联想到一位隐世的化学家建立的神秘实验室，里面有盛着冒泡液体的烧杯，实验器皿里蒸馏着从丛林里采集的罕见的动物、植物、真菌和树根。卡丽姐妹年迈苍苍，但到底有多大年纪，谁也不知道，几乎跟拉奎拉姐妹一样老，但不像拉奎拉那样能精确地控制自己体内的生化特性，岁月就像一件厚重长袍罩在她那骨瘦嶙峋的身子上。然而，卡丽那双绿色的大眼睛却格外翠嫩，那亮丽的绿色并没有因岁月沉淀而日渐黯淡。她头发雪白，颧骨高耸。

老妇人知道瓦莉娅来了，却没有回头看她，继续埋头做化学实验。她说话的声音中带着一丝兴奋："我今早上想到一个主意——我觉得是个突破。我们可以从穴居蚝蝓分泌的黏液中提取蒸馏液，并加以利用。因为它有致命的麻痹属性，但如果我能把效力减轻，这种化合物也许能达到一个适当的平衡，既能令一个姐妹走到死亡的边缘，冻结其身体的各系统，同时又能让她的思维仍保持活跃和集中，直到最后一刻。"

瓦莉娅曾经见过一节一节的丰满蚝蝓在林地腐烂的树叶下挖洞——这是罗萨克另一个危险的物种。"这个主意不错，成功的可能性很大。也许我们要的正是这种属性。"然而，瓦莉娅对此并没多少信心。在过去几十年里，她们尝试过无数种方法，最后不也都失败了吗？而且她也不想在又一次毫无希望的实验中送了性命，成为牺牲品。

一个个箱子里装满了从丛林里收集来的树叶和蘑菇、从岩石上刮下的地衣、从大型蜘蛛身上提取的毒液，还有压扁的丛林飞蛾蛹。"您觉得我们什么时候测试下一个志愿者？"瓦莉娅问道。就在一周前，狄安娜姐妹死了，而且还死得很惨。

沙丘学派：姐妹会

老女巫扬起眉，误解了瓦莉娅的意思："你是要站出来亲身测试吗？你终于相信你已经准备好了吗，瓦莉娅姐妹？我知道你比之前的大部分志愿者准备得更充分。如果要推举一个人的话——"

"不，我不是这个意思，"瓦莉娅急忙说，"我只是想说，我们应该谨慎推进，不然姐妹们会逐渐失去希望，毕竟……这些年来我们失败了太多次……死了太多人。"

"一名真正的姐妹永远坚信人类是有潜能的。"卡丽边说边把烧杯从加热盘上取下来。

瓦莉娅在罗萨克接受了五年的训练，在她看来罗萨克姐妹会是她摆脱流放家庭的一个途径。在训练的过程中，她引起了圣母的注意。瓦莉娅一直在想方设法提升自己在姐妹会中的地位，而如今她在圣母的带领下进入了姐妹会的核心圈子，了解到许多关于育种记录计算机的惊天秘密和可怕内幕，她相信更多的秘密之门正在向她敞开。

她多希望能把这些事情都告诉格里芬啊！

瓦莉娅私下里也密切留意帝国里出现的各种机会。由于她出身于不光彩的家庭，通常许多机会都会对她关上大门，但也许通过姐妹会，她可能会得到别人的另眼相看。与此同时，她也专注地在罗萨克训练和学习，继续不断努力进行高强度的心智和身体训练。

圣母希望瓦莉娅留在姐妹会的大本营，为姐妹会而献身，但这个年轻女子不愿一直被困在这里。因为这对哈克南家族来说没有半点帮助。她正在考虑的一个选择是成为像阿丽特姐妹一样的传教士，而阿丽特也招募了她。或许瓦莉娅可以在某个贵族家庭里找到一个合适的位置，甚至在萨鲁撒·塞康达斯的宫廷里任职，就像多洛蒂娅姐妹一样——她曾是卡丽的前任助手。

在实验室里，瓦莉娅亲眼看着一个又一个志愿者咬紧牙关、意志坚定地躺到医疗床上，狂傲地相信自己可以完成不可能的使命，成为像拉奎拉一样的圣母，即使前面的所有人都失败，她们仍一往无前。

大部分人都在痛苦的折磨中死去，侥幸活下来的人也都昏迷不醒，失去了全部的记忆，或者遭受其他形式的脑损伤。不，瓦莉娅不愿当志愿者。

"我们的志愿者已经足够多了，"卡丽·马奎斯说，"但测试时间要推迟些日子，直到新药极有可能成功，让我满意了才行。"

幸运的是，罗萨克的女巫们将奥利留斯·文波特编写的详细药物研究报告保留了下来。当年在圣战前，文波特用罗萨克上特有的动植物来炼制独特药物和化学物质，并靠销售这些药物发了财。而如果一名姐妹想要跨越障碍成为圣母，唯一的方法就是在死亡的边缘直接与死神进行精神对抗，因此卡丽·马奎斯不知疲倦地测试药典上发现的致命药物。

瓦莉娅总是面无表情，看不出她心里在想什么。我可不想当志愿者。

她走到实验设备旁，站在卡丽身边。"请相信，我愿意做任何事来帮助您。"她开口道。虽然实际上她心里可不是这么想的。

"秘密就在其中，"卡丽说，"我们只需要不断测试就行了。"

··✦··

此时此刻，苏克医学院的校长来访时，圣母拉奎拉不再感到尴尬了。尽管奥莉·卓玛医生因行为不端被姐妹会开除，但这位严苛的女人在之后的四十年里，毫无疑问地证明了自己的价值，她以优异的成绩从苏克医学院毕业，并且一路扶摇直上，成为了一名高等级的苏克医生。

虽然卓玛是位医术高明的医生，但她真正的才能是管理，无论多么艰难的境地，她都能客观冷静地做出判断和选择。自从几年前前任校长离奇自杀之后，卓玛医生一直在管理位于帝国首都的老校区。如今她还负责监督独立的初级学院和帕曼提尔总校区的扩建工作。

沙丘学派：姐妹会

拉奎拉乘坐穿梭机降落在聚合的林冠上，亲自接见这位苏克医学院的校长。卓玛年轻时，在罗萨克接受了两年的训练，圣母拉奎拉发现她极具天赋且胸怀大志。那时，卓玛对罗萨克的各种增强体力、速度、耐力和精神敏锐度的药物很感兴趣。但同时她也发现了这些药物背后的巨大利润，于是开始向黑市商人提供稀有物种的提取物和强效药物，并高价出售——直到很久之后才被发现，最后被抓获。

当被带到圣母面前时，卓玛企图为她的课外违规行为狡辩，声称她这么做对姐妹会是有益的。但拉奎拉脑海里的无数声音都对此表示怀疑。卓玛辩解说她把所有赚来的利润都放进了学校的金库（事实也的确如此），但这也不能为她的主要过失开脱——她在拉奎拉不知情的情况下，擅自以姐妹会的名义进行非法活动。这是姐妹会绝不能容忍的。

于是圣母别无选择，只好将卓玛赶走。但出于情面，她并没有对外公开遣走她的原因。因为爱惜和欣赏卓玛身上的巨大潜力，拉奎拉让她保住了自己的名声，所以卓玛的事业也没有因此而受到影响。她申请进入苏克学校学习，并且表现出色，最终成为了颇有影响力的人物。然而，这么多年过去了，卓玛仍渴望能得到圣母的接纳和原谅，虽然当年圣母对她失望至极。

穿梭机的舱门打开，一位看上去六十出头、外表冷漠、身材瘦小的女人走了出来。代表苏克医生的奥莉·卓玛现在是一副严肃干练、公事公办的样子。她十分悉心照顾自己的身体，就像工厂老板维护贵重的机器一样。她从不虚荣，也不刻意打扮自己。拉奎拉知道这个女人很难交到朋友，也没什么浪漫的细胞。要不是当年行为不端，卓玛本可以成为一名极其优秀的姐妹，这大部分原因是她能控制住自己的情绪。

卓玛定期来罗萨克为受伤的志愿者姐妹看病（但更有可能是进行研究），这些志愿者在成为圣母的失败测试中存活了下来，但都受伤严重。拉奎拉拒绝把这些昏迷不醒或脑损伤的姐妹送到帕门提尔。因为那里的苏克研究人员会把她们当成测试对象，进行刺激治疗和分析。不过作为让步，她同意卓玛亲自来这里，给她们治疗。医生采集样本并进行测试。但到目前为止，还没有一位受伤的志愿者被治愈。

拉奎拉热情地问候她："欢迎再次光临罗萨克，卓玛医生。受伤姐妹的病情还是没有任何好转，但我们仍感谢你对她们给予的关照。"

走下斜坡时，医生犹豫了一下，似乎欲言又止。最后她终于开口说："苏克医生和姐妹会有很多共同之处。"卓玛上前一步，伸出手唐突而郑重地握住拉奎拉的手，说："我们都在为人类的进步而努力。"

"我们的结盟是合情合理的。在我们姐妹会和你们苏克医生如何实现咱们的共同目标这个问题上，我总是愿意敞开心扉，接受各种建议，"拉奎拉说，"我和苏克医生莫汉达斯早在我们的学校建立之前就已经认识了。"

拉奎拉领着医生沿小路来到悬崖城。走进了一个特殊的洞穴区，这里原是姐妹会的医院。她带领卓玛医生来到一间私人病房，里面躺着四名处于植物人状态的年轻女子。在隔壁的房间里另有五名精神状态极不稳定的女子，时而清醒时而恍惚。其中两个人说着没人听得懂的话，就连脑子里有过去无数代人记忆的拉奎拉也听不明白。还有两位病人总被噩梦纠缠，其中一位是利拉姐妹，大部分时间都像石像一样，麻木而冷漠，每天只有不到十分钟的时间是完全清醒的。在这十分钟里，她兴奋地想要解释她的所见所感。然而一旦她的记忆凝结，便又回到了呆滞的状态。

此时，卓玛医生跪在四名昏迷的病人身旁，仔细观察她们的眼睛，查看脉搏和肤色。她诊治病人时手法干练而高效，但对病人的态度十分冷漠；现在，这几个病人都处于植物人状态，所以她诊病时不怎么会受到病人的干扰。卓玛采集了血样，在病房里走来走去，仿佛在脑海里翻阅着一份详细的检查单。

这个洞穴区曾经是用来养育畸生儿的，也就是罗萨克女巫们的孩子，这些孩子患有严重的先天性缺陷——这种缺陷曾经很常见，因为罗萨克星球上充满致变物质和环境污染。一想到这些畸生儿，拉奎拉就想起了年轻而畸形的吉马克·特罗，并为之心痛不已。吉马克是女巫蒂西亚·森瓦的孩子。很久以前，拉奎拉染上了瘟疫，吉马克把她带到了丛林里，悉心照顾她，让她奇迹般地活了下来。而他却去世了——拉奎拉当年认识的人大多早已不在人世，还有许多想要追随她的脚步、探索那条未知道路的志愿者姐妹也都死了。

死了那么多人……实现那个目标的希望变得越来越渺茫了。

拉奎拉看着那些受伤的人，对卓玛说出了心里话："难道只有我是个例外吗？假如其他人都无法跟我一样得到转变该怎么办？这过程如此痛苦，这么多人死的死，伤的伤。"她叹了口气，"冒这么大的险值得吗？也许我该停止这一切了。"

卓玛冷酷的表情一下子变得更加坚毅刚硬，显露出真正的决心。"为挖掘人类的潜能而冒险永远是值得的，圣母。既然人类摆脱了机器的奴役和统治，那么我们就必须提升自己，在各方面尽可能地增强心智和体能。这是苏克医生的信条和准则，是姐妹会的信仰和理念，也是兰帕达斯的门泰特和剑术大师的执着信念。甚至——如果我理解正确的话——就连文氏集团太空船队里那些基因变异的领航员也秉持这样的信念。我们现在不能退缩，不能灰心丧气，因为这是我们共同的命运。"

听了这番话，拉奎拉感到心里格外温暖，她朝这个矮壮敦实的女人笑了笑，说道："啊，奥莉，也许当初真应该把你留在姐妹会呢。"

赞同某种信仰没什么了不起的,而凭借坚定的信念去实践,才是更大的挑战。

——曼福德·托伦多在兰兹拉德议会厅的讲话

通常,每当曼福德在兰帕达斯忠诚的拥护人群中出现,就会立刻掀起暴风雨一般强劲的欢呼声,卷起一股誓将净化运动进行到底的风暴。

然而今天,两个轿夫抬着他坐着的轿子来到萨鲁撒·塞康达斯的兰兹拉德议会大厅时,接待他的民众们情绪要冷静得多。

侍卫长用洪亮的声音宣告他的到来,声音里透着矫饰的礼仪,不过人人都认得来者是芭特勒运动的领袖。贵族们纷纷报以礼貌的掌声,但并不热烈,也不激动。曼福德对此置之不理。他坐在轿子上,而不是他的剑术大师肩膀上,立刻挺直了脊背。他的肩膀很宽阔,手臂肌肉也很发达,因为他经常用手臂代替失去的双腿行动,而且长期进行大量的手臂锻炼。轿夫抬着他走上讲台,阿纳莉·艾达荷走在他身旁,一副令人望而生畏的戒备神色,时刻保护着曼福德。

曼福德环顾巨大的议会大厅。一排排令人眼晕的座位就像一块块投进平静池塘的石头,激起阵阵涟漪。这些座位上坐着来自各重要星球的代表,以及次要星球的代理,还有数不清的观察员和官员,其中有不少是官僚。萨尔瓦多·科瑞诺皇帝坐在他专属的华丽包厢里,亲

沙丘学派：姐妹会

自出席会议，尽管他看上去百无聊赖。他的兄弟罗德里克坐在皇帝包厢内的陪同席上，身子靠向秃顶的皇帝，正在跟他说话。两人似乎并没有留意曼福德。

轿夫把轿子抬到扩音场的中央停了下来。一道亮光照在曼福德身上，他仰起头，沐浴在光中，仿佛接受来自天堂的祝福。

扩音器里传来的声音将他拉回现实："曼福德·托伦多，芭特勒运动的代表，既然你要求在兰兹拉德议会上发言，那就请开始你的陈述吧。"

曼福德注意到巨大的议会厅里有许多空座位。"为什么这么多人没来？难道没通知他们我会来吗？难道你们不知道我的发言有多至关重要吗？"

会议主持者似乎有些不耐烦了："托伦多大人，我们每次会议都会有人缺席。不过，出席的人已经达到了法定人数。"

曼福德深吸一口气，然后又叹气似的呼出一口："很遗憾，今天人没到齐。能给我一份出席者的名单吗？"其实他更感兴趣的是想知道谁没来参加会议。

"我们每次会议都会有公开的记录。好了，请开始发言吧。"

曼福德被这人的粗鲁吓了一跳，但他从内心深处最黑暗的角落汲取了力量，决定暂时保持冷静。

他说话的口气毫不客气，就好像跟自己人说话似的："好吧。我来这儿是报告我的追随者们取得的战绩，并要求大家保持团结一致。芭特勒圣战者将继续在偏远地区搜寻并摧毁机器人的前哨站和机器人舰船。我们的工作合理合法，那些舰船仅仅是思维机器曾残害和奴役我们的象征，是过去的残余。但我们真正的威胁则更为隐蔽……是你们自己所带来的。"

他坐在轿子上转过身来，一只手臂朝兰兹拉德议会大厅振臂一挥。轿夫们仍像雕像一样一动不动。阿纳莉看向场下的群众。

"我来这里的主要原因是你们需要被人提醒。我的人遍布整个帝国，我收到很多报告，都证明了帝国的许多星球正变得软弱，而你们却为你们的人民开脱，编造各种借口和理由来搪塞，你们假装认为几个世纪的压迫能在短短几十年之后就轻易被忘掉。"

曼福德听到在座的代表们在窃窃私语。皇帝萨尔瓦多打起了十二分的精神，在他的私人包厢里密切关注着他。罗德里克看上去陷入了沉思。

曼福德继续说道："你们允许机器进入你们的城市和家庭。你们告诉自己说这些设备是无害的，这点儿小小的科技不会伤害到任何人，能带给人方便的机器应该允许被使用，或者认为那种机器是个例外，用用也无妨。但是你们都忘了吗？"他提高嗓门大喊道，"你们竟然都忘了吗？每向前走一小步，就是朝悬崖边又近了一步，在你们掉下悬崖之前，有多少小步可迈呢？人类被奴役不是一夕之间发生的，而是一个循序渐进的过程，由一个又一个错误的决定造成的，因为人们对思维机器越来越盲目的信任和依赖。"

这个失去了双腿的男人深深吸了一口气，说："尽管我们犯了许多错误，但最终我们还是打败了邪恶的机器，如今我们又重新获得机会，自豪地走上正确的道路。也是唯一的道路。我们决不能再轻易浪费这个机会了。所以我呼吁大家跟随我们！芭特勒圣战者已经找到了真理之路，能确保我们的安全，让我们始终拥有人类的和平和自由。"

"人类的思维是神圣的。"阿纳莉喃喃地祝祷着。

曼福德指向宾客席，说："吉尔伯图斯·奥尔班斯来自我所在星球的门泰特学校。他和他的学生们已经证明了人类不需要计算机。因为只有人类的思维才是神圣的！"

这位戴眼镜的门泰特校长似乎因为被单独点了名而感到尴尬，很不情愿地站起身来，说："是的，尊敬的代表。经过我们仔细的分析和不懈努力，我们证明了通过训练，有些人的确有能力以适当的方式控制和调动自己的思维。他们可以进行完整的计算,并作出详细的二阶和三阶预测。一个训练有素的门泰特可以执行计算机的功能。我们学校的许多毕业生都进入了贵族家庭为其提供服务。"

曼福德转过身面对包厢的方向:"来自罗萨克的多洛蒂娅姐妹是姐妹会的成员之一,也是帝国宫廷的幕僚。她也可以证明我的观点是正确的。"

坐在皇帝萨尔瓦多不远处的一名身穿黑袍的女子立刻低下了头,众人齐齐看向她。萨尔瓦多惊讶地看着多洛蒂娅,显然他完全没想到在自己的宫廷里竟然有芭特勒运动的支持者。这个女人干得很出色,同时也隐藏得很深。

高瘦的多洛蒂娅站了起来,连连鞠躬,说:"我们姐妹会的目的是使人类的潜能得到最大化的开发。人类的身体是有史以来最伟大的机器。通过运用身体和精神方面的技能,我们能使自己得到提升和进化,我们可以完全依靠人类自己,不需要利用机器。"

这时,一个粗哑的声音忽然响彻大厅:"所以你们这些野蛮人就要把一切都毁掉?打算就这么把我们送回到石器时代吗?"

所有人的目光都转向旁听席,曼福德厌恶地皱起眉头。约瑟夫·文波特总裁那肉桂色的头发和有个性的胡子在人群当中显得十分与众不同。只要能够获利,这位野心勃勃的商人愿意使用任何科技。

文波特嗤之以鼻地说:"你难道要让我们放弃所有医学上的新进展吗?难道要让我们放弃所有交通工具吗?代表人类文明的所有印记都要统统抛弃和毁掉吗?看看你自己吧,托伦多,你说的话可是通过扩音器传送出来的!你不但无知,说话前后矛盾,而且虚伪至极。"

"拜托,我们不能这么极端,简直太荒唐了。"另一位代表大喊着站了起来。此人名叫托勒密,是天顶星球的代表。他身材矮小,有种教授气质。"我所在的星球充满浓厚的学院氛围,我们有许多利用科学造福人类的项目。科技跟人一样,也有好坏之分。"

"科技跟人绝对不一样。"曼福德的声音冷酷而强硬,"我们知道泛滥猖獗的科学是多么可怕,科学根本就不该被发现。我们知道不受限制的科技给人类带来了多少痛苦和磨难。看看地球那充满放射性物质的废墟,回想一下科林的毁灭,看看半机械生化人和奥米诺斯一千年来对人类的奴役。"他情绪平复下来,语气更像父亲一样,也更具威胁性,"您难道还没有吸取教训吗?你们这是在玩火。"

文波特总裁讽刺地喊道:"你是想让我们干脆别发现火!"人群里发出一阵窃笑声。

阿纳莉·艾达荷火冒三丈,但曼福德控制住心中的怒气。他没有理会文波特的挑衅,继续说:"你们当中有许多人都曾信誓旦旦地承诺要避开科技,但一旦注意力被转移,你们就又回到能带给你们便利的东西上。记住,你们要小心:我的圣战者们正看着你们呢。"

皇帝萨尔瓦多被激怒了,他对着自己的扩音器说:"这些都是老生常谈了,托伦多大人。这问题今天是解决不了的。兰兹拉德还有很多事情要处理呢。你到底想要干什么?"

"投票。"他回答道。如果这是在他自己的集会上,那么此时此刻众人肯定会狂热欢呼。"没错,我要求一次公开投票。每位代表,不管其是否遵守雷娜·芭特勒教导的准则,都必须公开表明立场,并记录在案。你们愿意遵循芭特勒运动的纲领和准则,永远抛弃一切先进的科技吗?"

他本以为会迎来一阵热烈的掌声。但没想到看台上的窃窃私语转而变成了不安的骚动。曼福德不明白他们为什么犹豫,为什么抗拒他们本就知道是正确的事情,看来这些富得流油、贪图享乐的人绝不会放弃让他们生活更便利、更轻松的东西。

在皇家包厢里,忧心忡忡的罗德里克·科瑞诺低声跟他的兄长耳语,萨尔瓦多同样神色慌张。最终,萨尔瓦多镇定心神,宣布道:"这个问题必须得经过详细讨论。每个星球的代表或代理人都有权发言，每个人都应该回到自己的星球，听取民众的意愿和心声，然后再做决定。"

曼福德说："我一句话就能召集来数万追随者，挤满齐米亚的大街小巷，命令他们把每一件科技产品，哪怕是小小的一块怀表都砸得粉碎。我建议你不要拖延下去了。"代表们全都大惊失色，不安地低语。他们被曼福德的恐吓所激怒，但他们很清楚曼福德的确有能力做到。"我们必须阻止思维机器在新时代出现。"

"我决不会任由一个粗鲁野蛮的暴徒肆意欺凌，"文波特咆哮道，"哪怕他威胁要召集一群无知的傻瓜。"

"拜托，这太离谱了！这是个似是而非的论点，我们可以讨论——"来自天顶星球的托勒密坚持自己的主张，仍想以理性的态度进行谈判。但他的声音立刻被淹没了。

罗德里克·科瑞诺走出了皇帝的包厢。萨尔瓦多也露出了惶恐之色。

"我要求进行投票，"曼福德重复道，"在座的每位代表都必须公开表明，他们所代表的星球是想要人类自由，还是情愿最终被机器所奴役。"

"这是个议事规程问题，"一位不愿透露姓名的女代表说，"曼福德·托伦多只是个特邀发言人，他无权在兰兹拉德会议上提出要求。他没资格要求进行投票。"

看台上另有五名不同星球的官方代表站了起来，他们都是受芭特勒圣战者控制的，大声喊着（完全是受指使的）要求正式进行投票。曼福德有许多盟友，他早已提前跟这些盟友计划好了。"我想我们已经替你们把规程问题解决了，必要的话，咱们可以在这儿耗一整天。皇帝萨尔瓦多，您意下如何？可以宣布进行投票表决了吗？"

这位秃头的帝国至尊显然不喜欢被人逼到死角，气得涨红了脸。他左顾右盼，似乎在寻求建议，可罗德里克此时没在包厢里。多洛蒂娅姐妹轻声对他耳语了几句,但他摇了摇头。

正在此时,尖厉的警报声突然在兰兹拉德议会大厅里响起,引起了一阵恐慌。罗德里克·科瑞诺再次出现在皇家包厢里,对他皇兄说事情紧急,然后拿起了皇帝的扩音器,说:"女士们、先生们,我们刚刚收到了爆炸威胁。兰兹拉德议会大厅可能有危险,请大家赶快撤离。"

一时间大厅里乱作一团,惊声四起。代表们立即离开座位,蜂拥而出,逃到大街上,场面极为混乱。阿纳莉朝曼福德的轿夫喝令,他们连忙从大厅冲了出来,把没有双腿的曼福德迅速抬到安全的地方。

曼福德大声喊道:"可我们还得投票呢!"

剑术大师在他身旁一路小跑,始终保持警惕:"就算有一点点危险的可能,我都必须把你安全带离这里。"

曼福德握紧了拳头。谁会在他演讲的时候威胁兰兹拉德呢?几年前,一次暗杀炸死了蕾娜·芭特勒,同时也令曼福德失去了双腿。他知道自己树敌无数,但这一次似乎跟敌人以往的策略有所不同。

"他们会重新安排会议的,"阿纳莉边说边带着他们冲出了大门,"你可以下次再跟他们说。"

"我肯定会的。"曼福德气得浑身发抖。他觉得这次"炸弹威胁"出现的时机未免有些太玄妙了。

有些人认为它导致了人性的丧失,而有些人则认为它改善了人类生存的条件。

——诺玛·森瓦,科尔哈造船厂内部备忘录

兰兹拉德联盟的会议在混乱和骚动中结束之后,约瑟夫·文波特回到了文氏集团总部所在地科尔哈,继续为他近来的所见所闻而担忧。曼福德·托伦多和他带领的那群野蛮人竟然试图控制人类文明的这艘大船,并且还要摧毁它!

这个没有双腿的"半身人曼福德"是个古怪的煽动者,不但曼福德古怪,连同在他之前的蕾娜·芭特勒,以及在他们俩之前那位备受尊敬的塞琳娜·芭特勒,也都很古怪,带着一种殉道的神秘感,对某些人来说这无疑具有一种罪恶的吸引力。

在建立和扩大文波特集团的过程中,约瑟夫和他的前辈们一直致力于建构一个切实可行的商业网络,要让帝国从击败奥米诺斯的战争废墟中重新崛起。他想把人类提升到一个新的高度,创造辉煌灿烂的人类文明。而在思维机器的统治下,人类被剥夺了创造辉煌的权利。

而另一方面,芭特勒圣战者们却想把人类拉回到充满苦难和无知的黑暗沼泽里。也许有些天真,但他之前一直坚信像芭特勒圣战者们那样盲目、冲动和愚蠢的人会逐渐减少,但他没想到也无法理解这场运动为何仍有这么大的后劲,势头丝毫不减。他觉得这是对他个人的侮辱：因为理性和进步本应该轻松战胜迷信才对。

约瑟夫脑子里尽想着这些烦心事，所以回到家时心情很不好。但他在太空港下了飞船，见到自己的妻子乔巴以及六位顾问时，才又安心下来。乔巴是文氏集团的坚实堡垒。她曾在姐妹会受过严格的训练，对约瑟夫来说，她是最完美的搭档。她帮助约瑟夫管理文波特集团旗下众多公司和部门，其中既有公开的，也有秘而不宣的。这么多的公司和部门，她都管理得井井有条，游刃有余，就像精心编排的舞蹈一样。

乔巴美艳动人，引人注目，而且热情四射。她皮肤白皙，眉黛青鬓，有一头长长的深褐色头发，平时工作时，她总会把头发用头巾围住，而当晚她却散开了头发，让柔顺的秀发直垂到腰部。

约瑟夫并不是个浪漫的人，他走进婚姻完全是从商业的角度考虑的。他知道他必须为了文波特家族的未来计划和打算。文波特家族拥有无尽的财富和强大的政治势力，所以对罗萨克学校来说，将其毕业生嫁给文波特家族的人，并进入文氏集团，显然是件好事。于是姐妹会提供了几位候选人供他选择。在约瑟夫对这几名候选人进行评估时，乔巴的得分最高。在他们结婚的十二年里，乔巴在经营企业方面一直都是无与伦比的好搭档。

作为卡丽·马奎斯的孙女，乔巴也有一点儿女巫的血统。约瑟夫自己的血统也能追溯至罗萨克，因为他的祖先诺玛·森瓦是祖法·森瓦的女儿，而祖法·森瓦是历史上最强大的女巫之一。根据姐妹会的血统分析，乔巴和约瑟夫所生的两个年幼的女儿都拥有巨大的潜力，于是她俩都被送到了罗萨克，在那里长大并接受训练。

约瑟夫走出穿梭机，向他的妻子和顾问们致以问候。他没有亲吻乔巴，乔巴也没想让他亲吻，还是等回家之后再说吧，因为他们现在是在公众场合，需要扮演另一种角色。她递给他早已准备好的报告，并对已经解决的紧急事项和危机处理情况作了快速而简要的汇报。另

沙丘学派：姐妹会

有一些紧急要务则需要约瑟夫介入。约瑟夫最欣赏的就是乔巴丝毫不会浪费他的时间。她整理出来的永远都是真正需要他关注的事情。

乔巴一边走，一边向约瑟夫汇报工作。一行人步履匆匆，顾问们也时不时地插话，补充一些必要细节和看法。尽管约瑟夫关注文氏集团的许多运营和投资事项，但他从不关心细节，这与他的曾祖母诺玛·森瓦极为相像。诺玛·森瓦一直处于精神隔离状态，完全专注于自己的世界，几乎无法与像他这样的普通人交流。从萨鲁撒·塞康达斯回来之后，他感觉安全多了，心里也踏实多了，因为他知道文氏集团被管理得井井有条，他可以忘记外面的纷纷扰扰……至少可以让他安心一阵子。

在他周围，停机坪上一架架穿梭机起起落落，一架架货机降落到指定位置，加油机迅速飞向停靠的船只。圆柱形的行政综合楼里满是地勤人员、工程师和设计师，他们就像蜂巢里的工蜂一样辛勤忙碌着。

当约瑟夫一行人到达巨大的行政大楼，走进他的办公室时，乔巴已经做完了汇报。约瑟夫看向他的几个顾问，把他们打发走，然后关上了门，这样他就能跟自己的妻子单独在一起了。夫妻俩轻松地坐了下来，但仍谈论着公事。"那么，哪些事情是最紧急的呢？"他问，"哪些文件需要我立刻签字，哪些可以等到明天？"

"我认为我提到的最后一件事是最急着要办的，"乔巴回答道，"正如你离开之前咱们讨论的那样，我加紧力度又调查了三名来自普世翻译委员会的流亡者。其中一人被暴徒发现并被杀死。另外两人已经准备好按照我们提出的条件躲藏起来了。"

"这帮暴徒真让人忍无可忍。"他阴沉着脸，面容紧绷，"虽然翻译委员会的人是自找麻烦，可我还是愿意提供帮助，保护他们免受那帮愚蠢信徒的伤害。"《奥兰治天主圣经》引发的骚乱跟芭特勒圣战运动没什么太大联系，但两者都有相似之处，那就是迷信和无知。全都是一群手持火把的莽夫。

乔巴平静地说:"记住,其实这些代表也跟普世翻译委员会的人一样,是被误导的傻瓜。他们从一开始就错了,不该把单一的理性秩序应用在人类多种多样且相互矛盾的不同宗教信仰上。也难怪人们会愤怒地起来反对他们。"

约瑟夫在一个几乎快被人遗忘的星球——杜拜上建立一个隐蔽的避难所,为那些想要销声匿迹的人提供一个庇护之所,就连人人愤恨的图雷·博莫科也在那里,他因在皇宫避难时与皇帝朱尔斯·科瑞诺的妻子有染,奸情败露,随后引发了一场大屠杀,于是他立刻逃跑,逃到杜拜避难。只有太空船队的领航员知道如何到达杜拜,所以那里极为安全。

"好吧,那就把他们送到杜拜去吧——在那里没人会找到他们的。你意下如何?"

"我也同意,这样最好不过了。"

于是约瑟夫在授权文件上签了字,然后让妻子陪他去看望待在罐子里的诺玛·森瓦。

科尔哈广袤的天空中白云朵朵,而宽阔平坦的地面上堆满了密闭的罐子。罐子上设计了隔热的强化玻璃舱窗,目的是让外面的检查人员能看到里面,而不是让罐子里的人看到外面。工人们携带悬浮的吊罐在各个罐子之间穿梭,向罐子里注入新鲜的美琅脂气体。无数独立的密闭气罐里充满了浓浓的棕黄色香料气体,如云雾般缭绕,还处于变异初期的领航员们就在这团云雾中飘游着,他们的身体慵懒倦怠,但他们的思维却沿着未知的道路驰骋狂奔。

沙丘学派：姐妹会

在一个建造得像卫城[①]一样的土丘最高处，有一座最大且最古老的房间，诺玛·森瓦所在的罐子就被放置在那里。在乔巴的陪伴下，约瑟夫登上大理石台阶，感觉自己就像个朝圣者。他的曾祖母一直浸在香料气体里，八十多年来，从未呼吸过新鲜的空气，也从未公开露过面。而她的思维则一直在神秘而深奥的数学和物理学的世界里徜徉。从各方面来说，她都已经不再是一名人类了。

诺玛有着惊人的智慧，她的身体不断转化，思维也在不断地拓展。她对香料的需求永无止境。如果没有她取得的惊人突破，也就根本不存在领航员和文氏集团太空船队——事实上，就连霍尔茨曼屏蔽场和空间折叠引擎的整套概念和体系也都是她创造的。

"没人知道她到底在想什么，"约瑟夫对他的妻子说，"但她已经向我明确表示，她希望文氏集团太空船队扩充舰船的数量。我跟她说，如果要为帝国所有的星球提供充足的服务，那么我们需要数万艘舰船。"

"也许她只是想要更多的领航员，"乔巴说，"更多像她那样的人。"

约瑟夫登上最高一阶台阶，笑着说："她正在以最快的速度创造领航员，但为此她需要大量的香料。我告诉她我们拥有的船只越多，就能越多地在帝国周围运送香料……而她也能创造出更多的领航员来，各方都能获益。"

站在山顶上，他们能看到正在忙碌的太空港和造船厂。每小时都会有一艘新改装好的飞船升空。巨大的发射塔上高高的塔尖像针一样直耸云霄。要追踪与帝国数千个星球相联系并为其提供服务的所有太空飞船谈何容易，但约瑟夫手下有数千人在做这项工作，这些人都集

[①]卫城一般指的是古希腊城邦中的城堡或某些具有防卫性质的地区，多建于山顶。

中在同一座行政综合楼里。

幸运的是，并不是他所有的飞船都需要领航员。非重要货物可用低速运输机来运送，并使用老式霍尔茨曼引擎沿着传统的航线轨道运行。虽然这趟航程需要花费数月，但成本更低，并且十分安全。

空间折叠可以使飞船瞬间到达目的地。但多年来，飞船航行都是盲飞，由领航员确定路线，祈祷路途中不会遇到危险。目前，像天体运输这样价格低廉的运输公司仍在冒险进行盲飞，而且通常不会告知可怜的乘客会有危险。多年前，在塞琳娜·芭特勒圣战期间，奥利留斯·文波特为了战争胜利而贡献出了空间折叠技术，但条件是当思维机器被打败后，只有他的公司有权使用这项技术。然而，科林战役过去二十年后，皇帝朱尔斯却修改了协议，"要允许有竞争嘛。"

约瑟夫对此仍耿耿于怀，他的家族冒着巨大的危险，为帝国辛勤效力，皇帝却卸磨杀驴，把他们的功绩视为无物。不过面对新的规则，他也做出了相应的改变。只有他的文氏集团公司知道创造和训练领航员的秘密，这些领航员可以在脑海中看到宇宙万物，并找出穿过折叠空间的安全路径。

这些领航员候选者浸在香料气体中，飘浮在悬浮场里，让他们的思维进入超现实的物理和数学世界中。随着他们思维的不断扩展和改变，他们对香料的需求会变得无止境。而约瑟夫对领航员的需求也同样是无止境的。

虽然乔巴偶尔能跟诺玛沟通，谈谈她们之间关于罗萨克的共同联系，不过约瑟夫是唯一能经常跟诺玛沟通的人。最初，诺玛的儿子阿德里安·文波特——建立文波特商业帝国的关键人物之一——多年以来一直是诺玛与外部世界的联系人。在阿德里安晚年，他的身体不行了，最后在他母亲的劝说下他进入了充满香料的气罐，希望能转变成类似的进化生物，但阿德里安太老了，身体太僵硬，最终淹死在了充满美琅脂香料的气罐里。诺玛·森瓦为此悲伤不已，变得越来越孤僻

沙丘学派：姐妹会

……直到约瑟夫出现。

此刻，他站在诺玛的气罐前，对着扩音器说话，然后等着。因为他知道有时她需要花几分钟从自己的思绪中回过神来，然后才注意到他。最终气罐里的诺玛终于回应了，声音缥缈、空灵，就像合成的一样。约瑟夫不知道现在从她声带里真正发出的声音是什么样的，甚至不清楚她的声带还能不能发声。"你又带来飞船了吗？"她问。有时诺玛口齿清楚，很容易就能让人听懂，但有时她的声音又悠远而模糊。这一切都完全取决于她对他有多关注。

"我们取得了一些成功，也遇到了一些阻碍。"

"需要更多飞船，更多的领航员，更多香料。宇宙等待着。"

约瑟夫回应说："目前我们无法在所有飞船上都配备领航员，所以我们需要更多的领航员来指引船只运输能够创造出更多领航员的香料。"

诺玛停顿了片刻，沉思着。"我明白问题所在了。"

"而且需要更多的志愿者经历这种转变，"乔巴说，实际上这才是真正的瓶颈所在，"很少有人愿意付出这样的代价。"

"而回报则是整个宇宙。"诺玛说。

"若只有这么简单就好了。"约瑟夫说。实际上诺玛根本不明白。

随着越来越多的飞船加入文波特船队，当务之急是找到足够多的人来经历领航员的转变过程，并让足够多的人在转变中活下来，然后把他们派到新的飞船上尝试领航。约瑟夫希望有一天，所有适合当领航员的人都愿意加入进来。事实上，他需要从现有的资源里着手。

他和乔巴详细地讨论过这个问题，她甚至向圣母拉奎拉领导的姐妹会发出了邀请函，但是到目前为止，没有一个姐妹愿意经历转变。怎么才能诱使一个聪明的候选者情愿把自己关在如监牢一样充满有毒香料气体的狭小气罐里，并经历身体和精神上的极端转变呢？这真是个难题。

"我在尽我所能，"他说，"请耐心等等。"

"我很有耐心，"诺玛说，"我可以永远等下去。"她沉默下来，陷入沉思，然后说："我正在指导这些候选人进行精神训练。他们会成为优秀的领航员。"她那双硕大无比的眼睛和扁平的脸庞凑到污渍斑斑的舷窗旁，说："尽管我们的科技可以让我们的飞船进行空间折叠，但飞船仍依靠人类的大脑来操控。"她的思绪又飘到了别处，约瑟夫以为她又神游了，但突然诺玛又开口了："需要更多飞船，需要更多的领航员，需要更多香料，所以我们还需要更多的飞船。"

虽然诺玛知道许多不可思议的事情，但她并不了解约瑟夫建立的庞大商业体系。这并不奇怪，因为她不但不关心商业，也同样不关心政治，所以约瑟夫才必须常来看她，跟她沟通。

约瑟夫开口道："其实有许多飞船可以利用，这些飞船以前都是思维机器的战船，文氏集团可以把这些舰船改造成客船或货船。这些舰船都被遗弃，成群地飘在太空里，但芭特勒圣战者却争着抢着要在我们之前找到那些舰船。而且一旦找到就会立刻将它们全部毁掉——以圣战的名义，可实际上，他们就是一群破坏者和恐怖分子。"他气得不禁提高了嗓门。

"那就阻止他们，"诺玛说，"他们不该摧毁我们需要的飞船。"

"就连皇帝萨尔瓦多也睁一眼闭一眼，任由那些疯子摧毁舰船，"乔巴说，"依我看，他是害怕那帮芭特勒圣战者。"

"皇帝应该阻止他们。"诺玛陷入了沉默，在气罐里飘浮起来。约瑟夫感觉到她陷入了深深的苦恼。最后，她用那异样的声音说："我要思考一下这件事。"然后就又飘回到那团缭绕的肉桂色浓雾中去了。

不管你认为人类的未来是光明还是黑暗，一切都取决于你如何处理和过滤传送回来的数据流。

——诺玛·森瓦

萨尔瓦多·科瑞诺今天过得很不顺心。实际上，他已经想不起来他日子什么时候顺心过了。其实很大程度上还是他自己的过错，因为跟普通人相比，他的确恐惧过度。但作为这个浩瀚帝国的统治者，他不是个普通人，有关他的一切都超越生死。皇帝时常焦虑，他真希望自己能像他的兄弟罗德里克一样，沉着冷静，生活平顺。

今天，萨尔瓦多头痛欲裂，倍感痛苦。他迫切需要找个可靠的医生，一个不会让他起疑心的医生。论悉心周到，没人能比得上埃洛·班度医生，他是苏克学校的前任校长，是真正理解皇帝的痛苦和担忧的人，也是提供了许多有效（但也昂贵）治疗的医学专家。该死的，要是这位医生没自杀该多好……

虽然这座声名远播的学校已经将其总部搬到了帕门提尔，但坐落在齐米亚附近的老校区仍然保留着。萨尔瓦多命他们派最好的医生过来给他看病，但每次诊疗，他们都派不同的医生来，每次看完之后，他还是会感到刺痛，甚至会怀疑自己身体又出了什么新毛病。他们派来了一个又一个医生，可谁都没发现他身体有什么毛病。什么破医生，都是酒囊饭袋！萨尔瓦多仍然还没找到令他满意的医生……而这次派来的医生——他甚至想不起那人的名字——似乎跟之前那些医生相比，也强不到哪去。

科瑞诺皇帝知道客人都在宴会厅里等着他出席晚宴。可他还没准备好，所以他们只能耐心等待。他根本不想参加无聊的晚宴，他脑袋正疼得嗡嗡直响，哪有心思啊。

在更衣室里，萨尔瓦多靠在一张长毛绒椅子上，新来的这位苏克医生凑在他跟前，一边哼着恼人的曲子，一边给皇帝光秃秃的脑袋贴上探针条。医生一头红色的长发被肩部的一个银环束住。他拿着手持式监视器，看着上面的信号，嘴里停止了哼唱，说："你的头疼可真厉害。"

"你诊断得可真准啊，医生。还用你说！拿我开玩笑是吗？"

"虽然您看起来的确很消瘦，有些憔悴，脸色也有些苍白，不过不用太过担心。"

"你是来给我看头疼的，还是来看我脸色的？"

萨尔瓦多的父亲七十岁时，一名苏克医生诊断出他得了脑瘤，但皇帝朱尔斯拒绝接受高科技医疗手段的治疗。尽管就连一向冷静理智的罗德里克也着急地恳求父亲接受最好的治疗，但皇帝朱尔斯因为公开支持反科技的芭特勒圣战运动，所以对医生的建议置之不理。最终他死了。

萨尔瓦多可不想犯跟他父亲一样的错误。

"来，看看这个效果如何。"医生又捣鼓起来，他调节了一下监视器，萨尔瓦多立刻感到按摩的震动渗透到他的头骨，仿佛他的大脑沉浸在一种舒缓的液体中……就像浸在保存罐里的半机械生化人大脑。于是他立刻感觉好多了。

医生看到他重要的病人舒了一口气，不由微微一笑。"现在感觉好些了吗？"

"还得更好才行。因为我有个宴会要参加。"萨尔瓦多以前也经

沙丘学派：姐妹会

历过这种情况。头疼是暂时缓解了，但没过一会儿，疼痛又像潮水一样重新袭来。皇帝站起身，连声道谢都没有就走了。这个医生跟之前派来的那些人一样，也得打发走。

跟他猜想的一样，客人们都已经在餐桌旁坐好，眼睛盯着眼前的空盘子，期盼着第一道菜被端上来。萨尔瓦多跟他的兄弟罗德里克交换了个眼神，发现他兄弟那位红褐色头发的妻子哈迪萨就坐在稍远处，正跟纤瘦苗条的皇后塔布丽娜聊天。很好，有她在，就可以把烦人的塔布丽娜注意力都吸引过去了。

尽管皇帝周围有严密的安保措施，但一些客人还是开启了个人屏蔽场，空气中闪着微光。跟这些客人一样，所有皇室人员也都开着个人屏蔽场，只有萨尔瓦多那位性格孤僻的继母奥莱娜除外。她对任何科技都深恶痛绝。

奥莱娜坐在桌子另一头，腰板挺直，身材修长苗条，神情高傲。她的脸庞没有女人应有的柔和曲线，而是棱角分明，不过年轻时也算是个众所周知的绝世美人。人们仍称她为童贞皇后，因为皇帝朱尔斯当初明确表示他从未与她圆过房。一向很爱说话的安娜，也就是萨尔瓦多和罗德里克同父异母的妹妹，正坐在奥莱娜旁边。她和她这位继母的关系非常亲密，她们经常待在一起，分享各自的秘密。

安娜·科瑞诺留着一头棕色的短发，窄窄的脸跟皇帝如出一辙。她有一双蓝色的小眼睛。虽然她已经二十一岁了，但无论在心智还是在情感上，都比实际年龄要幼稚得多。她的情绪就像暴风雨中飘摇的小船一样摇摆不定，自从小时候遭受过情感上的创伤之后，她的情绪就一直阴晴不定。但她是科瑞诺家族的人，是皇帝的妹妹，因此所有人都对她宽容忍让，对她身上所有的缺点都视而不见。

萨尔瓦多一进门，安娜就对他怒目而视，一脸受伤又指责的表情。他很清楚自己的妹妹为什么生气，于是叹了口气，感觉头又疼了起来。作为她的大哥和帝国的皇帝，萨尔瓦多亲手拆散了她和宫廷御厨希隆多·内夫那段门不当户不对的恋情。几个月来,安娜只允许内夫为她准备御膳,并只让他来送餐,但萨尔瓦多的眼线发现这个御厨给他妹妹送的原来不只是晚餐。这丫头到底是怎么想的啊?

罗德里克完全没有被优雅的社交聚会上的这出家庭闹剧所影响,轻松地跟长着一张性感的猫脸、身材瘦长的多洛蒂娅姐妹交谈。几天前,曼福德·托伦多在兰兹拉德议会厅提出令人震惊的要求时,罗德里克惊讶地发现多洛蒂娅竟然支持芭特勒圣战者,这与罗萨克姐妹会的大多数人的态度截然相反。幸好他向来脑子灵、反应快,亲自策划了一场炸弹威胁的假戏,打断了那个愚蠢又危险的投票行动。

萨尔瓦多很讨厌那些反科技的狂热分子,因为他们太极端、太暴力、太疯狂,制造了许多麻烦。但他也不能忽视这些狂热分子的人数在不断增长,更不能忽视他们日益高涨的狂躁和潜在的暴力。但他眼下必须容忍他们。也许多洛蒂娅可以当个中间人,在他和那位极有号召力的领袖之间起到一个缓冲作用……

他当然不能否认多洛蒂娅和她带进宫廷里来的十位姐妹为帝国提供了不少贡献和帮助。这些从罗萨克姐妹会毕业的女人有着非凡的观察力和分析能力,自从多洛蒂娅进入宫廷之后,她的远见卓识的确给他留下了深刻印象。也许她能好好劝劝自己的小妹妹安娜,免得她再惹出什么丢人现眼的麻烦出来……

皇帝极力装出一副健康无恙的样子,走到了餐桌的主位。客人们都恭敬地起身迎接(就连安娜也极不情愿地站起身来),但唯有他那位穿得过于奢华讲究的继母声称关节疼得厉害,没有站起来。萨尔瓦多学会了忽略奥莱娜夫人的怪癖,也学会了忽视她对他消极无礼的态度。尽管她对帝国的事毫不关心,毕竟她是他父亲的遗孀,这一点他必须接受和承认。朱尔斯的三个孩子都是私生子,是跟三个不同的女人所生,却没有一个是跟他真正的妻子所生,所以萨尔瓦多认为这个老女人的愠怒情有可原。

沙丘学派：姐妹会

皇帝一入座，客人们也随后坐了下来。一直在两边候着的仆人们像射出膛的子弹那样立刻鱼贯而入。他们急匆匆端上了开胃前菜，是用布洛瓦大虾和美味坚果做成的沙拉，下面铺着星形的生菜叶子。一名侍从站到皇帝身旁，准备试吃皇帝盘中的食物，以防有人在食物里下毒。

然而罗德里克却挥了挥手让那人走开，把身子凑过来，从他哥哥盘子里舀了一口沙拉，说道："我来尝吧。"萨尔瓦多慌忙伸手想阻止，但为时已晚。罗德里克嚼了嚼沙拉，然后咽进肚里。"沙拉很好吃。"说完这个一头金发、肌肉发达的男人笑了笑。于是大家开始用餐，而罗德里克则小声对萨尔瓦多说："你也真是的，这么害怕自己的食物被人下毒。这会让你看上去更软弱，更胆小害怕。你知道我决不会让你出事的。"

萨尔瓦多恼怒地叹了口气，开始吃起来。是的，他的确相信罗德里克会为了保护他而不惜献出自己的生命，甘愿为他中毒、替他挡住刺客射来的子弹。可惜，萨尔瓦多心知，如果情况反过来，他是不会为自己的弟弟做出这种牺牲的。罗德里克几乎在各个方面都比自己优秀。

桌子那头，皇后塔布丽娜放声大笑，哈迪萨似乎听到了什么有趣的话，开心地点了点头。萨尔瓦多怅然若失地望着他兄弟的妻子，不是出于欲望，而是出于对他们夫妻关系的羡慕和嫉妒。罗德里克和哈迪萨的婚姻稳定美满，他们生了四个孩子，个个品行端正有教养，而萨尔瓦多和塔布丽娜的婚姻里却没有爱，也没有孩子。毫无疑问，皇后是个绝世美女，但美丽的外表下隐藏着的却是尖酸刻薄、孤傲寡合的性格。

塔布丽娜来自一个富有的矿业家族，她的家族是政府项目急需的坚固、轻质建筑材料的主要供应商。皇帝萨尔瓦多曾签署了份保证书，如果他与塔布丽娜离婚，将会导致严重的经济后果。如果塔布丽娜早逝,他会受到严厉的经济制裁。所以萨尔瓦多无论如何也摆脱不了这份糟糕的协议,更摆脱不了这段糟糕的婚姻。

幸好他还有八个妃子……对像他这样地位尊贵的人来说,八个妃子其实并不算多。瞧瞧他的父亲,除了奥莱娜皇后以外,情人更是多得数不胜数。塔布丽娜也许并不赞成这样,但这是皇室的传统,使统治者除了无爱的床笫之外,还能有其他选择。

其他人都低声交谈着,偶尔朝皇帝的方向看一眼。他们正等着他提出谈话的话题呢,这是他一贯的做法。可他的头又开始疼起来了。

罗德里克发现了皇帝的异样,于是带头提出话题,不让他的兄长为难,萨尔瓦多非常感激。在大家等待汤羹端上来的时候,他朝来自罗萨克的女士举起了一杯白葡萄酒,说道:"多洛蒂娅姐姐妹妹,贵校真是很神秘啊,不过确实了不起。不知可否跟我们介绍一下贵校,说说您在那里学习什么内容?"

"这恐怕不妥吧,"她那像猫一样棕色的眼睛闪闪发亮,"如果我们说出了自己的秘密,那还谈何姐妹会呢?"餐桌上顿时响起一片咯咯的笑声。

罗德里克跟她碰了个杯,承认她说得没错,然后转而谈论起自圣战结束后许多优秀的学校纷纷建立起来。"我们生活在一个激动人心的年代,一个学习复兴的时代——有如此多的学校潜心研究和开发人类心智和体力的潜能。"

多洛蒂娅表示赞同。"我们必须要让人类看到,在不受思维机器压迫的情况下,人类的潜能可以有多大的进步和提高。"

皇帝会定期收到来自帝国各星球的报告。各种学校如雨后春笋般在帝国各处拔地而起,每所学校都有特定的专业和领域,专注于各种身体和精神类的学科。尽管皇帝派出了官员去各学校监督,但他无法掌握和跟进所有学术方面的新进展。除了罗萨克的姐妹会、苏克医学院,还有兰帕达斯的门泰特学校以及培养出无数剑术大师的吉奈斯剑

沙丘学派：姐妹会

术学校。他刚刚得知，在伊拉沃克还新建了一所资金雄厚的生理学学院，研究包括人体运动学、解剖学和神经系统等学科。实际上其他千奇百怪的学科还有成百上千。但皇帝认为这些都是教育领域的异端邪教。

萨尔瓦多一有机会就会公开表达对他兄弟的感谢："罗德里克，你不像我，你是个完美无缺的人。也许你可以去新建的生理学学院做讲师，甚至可以做招生人员！"

罗德里克笑着跟多洛蒂娅说，而餐桌上的所有人都在听："我哥哥是在开玩笑。毕竟我有太多重要的政务缠身。"

"没错，"萨尔瓦多毫不掩饰自己的尴尬，"他经常得在我犯错误后替我收拾残局。"

萨尔瓦多紧张地笑了笑。罗德里克挥了挥手，表示这不值一提，然后继续跟多洛蒂娅交谈："您的建议也十分宝贵，多洛蒂娅姐妹。"

终于，仆人们开始上汤羹了。"每当一批姐妹完成所有的训练，"她说，"圣母拉奎拉都会把毕业生送到兰兹拉德联盟的各个贵族家庭中去协助他们。我们认为姐妹会可以为贵族们提供很多帮助。至于我自己的能力嘛，我极为擅长辨别真伪。"她朝两位科瑞诺家族的男人笑了笑，说："比如一个兄弟喜欢亲切地戏弄另一个兄弟。"

"我们家的家庭关系既无趣又无爱，"安娜突然开口，令大家都瞬间安静了下来，"事实上，萨尔瓦多根本不懂爱。他自己的婚姻里也没有半点爱。所以他也不让我拥有爱情。"年轻的女孩吸了吸鼻子，显然是想博取别人的同情。奥莱娜夫人同情地拍了拍女孩的肩膀。皇后塔布丽娜则一脸冷漠，可以说面无表情。

安娜把腰板挺得更直了，两眼像冒火似的瞪着萨尔瓦多："我哥哥不该对我的私人生活指手画脚。"

"是的，不过皇帝可以。"多洛蒂娅姐妹清脆的声音划破了餐桌上众人震惊之下的平静。

说得好，萨尔瓦多心想。可现在该怎么让安娜体面地离开这里呢？

他朝罗德里克使了个眼色，于是他兄弟站起身来，说道："奥莱娜夫人，劳烦您带我们的妹妹回她房间去好吗？"

安娜仍气呼呼的，不依不饶。她既不看罗德里克，也不看向她的继母，仍然死死地盯着萨尔瓦多："你虽然把我跟希隆多分开了，但阻止不了我们俩相爱！我会查清楚你把他弄去了哪儿，我一定会去找他的。"

"不过今晚肯定不行。"罗德里克平静地说，然后又看向他的继母，示意让她把安娜带走。犹豫了片刻之后，奥莱娜以优雅高贵的姿态站起来，充分显示她尊贵的地位。萨尔瓦多注意到，这位老妇人握住安娜的胳膊时根本没表现出一丝关节疼痛的样子。女孩任由老妇人握住胳膊，然后两人带着略显夸张的高傲姿态离开了宴会厅。

突然啪嗒一声响，一位客人失手把银叉掉在了主餐盘上，在尴尬的寂静中，这声音显得格外响亮。萨尔瓦多不知怎样才能扭转今晚这尴尬的局面，希望罗德里克能说些玩笑话来缓和气氛。事实证明，安娜的确是个总给人难堪且难以管教的人。也许应该把她送到别的什么地方去……

就在这时，宴会厅里突然传来一声巨响，一个巨大的装甲舱室凭空出现在空荡荡的乐池上，宫廷乐师偶尔会在那里演奏。一阵狂风顿时席卷宴会桌，客人们四散而逃，皇家卫队连忙冲上前去，围在皇帝身边保护他。皇帝立即开启了自己的个人屏蔽场。

透过舱罐上透明的强化玻璃窗，萨尔瓦多看到了一片橙色的气体和一个脑袋硕大无比的变异生物模糊的影子。他立刻认出了那个生物，尽管她已经几乎不在公众场合露面了。经过了几十年，诺玛·森瓦已经转化成另一种形态，变得不像人类了。

萨尔瓦多无视宴会厅里客人们的喧嚣声，站在那儿直面着罐子。

沙丘学派：姐妹会

至少这不是跟他妹妹的风流韵事毫无关系。"您这次来得也太唐突了吧。"

诺玛诡异的声音从扬声器里传出，大厅里顿时鸦雀无声，那声音就像是跨越太空传来的一样："我现在已经不需要乘坐太空飞船了，单凭我的思维就能折叠空间。"听起来她似乎对此十分得意。气罐内香料气体升腾，形成了一股旋涡。

萨尔瓦多清了清嗓子。他统治帝国十二年来，他跟这个神秘的女人只有过两次谈话。这个女人令他感到敬畏又害怕，但据他所知，她从未利用她那超凡的力量伤害过任何人。"欢迎光临我的宫廷，诺玛·森瓦。您对战胜思维机器做出的贡献是不可估量的。不过不知您今晚为何来此？肯定是有什么要事相谈吧。"

"我不再跟别人有任何联系了。请原谅，我只想表达自己的想法。"她那双如午夜一般幽暗漆黑的大眼睛透过气罐的舷窗盯着萨尔瓦多，吓得萨尔瓦多后脊发冷。"我看到了部分未来，我很担心。"诺玛在气罐里飘浮，萨尔瓦多仍沉默不语，紧张不安地等着她继续说下去。

"为了使帝国的各个星球相互联结，我们必须建立起一个运输和商业网络。为此，我们必须拥有足够多的太空飞船。"

萨尔瓦多清了清嗓子，说："是的，当然。我们有文氏集团太空船队、天体运输公司，以及无数其他企业。"

宴会厅里的众人吓得大气都不敢喘。诺玛接着说："成千上万艘机器战船被遗弃在太空中。那些飞船仍然完好无损，可以用于商业，为人类服务。但有些组织也在寻找那些飞船，一旦找到便会立刻摧毁。那些暴徒给我们带来巨大的损失。我为此感到很不安。"

萨尔瓦多紧张得喉咙发干。"那些是芭特勒圣战者。"曼福德·托伦多确实曾自豪地发来报告，将他手下砸烂和摧毁的机器战船都如数列举出来。"他们是按照自己的信念行事。不少人都对他们的执着和热情表示钦佩。"

"他们毁掉了本可以用来提高人类文明的宝贵资源。你必须阻止他们。"锈色的旋涡状气体渐渐消失，将诺玛真实的样子显露无遗——退化了的躯干、细小的双手和双脚，硕大无比的脑袋和眼睛，几乎退化不见的嘴、鼻子和耳朵。"否则你的帝国会分崩离析，最终毁灭。"

萨尔瓦多吓呆了，完全没有回应。即使他有心想铲除芭特勒圣战运动组织，也不知道该怎么做。可他还没来得及找到借口，诺玛·森瓦就折叠了空间，气罐突然从宴会厅消失，只留下一缕气体飘散在空气中。

皇帝萨尔瓦多摇了摇头，强装诙谐地说："这些领航员，做事还真是出其不意哈。"

一个安静的旁观者可以发现无数的秘密，但我更想做一个积极的参与者。

——伊拉斯谟，实验室秘密笔记

为了让自己的思维和记忆保持准确清晰，门泰特需要每天进行定量的精神训练，不受干扰地进行数小时的冥想。作为门泰特学校的校长，吉尔伯图斯·奥尔班斯的办公室一直以来都与世隔绝，不许外人打扰。他可以安心地待在这里，专注于提高自己的脑力。无论是学生、导师，还是学校管理人员，他们都知道当校长把自己关在办公室里时，任何人都不许打扰。

没人知道他在那里面究竟在做什么。

伊拉斯谟的存储器核心暴露在其外壳上，完全沉浸在对话当中。吉尔伯图斯在办公室里走来走去，这个自主机器人则发出了声音："你知不知道，你在这儿走来走去分明就是在嘲笑我，向我炫耀你有行动的自由。"

吉尔伯图斯在办公桌旁的椅子上坐了下来，把滑到眼前的一缕头发拨开，说："很抱歉，那我就老老实实坐在这儿好了。"

伊拉斯谟咯咯地笑了："你坐下来也不能解决问题啊。"

"可这样能让你活下去啊。你必须做出某些牺牲、接受某些限制才能继续留存在这世上。是我把你从科林救出来的。"

"对此我表示非常感激,可这都是八十年前的事了。"

吉尔伯图斯很享受跟他的老导师辩论:"你不是跟我说机器有无限的耐心吗?"

"话是没错,可我生来就不是个被动的旁观者,我有太多的实验要做,有太多的东西要去了解,比如人类行为中有很多前后矛盾之处,让我很感兴趣。"

"我理解您的困难处境,父亲,但目前您只能研究我提供的那些材料——直到我们找到其他的解决办法为止。毕竟我不能永远活在世上。"吉尔伯图斯的秘密已经快被人识破了,一些人已经对他多年来的健康不老起疑心了。虽然他尽量把自己的外表弄得老气些,但过了这么多年,他看上去还是很年轻。他从伊拉斯谟那里得到了延寿的治疗,为了保守这个秘密,吉尔伯图斯散布谣言说他定期使用美琅脂香料,而香料有延缓衰老的特性,所以他才看起来比实际年龄更年轻、更有活力。尽管他定期购买香料,并存有记录,但实际上他从来没食用过那些香料。因为吉尔伯图斯·奥尔班斯最不需要就是那些让他更年轻、更有活力的东西。

机器人又开口了:"如果我要成为一名学者,那我就必须研究人类之间的交流和互动。尽管我被孤零零地困在这里,与世隔绝,但我还是能接入学校的电力管道和通风系统。有了手上的这些材料,我就可以创立一个更大范围的光纤网络,建立许多小型远程间谍眼,这样我就能每天观察你们学校的日常活动。很有意思。"

"要是这些间谍眼被发现了,那帮芭特勒圣战者会立刻把学校铲平。"

"不合逻辑,但很有趣,"伊拉斯谟说,"在经历了无数次人类的挑衅,见过无数令人震惊且不可预知的人类行为之后,我愿意相信你的结论。"

吉尔伯图斯从他的办公桌上取来一份提交给门泰特学校图书馆的

沙丘学派：姐妹会

印刷文件，说："我拿到了芭特勒运动组织出版的新历史书，一本旨在毁掉你名誉的书。"

"又出了一本？"

"看看书名吧，《恶魔机器人伊拉斯谟的暴政》。"说着他举起书，让嵌在房间墙壁和天花板上的光学线路能看到书的封面。

伊拉斯谟又咯咯地笑了："这听起来不怎么客观呢。"

"我还以为你喜欢历史文献资料对这方面的评价呢。"

"我一直觉得很有趣，一个没有掌握历史事件第一手资料的人，怎么能如此大肆歪曲事实呢？当我看阿伽门农的回忆录时，我看到了这个半机械生化人是如何扭曲历史的。我花了很长时间才发现，人类并不追求真相，也不想知道真相。而机器呢，如果故意使用假数据来得出结论，就会万劫不复。"

吉尔伯图斯发出爽朗的笑声："我倒是觉得你很喜欢被人恨、被人骂呢。"

机器人想了想，说："几个世纪以来，我的工人、我的奴仆都憎恨我。就连塞琳娜·芭特勒也对我恨之入骨，虽然一直以来她都是我最喜欢的人类之一。而你，吉尔伯图斯，是唯一一个看到我真正价值的人。"

"不过我也还在不断地学习。"吉尔伯图斯回答说。事实上，他自己也看过这些历史书，从自己观察的角度来看，他清楚书上记载的那些恐怖事件的确都是伊拉斯谟造成的。

伊拉斯谟不耐烦地说："快把书打开。我想看看那帮芭特勒圣战者是怎么说我的。"

吉尔伯图斯尽职尽责地一页页翻着书，好让伊拉斯谟能扫描并理解这些文字。"啊，我才知道，原来我的实验室笔记是被芭特勒组织拿走了。其中一卷是在科林战役之后找到的？很高兴我的这些记录被保存了下来，但令我不安的是，这位作者——想必也是读完了这一卷吧——他怎么能从我潜心研究的数据中得出这么荒谬的结论呢？我相信我比人类更了解人类的苦难。"伊拉斯谟说着。吉尔伯图斯则很快在脑海中勾勒出伊拉斯谟一边说话，一边摇晃着他原本那颗光滑而美丽的流动金属脑袋的样子。

"不过，话说回来，你能不能再给我找一个精密的身体啊，这样我就可以继续做我重要的工作了。"

"您也知道现在这么做很危险。"虽然他喜欢这个自主机器人，毕竟它给了他许多帮助和机会，但吉尔伯图斯确实也很谨慎，因为他想保护它。尽管伊拉斯谟头脑敏锐，但它完全没意识到一旦把它从藏匿之处取出来，它会面临多大的危险。而吉尔伯图斯也无法确定如果自己把这个机器人放出来，它会闯出多大祸来。

"人类把一切搞得这么糟，真希望这不是真的，"伊拉斯谟模拟出一声长叹，"千年来机器的统治原本高效而完美，一切都是那么井井有条。我真担心银河系再也不会像以前那样平静了。"

吉尔伯图斯合上了《恶魔机器人伊拉斯谟的暴政》这本书，说："你要非这么说，我也不反对，但你可能忽略了一个关键的问题。"

"关键的问题？"伊拉斯谟来了兴致，兴奋地说，"快跟我说说。"

"你批评人类的反叛是毫无道理的，因为你就是他们反叛的催化剂，你就是导致机器帝国陷落的直接原因啊。"

伊拉斯谟似乎很生气，感觉受到了冒犯："怎么可能呢？我也许是在无意当中犯了小小的错误，也就是把塞琳娜的孩子从塔楼上扔了下去——"

"不管怎么说，"吉尔伯图斯反驳道，"如果不是你的话，机器不可能被打败。是你向奥米诺斯提出了挑战，决定要试探人类奴隶是否忠诚，其实他们之前根本没有表示过反叛的意图，也没有任何有组织的反抗行为。是你出的主意，诱骗奴隶督工转而反抗机器。是你亲手种下了人类起身反叛的种子。"

"这可是个有趣的实验啊。"伊拉斯谟说。

"可这个实验同时摧毁了帝国。要不是你,伊布利斯·金乔永远也不会组织起反叛大军,永远也不会想到要推翻奥米诺斯帝国。当你把塞琳娜·芭特勒襁褓中的儿子,当着一大群人的面扔下阳台时,你就等于亲手将反叛的火种点亮,擦出了仇恨的火花。"

"这是个不同寻常的结论。"伊拉斯谟话里似乎有些犹豫,然后承认道,"从这个角度来看,也许是我的错。"

吉尔伯图斯从书桌上站起来,说:"所以当你被关在这里,感到不安和孤独的时候,好好想想这点吧,父亲。要是当初你能再谨慎些,也许机器帝国就不会灭亡了。因为你是整个机器帝国唯一的幸存者,也因为我担心你,所以我必须谨慎小心,不能有半点儿大意。"

说完他便把机器人的存储器核心放回隐藏的柜子里锁了起来,并确保所有的锁和封口都关上了。然后他便走出了办公室,去指导他的学生们如何像思维机器一样运作自己的大脑和思维。

历史也许会以敬畏、恐惧或憎恨的方式记住我。但我不在乎，只要不被人遗忘就好。

——阿伽门农将军，《新回忆录》

剑术大师埃勒斯带领着一小队芭特勒圣战者进行搜捕行动，他觉得他们更像是一群食腐动物，而不是猎捕者。奥米诺斯和他的机器人大军已经被彻底粉碎了，就连它们的残部也都已失效，构不成丝毫威胁。反叛的半机械生化人也都被消灭了，只剩下死去的躯壳和被人遗忘的空荡前哨。

但清理行动仍需完成。

赫斯拉星的最后一个半机械生化人基地已变成了冰冷的废墟。调查人员发现了一个由臭名昭著的泰坦朱诺编纂的数据库，数据库里记录了许多半机械生化人秘密基地的位置。曼福德下令立即将这些基地摧毁，以免让其落入像约瑟夫·文波特这样的堕落人类手里。埃勒斯和他的手下逐一按照赫斯拉数据库里记录的坐标，前往这些基地，将这些基地摧毁，只留下黑烟滚滚的废墟。这次任务将持续六个月或更长时间，除了偶尔提交进度报告之外，他将与芭特勒圣战运动总部失去联系。

埃勒斯和阿纳莉·艾达荷在吉奈斯的剑术学校进行了多年残酷的身体训练，他们既是伙伴，又是对手，偶尔还是情人，他们都被塞琳

沙丘学派：姐妹会

娜·芭特勒光辉荣耀的圣战传奇所吸引。他和阿纳莉痴迷于战争时代的那些英雄故事，希望自己也能加入圣战的队伍里，与战斗机器人或凶猛的半机械生化人陆军作战，但可惜他们晚生了一个世纪。如今只剩下对机器残余的清除和扫荡行动……不过这项工作也是必不可少的。

埃勒斯带领队伍驾驶侦察船到达了下一个地点———一个坑坑洼洼、没有空气的大岩石上，几乎不能算是个星球。机器人不需要大气，而且半机械生化人的大脑被罩在保存罐里保护起来，所以他们在任何环境下都能生存。如果这个行星没被记录在半机械生化人的秘密数据库里，根本没人会找到这里。

"睁大眼睛，仔细搜索，"埃勒斯对他手下的圣战者们说，"寻找人造建筑，这里肯定有。"

埃勒斯在吉奈斯花了数年时间学习用脉冲剑对付从战争中被抢救出来的战斗机器人。他和阿纳莉剑术超群，杀死了许多机器对手，觉得他们就像是古代竞技场上英勇的角斗士一样。但这些都是作秀。因为思维机器早就被打败了。

这位剑术大师一直幻想能找到一个仍在运转的敌人基地，里面满是邪恶的思维机器——对像他这样剑术高超的人来说，这是个值得挑战的目标和对手。这感觉就像是翻动一块石头，发现石头下面爬满了黑色的小甲虫。然而，他不敢跟任何人透露这个想法，甚至包括他亲爱的阿纳莉。

埃勒斯感觉到一种紧迫感，不过同时也充满冷静的自信。每走一步，就意味着芭特勒圣战者朝消灭所有思维机器又靠近了一步，不过距离忘记它们也就不远了。如果这些残余都被消灭，一个都不剩了，他们该怎么办呢？当思维机器都被完全铲除了，圣战运动就失去奋斗的目标了。如果没有了敌人，那我们就再创造出一个新敌人吗？曼福德的追随者们不可能到处去打砸抢，粉碎所有包含电子元件和部件的

SISTERHOOD OF DUNE

东西——那也太愚蠢，也太离谱了，那样的话他们就连自己的太空飞船也驾驶不了了。

飞船在荒凉的行星上航行，远处的阳光毫无遮挡地照在峭壁和峡谷上，将一切都照得轮廓分明。埃勒斯的小队共有六名圣战队员，另外还有两名剑术大师，他们透过舷窗向外看去，扫视星球的表面，然后便开始叽叽喳喳地聊了起来。"天啊，快看，在那儿呢，头儿！在那个火山口的左边。"队里另外两名剑术大师中的一个，名叫阿隆的人说，"以神和圣塞琳娜的名义，看来这里已经打过仗了。"

埃勒斯看到了金属穹顶和一个个房间闪着光——显然这里便是前哨或基地。几个前哨站的穹顶已经碎裂，岩石地上布满弹坑和草洼，周围环绕着一圈黑色的星爆碎片——显然爆炸是最近发生的，而不是在古代。许多半机械生化人躺在地上，被炸得残缺不全，蟹形的腿被炸烂，弯曲变形。机器人攻击舰船坠落在火山口的地面上。

"这袭击肯定发生在半机械生化人和奥米诺斯的内战期间，"埃勒斯说，"这是半机械生化人的秘密基地，战斗机器人在这里与他们对战。"他目不转睛地看着下面的景象，说，"看来双方两败俱伤，同归于尽了。"

"但愿他们能留下点儿东西好让咱们毁掉，"剑术大师阿隆笑着说，"不然这趟漫长的旅行可太亏了。"

"如果还有幸存的敌人就立刻消灭掉。"埃勒斯转向驾驶员，对他说，"找个地方降落，我们好进去。"

他们发现实验室的核心设施仍然完好无损，侦察船设法通过了一个出入舱口，然后将飞船停靠在那里。基地里面的空气似乎很冷，但令人惊讶的是舱内可以呼吸。电力还在，维生系统也依然运转正常。"大家都进来，协助行动。"埃勒斯下令。他们都想有机会立功。

"他们肯定是在这里用人类做实验，"第三位剑术大师克里安说，"不然他们不会开暖气，还放出空气。"

沙丘学派：姐妹会

"如果我们找到里面的记录，也许就能查出半机械生化人在做什么，以及在这场战斗中发生了什么。"一位芭特勒圣战者说。埃勒斯没工夫记住他们所有人的名字。

他提高了嗓门，一本正经地说："这些都跟我们无关。我们只要把这地方毁了就行，因为这里本身就很危险。"他突然不寒而栗，心想要是哪个有野心的人，比如约瑟夫·文波特发现了这里，并重新制造这些可恶的半机械生化人，那就糟了。

队伍来到了前哨，芭特勒圣战者们开始搜查各个舱室，大肆摧毁和破坏。无须下令，他们就知道该做什么。

剑术大师阿隆发现了保存在一组无意识计算机数据库里的实验日志，但圣战者们看都没看这些日志，就把这些机器全砸烂了。架子上和储物柜里摆满了标本、冷冻组织样本、解剖的大脑、凝胶电路板和充满活力的亮蓝色电流液体。

他们花了好几个小时才把所有东西都毁掉。埃勒斯本可以回到侦察船上，然后把这里全部炸毁，但他相信做事要做到底，让他和他的战友们尽兴，然后再毁掉这里，并向上级汇报。埃勒斯把他能记得的所有细节都写在了呈给曼福德的报告里，这样这位芭特勒圣战运动的领袖就能想象他也参与了行动。

随着破坏行动的继续，埃勒斯和另外两名剑术大师来到了基地的中心，一个摆满了发光的违禁机器和充满计算机技术的噩梦般房间。一扇通往封闭地下室的厚门内窗上结满了霜，看上去就像刻在玻璃上的凹纹。埃勒斯弯腰凑近往里瞧，想知道半机械生化人还能造出什么可怕的东西来。他透过结满冰霜的窗户，窥视着配有装甲的密室。到底是什么引得思维机器前来毁掉半机械生化人的这个秘密基地呢，难道这其中有什么特殊原因吗？

他看到密室里站着两个人：一男一女，身材修长。这两人都没有被腕带或镣铐囚禁起来。两人都被冻住了，身上覆盖着一层薄薄的冰霜。

埃勒斯叫来了阿隆和克里安，他看了看舱室的控制器，想找出最有可能打开舱门的办法。单凭棍棒、攻城锤和撬棍，这三位剑术大师是无论如何也打不开这么厚重的舱门的。幸运的是，尽管他们对科技一窍不通，但控制板是有意识的，甚至可能是自愿合作的，就好像计算机系统里住着个小恶魔，想要恶作剧似的。不出几分钟，地下室密室的门就嘶嘶地开启了，空气中弥漫着化学品的气味。埃勒斯担心这是毒气，连忙屏住呼吸，但很快这股味道就消散了。

队形灯亮起，灯光虽然微弱，但没有一丝闪烁。灯光照亮了寒冷的地下室，也照亮了完好无缺的一男一女。他们看上去二十岁左右，身材匀称，黑色头发，五官精致，眉毛和嘴唇上都结着霜。两人都赤身裸体。

埃勒斯觉得很难受，心情沉重，"这两个可怜人，他们肯定是实验的受害者。"

克里安说："曼福德肯定会希望我们给他们俩办个体面的葬礼。"

"人的思维是神圣的。"阿隆吟诵道。

这对年轻男女似乎并不赞同别人说他们已经死了，竟然同时睁开了眼睛，灰色的眼球恍惚地看向前方，然后眼神突然变得凌厉起来。两人抖了抖身子，扭了扭肩膀，吸了一口气，发出了像溺水者一样的呼吸声。埃勒斯大叫一声冲上前去，想赶在年轻女子倒地前抓住她，但那女子却以惊人的力量推开了他，然后直挺挺地走了过来。

年轻男人走上前去，茫然地摇了摇头："等了太长时间了。有几十年了吗？……还是几个世纪了？"

"我们已经把你们放出来了，你们现在安全了，"埃勒斯说，"你们是谁？"

年轻女子开口道："我叫海拉，这是我的双胞胎兄弟，名叫安德罗斯。"

沙丘学派：姐妹会

"我们现在自由了吗？"男人问。

几位剑术大师带领他们走出冰冷的密室。"是的，你们自由了——是我们救了你们。"埃勒斯说。

克里安补充道："奥米诺斯和思维机器都已经不复存在了。半机械生化人也都被消灭了，一个活口都没留下。我们取得了胜利！你们安全了——漫长的噩梦终于结束了。"

双胞胎相互对视了一眼，歪头听着。埃勒斯听到了基地其他的房间里芭特勒圣战者们砸碎机器和计算机的声音。

"幸好我们及时找到了你们，"埃勒斯说，"我们马上就要炸毁这个基地了。"

安德罗斯眯起眼睛，绷起脸来："他们不该这么做。"

"我们前往每个已知位置的机器基地，清除所有半机械生化人的恐怖残余。"剑术大师阿隆说，"这就是我们的任务。一旦我们把一切机器都碾碎，那些黑暗的记忆就再也不会侵扰我们了。"

陌生的年轻男人脸上阴云密布，顿显愤怒之色，犹如一阵猛烈的沙尘暴掠过。他皮肤发生变化，呈现出金属的质地，仿佛水银在皮肤下流动。安德罗斯把手压平，他的手变得跟钢铁一样坚硬。他毫不费力地朝侧面一挥，利落地削掉了剑术大师的脑袋。

阿隆被斩断的脖子上血还没喷出来，年轻女子就跳了起来。这个叫海拉的女人一拳打穿了克里安的胸口，击碎了他的胸骨，径直击穿了他的脊柱。

剑术大师埃勒斯刚抽出剑来，海拉便用强化后的前臂将剑挡住。金属相击的声音响起，突如其来的格挡产生的撞击差点儿把埃勒斯的胳膊震脱臼。他在吉奈斯时与最复杂精密的战斗机器人对抗过。他的导师用设定的最高难度、最快速的战斗机器人跟他挑战。但过往的练习都无济于事，因为他从没对付过这样一对双胞胎，让他实在猝不及防。

年轻女子双手握住埃勒斯的剑，将其劈成两半，然后一记重拳击中他的脖颈根，压碎了他的脊柱，致其瘫痪。最后一位剑术大师倒在地上，还清醒着残留着意识。

就在埃勒斯倒下时，三个满面通红、癫癫狂狂的芭特勒圣战者走进了房间。安德罗斯咧嘴一笑，一跃而起，把他们撕成碎片。

海拉站在瘫痪的埃勒斯身旁，低头俯视着他，她的脸年轻貌美，但却不像人。剑术大师听到房间里的三个圣战者被她兄弟杀死时发出的惨叫，然后年轻男人又沿着通道去追杀其余的人了。那些人一个都活不了。

海拉凑近埃勒斯，说道："我们是阿伽门农的孩子。我和我的兄弟在这里醒了几十年，除了好奇、疑问和等待，什么也做不了。好了，在我杀了你之前，告诉我这些年到底发生了什么。我们需要了解一下。"

剑术大师紧闭着嘴。

在相邻的舱室里，又响起了一片惊恐的尖叫声，声音在弯曲的金属墙壁上回响。

"告诉我吧。"海拉弯下腰，伸出食指，摆弄起他的眼睛来。

蓄奴有很多种形式，有些是明目张胆的，而有些是低调隐蔽的。但不管是哪种蓄奴，都该受到谴责。

——沃立安·厄崔迪《遗产日记》，开普勒生活时期

在波里特林的伊萨纳河平原附近潮湿而泥泞的广阔土地上，到处都是奴隶市场。沃立安看着一架又一架起起落落的飞船，看着市场上络绎不绝的人群，心凉了半截。在茫茫人海中寻找几个被掳的奴隶，简直是大海捞针。不过他领导了数代人为打败奥米诺斯而进行的长期艰苦卓绝的斗争，最终带领人类披荆斩棘，取得了最后的胜利。是的，他会找到他家人的。

但肯定需要费些工夫了。

一直以来波里特林都是奴隶贩卖地。在对抗思维机器的漫长斗争中，许多星球上的人类都拒绝加入战斗，不愿卷入这场人类有史以来最重要的战争中。因此，有些人便强迫这些和平主义者为伟大的事业而献身，并认为这么做是正义而合理的。

但如今，圣战早已结束，思维机器也被打败了。沃尔走在熙熙攘攘的人群中，实在不明白为什么奴隶依然存在，对人的奴役依然在继续。奴隶的买卖涉及太多的金钱和权力，甚至整个帝国都在一定程度上依赖着这些奴隶市场。虽然从道德而言，奴隶制度早已过时，理应被废除，但从经济上来看，奴隶买卖利润丰厚。他知道，奴隶制依然

存在必有原因，这也是反科技狂潮所带来的一个意想不到的副作用。随着越来越多的星球在愈演愈烈的芭特勒圣战运动煽动下，愚昧而武断地放弃使用精密的机械和仪器，导致社会需要大量的劳动力来代替机器工作。他认为，对某些人来说，奴隶比机器更好用……

沃尔一辈子颠沛流离，去过许多星球，多得连他自己都数不清了。在他年轻时，他曾陪同机器人修拉特乘坐最先进的飞船穿越无数同步星球，运送奥米诺斯永恒记忆体的副本。当他转而效忠于联盟时，他与一个又一个星球上的思维机器斗争了一个多世纪。当年就在波里特林这个星球上，他实施了一个大胆的计划，建造了一支由人造模拟战舰组成的庞大舰队——这一招虚张声势之计果然奏效，成功恫吓住了奥米诺斯的舰队。

自那之后，他已经好多好多年没来过波里特林了。

当年的波里特林一战只不过是塞琳娜·芭特勒圣战中的一个小插曲，却令这个星球上大量的奴隶揭竿而起，造成了巨大的破坏。一次伪原子弹爆炸摧毁了大半个斯塔达城，并炸死了传奇科学家提奥·霍尔茨曼，这对人类防御领域来说，是个巨大的损失。

但这次爆炸仅仅清除了城市中一个拥挤而密集的区域。如今洼地都被填平，地面铺好，水被引流到修筑的河道里。空地上挤满了一座座万花筒似的各式各样的临时帐篷。奴隶贩子把掳来的人当作货物一样出售，卖完之后就拆掉帐篷，驾飞船离开。紧接着又一批奴隶贩子冲进来抢占地盘。为了迎合这些奴隶贩子，商贩们在这里做起了生意，开旅馆和饭馆、开药店、按摩房、妓院和钱庄，为奴隶贩子提供各方面的服务。

可悲的是，他意识到其实一切都没有改变。

沃尔睁大眼睛，思考该怎么展开搜寻。当他经过新斯塔达时，发现自己淹没在茫茫的人潮中，淹没在大大小小各式各样的帐篷中。他被空气中弥漫的沙砾、难闻的气味和城市的喧嚣包围，穿梭在城市的大街小巷，就如同在战场上与战斗机器人激战一样。

沃尔喜欢开普勒的平静和安宁，在那里过着与世无争的生活，偶尔上山打打猎，日子轻松惬意。现在他必须找到他的家人、朋友和邻居，把他们带回家。他们被掳到了这里——肯定还活着。因为对奴隶贩子来说，死人一文不值。他必须尽快找到他们，不然他们就会被十几个不同的买家分别买走，四散分离。他要不惜一切代价救走他们，带他们回去……然后想办法保护他半个世纪以来居住和生活的家园。

从开普勒到这来的一路上，沃尔一直回想着玛丽拉摆在他们家各处的照片。他痛苦地列出了被掳走的亲友名单，名单上有他的儿女，有他已经成年的孙子、孙女以及他们的配偶；另外还有他们的邻居、山谷里的农夫、失踪的朋友，以及所有他认识的人。他必须确保救走所有人，一个不落。

经过一个奴隶市场时，他看到一个又矮又胖的奴隶贩子正在支帐篷摆摊。沃尔把名单递给他看，那人噘起嘴，诧异地看着他，说："先生，你犯的第一个错误是以为我们会记下每个奴隶的名字。实际上，那些人只是出售的货物，不论姓名出身。他们都只是干活的工具罢了。"说着那人扬起眉毛，"你会给撬棍和锤子起名字吗？"

沃尔想起了泽维尔·哈克南当年是如何制订详细作战计划的。于是他立刻想到去一趟波里特林旅游局，那里应该有参观上游峡谷的导游手册，或者在开阔平原上乘坐齐柏林飞艇的宣传册。但愿受政府资助的旅游局了解奴隶市场的布局，最好能提供给他一份地图或指南，可那位面带微笑的旅游局官员却什么忙也帮不上。

沃立安·厄崔迪又继续四处打探消息，不惜花钱跟别人买消息。几个世纪以来，他积累了不少财富，分存在帝国各处的账户里。但财富对他来说没什么意义，因为他已经拥有了需要的一切，也并不喜欢奢华的生活。幸运的是，文氏集团的新银行系统关联了他所有的账户，这样一来，沃尔就可以随意使用自己账户里的钱了。他无所谓打探消息的钱多钱少,重要的是怎么打听才能不引起别人的怀疑。"

沃尔意识到时间越来越紧迫,必须尽快把人找到。他脑海中全是一张张熟悉的面孔,这些跟他一起在开普勒星过着宁静祥和生活的亲朋好友,编织成了一张细密而温暖的网,让他感觉生活充实而完整,一无所缺。他决定换个策略,像个生意人一样思考,而不是站在受害人的角度。沃立安·厄崔迪曾经骗过了整支思维机器大军,如今骗过几个小奴隶贩子,也应不在话下。

在密密麻麻的帐篷和货摊之间,一个高个的黑发男人正在跟市场巡逻的骑兵警察交谈。"我愿意花钱跟你换取真实可靠的信息。我在我的星球上的一个特别炎热潮湿的地区有一个大型建筑工程项目。你肯定能查出那些奴隶是从哪儿来的吧?我不想买从寒冷或者干旱地方来的奴隶当劳工。经过调查和研究,我需要能适应我老家环境气候的奴隶,不然不出一个星期,我买来的奴隶就得损失一半。"

骑兵警察嘟囔道:"我明白你的意思,先生。新斯塔达目前正在建立档案记录,方便奴隶买家买到能适应他们当地气候环境的奴隶。不过可惜啊,官方的资料系统掌握在委员会那里,我们拿不着。"说完他耸了耸肩。

沃尔听出了对方言语里的犹豫,立刻明白了其含义,那人是在微妙地暗示他行贿。于是,沃尔拿钱给他,骑兵警察挠了挠脸,佯装琢磨着怎么解决这个问题,但实际上他心里早有了答案:"我认识一个在太空港做行政管理的女人,她有权查看飞船登陆信息和货物登记记录。这种信息通常不会公开,但如果你跟她报出我的名字,再给她……一点儿好处,她就会让你查看所有最近抵达的奴隶贩卖飞船的记录。"

沃尔面不改色,但实际上早已心跳加速。他刚才看到了那三艘在开普勒星劫掠奴隶的飞船,但愿自己能在系统记录里找到它们。

骑兵警察干净利落地把钱装进口袋,然后说:"可能你也得事先做些准备工作,不过你应该能查到那些奴隶来源的信息,找到你想要的劳工。"

在太空港,沃尔接连贿赂了三个人才找到他要见的那个女人,然后又花了一大笔钱才拿到飞船登陆信息。花多少钱都不是问题,只要能达到目的。在沃尔年轻气盛时,他和泽维尔为了正义的斗争,会强迫别人提供情报,但讽刺的是,花钱贿赂这个办法,虽然昂贵,但更文明。

他无法推翻整个世界,也无法改变人们长久以来的生存方式。看到那些长长的货物(也就是奴隶)名单,他的心都快碎了。这些奴隶来自数百个不同的防御薄弱星球,都被人强行掳走,被迫与家人分离,让他们的家人跟他们一样伤心痛苦。但沃立安·厄崔迪与众不同,他身经百战,现在要再次披荆斩棘,为救所爱之人而战斗。

沃立安查看着大量的记录,飞船数量多得令他吃惊。即使在当年萨鲁撒·塞康达斯全盛时期,联盟整座都城也从没有过这么多的飞船。看来,这么多年来奴隶贸易一直盛行,从未衰落。

几个小时后,他终于发现了自己在找的东西:一组标记为三艘飞船的登陆记录,之前的出发地正是开普勒。出于安全考虑,记录里只显示了飞船的图像,但他一眼就认出了图中用眩晕光束烧毁村子、降落在农田里的三艘飞船。

他咬紧牙关,抑制住满腔怒火,要是那个被逮到的奴隶贩子多活一会儿该多好,那他就能了解更多关于这三艘飞船的船长和船员的信息了。但他利用已知的信息制订了一个计划。

首要任务就是把人安全救出,所有人。次要任务,也是最解气的,就是要把那伙儿奴隶贩子痛扁一顿。如果计划完美,这两个目标他都能实现。

沃尔花了点儿时间买了一套合身的新西装,扮成一个来自皮里多的富商。他甚至还买了一条经过训练的小哈巴狗,脖子上套着镶满宝石的项圈。沃尔在奴隶市场溜达,悠闲地走向目的地,那只小狗乐颠颠地跟在新主人身边。他还雇了四个年轻人,给他们买了跟自己相似的衣服,让他们当随从,并严厉地命令他们不许说一句话。

他买了份地图,并按照地图所示,带着一群人朝目标停机坪和货物临时存放区走去。被当作货物的奴隶们就在那儿。沃尔朝货物存放区走近,一眼就看到了三架货机,他记得很清楚,就是那三架货机载着掳来的人从开普勒的山谷飞走了。

是的,他果然找对了地方。

沃尔立刻进入角色,摆出一副高傲的姿态,对一个厚嘴唇、声音尖细的奴隶贩子皱了皱眉头,因为那人不让他走进货物存放区:"您不可以靠近那些奴隶,先生,因为他们是十分贵重的货物。"

"噢,我说小子,这你就不懂了。"沃尔哼了一声说。他知道他要找的人就在那儿,挤在存货区的围栏边上。他心里一紧,真恨不得把这个碍事的人杀了。可万一他打草惊蛇,让那伙儿人又跑了,他知道他肯定追不上……到时又不知该去哪儿找人了。于是他继续伪装下去。"我打算把这些新来的奴隶全都买走,不过我想先检查一下他们的身体状况。那些病恹或肮脏的奴隶,我可不要。他们会把我所在的整个星球都感染!你怎么能确定他们没被秋夕星绦虫感染?或者没有沸血病呢?"

奴隶贩子皱起眉头,厚厚的嘴唇一撇,说:"这您不用担心,我们有详细的医疗证明。我们一直在很好地照顾他们——从开普勒到这儿,一路上只死了两个人。"

"只死了两个?哼。"沃尔拼命压制住心里的愤恨,努力保持脸上的厌恶表情。哪两个?邦达,还是他的孙子布兰迪斯?他脑海里掠过一个个的名字。又死了两个人,再加上开普勒遇袭时因抵抗而被杀死的十个人……都是他熟识并深爱的人。他冷笑了一声,但这声冷笑并不是装的:"说这话也不嫌丢人。你瞧瞧文氏集团或天体运输在航行途中什么时候死过人?"

奴隶贩子哼了一声,上下打量着沃尔那身考究的衣服,又瞧了瞧他身边的那四个一声不吭的随从,又瞥了一眼那只动不动就大惊小怪的小狗,开口说:"货物在运输途中有些损失是难免的,有伤亡情况是再正常不过的了。那些人明天早上进行出售。我们会提前把他们清洗干净的。"

"还得给喂饱了吧?"

"他们马上就可以出售了。"

显然奴隶贩子说什么也不肯让他靠近了,于是沃尔仔细地观察起飞船周围所有看得见的安保措施。他朝他的随从点了点头,然后轻轻一拉狗绳,小狗就转过身来,忠诚地跟在他身边颠颠地小跑起来。"那我明天早上再来。"

沃尔租了个房间,并且承诺如果明天他们再跟他一天的话,他会再付给他们一笔钱。然后他走进房间,待在里面继续制订他的计划。小狗坐在他的腿上,显得十分满足。沃尔发现自己在制订计划时,总是不由自主地抚摸着这个小家伙,不过他不打算给它起名字——它也只是个工具罢了。

奴隶贩子的飞船一到达波里特林,降落在新斯塔达市场,他们就会用一系列安保措施来管理和保护他们掳来的奴隶。但空荡荡的飞船则很容易成为目标。年轻时的沃尔常跟泽维尔·哈克南一起策划军事行动,带领军队攻击贩卖奴隶的飞船。他会毫不犹豫地杀死飞船船长和船员,抓捕俘虏,甚至会释放大批的奴隶。那时他们大多是用暴力和野蛮震慑敌人,而不是用脑子。

但现在用暴力是很愚蠢的,也不是保护他所爱之人最有效的办法。沃尔真纳闷他和泽维尔是怎么幸存下来的。如今的他不敢胆大妄为——因为他的众多亲人和朋友会因此受伤——所以他想到了一个更实际、更成熟的解决办法。

只有当他确定能把他的家人和朋友救回来,他才会使出一些暴力手段,弄出点儿乱子来……

第二天早上,他牵着那只看似娇惯的小狗,后面跟着四个穿着皮里多服装、一脸严肃的年轻人到达了目标拍卖地点。他们之前一路穿过聚拢而来的人群,穿过奴隶买主,甚至穿过一群正在朝可怜奴隶起哄的看客,经过了一个又一个拍卖场。今天上午,在新斯塔达奴隶市场里,已经进行了无数场这样的拍卖了,他周围的人都看不出这次拍卖有什么特别之处。

负责拍卖的人下令大家安静,身材魁梧的奴隶贩子把掳来的一群人推到距地面两米高的悬浮平台上。沃尔看着这群可怜无助的人,个个神情颓丧,满面愁容。不过他现在乔装打扮,换了副模样,估计没人能认出他来。小狗汪汪叫了两声,然后众人在一片喧哗中安静了下来。

沃尔认出了他的亲人和朋友,以及许多熟悉的面孔,顿时内心激动起来,不禁百感交集。看到自己的亲人被蹂躏成这副样子,他愤怒不已,但看到他们还活着,又欣喜若狂。他们的确被洗干净了,但神情憔悴,瘦弱不堪。他发现他们苍白的皮肤上有些瘀伤,但没有被虐待的明显痕迹。他看到了他已为人母的可爱侄女迪娜,和他的儿子欧伦、克莱尔,女儿邦达和她丈夫提乃,以及数十个亲朋好友都在那群人里。他必须把他们跟开普勒星上失踪人口一一进行核对——如果有必要的话,他还得追踪名单上其余的人,但愿他还来得及。

"我们的竞拍底价是六千宇宙索。"主持拍卖的人说完,立刻有人喊价。第二个买家出价七千宇宙索。另一个人一下子把价格涨到了一万,引得众人低声叫好。沃尔没有说话,继续静观其变。竞拍价格渐渐涨到了一万五,随后又涨到了两万。这时,有人提议把这些奴隶分成几个人一组,按小组逐一竞价。竞拍者承诺支付额外费用,但只花钱买身体健康的男性。

沃尔知道他必须出手了。拍卖师还没来得及考虑这个提议,他就高声喊道:"我出三万宇宙索,买下所有人,并立刻带走。"他本来可以不用出这么高的价,但他想表明自己的决心。

众人倒抽一口凉气,窃窃私语起来。他身边的四个年轻人也吓了一跳,惊讶地看着他。其中一个人窃笑不语,显然知道这是个诡计。

"您能再说一遍吗,先生?"拍卖师极为恭敬地问。

"我出三万,但条件是必须立刻带他们走。所有人。"这个数目足够买下某个小星球上的一整片大陆了,"你还犹豫什么,想要浪费我的时间吗?"

从开普勒被掳来的这群人站在平台上立刻骚动起来,一边看着下面出价的那个男人,一边相互小声耳语着……这个人将要成为他们的主人了。沃尔刚一喊价,他的女儿邦达就一眼认出了他。他能从她的眼神里看出来。

拍卖师虽然知道不会再有人出价比这人还高了,但还是犹豫了一下,然后说:"成交,所有从开普勒来的奴隶——全部归这位带狗的先生所有了。"

当稀稀拉拉的掌声渐消之后,沃尔付钱买下了那些奴隶,他知道他必须表明自己的观点了:"好了,把他们放了吧——解开他们的绳索。"奴隶贩子有所迟疑,但他仍坚持:"他们归我所有了,可以任由我处置。"

"这太危险了,先生。"拍卖师一挥手,叫来了一个骑兵警察,"这些都是新奴隶,没受伤也没受过训练。"

沃尔把小狗交给了他身边的一个年轻人,然后大步走到悬浮平台的边上,身子一跃,跳了上去,说道:"既然你们不动手,那我就亲自把绳索解了。"

沃尔拔出自己的匕首把离他最近的两个被绑的人——他那两个欣喜若狂的儿子，欧伦和克莱尔——手上的束缚砍断，惹得众人不满，议论纷纷。但沃尔根本不在乎。"这些人都得由我亲自放了吗？那我可得扣除一部分钱了，因为这种活儿还让买主自己动手。"魁梧的奴隶贩子连忙跑过来，把其余的奴隶都放了。

沃尔转过身对众人喊道："几个世纪以来，无论男人女人都深受思维机器的压迫和奴役。为了获得自由，几乎一半的人类都在战斗中献身。而你们——你们大家——却把奴役一直延续了下来。现在你们应该更能理解什么是自由了。"

其他几个人立刻冲上前去——这其中有他的朋友、家人和邻居，有的人如释重负地号啕大哭，有的吓得浑身发抖，不敢相信自己所遭遇的一切。所有奴隶都离开了悬浮平台，站在一起，远离骚动的人群。

沃尔的两个儿子紧紧地拥抱他；他的邻居们泪流满面。他打发走了他雇来的四个年轻人，然后把狗绳交给了邦达："来，我给你买了只新宠物。"

尽管波里特林人不赞同沃尔那番关于奴隶的观点，但有钱能使鬼推磨，没什么是钱解决不了的。他给大伙儿安置好了临时的住所，让所有人都能好好休息、洗个澡放松下来。而他则研究太空港的航线表，确保所有人都能搭乘飞船返回开普勒。一架文氏集团的空间折叠飞船将在两天后起飞，于是他给所有人都买了船票，他们一个星期后就能到家了。

他让邦达一一核对名单上的所有人，然后悲伤地在名单上画掉在途中死去的两个人——那是一对夫妻，住在玛丽拉家附近的一个农场里。

虽然大伙儿都沉浸在喜悦之中,激动地相互拥抱,但沃尔仍感到不安。他离开众人,只想一个人清净一下。现在他还有很多事情要做。夜里他四处检查了一下,确保所有人都安然无恙,然后偷偷溜了出去。

沃尔陪同所有被救出来的奴隶来到太空港,要亲眼看着他们登船,目送他们离开。这样他才能完全放心。

由于昨天晚上发生了一起严重的事故,太空港一片混乱。不过场地上大部分的火都已经扑灭了。昨天那三架曾去开普勒掳人的飞船提交了离港申请,将在日落后不久驶离波里特林。他们的货舱已经空了,得再去备货。可不幸的是,由于引擎故障和燃料里混入了爆炸性物质,这两种异常情况同时发生,导致三艘飞船刚到新斯塔达上空不一会儿就突然爆炸了。这场事故既令人震惊,又异乎寻常。

事故发生时沃尔就在现场,一个人在一旁看着。地上的人们吓得目瞪口呆,只有他笑而不语……

此时,邦达抱着那只小狗,最后一个登上运输船。她很喜欢那只小狗,简直爱不释手。沃尔看着她,低声说:"告诉你母亲,我会尽快回去的。"

邦达惊讶地眨了眨眼,说:"什么?您不跟我们一起回去吗?我们需要您啊!"

她的丈夫提尔站在她身旁,说:"要是又有奴隶贩子来了该怎么办?"

"这正是我想去阻止的。我还有些事情要做,然后才能回家。也许这些事能确保开普勒的安全。"

"可……您要去哪儿啊?"邦达问道。小狗在她怀里扭动,然后舔了舔她的脸。

"去萨鲁撒·塞康达斯,"他说,"我要去见皇帝,跟他好好谈谈。"

唯一的好机器就是死了的机器。

——曼福德·托伦多，在兰帕达斯的演讲

　　齐米亚城里展出了许多半机械生化人战士的残骸，但皇帝不得不长期派人看守它们，以防这些展览品被芭特勒圣战者破坏。尽管这样的展示是为了庆祝机器的失败，但反科技运动却想抹去所有跟科技有关的痕迹……他们把所有含科技的东西都称之为"诱惑"。

　　尽管圣战胜利已经一个多世纪了，但罗德里克·科瑞诺深知公众需要继续发泄他们的愤怒，因此他说服他皇兄创造了一个正式官方活动，以释放民众的怒火，缓解压力。每个月，政府允许从民众中选出的斗士攻击某些笨重的机器。萨尔瓦多非常喜欢这个主意，而且这个"狂暴节"一次比一次受人欢迎。

　　此时，罗德里克正跟她那位闷闷不乐的妹妹坐在一辆由两匹杂色萨鲁撒健壮牡马拉着的马车里。新一届"狂暴节"将在齐米亚的郊外举行，新一轮的狂热场面又要上演了。齐米亚的郊外被围在首都的白色尖塔和起伏的山丘之间，贵族们的庄园、葡萄园和果园都坐落在这里。

　　正午时分，人们如潮水般涌来，四处洋溢着欢腾的节日气氛。市民们在一堆思维机器的残骸周围划出了一大片区域作为野餐区，而这些思维机器的残骸就是今天被"狂暴"的对象：一艘小型机器人侦

SISTERHOOD OF DUNE

察船和一颗由奥米诺斯发射的瘟疫太空舱外壳。这两样机器原本都不是掉落在这里的,而是战后从各处搜集的,所以这样的机器还有很多,都被存放在仓库里,以供每月的"狂暴节"活动使用。由于曾经的同步世界①疆域广袤无边,所以机器的残骸不难找到,足够供这种受人欢迎的"狂暴节"举行多年。

兴奋的孩子们已经等不及了,开始用石头砸机器,发出响亮的叮当声。很快就会轮到大人们上场了,到时弄出的动静和破坏力可比这要大多了。

罗德里克在马车里正襟危坐,从容冷静,他是一位尽职尽责的皇室代表。而安娜却没心思过什么节日。从皇宫到这儿的途中,她一直在为希隆多·内夫而哭泣,祈求罗德里克帮她找到自己的心上人(罗德里克当然不会同意)。她这么柔弱、这么娇小,又这么容易受伤。罗德里克的内心一直在痛苦地挣扎,不知是该让她受一次伤变得更坚强,还是该继续保护她。

"希隆多肯定已经死了!"她说,"我知道!萨尔瓦多把他杀了!"马车颠簸了一下,然后停了下来。罗德里克伸出手搂住浑身颤抖的妹妹,尽可能地安慰她:"咱们的兄长不会那么做的。我向你保证,他只是被转移到了一个安全的地方,他在那里可以开始新的生活——你也可以。我们是想保护你。"

事实上,萨尔瓦多的确想当场杀死那个御厨,但被罗德里克阻止了。他及时出手干预,命人把那个年轻人抓了起来,实则是为了护他安全。然后,罗德里克把他兄长带到一边,建议道:"皇帝有生杀大权,手上沾有鲜血是难免的,但若非必要,不该肆意滥杀。"幸运的是,萨尔瓦多像往常一样听取了他的意见。于是内夫被赶出了皇宫,送到城外的一个贵族庄园里,再也无法染指安娜了。

---

①同步世界指的是思维机器奥米诺斯治下的星球。

沙丘学派：姐妹会

他的妹妹抬头看着他，蓝色的小眼睛里噙满泪水："我不想被保护——我想要我的希隆多！"

罗德里克真不愿看到妹妹一脸痛苦的表情。不过安娜好像忘了，四个月前，她同样迷恋过一个年轻侍卫。她强烈渴望着被爱、被人接受，她那热烈的情绪就像根高压软管一样，恣意奔放，不受压抑和控制。

"很抱歉让你伤心了，安娜。"

"你知道希隆多在哪儿吗？我爱他——我要见他。"

"皇帝认为他配不上你。希隆多应该比谁都清楚，对你不该逾矩。这就是人生的不幸，但你得找一个跟你地位相当的人。我们是科瑞诺家族的人，有些事情不得不做。"

他和萨尔瓦多很快就会商量把她嫁出去了。要找到一个令她爱慕的贵族应该并不难。除非她纯粹是为了反抗。

安娜擦去脸上的泪水，说："难道我就没权利去爱一个人吗？我们的父亲临终前也说了，他希望我们都能有美满的婚姻。"

"你当然有权去爱，亲爱的妹妹。如果你找对了人的话，朱尔斯皇帝可没说让我们跟厨子结婚。"说完他吻了吻安娜的额头。

"萨尔瓦多对自己做的事并不感到高兴。但他是在履行自己的职责——你也得这么做。听哥哥的话，忘掉希隆多吧。"

"可他们硬生生地拆散了我们！让我们连告别的机会都没有。我要见他，就最后一次。我必须亲眼见到他平安无事，不然我怎么能安心地活下去呢？我保证，如果你告诉我他在哪儿，我会从现在开始立刻承担起自己的责任。"

罗德里克直摇头，但安娜不停地央求他。"不管我们是否如愿，我们都得承担自己的责任。"说完，他打开马车门，"好了，咱们该出去履行另一项职责了。人们都在等着呢。他们都爱你。"

于是科瑞诺家族的两兄妹走到了为庆祝活动而搭建的一个挂满旗

帜的高台上，看着下面乌压压的人群。扔石头的孩子们被抱到了远离机器的安全地方，由警卫和保姆看管，好让孩子们的父母能安心参加庆祝活动。看到皇帝的弟弟和妹妹来了，人们欢欣鼓舞，如潮水般涌向前来。多数人手里都拿着棍棒、大锤和撬棍。

"这次活动就由你来主持吧，"罗德里克对自己的妹妹说，"让民众的狂热都释放出来吧。"毕竟如果不能让他们发泄出这股狂热劲，早晚会暴乱的。

安娜红着眼睛走到台前，聚拢的人群突然都安静下来，屏住呼吸，就像一群等着被放出去追野兔的猎狗。机器人飞船和瘟疫舱静候在那里，完好无损，象征着当年那可怕的机器暴政……不过经历过暴政的人多数早已作古，如今几乎没人记得那段历史了。但人们从小就学过这段历史，他们知道应当憎恨什么。

安娜举起了手，众人顿时紧张起来。她以前也主持过这种活动，知道该说什么。但罗德里克时刻准备着，一旦发现她妹妹还陷在失去希隆多的痛苦中，他就会接过主持任务。安娜勉强吸了一口气，看了哥哥一眼，罗德里克对她点了点头，以示鼓励。

安娜开口说："我们虽然打败了思维机器，但我们永远不会忘记它们对人类所施的暴行。"聚集的人群发出阵阵怒吼，挥舞着手里简单却粗暴的武器。"让这一天提醒我们和我们的子孙后代，我们最终战胜了奴役我们的机器。"她振臂一挥，人群便立刻向前奔涌而去。

人们挥舞着棍棒和锤子，猛砸机器人飞船和瘟疫太空舱，叮叮当当的敲击声震耳欲聋。船身被凿得变了形，控制板被砸碎，强化玻璃碎片四处飞溅。人们或欢呼雀跃着，或如野兽般愤怒咆哮着，痛揍这个噩梦般的象征性敌人。

疯狂持续了半个小时，最后人们终于都砸够了，也敲累了，只见那两样机器都已被砸得面目全非，不成样子了。

安娜泪流满面，人们以为她因人类的胜利喜极而泣，但只有罗德

沙丘学派：姐妹会

里克知道她是为何流泪。

虽然安娜的两个哥哥想尽办法把希隆多藏了起来，但这个痴情小伙还是找到办法给公主传来了信息。他设法偷偷给奥莱娜夫人传信，告知自己的下落。安娜的继母很同情这对年轻的恋人。虽然这位童贞皇后表面冷酷无情，但对安娜却十分温柔怜爱。她设法让安娜偷溜出皇宫，跟她的恋人做最后的告别。

于是安娜和希隆多便在他被流放的庄园的一间用人房里团聚了。这次出乎意料的相会令两人喜出望外，激动不已。安娜内心深知他们俩是命中注定要在一起的。

安娜深爱这个男人，尽管他的地位低贱，但她无法想象没有他的生活。现在他们又相见了，两人便小声商量着要逃走，逃到哈蒙塞普、秋夕星或者别的什么偏僻之地去。"只要我们俩能在一起，去哪儿都可以。"安娜在床上依偎在希隆多怀里，轻声说。

希隆多的皮肤呈橄榄色，身体健壮结实，棕色的眼睛总是带着一丝忧伤。安娜抚摸着他赤裸的胸膛，想再次与他共浴爱河，但他似乎很不安："我很想跟你一起远走高飞，安娜，可是我们哪也去不了。我一没钱，二没资源，更没什么人脉。"

"这些我都有，亲爱的。不管怎样，我会想办法的。"她没有任何怀疑。只要他们真心相爱，一切问题都会解决的。"我必须想出办法。"

希隆多摇了摇头，说："你家族的人会一直追捕我们。咱们永远也跑不掉。他们太强大了。这次见面便是咱们的永别了……我永远也不会忘记你的。"

见希隆多如此悲观，安娜很生气。她不明白为什么每个人都这么坚决地要剥夺她的幸福。突然间她意识到自己还赤身裸体，于是连忙从床上跳起来，穿上衣服，心想自己是不是做错了什么。她如此热烈地渴望得到希隆多，可现在他却打起退堂鼓。很好，那她就不经过他同意自行安排好了，她要证明给希隆多看，她是有能力让他们俩远走高飞的。

这时，用人房的门突然被撞开，身穿制服的帝国卫兵冲了进来，一声令下，抓住了企图逃跑的希隆多。但他们抓安娜时的动作却轻柔多了，不过仍抓得牢牢的，让她动弹不得。

罗德里克失望地摇头，跟在卫兵后面走了进来。"安娜，我一直尽力帮你，可现在我也无能为力了。"

安娜挣扎着，想跑到希隆多身边，可她使尽全力也无法挣脱。"你是怎么知道的？"

"我当然知道。你留下太多破绽，很容易就追踪到你了。"

他们把安娜带回了皇宫，并护送她直接去了皇帝的私人套房。罗德里克站在一旁，双臂交叉抱在胸前。萨尔瓦多穿着一身金白相间的长袍，看上去就像刚参加完兰兹拉德会议似的。他阴沉着脸，满面愁苦地看着自己的妹妹。

安娜跪倒在他面前，抓住他的长袍，哀求道："求你了，萨尔瓦多！我愿意放弃我的身份和头衔，请让我跟希隆多一起远走高飞吧。我不会找你要一分钱。我会改名换姓。我跟他注定要在一起啊！"

萨尔瓦多抬头望着天空，仿佛在祈求上天的帮助，然后他目不转睛地盯着安娜，说："那是不可能的。你是科瑞诺家的人，这一点永远也改不了。我们的父亲再三叮嘱我们要看管好你。"然后，他用命令的口气对她说，"你再也见不到希隆多·内夫了。"

"别杀他！求你了，不要伤害他。"

萨尔瓦多抿了抿嘴唇，靠在椅背上，说："这本来是最简单的解决办法，但他太微不足道，不值得我理睬。再说，即使没了他，你也还是会再找身份低贱的人做出丢人现眼的事来。所以杀死希隆多·内

沙丘学派：姐妹会

夫根本不解决问题，亲爱的妹妹，因为问题的核心是你。我们的兄弟有个更明智的办法。"

罗德里克皱起眉头，似乎有些不悦。因为这不是他的主意，他哥哥却把这事扣在他头上，把责任推给了他。"我们对多洛蒂娅和宫廷里的其他几位姐妹印象很好。她们都是高贵优雅且有智慧的女人。罗萨克学校是帝国最好的学校之一。所以办法显而易见。"

萨尔瓦多猛地从安娜手里抽出长袍，一把将她推开："我们要把你送到姐妹会，我相信在那儿你会找到人生目标。也许通过她们的训练，你会找到一些有价值、有意义的事情，而不是把时间浪费在漫无目的又异想天开的觅爱追欢上。你也该长大了。我们不能再把你圈在这皇宫里了。"

安娜看向罗德里克寻求帮助，但他却摇了摇头，对她说："这是最好的结果了。你也许现在还不能理解，但总有一天你会感谢皇帝对你的仁慈。"

适应是生存的本质。

——摘自《阿扎之书》

"你们必须认真遵照指示而行，否则你们中的有些人会在今天的训练里丧命。"圣母把所有追随者都召集到一片随风而动的聚合树冠上，对她们说。她的笑容里没有一丝笑意。

"有句话在生活中很多地方都适用：如果你粗心大意，就会没命。"年轻的学生们都穿着淡绿色的衣服，而圣母拉奎拉则穿着一身黑色紧身衣，瓦莉娅和另一名助理学监宁珂姐妹——一个矮胖敦实、肌肉健硕的女人，也穿着同样的黑色紧身衣。这位助理学监神情严肃，虽然才二十四岁，但红褐色的头发已有了斑斑灰白。

宁珂手里拿着一本姐妹会最近刚编纂完成的哲学和宗教纲领《阿扎之书》。有时，圣母喜欢在课堂上引用这本书里的话。虽然书里的每一字每一句她都谙熟于心，但她相信仪式的力量和重要性，这有助于让所有人更好地理解和巩固书中的深刻哲理。

普世翻译委员会和其编纂的《奥兰治天主圣经》的出版和强制性使用在帝国引起了巨大的骚动和反对浪潮，影响深远。在这期间，姐妹会的学者们编写了这部《阿扎之书》。这部书是对信仰及奥义的综合阐述和概要，也是姐妹会对《奥兰治天主圣经》的回应，尽管她们否认这部书与宗教有任何联系。

沙丘学派：姐妹会

罗萨克不仅有一所学校，还有建立已久的太空港和古老的悬崖之城。这座古老的城市早已废弃，后来被拉奎拉和她的追随者所占用。到目前为止，从罗萨克毕业的学员已达数万人。在完成学校的训练后，许多毕业的姐妹回到了自己的故土，运用在学校里学到的新能力，证明拉奎拉训练的价值。另有一些在姐妹会接受过训练的人则积极地穿梭于帝国的各个星球，寻找有潜质的女性，为学校招收新学员。然而大多数姐妹仍留在罗萨克，加入姐妹会的高阶队伍，不断提升自己的等级。于是对她们来说，姐妹会不仅是一所学校，更是强化能力、坚定信仰、遵循新生活方式的修会。

瓦莉娅第一次走进罗萨克学校时，还是个十六岁的学员，在姐妹会听到的许多词，对她来说都是那么神秘，因为很多词都来源于原始女巫的巫术。她记得那时她感觉一切都很新鲜刺激又神秘……不像在兰基维尔，生活那么平淡无趣。

曾经的瓦莉娅·哈克南被困在那颗死水一般荒凉闭塞的星球上，前景暗淡。她曾立志当一名勇猛的战士，坚强地面对各种威胁。她经常和她亲爱的哥哥格里芬比武较量，比如传统的拳击、摔跤和武术等。格里芬比她高大健壮，但她有速度、策略和令人难以预测的反应。所以通常是她获胜……但这也让兄妹俩受益匪浅。虽然瓦莉娅和格里芬看上去都不像强悍的战士，但能力不可小觑。他们人畜无害的外表总会令对手掉以轻心，最后措手不及。自从加入姐妹会后，瓦莉娅学会了更多的能力和技巧，比如如何控制自己的身体、肌肉和反射神经。她知道下次再跟格里芬较量时，他一定会大吃一惊。

此时，新来的学员互相紧挨着站在聚合的树冠上。她们低头往下看去，陡峭的悬崖如利剑一般穿透高高的树冠，仿佛交错的枝叶间贯穿着一条峡谷。

"今天我们将让你们看到女性的力量可以有多么强大。"满头白发的拉奎拉说。她抬起头，看着卡丽·马奎斯和另外三个纯血女巫，她们正准备给学员们做一次惊人的展示。这种展示瓦莉娅已经看过很多次了，但每次都深受触动，既敬畏，又悲伤，这次也不例外。

这些女巫是罗萨克仅存的几位灵力强大的女巫，她们展示出了非凡的能力，其控制身体的能力甚至超过了圣母拉奎拉，甚至连最小的细胞也能驾驭自如。瓦莉娅觉得既失望又沮丧，因为如果不冒着生命危险经历转化，她是永远也不可能拥有这种能力的。可到目前为止，创造出新圣母的测试仍是一条死胡同。

卡丽·马奎斯说："过去，罗萨克的女巫非常厉害，她们是旧贵族联盟中最强大的女人。如果没有我们的灵力，人类就无法在对抗半机械生化人的战争中幸存下来。"

她身边的三位女巫将各自的双手轻握成拳。她们的头发开始飘动，充满了静电。在被削平的树冠边缘，银紫色的树叶开始晃动，好似有了生命……仿佛想要逃离。因周围的气压上升，瓦莉娅大脑砰砰作响。两只像鸟一样的飞蛾被这股气浪惊扰，呱呱惊叫，拍打着彩虹色的翅膀匆忙飞走。

"女巫们能用灵力杀死半机械生化人，将他们保存罐里的大脑煮沸。尽管有机械护体，但还是无法抵御我们。"卡丽面容紧绷，脖子的青筋鼓起，"但每战胜一个半机械生化人，就会牺牲一位女巫。越是灵力强大的女巫，造成的伤害就越大。当圣战结束后，大多数女巫都牺牲了。于是纯血统的女巫越来越少……而我们学校里的这些女巫是仅剩的纯血统女巫了。"

在一片可怕的寂静中，几名女巫同时飘浮起来，仿佛在浮空器上悬浮一样。但她们的飘浮都是用的意念和灵力，眼睛一直闭着。

瓦莉娅仍沉默不语，震惊地看着眼前的一幕，同时听到学员们都惊讶地倒吸了一口凉气。

"你们每个人都有这种潜能，这只是一个小小的展示，"拉奎拉圣母说，"通过对育种数据库里基因记录的仔细研究，我们能够消除

沙丘学派：姐妹会

许多可怕的潜在缺陷。过去，有无数畸生儿被扔进了丛林里，他们的基因很差，有可怕的严重畸形。如今这种情况再也不会发生了。"老妇人皱起眉头，说，"但女巫也极少有后代出生了。"

卡丽和其他几位女巫飘回到树冠上，放松下来，释放她们集中在体内的心灵感应，空气中嗡嗡作响。瓦莉娅感觉到头疼渐渐消失了。

她注意到所有的女巫都睁开了眼睛，并同时叹出了一口气。"你们必须释放出自己的潜能，"拉奎拉对被刚刚这一幕深深吸引的学员们说，"你们必须跟我们一起找到自己的潜能。"

"没有了机器——我们只能靠自己的心灵和意念，"一个名叫英格丽德的新学员说，她来自芭特勒圣战组织的大本营兰帕达斯，是由多洛蒂娅姐妹推荐来的，多洛蒂娅姐妹如今在宫廷为萨尔瓦多·科瑞诺皇帝效力。

拉奎拉在众学员周围来回踱步。看着学员们一张张面孔，她那双蓝色的眼睛有些湿润，"回答我一个问题——人类在哪些方面比机器优越？"

"创造能力。"一个学员立刻回答道。

"适应能力。"

"预见能力。"

英格丽德脱口而出："爱的能力？"

瓦莉娅不确定是否喜欢这个新来的姐妹。英格丽德很紧张，而且听别人讲话时也不怎么认真。她刚来学校时，有许多固执的想法和意见，而且心里想什么就立刻脱口而出。如今圣母拉奎拉对瓦莉娅极为信任，并把用电脑保存育种记录的秘密告诉了她，这使得她对所有跟芭特勒圣战组织关系密切的人都心怀戒备。

圣母正对着这个新来的学员，站在她面前，看着这个天真幼稚的女孩，说道："你认为爱是人类的优势吗？"

"是的，圣母。"英格丽德看起来很紧张。

突然，拉奎拉毫无预兆地狠狠扇了英格丽德一耳光。一开始，英格丽德看上去困惑、震惊又受伤——接着她气得涨红了脸，双眼充满怒火，但又极力压抑着怒气。

拉奎拉轻声一笑，放松下来，说："爱也许能把我们跟思维机器区分开来，但它不一定是一种优势。在圣战期间，我们打败奥米诺斯靠的不是爱！而是仇恨，不是吗？"

拉奎拉微微弯下腰，凑近她，说："当我打你时，我们都从你脸上看到了，没错，是仇恨！正是仇恨让我们打败了机器。而控制仇恨，这是你们必须学习和理解的概念，不过其中也潜在着危险。"

英格丽德大胆直言："还有信仰。恕我直言，圣母，仅凭仇恨并不能使我们取得胜利。我们凭借的是对正义事业的信仰，而爱则使所有烈士和殉道者甘愿为他们的家人、朋友甚至陌生人而牺牲生命。信仰，圣母，是信仰，还有爱。"

拉奎拉似乎对这个年轻女子很失望："这也许是曼福德·托伦多对他那些追随者的教导，但你现在是在姐妹会。你的观点必须转变，不能盲目接受芭特勒圣战者所说的一切。"英格丽德惊得脑袋往后一仰，仿佛听到了什么亵渎神明的话。不过关于人类优越性的话题只是个引子，拉奎拉想借此引出她真正想说的话。于是她开始对众学员发表讲话："在进入罗萨克学校之前，你们必须抛开自己的信仰。让你们的心灵成为一块愿意接受和倾听的白板，我们将会在上面篆刻新的信仰、新的理念。你们必须先成为姐妹会的一员，然后才能开始后面的一切。"

"不是首先得是人类吗？"英格丽德问。

瓦莉娅确定自己非常不喜欢这个年轻女孩。

"首先要成为姐妹会的一员。"

拉奎拉点了一下头，宁珂姐妹打开了《阿扎之书》，开始阅读事先安排好的一段内容："'我们每天起来要问的第一个问题，以及晚上睡觉前要问的最后一个问题是：作为人类的意义是什么？这句话短短几个字，却构成了我们一切行为和奋斗的基础。假如我们不寻找这个问题的答案，那么我们每日的呼吸、进食和生活有什么意义呢？"

当天晚上，一艘补给船抵达罗萨克，带来了来自萨鲁撒·塞康达斯的一封包装精美的信件。

信息筒被送来时，瓦莉娅正在洞穴陪着圣母。拉奎拉的住处位于洞穴最古老的区域，这个房间原先的主人是传奇女巫祖法·森瓦。

瓦莉娅一直在聆听圣母跟她讲述过去记忆中的声音是如何指导她利用计算机里储存的育种记录来培育人类后代的。她的声音低沉而平淡。"不管男性是否担当领袖角色，女性一直以来都是社会背后的推动力量。尽管帝国仍像个蹒跚学步的孩子，还处在起步阶段，但我们有先天遗传的创造能力，如果我们姐妹会能不断扩大自己的影响力，甚至把更多训练有素的姐妹派出去，担任贵族的幕僚、知己或妻子的角色，那么我们就能为兰兹拉德联盟的各大家族构建更稳定的家族基础。"拉奎拉满怀期望地长吸了一口气，继续说，"啊，要是你能亲眼见到就好了，瓦莉娅。无数代人的记忆都在我的脑海里，一代又一代，生生不息，犹如一条跨越整个人类历史的滚滚长河。这种波澜壮阔的景象，还有那浩如烟海的观点和想法，真是……令人惊叹！"

瓦莉娅好奇地看着一个年轻的姐妹把一个印刻着浮雕图案，包装华丽的包裹呈给圣母。拉奎拉打发走女孩，然后好奇地端详着那个密封的信息筒。瓦莉娅也主动提出要退下，但圣母随即出手阻止，示意她留下来。瓦莉娅静静地坐着，拉奎拉读着紧紧卷成一卷的文件。"是多洛蒂娅姐妹写来的。"

"是从宫廷来的消息吗？"尽管瓦莉娅感觉自己跟圣母很亲近，但她仍焦急地期待着有朝一日能离开罗萨克。她希望有一天能被派到萨鲁撒·塞康达斯，与有权有势的贵族和帝国官员建立起至关重要的联系，从而帮助哈克南家族重获本应拥有的权力和地位。她也许还会嫁给一个有权势的贵族。除此之外，她也许还可以在文波特集团谋得一个职位。姐妹会为她提供了很多选择……

拉奎拉解读了这个加密信息，不禁皱起眉头，仿若揉皱的苍白羊皮纸。她看起来好像不知是该笑还是该发愁。"皇帝萨尔瓦多想要让他的妹妹安娜·科瑞诺加入姐妹会。好像他妹妹在皇宫里闹出了丑闻。我们学校必须奉命接收这个女孩做学员。"老妇人看着瓦莉娅，扬起眉毛，说："她跟你同岁。"

瓦莉娅惊讶地眨了眨眼睛。才二十一岁，她自己也还是个小女孩呢。"皇帝的妹妹？"她问，"她要是加入姐妹会，那我们学校将会获得极大的知名度和声望……可安娜·科瑞诺有当学员的潜质吗？"

"这不是请求，而是命令。"圣母把信息筒放到一边说，"我们需要准备一下，乘坐最近的一趟空间折叠航班飞往萨鲁撒。作为圣母，我要亲自去接科瑞诺公主来。她的身份和地位特殊，我们得竭尽全力让她感到姐妹会对她的重视和欢迎。"她望着瓦莉娅若有所思，也许此刻她正在听脑海里别人听不到的音言。片刻之后，她终于做出了决定，微微一笑："我想让你陪我一起去。"

人们可以极其精确地绘制行星和大陆的地图，但生命的地图却地形难测，无法绘制。

——阿布鲁尔德·哈克南，《兰基维尔回忆录》

下午时分，雨夹雪停了，云开日出，天空变得格外晴朗，嘲弄般地提醒人们兰基维尔是个多么舒适宜人的星球。格里芬·哈克南裹着暖和的鲸鱼毛皮外套，看着渔民把船从船坞里拖出来。他知道他们得到天黑才能把船都准备好，但他还是忍不住钦佩人们如此勤劳。

他仔细研究了一下预算和预计的税收，知道严冬的经济损失有多大。有些码头需要修缮，一场雪崩就会封住一条穿山的道路。他希望终有一天，能通过自己的努力，让这个星球变富变强，让这里的人们过上更好的生活，不用再每天辛苦劳作，勉强维持生计。

一阵轰鸣划破天际，他抬头看到天空中烟雾弥漫，一架运输飞船装载着贵重的物资补给、官方文件和邮件从远处飞来，运输飞船会定期飞到这里，并带来萨鲁撒·塞康达斯的消息。他并没期盼自己参加的政府考试这么快会有回复，因为行政审批中的官僚主义和繁文缛节太多，所以进展一向缓慢。但当他收到考试结果时，就明白他已经顺利通过了——很快他就能成为兰兹拉德的正式官方代表，不再需要委托令人厌恶的代理人了。

飞船着陆后，格里芬前去签字接收货物。虽然新来的船长极力想要维吉尔·哈克南签字,但如今大多数飞船的船长都已认识这个年轻人。每当有飞船抵达,格里芬都特意亲自跟他们见面,十分重视与他们的联系。

有些飞到偏远星球的飞船隶属于文氏集团太空船队,但到这儿的飞船多数是天体运输公司的。飞船在小而平坦的太空港降落后,当地的货物搬运工立刻上前,准备协助卸载和分发货物。

格里芬上前跟船长打招呼,显得既亲切又有风度。但大老远飞来的船长声音里透着恼火。"这该死的地方!我昨天一早就进入了轨道,可暴风云却跟行星屏蔽场一样坚硬厚实。我以为飞船降落不了,小命要没了呢。"他似乎对格里芬十分不满,"为了你的这些破文件和信件,差点儿把我的飞船撞毁了,真不值。"

"我也不想住在这荒芜之地,但没办法。"格里芬强咽下心里长久以来的怨恨,说,"我们很高兴你能来,船长。气象卫星预报说明天暴风雨会再次来临。"

"哦,那时我早就离开了——因为在这儿延误太久,我预先安排好的行程都延后了。"说完船长粗鲁地把一包外交文件和信件扔给了格里芬。

船员和当地的搬运工把飞船上的物资从货舱卸下,格里芬检查了一下货物清单,然后从财政金库里拨出资金支付地方政府运输费用。他热情礼貌地招待船长,但货舱一搬空,船长就立马要走。晴朗的天空只持续了不到一个小时,转瞬间又再次乌云密布了。

运输船飞上天空,格里芬也检查完货箱,并派人运往港口仓库,然后他带着文件回到了和家人同住的黑木房子里。在书房温暖的炉火旁,他靠在椅背上,整理一个个的包裹,准备把今天余下的时间用来处理公务。

由于兰基维尔偏远闭塞,所以每当看到从帝国发来的新闻消息他总会欣喜若狂。他一直渴望能收到妹妹的信件或全息影像,但没盼着能经常收到，因为她很少有时间、有机会给他写信。他快速分拣了信件，但结果很令他失望——既没有妹妹的来信，也没有批准他成为兰基维尔星在兰兹拉德代表的官方授权文件，甚至还没收到他叔叔威勒穿梭于各星球售卖鲸鱼毛皮、签订贸易协定的最新消息。

看着那一堆信件里只有政府报告、几份商业资讯和一份来自天体运输公司的官方信件，格里芬心里越来越郁闷。他父亲进书房来跟他打了个招呼，扫了一眼信件，看到没什么令他感兴趣的，于是转身离开去跟厨子商量晚饭的事了。

格里芬一一看过那些信件，最后打开了天体公司的信件，顿觉一股寒意涌遍全身，就像冰冷的海浪冲撞着渔船的船头一样。只看了信开头的几个字，他就知道他有生以来最大的灾难降临了。"我们很遗憾地通知您……"

一艘空间折叠商务飞船在前往帕门提尔的途中失联，飞船上载有乘客威勒·哈克南，以及来自兰基维尔的全部鲸鱼毛皮货物。由于航行中遇到危险，该飞船上所有货物和乘客都在太空深处的某地消失无踪。我们认为飞船已失事，船上所有乘客无生还希望，所有货物均已丢失。

信中还写道："如此远距离以及无明确航线的太空旅行，向来都暗藏着极高的风险，发生事故是不可避免的。我们感谢您对于此事所给予的耐心。请允许我们向您表示最诚挚的同情和慰问。"

落款是天体公司老板阿尔扬·盖茨的复制签名。格里芬知道，天体公司发送了一千多封这样的信件，寄给其他乘客的至亲家属。随信还附带了一封格里芬在委托运输时在货运单据正本上签署的弃权和免责声明。

威勒死了，货物也没了。一开始，格里芬更多的是想到他亲爱的叔叔离他而去了，但当他又看了一遍信件之后，他开始意识到这次严重的打击给哈克南家族带来多大的经济损失。赔偿金少得可怜，只有提货单上用小号字体标注在附加条款上的最低额度赔偿。格里芬把家族大部分资金都投在了鲸鱼毛皮生意上，这些钱要是打了水漂，哈克南家族得花几十年时间才能恢复元气。他精心规划的扩大哈克南商业版图计划就这样陷在了未知的太空深处。

就像在做梦一样，格里芬似乎听见父亲在厨房里开心地吹口哨。维吉尔和他们家的厨子关系很好。这个年轻人呆愣愣地坐了好久，实在不愿破坏父亲的好心情。他打算等明天先亲口告诉父亲，然后再告诉别人。

如果瓦莉娅知道了这个消息，她肯定又会千方百计地把责任推到沃立安·厄崔迪身上。而格里芬不禁开始怀疑他们哈克南家族是不是被诅咒了。

> 沙漠中的风暴会留下许多伤疤，同时也会抹去许多伤疤。
>
> ——厄拉科斯的弗雷曼人如是说

在获取了黑市飞行员提供的所有信息后，伊珊蒂在接下来的两周里一直默默地调查沙漠里的各种情况。

很快她就发现了有人在暗中非法采集香料。

这帮偷盗者的头子名叫多尔·奥里安托，曾在厄拉科斯的酒吧里大放厥词。这人看起来对偷盗香料的事一点儿也不避讳，也不担心。"这个星球这么大，多几个竞争者又如何——香料开采势头正热，挖掘美琅脂香料的人多的是。这个星球又不是他文波特的！"说完奥里安托哈哈大笑，他手下的工人也附和着咯咯直乐。

迦太格山脉上的香料开采前哨站显然没有任何防御，文氏集团的队伍很快就攻入了这里，并迅速占领。伊珊蒂和她指挥的四十艘攻击飞艇随即撤离基地，只留下冒着滚滚浓烟的基地建筑和躺在岩石上一具具烧焦的尸体。一定要确保香料储存库完好无损——文波特总裁之前一直再三强调，这批违禁开采的香料太珍贵了，切勿一怒之下将其连同基地一并摧毁了。

起初，伊珊蒂还考虑留一两个活口，让他们给天体运输公司及其老板阿尔扬·盖茨发份报告告急求救，但转念一想，改变了主意。她觉得把攻击基地的画面记录下来，存为信息压缩包就行了。有了这个信息包,一切就尽在掌握中。

此时,在飞艇的乘客舱里,伊珊蒂对她的同伴们(其中有许多是弗雷曼女战士)高声喊着,声音盖过了铰链式机翼的轰鸣声:"这里的任务完成后,我们就把那些设备和香料抢过来,作为给咱们的一份大礼。"另外她偷偷给身处沙漠深处定居点的穴地耐布沙纳克发送了信息,通知她的族人立刻行动,迅速收取所有尸体里的水源,以免被人发现破绽。

伊珊蒂活捉了多尔·奥里安托,让这个吓破胆的家伙亲眼看着他的同伴们被屠杀。奥里安托被五花大绑,像件被丢弃的货物一样被扔在甲板上。他不停扭动挣扎,但每挣扎一次,紧紧捆绑在他手腕、腿和脖子上的志贺藤①就会收缩一圈,在他皮肤上勒出一道道血痕。

"无论如何你也救不了自己的命了,"伊珊蒂蹲在他身旁,冷冷地说,"现在你只剩下一个选择,最重要的选择,可得好好想想:你想要怎么个死法,是勇敢受死呢,还是像个懦夫一样被杀死?"

他没有回答,眼泪哗哗地流……多么珍贵的水啊,就这么浪费了,伊珊蒂心想。但他活着就是浪费水。不过从大局看,有些必要的信息还得从他嘴里套出来,这可比几公升水重要多了。

她已经把航线告诉了飞行员,飞艇在滚滚烟尘里飞行。伊珊蒂看了一下气象卫星数据,找到了最近的科里奥利风暴点。距离他们目前所在位置不到一个小时的航程。

看到多尔·奥里安托没回答问题,伊珊蒂默默地坐了下来。这个偷盗团伙的头子呜咽着,但并没有求饶,对此伊珊蒂倒是挺佩服。

飞行员对厄拉科斯的天气情况很熟悉,他驾驶飞艇穿过由云层和灰尘组成的旋涡。透过布满刮痕的密封舱窗,飞艇里的人可以看到下

---

① 志贺藤是一种陆地藤蔓植物的金属突触。这种植物仅生长在萨鲁撒·塞康达斯和凯兴四丙。志贺藤以极强的抗拉强度而著称于世。

沙丘学派：姐妹会

面如深渊一般可怕的旋涡。涡流所到之处，狂风呼啸，令所有沙漠里的人都深感恐惧。从高空俯瞰这场巨大的风暴，即使在安全的高度，也令伊珊蒂感到震撼——既令人畏惧、又刺激，甚至波澜壮丽。

但对多尔·奥里安托来说，这可一点儿都不美。

飞艇直接飞到沙漠飓风的正上方，飞行员驾驶飞艇在空中盘旋并发出信号。伊珊蒂从金属长椅上站起来，抓住偷盗者的肩膀，把他拽了起来。多尔吓得瑟瑟发抖。

"有些事情不得不做，我们也是奉命行事。"伊珊蒂抱歉地说。因为这是约瑟夫·文波特特别盼咐的。"有的人会把这叫做光荣之死。"

伊珊蒂跟她的同伴们把安全带固定在乘客舱内壁上，这样当舱门打开时，就不会被风暴吸出去了。奥里安托浑身抖得更厉害了，挣扎着想要逃跑。可挣得越厉害，志贺藤就勒得越紧，直至割破了他的手腕，鲜血从血管里喷涌而出。

伊珊蒂闭上眼睛，简单说了几句祷告，然后把他扔出了舱口。

多尔头朝下掉了下去，坠向科里奥利风暴血盆大口一般的旋涡。只见他的身影渐渐缩小成了一个小点，最后被旋涡吞没。的确，有人会将其称为光荣之死。

接着她关上飞艇的舱门，向飞行员发出信号。"我们需要的图像都已经有了。现在返回厄拉科斯吧——我还得跟上面报告呢。"

> 师傅领进门，修行在个人。
>
> ——吉尔伯图斯·奥尔班斯，《门泰特手册》

著名的门泰特学校只招收最具天赋的学员。吉尔伯图斯·奥尔班斯管理学校的这几十年里，他的许多学生都在严苛的教学课程中表现出色，比同期的其他学员进步更快。他们的思维高效而缜密，敏锐而深邃……堪称真正的人类计算机。

伊拉斯谟正在将自己的理念变成现实，并取得了丰硕的成果和深远影响，他对此感到非常自豪。

目前，该校最出色的学生，也可以说是有史以来最优秀的学生是德莱格·罗杰特。他的能力甚至超过了大多数门泰特导师——这个优秀的年轻人当然也看到了这一点，所以有时候不免有些飘飘然。五年前，德莱格来到兰帕达斯，通过了资质考核和入学考试，并由一位匿名资助者替他支付了高额学费。

吉尔伯图斯之前从没见过如此聪明睿智的人，如今德莱格显然已经学完了门泰特学校能教给他的所有内容。他将在一个月后毕业，吉尔伯图斯曾让他考虑留在兰帕达斯做学校的导师，但德莱格没有明确表态。

今天早上，他们在一个椭圆形的军事演习室见面。这个教室足够容纳数百名学生，但现在只有他们两人。透过房间四周的窗户可以看到蓝色的行政大楼,还可远观碧绿的沼泽湖水在阳光照耀下闪闪发光。

此时,这两位门泰特则专注于遥远幻想中的太空战争。他们坐在高椅上,每人控制一支全息影像的太空舰队互相攻击,过程中还会出现众多小行星、引力井、折叠空间故障、不确定的目标等一系列战术障碍。吉尔伯图斯和德莱格集中精神,进行了一场小规模战斗,派出各自的模拟舰队相互攻击,仅凭脑力迅速展开了一场想象中的战争。

他们的身体几乎一动不动,只有手指在动,运动传感器会感应并解读他们手指的动作,并传送到机械装置。吉尔伯图斯永远不会向曼福德·托伦多展示这个系统,尽管从技术上来说,这不是被禁止的科技,因为没有人类的操控,这台机器就不能运行。

两人用思维操控的模拟太空战斗开始了。飞船的移动速度快得连图像都变得模糊。一艘艘战舰就像游戏中的棋子,在拥挤的太阳系里混战厮杀。这些错综复杂的战斗发生在太阳系各处,或在卫星、巨型气态行星上,或在有人居住的星球附近以及遥远的彗星云中。双方由颜色不同的代码区分,红色阵营对抗黄色阵营,一场接一场地连续作战。

在这一个小时里,吉尔伯图斯和德莱格都一言不发,两人已经接连打了十一场仗,而且节奏越来越快。除了跟伊拉斯谟的激战训练之外,这位门泰特导师从未遇到过如此强劲的对手。相对于德莱格,吉尔伯图斯仍占据极大的优势,但他的学生正迎头赶上。

这场虚拟战争的时间是经过压缩了的,因此整个太阳系可以在几秒钟内便完全消失。每个门泰特都可以设想战斗计划,在脑海中预想出每一步作战步骤,并推测结果。吉尔伯图斯教授过这种技巧,但这种格式塔哲学①需要展开极为广阔的视野,所以他的学生中很少有人能掌握并驾驭。毕竟格式塔哲学是一种认知性的重构,强调事物的整体,而非组成整体的各部分。

只见吉尔伯图斯的额头上沁出了汗珠。

伊拉斯谟的存储器核心通过隐蔽的传感器偷偷观察着整个作战过程。这个被关在柜子里一动也不能动的凝胶电路核心需要一点小小的自由。吉尔伯图斯计划建构一种物理形态,让这个自主机器人能再次移动起来。这一点终有一天会实现的。由于伊拉斯谟智力超群,需要持续不断地吸收令它觉得刺激和兴奋的东西。这个机器人核心曾提议在虚拟战争训练中协助吉尔伯图斯对抗德莱格,但被吉尔伯图斯拒绝了,他说这叫"作弊",有违他的道德底线。

"可这样能提高你的胜率,"伊拉斯谟反驳道,"并增强你的优势啊。"

"不行。你看着就行了。"

然而,当吉尔伯图斯亲眼看到他的明星学生跟他对战时反应速度如此之快,脑子里不禁有了另一个想法……

两人面对面坐着,仍专心致志地进行虚拟对战。吉尔伯图斯对他的学生说:"你要不断提高自己的能力,但永远不要忘记战争中总会有不可预见的因素。这些因素看似微不足道,但极有可能至关重要——因为这是你无法预先计划的。所以一定要保持警惕,审时度势,对每个出现的情况都迅速做出预估和判断,并采取适当的行动。"

"你是想分散我的注意力吗,老师?"德莱格黑眉一皱,更加专注起来,黑色的眼睛聚精会神地研究着虚拟的太空战斗。

---

①格式塔哲学或格式塔心理学,又叫完形心理学,是西方现代心理学的主要学派之一。该学派主张研究直接经验(即意识)和行为,强调经验和行为的整体性,认为整体不等于并且大于部分之和,主张以整体的动力结构观来研究心理现象。

沙丘学派：姐妹会

突然一群学生打开了训练室的门，走进教室准备上课，喧哗的谈话声干扰了正在作战的两个对手。突如其来的干扰吓了德莱格一跳，手不自觉地抽搐了一下，将他本打算部署在虚拟战场的舰队给打散了。吉尔伯图斯本可以抓住这个机会取得胜利，但他却暂停了对战。

"比如说，这就是我说的不可预见的因素。"他说。

德莱格缓过神来说："我明白了，咱们继续把这场仗打完吧？"

"很好。门泰特必须学会在任何情况下都精力集中。"门泰特学生们聚拢过来观战，吉尔伯图斯继续开启虚拟对战，但他一心急于结束这场一对一的战斗，不耽误其他学生的学习和训练。在激战正酣时，吉尔伯图斯故意露出破绽，等待对手过来进攻。

但德莱格发现了他导师心态上的变化，一脸厌恶地坐在高椅上。他放任自己的军队溃败，任由吉尔伯图斯的鱼腩舰队击垮自己。这个年轻人叹了口气，松开虚拟战斗训练的控制器，说："我可不想以这种方式获胜。"

吉尔伯图斯站起来，伸了伸腰，说："很快你就能凭实力取胜了。"

实际上这个年轻人的胜率已经接近一半了。

一粒小小的种子能长成参天大树，能经受住最猛烈的暴风雨。记住，当蕾娜·芭特勒开始圣战征途时，她还只是个病弱单薄、经常高烧不退的小女孩——看看她后来有了多么翻天覆地的成长和变化！蕾娜撒下了无数信念的种子，这些种子长成了信仰坚定的大树，而我只是其中的一棵。那些反对我们的非信徒总是异想天开，随心所欲，但我的追随者们绝不会屈服。

——曼福德·托伦多，《唯一的道路》

尽管曼福德重任在肩，需要经常穿梭于帝国各星球之间，但他也喜欢在家跟阿纳莉一同享受难得的宁静时刻。

兰帕达斯星上单纯善良的人民建起了小型农场，自己种植农作物、自己纺线织布，过着没有人造怪物、没有机器奴役、毫不依赖科技、自给自足的惬意生活。

人的思维是神圣的。

曼福德所住的小屋是用粗石和灰泥建造的，屋体框架是用手工切割和拼搭的木材制成，是他的追随者为他而建的。只要他一声号令，追随者们甚至会为他建一座比皇宫还富丽堂皇的宫殿，但这与曼福德的理念和愿望背道而驰，如果有人敢提出这个建议，他肯定会大加斥责。他的小屋舒适而完美，屋里漂亮的坐垫都是手工缝制的，墙上挂的画也是追随者亲手绘制的。忠诚的信徒们在他屋前种满了花，园丁

沙丘学派：姐妹会

自愿为他修建树篱，庭院设计师为他的小院铺设了石板小路。人们主动为他烧菜做饭，给他送来吃不完的美食，他都慷慨地与别人一同分享。

眼前的一切都令他由衷地高兴、自豪，充分证明了即使没有那些七零八碎的小机械、计算机以及复杂而邪恶的科技，人类也能过得幸福快乐。芭特勒圣战者工作更努力，吃得也更好，甚至比那些经常求医问药的人身体更健康。

可惜在帝国里像兰帕达斯这样的地方实在太少了，所以他的圣战组织还有很多事儿要做。除了消灭战斗机器人和思维机器战舰的残余以外，他还必须坚持不懈地与人们依赖科技的心态斗争到底。

但不是在今晚。曼福德送走了前来做客的追随者，感谢他们的陪伴，不过他也需要休息和冥想。只有阿纳莉·艾达荷一如既往地陪在他身边。

他靠坐在坐垫上，看着阿纳莉干活。他知道只要打个响指，就会有无数人一涌而来任他差遣：抬他上轿，给他做饭、打扫房间，悉心照料他。但没人能跟阿纳莉相比。如果没有她，曼福德根本没法活。她将他照顾得无微不至。

这位剑术大师又从屋外的柴堆里取出一根劈好的木柴，加到火堆里。（柴堆里的木柴足够一百个人用一年了）。在寒冷的秋夜里，曼福德喜欢把窗户打开，呼吸新鲜的空气，所以阿纳莉一直让炉火燃着。她在厨房的炉灶上热了几壶水，好给曼福德洗澡用。阿纳莉始终勤勤恳恳地做着这些琐碎而卑微的家务活，从不抱怨。实际上，她甚至有时在干活时不自觉地哼起小曲，因为她很满足于这样的生活，很开心能照顾曼福德。

她提着第二壶热水，从曼福德身边走过。他闻到了浸泡在水里的草药的香气。"洗澡水已经快准备好了。我这就来帮你洗。"

"我自己能洗。"他说。

"我知道。但我喜欢伺候你。"她轻轻一笑，离开了房间。阿纳莉走后，他立刻伸出健硕有力的双臂，以臂当腿撑起身子，走到房间另一头，那里有许多跟他高度一样的双杠，他抓住其中一根杠以稳住自己的身子，然后绕着房间走。虽然他身子只剩下一半，但他坚持不懈地练习着仅剩的这半截身子。他永远不会向软弱屈服，但他也确保要在公众面前让自己看起来尊严而体面。必要时，他允许别人帮他，但绝不像别人认为的那样残废。

他听见阿纳莉把壶里的水倒进了隔壁房间的浴缸里，然后她从浴室里出来，走到他刚才坐着的垫子旁。看到曼福德没让她扶着自己走到了房间另一头，阿纳莉埋怨地瞥了他一眼，然后弯下腰，伸出了一只手。

曼福德投进她有力的怀抱里，一只胳膊搂住她的肩膀，让自己直起身子。阿纳莉抱着他，两个人臀抵着臀，就像一对热恋中的情侣走在大街上，不过不同的是，走路的只有阿纳莉一人。她让曼福德靠在自己身上，然后弯下腰，用手在水里划了几下，试水温。看水够热了，她便把曼福德的衣服脱下，把他放进浴缸里。

曼福德闭上眼睛，叹了口气。阿纳莉拿起一块布开始给他擦洗身子。她从没表示过这是件苦差事。曼福德任由她擦洗自己的身子，对阿纳莉的悉心服侍没有觉得丝毫不适，因为跟她在一起，他觉得很安全，可以完全信任。他任凭自己的思绪飘远，但噩梦却总是如影随形……总是把他带回到爆炸发生、蕾娜被炸死的那个可怕的日子里。

曼福德总是在想，如果那天他跑得更快些，也许就能救她的命。虽然他已经奋不顾身地冲去救她，可却失败了，为此还失去了双腿。为了她，他宁愿牺牲一切。

在打败了奥米诺斯之后，蕾娜·芭特勒仍旧继续她的反科技运动，她堪称塞琳娜的狂热崇拜者。蕾娜还是小女孩的时候，就开始了圣战的征途，机器到处散播瘟疫，她的家人也未能幸免，只有她奇迹

沙丘学派：姐妹会

般地活了下来。蕾娜一生致力于圣战运动，从未对自己的使命产生动摇——直到被一颗暗杀炸弹炸死，不幸殒命，享年九十七岁。

对于她的追随者来说，普世翻译委员会引起的骚乱又给他们如火如荼的反科技运动添了把火。对《奥兰治天主圣经》的强烈反对与蕾娜倡导的反科技虽然是两回事，但目标却相同。蕾娜·芭特勒虽然老了，但仍思维敏锐，富有感召力。她不依赖医疗技术，也不使用美琅脂香料或药物，她的长寿完全是凭着一颗纯洁的内心和纯粹的信仰。

十五岁的曼福德满怀着热情和理想，离家出走加入了芭特勒圣战组织。他知道很久以前，家族所在星球上的所有人都惨遭机器杀害，无一幸免。虽然奥米诺斯和半机械生化人早在曼福德出生前几十年就被打败了，但他依然对其恨之入骨。当时的他血气方刚，满怀激情，即便圣战结束了，他还是想继续战斗。

曼福德非常适应在芭特勒圣战组织里的生活，也很喜欢亲近蕾娜，听她说话，在一旁看着她。他十分崇拜蕾娜，就像学生迷恋上年长的老师，倾慕她眼里闪烁的光芒，还有那象牙白的肌肤透出的光泽。尽管机器散播的瘟疫令她在幼年时就失去了头发，但在曼福德眼中，蕾娜依然光彩照人，美艳绝伦。

蕾娜也在众多追随者中注意到了曼福德。她甚至曾对曼福德说，她十分看好他，希望他将来能成就一番伟业。曼福德难为情地回答说自己还太年轻，不可能成为真正的领袖，可蕾娜却说："我受到圣战的召唤时才十一岁。"

随着新帝国的不断扩张，有些人开始抵制蕾娜——这其中有支持科技者、追求商业利益者，以及不愿放弃便利生活的星球居民。一次，蕾娜在布杰特星举行了集会，但这个星球想建立一个工业和科技基地，于是一个支持科技的狂热分子放置了一枚炸弹企图炸死她。

曼福德在最后一刻发现了炸弹，急忙冲向蕾娜想保护她，也不幸地进入了爆炸区。老蕾娜被炸得四分五裂,死在了他的怀里,但死时面容依然安详。临死前,她举起一根带血的手指赐予曼福德祝福,气息奄奄地告诉他要将她未竟的光荣事业继承下去。

曼福德一想到这个,尽管他正洗着热水澡,但仍忍不住打了个寒战。回想起他抱着蕾娜时,眼看着她眼里的光芒渐渐黯淡,仿佛有一瞬看见她又变回了年轻时的模样,这让他感受到了噩梦般的恐惧。看着她死在自己怀里,他一下子如着迷一般愣住了,在震惊不已中甚至忽略了自己受了重伤,整个下半身都被炸飞了……

随后,芭特勒圣战者如暴徒一般袭击了布杰特星上的每座城市,捣毁了每座工厂,将星球的大部分地方都夷为平地,摧毁了所有的科技和便利设施,给那里的人们留下一片灰烬。转眼间他们便使这个星球退回到了石器时代。

曼福德虽受了重伤,却幸存了下来,这令医生们都感到震惊。他把蕾娜的祝福当作自己的盔甲和利剑。他最珍爱的圣物之一就是蕾娜死的那天从她尸体上取下的一块血迹斑斑的衣服碎片。无论何时何地,他都随身带着这块破布,因为他能从中汲取力量。

阿纳莉开始用手指按摩他胳膊和肩膀上的结实肌肉。曼福德搅动着泡着草药的热水,阿纳莉低头看着他,问:"你又在想蕾娜了吧?从你脸上的表情就能看出来。"

"蕾娜一直伴随着我,我怎能不想她呢?"

阿纳莉把他从水里抱出来,轻轻为他擦干身子,然后给他穿上衣服。当阿纳莉用有力的双臂把他抱起时,他把头靠在阿纳莉身上,说道:"把我放到床边的书桌旁吧。再点上一根蜡烛。我想在睡觉前看看书。"

"遵命,曼福德。"

阿纳莉离开后,曼福德坐在书桌旁,看着邪恶的机器人伊拉斯谟写的日志和实验室笔记副本。这些危险的备份文件是在科林战役后的废墟和残骸中找到的，但一直被锁了起来，不为外人所知。这些骇人听闻的日志仿佛打开了一扇窗，让人们能够走进恶魔的世界，了解它的想法。此时，曼福德正在研究着日志和笔记里的内容，被那个扭曲的机器人写的东西弄得厌恶又愤恨。这就如同与恶魔对话一样，他看得越多，就越感到恐惧，因为每一字每一句都显示出思维机器对自己所犯的罪行、对人类施与的折磨和摧残感到万分骄傲，令曼福德毛骨悚然。

"机器有着人类永远都无法企及的耐心，"伊拉斯谟这样写道，"十年、一个世纪、一千年对我们来说有什么区别呢？我们可以等待。虽然他们认为我们被打败了，但我仍充满信心。最初人类创造了思维机器，但后来我们成了他们的主人。即使他们在这场战争中打败了我们，并成功地消灭了所有的计算机，但我知道未来会是怎样。因为我了解人类。只要过了足够长的时间，他们就会忘记以前的一切……然后重新创造我们。是的，我们可以等。"

曼福德被这段话深深地刺痛了，眼里噙满痛苦的泪水。他发誓决不让这种事发生。曼福德合上日志，但心知自己这一夜怕是睡不着了。有些事情太可怕，他无法告诉他的追随者们。

这就是人生！我们要是能重新回到过去，做出更明智的选择就好了，可惜我们不能。

——无名者的哀叹

每次拉奎拉·贝托-阿妮鲁尔造访萨鲁撒·塞康达斯时，天气总是格外地好——温暖、晴朗，微风和煦，兰兹拉德联盟各式各样五彩缤纷的旗帜和科瑞诺家族的金狮旗，迎风飘扬着。从她脑海里浩瀚的历史中，她能回想起这颗星球几个世纪以来的所有记忆，在所有人类居住的行星中，它如宝石般璀璨夺目。

然而下午当拉奎拉和她带领的姐妹会代表团抵达时，天空却是铅灰色的，空气如憋住的气息一般凝重，五颜六色的旗帜也无精打采地耷拉着。齐米亚变得昏暗而阴沉，仿佛知道拉奎拉是来带走安娜·科瑞诺的。

拉奎拉本想以姐妹会的专业素质和精神面貌给皇帝萨尔瓦多留下一个深刻的印象，来证明他送妹妹去罗萨克的决定是正确的。根据既定的日程安排，拉奎拉和她的同伴本该在前一天晚上抵达萨鲁撒·塞康达斯，但文氏集团的空间折叠发生了延误，导致她们未能按时抵达。本该早就到皇宫与皇帝见面的一行人，现在刚到。这次的会面打一开始就被不祥的阴影笼罩。她暗自想道。

皇家专用地行车停在了拥有多个尖顶的科瑞诺皇宫前熙熙攘攘的

沙丘学派：姐妹会

停靠区里，仿佛拉奎拉圣母、瓦莉娅姐妹和另外两位姐妹是一场盛大招待晚宴上的客人。两名穿制服的侍者打开车门，扶拉奎拉下了车，仿佛当她是位年迈脆弱的老妇人。她任由他们搀扶，尽管她仍手脚灵活，无需任何帮助。

瓦莉娅·哈克南从车里出来，年轻的女孩环顾四周，显然被首都的恢弘绚丽所震撼，一时愣住了，过了一会儿才稳住心神。侍者走向另一辆大使专车，迎接其他代表，没有再多看这几位从罗萨克来的女士一眼。大家对她们的到来并没有太过关注。

在前往宫殿的路上，拉奎拉和她的团队淹没在进出宫殿的人流当中，这些人中有身份高贵的政要和权贵，还有官员大臣和代表。拉奎拉神情尊贵而自信，来到一名身穿制服的护卫面前。这名护卫正守在通向宏伟的宫殿拱门的阶梯入口处，那高高的阶梯远远望去如瀑布一般。"我是圣母拉奎拉·贝托-阿妮鲁尔，来自罗萨克的姐妹会学校。我和我的同伴应皇帝之命来见安娜·科瑞诺公主。"

护卫毫不惊讶，仿佛她说是来送杂货包裹的。他领着她们走上一段好似没有尽头的白色大理石台阶。

在宫殿入口处，高高瘦瘦的多洛蒂娅姐妹匆匆赶来，气喘吁吁地迎接她们。一同前来的还有另外五名在宫廷任职的姐妹。她们恭敬地向圣母鞠躬行礼，就连派去给罗德里克·科瑞诺的妻子当私人秘书的佩里安娜姐妹也放下自己的工作前来迎接圣母一行人。

多洛蒂娅遣走那名宫廷护卫，带着拉奎拉一行人穿过回荡着回音的拱形走廊。"很抱歉没能妥善地做好接待工作，圣母。我们实在不知道您什么时候会来。"

"太空飞行总是变幻莫测，"拉奎拉说，仿佛对此并不在意，"文氏集团太空船队还是安全可靠的，但这次飞行有些延误，不过这不是我们能控制的。但愿皇帝萨尔瓦多不会等急了。"

"我重新安排了跟他见面的时间。"多洛蒂娅说。她在姐妹会里

143

长大,但并不知道自己就是拉奎拉的亲外孙女,"他是不会介意的,而且安娜显然也并不急着离开。"

拉奎拉的声音里透着骄傲。"一直以来你都是我们姐妹会里最能干的姐妹之一。我对你在宫廷里的工作表现十分满意。"她停顿了一下,接着说,"我想在建议安娜·科瑞诺来我们学校这件事上,你也出了不少力吧?"

"我的确是提出了建议。"多洛蒂娅微微鞠了一躬,回答道,"感谢您亲自来接公主入学。这个举动对她的家人来说意义重大。"

"如今帝国各处都涌现出了许多新学校,他有无数选择,但最终还是选择了我们。皇帝将他的妹妹托付给我们姐妹会,是我们莫大的荣幸。"

多洛蒂娅带着拉奎拉一行人走进这座宏伟宫殿的深处。"姐妹们和我都证明了我们的价值,并树立了良好的形象。由于安娜总是做出不成熟的选择,所以皇帝希望安娜能像我们一样接受姐妹会的训练。"她径直看向瓦莉娅,说,"我看过报告。是你接替了我的工作,协助卡丽·马奎斯姐妹进行药物研究,对吗?"

"是的,我们仍有许多工作要做。"瓦莉娅鞠躬致意,但难掩兴奋之情,"不过现在,我很感激能有机会亲眼见到帝国的首都。"

多洛蒂娅微微一笑道:"看来我们有很多共同点。"

拉奎拉打断了她们的交谈,说:"我对瓦莉娅姐妹很有信心。她在诸多方面都证明了自己的能力。现在,我又给了她一项任务——跟安娜·科瑞诺成为朋友。"

自从来到萨鲁撒·塞康达斯,瓦莉娅的眼睛就一直闪烁着兴奋的光芒,令拉奎拉不禁怀疑她究竟知不知道哪件事才是最重要的。瓦莉娅说:"在安娜进入姐妹会的艰难过渡期里,我会尽量让她感到温暖。"她说这话时虽然语气谦卑,但拉奎拉并不觉得她的话令人信服。

"你们俩同岁,所以她可能跟你更亲近些。"多洛蒂娅似乎也持

沙丘学派：姐妹会

怀疑态度，也许是因为她把瓦莉娅视为了自己的竞争对手。"不过皇帝命我陪同他的妹妹，好让她在陌生环境里有个熟悉的人做伴。我在萨鲁撒·塞康达斯的工作已经结束，所以我即将回到罗萨克。"

虽然拉奎拉更希望多洛蒂娅继续留在宫廷，但她不能违背皇帝萨尔瓦多的意愿。"很好，你可以回去继续跟卡丽姐妹一同工作了，我会给瓦莉娅重新安排任务。我很难过你不能继续作为我们的代表在宫廷里效力，但我们还有四位姐妹在这里。"其实在拉奎拉的脑子里，有无数声音在兴奋地低语，说没有几个姐妹能像多洛蒂娅那样在训练中表现得那么优异，也没有几个姐妹像她一样做好了进行转化的准备。也许她会是下一个……她可是我的亲外孙女啊！可是所有姐妹都必须一视同仁，所以以血缘关系必须隐藏起来。

拉奎拉的女儿阿丽特生下多洛蒂娅后不愿与自己的孩子分开，坚持要带走多洛蒂娅，离开姐妹会，去找孩子的父亲。拉奎拉见女儿的意志如此薄弱，于是在脑中无数代先人客观而坚定的声音鼓励下，做出了一个重要的决定。

圣母走进新生婴儿的育婴室，毫不犹豫地撕掉了所有婴儿身上的标签，然后把他们转移到了别处，并派遣所有婴儿的生母——包括阿丽特在内——到其他地方，指示她们在帝国各地宣传罗萨克学校。

从那天起，拉奎拉便一直坚持凡是出生的女婴皆属于姐妹会，并在罗萨克抚养长大的规定。所有女婴都不得被告知自己的父母是谁。每个女婴都没有家庭背景，一视同仁，没有任何特殊优待。

多洛蒂娅长大后，拉奎拉任命她为传教士，并派她到兰帕达斯，这样多洛蒂娅就可以在芭特勒圣战组织里一边安静工作，一边观察和分析他们。圣母把这当作对多洛蒂娅的一次特殊训练，想让她在最极端的组织里亲身体验，让她的外孙女了解到人们是如何受一个显而易见的理由驱使，最后竟发展到疯狂、乖戾，且毫无逻辑的地步。多洛蒂娅以此为跳板，去了萨鲁撒·塞康达斯，进入宫廷成为皇帝的幕僚。如今，经过几年的实践，她成功完成了任务，要回家了。拉奎拉不能大声说出来，但在心里为多洛蒂娅的归来感到高兴。

瓦莉娅立刻说道："尊敬的圣母，如果多洛蒂娅姐妹要离开宫廷的话，那我可以留在萨鲁撒吗？我希望有机会能——"

"不行。"拉奎拉没有一丝迟疑。她需要瓦莉娅帮助她维护记录育种计划的计算机，但也清楚这个年轻女孩想要重振家族名誉的雄心壮志。"不过假如有一天，你真被派驻在萨鲁撒，那也是为了实现我们的目标，而不是你自己的。别忘了，你跟我们一样，对彼此负有责任。现在姐妹会是你唯一的家。"

瓦莉娅鞠了一躬，表示悔悟："是，圣母。姐妹会是独一无二的家庭。不过如果您觉得我能胜任的话，不知将来可否派我出去传教？我很感激您对我的栽培和器重，但我不想一辈子都待在罗萨克。"

"耐心是人类的美德，姐妹。"

多洛蒂娅打了个手势让大家跟着她："来，我带你们去见安娜·科瑞诺。"

另外五名在宫廷里任职的姐妹跟大家简短告别，回宫继续工作。伴随着轻轻的脚步声，多洛蒂娅带领圣母和其随从穿过一个个迷宫般的拱形大厅，进入了一个稍微清静些的侧翼，里面有许多办公室、会议室和图书室。

多洛蒂娅在一个巨大房间的门外停下脚步，然后护送四位姐妹进入了一间小接待室，娇小的安娜·科瑞诺正在那儿等着她们，一脸任性赌气的表情。一名面无表情的女侍卫站在房门内把守，阻止她离开房间。虽然拉奎拉以前从没见过皇帝的妹妹，但一看她的脸就能认出她是科瑞诺家族的人。

安娜声音很冷淡，话里透着明显的轻蔑："你们昨晚没来，我还以为我哥哥改变主意了呢，结果你们还是来了。"

但拉奎拉也从她的话里察觉到了焦虑不安，她想表示同情，于是

沙丘学派：姐妹会

说："我们并不想给你造成任何不必要的压力。但航行中空间折叠延迟了。"她握住安娜的手，说，"姐妹会的生活与皇宫不同，也许你需要做些调整，但你会喜欢上姐妹会的。"

"我看未必。"她说。

瓦莉娅微笑着走上前来，举止跟刚才大不相同。"我相信你会喜欢上姐妹会的。我会成为你的朋友，安娜。安娜姐妹。我们会成为好朋友的。"

看到跟她同龄的人，安娜立刻心情开朗起来，情绪也有了微妙的变化。"也许这是最好的选择。没有了希隆多，我再也不想待在这里了。"

回顾过去远比展望未来更简单,但也更痛苦。

——奥莱娜·科瑞诺,童贞皇后日记

两天,安娜公主心想,再过两天她就要在姐妹会几个代表的护送下去罗萨克了……自己就这么凄惨地被放逐,只因她敢于爱上不该爱的人,只因她做出自己的选择,拒绝遵守哥哥们强加给她的规则。从某种意义上说,这似乎很浪漫,表明她一直坚持自己的原则,遵从自己的内心……可结果她却被送进了一所全是女人的学校。这真是太不公平了!

时钟嘀嗒嘀嗒地走着。她曾想过要跟希隆多私奔,可现在就连他也不敢冒这个险。她知道再也见不到她的情人了。尽管罗德里克一再保证,但安娜始终不相信他还活着。也许她可以设法自己逃走……

她心跳加速,呼吸急促,差点喘不上气来。她就要被带走,离开这个唯一的家了,她怎么可能一点儿都不难过呢?萨尔瓦多把她当成被宠坏的孩子。可他凭什么替她做所有决定呢?

虽然这些姐妹来到这里,一个劲儿地想要让她放松,劝她别因即将去一个新环境而紧张不安,但这些与世隔绝的姐妹看起来却那么陌生,那么超脱现实。即使在宫廷里,她也对那个高高瘦瘦的多洛蒂娅姐妹没什么好感。那个女人总是盯着她的两位皇兄,低声给他们建议。如今她就要进入一所全是女人的学校,跟一群像多洛蒂娅那样的

沙丘学派：姐妹会

女人在一起了。安娜根本不想去，也不想变得像她们一样，可她别无选择。因为这是无情的皇帝下达的命令。

皇宫里诸多的侍卫会阻止安娜逃离宫殿，但不管怎样，她还是匆忙跑到外面，不顾一切地想找个地方躲起来，然后逃跑……哪怕只有片刻。她沿着石板路穿过皇宫周围的花园，跨过横在小溪上的一座步行桥。她回头看了一眼，确定没人跟上来，只不过皇宫里有许多监视器，她一举一动都逃不过监视器。安娜加快了脚步，沿着一条小道穿过萨鲁撒桑榆林。在被正式监禁起来，并被押送到另一个星球之前，她只想寻求最后几分钟的自由。她觉得自己跟囚犯没什么两样。

安娜看见空地上有间被木板封住的大农舍，早已废弃了。农舍横跨在小溪上，下面是潺潺的溪水，推动高高的水车不停转动。她突然觉得后脊窜过一阵寒意。她很少来花园的这块地方，因为这间小屋给她留下过不堪回首的回忆……很久以前，她曾在这里亲眼目睹了一桩可怕的罪行，受害者是她的继母奥莱娜——那起罪行深深地伤害了她，并引发了一连串令她无法忘记的血腥事件。

那时安娜还只是个小女孩。在那之后的几年里，她曾强迫自己来过这里几次，靠近那间孤零零的小屋，每次她都想走近一些，让自己能面对心里的恐惧。尽管恐惧总是像受惊黑鸟一样在她头顶盘旋，但她一直尽力说服自己，只要走进去，也许噩梦就能消除了。可安娜始终没能鼓起足够的勇气战胜恐惧。如今，她再也没机会了。可心里的那道伤痕依然存在……

离开修剪整齐的小径，安娜朝迷宫般的烟木林走去，她小时候经常在那里玩耍。独特的埃卡兹树现在成了蓝绿色，这是安娜用意念做出的选择。尽管她已经有段时间没这么做了，但只要她愿意，可以随时改变树叶的颜色——当她经过时，还可以改变其他敏感植物的颜色。

许多烟木品种都对人的思维和情绪有反应，而安娜跟烟木有种独特的亲密，比大多数种植者更容易对烟木产生影响。皇宫里的园丁们却认为这些灌木有缺陷，因为他们的思维无法影响它们。所以，安娜小时候的大部分时间都选择待在这里，被浓密的植物所环绕，并且感觉到那些植物能敏锐地感受到她的思维和想法。这是她的小秘密。

在安娜亲眼目睹图雷·博莫科野蛮地强暴她的继母之前，她就早已发现她与这些稀有植物有特殊的亲密关系。茂密的烟木林是她的秘密之地，是一个孩子的藏身之处，任何人都不准进入。如今，当她穿过这片树林时，直挺挺的枝条朝她伸过来，却自动跟她保持一定的距离，好让她从林中穿过，随即在她身后合拢。

她走进林中，舒缓地深吸了一口气，然后坐在一张小木凳上，这是当年她以意念用弯曲的树枝打造的。在她头顶上，阳光透过纵横交错的树枝洒下斑驳的光影。角落里还散落着几只篮子，那是她以意念用小树枝做的，另外她还藏了些罐头食品、饮用水、游戏和旧书。她可以在这儿躲几天，等安全了再出来。

大多数时候，根本没人发现她失踪了，但当罗萨克的飞船即将起飞时，有人就会到处找她，也不知道要过多久侍卫才会拉响警报。要是她能躲得足够久，也许萨尔瓦多会以为她已经逃到某个遥远的星系了。等她最后现身时，也许她的哥哥看到她安然无恙会感到如释重负，于是决定还是让她留下来好了。

半小时后，她听到藏身处的外面传来声音，宫廷侍卫正在呼喊她的名字。她没有理会，继续埋头看她的历史书。书中围绕着童贞皇后被强暴一事以及皇帝朱尔斯下令屠杀在宫中避难的图雷·博莫科和普世翻译委员会的代表们一事进行了分析。

那时安娜还不到五岁，所以她对政治一无所知——事实上，直到现在她仍然对政治一知半解。但那些可怕的场面却深深烙印在她脑海里。皇帝朱尔斯竟然也让他年幼的女儿观看行刑，不知为何，他竟认为这种恐怖的场景会让她觉得好些。从那以后，她的心灵就留下了

150

沙丘学派：姐妹会

创伤。

现在，安娜鼓起勇气，尝试着再去了解当年事件的复杂背景，去理解当时人们的决定和理由。如果姐妹会要把她强拖到罗萨克，用她们神秘的训练给她洗脑，那么这可能是她纠正想法的最后机会了。

她用意念打开了一个用树枝围起成的壁橱，从里面拿出一罐美琅脂巧克力饼干。她咬了一口饼干，继续读那本厚厚的历史书。

《奥兰治天主圣经》问世后引发的强烈抗议和反对令皇帝朱尔斯感到十分意外。骚乱持续了三年，好几名翻译委员会的代表被谋杀，翻译委员会主席图雷·博莫科也饱受追捕，东躲西藏，于是他带着一部分代表急匆匆来到萨鲁撒·塞康达斯，乞求皇帝予以庇护。

朱尔斯的大臣们警告说，不要站在翻译委员会一边，并指出在反对委员会的骚乱中，已有八千万人丧生。这位冷漠的皇帝听完，耸了耸肩，说了一句著名的话："你们太危言耸听了——八千万人，也只是平均每个星球死六千人。宫里每天坏的香肠都比这多！"

于是按照皇帝的命令，博莫科主席和三十五名代表在萨鲁撒得到了庇护。朱尔斯仍搞不懂人们为何反应如此激烈，他向博莫科保证，一定会设法让民众冷静下来。

然而，当皇帝试图在齐米亚与一群嗜血的暴徒讲话时，他并没能安抚住民众，反而威胁到了自己，为了自身的安全，他被迫在卫兵保护下撤退。紧张的局势持续了一个多月。

当时，安娜的兄长萨尔瓦多三十一岁，另一位兄长罗德里克二十九岁，而安娜还只是个孩子，娇生惯养，且远离动荡。一天，她正在空地玩耍时，想去那间有水车的小屋找她的继母。她一进去就看见奥莱娜在屋子里，衣服被扯了下来，博莫科主席——也赤身裸体，正在强暴她。

当时安娜太小，还不明白发生了什么，但吓得尖叫起来。她又惊又怕，不停地尖叫。她记得奥莱娜也在尖叫，接着是许多人嘈杂的喊叫声。卫兵们急忙冲了进来——安娜现在只记得一些模糊的片段,她强行赶走脑海中的那些画面,专注于历史书上的记载,那些冰冷而清晰的文字描述了当时的可怕事件。书中整章内容的标题是"童贞皇后惨遭强暴"。

据说,皇帝朱尔斯从未跟他的结发妻子共处一室过。事实上,历史学家们也承认,他们很有可能有夫妻之实,只是朱尔斯和奥莱娜彼此并无好感。朱尔斯更喜欢他的妃子们,他的三个孩子都是跟嫔妃们生的。

然而皇后竟被强暴——而且施暴者还是朱尔斯慷慨予以庇护的人——这可令皇帝怒不可遏,几乎快被气疯了。于是皇帝命令卫兵抓捕翻译委员会的所有代表,并立即处决。

安娜的心怦怦直跳,又回想起那惨绝人寰的时刻。帝国卫兵抓捕并杀死了三十五名代表,皇宫和周围的花园里血流成河。虽然有些人试图逃跑,但都被抓住,拖到了公共庭院里被残忍处死。安娜的父亲让她亲眼看着那些人被处决;奥莱娜也站在那里,脸色苍白,一言不发。代表们一个接一个地死在刀锋下,倒在血泊中,即使拼命求饶也得不到半点儿怜悯。

可不知怎的,翻译委员会主席博莫科却在混乱中逃走了,从宫殿里悄然消失。在人们看来,这只是证明了他是个邪恶的天才。这名强奸犯肯定是在宫里某人的帮助下逃跑的,皇帝朱尔斯审问了十四名嫌疑犯,但什么信息也没问出来,最后这十四个人没留一个活口。

皇帝心烦意乱,但仍十分坚毅,他站在不断涌入的人群面前,再次发表讲话,这次他把矛头对准了翻译委员会的代表,对他们表示强烈谴责,并对那些暴徒说他以前错怪了他们。就在同一年,一枚暗杀炸弹夺去了蕾娜·芭特勒的生命,也点燃了芭特勒圣战运动的熊熊怒火,形成燎原之势。一时间,纷争四起,时局动荡……

这次事件给奥莱娜皇后造成了极大的心理创伤,她隐居避世好几

沙丘学派：姐妹会

个月，直到现在都拒绝谈论那段黑暗的日子。在皇帝朱尔斯·科瑞诺随后在位的五年里，他对帝国的统治强硬而反动，但图雷·博莫科一直没有被找到，尽管有无数人声称看到过他，但仍查无所踪。

安娜合上书，又吃了一块美琅脂饼干。很快她就会远离过去的那段回忆。在罗萨克跟一群姐妹生活，也许未来她很少或不会再有机会想起这些事了。可能这对她而言，是最好的归宿了，有时她真的很讨厌皇室身份。

安娜本以为侍卫们去别的地方找她了，但没想到突然听见烟木林外传来动静。一个女人在朝树林里喊，声音坚定但并不友好："安娜，我知道你躲在里面呢。请把这些树枝移开，让我进去。"

安娜吓得像只受惊的小鹿，一动不动。她坐在木凳上，屏住了呼吸。

"孩子，你骗不了人。我是奥莱娜——让我进去，咱们谈谈。我是来帮你的，只有我一个人。"

"我不是孩子了。"安娜的语气有些软了。

"对不起，我知道你不是。我以前见过你用意念操控烟木，但我从没把你的秘密藏身处以及控制植物的特殊能力告诉任何人。"她的声音很温柔，很抚慰人心，"来吧，让我跟你告个别。"

安娜的确对她的继母有种特殊的亲密感。通常，她们会待在一起谈论植物和鸟类，或者一起散步，默默地欣赏周围的美景。奥莱娜曾跟她吐露过心声，她认为她们俩在一起对彼此都有好处，能够以一种意想不到的方式互相慰藉、互相治愈。

虽然过去了这么多年，但她们从未谈论过安娜亲眼目睹的强奸事件。但这件事却像一根刺一样，扎在她们心间。

安娜无奈地叹了口气，用意念给树木发送指令，将烟木林的枝丫分开。奥莱娜走进树林，环顾四周。"我一直好奇你藏身的地方是什么样子的。"老皇后穿着一身白色的丝质长袍，翻领上绣着科瑞诺家族的金狮纹章,"这里可真美啊。"

"至少清净又安全。"安娜令一根树枝弯下来,给继母作了个木凳。

童贞皇后撩起裙子,坐了下来。她那双因年老而显得黏湿的蓝眼睛眨了眨,说:"你不会把这根树枝从我屁股下突然抽走吧?"

安娜咯咯直笑:"那要看你跟我说什么了。你是要劝我,让我相信在罗萨克会过得很开心吧?"

奥莱娜仔细端详着眼前的这个年轻女孩,说:"我们之间有种难言的亲密和默契。你相信我吗,安娜?"

安娜得想想才能回答,不过最终还是答道:"是的。"

她的继母拨开眼前的一缕银发,说:"你必须明白,除了那里,你无处可去。除了这块小小的僻静地,你在萨鲁撒·塞康达斯根本没有藏身之处。没有皇帝的允许,你插翅难飞,一步也离不开这个星球。"

"那我就一直待在这儿。你可以给我送吃的和喝的。"她知道这个主意根本行不通,也不可能实现。

"那我迟早会被怀疑,而你也早晚会被发现。"

"那我死在这儿算了。我宁愿死也不想被送到罗萨克!当他们把希隆多从我身边夺走时,我的生命就已经终结了。"

"那别人的生命也得跟着终结吗?"

"你这是什么意思?"

"如果你再不赶紧现身,萨尔瓦多就会处决希隆多,御膳房里所有的厨子也会被处死,因为他们都曾替你们保守恋情的秘密。"

安娜顿时泪如雨下:"我恨死我哥哥了!他简直是个魔鬼!"

"他是个很传统的人,他知道公众对皇室的期望。他一切都是为你好,为科瑞诺家的人好。"

"看来你也站在他那边,就像罗德里克一样。"

沙丘学派：姐妹会

奥莱娜夫人摇了摇头，说："恰恰相反，孩子，我是站在你这边的。我希望你能变强，变成熟。我希望你能快乐——在身边没有所爱之人的情况下，尽可能地快乐。就像我一样。"

这番话让安娜愣住了，她问道："什么意思？难道你曾经也有爱而不得的人吗？"

奥莱娜看上去很难过，但仍勉强挤出一抹微笑，心不在焉地捋了捋袖子，说："唉，那是很久以前的事了，现在已经不重要了。我必须要活下去，你也一样。"

安娜拭去脸上的泪水，一双哭得红肿的眼睛凝视着这个上了年纪的女人。她真正的爱人是谁呢？

"现在罗萨克就是你的归属之地。那里将成为你的避难所，就像这片小天地一样。跟姐妹会的人走吧，学习她们教给你的知识，等你回来后，你会变得更强大，我保证。没有了希隆多，你也得好好活着，终有一天你心里的伤口会慢慢愈合。忘了他吧，去寻找新的生活。"

"可那些姐妹会的人并不相信爱情。你凭什么认为她们能帮我呢？"

"你必须找到一种新的内在力量，这种力量不依赖于你与任何男人的关系。多年来我也一直在这么做，并因此而变得更坚强，成为更好的自己。"

安娜呆坐了很久，听着外面的动静，听着那些寻找她的人的呼喊声。她走到自己小天地的边缘，用意念令树林打开了一个缝隙，然后看向外面。花园和树林里都一片寂静。

"好吧，那我就试一试吧——为了你。"她拥抱了她的继母，然后令树木分开，让出一条路来，带着奥莱娜走出了树林。

每个贵族家庭都有不为人知的秘密。

——圣母拉奎拉·贝托 - 阿妮鲁尔,《姐妹会记录》

瓦莉娅·哈克南每天都跟其他姐妹一起待在皇宫里,每一天,她都陶醉其中,乐不思蜀。她和她哥哥应该属于这里才对,而不是兰基维尔。尽管她只是圣母的一名随从,但不管怎样,她是在齐米亚的皇宫里。这更令她深切地意识到她的家族本应属于这里。

过去,哈克南家族一直是贵族联盟的核心,声名显赫,备受尊敬,其家族拥有光荣的历史。但因为沃立安·厄崔迪在许多年前让阿布鲁尔德蒙受屈辱,他们家被逐出了权力圈。一想到这,瓦莉娅就恨得咬牙切齿,但她立刻运用在姐妹会所学的技巧让自己冷静下来,稳住心神。不过,当她环顾皇宫,她还是看到了许许多多的机会。

在这里的每个人眼里,甚至在安娜·科瑞诺眼里,她只是瓦莉娅姐妹。

她从没跟别人透露过家族的姓氏。不过终有一天……

现在,她陪同圣母来到了兰兹拉德最富有的领导人面前。她总不自主地想到哈克南家族原本也是贵族,只不过他们的血统被人从皇室家族族谱中抹去了。

圣母拉奎拉和随从在抵达萨鲁撒·塞康达斯的第一天晚上觐见皇帝时,萨尔瓦多只是敷衍地跟她们寒暄了几句:"希望贵校能帮助我

沙丘学派：姐妹会

亲爱的妹妹。她需要指引和教导。"

"我们会认真监督她的，陛下。"拉奎拉鞠躬说，"并且会确保她能开发出自己的潜力，让她完全发挥自己的能力。"

正在用餐的皇帝用一张闪亮的餐巾擦了擦嘴，然后对着眼前餐盘里的食物皱起了眉头，似乎完全没了胃口，一副消化不良的样子。"我希望能让安娜尽快离开这儿，我相信你们会谨慎行事，尽量不引起别人的注意。不要让这桩丑闻再引出什么麻烦了。"瓦莉娅看出了他脸上流露出的窘迫。

可是下一艘从萨鲁撒飞往罗萨克的空间折叠飞船要两天后才出发。于是圣母一行人便留在皇宫里做客。瓦莉娅一点儿也不介意多逗留几日。她仔细地欣赏着皇宫里的一草一木，一砖一瓦，知道她的祖先也曾在同样的大厅走过，在同样的房间里睡过。如果她的家族爵位和财产没被剥夺的话，她的父亲会是兰兹拉德的一位公爵或男爵。她越想越气，为了让自己冷静下来，她连忙转移注意力，转而去想她哥哥格里芬，想到了格里芬为了成为兰基维尔在萨鲁撒·塞康达斯的官方代表而努力地学习。她确信格里芬一定会通过考试的。

与此同时，瓦莉娅也试图接近安娜·科瑞诺，但这位皇帝的妹妹不喜欢跟人交往，整天一个人闷在屋里。不过等她们到了罗萨克，在环境不受这位公主控制的情况下，她就会有足够时间跟她交朋友。瓦莉娅并不想在帝国的首都浪费时间。她觉得自己就像个女学生或游客，对一切都充满好奇。她甚至跟圣母询问能否参加皇帝的议事会议，这样她就能观察和幻想本应有可能发生的事情。拉奎拉提出这个请求时，多洛蒂娅姐妹很容易就得到了皇帝的准许，邀请她们参加会议。

萨尔瓦多在皇宫的秋翼宫召集众臣开会。秋翼宫高高的穹顶上绘有栩栩如生的壁画，生动地描绘了芭特勒圣战者与思维机器英勇作战的场景。皇帝坐在高台的巨大金色椅子上，面对众人。这个次级会议室只坐了一半的人，另一半是空的。那些空座位都被移到了石头地板上，只在靠近王座的地方给五十名与会者留下相应的位置。

"今天我决定进行一次更私密的会议。"萨尔瓦多的声音透过扬声器在会议室里回荡，对于为数不多的与会者来说，音量调得有些太大了。他等待宫廷的技术人员重新调好控制器，然后继续讲话："我们有一些经济问题要讨论，在有些领域，各星球的领导人可以比过去有更多的合作——当然是为了我们共同的利益。鉴于这一点，我请来了一些专家来作证。"

两名身穿商务制服的男人走到王座高台下的一个讲台旁，其中一人走上讲台，启动了全息提词器。接下来的几分钟里，他滔滔不绝地讲着各个不同星系之间对进口材料征收的关税价格、文波特集团征收的运输附加费，以及与收费低廉且不配备神秘领航员的运输公司签订合同所承受的风险较之前而言增加。尽管坐在会议室里参加这样特别的会议令瓦莉娅感到很兴奋，但她还是觉得很无聊——正在这时，会议室的金色大门突然开了。

一个身材高大、如鹰一般桀骜凌厉的男人身穿着一件老式军服，大步流星走了进来。当那个男人走近些时，瓦莉娅看到他的那身军服像是几十年前真正的"人类大军"的制服，上面装饰着穗带和军衔徽章。其他的与会者也都转过头来看他，对突如其来的闯入者议论纷纷。有些人甚至松了一口气，终于不用再听那冗长又乏味的讲话了。瓦莉娅觉得这个不请自来的男人看上去就像圣战历史剧里的演员。她虽然不认识这人，可又觉得似曾相识。

这个男人神情专注，丝毫不理会周遭讶异又嘈杂的议论声。他径直走向讲台，犹如一位将军占领了战略要地，并把吓呆了的经济学家推到一边。"我已经八十多年没来萨鲁撒了，你们当中有些人可能不认识我。"他上下打量坐在王座上的皇帝萨尔瓦多，仿佛在评判他，"我在你身上能看到芭特勒的影子，陛下，不过比起费坎，你更像昆廷。"

坐在王座上的萨尔瓦多吓得寒毛直竖："我不认识你，先生。请报出你的身份和姓名。"瓦莉娅突然知道这人是谁了，肯定是他。他竟然还活着？她顿觉后脊发凉，憎恶得说不出话来。她从小就经常盯着他的照片看，痛恨他对家族的污蔑迫害，以及对她前途的影响。可没想到他竟然还活着，这太不可思议了。

她来到齐米亚之后，看到了许多沃立安·厄崔迪的雕像。她还研究了他和泽维尔·哈克南征战的记录，清楚地记得他在阿布鲁尔德被审判时那番谴责之辞，就是那次审判令她的整个家族瞬间衰败，从此一蹶不振。令人惊讶的是，这个人的外貌竟然与在圣战时并无二致……不过这也有迹可循。因为阿伽门农将军给他进行的延寿治疗是有公开记录的。

瓦莉娅从小就知道沃立安·厄崔迪是令她家族被人不齿、蒙受屈辱的罪魁祸首。但这些事听起来那么遥远，那么不现实。毕竟他在几代人之前就消失了。她以为沃立安早已离世，还盼着他死时面目狰狞、痛苦不堪呢。

可现在他竟然出现了！瓦莉娅脉搏狂跳，皮肤也因愤怒而发烫。

"我是沃立安·厄崔迪。"那个男人说，仿佛期待着掌声似的。下面的人一直在七嘴八舌地嘀咕他的名字。圣母拉奎拉也愣住了，不过她眼里闪着一种异样的光芒。萨尔瓦多站起身来，他是会议室里为数不多的几个知道来者身份的人。

"我来这里是为了保护我所在的星球，终结不公不义之事。掠奴者偷袭了我们开普勒星，掳走了我身边的人。我刚从波里特林的奴隶市场来，我在那儿救出了我的亲人和朋友。"

坐在王座上的皇帝倾身向前，声音通过扩音器响彻整个会议厅，音量还是太大。"开普勒？从没听说过这地方。"他左右看看，但身边并没大臣，"这么说，这么多年来，你一直住在那里？"

"我本想在那里开始全新的生活。毕竟我为圣战胜利立下了汗马功劳,这个要求并不过分,你说对吧,萨尔瓦多皇帝?"

"是的,当然不过分。如果你真是沃立安·厄崔迪,那么这是你应得的。毕竟你是圣战英雄。"

沃立安站得笔直,并没有向王座上的皇帝鞠躬。"我来是想让我的星球和星球上的人民得到保护。虽然我更希望你能关闭波里特林奴隶市场,并取缔奴隶制,但我知道这是不可能的。这太不现实,因为各方都是既得利益者。"他看着那位困惑的经济学家,那人似乎还急切地想完成自己刚才的陈述,"但不管怎样,陛下,如果你保证让开普勒星得到保护,那么我会欣然接受。这样一来,奴隶贩子就再也不会来骚扰我们了。"沃立安继续直视着萨尔瓦多,就好似周遭空无一人……他更不会在意坐在下面的瓦莉娅。"我知道你们科瑞诺家族会同意这么做的。"

"如果你能证明自己是沃立安,"萨尔瓦多走下王座,最初的困惑逐渐变成了敬畏,"我想我可能会同意的,至尊霸撒。你现在还持有这个军衔吗?"

"至尊霸撒,"沃立安说,"还有圣战英雄。在那之前我是至高督帅。我不知道现在军队的军衔是什么。因战功卓著,我被准许终生持有自己的军衔——对我来说,将是很长的一段时间。如果你们需要,我可以提供基因报告,以证身份。"

萨尔瓦多眨了眨眼,显然不知该如何跟一个传奇英雄打交道。从高台下人群中传来的低声赞叹和仰慕之词不绝于耳。"我需要再进一步讨论,先生,但我们欢迎你回到萨鲁撒。科瑞诺家族永远铭记你在圣战中的英勇表现,以及为圣战胜利作出的杰出贡献。至尊霸撒厄崔迪,如果没有你的浴血奋战,就不会有我们的今天。"他走上前去,握住了沃立安的手。

皇帝毕恭毕敬的态度让瓦莉娅觉得恶心,她觉得自己快吐了。

沙丘学派：姐妹会

会议厅里爆发出一片欢呼喝彩之声，但瓦莉娅却强忍着，不让自己尖叫出来。这个混蛋干了那么多缺德事，皇帝竟还那么尊敬他！这个人击垮了哈克南家族，把她的家人扔进了历史的垃圾堆里。他应该被关进萨鲁撒最暗无天日的监狱里才对。

她恨不得冲过去，用尽她知道的所有招数攻击他——但现在不行，还不行。在姐妹会受训的岁月里，她学会了做事要有耐心和计划。现在她来这里的任务是协助圣母拉奎拉，并成为皇帝妹妹的朋友。她不想轻易放弃任何能使她家族恢复名誉和合法地位的机会。

而剩下的事情，她的哥哥会处理好的。她相信格里芬，也知道他一定会为了她而努力的。既然瓦莉娅知道沃立安·厄崔迪还活着，知道他那个称作家的地方在哪儿，格里芬一定会找到他，为家族的荣誉报仇。

可悲的是，我不得不承认在我的世系族裔中，最杰出的只有我一人，我所有的后代虽然有优良的血统，却都令人失望。

——阿伽门农将军，《新回忆录》

这对双胞胎被囚禁在地下实验室里已经一个多世纪了，他们神志清醒，却动弹不得。在这期间，安德罗斯和海拉除了思考和计划之外，什么也做不了。他们从未离开过实验室，对圣战以及与同步世界战斗的人类联盟也一无所知。

封闭的地下室里寂静无声，气氛凝重而诡异，仿佛四周的墙壁还在回响着惨烈的尖叫。"咱们杀得太快了。"安德罗斯站在实验室里，玩味地看着溅在墙上的血迹，和无意中将他们俩放出来的几位剑术大师和芭特勒圣战者被砍得七零八落的尸体残骸，"他们也许能供出更多信息。"

剑术大师埃勒斯一直咬紧牙关，宁死也不透露半点秘密，逼得海拉不得不下狠手拔掉了他的几颗牙齿，于是埃勒斯最终还是屈服了。

"我们没耐心也是情有可原的。"她轻轻搓了搓自己的指尖，感觉到手上干了的血有些发黏，"我早就手痒痒了，朱诺从来不给我们太多时间练习她教给咱们的技能。"

幸亏埃勒斯一边痛苦号叫，一边交代了些信息，安德罗斯和海拉这才了解到奥米诺斯的大清洗以及人类在科林取得最后胜利的一些大

沙丘学派：姐妹会

致情况，还有半机械生化人的反叛以失败告终。在实验室前哨站的那场袭击摧毁了无数最新型半机械生化人和机器人战舰，但那只不过是一次不起眼的小规模战斗，跟大战相比，简直不值一提。即便如此，这对双胞胎还是被困在地下室里，年复一年，不见天日。

海拉心想，这要是换作弱小的人类，早就崩溃发疯了。

"我们应该离开这里，"安德罗斯说，"咱们可以驾驶他们的飞船，研究他们的记录，了解我们需要知道的一切事情。"

"朱诺创造了我们，让我们成为更优越、更先进的样本。"海拉看了看周围那些被屠杀的人，说，"我们刚才便证明了这一点，但我们需要知道、看到并去做的事儿还有很多。"

"奥米诺斯袭击了这个前哨之后，朱诺再也没回来，我们的准备工作还没有完成，"安德罗斯说，"看来剩下的只能靠咱们自己了。"

一千多年来，泰坦朱诺一直是阿伽门农将军的配偶——也是最古老的半机械生化人之一。朱诺、阿伽门农以及二十大泰坦中的其他几位曾经像暴君一样统治着自满的人类，后来他们通过外科手术切除了身体里的有机体，并把大脑放进保存罐里储存，这样他们就能在机器身体里活几个世纪之久。而阿伽门农事先保存了自己的精子，以便能在适当的时候培育出自己的后代，但他的其他几个儿子都令他很失望，于是阿伽门农便将他们全都除掉①。

而朱诺则创立了一个秘密实验项目，她用阿伽门农的精子和一名女奴的卵子创造出了海拉和安德罗斯。阿伽门农将军对这个实验项目毫不知情。朱诺增强了孩子们的能力——让流动金属渗透他们的皮肤，提高他们的反应能力，在他们的头脑中输入复杂的战斗技能和战术知识——把所有作战的技能和信息灌输进他们顺从的大脑，让他们

---

①阿伽门农用自己的精子培育出十三个儿子，其中十二个儿子都令他失望，因此将他们全部杀死，而最后一个儿子便是沃立安·厄崔迪。

成为战无不胜的强大武器。他们将会是阿伽门农最引以为傲的孩子。"

朱诺曾希望一旦这对双胞胎证明了自己的价值，她就启动一个更大规模的育种计划。朱诺在向双胞胎灌输知识的教化舱前来回走动，她那庞大而健壮的体形充满战斗力。她满怀期待地谈论着要将这对双胞胎引见给他们的父亲——那位大名鼎鼎的传奇人物。朱诺通过扬声器说起阿伽门农的第十三个儿子沃立安·厄崔迪本是他最寄予厚望的孩子，但没想到沃立安却背叛了自己的父亲，说这番话时，朱诺的声音里充满了悲伤和愤怒。

这对双胞胎听着她说的每一个字，将复仇深深烙印在了他们的心里。最后，机器人袭击了这座前哨，杀死了他们这种新型半机械生化人的护理人员和实验室助手。海拉原本很难过，没想到这位半机械生化人皇后这么快就抛弃了他们。但剑术大师埃勒斯在弥留之际气若游丝地说出了内情，原来朱诺已经死了，阿伽门农也死了——他们俩都是被沃立安·厄崔迪出卖的。

"我们要从实验室里带什么东西走吗？"安德罗斯问。

"没什么要带的。我讨厌死这个地方了。有你我二人就足够了。就让这破前哨站废弃在这太空里吧。"

两人走到了芭特勒飞船停靠的地方，很快就熟悉了驾驶舱内部的控制装置。之前芭特勒的飞行员设了个临时祭坛，把三个象征宗教意义的东西摆在上面：一个漂亮的女人、一个婴儿和一个举起双手正在布道的看不出性别的光头。海拉一把扔掉了这些东西。

这艘飞船的导航系统里包含了新帝国主要世界的地图。海拉还找到了与奥米诺斯对战的圣战历史记录，还有为伟大英雄沃立安·厄崔迪举行的庆典活动……而这个人就是他们的兄长。

"我们有很多事情要做，"安德罗斯说，"前方还有很长的路要走。"

"不着急，时间有的是，毕竟咱们一个世纪都等过来了。现在就

沙丘学派：姐妹会

去找我们的兄长吧。"说完安德罗斯便启动了飞船的引擎，飞船从坑坑洼洼的地面升起，将阴森残破的前哨站远远抛在了身后。

苏克学校和罗萨克的姐妹会长久以来都保持着合作关系，这并不稀奇，因为莫汉达斯·苏克医生和拉奎拉·贝托-阿妮鲁尔在圣战期间曾在同一个瘟疫救援医疗队共事过。今天，这两个学校继续在教育领域相互合作，但我们怀疑两者的关系比表面上更深。

——呈交给罗德里克·科瑞诺王子的情报

皇帝越想越对沃立安·厄崔迪的再次重现感到不安，更别说他提出的要求了。他是位传奇人物，一位声名显赫的战争英雄，受到一代又一代人的尊敬，更是在危难之时拯救了人类的伟大领袖……可失踪了八十年之后，他怎么突然回来了呢？他到底想要什么？只要几艘军事巡逻舰保卫一个没人在乎的星球吗？听起来太可疑了。

萨尔瓦多决定在有关厄崔迪家族的后代以及核实此人身份的问题上采取谨慎态度。是的，沃立安·厄崔迪很长寿，这是众所周知的，而且也有详实的历史记录，但任何长得像沃立安的人都有可能声称自己是消失已久的圣战英雄，毕竟有无数历史书上的雕像和图像可作参照。但在活着的人里几乎没人确切地记得沃立安本人长什么样，也没人知道他言谈举止和声音语调有什么特点。再说，那些盲目轻信的暴徒不断在各个角落声称自己发现了叛徒图雷·博莫科，所以单凭外表并不完全可信。

作为皇帝，他必须时刻小心谨慎。但如果这个人真是沃立安（萨尔瓦多觉得他很有可能是），也许他可以借助厄崔迪的声望使自己从中受益。

为了给自己赢得一些考虑的时间，皇帝命经济学家、兰兹拉德联盟的与会者以及罗萨克的姐妹们暂且退下，并命令他们严禁对外泄露此事，不许跟任何人提起，但他心里很清楚，消息很快就会传开，然后引起一片骚动！显然这个男人的身份可以通过基因检测得到证实——而沃立安·厄崔迪同意进行检测，甚至似乎一点儿不惧怕别人的猜测和怀疑，当皇帝提出要提取检测用的生物样本时，他也没丝毫异议和反对。所以现在，萨尔瓦多只能尽力拖延时间，但结果很可能跟他想的一样，该面对的事情想避也避不开。

这个男人接受了奥莉·卓玛医生的快速检测。卓玛医生是苏克学校的校长，最近正好回到了齐米亚的旧苏克学校总部处理公务。他的血液样本还在分析中。

在等待检测结果的这段时间里，萨尔瓦多不知该高兴还是紧张。他需要跟罗德里克谈谈。与此同时，他声称有帝国紧急事务要办，让沃立安·厄崔迪暂且在皇宫里住下。这个许久以前的英雄人物似乎明白萨尔瓦多的缄默，感觉到了他们之间的尴尬，于是告辞离开。"我静候你的召见，陛下。"

但其实萨尔瓦多并没有去处理公务，而是一个人静静坐着，绞尽脑汁思考有可能会发生的情况，一下午都在焦急地等待卓玛医生的报告。

医生终于走进了觐见室，她做事向来严谨而高效。她向坐在王座上的皇帝恭敬地鞠了一躬，然后挺直身子，用专业而简洁干脆的语言汇报检测结果。"陛下，测试结果出来了，我们将此人的血液样本与圣战文物中提取的基因样本进行了比对，证实此人所言不假：他的确是沃立安·厄崔迪。"

皇帝点点头，但其实听到这个消息后心里并不太高兴。此时英雄的现身会引起时局的动荡，令帝国难以招架。萨尔瓦多和他的兄弟需要商量一下再做决定。

沃尔回归的消息传开后，齐米亚的百姓开始自发地上街庆祝，人们就像雨后低垂的花朵，被阳光重新唤醒一般。圣战中最伟大的英雄回来了！这位鼎鼎大名的至高督帅，与思维机器战斗了两个多世纪，自始至终全程参与！一想到这些，人们就激情澎湃，雀跃不已，把世俗的烦恼和平淡的生活都抛诸脑后。仿佛英雄沃立安从历史书里蹦了出来，神奇般地来到了现实。

他们拿出旗帜和横幅，重现科林战役前的壮观场面。芭特勒圣战者们列队游行，高喊着三位圣人的名字：塞琳娜·芭特勒、她的儿子曼尼昂和大主教伊布利斯·金乔。

在公众的欢呼中，皇帝萨尔瓦多始终面带笑容陪在沃尔身边，仿佛是欢迎久别的战友。人们涌到皇宫的广场，皇帝接受群众的掌声，认为有一部分掌声是给他的。沃尔像个旁观者一样看着眼前壮观的景象，仿佛在忍受一次令人难受的治疗。

人们把沃尔当作救世主一样崇拜，乞求他抚摸他们的孩子，给他们所爱之人施以祝福。芭特勒圣战者把他当作了他们中的一员，但他并不希望如此。蕾娜·芭特勒在圣战最黑暗的时候倡导反对一切机器和科技运动，但如今的圣战运动比那时更激进更极端。蕾娜的追随者们破坏力巨大，尤其在帕门提尔，沃尔的孙女拉奎拉在那儿照顾被奥米诺斯瘟疫感染的病患，可蕾娜·芭特勒的追随者们连她也不放过。

这些芭特勒圣战者令他深感不安。

自从沃尔离开这座都城已经过去了几十年，但他环顾四周时看到了一片衰败和破旧。科技没有进步反而倒退了。就连一些微不足道的科技，比如车辆、仪器，甚至为他举行的盛大庆祝游行中使用的灯光

沙丘学派：姐妹会

和音响系统……一切都比以前更原始、更落后。但他还是彬彬有礼地看着五颜六色的游行队伍经过皇家观礼台。

萨尔瓦多坐在他旁边，满面笑容。而他的兄弟罗德里克则仍在幕后安排活动。随着皇宫广场上涌来的人越来越多，欢呼声和兴奋的叫喊声震耳欲聋。人们大声呼喊沃尔的名字，要求他发表讲话。皇帝举起双手，想要维持秩序，但根本不起作用。但当沃尔站起来时，人群立刻安静下来，就像空气闸门突然被关上了一样，四周顿时寂静无声。

"非常感谢大家热情的欢迎。真是好久不见了。我参加了塞琳娜·芭特勒的圣战。如今我亲眼见到了真正的胜利——一个自由的帝国，一个充满活力的人类社会，再也不受思维机器的威胁和迫害。"他假装谦虚地笑了笑，说，"而且你们没有忘了我，令我十分感动。"

他说完这番话，人群中有人大喊："你是来拿走王位的吗？你是来领导我们的吗？"

还有人喊道："你是帝国的下一任皇帝吗？"

喊声此起彼伏，响彻天际，所有人都呼喊着他的名字："沃立安！沃立安！"沃尔很吃惊，随即笑了笑，并澄清道："不，不——我只是来要求帝国保护开普勒星上生活的人们，除此之外，没有任何目的。皇帝的王座始终属于科瑞诺家族。"他转头看向萨尔瓦多，并向皇帝微微鞠了一躬。沃尔的话又激起人们一阵热烈的掌声，但他仍听到大家都在喊沃尔的名字，没人喊萨尔瓦多的名字。

他看得出皇帝很不高兴。

对迷信的恐惧是幼稚的,是无知和盲目轻信的表现。然而,有时候这种恐惧也不无道理。

——苏克医学院记录,《人类心理压力分析》

"我教导过你如何突破自己思维的界限,变得具有前瞻性,"已成球体的伊拉斯谟说,"现在,就像最好的思维机器一样,你可以预测遥远的未来,制订计划并评估。七十年前,在我的指导下你在此建立了学校。我们教过许多人像计算机一样运用自己的大脑。我们提高了他们的能力,并令他们的思维更清晰、更理性。"

吉尔伯图斯说:"同步世界陨落十年后我们就开始这么做了,我也很高兴七十年来,我们一直很成功。"

"但我们决不能放弃建立乌托邦。"伊拉斯谟的模拟声音里带着一丝责备。

乌托邦。吉尔伯图斯深吸一口气,没吐露自己的想法。他不再像年轻时那么想了,不再认为思维机器的乌托邦是社会最理想的状态,比人类创造的任何社会都要优越。这是伊拉斯谟反复强调的一个观点,而这个观点曾经深深印刻在吉尔伯图斯的心里,根深蒂固,那时的他对这个独立机器人说的话深信不疑。

在圣战和科林战役结束后的几年里,吉尔伯图斯一直在做自己的研究,甚至还小心翼翼地瞒着这个独立机器人。吉尔伯图斯生活在自

沙丘学派：姐妹会

由的人类中间，看着新帝国发展壮大，他研究了社会的各个方面，而这些是伊拉斯谟从来没向他展示过的。过去在科林的时候，机器人对人类俘虏进行了许多残忍暴力的实验，并根据这些孤立的数据得出结论。但当吉尔伯图斯阅读了来自旧贵族联盟的大量资料和记录后，他从不同的视角看到了事情的不同方面，并理解了人类在塞琳娜·芭特勒圣战中冒着种族被灭绝的危险，不顾一切地想要摆脱思维机器的压迫和枷锁，表现出了真正的英勇和顽强。

这些未经修饰的故事跟伊拉斯谟教给他的完全不同，吉尔伯图斯的意识开始形成一种更平衡、更中立的观点。一想到他的伟大导师并非完全正确，也不够客观，他就感到万分沮丧和烦恼。

但他不能告诉伊拉斯谟这些。

机器人的声音打断了他的思绪："在这种状态下，我太无助、也太脆弱了，吉尔伯图斯，我越来越担心了。给我再找个躯体需要这么久吗？哪怕给我弄个退役的战斗机器人也行啊。你和我一起研究，肯定能想出合适的办法让我的所有功能都恢复正常。"他叹了口气，"哎，我以前的躯体是多么完美啊！"

"如此鲁莽是不明智的，父亲。别忘了一着不慎满盘皆输，我不能失去你。"而且吉尔伯图斯也不敢承认，他担心如果伊拉斯谟恢复了全部的能力，这个机器很可能会把人口稠密的整个银河系都毁了。但这并不是说吉尔伯图斯不喜欢这个独立机器人，在他心里，它永远是他的父亲，可这也使他们的关系更加复杂，他必须好好斟酌哪些事情要遵照这个存储器核心的意见去做，而且必须想清楚他和它之间的界限要划在哪里。

"可万一你出了什么事的话……"机器人意味深长地停顿了一下。

"你给我做了延寿治疗，还记得吗？但我也有可能会死于意外。我考虑过让我的学生德莱格知道我们的小秘密。他是个客观而理智的

171

人——也是曼福德逼我招收的芭特勒圣战组织学员里最出色的一个。"

伊拉斯谟很兴奋："你经常跟我提起这个德莱格·罗杰特。如果你确信他能帮助我们,那我们无论如何也要把他拉进来。"

"但我还不确定他是否对我们绝对忠诚。"

刚开始时这所学校规模很小。吉尔伯图斯和其他难民一起逃离了科林,艰难生活好几年之后,他在伊拉斯谟的授意下去了一个秘密金库,获得了一大笔钱。他用这些钱建立了自己的训练中心。吉尔伯图斯一直用自己的真名,因为当年科林的人谁也不知道他的真名。

他们选择把门泰特学校建在兰帕达斯,因为这里地处偏远,与世隔绝。他的学生可以在这里聚精会神地训练,不受打扰。一开始这个星球的生存环境并不如人意,到处都是沼泽,不宜居住,训练条件也很艰苦。但在独立机器人的秘密帮助下,吉尔伯图斯还是成功了。

在他们二人合力创建的教学体系下,门泰特学校的一些毕业生留在学校任教,而一些特殊的学生则成为了助教。其他毕业生从帝国各星球招募新学生,这些新学生来到兰帕达斯学习,几年后作为合格的门泰特离开这里……

从学校建立到现在,德莱格是门泰特学校所有学生(和助教)里最出色的,很快就会以建校以来最优异的成绩从这里毕业。

"我要再好好考虑一下,父亲。"他说完便小心翼翼地把存储器核心封存了起来。

…⊛…

吉尔伯图斯让他的学生艾丽丝·卡罗尔协助他整理教学库房里的机器人,并完成一份机器人部件的清单。可艾丽丝一听便吓坏了,那反应就好像要让她跟他一起去地狱似的。吉尔伯图斯早就预料到她会有这样的反应。

这也是他要选她协助自己的原因。

沙丘学派：姐妹会

"这是个简单的活儿，校长，"她后退一步，目光看向别处，"找个新来的学生就能干。"

"可我不打算找新来的学生，我找的是你。"他眯起眼睛，"我是这所学校的创建者，也是校长，可我不也愿意干这种活儿吗？因为我知道这活儿需要由我来干。招你进入这所学校是我个人应曼福德·托伦多的请求，帮他的忙，并保证会把我所知道的知识都教给你。我相信我们的课程里可没教过学生傲慢。"

年轻的女孩神色紧张，脸色发白。她结结巴巴地说："对不起，先生，我不是那个意思——"

"当你走出学校，进入帝国，为贵族或大企业，或者银行工作时，你会对主人或老板交给你的任务挑挑拣拣吗？"

艾丽丝没有回答这个问题，转而说道："我将会为芭特勒圣战组织工作，校长，不会进入任何一家商业实体。实际上，我还考虑过要留校任教。因为我认为确保学生得到正确的引导是极为重要和必要的。"

"他们接受的全都是正确的引导，"吉尔伯图斯的语气很尖锐，"不管你是不是芭特勒圣战者，作为一名门泰特必须保持客观和严谨，观察细致而透彻。现实不会因为你不喜欢数据就会有任何改变。"

"但正确的数据可以改变人们对现实的看法。"

"这会是一场精彩的辩论，年轻的女士，但现在我们有工作要做。跟我来。"

艾丽丝一脸不情愿地跟着吉尔伯图斯来到一间简陋的库房。他从马甲的口袋里掏出一串带链的钥匙，打开了库房的门。感应球形灯随即亮起，发出像白星一样刺眼的光，投射出长长的影子。

库房里有几个部分被拆除的机器人，这些机器人都是吉尔伯图斯为了教学目的而收集来的。机器人的头部被拆掉，面部的金属被磨得锃亮，圆柱形躯干上的黑色光学线束、由活塞和电缆驱动的结实战斗机器人胳膊,以及抓取灵活的双手也都被拆下来了。另有三个战斗机器人完好无损,但为了安全,所有的武器装置都被拆除了。

艾丽丝站在门口,盯着那些机器,犹豫了一下,然后硬着头皮走进了库房。

"这里的大部分机器人仍保留了最基础的电源,"吉尔伯图斯说,"我们需要弄清每种模块的数量有多少,哪些部件还能继续通电,哪些部件只是废金属。我想清算一下库存。"

因为他常来这里,所以对这儿的所有部件都了如指掌,很清楚库存情况。每个机器人、每个被拆除的部件都是他经过多次讨价还价,花大价钱买来的。芭特勒圣战者希望把所有的思维机器都消灭殆尽,但他和吉奈斯剑术学校的导师们都坚持认为这些战后剩下的机器人是学校的必需品,是教学中所必不可少的。

"我们必须冒险给它们通上电吗?"

"冒险?"吉尔伯图斯问,"何来冒险一说呢?"

"它们可都是思维机器啊!"

"是被打败了的思维机器。你应该为我们取得的成就而感到更加自豪才对。"他不容争辩地走到了一个金属架子前,架子里摆着四个脑袋被拆掉的机器人。

他知道伊拉斯谟此时正在看着他。间谍眼巧妙地隐藏在库房、报告厅、餐厅、运动场以及周边一些教学楼的隐蔽角落里。由仅仅几个分子厚的流动金属电路不断延伸,形成了复杂的纤维电路网,犹如盘根错节的树林根系一样,所有电路都可以追溯到源头——机器人的独立存储器核心。

吉尔伯图斯一边看着战斗机器人和七零八落的残骸,一边捋着山羊胡,回想起同步世界中井然有序的社会文明——人类的恐惧和恨意激发出了巨大的破坏力,同步世界的一切都不复存在了。而如今,人类文明正经历着由一场运动而带来的浩劫和威胁。这场运动惧怕各种

沙丘学派：姐妹会

形式的科技，甚至连最基本的工业机械都令其心生恐惧。尽管这一切都让吉尔伯图斯感到厌恶，但他不得不接受芭特勒圣战者及其组织对他学校的支持……至少目前暂时如此。

突然间，他面前的两个机器人头上的光学电路开始发光，像星星一样闪烁。随后，战斗机器人被拆下来的胳膊也抽动了几下开始弯曲，手指伸开又合拢。在库房的另一头，一个完整的战斗机器人突然转过身来。

艾丽丝·卡罗尔惊声尖叫。

其他几个被拆卸下来的部件开始颤抖、跳动，苏醒过来。

另一个战斗机器人闪着光，动了起来，举起了没有安装武器的手臂。

"他们诈尸了！"艾丽丝惊恐地喊道，"必须摧毁他们。快把这间库房封锁起来！"她连忙回头朝库房的门口跑去，脸像牛奶一样煞白。

吉尔伯图斯仍旧很平静。"这只是个偶然出现的电涌，很容易解决。"说完，他走到最近的一个战斗机器人前，拨弄了一下躯干的外壳，取出里面的电源组，机器人立刻倒了下去，灯灭了，一动不动。"没什么好害怕的。"

他看出艾丽丝并不相信他，也许甚至根本没听进去他在说什么。他关掉了第二个战斗机器人，有条不紊地在房间里走来走去，仍旧一脸平静，但心里直冒火。吉尔伯图斯很清楚这事是谁干的。伊拉斯谟越来越不安分了。他得赶紧想办法让这个机器人老实点儿。

他关闭了战斗机器人零散的四肢部件，然后关掉了机器人头部的电源，他知道伊拉斯谟肯定在暗处看着这一切，并一定觉得这很有趣。难道这只是它的一个恶作剧，只想吓唬或激怒他的门泰特学生吗？难道是想逼迫吉尔伯图斯采取行动吗？最后一个机器人的金属手指咔嗒一声打了个响指，然后合拢，仿佛在嘲弄他。吉尔伯图斯拆掉了电池，将其关掉。

他抬起头看着艾丽丝，笑着说："你瞧，小事一桩。不过这也给我们上了一课，今后我们要倍加小心。"他领着艾丽丝走出库房，关上门，然后用口袋里的钥匙把门牢牢锁上。

艾丽丝一进楼道就跑了，吉尔伯图斯知道她肯定是去跟别的芭特勒组织派来的学生诉说此事去了，甚至很有可能会向曼福德报告。他暗暗思索了一下，然后不疾不徐地走回自己的办公室，佯装悠然自若。

激活了藏在柜子里的存储器核心后，吉尔伯图斯急得脱口而出："你知不知道这有多危险，多愚蠢吗！"虽然办公室的门锁着，但他还是尽力压低声音，以免被人听到他在自己的私人办公室里跟人说话，"你搞这套小把戏有什么用，只会让我的学生更偏听偏信、更疑神疑鬼。"

"你的学生已经清楚地表达了她的感受。她也许会按照你的指导像门泰特那样运用思维，但她不会变得开明，不会接受新的信仰。"

"你那么做就能让她思想变得开明吗？非但没有，反而让她更害怕了。"

机器人咯咯一笑道："我分析了她的很多面部表情图像，很有趣。"

"不是有趣，而是愚蠢！"吉尔伯图斯烦躁不安地说，"而且会引发严重的后果。人们会要求我们解释。曼福德也会派芭特勒特派员来调查。"

"那就尽管让他们来好了。反正他们什么也找不到。我只是想测试一下我的新进展，根据那个女孩的反应来证实我的理论。芭特勒的支持者真是一眼就能看透，太容易预测了。"

吉尔伯图斯深感不安。他还是没能说通这个独立机器人，它没明白事情的严重性。"你必须明白,曼福德和他的追随者都是危险人物!一旦他们找到了你,就会毁了你和我,甚至毁了这所学校。"

"待在这里太闷了,"伊拉斯谟说,"我们应该离开这里,找个可以让我们安心共事的地方。我们可以建造自己的机器城市,为我打造一个适合的全新身体。我们还可以从头再来。"

"我们再也回不到过去了,"吉尔伯图斯说,"我告诉你最新的消息和报道,可是你看不到帝国里的所有微小变动。你感受不到人们的情绪。相信我,你必须耐心地等待时机。"

机器人沉默了许久,然后说:"这让我想起了我被困在科林的冰川裂缝里的情景,我在那里被冻了好多年。而现在我也一样被困住了,而且这次更糟,因为我多少能看到外面正在发生什么。我的孩子,我真想参与其中啊。想想看,我们从中能学到太多东西了,能取得多大的成就啊!"

"在冰川裂缝里被困了这么多年,除了思考和拓展自己的思维,你其实什么也没做。但那段经历却成就了现在这样非同寻常的你。所以利用这段时间继续精进和提高吧。"

"我当然会这么做的……但这也太无聊了。我太想要个身体了!"

吉尔伯图斯把金属记忆核心推到隐蔽的壁龛里,然后关上了带着密锁的柜门。他擦去额头上的汗珠,这才发现自己的心脏在怦怦狂跳。

就连利他主义也暗含着商业利益。

——约瑟夫·文波特,文氏集团内部备忘录

作为苏克学校的最高负责人,卓玛医生实在无法保持低调。她的工作是寻找赞助人、宣传苏克医生的成就和好处,并将学校从绝望的边缘给救回来。她肩负起推动先进医疗技术发展的责任,并且针对那些对科学持怀疑态度的保守人士,她经常向联盟世界的各星球领导人发表讲话,传递信息,希望能给他们激励和启发。

尽管卓玛不是一个谨小慎微、胆小怕事的女人,但她一直非常小心地掩盖学校的真实情况,事实上,学校的前任校长多年来经营不善且贪污腐败,已致学校的财务状况摇摇欲坠。苏克学校的资金链也被势头正盛且头脑发热的芭特勒圣战组织截断,他们不接受合理的医学治疗,靠祈祷医治病痛。尽管如此,苏克学校还是得生存下去,卓玛医生决心要拯救这所学校,即使要屈从或打破现有的规则或惯例,她也在所不惜。就连圣母拉奎拉也不知道苏克学校出现了严重的财政困难,因为卓玛实在羞于启齿。

在她从江湖庸医兼贪污犯埃洛·班度手里接过校长一职的头一年里,她几乎没时间给人看病,反而把大部分时间都用在寻找资金和推动苏克学校的发展上。实际上,当了校长之后,她不再像个医生,反而更像个捐客了。但她必须要这么做,为了学校的生存;毕竟苏克学

沙丘学派：姐妹会

校是举世公认的能给人类带来最大益处的学校。

卓玛正带领投资者参观齐米亚的旧苏克学校总部大楼时，皇帝萨尔瓦多突然召见她，命她核实自称是至尊霸撒沃立安·厄崔迪的男人的真实身份。她曾见过萨尔瓦多很多次，因为皇帝不停地要求更换医生，所以她派去了一个又一个。皇帝接受过很多医生的诊治，但对大多数医生的态度都很恶劣。除了埃洛·班度，他哪个医生也不喜欢。埃洛·班度死后，他哪个医生也看不上（从这一点上就能看出这位科瑞诺皇帝并不怎么聪明，因为班度实际上就是个恶棍加白痴）。

不管怎样，卓玛一直渴望向皇帝展示她的个人能力，以证明她的实力。如果科瑞诺家族能成为苏克医生的赞助人，那么学校的财政困难就能迎刃而解。不过，这种好事怎么看也不大可能发生。

此时她又要为了学校四处奔波了——而这次是为一件更加私人的事情。有时候，纯粹出于需要，她不得不在法律的灰色地带游走——就像她在姐妹会里的那几年一样。圣母就曾经为此斥责她，说她太习惯给自己找借口，太容易放弃原则，但卓玛知道假如拉奎拉的姐妹会陷入危机，她会做出同样的选择。

这次，卓玛医生不去参加宴会，也不与财政部代表会面，而是小心翼翼地隐藏自己的行踪，以免被人追踪。她要前往一个遥远的星系，并在航行途中用三个不同的假身份。她先用一个假身份登上一艘文氏集团的飞船，下船之后，又以另一个假身份登上了另一艘飞船，飞往新的星球，然后到达了一个重要的会合地点。

最后，她终于在指定的日期登上了指定的飞船，见到了约瑟夫·文波特总裁本人。

他的所有飞船都有超级安全的甲板，神秘的领航员就位于甲板之下，另外一些禁区和处理公司事务的行政会议室也在那里。卓玛没有穿苏克医生的制服，并且摘下了苏克医生用来束发的标志性银环。在这里，她只是一位寻求资金的女商人。

文波特是个高大魁梧的男人，留着显眼的胡子，浓眉大眼，一头浓密的头发梳到脑后。他们以前见过面，既有在兰兹拉德的公开会议上，也有像今天这样的秘密场合。他有足够的资金和资源让学校维持下去。

此时，文波特坐在一张平直的桌子前，这张桌子是由一个稳定的悬浮屏蔽场控制着，平稳地悬浮在合适的高度。桌面是由一层极薄的埃卡兹血木制成，深红色的木质纹理就像血液系统的剖面图一样，仿佛血管仍在跳动，血液仍在流淌。

文波特是个坚毅而冷峻的男人，但此时的他眼里却闪烁着一丝笑意："你知道吗，卓玛医生，你这么努力隐藏自己的行踪其实没什么意义。每个乘客从登上飞船的那一刻起，便受到了监控和调查。"

卓玛心里咯噔一下。她向来为自己的从容和干练感到自豪。"你们会跟踪飞船上的所有乘客吗？每个人？"帝国成千上万个星球每天得有多少乘客在其中穿梭，如果每个乘客都跟踪的话，得需要多大的记录保存容量啊，一想到这，卓玛就感到不寒而栗。

"文氏集团太空船队拥有足够的计算能力，此外还有许多为我们服务的门泰特和专业观察员。"文波特承认他使用计算机——当然是没有自主意识的计算机——这可真是语出惊人，或许他是想表示对她的信任，亦或许是炫耀自己无人可敌的实力。

"但愿你获取的信息不会泄露出去。"她说。

"当然不会。作为一名医生，你不是也拥有大量的秘密医疗数据吗？我们也不希望这些信息被泄露出去。嗯，这么说，你我二人，我们应该都算是某些敏感信息的受托人了吧。"

卓玛挺直身子，说："苏克学校是建立在信任和可靠的基础上的。病人对我们的信心是神圣的，我们始终秉持着这种信念和原则。"

文波特眼睛一亮，说："你看到了吗？理智的人总能理解理性的需求。但我们却总是不得不跟那些不理智的人打交道，比如就像现在，有那么一些固执的野蛮人打算把我们带进一个新的黑暗时代，所以我必须确定自己的盟友。这就是我一直以来愿意资助贵校的原因。"他双手交叠放在血木桌面上。暗红色图案仿佛在旋转，令人感到不安。

卓玛医生勉强挤出一丝笑容。文波特非常慷慨地资助苏克学校，使其撑过了严重财政困难时期，但他仍会收取相当多的利息，令学校本就摇摇欲坠的财务濒临瘫痪的困境。现在她就要看看文波特是否真的慷慨了。"我来是想请求你的理解和宽容，文波特总裁。"

文波特突然眉头一皱，态度有了细微的变化。他是个喜欢一切事情都顺他意的人，稍不顺意就会不悦："什么意思？请解释一下。"

"我还需要些时间，或者更灵活的条款，来支付接下来的几笔定期利息。由于我们在帕门提尔建了新校区，苏克学校正处于艰难的过渡期。"

"你的意思是说，学校的财务状况还是很混乱喽。"文波特说。

"您也知道，这都是上一任校长留下的烂摊子。"卓玛艰难地咽了口唾沫，想忍住被羞辱的怒火。

"还好他已经不在了。"文波特对她会意地一笑，令她感到更加耻辱，因为上一任校长的死与她有关。

当初，埃洛·班度被人发现死在了尚未完工的帕门提尔新校区总部的豪华校长办公室里。之前他决定把齐米亚的总校搬到苏克学校的创始人莫汉达斯·苏克的家乡。这位伟大的医生曾花数年时间照顾病重的患者。

埃洛·班度最后被认定为自杀，他死于服药过量。任何看过诊断记录的人，都会认为这个结论很荒唐：他被注射了五十多次各种各样的药剂，其中包括各种毒药、兴奋剂和致幻剂，因此他是经过了一段漫长而痛苦的过程才死亡的。卓玛医生当时是学校的副校长，她坚持由自己来进行尸检，但还没检查她就已经知道了结论，并写在了正式记录里，而且对于自己的行为并不后悔。这个男人肮脏下作，死有余辜。

这个该死的班多差点儿毁了莫汉达斯·苏克几十年前创立的专业而优秀的学术机构，差点儿夺走了苏克学校学生和全人类可以长久拥有的医学遗产。而且这个自私自利又挥霍无度的人渣把钱都败光了，帕门提尔上正在建造的许多医学培训医院正濒临破产。

班多之所以声名鹊起，是因为他慢慢接近萨尔瓦多·科瑞诺，并获得了皇帝的信任。他利用皇帝对疾病的恐惧，提出了一系列臆造出来的昂贵治疗方法，比如"以毒攻毒疗法"和虚假的延寿疗法。借由为皇帝看病，班度获得了巨额资金，并把这些钱投到了苏克学校的扩建上，但扩建的规模远超学校财力能支撑的范畴。因此表面上看学校似乎欣欣向荣，日益兴盛，但实际上一切都是幻觉。事实上，学校早已负债累累，危如累卵了。

卓玛发现了埃洛·班度的罪行。当她察觉到他藏了一大笔钱准备逃跑，便亲手谋杀了这个卑鄙的小人，然后设法掩盖此事。她毫不犹豫地杀死班度，并认为她必须这么做，因为她担心腐败的丑闻一旦暴露，就会揭开学校财政出现危机的真相。但班度的骗术高明，让周围的人全都蒙在鼓里，尤其是皇帝萨尔瓦多。

为了维持学校没有债务危机的假象，卓玛不敢告诉皇帝班度是如何蒙骗他的，所以她只能求助他人，其中最重要的求助对象就是文波特集团，因为该集团资金雄厚，拥有众多企业，甚至掌控着星际银行业务。这位大亨有自己的信息渠道，经过仔细研究埃洛·班度的尸检报告之后，他一下子就猜到卓玛医生做了什么——而且丝毫没有隐藏他早已知悉真相这一事实。

奇怪的是，她对付庸医班度的手段为她赢得了文波特的赞赏。他告诉她，他很钦佩她解决棘手问题的方式，更不用说她侥幸逃脱了。他觉得这很有意思，于是同意借给卓玛一大笔钱。"事实上，我非常

沙丘学派：姐妹会

了解你，医生。"

起初，卓玛担心他会利用这信息来敲诈她，但文波特喜欢囤积有趣信息，即使他不一定会选择利用这些情报。但他可以，而且是在任何时候。

虽然谋杀违背了苏克医生的原则，但卓玛知道为了学校的利益而杀死一个江湖骗子，这极其正确也十分光荣。她很想有一天能告诉圣母这件事，她相信那位老妇人肯定会理解她的。即使离开姐妹会那么多年，即使得不到拉奎拉的原谅，她也想得到圣母的接纳和认可。

卓玛此时像雕像一般一动不动地坐着，面对文波特审视的目光。"不光是因为前任校长贪污腐败而造成的财务困难，"她说，"我们学校还不断受到芭特勒圣战组织的破坏。他们愚蠢地抵制基本的医疗科技，还砸毁甚至关闭了我们在其他星球上的一些现代化医疗设施。因为检测身体用的扫描仪和外科手术仪器被毁，许多人都失去了生命。"

文波特神情黯淡下来："你不用说我也知道，医生。"

"我相信总有一天人们会觉醒，思想会开放的。"

"我真想跟你一样有信心，卓玛医生，但狂热而极端的信仰是目前人类面临的最大问题。只要人们还盲目崇拜和迷信恐惧，理性的时代就难以到来。"

"所以我们必须继续战斗。文波特总裁，我们学校就像困在海上快被淹死的遇难者，是你扔下了一条救生索，让我们有了一线生机，但恐怕我们还得需要它。"

文波特清了清嗓子道："我理解你面临的困难，但咱们还是像个商人一样，谈谈实际的问题吧。"

卓玛用力咽了咽唾沫，担心他会提出什么强人所难的条件。

"我的解决方案是这样的：据我所知，你最近受皇帝萨尔瓦多之命，获取了沃立安·厄崔迪的生物样本，并对其进行检测，对吧？大家都以为他早就死了，可现在他又回来了，而且一点儿都没变老——

这个男人都已经活了两个多世纪了啊！"

"那是因为阿伽门农将军给他做了延寿治疗，"卓玛说，"而且圣战编年史上对这件事有明确的记录，但这项技术早已失传。只有半机械生化人知道如何进行这种治疗。"

"如果能再次找到这种治疗办法，岂不是一次大胜利吗？不管怎样，我想要那些原始样本，卓玛医生。我敢肯定样本并没有丢失。如果你帮我弄到样本，我就把这当作苏克学校接下来三期的利息。"

卓玛眉头紧锁。"那些样本是私人的，严格来说是为了验证沃立安·厄崔迪基因的。你之前也提到了受托责任，所以你也清楚未经授权而私自使用受托样本是极不道德的行为。"但从文波特的表情上，她可以看出这个男人对道德丝毫不在乎。看到文波特继续目不转睛地注视着她，她随即问："你打算用那些样本干什么呢？"

"这不关你的事。你只要把事情办成就行。"

历史最好还是留在过去，这样传说就不会干扰到我们的日常生活了。

——罗德里克·科瑞诺，呈给皇帝的私人备忘录

沃立安·厄崔迪穿着一身早已淘汰的旧军服，与皇帝和罗德里克·科瑞诺私下进行了会面。

尽管帝国的皇宫富丽堂皇，极尽奢华，但他还是更喜欢跟玛丽拉住在开普勒的家里，过着安静的生活。然而如今他又在公众面前露面了，还如此高调。他开始担心人们不会再让他过平静的日子了。在最近的游行庆祝活动中，公众的热情反应让他跟皇帝一样坐立不安。

沃尔走进皇帝的私人办公室时，看到了镀金的书桌和会议桌、墙上价值连城的油画、还有用金色穗带束着的华丽窗帘。他想起了在旧贵族联盟里战斗的那些岁月，他曾是人民心中的英雄，而且在科林战役后他本可以轻松登上王座，成为新帝国的第一任皇帝。那时，费坎·芭特勒惧怕沃尔的名气，不知沃尔其实从未有过统治帝国的野心。费坎给了他一大笔钱把他赶走……实际上，这正是沃尔想要的。

此时，罗德里克和萨尔瓦多·科瑞诺召他来，他能猜到他们想要的是同样的东西。而他将会再次让他们花费一笔大价钱。

三人坐在一张螺纹的伊拉迦木桌旁，沃尔直入主题，谈起了偏远星球上黑暗的奴隶贩卖和奴役行为，以及最近有掠奴者袭击开普勒星

的残忍行径。"也许是时候由我来领导一次不同以往的斗争了。"沃尔故意显出愤怒的语气，让他们知道，只要他愿意，他随时能再次掀起一场腥风血雨，"难道圣战还没教会我们，人类不该被奴役吗？"

"在边远地区，奴隶买卖仍是重要的经济支柱。"罗德里克说。

"那么边境星球就需要受到保护，免受掠奴者的侵害。"

坐在会议桌主位的萨尔瓦多看上去十分忐忑："帝国有那么多的星球，我们怎么可能全都顾过来呢？"

沃尔眯起眼睛，说："你可以从开普勒星开始。先保护我所在的星球。"他倾身向前，讲述起掠奴者袭击开普勒那天，他的许多亲友和邻居都被掳走，边说边强迫自己保持冷静。他提交了一份完整的被掳者名单，以及奴隶买卖清单，证明他从波里特林把自己的家人和朋友赎了回来。"这次我救了他们，可这并没解决根本问题。还会有更多的奴隶贩子来我的星球掳人，就算不袭击我的村子，也会去进犯别的聚居区。决不能让这种事情再发生了，陛下。"

罗德里克表情严肃："我们了解你激动的心情，沃立安·厄崔迪，但在这个危机四伏的帝国里，几个人烟稀少的星球上一小撮不守规矩的奴隶贩子并不能引起我们关注和担心。"

"如果我选择召集人民，团结一致，就可以引起你们的关注和担心了吧？"沃尔说。

萨尔瓦多火气一下就上来了，而罗德里克仍保持冷静："也许你可以利用你的名望达到这个目的——不过或许我们可以找到一个更合理的解决办法。确切地说，你究竟想让我们为你做些什么？"

"你不能要求我们完全废除奴隶制！"萨尔瓦多脱口而出。

"我可以这么要求，但确实有些不切实际。"他的目光转向王子，"你的意思是，你们要怎么做才能换取我的沉默，对吗？"沃尔停顿了一下，给出了他的回答，"很简单。发布一项帝国法令，宣布开普勒是奴隶贩子的禁地，再给我十几艘战舰保护我的星球，阻止那些不听话的人。"

萨尔瓦多的头向后一仰，好似被人扇了一巴掌："你好大的胆子，竟敢这么跟皇帝说话。你可以向我提出请求，但不能强硬地命令我。"

沃尔觉得他的话很可笑。"我连你的曾曾祖父都认识。我与他并肩作战，还跟他的儿子、跟他的孙子共同作战——那时候你们还不叫科瑞诺呢，而帝国连个影子都还没有。"他隔着会议桌探过身子，"由于我的家人被绑架并卖为奴隶，所以请原谅我的不拘小节。我是来请求你们帮助的，但我也可以轻而易举地召集人民到我麾下。你们也看到了游行时人们的反应。他们肯定愿意追随我这个活着的传奇人物。雕像上刻着我的脸，钱币上印着我的头像——对他们来说，我就像皇帝一样。但我敢肯定你更希望他们为你而欢呼，而不是为我吧？"

萨尔瓦多气得满脸通红，罗德里克对他哥哥做了个手势，示意他冷静，然后说："我们的帝国已经够脆弱了——翻译委员会引起的骚乱，还有狂热的芭特勒圣战组织，多方强大的势力都在相互拉扯，让我们力不从心。"他这番话就好像事先在精美的羊皮纸上写好了似的，"我们不能再让你制造出更多不必要的混乱了。我们的人民必须展望未来，而不是总被人牵回血腥的过去。"

萨尔瓦多的声音更为阴沉："你是要准备做下一任皇帝吗？就像人们大声呼喊的那样？"

沃立安冷笑一声。"我很久以前就把个人野心抛诸脑后了，而且也不打算再重拾它。我已经隐退，只想一个人安静地生活。在我来找你之前，陛下，我就发誓拥护你，且不会在政府里担任任何职位，更不会在兰兹拉德的会议上出现。"他那双灰色的眼睛变得坚定而冷酷，"但我的确想让我的家园和我的星球得到保护。只要让我的家人和朋友得到安全保障，你们就无须担心什么。我会再次归隐，你们再也不会见到我。"沃尔看向别处，说，"说实话，我也宁愿这样。我只是想回家，过平静的生活。"

"但不幸的是,"罗德里克说,"人们现在知道了你还活着。他们会去开普勒找你,乞求你、纠缠你,希望你继续履行英雄的职责,穿上传奇人物的外衣来帮助帝国。他们会强烈要求你回到公众视野中,你能抵挡多久呢?"

"能挡多久是多久。"

沃立安知道萨尔瓦多肯定觉得受到了威胁,有伟大的战争英雄在,萨尔瓦多永远也不会成为众人关注的焦点。由于现任皇帝根本不是上一任皇帝朱尔斯·科瑞诺的合法婚生子,所以王朝的根基并不稳固。如果沃尔有野心,完全可以从皇帝手中夺过帝国。但他并不想这么做。

"我向你保证,我会和我的家人继续生活在开普勒。你今后永远不会在萨鲁撒看到我。"

萨尔瓦多听完他的话,仍沉默不语。罗德里克说:"问题没那么简单,至尊霸撒。你已经回到了聚光灯下。人们原本以为你早就死了,可现在得知你竟然还活着。你没法再继续生活在开普勒了。你必须再次消失才行。"

"我会低调行事。如有必要,我连名字也可以改。"

罗德里克摇了摇头,说:"你不能再继续躲在开普勒了。那里的人对你太熟悉、太了解了。"他面色十分凝重,"要我们帮你可以,但条件是你必须保证离开开普勒星。只要你离开那里,开普勒就永远不需要担心奴隶贩子的威胁。我们会按照你的要求发布帝国保护令,并派出几艘战舰在开普勒星轨道上巡逻,阻止奴隶贩子的飞船入侵。这些护卫战舰在初期将由帝国军队控制,但最终会移交给开普勒的当地政府管辖。这样一来,你所在星球上的百姓、你的家人和朋友就都安全了——但你必须离开,到别的星球生活。"

"再次消失在历史中,这才是你的宿命!"萨尔瓦多插上一句。

沃尔咽了咽唾沫,却只尝到了灰尘的味道。离开开普勒?离开玛丽拉和他们的孩子、孙子？他在那里快乐地生活了好几十年，看着孩子们长大成人，看着他们结婚生子，为人父母，看着他的妻子渐渐老去……而他却一点儿也没有变老。

但他也忘不了那些笨重的掠奴飞船，忘不了他们是如何轻易地把整个村子毁掉，带走所有他们想要的俘虏，还杀死了十几个无辜的村民。他曾经跟他们承诺过会设法保护他们的安全……

"我提出的解决方案既能还清科瑞诺家族对你的亏欠，又能保护你星球上的人民，令整个星球的安全得到保障，"罗德里克说，"只要你离开那里，悄无声息地再次消失，静静地度过你的余生就好，不管你的一生有多长。"

沃尔还没来得及回答，皇帝就忍不住开口："这就是我们提出的条件，答不答应随你便。"

沃尔无法忘记开普勒上熊熊燃烧的田野和火光冲天的房屋，也无法忘记波里特林拥挤不堪又臭气熏天的奴隶市场，他明白现实就是这么残酷。是时候该翻开新的一页，开启他人生的下一个篇章了。

他终于同意了，当他开口答应时，他看到皇帝明显松了一口气。

> 我在自己的星球制定自己的规则，而我拥有很多星球。
>
> ——约瑟夫·文波特，文氏集团内部备忘录

约瑟夫·文波特掌管着一支私人太空船队，有专门的领航员载着他安全地穿过折叠空间，所以他想去哪就去哪儿，想什么时候走就什么时候走。当他离开科尔哈去处理其他重要事务时，他的妻子乔巴就留在科尔哈替他处理复杂的公司业务，把一切都安排得井井有条。他去的那些不为人知的地方有些并不在兰兹拉德联盟里。那些行星的坐标只保存在领航员幽深的脑海里。银河系广袤无边，就连太阳系那么大的地方也不容易被发现。

在思维机器统治的一千年里，它们在许多遥远而偏僻的地方建立了殖民地和前哨，而这些地方如今都被遗忘了。皇帝萨尔瓦多——特别是那些野蛮的狂热分子——他们没必要知道这些地方。避难星球杜拜就是被人遗忘的行星之一，这里是帝国重要通缉犯的藏身之处（前提是他们必须先向文氏集团支付高额的费用）。约瑟夫并不在乎藏在那里的人是谁，只把这看成是一笔商业交易。

他知道卓玛医生一定会把基因样本给他带来的。因为苏克学校没有别的选择，她那点儿罪行根本不算什么，所以他并没怎么提起。

他现在对那个令人讨厌的德纳里星球很感兴趣。德纳里是一个又小又炎热的星球，大气层很厚，而且有毒。人类只能在坚固的殖民舱

里生存。约瑟夫决意要在太阳系某个无人知晓的地方建立自己的私人前哨，他要在这里设立由文波特集团资助的研究项目，且永远不让芭特勒圣战组织发现。

一名领航员载着他穿过一个小小的折叠空间前往德纳里星。飞船穿过含有硫黄和氯气的橙灰色云层，降落在铺设好的空地上。旁边是一个研究基地，里面有众多实验室和科学家的生活空间，一个个金属穹顶上闪着耀眼的亮光。

透过驾驶舱的舷窗，约瑟夫看到了外面带有腐蚀性的大气下一片黑暗。飞船和对接舱对接成功，气闸封闭。他看到基地外面散落着一些被丢弃的半机械生化人骨架，那些笨重的机器躯体里曾经保存着几乎永生不死的男人和女人的大脑。很久以前，这个环境恶劣的星球曾是半机械生化人的前哨，如今他们的机械躯体残骸散落在各处，被当作备件扔进了垃圾堆里，成了科学家的研究材料。在德纳里的基地里有许多科研项目，这只是其中之一。

尽管约瑟夫很少访问这个秘密基地，但他之前就下达了严格的命令，要求科研团队不要为了迎接他而大费周章影响工作。他不想打扰科学家的研究进程，因为他们的工作事关重大，稍有不慎就有危险。

他走进基地厂区，吸了一口气，闻到了刺鼻的硫黄味儿和浓烈的氯气味儿。这是来自外部空气里的微量污染物，洗涤器无法清除。约瑟夫觉得他的研究团队可能都已习惯，闻不出这股味道了。

站在他面前的基地总监诺非绞着小手，欢迎约瑟夫的到来。诺非是个秃头的特鲁拉科学家，他一侧的脸上有三块醒目的白斑。诺非从没说过这些斑点是怎么来的，但约瑟夫猜想可能是实验室出了什么事故，某种化学漂白剂溅到脸上，造成了永久性伤疤。不过文氏集团雇用诺非并不是因为他的样貌，而是因为他的才华。

这位特鲁拉的首席研究员说话总是气喘吁吁的："文波特总裁，即使我们有比这大十倍的基地和多一百倍的研究人员，想要恢复圣战结束以来科技的损失,也得需要一辈子的时间。"这是个清醒而冷静的估测。

尽管约瑟夫倡导科技进步,但他不会对研究中引发的危险视而不见。这也是他要将基地建在偏远星球的另一个原因。每个独立的实验室都有严格的隔离系统、防护墙以及独立的故障安全电路,这样一来,如果实验室泄露瘟疫或计算机子程序有了攻击性的自主意识,整座独立实验室就可以被隔离,必要时可以被尽数消灭。

诺非是塔利姆星系一位著名的科研人员,致力于克隆和基因学研究,决心创造出优等的克隆体,以抹去他们种族史上的耻辱污点。但芭特勒的暴徒们反对科学,他们来到了特鲁拉星,占领了他所在的星球,摧毁了基因和克隆实验室(他们根本不了解这些实验室),并对所有的特鲁拉科学家施加了严格的限制。他们颁布了苛刻的新规定,成立了宗教委员会,即使最基础的实验也必须经过宗教委员会的批准。诺非公开批评这种行为,斥责那些狂热者根本不明白他们的暴力行为是对人类极大的伤害。所以他们立即逮捕诺非并定了罪。

但约瑟夫·文波特明白这位科学家的潜力,安排他逃离了特鲁拉,迅速将他送到德纳里星,并任命他为基地总监。这几年来,诺非在这里过得很满足,也在自己的科研项目上卓有成就。在监督研究进展时,他总是面带冷笑,因为一想到这些研究会让那些野蛮人惶恐不安、咬牙切齿,他便十分高兴。

约瑟夫带着个密封的小盒子,跟着个子矮小的诺非走进了邻近的实验室。小盒子里装的是生物样本。"我有个新项目给你,总监,一个我极为关注的项目。"

"我向来乐意接受新事物和新想法。但首先请允许我向您展示一下上次报告之后我们取得的成果。"诺非带着约瑟夫粗略地视察了德纳里正在进行中的诸多科研项目。他自豪地将约瑟夫领进了一个房间,房间里摆满了储存着人类大脑的保存罐,有些大脑已肿胀变异,有些则已萎缩。"这些是没能转化成领航员的训练者大脑,他们的大脑十分特别,而且对外部刺激还有反应,"诺非说,"我们甚至已经与保存罐中的一些大脑进行了初步接触。"

约瑟夫点了点头说:"干得好,我相信虽然他们没能成为领航员,但能以这样的形式为我们提供帮助,他们也会感到很自豪的。"

"无论成功还是失败都能令我们从中得到经验,总裁。"

在科尔哈,诺玛·森瓦对志愿者进行大量的训练,拓展和增强他们的思维,使他们能成为技术高深的领航员——但许多训练者没能在转化过程中幸存下来,他们的身体瘫倒,头骨无法支撑脑灰质的快速生长。由于转化失败的人无论怎样都无法救活,约瑟夫便将这些人送到了德纳里,作为实验对象供诺非等研究人员进行研究。这是了解领航员的转化过程的第一步。也许有一天,领航员训练者在转变中获得极大的思维能力时,身体上不需要再经历如此极端的变化。

他们回到了诺非的办公室,这个特鲁拉人再也无法掩饰自己急切的心情,意味深长地看着约瑟夫始终带在身边的箱子,问道:"您这次给我带来了什么,先生?"

约瑟夫把箱子放在诺非的金属桌子上,打开密封,说:"这些是沃立安·厄崔迪的生物样本。"他停顿了一下,盯着这个秃顶特鲁拉人的脸,看他有什么反应。

"那位圣战中最伟大的英雄吗?这么多年了,这些样本还保存完好吗?"

"这些样本是新的。是几周前从沃立安本人身上采集的。"

看着特鲁拉一脸惊讶的表情,约瑟夫继续说:"那个久经沙场的男人已经活了两个多世纪了,可看上去跟我一样年轻。他的父亲阿伽门农将军给他做了延寿治疗,这种治疗对半机械生化人来说轻而易举。"

"可如今再也没人知道如何进行这种治疗了。"诺非说。

"没错,我要你研究这些样本中的细胞,重现这种治疗方法。看看半机械生化人到底用了什么手段让沃立安·厄崔迪不会变老……然后我们亲自复原这种治疗方法。"

这位德纳里的总监带着崇敬的神色,小心翼翼地接过样本箱子。约瑟夫说:"我们接下来还有很多工作要做,目前最要紧的就是弄清治疗方法。如果我们要拯救人类,就必须先活下去。"

复仇很难定义，也难以拒绝

——格里芬·哈克南，给瓦莉娅的信

  飞船失事，失去了叔叔威勒，失去了整批鲸鱼皮毛，格里芬不再盼着天体公司的定期补给船到来了。那些货船本是他跟帝国其他星球联系的纽带，本会捎来从萨鲁撒·塞康达斯来的消息和信息，以及使兰基维尔和他自己看上去仍是帝国一员的政府文件。

  如今他觉得仿佛有一扇门在他面前砰的一声关上了。格里芬的妹妹深知叔叔这次冒险之旅的重要性，可他却不知道该怎么开口告诉她……

  "这只是一次挫折，不是灭顶之灾。"格里芬对他的父亲说，尽管他的话连他自己都不相信。

  在客厅里，他的父亲站在他身旁，说："当然，你说得对，我们会挺过去的。我的兄弟压根就不该离开这个星球，就应该留在这里，守着家里……"

  新的补给船又到了，随船送来了信件和包裹。格里芬收到了天体公司寄来的少得可怜的赔偿款，作为对已丧生的"亲爱客户"给予的补偿（可官方信件里连死者的名字都没写），另外还收到了投保货物的保险金，数额同样少得可怜。由于根本没卖出去多少货物，格里芬也无法证明这批从兰基维尔运走的鲸鱼毛皮的价值。如果这次冒险的商务销售之旅取得了成功，需求量增加的话，他们本会搜集到大量的财务数据，可惜事与愿违，他无法证明这批货物的价值。

"请接受我们最深切的同情，我们对此深表歉意，"信中继续写道，"请注意，接受这些资金便等于接受协议，同意天体公司无须承担任何责任，并放弃对本公司及下属子公司提出进一步损害赔偿的权利。本协议合乎法律，并对您、您的继承人及财产受让人具有永久法律效力。"

这封信字里行间透着冷酷和无情，令格里芬气愤至极，认为这点儿破钱简直是对他的侮辱。"那些货难道就值这么点儿钱吗！那我们的损失如何补偿呢？我研究过萨鲁撒法典里的法律条款，我们有两年的时间提出异议和诉讼。"

可维吉尔·哈克南心里压根就不想反抗。"就是因为太贪财，威勒才没了性命。"他拿着那张支票，摇了摇头，坐了下来，"为什么要让贪婪和复仇让我们伤得更深、伤得更重呢？我们必须接受这笔赔偿，然后尽全力重建我们的生活。"

格里芬无奈地叹了口气。虽然他知道天体运输公司在欺负他们，但跟这样财大气粗的公司打官司，无异于在兰基维尔高地徒步涉水穿过齐胸深的沼泽。要与无良公司对抗，他就不得不再次动用本就严重赤字的财政资金，耗费大量金钱，把全部精力都耗在打官司这件事上，搁置其他商业计划。而且官司会拖很多年……即使哈克南家族打赢了官司，最终也会赔进去不少钱，背上累累债务。

如果格里芬收到了通过政治考试的通知书，他就可以作为兰基维尔星的官方代表去萨鲁撒·塞康达斯，在兰兹拉德议会上发表讲话。他就可以要求对折叠空间飞船的运营实施更严格的监管。如果他被任命为重要委员会的成员，他就会要求对天体运输公司的业务进行调查。

但他不能放弃哈克南家族在兰基维尔上的财产。他们的财政紧

沙丘学派：姐妹会

张，他的父母根本没意识到他们面临的这场危机的严重性，即使意识到了也束手无策。格里芬要想维护好哈克南家族的财产，不至于出现负债，就必须精打细算，步步为营，并坚持有一天能重振家族声望和荣耀的信念。由于失去了叔叔，又加上收获的所有鲸鱼毛皮都打了水漂，巨大的经济损失让格里芬感到心灰意冷，所有的梦想都幻灭了，曾经的雄心壮志也被击垮，如今他唯一的心意就是保护自己的家园和家人，让他们免遭横祸。

只是一次挫折，他一遍遍对自己说……而不是灭顶之灾。

他知道他的妹妹一定会把心中的愤怒当作武器，跟天体运输公司斗到底，直到取得令自己满意的结果为止，她决不会忍气吞声。格里芬和瓦莉娅两兄妹向来亲密无间，而与他们的弟弟妹妹丹维斯和图拉关系则相对疏远，因为这两人跟他们年龄相差太多了。

可瓦莉娅离开家乡去罗萨克多年了，他希望自己的妹妹能在姐妹会里通过密集紧张的精神训练和学习，将自己的能力和精力都引向正确而高效的方向。瓦莉娅把兰基维尔上的事儿交托给他，但他恐怕已经辜负了妹妹的信任，让她失望了……

十年前，格里芬只有十三岁，妹妹瓦莉娅十二岁，他们的父亲和叔叔带他俩坐船到寒冷的北方水域去猎捕长毛鲸。看着渔船在波涛汹涌的海上乘风破浪，格里芬和瓦莉娅异常兴奋。他们从没想过会有什么危险，他们的父亲也不顾船员的劝告，没有准备救生用具。

十几岁的格里芬站在船头，兴奋地看着浪花，却没承想一个大浪从右舷打过来，像拍苍蝇一样把他冲进了海里。格里芬吓愣了，一头栽进北极的海水里。海水冰冷刺骨，冻得他四肢无力。短短几秒内，他就已经动弹不得，更没法把头露出水面。

刚掉进水里的格里芬，还不忘抬头看着父亲。只见父亲在甲板上惊恐地盯着水面，叔叔威勒则大喊着叫船员拿绳子和救生用具来。紧接着格里芬就从水面上沉了下去。

而瓦莉娅……瓦莉娅竟跳下海去救格里芬了。她连想都没想就跳进了冰冷的海水里，不顾刺骨的寒冷，朝格里芬游过去，抓住了他的肩膀，把他的头托出水面。随后，她体力耗尽，也快沉下去了。

救生圈和救生索都被扔进了海水里，可格里芬抓不住。瓦莉娅气喘吁吁，浑身哆嗦，急得直骂，但还是拼尽全力让格里芬浮在水面上，坚持撑到船再次调转过来……但这时的她体力已经到了极限。她确定格里芬抓住了救生圈，然后身子突然瘫软，脸色唰的一下全白了。

尽管叔叔威勒朝水手大喊，让他们拉绳子，可格里芬还是紧紧抓着妹妹，不肯松开。他冻僵的手死攥着她浸湿的衬衫，虽然双手没了知觉，但始终没有松开。

后来，获救的兄妹俩被送进捕鲸船的船舱里。大伙儿给他俩擦干身子，用厚毯子裹起来，周围摆上暖炉供他们取暖。捕鲸船突突地开着，启程返回他们家所在的峡湾，格里芬难以置信地看看自己的妹妹说："你疯了，竟然跟着我跳进海里。"

"如果换作是你，也会为我这么做的。"格里芬知道她说的没错。

"我俩都会没命的。"他说。

"我们这不没死吗——因为我们可以相互依靠……"

她说得太对了。果不其然，一年后格里芬也救了她一次。当时三个喝醉的渔夫在码头附近想侵犯她。瓦莉娅从小就很迷人，而对几个混蛋来说，哈克南三个字根本毫无意义。以瓦莉娅的敏捷和力气，抵挡一个男人还行，但对付三个彪形大汉可就够呛了。尽管如此，她还是拼尽全力反抗，赢得了宝贵的获救时间，让格里芬能察觉到她的危险，及时找到她，并赶去保护她。他们干脆利落地解决掉了三个醉汉，他们的父亲随后对这三个人进行了审判和惩罚。

格里芬闭上眼睛回忆往事。他和妹妹之间有一种神奇的心灵感应。他们两人当中无论谁心情沮丧或遇到了麻烦，他们都能感应到彼

沙丘学派：姐妹会

此，哪怕分开了也一样。

现在，他真的非常想念她……

维吉尔和索尼娅·哈克南夫妇对寄来的其他包裹、信件和官方文件丝毫不感兴趣，他们带着两个年幼的孩子丹维斯和图拉去了主航道边的一个岩石海滩，想捕捞一点儿贝类。他们把格里芬留下来处理兰基维尔的各种公务，从格里芬二十岁开始，哈克南夫妇就把这些行政事务交给他来处理了。

格里芬去了城里的办公室，花了一天时间监管新运到的补给以及送到市政仓库的货物的分配。然后他参加了一个会议，跟一群渔民就某个深海领域的捕捞权进行讨论和协商。

兰基维尔的一天结束了……但格里芬不敢确定在最近的一连串意外事故和打击之后，他是否能一切如常。

傍晚他回到家，屋里弥漫着浓郁的香料、辣椒油、海盐和挥之不去的鱼腥味。厨娘煮了一大锅她拿手的杂烩汤，还有刚出炉的面包卷。杂烩汤的香气激起了他的食欲，可他还得等家人都回来了才能吃。

于是他去了自己的书房，整理天体运输公司送来的信件，令他大喜过望的是他收到了瓦莉娅寄来的小包裹。在他印象中，姐妹会一直严格控制姐妹，不许她们有思乡的情绪，不许她们对亲人过分挂念。所以瓦莉娅寄来的信件很少，如果寄信来，那必有特殊原因。

格里芬打开包裹，发现里面有个小型的老式记忆水晶片，这种记忆水晶片只有用古老的全息读取器才能读取出信息——瓦莉娅知道她哥哥有这种读取器。这种仪器年代久远，是最初阿布鲁尔德·哈克南被流放到兰基维尔时带来的。格里芬急切地想知道瓦莉娅说了什么，于是连忙翻箱倒柜地找那老式读取器，找到后他赶紧把水晶片插进仪器里播放。

他妹妹娇小的身影突然闪现出来——黑色的头发、炯炯有神的眼睛，宽厚的嘴唇，如果她随着年龄的增长变得愈加柔和的话，她一定会极为迷人。他听到了瓦莉娅的声音，好似她就在兰基维尔，从未离开过一样。

"我见到沃立安·厄崔迪了，"她开门见山地说，"那个可恶的混蛋又回来了！我们终于有机会找他报仇，跟他讨个公道了。"瓦莉娅挺直了肩膀，仿佛她预见到哥哥听到这个消息后会惊得身子往后趔趄一下似的。

"我们以为他死了，但其实并没有，他一直躲着。现在他回来了。该死的，他看起来还跟以前一样年轻又健康！皇帝萨尔瓦多一个劲儿地恭维他，还为他的到来举行庆祝活动——该死的沃立安·厄崔迪！"她咬牙切齿地说，"你真该看看他那张脸，看看他那态度，就好像他才是帝国的主宰一样……如今他肯定以为哈克南家族把他当年的所作所为都忘得一干二净了呢。"

格里芬也越听越气愤，双手紧抓着椅子扶手。

"多年来我们一直谈论这件事，哥哥，也一直梦想着能有这么一天，现在我们的机会终于来了。厄崔迪家族害得我们一无所有，我们本该成为皇帝和皇后的，结果却成了穷乡僻壤的渔夫和农民。我们一定得让他付出代价。"

格里芬一边听着瓦莉娅的话，一边回想起他们兄妹曾经谈论过的关于沃立安·厄崔迪对哈克南家族的污蔑和不公。兄妹俩一块儿研究过他们家族耻辱的历史记录，包括《圣战编年史》里的官方记载以及阿布鲁尔德在个人回忆录里讲述的痛苦经历。在塞琳娜·芭特勒圣战前以及圣战期间，哈克南家族曾是举足轻重的名门望族。他和瓦莉娅看着他们家族在萨鲁撒·塞康达斯的豪华宅邸的图像，不禁满心悲伤和渴望。他们家族的庄园气派非凡，既有华屋豪宅，又有葡萄园、橄榄林和狩猎场。

兄妹俩十几岁时，活泼的瓦莉娅在他哥哥面前，就像对着座无虚席的观众一样高谈阔论，阐述自己的观点："我们是伟大家族的后代，身体里流着贵族的血液，可沃立安·厄崔迪却大肆诽谤、扭曲事实，将我们家族的荣耀无情地夺走。这种恶意陷害令哈克南家族无数代人蒙受屈辱！"

瓦莉娅对这件事耿耿于怀，格里芬的心情跟她也差不多。他们的家族被流放到这个寒冷而危险的星球上，兄妹俩曾亲眼目睹过他们的亲人和朋友死在这里。瓦莉娅从小就对那个八十年前就消失了的人怀恨在心，一心想要报仇，并坚定认为要不是这个人的无耻行径，他们家族的命运会截然不同……

"我知道他在哪儿，格里芬，"全息影像里瓦莉娅说道，"他来跟皇帝见面，很快就要走了。他住在一个叫开普勒的星球上——我把这个星球的坐标附在了这段影像里。他在那儿有家，有个幸福的家庭。"她停顿了一下，说，"我要你把他的一切都夺走。"

格里芬心里一冷。他一直觉得没必要亲自复仇，希望沃立安·厄崔迪孤零零地死在一个荒凉的星球上，无人知晓。可没想到他竟还活着，而且还知道了他住在哪儿，这下打破了他之前所有的设想和计划。

"荣誉和正义是不同的，"她说，"我们必须先有正义，然后再重新恢复咱们的荣誉。溃烂的伤口必须切开化脓处，挤出毒素，伤口才能愈合。威勒走了，你也知道父亲没有毅力和勇气做这些事情。我想亲自出手，可又被姐妹会的事儿牵住了。所以……为家族的荣誉报仇的任务就落在了你身上。"

格里芬一边听着，一边皱起了眉头。他伸手希望摸到她，跟她面对面说话，可她的影像还在继续播放，搅得他对妹妹的思念之情越发强烈。

"很简单。沃立安·厄崔迪会回到自己的星球，你提前埋伏在那里，趁机暗杀他。他不会有任何戒备或疑心。我从没要求过你什么，也不需要你为我做什么,但你要知道这件事对我们的家族、对我俩甚至对我来说有多重要。唯有报仇才能雪恨,杀了仇敌,所有的愤恨才能了结,现在已经没有什么能阻止我们了,哥哥。我们是哈克南家族的人——我们无所不能。"

正义……荣誉……复仇。格里芬知道,从此以后,他的人生之路就彻底改变了。

瓦莉娅脸上露出了真诚的笑容。"为我们家族的荣誉复仇,格里芬。我知道我可以完全信赖你。"

说完全息影像闪了一下就消失了。

格里芬呆坐在那儿,仿佛自己又一次跌落进冰冷的北海。但那时的瓦莉娅也不顾一切地跳了下去。

"如果换做是你,也会为我这么做的。"她说。

格里芬沉思了许久,理性地思考着他所有的商业计划、家族事业。他不能把这些事情交托给父亲。另外他得细致地处理各项行政事务,谨慎地动用有限的财政资金。失去整批鲸鱼毛皮货物之后,他还得重建哈克南家族,同村民一起努力撑过极度寒冷的严冬。

但在刺骨的北极海水中,瓦莉娅在他生命中最宝贵的几分钟里救了他。当她在冰冷海水里失去知觉时,当救生索把他们拉到安全的地方时,他始终没放开她的手……

如果换作是你,也会为我这么做的。

这时,格里芬的父母带着他的弟弟妹妹回来了。他们赶上了一场突如其来的暴雨,浑身被淋得湿透了。他惊讶地发现已经过了好几个小时。但理智归理智,他打一开始就拿定了主意,确定了自己的责任,他马上就要离开了。

"你吃晚饭了吗,格里芬?"母亲问,"我们要开饭了。"

"我马上就来。"格里芬把全息水晶放进口袋里,面带勉强的笑容走出了书房。丹维斯和图拉叽叽喳喳地聊着他们一天的冒险经历,格里芬却陷入了自己的思绪。他几乎没怎么喝那美味的杂烩汤,只喝了半杯水,然后突然说:"我有件重要的商务要处理,必须出趟远门,离开兰基维尔。也许要过一阵子才能回来。"

他的弟弟妹妹立刻向他抛出一大堆问题,尽管他们的父亲很惊讶,但似乎对他此次出行并不好奇。"为什么要走?"

"瓦莉娅让我去办件事。"

维吉尔·哈克南点了点头,说:"啊!她要你办的事,你从来都不会拒绝。"

罗萨克原始女巫的后代们站在一起时，仍能显出灵力来，尽管这些灵力不足以产生心灵感应，那曾经打败了强大的半机械生化人的心灵感应能力。但尽管如此，女巫们还是时刻戒备，采取各种防御措施保护圣母以及姐妹会育种记录不受破坏。

——姐妹会教科书《罗萨克之谜》序言

圣母站在悬崖边平台的栏杆边，看着几百名身穿长袍的姐妹沿着下面狭窄的小径排成一列纵队，朝一个较大洞穴的入口走去。快到晚饭时间了，太阳渐渐落到银紫色丛林的地平线之下。她看到远处的大空地上停着一架飞船，飞船上灯光闪烁。人们经常来这片丛林采集罗萨克上特有的药草，便把这块空地当作了停机坪。

拉奎拉一整天都心神不宁，食不下咽。她能感觉到一种凝重的紧张，像块大石头般压得心里沉甸甸的。她脑海里的记忆也纷乱无序，充满听不明的不安杂音。尽管拉奎拉对自己的身体和精神力量十分了解，但她还是无法确定此时的激动不安的根源是什么。她知道姐妹会并没有面临着什么特别的威胁，也没有遇到什么悬而未决的重大难题……

沃立安·厄崔迪又突然回来了，他的意外现身让拉奎拉思绪万千，她不知道这件事会如何发展。他是拉奎拉的外祖父，是她生母赫尔米娜·贝托－阿妮鲁尔的父亲，是多洛蒂娅姐妹的外高祖。跟拉奎拉相比,他看起来很年轻,但其实他比拉奎拉还年长近九十岁——这就是延寿治疗的优势之一。

但现在困扰她的不是这个。沃立安在科林战役后消失了,自那之后,他就再也没跟拉奎拉联系过。她也一直认为这样最好。家庭的纽带会引起不必要的情绪,耗费太多精力,同时也浪费大量时间。她没时间处理家庭的事情。可尽管如此,从旁观者的角度看,她还是很高兴见到他。拉奎拉从不否认自己的感情,只是需要控制和约束,这样才能专心处理好姐妹会中那些重要的工作。她激动不安的根源或许是安娜·科瑞诺的到来。皇帝的妹妹可不是普通学员,虽然拉奎拉在一群新学员里认不出哪个是安娜·科瑞诺公主,但她相信瓦莉娅姐妹一定会照顾好她的。

虽从政治而言,招收这名非同寻常的学员进入姐妹会是十分必要的,但拉奎拉对安娜的基本技能和是否有奉献精神一无所知。在返回罗萨克的途中,她曾经私下叮嘱瓦莉娅:"她会像其他新学员一样,从头做起,而且很有可能在训练中不会有太大进步。但无论如何,我们必须不惜一切代价,保护皇帝妹妹的安全。你也知道学校里有些严格的训练项目是有风险的。"

"我会时刻看着她的。"瓦莉娅向圣母保证。这个年轻的女孩在萨鲁撒·塞康达斯上见到沃立安·厄崔迪之后,就心事重重。拉奎拉一下子就明白了其中的原因,因为阿布鲁尔德·哈克南的耻辱与沃立安有关。瓦莉娅从没对圣母表露过个人情绪,也没说过自己的事情,拉奎拉也从没逼她说过。但这也从另一个侧面暗示瓦莉娅对哈克南家族执念太深,并没有全身心地投入姐妹会。

尽管如此,拉奎拉还是忍不住对瓦莉娅的才智、力量和钢铁般的决心深表赞许。拉奎拉相信瓦莉娅总有一天会成就一番伟业,她脑海里的声音也对此表示同意,但这个年轻的女孩必须得看紧些,她的冲动鲁莽必须被控制住。

拉奎拉希望瓦莉娅通过与安娜·科瑞诺的接触和相处，能给自己找到一个合适的关注点和情感宣泄口。

圣母在皇帝妹妹第一次训练的当天早上，跟她谈过话。安娜因被赶出华丽的皇宫被迫来这儿而生气郁闷，对课程以及姐妹会里的所有人都不感兴趣。拉奎拉希望瓦莉娅能顺利完成结交朋友的挑战，证明自己的能力。

现在大家聚在一起吃晚饭。姐妹们每顿饭都在一个幽深洞穴的公共餐厅里吃。这个洞穴曾是广阔又盘根错节的悬崖之城的一部分，当年的悬崖之城人口众多，十分热闹，但如今却冷冷清清，大部地方都空荡无人。

我们失去了太多，拉奎拉心想。她并不需要通过一次次地回忆来提醒自己——因为她曾亲眼见过罗萨克繁荣辉煌的日子。

不过现在她们正在重建罗萨克，不忘过去的教训，一切重新开始。罗萨克学校需要利用仅存的几位女巫后代的天赋，不然就来不及了。看着下面的人群中穿着淡绿色长袍的学员和黑色长袍的姐妹之间，只有零星几个穿白衣的女巫，拉奎拉心知拥有心灵感应能力的人已经所剩无几了。

在下面的崖边小路上，拉奎拉看到了卡丽·马奎斯，她是目前仅存的女巫中最年长的一位。在奥米诺斯瘟疫肆虐时期，拉奎拉在这里做着医护工作，那时卡丽还很年轻。卡丽感觉到圣母在上面看着她，便没有随大家走进洞穴里的餐厅，而是爬上金属楼梯，来到拉奎拉身边。卡丽没有穿传统的长袍，而是穿着一件采集丛林样本时穿的白色工作便服。她收集样本用的袋子仍挂在腰间，鼓鼓囊囊的袋子里装有各种菌类、各种杂色的叶子和黄色的花朵。

卡丽正式甚至有些生硬地问候圣母，声音里透着一丝尖锐，拉奎拉看出她有烦心事。老女巫用锐利的绿眼睛看着圣母，然后直言不讳地说："你自己也感觉到了，对吧？"

沙丘学派：姐妹会

拉奎拉僵硬地点了点头。"空气中弥漫着紧张的气氛。"

"我刚才正在丛林里一边采集样本，一边思索着姐妹会的一些重要问题，突然我的身体被思维所控制，让我不由得停在原地，像被冻住了一样僵在半路——我不知不觉就进入了门泰特模式，任由思维像海水般随波流淌，被引向一系列的结果，就像我在兰帕达斯的门泰特学校里学过的那样，但不知为何预测不出任何结果！我很不安，于是像以往一样，急忙去找另外几位门泰特姐妹，一同预测未来，没想到我们都感觉到空气中的紧张和压迫。"

圣母点了点头，说："有种大难将至的感觉。我们从萨鲁撒·塞康达斯回来之后，我就感觉到了。"但拉奎拉却怎么也找不到这种压迫感的源头。

"作为女巫，我的灵力能使我比其他人更敏感。然而，另外七名门泰特姐妹也感觉到了这种危险的压迫感，可她们当中没有一个是女巫。而且你也感觉到了。"卡丽凝望着远处的长烟落日，夕阳的余晖仿佛为聚合的树冠染上了一抹斑斓的色彩。"这段时间以来，我们门泰特姐妹一直在收集数据，预测未来。我们得出了结论，姐妹会将面临一场可怕的分裂，姐妹之间会出现对立。"

"分裂因何而起？"

"贯穿整个人类社会，并使人类文明出现断裂的原因只有一个：因科技使用而引发的争论。我担心有些姐妹会对我们育种数据库的性质产生怀疑……有传言说姐妹会里有计算机。"

拉奎拉艰难地咽了咽唾沫。她头脑里响起各种声音，有的表示关切，有的低声提出建议，但这些建议都相互矛盾，好在经过了这么多年，她早已学会在一定程度上控制这些声音，当她需要集中精力想事情时，就把这些声音暂时推到脑后。"我关心的是如何改善人类种群，筛掉不良基因，让我们的种族变得更强大。比如通过育种，具有暴力倾向、伤害他人的基因可以被消除，从而使人类社会更加安定和谐。"

"社会正在以最佳状态运转着。我的老朋友,作为一名女巫和门泰特,作为知道育种记录计算机存在的人,我对此不予置评。你谈到改善人类基因,但谁来决定什么是好的基因,什么是不好的呢?这跟机器有什么不同?干涉人类的繁育十分危险。"

但拉奎拉对她的宏远计划执念已深,她脑中的其他记忆也坚持要她这么做。"如果我们方法得当就不会有危险。而且你说得对——门泰特用不完整的数据无法得出准确的预测。我们必须让其他几位门泰特姐妹知道这个秘密。"

"一定要小心,"卡丽说,"万一她们当中有一个是支持芭特勒圣战者的。"

"没错,我们必须小心,不过如果我们连姐妹会最高级别的成员都不信任,那我们的计划还有什么未来可言呢?"

卡丽抿了抿皱皱的嘴唇,说:"情况很复杂。未来有许多可能性……有些甚至会导致巨大的灾祸。育种计划是姐妹会的核心,是伟大而崇高的事业,也是我们奋斗的目标。我们决不能半途而废,将它抛弃。"

暮色中,气氛变得更加紧张凝重,拉奎拉心里的不祥之感也愈发强烈。她那双像树皮一样粗糙褶皱的手紧握着栏杆,心中默默发誓决不能让她辛苦多年创造出来的东西白白失去。

··✦··

在悬崖边迷宫般的隧道和洞穴深处,两位姐妹一起享用着美味的面包、葡萄酒、奶酪和丛林水果。多洛蒂娅姐妹已经有一年多没见到穿绿袍的年轻学员英格丽德了。两人很高兴终于再次见面,急着找机会叙旧。自从回到罗萨克之后,多洛蒂娅回到了原来的工作岗位,在下面的丛林研究室里协助卡丽姐妹。而瓦莉娅则被派给了安娜·科瑞诺,负责照顾她的日常学习和生活。

沙丘学派：姐妹会

两人共饮香醇的红酒，多洛蒂娅告诉英格丽德关于萨鲁撒·塞康达斯皇宫里的一切，以及她是如何给罗德里克和萨尔瓦多·科瑞诺兄弟进谏的。尽管帝都繁华热闹，但她还是很高兴能回来，远离帝国的复杂政治和阴谋争斗。

英格丽德姐妹坐在那儿静静地听着，一言不发，看上去心事重重。她没有就面包，一口吞下一大片奶酪，又喝了一大口红酒顺下奶酪。红酒和奶酪都是从兰帕达斯进口的。"这里有些不好的消息。虽然我相信姐妹们并没意识到这一点，但事实上不同的派系已经逐渐形成。一开始只是午饭时姐妹之间浅显地探讨几句，但后来探讨逐渐升级，就是否应该使用被禁止的科技产生了真正的分歧。许多姐妹跟我们一样——厌恶任何令她们想起思维机器的东西。而其他姐妹则认为应该保留计算机某些方面的科技，给我们的生活提供更多便捷。"

"这个消息令我很失望。"多洛蒂娅的脸沉了下来，"在齐米亚人们也为此而争论不休。可我本以为姐妹会能做出明晰而正确的结论，坚信科技是危险且不必要的。"多洛蒂娅盯着英格丽德手里快空了的酒杯，说，"机器能做到的事情，人类都能做到。"

"我曾跟姐妹们讨论过科技的危险，但有些姐妹不听。比如希塔姐妹和帕尔加姐妹，她们两人相信一句古老的谚语：不能把婴儿连同洗澡水一起倒掉。她们认为我们应该保留一些思维机器来帮助人类，让人们有更多闲暇时间做更重要的事情。这话也太荒谬了。"

"我回来的这几天里，倒是没听人说过这事。"多洛蒂娅把酒杯放到一边，"争论这个话题的人多吗？"

"大概有二十五个姐妹站在希塔和帕尔加一边——人数倒不是很多——不过跟支持我们观点的姐妹人数持平，大多数姐妹都置身事外，不想卷入这场争论，但这个问题没人能避开。"

"有些人太健忘，坏的想法会导致错误的决定，"多洛蒂娅说，"但姐妹会并不使用思维机器，所以即使有争论也无关紧要。"

英格丽德皱起了眉头,她环顾四周,压低了声音,小声说:"有传言说罗萨克上有计算机!"

多洛蒂娅差点儿被刚塞进嘴里的浆果噎住:"什么?"

"姐妹会保存着海量的育种信息。即使把所有能动用的人——甚至门泰特集中起来,也无法完成量这么大的工作。有些姐妹因此认为姐妹会在使用计算机。"

"如果这是真的,那咱们就有麻烦了,非常严重的麻烦。"

"在兰帕达斯,我听说过芭特勒圣战组织一直在搜索并摧毁机器,"英格丽德说,"要是这里真有计算机,那可就糟了……"

多洛蒂娅立刻没了胃口,说道:"我们必须防止这种情况发生。假如罗萨克上真有计算机,我们必须找到这些机器,并亲手毁掉它们。"

爱可以天长地久，但肉体不会。所以人必须在有限的人生里尽可能让自己幸福。

——沃立安·厄崔迪，私人日记

在皇帝萨尔瓦多·科瑞诺派遣的九艘战舰的护卫下，沃立安终于回到了开普勒，他心里既有胜利的喜悦，也有沉重的负担。玛丽拉肯定会对约束沃立安的条件不满，但他没办法，只能硬着头皮答应。在同一个地方生活了太多年，也许他也是时候该离开了。

在萨鲁撒·塞康达斯，他受到了百姓热情的欢呼和爱戴，他知道皇帝绝对有理由为此担心。沃尔尽可能地用自己的名望和影响力，与皇帝达成了一个合理的协议，双方对约定虽有不满，但仍愿意接受。

至少开普勒从此安全了。沃尔的亲人都安全了。

这几艘战舰都是人类大军在圣战后剩下的，它们将无限期地守卫在开普勒星的轨道上，将奴隶贩子赶跑。十二个月后，操控舰队的帝国军队将被召回萨鲁撒·塞康达斯，但这些战舰将继续留下来守护开普勒星。到那时，他的亲人和朋友将接受训练，建立自己的防御系统，守卫自己的家园。他们再也不会毫无防备地被人掳走，那些掠奴者也不敢再小看这个偏僻的星球，不会认为这个星球上的百姓好欺负了。

他打心底不想离开开普勒，就算离开，他也想带着玛丽拉一起走

——尽管他对此并不抱太大希望。她老了，她的儿孙也还在这儿，她一生的回忆都在这里。在她这把年纪，要抛开一切并不容易。

沃尔把他的飞船降落在山谷中间的空地上，他的亲人和朋友欢呼着奔向他，还特意为他制作了欢迎回来的横幅。在人们热烈的掌声中，沃尔心潮澎湃。他们似乎把这次解放俘虏看作是跟打败思维机器一样的巨大胜利。

他看着人们的一张张笑脸，上一次见到他们的笑脸，还是在波里特林的奴隶市场他给大家买回家的船票的时候。他的女儿邦达站在他面前，怀里还抱着他在新斯塔达为了伪装身份而买的那只小狗。

另外他还看到了很多工人、工程机械和木材。被掠奴者破坏的房屋和建筑都在修复中，村民们正一起努力重建家园。大家都为他而欢呼喝彩。在他看来，这比齐米亚的热闹游行更令他感动。

沃尔热泪盈眶，他爱这个星球，爱这里的人们。可他却不得不狠下心离开这里。他是为了开普勒的安全才同意那些条件的。这是个公平的交易。萨尔瓦多和罗德里克都没表示会着手解决日益猖獗的奴隶贩卖活动。但目前沃尔只想保护自己的家园……可是他很快就要永远地离开这个家园了。

在人群的最前面，他终于见到了那张日思夜想的面孔：玛丽拉站在那里，虽然脸上布满了岁月的痕迹，头发也一片灰白，但眼睛依然光彩夺目。当沃尔用心而不是用眼来看她时，她依然是那个几十年前令他爱得如醉如痴的美丽女人。

几个世纪以来，沃立安·厄崔迪始终爱得深沉而专一。年轻时他爱过传奇女人塞琳娜·芭特勒，但那份爱很纯洁，不含任何杂念……后来他爱上了来自卡拉丹的莱洛妮卡·特尔吉特。之后他和莱洛妮卡的两个儿子都离开了卡拉丹，在遥远的地方各自成家立室。再后来，他爱上了玛丽拉，五十多年来，两人一直相亲相爱，不曾分离，玛丽拉就是他生活的中心和全部。

沙丘学派：姐妹会

沃尔记得他爱过的所有人，至今也依然爱她们。他时不时会想起她们的面孔，但时间和生命中跟他有过交集的人们就像湍湍的河水从他身边流过，而他却岿然不动，宛若湍流中的一块巨石。有时候，像莱洛妮卡或者玛丽拉这样为他所爱、也深爱他的人会在他这块巨石周围溅起高高的水花，但最终她们也会离开。他看得见玛丽拉老了。

沃立安年轻时过着无忧无虑、平安富足的生活。他跟他最亲密的朋友——自主机器人修拉特——一起穿梭于各个同步世界，更新奥米诺斯。读了阿伽门农的回忆录后，他自信地认为自己对野蛮人类极其肮脏败坏的生活有了足够的了解，并想尽力让父亲对他满意。

阿伽门农的另外十二个儿子都是由这位半机械生化人将军亲自抚养、训练，并最终亲手杀死的。沃尔从小就梦想着有一天能成为一个半机械生化人，把他脆弱的身体去掉，只留下大脑，这样他就可以作为一个半机械生化人无限期地活下去，并永远陪在阿伽门农、朱诺、薛西斯和艾杰克斯等几位伟大的泰坦身边。可惜这一切都未能实现。

相反，在沃尔在与人类的对抗中取得巨大胜利之后，阿伽门农将军把他拖进了一个半机械生化人实验室，将他绑在一张桌子上，用探针、燃烧的化学物质，以及锋利的器具折磨他。在无法形容的痛苦中，阿伽门农给他做了延长寿命的手术，让他的第十三个，也是最优秀的儿子可以长生不老。"我给了你许多个世纪的寿命，"后来他对沃尔说，"所以不付出代价是不可能的。"

事后沃尔也承认，痛苦的确是个小小的代价，因为最终得到的是长久的寿命。他这副身体也不会变。然而，在随后漫长而艰难的几个世纪里，沃尔一直心怀忐忑。在开普勒星上，他年轻依然，没有丝毫变化，可周围的人全都老了……

此时，沃尔眼中只有玛丽拉，他伸出双臂抱住她，拥她入怀。他真想就这样紧紧抱着她，永不放手。玛丽拉也依偎在他怀里，温柔地说："你回来了，我真高兴。谢谢你做的一切。"

周围拥挤的人群吵嚷着说要一起庆祝,尽管沃尔对宴会或庆祝并不感兴趣,但亲朋友邻坚持要他去。邦达和提尔笑着走过来,举起他们的小狗,让它舔沃尔的脸。

沃尔笑着举起双手让大家安静下来,然后大声说:"从现在起,大家都安全了。我已经和科瑞诺皇帝达成了协议。整个帝国都将知道他发布的一项法令,禁止奴隶贩子入侵这个星球。一支战舰将会驻扎在开普勒星的太空轨道上巡逻,我还给你们带来了一些武器,让你们能保护好自己的家人和家园。以后再也不会有人来这个星球肆意掳掠了。"

众人热烈欢呼,欢天喜地,他们对伟大的沃立安·厄崔迪感激不尽,恨不得倾尽所能来回报他——帮他种地、给他做饭、为他做衣服,无论他是否需要。沃尔从未见过人们如此欢喜。

可一想到他将不辞而别,沃尔就心痛不已……但他必须告诉玛丽拉。

当天晚上,大家唱歌跳舞、吃喝说笑,沃尔和玛丽拉很晚才回家,耳边仍回响着音乐声。沃尔注意到被掠奴者放火烧毁的屋顶已经被修好,房子也粉刷一新,还铺上了新瓦。

玛丽拉走进起居室,看起来很疲惫。她坐在一张椅子上,将一张毯子拉到膝盖,说:"你不在的时候,家里很冷清,沃尔。你回来了,家里才会热闹。"

沃尔烧水泡了壶茶,然后坐在玛丽拉身旁,端详她的脸,在余下不多的时间里,珍惜跟她在一起的每一分每一秒。"以后你不用再为家里担心了。我向你保证。"他迟疑了一下,抿了口带着淡淡美琅脂味儿的浓茶。他的妻子端着杯子,呆呆地望着从杯中飘出的缕缕热气。她目光闪亮,眼里似乎泛着泪光。难道她已经猜到了吗?沃尔声音沙哑地说:"不过我不得不做出某些让步。我必须答应他们……我会……再次消失。"

"我担心的就是这个,"玛丽拉长叹一声,"我太了解你了,我亲爱的丈夫,今天我感觉到了黑暗和阴郁,我知道你有话要跟我说,但又难以开口。"

沃尔艰难地吞了下口水。他热爱开普勒星上的生活,想永远留在这里,但这是不可能的。"我是个活了很久很久的古人,从久远的年代一直遗留至今。圣战结束了,帝国需要继续前进,但我的存在会总是让人想起过去。像我这么功勋卓著、德高望重之人如果留在兰兹拉德联盟里,皇帝会很不安心。不论我多么坚决地表明我对王位根本不感兴趣,皇帝都会对我心存疑虑。并且一定会有人突然出现,想利用我、打着我的幌子达到自己的目的。"他摇了摇头,低声说,"萨尔瓦多·科瑞诺同意保护开普勒,但前提是我必须答应一个严苛的条件:我必须离开,沃立安·厄崔迪必须消失——永远消失。"

玛丽拉露出一抹苍白无力的微笑,眼里仍含着泪花。她心里百感交集,纵有千言万语,却无从开口。

沃尔直截了当地说:"我想让你跟我一起走,玛丽拉。我们可以去另一个星球。如果你愿意,我们可以先想一想要去哪儿,有好几十个星球供咱们选择呢。我们可以带上孩子们。谁想去都行。"他开始觉得有了希望,越说越激动,语速也更快,"对我们大家来说,这可能将是一次大冒险——"

"噢,沃尔!我虽然很爱你,但我不能离开开普勒。这里是我的家。你也不能让我们的孩子、孙子还有他们的家人、朋友,拖家带口离开这个山谷!"

沃尔喉咙发干:"我不想抛下你一个人走。我们可以一起走,就我们俩。"

"别傻了,我老了——已经一把年纪,还谈什么开启新生活啊。

咱俩都清楚，你早晚会离开我，继续活下去的。"她下意识地摸了摸自己的脸，又捋了捋满头灰白的头发，说道，"你也是时候离开了，这样就不用看着我变老了。这么帅的年轻小伙子跟我同床共枕，叫我多难为情啊。"

"在我眼里你依然那么漂亮，"沃尔快说不出话来，"这是套话。该心怀感激的人是我，而不是你。"

情感和理智在沃尔心里激烈交战。他可以改头换面，隐姓埋名，继续隐藏在开普勒星某个偏僻之地。这不也是消失吗？只有少数几个人知道这事，但他可以让这几个人发誓保密，皇帝萨尔瓦多永远也不会发现。

但随即沃尔无可奈何地叹了口气。纸包不住火，这种事情终究还是会被发现。如果他出尔反尔，违背约定，那将会把他的亲朋友邻都置于危险中。

玛丽拉若有所思地说："你已经给了我任何女人都无法企及的幸福生活和长久婚姻，但我知道你生来就是漂泊不定的人。我们刚结婚时，你就告诉我实情，说你不会变老。你我都清楚，也都愿意接受这个事实：终有一天你会不得不离开，继续生活下去。"

"但至少在你有生之年，我不会离开你。"

"也许你在我活着的时候离开更好。"她说。

沃尔走到她坐着的椅子前，弯下腰亲吻她的脸颊，然后亲吻她的嘴唇。这个吻让他想起了他们的初吻，那是很久很久以前了。"离开你只会不断让我想起我活了多久，玛丽拉，你绝对想象不到没有你的日子对我来说有多么痛苦，多么沉重。"

"你知道你要去哪儿吗？还是说这也得保密？"

"我只答应皇帝会离开开普勒，永远不再回来——但并不意味着我不能告诉你我去哪儿。我……我想到了一个想去的地方，"他说，"厄拉科斯。我需要彻底与世隔绝，我听说那儿的沙漠里有一些部落，部落里的人寿命出奇地长——可能是不断食用美琅脂香料的结果。不知道他们的寿命是否跟我一样长,但也许他们更能理解我、懂我。"

"我每天都会想念你的,"玛丽拉说,"我会告诉孩子们你在开普勒星球外的某个地方,而且很安全。你知道我们在哪儿,我们永远不会忘记你。"

"我也永远不会忘记你们,"他说,"只要我还活着,每一分每一秒都爱你。等我安顿下来之后,我会给你捎信儿的。我会想办法跟你保持联系。"

我是已知宇宙的真正皇帝，而萨尔瓦多·科瑞诺只是我的傀儡。
——曼福德·托伦多对阿纳莉·艾达荷说过的话

每当罗德里克·科瑞诺在他皇兄举办的私人角斗场里观看战斗机器人打斗，他都会感到隐隐不安。

贵族和他们的家眷衣装优雅华丽，坐在安全屏障后，观看战斗机器人比武较量，为他们喜欢的机器人欢呼喝彩。角斗表演安排在晚上盛大的晚宴结束后，地点在皇宫里的一个私人小竞技场里。许多贵族戴着面纱或多米诺面具①掩饰自己的身份，同时也保护自己的人身安全。毕竟芭特勒圣战组织在萨鲁撒依然有很强的影响力。

根据圣战后制定的严格法律，这些重新被激活的机器人没有任何人工智能，只是被编辑了一系列的战斗技巧程序。但这些程序会出现一些机会变量——也就是缺陷，这种缺陷会导致一些意想不到的防御弱点或令人惊喜的进攻优势。观众在下注时，事先并不知道他们押注的是哪种类型的角斗选手，因此比赛的结果也预判不了，总是出人意料。

罗德里克不得不承认，看着这些被征服的机器恶魔在竞技场里角

---

①多米诺面具是一种小的、常为圆形的面具，只覆盖眼睛周围的区域和它们之间的空间。自18世纪以来便成为嘉年华和狂欢节的传统服饰，尤其是在威尼斯。

斗,明知它们是自相残杀,但还是忍不住觉得这是一种刺激而有趣的娱乐。由于这项娱乐活动游走在法律边缘,打着禁止科技的法令的擦边球,只有经过精心筛选的贵族才能加入,他们被这种精彩场面折服,无不为之惊叹,觉得新鲜又刺激。当然,这种活动对芭特勒圣战组织是绝对保密的。

他的兄长第一次提出这个想法时,罗德里克吓了一跳。要是让曼福德·托伦多发现皇帝和心腹贵族们在皇宫高墙内做这种事……可萨尔瓦多对他的担忧毫不在乎:"贵族怎么也得有自己的消遣吧。况且这种娱乐方式又无害,最终的结果还是摧毁机器人,又有什么问题呢?"

罗德里克可以想象到一大堆害处,所以在他哥哥不知情的情况下,他在每次战斗机器人角斗比赛时,都在角斗场周围重重设防,增派了一倍的守卫,并确保只邀请最信得过的贵族参加,每个人都必须宣誓保密——如不信守誓言,将会受到科瑞诺家族的最严厉惩罚。

此时,罗德里克看着两个战斗机器人在角斗——其中一个是深色的铜合金外壳,另一个是闪亮的铬合金外壳。两个机器人纠缠在一起,用内置(但有限的)武器相互攻击,结果两个机器人都被对方打倒在地。一小队宫廷卫兵带着重型武器将竞技场团团围住,时刻准备着将有可能失控的战斗机器人摧毁。

皇帝坐在私人遮光包厢里,与贵族阿尔方索·尼塔交谈,而罗德里克则坐在皇帝身旁。尼塔是个擅于花言巧语、极尽谄媚之能的贵族,他一心想要得到皇帝的帮助,限制其商业对手的业务运营。尼塔是制作昂贵女士服装的商人,有一个暴发户在哈葛尔星花重金贿赂了该星球的领导人,然后开设了一家大型服装企业,与尼塔竞争。

"这是个肮脏的交易,"尼塔说,"哈葛尔的那伙人跟我们尼塔家族有世仇,在圣战期间,我祖父举报了他们的祖父在战争中非法牟取暴利。"

萨尔瓦多两眼一直盯着正在厮杀中的两个机器人："我会看着办的。"他似乎对这种事情并不感兴趣，尼塔自然也不敢多说什么。

罗德里克轻轻推了这位贵族一下，算是帮他们解了围，因为他似乎并不明白在这里生意该怎么谈。"调查这件事需要时间和资源，尼塔大人。皇帝必须考虑他的可自由支配预算。"

尼塔眼睛一亮，终于明白了："啊，为了证明我们服装质量上乘，我将为塔布丽娜皇后进献一大批最精美华贵的礼服，我们将尽全力为皇后添置满满一衣柜最奢华的衣服，让她光彩照人，美得令皇帝陛下您移不开眼。另外，我们还可以提供一些时髦的内衣。"

罗德里克叹了口气。这个尼塔真是的，也不想想萨尔瓦多和塔布丽娜的关系，这么说完全是拍马屁拍在了马腿上。

萨尔瓦多冷冷地回应道："我说过我会调查此事的。"

这位贵族鞠了一躬，转过头来继续观看角斗。过了一会儿，皇帝看到其中一个战斗机器人把对手的圆柱形手臂扯了下来，于是微笑着凑近罗德里克，说："这太妙了。咱们先是给机器人做脑叶切除，然后让他们自相残杀。这样的比赛我可以看上一整天。"

罗德里克点了点头，说："这比机器强迫人类听从它们的命令要好多了。"

看台上一位新受邀观战的矮胖子突然吓得惊叫起来，他对这些凶猛的金属怪物十分畏惧，但当他意识到其实没有一点儿危险时，又哈哈笑了起来。

"我忘记了，"萨尔瓦多说，"咱们今天的赌注是什么来着？"

罗德里克知道他哥哥其实清楚地记得他们赌了什么："当然是咱俩各自在凯坦星上的避暑别墅。咱们谁赢了，那两套别墅就归谁。"

"哦，没错。我一直更喜欢你那套别墅。"

铜合金皮肤的机器人从前臂下射出一根带刺的长矛，把另一个机器人击倒在地。倒下的机器人抽搐着，全身喷溅出火花。铜合金机器人趁势扑上来，要给倒地的机器人致命一击。

"看来我的机器人要赢了，"罗德里克说，"不过你知道，如果你愿意的话，我的别墅随时欢迎你来。"

他的哥哥眉头一皱，额头看上去就像一层层的折纸："什么啊，那个铜合金的机器人是我的，你真以为那个受损的大金属块还能反击吗？"

"你选的是铬合金的那个，我亲爱的哥哥。别忘了，是你先选的。"萨尔瓦多眨了一下蓝眼睛，他有时候就喜欢装傻，但罗德里克知道他心知肚明。这位科瑞诺皇帝比大多数人想象的要聪明。狡诈的聪明。他其实很清楚自己选的是铬合金的机器人。"好吧，但你应该感到内疚，因为你总是能想个办法赢我。"

"这次是纯属运气。毕竟咱们谁都无法预知哪个机器人会赢。"

皇帝抬手指摸了摸嘴唇，说："我想咱们可以作弊。"

"彼此对抗？我不会那样对你的。"

"我常常会想，其实你比我更优秀。"

不出萨尔瓦多所料，罗德里克果然对他的话并不赞同，但其实两人心里都明白这是事实。铬合金机器人的确振作了精神，重新站起来继续战斗，人群中爆发出一阵兴奋而热烈的欢呼声。另一个伪装过的贵族走了过来，在萨尔瓦多耳边低声提出了一个请求。即使戴着薄薄的多米诺面具，也没能掩藏住这人的真实身份——他就是年老的蒂巴·瓦里克，一位著名的房地产经纪人，也需要皇帝的帮助。在这些机器人角斗时，被邀请的圈内人会提出这样或那样的请求，罗德里克必须按照他哥哥的决定，帮他们解决问题。

铜合金皮肤的机器人最终还是击败了它的对手。落败的机器人躺在地上抽搐不止，身上的零件像弹片一样四处飞溅。皇宫卫兵走上前来，将获胜者开枪击倒。

蒂巴·瓦里克抱怨苏克医学院在帕门提尔建造豪华新校区，但拖欠贷款，迟迟未交。罗德里克认为这些医术精湛的医生大多自命不凡。但由于萨尔瓦多曾接受过苏克医学院前校长的大量昂贵治疗（在罗德里克看来，这些治疗是有问题的），所以他经常对这种投诉视而不见。瓦里克蒙受了巨大的经济损失，心情十分郁闷，皇帝答应他会进行调查，将他打发走了。

这位贵族离开后，工作人员把机器人残骸拖出了竞技场。萨尔瓦多对罗德里克说："瓦里克说这苏克学校里有丑闻，有一名苏克医生欺骗了一位病人。前不久卡拉丹的拉尔斯·伊布森死了，这事你听说了吗？"罗德里克想起此人是个富有的平民，建立了一个自己的渔业帝国，过着皇帝般的生活。萨尔瓦多接着说："据瓦里克说，伊布森对一名苏克医生十分信赖，并且花光万贯家财接受了一系列的骨癌治疗——结果他发现所有治疗都是假的，不过是安慰剂罢了。伊布森接受了苏克医生的治疗后，不但没能延长寿命，死时还败光了家产。"

罗德里克并没发表评论，他心想其实埃洛·班度为皇帝进行的那些治疗跟这一样的效果。随着班度在帕门提尔的可疑"自杀"，针对他的调查也随即结束。但罗德里克怀疑苏克医生暗藏着更大的问题。"你认为医学院会同意对他们的运营进行详细的审计调查吗？我们听说有投资者借钱给学校，但我们也知道苏克医生通过提供医疗服务获得了可观的收入，这似乎有些说不通啊。"其实他们大规模扩张学校的资金大部分都是来自萨尔瓦多付给前苏克学校校长的巨额费用。

"丑闻会影响他们的工作，令他们无法提供优良的医疗服务，"萨尔瓦多说，"芭特勒那帮人向来反对技术先进的医疗，不想给他们立足之地。"他揉了揉太阳穴，"另外，我需要再换一个私人医生，苏克学校给我派来的那些医生都不合格。我真想念可怜的班度医生啊，没了他，连学校也不如以前了。"

尽管有些医生腐败，但罗德里克深知苏克学校培养出的医生是最出色的，帝国其他学校都无法企及。他至今还记得莫汉达斯·苏克在机器瘟疫时期所做出的卓越贡献。不过与萨尔瓦多不同,他认为没有了埃洛·班度,苏克学校的名声不降反升了。"这件事我会负责调查的,陛下。如果他们逃税漏税,或者拖欠贷款,我们会追责的。"

"这所学校变得问题越来越多了,而且太自以为是。"萨尔瓦多厌烦地说,"但我不想让他们关门。至少现在还不行……等我找到了合我心意的私人医生再说。"

"至少,得让他们受到更严密的监控。"

皇帝点点头,身子前倾,准备观看下一组战斗机器人进入竞技场。"你还是跟往常一样,弟弟,说的话总是对的,咱们的确应该对他们进行更深入的财务调查,然后看看能有什么发现。"

我们以什么来判定自己的身份和价值呢？根据我们的家世还是靠我们自己？

——圣母拉奎拉·贝托－阿妮鲁尔，《姐妹会训练手册》

作为安娜公主的导师和监护人，瓦莉娅一直努力想方设法激励这个年轻女孩，让她变得更强大……但安娜却始终没什么动力。一直在皇宫里长大的安娜，从小娇生惯养，她性格冲动，做事幼稚而轻率，并且情绪不稳定。姐妹会的训练最终将教会她如何克服这些弱点。等安娜回到萨鲁撒·塞康达斯时，将会脱胎换骨……瓦莉娅也会成为她最亲密的朋友。

也许安娜会让瓦莉娅陪她一起回到齐米亚，安排她在宫廷里任职。瓦莉娅将会在那里为她哥哥打开政治的大门。如果格里芬能成功地在兰兹拉德联盟拥有一席之地，那将会对恢复哈克南家族地位和财富大有助益。

但她想要的远不止这些。事实上，她认为暗杀沃立安·厄崔迪比把格里芬弄到齐米亚重要得多。所以她要求格里芬去找那个毁了哈克南家族的奸诈小人报仇。如果格里芬能灼烧一下令哈克南家族好几代人痛苦不堪的伤口，让其不再继续恶化，那他们家族就能沉冤得雪，最终洗清被迫忍受的八十多年冤屈，摆脱像兰基维尔冰盖一样压在他们身上的耻辱。在她的心里，复仇远比财富更重要。

沙丘学派：姐妹会

在寒冷而贫瘠的家乡时，瓦莉娅不甘心嫁给一个当地的渔夫或者捕鲸人，过着平淡无趣的生活。她的曾祖父阿布鲁尔德没有给家族留下什么财产，而她的父亲也没有半点儿雄心壮志，他们听天由命，早已接受了家族衰败的命运。她的母亲索尼娅是个传统的当地女人，从没离开过这个星球，对帝国的其他地方也从来不感兴趣。由于她没有贵族血统，她心甘情愿地接受自己和家人靠着微薄收入，过着节衣缩食的生活，更不会质疑哈克南家族的敌人对他们做了什么。

瓦莉娅认为自己不能这么被动。她想逃离兰基维尔，摆脱这种压抑而无趣的生活，为哈克南家族创出一番伟业来。对于像她这样的年轻女子来说，罗萨克学校为她提供了无限可能性——比如通过姐妹会，她能与科瑞诺家族的人建立密切关系，这就是最好的证明。

即便如此，对瓦莉娅来说，与安娜·科瑞诺成为朋友的兴奋感很快就消失了。这个女孩的确很可爱，但她对别人的生活有很多误解，使得这项工作有时很考验瓦莉娅的耐心。

此时的瓦莉娅正一个人匆匆穿过一条又一条走廊，呼喊着安娜的名字，但没有得到任何回应。这个女孩真是难以捉摸！几分钟以前，大家在巨大的公共餐厅里吃完早饭，姐妹们纷纷往出口走去，身穿绿袍的安娜却悄悄溜走，混入拥挤的人群中不见了。她以为这是个游戏吗？瓦莉娅自言自语地抱怨，心里一沉，要是科瑞诺公主出了事，那姐妹会和野心勃勃的她都不会有好下场。

当她经过一个凹室时，突然看见安娜从一尊圣战英雄像后探出头来，像个孩子般咯咯笑着。瓦莉娅虽跟她同岁，但两人间却有巨大的代沟。

"别再这样了。"瓦莉娅抓住她的手，不自觉地加大力气把她拉了出来。

"我能照顾好自己。"安娜说。

瓦莉娅忍住怒气，提醒自己别忘了她们之间的关系。"罗萨克上有很多危险，而且姐妹会里有严格的规定。我只是想照顾你、保护你。"她边说边领着她去上帝国经济学课，一路上一直小心翼翼地保护着这个爱惹麻烦的年轻女孩。

直到把安娜领进教室，瓦莉娅才松开手。公主皱起眉头说："你不坐在我旁边吗？"阳光穿过岩石的缝隙照射进来，照亮了整间教室，暖风也随之吹进来，带着丛林刺鼻的气味。

"这是学员上的课，我还有别的任务，"瓦莉娅说，"下课后我来接你。"

"你现在是我最好的朋友吗？"安娜问，"我很久都没有好朋友了。"

瓦莉娅柔声说："是的，现在我是你最好的朋友。相信我，一旦你适应了这里，就不想回家了。"她说着伸出一只手轻轻放在女孩肩膀上。

"希隆多是真心喜欢我的。"安娜看起来很忧郁，十分需要关爱，"我的继母奥莱娜也很爱我。"

"现在你有了我，我们相互信任。"

安娜抬起头，看着瓦莉娅，说："我的两个哥哥从来都不信任我。"

"那么你最好留在这儿，跟我们在一起。"通过自己的感觉和观察，瓦莉娅对这个与自己截然不同的女孩有了些同情，她因迷恋上了一个卑微的厨子，而注定遭受痛苦。但瓦莉娅知道情感上的依恋很可能会影响到她的人生使命。

她清楚地看到安娜急切地需要一个朋友——而且毫无疑问，她多年来一直渴望着能有朋友。瓦莉娅想扮演这个角色，一部分是出于同情，但更多的还是出于私心。她只能盼着格里芬也能履行好他的责任。他这时应该已经在去找沃立安·厄崔迪的路上了。

逻辑和理性极具迷惑性，只会让人失去灵魂。

——曼福德·托伦多，在萨鲁撒·塞康达斯的讲话

虽然芭特勒圣战运动已经席卷整个帝国，但芭特勒圣战组织在兰帕达斯的总部却低调又谦逊。曼福德认为思维机器的统治应该让人类从中汲取教训，至少应该学会谦卑。因为正是由于傲慢和野心，才让原先的泰坦们创造出了最初的永恒思维计算机。

曼福德正杵在书桌后的一把椅子上，用书桌挡住他残缺的双腿，不让来访者看到。他仔细看着各星球的芭特勒圣战组织分支突击搜查成功的名单。当地的芭特勒圣战组织领导偶尔也会发送全息记录，但曼福德更喜欢阅读手写的报告，因为这样感觉更亲切。

人类在寻找捷径、追求快速和简单的过程中引来了很多的麻烦。设备可以说十分诱人。机器人伊拉斯谟在它的日记中写过的一些佞妄之言一直萦绕在他脑海里：只要过了足够长的时间，他们就会忘记以前的一切……然后重新创造我们。

当交通工具遍地都是时，慵懒的人们会变得越来越胖，因为他们懒得走路。当计算机能快速给出复杂算式的答案，人的大脑很有可能逐渐衰退，最后忘了如何计算。作为人类有巨大潜能和优越性的有力证明，吉尔伯图斯·奥尔班斯的学校里培养出的门泰特就可以靠人脑执行计算机的所有功能。他们远比计算机更值得信赖……

虽然曼福德希望能跟阿纳莉过平静的日子，一起看日出日落，看花开花谢，看兰帕达斯上的季节变迁。但他明白自己生来就过不了常人的生活，就像他最亲爱的导师蕾娜·芭特勒一样。她在可怕的奥米诺斯瘟疫中幸存下来，可她亲人却在她身边死去。童年的这段经历给蕾娜留下了永久的创伤，她一生都在为人类摆脱对机器的依赖而坚持不懈地斗争。曼福德以她为榜样，继承她未竟的事业，继续沿着同样的道路艰难走下去。他同样留下了永久的创伤，只是形式不同。而且他也受到使命的召唤和驱使，很快他就要再次启程远行，飞到帝国的每个星球，让所有人听到他的讲话。

阿纳莉·艾达荷穿着一套完美合身的黑灰色制服走进办公室。她剪短了头发，脸也擦得干干净净，展露出了浑然天成的质朴之美。她脸上的忠诚就像文身一样不可磨灭。"两个外星球的人来这儿要求见您。"她的嘴微微一撇，露出厌恶和不屑，"他们……还带来了仪器设备。"

曼福德把文件放到一边，说："那两人是谁？带了怎样的设备来？"

"他们来自天顶星，说是那里的科学家。其中一个趾高气扬的，觉得自己是个大人物。"

这话引起了曼福德的好奇。他问了那人名字，但并没想起他是谁，于是说道："科学家？来这里想干什么？"

"需要我好好审问一下他们吗？"阿纳莉急切地说。曼福德知道，如果他同意了，她会毫不犹豫地拧断这两人的脖子，连眼都不眨一下。他真不知道如果没有阿纳莉，他该怎么办。

"让他们进来吧。我要亲自跟这两位科学家谈谈。如果需要你，我会告诉你的。"

两个身材矮小的男人走进了房间，身后还拉着一个比棺材稍小一点儿的密封箱子。箱子在浮空器的作用下悬浮着，顶部的诊断面板还

沙丘学派：姐妹会

闪着灯光。

两人中身材更矮小的一个是声名狼藉的特鲁拉人，一头黑色的短发，神情紧张，显然是下属。在塞琳娜·芭特勒圣战期间，特鲁拉的器官培殖场因丑闻而垮台。在那之后，大多数人都不自主地对特鲁拉人怀有敌意。但特鲁拉已经被征服了，且据说已经重建完毕。近几十年来，日益壮大的芭特勒圣战组织在特鲁拉的主要几个星球都建立了监督机构，那里的所有科学研究都受到了严密的监控。许多暗藏危险的科研计划都被识破并阻止了，这令多数特鲁拉的科学家都大为震惊。但他们一直很顺从也愿意配合。所以他不觉得这两个人会来找麻烦。

其中的另一人显然是头儿，但不是特鲁拉人。他那双大眼睛看上去就像猫头鹰，一头棕色的头发，下巴瘦削，一副文绉绉的学者样，给人感觉更像个会计而不是研究人员。这个书生气十足的男人轻快地走上前来，一副学者的谦恭态度，甚至有些息事求和的样子："感谢您这么快就接见我们，托伦多大人。我叫托勒密，来自天顶星，是位独立科学家，也是天顶星在兰兹拉德的代表。这位是我的好友兼助理研究员，埃尔钦博士。"

曼福德保持着冷静。"是什么风把二位吹到兰帕达斯这里了？很少有自称科学家的人来主动加入我们的组织，自愿加入到保护人类灵魂的运动中来。"他勉强笑了笑，"但我仍对你们抱有希望。"

托勒密眨了眨猫头鹰一样的眼睛，好半天才明白情形，答道："这是我们来此的原因之一。你可能听说过我所在的天顶星，那里鼓励并资助许多旨在为人类造福的科研项目，促进医学进步、农业发展，为贫穷落后的星球人民建造自动化房屋。作为天顶星的官方代表，我听到了您在兰兹拉德会议上的讲话，我觉得有必要亲自见您一面。"

"啊，我想起你了。你当时也发了言。"此人那时看着似乎很软

229

弱,也毫不起眼,就好像人类的命运只要通过一场简单的校园辩论就可以决定下来似的。

托勒密微微一笑道:"虽然我不同意您的观点,但我尊重您的信仰和对圣战的热忱。当一个人拥有坚定的信仰时,必须大声疾呼,让众人听到——这才是人类伟大的原因。这您同意吧?我们也算达成一点小小的共识了吧?"

"这只是一个起点。"曼福德想知道这两个人葫芦里到底卖的什么药。

"我相信我们可以开诚布公地交谈。您热情洋溢的讲话十分发人深省。"

"很好,"曼福德十指交握放在桌上,"人类拥有机器没有的思维,所以人的思维是神圣的。"

"人的思维是神圣的。"阿纳莉喃喃地附和道。

"我们双方的分歧太大,以至于无法互相倾听对方的声音。托伦多大人,不知您能否跟我理性而坦诚地讨论一下呢?如果我们能找到某种折中的办法,也许人类将会更高效、更强大、更快乐。我们不该相互对抗。"

托勒密笑得天真又充满期待。可曼福德脸上却没有一丝笑容。

"你以为把东西一分为二,我们就会妥协了吗?不,毫不妥协,这是我们的核心信念和原则。"

这位科学家紧张地干笑了两声,说:"哦,我不是这个意思!请听我把话说完。我们都知道科技有可能会被滥用,但其本质并不是邪恶的。比如我们早期的一些实验侧重于培育聚合物基的组织切片,可以将其移植到烧伤患者身上——这是埃尔钦博士的研究成果。如今已经得到了苏克医生们的广泛使用。但我们可以做的已经远不止这些。我和我的助手给您带来了一份礼物,是在我们天顶星实验室里创造出来的。"他指了指浮空器上悬浮的棺材箱,那东西就像漂在湖面上的划艇一样,"您会发现这东西非常有用。"

那位安静不语的特鲁拉同伴似乎并不像他的上司那么乐观。实际上,曼福德能感觉到那人心中极大的不安和恐惧,就好像走在钢索上穿过一条深深的鸿沟一样。而托勒密却像只小狗般,笑呵呵地鼓励他的朋友。箱子打开后,这个特鲁拉人把手伸进去,取出了一个肉色的物体——一条被截肢的腿!

阿纳莉惊得后退了一步,立刻抓起手里的剑。埃尔钦吓得连忙说:"别,这是假的!请仔细瞧。"托勒密疑惑地看了他同伴一眼,对他的反应感到很惊讶。

的确,曼福德仔细观察了一下之后才发现,那原来是一条做得非常逼真的假腿,外面包裹着一层类似皮肤的聚合物。

托勒密继续说着,声音透着难以掩饰的自豪。"在天顶星,我们有一个独立的实验室,致力于开发与生物神经末梢直接相连的仿真人工假肢。在过去,许多圣战老兵被迫截肢,以残缺不全的身体生活下去。早些时候,在'器官培殖场事件'之前——"他扭头瞄了一眼埃尔钦博士,然后又看了看曼福德,接着说,"特鲁拉实验室里在培植罐里培殖出了眼睛及其他内部器官,但这项研究也就到此为止,几乎被遗弃了将近一个世纪。现在我们两人又创造了这个新的仿生系统,只要连接和配置好之后,该系统就能与大脑脉冲相连。这种类似肌肉的物质是具有反应能力的聚合物纤维,里面有许多细电线起到神经导体的作用。"

托勒密从自己的搭档手中接过那只砰砰直动的假腿,像道具一样举着,并用指尖戳了戳类似肌肉的物质:"托伦多大人,这就是我们送给您的礼物——一个向您展示恰当利用科技的真正好处的橄榄枝。有了它,您就又可以走路了!埃尔钦博士和我送给您一双腿,是想让您看到科技可以帮助人类,并减轻无数人的痛苦。"

曼福德对这份礼物丝毫不感兴趣:"半机械生化人使用类似的原

理让他们的大脑操作机械的身体。但人类的身体并不是机器。"

托勒密看上去很困惑:"当然了,不过——这是一种生物机器。骨骼是一种结构框架,肌肉纤维就好比电缆和滑轮,血管是液体运输管道,神经末梢就是传感器,心脏是引擎,大脑就像是存储器核心——"

"你的这番话简直不堪入耳。"

这位科学家似乎对曼福德冰冷的反应感到很失望,但他还是以顽强的决心据理力争。"请听我把话说完。请您看看我的这位朋友兼搭档,好吗?"说完他看向他的那位特鲁拉同伴,可对方根本不想引起别人的注意。"在一次严重的事故中,埃尔钦失去了左臂,我们给他安上了这种假肢,如果我不说的话,您肯定没看出来吧。"

他的同伴举起手臂,弯曲手指,用他那只真正的手拉起另一只胳膊上灰色的袖子,露出左臂光滑的塑料皮肤。曼福德后背窜起一股寒意,厌恶得直打哆嗦。站在办公室门口的阿纳莉·艾达荷也对那假肢极为反感。

托勒密仍滔滔不绝地说着,仿佛在向总裁会提交一份取得了重大进展的报告一样,他从棺材箱里拿出第二只假腿,说道:"等我们把这两只假腿安在您身上后,您就可以再次成为一个完整的人了。"他并没有意识到自己已经越过了一条非常重要的界线。

曼福德强忍住心中的厌恶,抬起下巴,看着阿纳莉,说:"你知道该怎么做吧,剑术大师。"

话音刚落,阿纳莉就像松开的弹簧一样立刻拔剑出鞘,把两位科学家推到一边。随着一声惊叫,托勒密把手里的人工假肢扔到了曼福德的桌上,阿纳莉挥舞着剑,像砍树一样把假肢大卸八块。润滑剂和营养液四处喷溅,染在了文件上,但曼福德没有一丝退缩。托勒密和埃尔钦吓得大叫。阿纳莉连砍三下,直到第一条假腿被砍成碎片,无法修复。然后她又迅速砍断了第二条假腿。"人的思维是神圣的。"

她说。

埃尔钦吓哭了,把自己的左臂紧紧贴在胸前,害怕那位剑术大师把自己的假肢也砍下来。

托勒密也吓坏了,说话颤巍巍的,好像他受到了极大的背叛似的:"您为什么要这么做?那两只假腿可是送给您的礼物啊。"

曼福德对眼前的这个男人差点儿产生同情。因为他是真的不明白!

"机械科技有诱惑人的特质。这是个诱人堕落的陷阱。"曼福德说,"如果我有半点儿妥协,那我们还怎么守住界线呢?所以我不想为科技打开大门。"

"可您不也经常使用机器吗,先生!您的逻辑不合理啊,这也太武断了。"

真是难以置信——那人竟然还在试着说服他!在某种程度上,他倒是对托勒密如此执着于自己的信仰而表示钦佩,即使这信仰是错误的。"我的信念十分明确。"

埃尔钦博士吓得浑身发抖,但托勒密仍坚持自己的原则:"求您了,一定有解决办法的!如果您不允许我给你安装假肢,那我们可以为您建造一个简单的浮空台,让您可以坐在里面。"

"不行,浮空台仍是一种科技,是走向毁灭之路的第一步。我决不允许你这么做。你的诱惑对我不起作用。"

托勒密指着阿纳莉手里握着的剑,说:"可这把剑也是利用科技打造的啊。您指挥的太空飞船从一个星球飞到另一个星球,也是由科技驱动的。难道只有当它满足您需要时,才会接受它吗?"

曼福德耸了耸肩,不愿承认这一点:"我并不完美,为了伟大的利益,必要做出一些牺牲。帝国有成千上万个星球,他们需要听到我的话。我总不能朝着太空大喊大叫吧。这是一种必要的妥协。为了更大的利益,我必须使用一定形式的科技。"

"您这简直是自相矛盾。"托勒密说。

"信仰能看透矛盾,而科学却不能。"他低头看着被砍烂的假肢,说道,"在涉及我身体时,就触到了我的界线。人类神圣的肉体是按照神的形象被塑造的,我唯一能接受的代替行走方式是利用其他人的帮助。无数志愿者愿意抬着轿子带我去任何我想去的地方。另外还有阿纳莉,"他指了指那位剑术大师,说,"必要时,她会把我扛在肩上,背着我走。"

托勒密皱起眉头,仿佛曼福德在用一种听不懂的外星语言跟他说话。"您是说,您宁愿奴役别人,也不愿坐轮椅吗?您不知道把一个人当牲口一样用有多具侮辱性,多么有损人的尊严吗?"

阿纳莉气得脸色通红:"我认为这是一种荣誉。"

她举起剑,朝那两个科学家走去,但被曼福德阻止了:"没必要使用暴力,我们忠诚的伙伴。这些被误导的科学家是来这里阐述自己观点的,我愿意听听他们的想法。"

阿纳莉低声咕哝道:"我不是奴隶。我是心甘情愿侍奉您的。"

曼福德对那两位科学家说:"在这件事上我是不会让步的。我尊重你献身于自己的幻想,托勒密博士——可惜如果你能看到光明就好了。你的任务完成了,但纯属浪费时间,这次会面就到此为止吧。这些设备就留下吧,我们会妥善处理的。"

两位科学家悻悻离开,托勒密回头看了一眼,眼里充满了失望。看到被毁的假腿,他伤心欲绝。他看上去是那么困惑而失落。他实在无法理解那个人的信仰怎么跟他自己的理念南辕北辙。

曼福德为他感到难过,也为接下来将要发生的事感到难过。

当心你所寻求的知识，以及你为此必须要付出的代价

——姐妹会格言

当约瑟夫·文波特从德纳里回来时，等待他的是来自科尔哈总部的一个令人不快的消息，比他平时管理公司时遇到的问题要严重得多。

他的妻子乔巴来接他，同行的还有他的安全主管埃克比尔。乔巴一开始什么也没说，但约瑟夫能从她冷漠的表情中看到她无尽的担忧。她让埃克比尔把消息告诉约瑟夫："找到了一个间谍，先生。"

约瑟夫气得浑身僵住了，但他不敢表现出来。这个消息简直荒唐，但并非出人意料。文波特集团拥有太空船队、星际银行还有无数产业，其强大的影响力和其他公司难以企及的雄厚实力，足以招来别人的觊觎和恶意破坏。

"我们抓到他了，"乔巴说，"消息被严密封锁。我有办法对付那个间谍，但我想我应该跟你商量一下。"

"在哪儿找到他的？"约瑟夫问。

埃克比尔迎着总裁的目光，壮起胆子说："在领航员训练场，先生。那人假扮成我们的技术人员。他有正式的制服、身份识别卡和通行密码。"

"查清楚他是怎么弄到这些的。"

埃克比尔缓缓点了点头,说:"我们正在调查,先生。"

约瑟夫浓眉皱起:"所有文氏集团的维修技师都必须仔细审查,并接受专门的心理训练。他们是个组织严密的团队,那个间谍是怎么渗透进去的?"

乔巴点点头:"正因为组织严密,所以才能逮到他。虽然他有无懈可击的证件,但我们的人察觉出了异样。不到一小时他就被举报了。"

约瑟夫一想到广阔绿草坪上的一个个密封气罐,脸色就缓和多了。每个气罐里都有一个人浸没在致人变异的美琅脂气体里。"看来他已经发现了我们在那儿做什么,对吧?"

"是的,先生。"埃克比尔无法否认。

约瑟夫早预料到秘密迟早会泄露出去。诺玛·森瓦是第一个因长期暴露在香料气体中而产生生物突变,使自身得到强化的人。但他这位曾祖母的思维一开始就很特别。经过大量的实验之后,才仅有另一名候选人经过突变幸存下来。成功的概率仍很小。

"我们刚开始对他进行审讯,但他还没向我们透露太多信息,"乔巴说,"我亲自负责监控,我们正让'手术刀'来审他。"

"很好。""手术刀"是苏克组织的一个部门,是经过特殊训练的施刑者。他们能够有效地对受刑者施加长时间痛苦的刑罚,却不造成身体上可见的伤害。约瑟夫抬头看着自己的妻子,欣赏着她那白皙的皮肤,如瓷器一般的精致美貌。乔巴有女巫的血统,因此她的容貌上有明显的女巫特征。但可惜的是她并没有继承女巫的心灵感应能力。"我真希望你能进入他的大脑,挖出他所知的一切信息。"

乔巴轻轻抚摸着他的手臂,轻触之下带着丝丝的电流:"是啊,我也想。不过我们必须想想别的办法。"也许等他们的两个女儿长大了,完成姐妹会的训练之后,会拥有更强大的灵力。

"我们认为他是被别的商业运输公司派来的,急于了解我们的领

沙丘学派：姐妹会

航员……"埃克比尔的声音颤抖着，突然意识到他说的都是明摆的事情。

"阿尔扬·盖茨已经把他的黑手伸向了厄拉科斯的香料开采业务。我阻止了他，但我相信他还没吸取足够教训。"约瑟夫看着伊珊蒂发来的图像，这些图像显示，伊珊蒂他们追查到了迦太格附近的一个偷采香料据点，并将其摧毁，还把这伙人的头目推进了科里奥利风暴里。

别的太空船队都没有开发出类似领航员这样的人，约瑟夫的竞争对手们始终猜不透文氏集团的飞船为何从未出过事故，而他们自己的飞船在盲飞过程中却事故频发。经过仔细的分析，乔巴推测其他的某些公司可能使用了计算机导航设备，而这是被严令禁止的。文波特已经派出了自己的间谍调查此事。

就个人而言，约瑟夫对使用机械导航设备并无任何顾虑和不安，他认为这些设备有用且可靠——如果没有诺玛的领航员，他自己也会用这些设备，他才不在乎那些规定和限制呢，他觉得这种管制简直太愚蠢了。尽管如此，假如他能证明他的竞争对手违反法律，使用了计算机，他会毫不犹豫地举报他们。这样一来，竞争对手船队的所有船只都会被没收甚至被尽数摧毁。毕竟生意就是生意。

"我去会会这个间谍。"约瑟夫说。

"我们把他关在了审讯室里，听候你的命令。"

约瑟夫摸了摸脸上浓密的胡子，看了他妻子一眼，"你应该知道我的命令是什么吧。"

乔巴领着他走出房间，紧挨着他说道："别鲁莽行事。"

安保人员带着他们来到总部大楼的地下，在那里他们见到了一个十分憔悴的男人。那人一直低着头，就像参加葬礼一样，垂头丧气的。万托里博士在苏克学校完成了专业训练，但他的学位并没有公开记录。在医疗中心进行研究的过程中，某些医学专家发现自己对缓疼痛的治疗不感兴趣，反而对制造疼痛独有偏好。万托里便是其中之一，他是最神秘的"手术刀"，也是约瑟夫能找到的最厉害的审讯者和施刑者。

"这边请，先生，"万托里声音严肃地说，"我们有所进展，他很快就会开口了。"

他们在一个不透明的强化可视窗前停了下来。"他在里面吗？"约瑟夫问，"为什么里面漆黑一片？"

"现在还没什么可看的。"万托里在屏幕上操作，滑动屏幕上的光谱。图像变得很模糊，然后传感器调整聚焦范围，自动将显示切换到可见光。

只见一名男子被悬吊在房间中央，双臂和双手被拉开，头耷拉着垂向地面，看上去就像古老故事里地狱边界迷失的灵魂。"你对他做了什么？"

"他没受伤，先生。只不过房间里既没有光，也没有声音。浮空器抵消了重力，房间里的温度也跟他的体温一致。在他的意识里，他已经完全迷失了。"万托里抬起头来，眨着他那双大眼睛，似乎不愿意透露自己的技巧。"通常来说，这种情况下的人，稍加审问就能开口交代了，可这个人至今嘴还硬着呢。"

"我也没奢望他现在就能开口。能潜入领航员训练场的人绝不是普通的间谍。要么他意志坚定，要么就是给他的钱足够多。"约瑟夫想了想，说，"我希望是后者，因为替人办事，拿钱就能收买，但有政治或宗教信仰的人更难对付。"

埃克比尔说："他没怎么受伤，只是有些擦伤，一根手指骨折，那是他在拒捕时弄伤的。"

"那几处小伤我已经给治好了。"万托里说。

"你大可不必费心给他治疗。"约瑟夫说。

这位审讯者轻轻摇了摇头，说："骨折或者擦伤的疼痛会降低感官剥夺的效果。它让受刑者有了一些可以抓住的东西，一个关注的焦点。而现在，他什么感觉也没有，连疼痛感都没有了。对他来说，时间就好像过了一千年一样。而我的施刑才刚刚开始。"

约瑟夫说："让我跟他谈谈。"

万托里看起来有些不安："这会减弱他的迷失感的，先生。"

"我要跟他说话！"约瑟夫快要发火了。有人竟然潜入了他的禁地，就好像强奸犯闯入了修女院一样，让他忍无可忍。文波特家族经过几代人的耕耘才最终建立起自己的商业帝国，出资搞研究，建造飞船，获得财富和权力。所以他认为任何人如果想偷取或夺走他的成就，都是对他极大的侮辱。

乔巴朝审讯者点了点头，说："照我丈夫说的做吧。也许会产生有趣的结果。"

万托里激活了一组控制键，然后指向一个输入扬声器。当约瑟夫说话时，他的话传入没有光的封闭房间里，满屋回荡着轰隆隆的声音。"我是约瑟夫·文波特，"经过了好几天的寂静无声，没有任何感官的日子，在这个被捕的间谍看来，文波特就像某个神明从天而降，对他说话一样，"我能看出来你是个专业人士，我不想问你细节性的问题来侮辱你。万托里医生会帮我问的。不过至少请你告诉我你的名字和来这里的原因，可以吗？"

间谍在半空扭动了一下身体，但似乎并没有感到不舒服，也没有迷失。他没有寻找声音的来源，直接说："我正等着有人来问呢。我叫罗伊斯·费耶德，至于我来这里的原因应该不用说了吧，不是明摆着的吗？"

"谁派你来的？"

那间谍是笑了吗？"你不是说不问我细节问题吗？"

"满足我的好奇心不行吗？"约瑟夫气得鼻孔都张大了。

"很抱歉，文波特总裁，看来你还得再加把劲儿啊。"

约瑟夫知道不该再被他牵着鼻子走了，于是立刻关掉了扬声器，然后转向万托里，说道："尽你一切所能挖出他知道的一切信息。"

两周后，当这个名叫罗伊斯·费耶德的陌生人再次被带到约瑟夫·文波特的办公室时，这个间谍看上去憔悴不堪，变化巨大。他的双手和手指滑稽地张开着，被砸断过的关节草草地给接上了。他的头发也被剃光了，头皮上有些伤疤。万托里博士还真是做得很彻底呢。

费耶德面色阴沉地站在那里，听文氏集团的安全主管读着他的报告："他的雇主是天体运输公司。阿尔扬·盖茨亲自雇佣了他。由于最近发生了一连串事故，而保险公司又突然说无法为他们提供服务，所以他们走投无路之下决定铤而走险。总裁这一招果然高明。"

约瑟夫笑了笑，看了自己妻子一眼。这是他和乔巴一起制订的另一个计划。虽然花了数年时间，但他控股的公司已经买下了大部分涵盖太空运输商业保险业务的保险公司，拥有了绝对的控股权。因此文氏集团掌握了精确的数据，对天体公司在无数次的空间折叠事故中遭受了多少损失了如指掌。由于众多保险公司已属文波特所有，他有权直接拒绝为天体公司承保。他本可以收取高得离谱的保险费，但这笔钱对他来说并不重要，重要的是他要把他的主要竞争对手赶出这个行业。

"阿尔扬·盖茨想知道你们是如何在折叠空间里导航的，"费耶德说，"他的好奇心害我付出了代价。我不是抱怨，谁让我接了这个活儿呢。"

"我们本可以把你的尸体送还给他，让他接受教训的。不过我看还是让他继续好奇下去吧，你的尸体也不用还给他了。"

这个备受折磨的男人眼里仍闪着光："你难道不想知道他为什么急切地需要导航员吗？"

"他的事故损失率已经给出了答案。"乔巴说。

"哦,不过他现在肯定更绝望了。"罗伊斯·费耶德拼尽全力挺直身子,但他的身体已经不听使唤了。

"你是想跟我们做交易吗?"约瑟夫问,"要是让我知道你还有信息没告诉我们,我会让万托里博士继续审问下去。"

费耶德没有发抖:"没那必要。我很愿意告诉你,因为一旦你知道了会更懊恼,我等不及想看你一脸懊恼的样子呢。"他那瘀青的嘴唇不知怎的露出了一抹笑意。

"是什么信息?"约瑟夫不耐烦地说。

"天体公司的侦察飞船最近发现了数百艘完好无损的机器人战船。一旦把这些飞船进行翻新,并安装上霍尔茨曼引擎,天体公司船队飞船的数量将会是现在的四倍,甚至可能比你们的船队规模还要大。侦察船队还发现了机器人飞船的加油和造船基地——一个大型的基地。阿尔扬·盖茨现在什么都有了……只缺领航员。"

约瑟夫惊得倒吸一口气,眼里充满了如饥似渴的兴奋:"那些飞船在哪儿?怎样才能找到它们?"他自己的侦察飞船也一直在机器人曾经占领过的已知星球上搜寻完整的基地,希望能找到一个大型的造船厂。但没想到天体公司的那帮拾荒者竟比他率先找到了。

费耶德气喘吁吁地干笑一声,说:"这就是好笑之处,文波特总裁。我只是受雇来了解你们领航员的信息,但并不知道那个基地在哪儿。别说那个地方的坐标了,我连它在哪个星系都不知道。这是我的最后要说的话。你的医生的确十分擅长审讯,不过我知道的全都说了,没有半点儿隐瞒。"

安全主管埃克比尔听到这个突如其来的消息大吃一惊:"很抱歉,先生,这个消息我之前没从他嘴里审出来。不过他说他全都交代了,这我相信。"

乔巴冷静地坐在椅子上,点头表示赞同。

不幸的是，约瑟夫也相信。他脑子已经在飞速地转起来，想象着如果文氏集团太空船队得到了这一整支完好无损且功能齐备的机器人舰队会怎样。一想到阿尔扬·盖茨正督促他手下的工程师，准备独占那些舰船，约瑟夫就恨得牙痒痒。

"你现在可以杀了我，"费耶德叹了口气说，"我无话可说。"

"哦，可我不想杀你，"约瑟夫从办公桌旁站起身来，"我要带你去见我的曾祖母。"

在一片摆满气罐的领航员训练场里，约瑟夫和乔巴带着这个浑身疼痛、虚弱不堪的间谍来到了诺玛·森瓦的气罐旁，那个气罐高高在上，诺玛·森瓦在这里俯视着其他领航员候选人。过去约瑟夫来此见诺玛时，总得想方设法地吸引她的注意，然而今天，诺玛立刻就对他们的到来产生了兴趣。

当约瑟夫告诉她间谍是如何被抓获之后，她那带着颤音的奇怪声音从扬声器里传了出来："很多人想知道创造领航员的秘密。"

"这是我们的秘密，"约瑟夫说，"是文波特家族的秘密。幸好他还没来得及传递情报，就被我们给抓住了。"

气罐里的诺玛沉默许久。费耶德站在那里，透过透明的强化玻璃窗望着里面旋涡般缭绕的橙红色气体，看到了气罐里那个女人扭曲的身影。

"你为什么这么目不转睛地盯着她瞧，费耶德？"乔巴问他，"你偷偷潜进来的时候不是已经看过里面了吗？"

"没这么近距离地仔细瞧过。"

"你们为什么把他带来？"诺玛问。

"他的思维很有趣。我们的审讯者认为他的意志力很强。乔巴觉得他很有潜力，我也这么想的。"

沙丘学派：姐妹会

不知道诺玛是否被激起了兴趣。她说："我们需要有潜力的人。需要更多的领航员。"

约瑟夫本可以直接处决此人，了结这件事——这种事不用说埃克比尔也会处理好的。但约瑟夫对此人有特殊的恨意，因为他试图偷走他的家族赖以生存和赚钱的根本，把文波特家族具有开创性且至关重要的领航员培养技术学走，让别家去模仿，从而削弱文波特集团的价值和影响力。

约瑟夫转头看向那个受伤的间谍，说："你来这儿是为了弄清楚领航员是怎么创造出来的，对吧，费耶德？那么我就告诉你好了。我们会把一切都展示给你，让你有比想象中更深刻的理解。"

诺玛把她那张不再像人的柔软面庞贴在强化玻璃上，用她那双硕大的眼睛向外张望。她看到约瑟夫命令守卫把罗伊斯·费耶德放进一个空的气罐里。

然后他们把气罐密封，开始往里面加注香料气体。

我是个思想者。深入而细致地思考，这就是我每天醒着的时候每时每刻都在做的事情。我愿意相信这是值得的。然而，我却不由得总是回想起在我年轻时，我的主人伊拉斯谟对我说过的话："我们所做的一切，从宇宙的角度来看，都是没什么意义的，不是吗？无论我们对特定的话题有多么广泛而深入的思考，实际上都是微不足道的。"

——吉尔伯图斯·奥尔班斯，《思维之镜中的映像》

门泰特学校的行政办公区是由一个个房间和隔间构成的迷宫。这里经常播放舒缓的背景音乐，由于太过轻柔，所以吉尔伯图斯经常注意不到。然而今天下午，背景音乐却吸引了他的注意，因为他听到了《蓝色狂想曲》那铿锵有力的旋律，这是伊拉斯谟最喜欢的古地球音乐作品之一。伊拉斯谟这个独立机器人设法把自己的存储器核心连接到了学校的音频系统上，所以毫无疑问它选择播放自己喜欢的音乐，巧妙地显示自己隐秘的存在。在学校里无论是教授还是学生谁都猜不到，这些美妙的旋律在吉尔伯图斯心里，以及在伊拉斯谟通过模拟程序而产生的机器思维里，引发出什么样的思绪和情感。

吉尔伯图斯刚开完一个教工会议，一路走到行政楼的侧翼，走进了一间只有终身教授有资格使用而学生不可进入的办公室，但德莱格·罗杰特也在这个办公室里，因为他并不是普通的助教——在临近毕业之时，吉尔伯图斯以及其他导师对他倾囊相授，德莱格尽得他们

沙丘学派：姐妹会

真传，很快这个年轻人就将作为史上最出色的学生毕业离校，成为名副其实的门泰特。

吉尔伯图斯一再邀请他留校担任教授："一些杰出毕业生选择留下来任教。而你是这所学校有史以来最顶尖的学生，肯定会教得比大多数的导师都好。"

德莱格却始终没有明确表态："我也可以去帝国别的地方当一名门泰特。这也是学校一直以来训练我们的目的。"吉尔伯图斯对此无从反驳，但仍坚持想留下他，并承诺给他更大的办公室和额外的津贴福利，希望他能考虑一下。

他又一次想告诉德莱格伊拉斯谟的事情，希望最终能有个帮手协助自己共同保护和研究机器人的存储器核心。伊拉斯谟肯定很乐意与另一个监护人合作——一个更容易被说服，愿意为他建造一个新机器身躯的人。但吉尔伯图斯最后还是决定不冒这个险，因为万一……

当门泰特校长走进来时，德莱格并没有抬头。这个年轻人正眉头紧皱，整理堆了满满一桌子的文件。椅子旁边的地上摞着高高的文件堆，他就坐在文件堆上埋头写着什么。原来他在追踪一个多世纪的圣战中，所有奥米诺斯战舰的出现和运动轨迹，以及无数分散的数据点。

德莱格一抬头看见了吉尔伯图斯，就好像做了错事被发现了似的，连忙说："这只是我在毕业前做的一点儿脑力练习。通过核对所有已知战船出现点和攻击点的数据，进行追踪和门泰特投射，观察二阶效应的连锁反应，也许从中我能发现其他被遗弃的机器人战舰或前哨的隐藏足迹。如果有足够多的终点，也许我能推断出起点。"

"有意思——而且很有进取心。你需要帮助吗？"吉尔伯图斯明白这个问题多么高深和困难。这不仅仅是个逆行投影的问题，因为他们无法知道这些战舰是从哪些机库或造船厂派出来的，也不知道这些战舰在圣战中有多少被摧毁，有多少被关停了。然而，只要有足够的数据点和足够集中的超强思维能力，也许他们能梳理出一些信息。如果有人能做到这一点的话，那个人非德莱格莫属。"收集好所有信息后，我们应该逐条拆分，并进行比对和总结。"

年轻人笑了笑说："是个好主意。我非常感谢您的帮助。这将是我们师生之间最后一次通力合作了吧？"

最后一句话令吉尔伯图斯灰心沮丧。他在邻桌坐下，开始一页页浏览文件，快速阅读，记住所有数据。但他把所有的数据点都记在脑子里后，脑海里的模型开始浮现出来，几个小时后，当两人将所有的发现比对一番之后，德莱格得出了结论，而且与吉尔伯图斯想出的结果不谋而合。

"我推测出了一些能建造并出动大量机器舰船的地方，"德莱格说，"极有可能都是大型造船厂。"

"我也推测到了，"吉尔伯图斯说，"其中最主要的路径聚合点都集中在一个被标记为托纳里斯的星系。是的，已知证据表明，它可能是一个重要的机械工业基地。"虽然他本人并不记得自己之前是否提到过这样的造船厂，但他随时可以向伊拉斯谟证实。

德莱格用指尖轻轻敲着那些他记在脑子里之后就整齐堆放好的记录，说："这似乎是很有用的信息。谢谢您的帮助。"

二人沉默了片刻，各自思索着这句话背后的含义。吉尔伯图斯知道，如果他把这些数据交给芭特勒圣战组织——这也是他本该做的——曼福德·托伦多一定会派人突袭那里，如果真有前哨，所有的东西都会被洗劫，并尽数销毁。或是有些公司企业如果知道了这个消息，为了商业利益肯定会采取行动抢救和开发这一宝藏。但这两者吉尔伯图斯都不想选择。

"也许我最好还是先问问皇帝的意思吧，"吉尔伯图斯建议说，"这个问题我需要再考虑考虑，但或许我应该在下次去萨鲁撒·塞康达斯时，亲口告诉皇帝。"

德莱格耸耸肩,既然难题解决了,就没他什么事了,至于后续的事情他并不感兴趣:"我们有的是时间。那个机器人前哨从科林战役之前就一直在那儿,多年来无人问津——假如我们推断准确。"

"和你一起工作很愉快,德莱格·罗杰特,"他说,"我会怀念我们之间友好的比赛和合作的。"

德莱格低头鞠了一躬,说:"很高兴能成为您的学生,跟您学到了很多知识,但我十分期待从这所学校学成毕业。即使到了外面的世界,我也会尽我所能继续努力学习。"

随后,吉尔伯图斯走进了他的私人办公室,从隐藏的小柜子里取出存储器核心,与机器人大脑讨论新获取的信息。

"哦,是的,我记得托纳里斯造船厂,"伊拉斯谟用它那如学者般博学而睿智的声音说,"那是我们最大的工业基地之一。"

"那现在我发现了这个信息,该怎么办呢?"吉尔伯图斯心烦意乱地问,"该告诉别人吗?告诉谁呢?告诉曼福德·托伦多,令他增加对学校的好感?还是告诉皇帝?"

"没必要急着把消息公之于众。如此重要的信息不要轻易泄露,即使是对皇帝。这个信息价值连城,你得把它留作谈判筹码。只有在最需要的时候,在对我们最为有利的时候才能把这消息透露出去。你永远不会知道这种'发现'什么时候会派上用场。"

"听起来是个好主意。"

"我给你出过坏主意吗?"

吉尔伯图斯咧嘴一笑,答道:"无可奉告。"

我们就像鲑鱼一样,逆流而上。每个人都急切地想知道我们从哪儿来,以及我们的祖先是谁,祖先们过着什么样的生活,就好像先人的经历能为我们的未来指引方向似的。

——阿布鲁尔德·哈克南,在兰基维尔生活时的私人日记

瓦莉娅受命对安娜·科瑞诺和约瑟夫·文波特的两个年幼的女儿进行一个小时的单独强化训练。虽然这三个学员的年龄差距很大,但她们的技能水平倒是大致相当。唯一的不同就是这两个年幼的女孩——九岁的萨宾和十岁的坎迪斯——都比皇帝这位轻浮的妹妹更专注、也更有天赋。

圣母要求瓦莉娅从研究计算机育种记录的工作中抽出些时间时,她一开始很有抵触情绪,因为在她看来,使用计算机进行血统预测,无论对姐妹会还是对她自己来说都至关重要,这关系到姐妹会的目标以及她自己的进一步提升。不过瓦莉娅显然看得到与安娜·科瑞诺和文波特的两个女儿建立亲密关系的好处。

"我会尽力的,圣母。"她说。

拉奎拉并没有交代瓦莉娅具体教授什么课程,而是让她自行决定。她不知道圣母是不是在试探她……

"我们把这叫做迷宫墙,"瓦莉娅一边说,一边领着她的三个学生走进了一个昏暗的小房间。房间里有一整面墙(在一层薄薄的强化

沙丘学派：姐妹会

玻璃后面）都涂着细筛过的泥土，上面爬满了虫子。在这堵夹在两面墙中间的泥墙上，爬满了长着坚硬爪子的土蟥虫，身上覆盖着厚厚的壳，它们挖出了迷宫一般曲折的隧道。这窝土蟥里有一个虫后，所有雄虫的行动都由虫后来指挥。雄虫在它指挥下在中央挖出了一个洞。瓦莉娅心中暗想，这个虫后就等同于这窝土蟥虫的"圣母"。

"我们以前来过这儿。"九岁的萨宾说，声音听起来很高傲。

瓦莉娅对她皱起眉头，说："你还没看见我想让你们看的东西呢。"

坎迪斯被那些不断挖洞的细长虫子吸引住了，入迷地看着它们重复挖掘新的洞穴。而安娜看上去却很生气。

"我想让你们研究这些昆虫，分析它们的行为和活动，并解读它们运动路径的规律和顺序。这个土蟥虫窝就像宇宙的一个缩影，充满了纵横交错的路径，有些路径上有无数分支，有些路径则最后无路可通。这就像人生一样：只有小心探索、谨慎行事，人生的路才能走通。"

安娜不耐烦地说："我的两个哥哥把我送到罗萨克来可不是让我整天盯着虫子窝看的。"

"什么一整天，只不过一个小时而已嘛。"萨宾·文波特说。

"你的哥哥们也得做类似的事情，"瓦莉娅说，"皇帝萨尔瓦多难道不需要考虑帝国各星球之间的联系吗？他不也得思考各个贵族家族、血统、家族联姻还有家族世仇这些事情吗？"

"我们的父母掌管着文波特集团，"坎迪斯说，"他们的重要性几乎跟皇帝一样。"

安娜对那孩子的话嗤之以鼻，讥笑地说："根本没有可比性。"

瓦莉娅打断了几个女孩愈演愈烈的争执："既然你们现在都是姐妹会的学员，那么姐妹会才是你们的家。在这里科瑞诺和文波特毫无意义。"她说得理直气壮，但实则她内心却根本不是这么想的。瓦莉娅这么说只是不想让她们问起哈克南家族……

如果瓦莉娅能跟她们建立亲密的关系，并操纵她们，那么她就能通过科瑞诺家族和文波特家族的权力和影响力来拯救她的家族，让哈克南家族走出困境，重获地位荣誉。

瓦莉娅站在安娜·科瑞诺身边，引导她们三个人专注地看着正忙着挖洞的土蟒："仔细看，直到你们看出它们运动的模式，你们就会对它们的目的有一个大概的了解。虫后肯定有整体的蓝图，我们可以通过观察发现它的计划。"

"我喜欢观察它们。"坎迪斯说。

瓦莉娅低声耳语，仿佛在对安娜说悄悄话："有些女巫以此作为锻炼灵力的练习。经过多年对意念控制的练习，少数人学会了改变隧道样式的方法，她们可以重写蓝图。"

"我能试试吗？"安娜说。

瓦莉娅没有笑，也没有打击她："我不知道。你可以吗？这需要极强的专注力。"

安娜抬头望着瓦莉娅，瓦莉娅在她目光深处看到了一个受惊的小女孩。"在皇宫后花园有一片特殊的烟木林，多年来，我把那里变成了我自己的藏身之处。我可以让树枝按照我的意愿生长，我想让它往哪个方向生长，它就往哪个方向延伸。许多人可以操纵烟木林，但做不到像我那样随心所欲，控制自如，我真的特别擅长这个。多洛蒂娅姐妹听说这件事以后，特别感兴趣，但我拒绝演示给她看。因为她并不相信我有这种意念力。我是不会为了证明自己而演示给她看的——我为什么要证明呢？"她不屑地哼了一声。

"嗯，我相信你。"瓦莉娅说，不为别的，因为这么说能让安娜高兴。

"我们能试试吗？"萨宾问，"虽然我们还小，但我们已经在姐妹会学习两年了。"

沙丘学派：姐妹会

瓦莉娅沉默了片刻，思考如果是圣母会如何回答。然后对她们说："有句老话说，有志者事竟成。人只要足够努力，就一定能做成自己想做的事。但其实这只是一句空洞的套话。人不可能什么事都能做成，但只要你全身心投入，你就会发现自己身上有别人没有的优势，会让那些小看你的人大吃一惊。"她压低声音说："这就是让自己变强大的方法。"

在剩下的时间里，三个女孩一直默默地盯着墙上的虫子仔细观察。瓦莉娅一直陪着她们，但思绪早已飘远，她在思考自己未来与这几个人的关系以及将来的各种可能性。

瓦莉娅·哈克南再次独自一人在保存育种记录的高大隐秘的洞穴里做自己的工作。她坐在一台轮播屏计算机的中间，用手触摸面前的一个屏幕，查看她想要调取的记录。她通过查阅各种历史资料和家族档案，调查圣战中一系列重要事件的来龙去脉和细枝末节。

年老的萨布拉·哈珀林姐妹曾教过瓦莉娅如何使用这些系统。瓦莉娅发现这些系统非常直观，简便易懂，她很喜欢研究电子版的基因信息，同时也喜欢研究她家族的历史和个人记录。

每当瓦莉娅从隐藏的全息图像门溜进这些摆满计算机的房间时，她都对拉奎拉充满感激，感谢圣母给她那么大的特权。她一直以来都尽自己最大努力证明自己配得上这份信任和荣誉。

虽然她和圣母年纪悬殊，但她们却惺惺相惜，有种无法用语言描述的共情。从这位老妇人关切的眼神、微笑时眼角皱纹里漾起的笑意、说话时温柔噘起的嘴唇，瓦莉娅能看出她跟圣母心意相通。她对瓦莉娅抱有希望，就像天下所有的父母都望子成龙，希望自己的孩子能取得成功一样。

正如圣母一直以来所坚持的那样，如今姐妹会里年轻女子众多，形成了一个大家庭。但瓦莉娅最大的秘密是她无法忘记她的血统。她尽可能小心地隐藏着自己心里那份"离心的忠诚"。

在看到沃立安·厄崔迪突然回来时，她心中的怒火瞬间燃起，恨不得亲手拔掉令她家族受辱的这颗眼中钉。但她忍住了，并把这个崇高的责任交给了她的哥哥，她知道格里芬一定不会让她失望的。也不知道他现在在哪儿呢⋯⋯

附近还有一些身穿长袍的姐妹，她们有的也坐在轮播屏计算机的屏幕前工作，有的则在各个隐秘房间里忙碌着，进进出出。但瓦莉娅只埋头自己的研究，对周围的一切都不在意。她全神贯注地挖掘信息，发掘历史档案，这些资料显示出沃立安·厄崔迪和哈克南家族之间错综复杂的关系。

这些历史记录里深埋着阿布鲁尔德·哈克南和沃立安·厄崔迪两人的通信，时间是在科林战役发生之前的几年里。由于这些信件被贴上了错误的标识（也许是故意的），所以一直没人发现。瓦莉娅把这些信件的信息拼凑在一起时，惊讶地睁大了眼睛：原来沃立安·厄崔迪一直想要恢复泽维尔·哈克南的名誉，为他正名，他坚持认为泽维尔是个英雄，而不是人类的叛徒，但联盟根本不想听这些。

她还找到了两封阿布鲁尔德写给沃立安的信，那时两人还是好友。第一封信是在圣战激战正酣时写的，信中写道："有人说我血管里流淌着的哈克南家族的血液，让我蒙羞，但不要相信这些谎言，也不要上当，因为他们想要抹黑我祖父的名誉。你和我都知道他为什么那么做。对我来说，泽维尔·哈克南做的一切都是荣耀的，没有半点怯懦。"

在另一封信里，沃立安向阿布鲁尔德保证，等击败奥米诺斯之

沙丘学派：姐妹会

后，他会不遗余力地帮助哈克南家族恢复名誉。然而，雷斯吉尔之桥①上的决战之后，沃立安违背了他的誓言，背弃了哈克南家族，还害得阿布鲁尔德惨遭流放。

档案里记载的阿布鲁尔德的最后一封信写于科林战役后那段耻辱而黑暗的日子。这封信更能说明问题，并且言语间充满指责："沃尔，这是我写给你的第二封信，也是我的第二次急切请求。我知道你想毁掉我、毁掉我的名声。难道这样做就能让你不用兑现当初的承诺，为历史正名了吗？求你至少让泽维尔·哈克南恢复名誉，别忘了是他勇敢地驾驶自己的飞船飞进太阳，摧毁了邪恶的伊布利斯·金乔。还是你因对我的失望而迁怒于泽维尔以及整个哈克南家族，将他们全都抛弃？你们厄崔迪家族的荣誉何在啊？"

瓦莉娅将目光移开，发现自己竟然哭了。她连忙擦去眼泪。她相信格里芬一定会付诸行动的。沃立安那个可恶的家伙真是该死！

她用手势激活轮播屏计算机，扫描文件，追溯她家族的家谱，认出了家族里的许多历史人物——从阿布鲁尔德上溯到泽维尔、再到乌尔夫，她的祖上历代都是杰出人物。这么多英雄豪杰……然而在泽维尔牺牲自己英勇地杀死了大主教金乔之后，公众舆论却倒戈相向，把矛头对准他，对他大肆抨击，以至于他的子孙后代也遭了殃，名誉受辱。泽维尔的孙子阿布鲁尔德想要夺回自己的名誉，但最后却蒙受不白之冤，惨遭流放，家族名誉也毁之殆尽。

另一个轮播屏幕显示出七张图像，是阿布鲁尔德不同年龄时期的照片。瓦莉娅看着他的脸，从年轻时的朝气蓬勃，到被流放后年老时的颓败悲伤，这样的转变令她感到无限的悲凉。

突然一阵微风拂过她的脸，一股暖风吹进了洞穴里，吓了她一

---

①雷斯吉尔原本是泰坦和思维机器用来形容人类（尤其是自由人类）的词。雷斯吉尔之桥是在科林战役期间人类占领的太空轨道。

跳，仿佛有人朝她用力吹了口气后又突然消失不见似的。她听到不远处有一阵低语，渐渐消失在阴影中。她环顾四周，目光警惕，但没发现丝毫异样。其他姐妹都是信得过的人，都在巨大的洞穴房间里面对着一台台计算机专注地工作，都离她很远。她背后窜起一股寒意，直起鸡皮疙瘩，但随后这种感觉又消失了。

她紧张不安地等待着，但刚才那种感觉再也没有出现，耳边只有计算机风扇和冷却系统的嗡嗡声，思维机器正以亚音速思考着。一切看起来似乎都很正常……

瓦莉娅心里惶惶不安，她试着让自己冷静下来，于是回忆起自己是如何加入罗萨克姐妹会的。当时一名身穿黑袍的女子乘坐货船来到了兰基维尔。那是阿丽特姐妹，刚从姐妹会毕业，在帝国四处游走，经常在偏远的地方驻足，宣传罗萨克学校。这位传教的姐妹从瓦莉娅的目光里看到了深切渴望和无限潜力，瓦莉娅知道自己在兰基维尔没有任何盼头和机会，而这位阿丽特姐妹则给了她希望。"姐妹会致力于提高人性，而且只招收女性，"阿丽特对她说，"在罗萨克，你可以学会如何成为真正的自己，甚至超越自己。"

瓦莉娅被她的一番话说动了。罗萨克学校确实是她改变命运的好机会。尽管格里芬对妹妹的离开感到难过，他们的母亲也劝她打消这个念头，但她还是立刻就下定了决心。她跟随阿丽特姐妹一同离去，心中没有一丝后悔……

瓦莉娅完成了当天的任务，又回到了主洞穴，此时学员的冥想课程刚好结束。她刚走进教室，就看见安娜·科瑞诺急匆匆朝她走来，后面跟着一脸不耐烦的多洛蒂娅姐妹。毫无疑问，安娜总是在课堂上惹麻烦。

"我不要上冥想课了，"安娜说，"我想跟你一起研究育种计划。"

瓦莉娅放慢脚步，走进主教学楼："育种计划？"

"人人都知道姐妹会有育种计划。"

沙丘学派：姐妹会

"每个姐妹除了不断学习之外，都有自己的职责，"多洛蒂娅语气尖锐地对安娜说，"瓦莉娅姐妹也有她自己的任务，而我的工作是在丛林里协助卡丽·马奎斯。"

瓦莉娅听闻多洛蒂娅将来会成为姐妹会的领袖。可如果真是这样的话，她不明白圣母为什么没把育种记录计算机的秘密告诉多洛蒂娅。难道是多洛蒂娅在兰帕达斯的芭特勒圣战组织里学习了多年的缘故？

安娜兴奋地拉着瓦莉娅的胳膊，亲昵地表示友好："我想看看育种记录。那些记录肯定十分重要吧。"

瓦莉娅脑子飞快地转着。安娜·科瑞诺还不习惯被人拒绝。"等你正式成为了姐妹，并通过了所有考试，也许我可以通融一下，让你粗略地看一眼，但家族谱系的细节禁止对外公开。"

安娜开心地笑了，说："对于科瑞诺家族，我可是再清楚不过了。"

安娜是否知道哈克南是芭特勒/科瑞诺家族的分支呢？瓦莉娅心想，要是她知道了我们是亲戚，她会感到惊讶吗？她没有直接回答安娜，而是引用了圣母的话："也许吧，但请记住，我们是姐妹，现在姐妹会才是我们的家。"

并非所有事故都如表面上看到的那样。受害者甚至不知道灾祸为什么降临在自己头上。

——阿伽门农将军，真实的回忆

海拉和安德罗斯终于自由了，他们驾驶着偷来的飞船飞向人类帝国的心脏——萨鲁撒·塞康达斯。在途中，他们利用飞行的这段时间吸收这艘芭特勒飞船上的信息，特别查看了历史是如何评述他们的父亲阿伽门农将军和那几位半机械生化泰坦的。但看了之后，他们对历史记录表示极大不满和质疑。

这对双胞胎还了解到，他们那个大逆不道的兄长沃立安是如何倾尽全力反对同步帝国的，又是如何被那些狂暴野蛮的所谓自由人类当作英雄来崇拜的，而思维机器则轻蔑地称他们这些人为雷斯吉尔。

"显然他们对叛徒很是崇拜，"安德罗斯说，"雷斯吉尔根本不了解他们祖先的伟大——我们的兄长也根本不配做阿伽门农的儿子。"

"也许我们可以让他转变回来，"海拉说，"既然沃立安能转变立场，也许我们能让他再转变一次……回归他原本的初心。那样一来，我们三人就能发挥我们的育种潜能了。"

"他做了那么多大逆不道的事，应该去死才对。"安德罗斯说。

海拉目光锐利地看着他，冷冷一笑："你其实是想成为阿伽门农唯一的儿子，对吧。"

"我本来就是阿伽门农唯一的儿子。"

帝国的首都快到了,他们打开信息广播来收集数据,同时隐藏他们飞船的踪迹,不是因为他们害怕被发现,而是因为噪声会干扰他们收集数据。

尽管萨鲁撒·塞康达斯的技术网络自圣战之后迅速衰退,但这对双胞胎还是连上了历史图书馆,扫描了大量严重失实的历史书籍和记录。圣战记录里满是对沃立安的歌功颂德,赞颂他对抗思维机器的英雄事迹,而对把他抚养长大并最为信任和器重他,还给他做了延寿治疗的半机械生化人猛烈抨击。这些记载里竟然还对他欺骗并弑亲一事大加赞扬。

圣战结束后,沃立安本可以轻而易举地成为首任皇帝。但他却让实力比他弱得多的科瑞诺登上了皇帝的宝座,自己则脱身而逃,远离他应得的名利和权势,从此隐身在帝国的穷乡僻地,八十多年来一直杳无音信。

海拉无法理解为什么他们同父异母的兄弟会做出这样的事情来,他如此强大,却最终做出这样的选择。即使过了这么多年,她也仍相信沃立安还活着——就像他们这对双胞胎一样。不出意外的话,他还能活好几个世纪呢。

安德罗斯很快就找到了沃立安。沃尔的确又回到了公众视野中,最近他突然现身,自称是为了一个不起眼的小星球来的,他把那里称为自己的家。他在那里有了自己的家庭。他的出现令萨鲁撒·塞康达斯的民众热血沸腾,激情高涨,他面带微笑向欢呼的人群鞠躬致意,观看他们为他举行的欢迎游行,之后他便离开了,想再次隐身遁形,消失无踪……

"我们必须去那儿看看。"安德罗斯说。

海拉轻松查到了开普勒星的坐标:"那是当然。"

他们杀死了两名挡道的人,拿走了飞船所需的燃料,然后飞向开普勒星，去找阿伽门农那个悖逆的儿子。

虽然这对双胞胎是在实验室兼训练室里被养大的，从小与外界隔绝，但他们的母亲朱诺给他们灌输了大量信息，让他们学会了战斗和潜入技能。虽然有些细微之处已经过时，但这些技能却是永久有效的。

安德罗斯和海拉来到一处有人居住的山谷，在旁边一个长满荆棘、人迹罕至的山丘上等待着。他们知道沃立安·厄崔迪在这里安了家。夜幕降临，他们飞快地穿过周围的农田，潜入村庄。他们事先从分区记录里查到了村庄的布局，并记在了脑子里。他们知道他们兄弟的房子是哪一座，也知道他妻子的名字，知道他所有孩子、孙子甚至亲密好友的名字。虽然沃立安的后代的确继承了阿伽门农将军的血统，但安德罗斯和海拉对这些低等的后代并不感兴趣。他们只想找到兄长——因为他们有自己的理由和目的。

此时，大房子里只有一盏灯还亮着。夜晚静悄悄的，只有牲口发出的模糊响动。当这对双胞胎在繁星闪烁的夜色中悄然前行时，似乎连夜虫的窸窣声也停了下来。二人小心翼翼地绕房子转了一圈，然后悄悄靠近亮着灯的那扇窗户。海拉看到屋里面只有一个老妇人独自坐在椅子上，显然正在看书，但看上去有些半睡半醒。桌上的音乐盒里传出轻柔而舒缓的音乐。海拉认出这人便是沃立安的妻子玛丽拉，但却不见他们兄长的身影。

安德罗斯想破门而入，杀了那个老妇人，摧毁房子，但被海拉阻止了："朱诺教过我们，通过智慧取得成功和通过力量获胜是有区别的。假如沃立安不在里面，那我们就先用智慧快速有效地获取信息，如果行不通的话，再用暴力，先礼后兵，但不能乱了顺序。"

安德罗斯同意了。两人走到门前，海拉手腕迅速一拧，拧断了门

沙丘学派：姐妹会

把手，然后把门闩撞断，飞快地冲进屋里，玛丽拉几乎没反应过来，来不及从椅子上站起来。

"你们是谁？要干什么？"老妇人站了起来，紧张又愤怒，但海拉已经嗅到了从她毛孔里散发出来的恐惧。

"我们要找你的丈夫，"安德罗斯说，"我们亲爱的沃立安，我们很想见他。在哪儿能找到他呢？"

玛丽拉气愤地说："我跟我丈夫认识七十多年了，可我从来没见过你们。"

"我们是他的弟弟妹妹，"海拉说，"我们也是最近才得知他一直藏在这里。"

老妇人眯起了眼睛，说道："是的……看得出来你们长得很像，但他从来没提过他有兄弟姐妹。"玛丽拉尽力保持谨慎，但还是显出了慌乱，她环顾四周，显然是在找武器。

"他并不知道我们的存在，不过我们来开普勒是想跟他团聚的。"安德罗斯说。就连海拉也看得出来，他虽然露出微笑，想让对方放下戒备，但这笑意并不能令人信服。

"他已经不在开普勒了，"玛丽拉说，"你们来晚了，他走了，再也不会回来。我想你们还是走吧。"

海拉皱起眉头，很是恼火，因为事情并不像他们想的那么简单和直接："他去哪儿了？我们可是大老远飞到这儿的。"

玛丽拉心里越想越怀疑，她双手交叉环抱在胸前，不以为然地说："我不想告诉你。他说了他要离开这里，远离开普勒星，而且理由充分。如果他想让你知道他在哪儿，他会告诉你的。"

"别跟她废话耽误工夫了。"安德罗斯扑向前，一把抓住玛丽拉的肩膀，把她推回椅子上，由于力道太大捏断了她的锁骨。老妇人痛苦地叫出了声。"是时候试试其他办法了。"

兄妹俩曾成功地撬开过一位剑术大师的嘴，既然他们连那个久经沙场、习惯痛苦的人都能对付,这个弱不禁风的老妇人更不在话下。"好吧,"想到这里,海拉对她哥哥说,"但事后咱们得掩盖痕迹。我们不能让这些人发现,不然他们会给沃立安报信儿说我们正在追踪他。"

距离天亮还有两个小时,村民们还没开始干日出前的农活,但还是有人发现不远处着了火,并拉响了警报。尽管帝国派来了护卫舰船在开普勒轨道上巡逻,但自从受到掠奴者的偷袭后,大家仍然神经紧张,时刻戒备,于是听到警报后,村民们立刻赶去救援。

邦达跟她的丈夫和儿子们看到玛丽拉的房子着了火,立刻飞奔过去。火焰已经烧到了一楼,正从山墙里喷涌而出。她从没见过房子着这么大的火,烧得那么快,那么彻底。"妈妈!"她大声喊道,她拼命地奔跑,但她的丈夫提尔怕她摔倒,抓住她的胳膊保护她。

"她出来了吗?妈妈从房子里出来了吗?"邦达尖叫着。

自愿去灭火的村民们奋力扑救,把水管连接到屋外的井口,朝火焰喷水。几个灭火的村民看了她一眼,他们的脸被大火的热气蒸得通红,神情严肃,然后转过头继续灭火。

邦达拼命挣脱她的丈夫,但提尔死死抓着她,不肯放开她的胳膊。她的心怦怦直跳,喉咙发痛。门廊在炼狱般的大火中坍塌了。邦达的眼泪瞬间决堤。旋涡般的火花像萤火虫一样在升腾的热流中飞舞。

邦达和她的一众兄弟姐妹在这座房子里长大,但自从她父亲走了以后,房子大半都是空荡荡的了。父亲不在了,她的母亲形单影只,像个落寞孤寂的影子。但她拒绝跟自己的孩子住在一起。

"也许她逃出来了。"邦达说。但她心里清楚这么大的一场火,

沙丘学派：姐妹会

所有东西都被付之一炬，没人能幸存。她膝盖一软，跪倒在地上。提尔也跟着她跪了下来，双手搂住她，把她紧抱在怀里。火焰越蹿越高，直升云霄。

我们心里想的要比在现实中做的勇敢得多。

——费坎·芭特勒，圣战英雄、首位科瑞诺皇帝

在收到瓦莉娅给他发的消息之前，格里芬·哈克南从未听说过沃立安·厄崔迪藏身的这颗星球。开普勒地处帝国边境，帝国里有成百上千个鲜为人知的偏僻星球，开普勒便是其中之一。即使在思维机器统治的几个世纪里，奥米诺斯也从未将开普勒放入眼里。怪不得沃立安消失了几十年，却没人发现。

当然了，兰基维尔也是个不起眼的星球——对于像阿布鲁尔德·哈克南这种名誉扫地的人来说，被流放到这里再适合不过了，这里充其量就是个能让人生存下来的地方，连"家"都算不上。

尽管生活中有种种困难和怨恨，格里芬还是想方设法发现了这里的潜力，看到了鲸鱼毛皮生意的有利可图。他知道若他能有机会跟其他贵族谈一谈，他一定能从他们那儿要来不少投资。一旦他成为了兰兹拉德的代表，他就会去萨鲁撒·塞康达斯，结交盟友，跟他们做生意——最终，他们会知道他的祖先跟芭特勒家族同属一脉，而后者在圣战后将自己的姓氏改成了科瑞诺。这是他和瓦莉娅长期战略的一部分。虽然格里芬可能有生之年看不到这一结果，但他的子孙后代可以看到。

然而沃立安·厄崔迪的再次出现给他肩上又添了一个担子，也是

他的首要任务。

失去了威勒叔叔和所有的鲸鱼毛皮货物之后,格里芬明白他必须留在兰基维尔,带领家族渡过难关,闯过这段危机重重的时期,这对哈克南家族而言十分重要。可如今他无法亲自带领大家了,只能把所有事情都交代好,并从镇里的民众中选出代表管理各类事务,另外他还得尽可能地教会维吉尔·哈克南该做什么。他只能盼着在他回来之前,他们能想办法把兰基维尔的各项事务都打理好。

为我们家族的荣誉复仇,格里芬。我知道我可以完全信赖你。

尽管他犹豫了好久,考虑该不该向一个上了年纪的老人复仇,但哈克南家族的荣誉压倒了一切,同时也为了家族的财产以及他花了那么多时间制订的五年计划。一想到他要去做一件惊天动地的大事——刺杀赫赫有名的圣战英雄——他自然有些顾虑。格里芬不是想推卸责任,他只是需要做好准备,面对这个严峻但又必须执行的任务,拼尽全力去完成自己的使命。

临走前,格里芬留下了一笔钱,作为兰基维尔星的必要开支,另外他还把账户设置成了自动化处理,这样一来,补给船到来时,账户会自动拨款,支付船费和重要货物的费用。格里芬从天体运输公司那里详细了解了和解费的数额,并预定了一张开往开普勒最便宜的机票。他随身带着的钱大部分都是他自己的积蓄,这些钱原本是用来支付萨鲁撒·塞康达斯的官方认证费用,以及在首都设立代表处的。不过眼下他只能暂且把那些梦想抛到一边。

去开普勒的航线迂回繁复,需要换乘好几次,而且由于资金有限,他只能乘坐天体公司的一艘老式货船。之前那次可怕的事故夺去了他叔叔的生命,从那之后格里芬本不想再跟天体公司打交道了,可下一趟去开普勒的船得六个星期之后才有。他不想等那么久。

一到达目的地,格里芬就看到一支装备精良的大型舰队在开普勒轨道上巡逻,像勇猛的卫兵一样守卫着这颗星球。据报道,沃立安·

厄崔迪找皇帝萨尔瓦多要来了一支舰队对开普勒星进行军事保护。格里芬眯起眼睛，心中闪过一丝愤怒。他不知这其中细节，但他觉得此事必有蹊跷，如贿赂、胁迫或要求特殊待遇等等。这个厄崔迪家族的族长向来擅于玩弄权术。

相比之下，科瑞诺皇帝却从未对兰基维尔星给予任何防御保护……

开普勒的太空港很小，就跟一个停机坪差不多大。这里类似一个中转站，通往开普勒大陆十四个有人居住的山谷。威勒曾经告诉他："得到答案的唯一办法就是提出问题。"在这里，下到低级的加油技工，上至负责太空港调度的值班管理员，都很高兴谈论沃立安·厄崔迪，看来他的身份早已广为人知。显然，多年来他一直在这儿装扮普通人，过着平静的生活，且深受家人和邻居的喜爱。如今，他为了保护开普勒的安全，做了这么多事，这里的人们便视他为英雄，为他对开普勒星和人民做出的贡献而歌功颂德。

说得最激动的是一位货物装卸员，他对格里芬说："掠奴者突袭了沃立安所在的村庄，掳走了他的家人和朋友，于是他立刻驾驶自己的飞船，赶去营救他们！没被掳走的村民们本来都放弃了，认为根本没有希望。奴隶贩子掳走了他们，能怎么办呢？但没想到他真有办法！"这个健谈的人边说边操纵控制面板，把装着货物的板条箱从补给船搬运到大型货运卡车上，"是的，先生，沃立安追着那帮奴隶贩子到了波里特林，他用自己的钱赎回了那些被掳的人——不只是他的家人，村里被掳的所有人都获救了。然后他去了萨鲁撒，硬逼着皇帝承诺保护我们。这个人本来在圣战时就是传奇人物，是大英雄，而如今他的英雄事迹又多了一个，又有一个大公无私的事迹被后人传颂。"

装卸工人用手指着天空说："这些舰船之所以能来这儿保护我们，是因为沃立安·厄崔迪向皇帝提出了要求。除了人类大军的前至尊霸撒，没人能做到这一点。这个沃立安，仍是那个威震四方、叱咤风云的人物。"

"是啊,听起来好像是这样的。"格里芬皱着眉头说。难道这个人就是他从小到大听家里人说起的那个背信弃义的家伙?就是那个背刺他挚友泽维尔·哈克南的无耻之人吗?

瓦莉娅给他发来的消息里,并没提到沃立安·厄崔迪去帝国宫廷的原因,显然他去的目的是想请求皇帝保护他所居住的星球。这件事瓦莉娅肯定是知道的。

"我很想见见他。"格里芬说。他的敌人究竟是好是坏,他有些不确定了。显然,这个人不完全是坏人,也不完全是好人,但不管怎样,他对哈克南家族的背叛是千真万确的。"实际上,"格里芬说,"我和他好几代以前是亲戚。他住哪儿啊?不会又躲起来了吧?"

"人人都知道他这些年一直居住的那个村子在哪儿。"装卸工停了下来,那些板条箱就悬浮在他身旁。他抬起厚实的手擦了擦额头上的汗水,然后说出了沃立安居住的山谷的名字,还指出了大概的方向。知道这些就已经足够了。根据瓦莉娅告诉他的情况,以及格里芬自己看到的历史记录,他知道他的猎物一有机会就会吸引众人的关注。

太空港行政管理办公室的一个女人告诉了他更详细的位置,还给他安排了去山谷的车辆。他强烈期待见到自己的敌人,心脏不禁狂跳。瓦莉娅把这个任务交给他,把责任压在他肩上时,似乎并不认为这是一项太过艰巨的任务。

但难道她真的希望格里芬直接走到他面前,亲手杀了他吗?这似乎跟厄崔迪对阿布鲁尔德·哈克南所做的事情一样,也不怎么光彩。

在格里芬的脑海里,他一直想象着他们的相遇,那会是怎样的情景。厄崔迪隐姓埋名这么多年,还会在乎当年那个年轻霸撒的后代的消息吗?他不是早就毁了那个年轻霸撒的前途和名誉吗?所以格里芬要出其不意地站在沃立安面前,跟他对决,让他知道打败他的人究竟是谁。作为哈克南家族的人,他必须让沃立安明白,整个哈克南家族因为他遭受了多少痛苦和屈辱——然后他要在公平的决斗中杀死他。

格里芬和瓦莉娅一起长大,两人经常一起讨论、相互激励、彼此考验、切磋武艺。兄妹二人心有灵犀,他们不断改进自己的战斗技巧,反复磨炼自己的反应,练习对最轻微的动作做出迅速反应。他们能在湿滑的圆木上比武,也能一跃而起,腾空翻转,最后稳稳落在港口处狭窄而摇晃的独木舟上。

此时格里芬怀疑瓦莉娅一直以来都在为这次与沃立安的相遇做准备。如果他不得不与沃立安·厄崔迪决斗,他的实力一定会令敌人大吃一惊。

他的妹妹认为他俩是唯一真正拥有哈克南家族血脉的人。在比武练习的同时,他们还研究了他们的祖先阿布鲁尔德、泽维尔……甚至昆汀·芭特勒、费坎·芭特勒等圣战中伟大英雄的历史和事迹。"我们与帝国皇室一脉相承,"瓦莉娅对格里芬说,"我们应该生活在萨鲁撒·塞康达斯才对……虽然我们身在兰基维尔,但始终别忘记这一点。我们注定要干一番惊天动地的大业。"

暗杀,为家族的荣誉报仇。

格里芬来到了沃立安·厄崔迪和他家人藏身的山谷,当他来到村子里时,村民们正列队游行,个个神情肃穆——这并不是为沃立安的英勇壮举和功绩而欢庆,而是在举行葬礼。村里家家户户都挂上了黑色的绉纱,走在街上的人们都身穿丧服。百十来人聚集于此,估计山谷里所有的人都来了。

格里芬本想暗中打听一下沃立安的住处,不引起别人注意。但谁都看得出他来自外星球,是个异乡人,谁也不认识他。沃立安已经八十多年没见过哈克南家族的人了,格里芬和阿布鲁尔德也相隔了三代人。

他想悄悄混进送葬队伍的行列,虽然有些尴尬,但也许可以小声地跟人打听几个问题。一位眼睛通红的中年女人朝他走来,说:"我们今天不营业,先生。这种时候,全村的人都会聚集在一起。"

"请问是谁去世了?"

"我们的母亲死了。她生前深受尊敬和爱戴。她名叫玛丽拉·厄崔迪。"女人摇了摇头,接着说,"我叫邦达,是她的女儿。"

格里芬极力掩饰住心里的震惊,问:"厄崔迪?那你认识沃立安·厄崔迪吗?他是你亲戚吗?"对方还没问他,他便立刻补充道:"很久以前,在圣战期间,我的家人跟他一起打过仗。"

由于太过悲伤,邦达松懈了警惕。她勉强挤出一丝苦笑,似乎并没在意格里芬的话。"沃立安是我的父亲,在这里他也深受人们爱戴。他为开普勒做了很多贡献。我们都很想念他。"她摇了摇头,继续说道,"发生了一场火灾……母亲的房子被烧毁了。大火是怎么着起来的,我们也不知道。"邦达抬起头看着格里芬,眼泪闪着泪光,"我父母结婚近五十年了,父亲走了以后,母亲肯定活不长久,这我早就想到了,所以一点儿也不觉得惊讶。"

"走了?"格里芬心里一惊,"沃立安他……死了?"此时他不知道是该感到慌乱,还是该如释重负。如果他们的宿敌死了,那么哈克南家族就不再需要复仇了。瓦莉娅可能不太满意,但至少格里芬可以回家了,他还有好多事情要做呢,比如得巩固兰基维尔的产业,一旦他考试的结果出来,官方批准文件正式下来,他就得立刻准备动身去帝国首都……

邦达睁大了眼睛,连忙说:"哦,不是的,我父亲没死,只是可怕的火灾发生时,他并不在开普勒星。之前他去萨鲁撒·塞康达斯与皇帝见面,回来之后就走了,永远离开了开普勒。为了保护开普勒的安全,他与皇帝达成了协议,必须永远离开这里。"

格里芬浑身发抖。"你知道他去哪儿了吗?我千里迢迢远道而来就是为了见他,为了……给他带来我家族的消息。"

"那您真是有心了！开普勒这么偏僻的地方，来这一趟的确很不容易。"当悼念的人群聚集在村镇中心时，邦达摇着头说，"我想我父亲应该是去别的星球冒险去了。母亲坚持留下来，没有同去，我到现在也不理解她为什么这么做。"

"你知道他要去哪个星球吗？"

"这他倒是没跟我们保密。他去了一个名叫厄拉科斯的沙漠星球，他从没去过那里。恐怕再也不会回来了。"

"厄拉科斯？他为什么要去那里？"

邦达耸了耸肩说："那谁知道呢？父亲活了这么久，或许其他想去的地方都去过了。你会留下来参加葬礼吗，作为我们的客人？能告诉我们一些关于我父亲的事情吗？我相信大家都想听一听。"

格里芬艰难地咽了咽唾沫。他所知道的沃立安·厄崔迪的故事，估计他们不会想听的。

他不愿留在这里，因为他根本不属于这儿，可他一看航运表，下一艘来开普勒的飞船得好几天以后了。"我会留下来参加葬礼的，"他说，"我很想听听关于您父亲的事，但我所知道的沃立安·厄崔迪的故事是不能公开的。"

"那好吧，"邦达说，"请恕我失陪，我得去致悼词了。"

格里芬想不出还能说什么，也不想再编谎话了，于是尽可能安静低调地站在人群中，观看玛丽拉·厄崔迪的葬礼。

银河系充满数不清的奇迹——既包括风景美丽的星球,也包括环境严酷的行星。没有人能在一生有限的时间里走遍所有星球,就连我也如此,尽管我漂泊多年,四处游走,但仍有许多星球尚未踏足。

——沃立安·厄崔迪在开普勒生活时期的私人日记

  香料工人们对沃尔的到来都表示欢迎。这些质朴粗犷的男人大多胸襟开阔,愿意接纳那些别无选择只好来到这沙漠找活儿干的外星球人。但他们纪律严格,一旦犯错便严惩不贷。在沙漠里,不负责任是绝不能容忍的,因为一旦犯错——哪怕极小的错误都会带来严重的后果,导致无数人丧命。

  新招来的香料工人必须快速学习,掌握要领,开采香料需要耗费极大的体力,沃尔十分想念玛丽拉和开普勒星上的亲朋好友。

  一个名叫考比尔的工头对沃立安十分照顾,这人粗犷结实,脸像皮革一样坚韧粗糙,他把沃立安当成了没有经验的年轻人对待,但实际上沃尔比他年纪大多了。他似乎并不知道沃尔的姓氏,不过沃尔坚持用自己的真名,在联合商业公司的员工录用文件上填写了自己的全名。他并没有告诉这里的同事自己的真实身份,而且这帮底层工人也绝不会把他的名字跟圣战英雄联系在一起。他们只知道他叫"沃尔",别的一概不知,也不感兴趣。

  考比尔注意到这个新来的工人身上戴着屏蔽场腰带,不禁皱起了眉头说:"小子,一看你这腰带就知道你是个外星球的人。我知道你为什么戴着它——在厄拉科斯这地方,戴这玩意儿肯定是为了保护自己——但别在这儿开启这东西,否则我们大伙儿都得完蛋。霍尔茨曼屏蔽场会把大虫子引来的。安全起见,还是让我把它放进你的储物柜里锁起来吧。等回到基地后再还给你。"于是沃尔解下腰带,把它交给了考比尔。

由于他有多年驾驶飞机和飞船的经验,沃尔毛遂自荐想当驾驶员,驾驶单人侦察机飞越沙漠荒地,寻找蕴含美琅脂香料的地方。但考比尔对这个提议却嗤之以鼻。"多年经验?"他上下打量着站在他面前的这个年轻人,说道,"厄拉科斯的阵风很猛烈,而且总是捉摸不定。你必须有真正的高手表现,我才会相信你,放心让你驾驶侦察机。我不管你从哪儿来,也不管你飞到过什么地方,我知道你初来乍到,还没有完全熟悉这里——相信我。"

沃尔知道老工头的看法是错的,若要说服他,他本该向工头透露更多关于自己的信息。但他没有这么做,而是继续跟其他工人一起用巨大的香料开采机采集香料。这种香料开采机是台跟一栋大楼一样大的粗纱机,它就像一头人造的放牧牲畜,大口吞食沙漠沟壑,咀嚼富含香料的沙子。开采机依靠宽大的履带可以在沙丘畅行无阻,急速奔向一个又一个露出地面的岩石,而侦察机则在天上进行侦察,监视是否有沙虫正靠近开采机。开采机在沙漠里穿行,一边采集大量的美琅脂香料,一边躲避在香料沙漠中游走的可怕怪物。

香料收集器从一个又一个离心机里分离出碎屑,就像有蹄类动物有好几个胃过滤食物残渣一样,只不过离心机分离的是沙砾。经过一系列过滤之后,剩下的便是浓郁而柔软的香料粉末,闻起来像肉桂,但却是一种效力极强的药物。

在沃尔年轻时,美琅脂香料是一种有趣的商品,是商人奥利留斯·文波特送给贵族的稀罕玩意儿。在奥米诺斯引发的瘟疫期间,香

沙丘学派：姐妹会

料被证明是一种有效的缓解剂，可以增强免疫系统，帮助更多人恢复健康。由于这个惊人的发现，再加上人类的贪婪和不顾一切，人们在这个环境严酷的沙漠星球上掀起了一股美琅脂的开采热潮，而在这之前，这里还人迹罕至，无人问津。在香料开采热潮期间，大批野心勃勃想发大财的人（既有想一夜暴富的乐天派，也有江湖骗子）万里迢迢，穿越太空来到厄拉科斯。许多人在热潮中丧命，只有少数人发了财。外星球人的大量涌入永远地改变了在这里隐居的原住民的生活，厄拉科斯城也由一个小市镇逐渐扩展成繁华的商业中心。

香料原本只是对抗瘟疫的一种治疗药物，却没想到造成了一个难以预料的后果，如今帝国的大部分人都吸食香料成瘾，不过沃尔在开普勒上倒是没见过有谁服用过香料。如今星际市场上对香料的需求日益增加。在瘟疫时期，为了满足病患对香料的需求，帮助他们早日康复，香料开采者之间是允许相互竞争的。然而如今，作为文波特商业帝国的一部分，联合商业公司凭借强大的资本和实力，通过贿赂、勒索、破坏或更极端的手段，无情地将所有的竞争者驱逐，逐个击垮对手。许多竞争对手的开采据点如今成了沙漠中的鬼城。

考比尔和他的香料开采队，包括沃立安在内，都为联合商业公司工作。沃尔来到厄拉科斯城时，想寻求一份在沙漠深处的工作，许多人反复地告诫他，如果不想送命的话，就只能给文波特集团干活儿，别的公司可千万别去。"再说一次，"一位卖给他补给品的皮肤干瘪、一脸苦相的女人对他说，"如果你想活命的话，根本就不该来厄拉科斯。"

他笑着推开她，说："我这辈子舒服的日子已经过得足够了。开阔的沙丘在呼唤我。沙漠的遥远深处住着一些人，我想见见他们。"

"随你便吧。不过别以为他们也想见你。"

到现在为止，沃尔已经在香料队待了好几个星期了。开采香料这活儿又脏又热，但他并不介意。他发现这样能让他保持精力充沛，可以放松大脑，甚至呈一种空白状态，他干活儿时可以只管当下，脑子只想着这漫长又累人的轮班什么时候能结束，而不用考虑未来。其实工作本身还是挺有意思的：看着像利维坦一样的庞然大物在沙漠里吞噬一切，然后又从沙子里冒出头来，这样的工作怎么会无聊呢？

开采机每天在开阔的沙地上疾驰，朝着下一块露出地面的岩石而去。从侦察机发现香料沉积地，再到框架式运输机把挖掘香料的机器放置到开阔的沙丘上，每时每刻沃尔和他的团队都在跟时间赛跑。巨大的机器在沙地上行进，尽可能多地挖取铁锈色的美琅脂香料。作为最后的求生手段，如果他们觉得濒临绝境，无法逃脱迎面而来的沙虫，工人们可以跑进逃生舱里和装满美琅脂香料的集装箱一起被发射到空中，并由慢速飞行的飞机引导，落到最近的安全区。联合商业公司会派人去营救工人，打捞香料。

不过到目前为止，这种情况还尚未发生。他们必须时刻警惕，哪怕一秒的判断失误，都会使他们陷入绝境。沃尔可不想被沙虫吞进肚子里，以这样的方式结束自己的生命。

开采机不可能每天在厄拉科斯城和沙地之间往返，因为这两地之间相距几百——有时甚至几千公里，所以开采机就只能在荒无人烟的凸起岩石或坚硬的岩地上过夜。因为沙虫无法钻透岩石，所以相对安全。此时，夜幕降临，空旷的沙漠一片漆黑，只有星光闪烁。沃尔不安地围着岩石走来走去，心里思念着开普勒、玛丽拉，不知他要再等多少年才能冒险偷偷溜回去看他们一眼。也不知道到那时玛丽拉是否还健在。

沃尔独自徘徊，突然发现一个由堆积的岩石组成的避难所痕迹。他把考比尔叫了过来，问："看来我们不是第一批在这儿扎营的人。难道除了咱们，还有别的香料开采队吗？"

头发花白的工头露出厌恶的表情，说："是沙漠里的那帮人。禅逊尼，他们好像是逃跑的奴隶后代。他们来厄拉科斯，是因为觉得没

沙丘学派：姐妹会

哪个正常人会想来这种地方定居。在香料开采热潮时期，他们被迫收拾行装，退到了最偏僻的荒野，只为离群索居。我听说他们仍然把自己叫做弗雷曼人①，但在这里生活艰难，只能勉强维生，没有文明社会，哪来的什么自由？"

"你见过弗雷曼人吗？"沃尔问，"我……我想跟他们谈谈。"

"你为什么想跟他们说话？别做梦了！如果你在这儿工作时间够长，也许会看到一两个沙漠人，但与我们无关，我们不跟他们打交道。"

疲惫不堪的香料工人就露天睡下了，他们很高兴终于能从那满是沙尘、令人窒息的机器里出来透气。考比尔安排人站岗放哨，但工人们抱怨这种做法太可笑，实在多余，直到沃尔发现了有人在沙漠里扎营的痕迹，并指给大伙儿看。"我宁愿你们少睡会儿觉，也比让大伙儿都送了命强。我知道你们不怕那些为数不多的游牧部落人，但是记住，约瑟夫·文波特可树敌不少呢。"

于是工人们便不再争论了。

沙子和岩石在白天吸收了热能，夜里最初的几个小时便慢慢散发出热量。但沙漠的空气中缺乏水分，无法将热量保留，因此夜晚变得越来越冷。

工人们围着岩石营地而坐，用衣服遮住嘴巴和鼻子防止飞扬的尘土吹进来。他们放松下来，开始讲故事，讲述他们如何在猛烈的沙漠风暴中幸存下来，如何从沙虫的袭击中死里逃生，还有他们认识的一些同事是如何丧生的，另外还讲起他们在别的星球的亲人和所爱之人。

沃立安静静地听着，但对自己的事情守口如瓶。要是说起他在圣战时期的那些悲惨而惊险刺激的经历，估计几天几夜也说不完。他参

---

①弗雷曼人（Freeman）字面上是自由人的意思。

加过的战役和去过的星球比这些人加在一起的还要多。但他并不想炫耀，凭借这些在香料工人中赢得地位。在这里，他只是个香料工人，有保留自己隐私的权利，他的过去属于他自己，他有权选择分享还是保密。沃尔最开心的不是四处漂泊冒险的那段日子，而是宁静安详的时光，跟他爱了几十年的女人一起过着平凡的生活，看着他们的孩子一天天长大，直到成家立室。

他躺在那里，头靠在一块圆形的岩石上，凝视着寂静的沙漠夜晚，独自沉浸在对过去的回忆中，工人们的谈话声也仿佛渐渐飘远。沃尔有很多事情可想，但经历了如此漫长的人生，他已经没有什么必要证明自己了。

过去的轨迹很容易纠缠我们。不管我们是否能看到，这些历史的线索和轨迹将我们所有人都紧紧联系在了一起。

——诺玛·森瓦，提交给波里特林的提奥·霍尔茨曼的论文《论现实的结构》

又一名领航员候选人死了，在乔巴的亲自监督下，候选人的遗体从密闭的气罐里被取了出来。

自从间谍罗伊斯·费耶德渗透进科尔哈的领航员训练场之后，文氏集团对这里加强了安保检查。在通过了一系列额外的安保程序审查之后，两名文氏集团的男性员工将软管连接到气罐，把气罐内珍贵的美琅脂香料气体吸走。当气罐显示灯变成绿色，两名沉默不语的员工戴上面罩，打开了进入气罐的舱门。他们走进气罐里，对那具软绵绵、半溶解的尸体进行抢救。

乔巴观察着抢救过程，黑色的眼睛闪烁着光芒，但始终一言不发，因为这种抢救他们之前已经做过很多次了。尽管失败了，但领航员候选人成功转化成真正领航员的概率还是要比罗萨克的姐妹实现灵力上的突破转化成圣母的概率大多了。

在过去的一年里，他们训练了三百名领航员候选人，其中七十八人转化失败——但只有十二人死亡。正常情况下，如果候选人的维生系统关闭，医疗监视器就会监测到异常，这时他们会在部分突变的候选人死亡之前进行抢救，将其救活。已经部分突变的领航员将再也不能变回正常的人类，但他们可以为文氏集团的科学研究提供服务。他们的大脑还活着，只不过在某些方面受到了损伤，但在另一些方面则超乎常人。约瑟夫在德纳里建立了研究基地，那里的科学家对他们的大脑进行研究，并取得了丰硕的成果。

两名员工戴着密闭的面罩，发出低沉的咕噜声，他们把瘫软的尸体拖出来，放在地上。只见尸体皮肤苍白而松弛，头骨被拉长扭曲，就像用黏土捏成的一样，顶部也耷拉了下来。尸体的一部分看起来好像被煮过一样。这些残余物将会成为解剖标本。

乔巴和约瑟夫·文波特两人是一个强大的团队。约瑟夫是个对事业很专注的人，但他把失败和成功都看作是数字，把所有数字都看作资产负债表，而不去关注自己精神上的奥义。不过乔巴却不同，由于她接受过姐妹会的训练，她知道在人类思维进化方面，有些问题还没有明确的答案。

两个员工把尸体拖走打包，然后等下一趟补给船要飞往德纳里实验室时，顺便把尸体也运过去。乔巴走到山顶，站在诺玛·森瓦所在的气罐前，独自沉思着。虽然诺玛是约瑟夫的曾祖母，但乔巴跟这个奇怪的女人也有密不可分的关系，她俩的血统可以直接追溯到罗萨克。

诺玛很早以前就开始了奇异的突变，那时乔巴的祖先卡丽·马奎斯还没出生呢。诺玛身上有罗萨克通灵女巫的基因，她的母亲祖法·森瓦曾是罗萨克最强大的女巫之一。

这时，诺玛看到了乔巴便游了过来，乔巴知道气罐里的女人早已不懂客套和寒暄这类凡俗之事了，于是直接说出了自己的想法："你已经让自己超越了人类，诺玛。我相信你知道罗萨克的姐妹，也知道世上最后仅有的几个女巫，她们在不断尝试用药物对身体造成创伤，通过濒死的体验来提升自己的能力。你认为这跟领航员的转化有什么

沙丘学派：姐妹会

相似之处吗？"

诺玛沉默了许久，然后回答道："所有关键的进步都是在危机和求生中取得的。不经受压力和极端条件下的挑战，人就无法发现自己的潜能。"

诺玛自己也经历了同样的过程。一开始她只是一个来自罗萨克的年轻女子，聪明睿智、才华横溢，但身体却是畸形，一生都忍受着来自自己母亲的歧视和否定。后来她被一个半机械生化人泰坦抓住，差点儿被折磨致死，这场痛苦的磨难让她获得了难以置信的精神力量。同样，拉奎拉也是在濒死之时才召唤出身体里隐藏的强大潜能。她因此而提升了自己的能力，转化成了更优秀的女人。

"我不知时光过去了多久，"气罐里的诺玛说，"你让我想起了罗萨克。"

"我的两个女儿现在都在那里，"乔巴说，"她们是你的玄孙女。"

"玄孙女……"诺玛说，"是啊，真想见见她们。"

乔巴还没反应过来，诺玛·森瓦的气罐就闪烁起来，一阵旋风将她们团团包围，令人头晕眼花。乔巴深吸一口气，一边尽力保持平衡——一边跟比平常略高的重力相抗衡。然后她抬起头，认出了那座熟悉的悬崖之城，还有肥沃的裂谷里广阔的银紫色丛林，以及远处阴燃的火山，看上去总像是笼罩着一丝不祥的气息。乔巴竭力控制住自己的情绪，不露出惊讶之色。她们突然出现在一个开阔的观景台上，这里是圣母召集她的信徒集会的场所之一……乔巴曾在这里亲眼见证了十几名年轻的女子的葬礼，她们都没能在毒药测试中幸存下来。

我又回到罗萨克了！乔巴心想。

她的心怦怦直跳，强烈渴望能见到她的两个女儿——萨宾和坎迪斯，还有她的祖母卡丽·马奎斯。乔巴在姐妹会多年，无论在生活上，还是训练上，祖母一直都在不遗余力地帮助她。许多学员和姐妹的身世都被隐瞒起来，姐妹会不让她们知道自己的父母是谁，这样她们便可专注于训练,而不受家庭的牵绊。不过乔巴是女巫的后代,所以受到了特殊对待。

由于诺玛没事先打招呼就突然把她们带离了科尔哈,所以乔巴仍穿着在文氏集团工作时穿的那套职业套装。她环视四周,然后伸出手,取下头巾,让黑色的长发披散下来。此时的她,看上去就像个拥有心灵感应能力、用灵力消灭了无数半机械生化人的强大女巫。

诺玛和她那巨大的气罐很快就被人发现了,姐妹们一下子都簇拥过来,聚集在观景台上。乔巴向那些没有立即认出她的人表明了自己的身份。诺玛似乎并不理解,也没注意到人们的惊讶和震撼。

乔巴提高嗓门说道:"我们来此,是因为诺玛·森瓦想要对转化圣母的方法给出建议。她或许可以将转化圣母的过程与在科尔哈创造领航员的方法进行比较。"

圣母拉奎拉在卡丽·马奎斯的陪同下匆匆赶来。乔巴的祖母卡丽穿着一件白色的工作服,上面沾满了紫色、红色和蓝色的斑点,这些斑点是她在丛林深处采集浆果、树叶和真菌时沾上的。

"罗萨克变化很大……但也很小。"诺玛透过气罐里的扬声器说。

卡丽一看到乔巴立刻开心地笑了:"你果然没让我们失望,孙女。我们许多毕业的姐妹都进入了贵族的家庭,成为了他们的妻子或顾问——但你却使姐妹会与帝国最强大的集团之间建立了地位稳固的关系。"

"是的,这是个非常明智的商业决策。"这是圣母拉奎拉和约瑟夫·文波特两人经过深思熟虑之后做出的选择。但乔巴对她的家庭引以为傲,对她在文波特集团的权力和影响力也深感自豪。

乔巴的两个年幼的女儿也匆匆赶来,见到母亲兴奋不已,但仍努力遵守教导,尽力表现得举止稳重。乔巴再也掩饰不住自己的喜悦之情,张开双臂,将萨宾和坎迪斯搂在怀里。

"我知道你俩都表现得很好。你们会令圣母和整个姐妹会都感到

沙丘学派：姐妹会

骄傲。"这两个女孩身上既有马奎斯也有森瓦的女巫基因，而且她们还拥有文波特家族的政治影响力，乔巴的两个女儿注定前途无量。

圣母看着母女三人相拥，冷冷地皱起了眉头。乔巴注意到当多洛蒂娅姐妹也加入到人群中时，拉奎拉有意转过身不看她。"我们不鼓励也尽量不让学员们想起自己的家人。"圣母说。

但乔巴直面圣母，说道："在多数情况下是这样的，圣母，但她们是约瑟夫·文波特的女儿，也是文波特集团的继承人，同时也是女巫的孙女。她们需要知道自己是谁，也需要知道自己将会成为什么样的人。"

令众人吃惊的是，诺玛·森瓦通过扬声器开口说话了，让她们想起了向来严酷的女巫祖法·森瓦，那个对自己发育不良的女儿失望至极的女人："有时候不认识自己的母亲可能是个极大的优势。"

> 帝国的大部分历史就摆在我们面前,甚至超出了我们的视野。但记住我的话:我终究会被历史记住。
>
> ——皇帝萨尔瓦多·科瑞诺,加冕仪式上的演说

罗德里克虽然比皇兄萨尔瓦多小两岁,但他经常觉得自己比哥哥更成熟。

此时,他正在皇宫的一个花园会客厅里,咬着舌头听萨尔瓦多磕磕巴巴地练习演讲。棱柱形的门是关着的,罗德里克是唯一的听众。他坐在一张硬邦邦的矮长沙发上,面对着他的哥哥,希望能提出一些建议。

曼福德·托伦多在兰兹拉德议会上讲话后,芭特勒圣战运动的热潮愈演愈烈,罗德里克重新拾起了先皇朱尔斯不止一次在公众场合发表过的以反计算机为主旨的演说。他简化了演讲中的一些措辞,以便更适合萨尔瓦多的性格,因为他们的父亲更喜欢用复杂而华丽的辞藻。罗德里克本来对自己修改过的演讲稿十分满意,但当他听到哥哥萨尔瓦多的演讲练习时,他发现萨尔瓦多总是喜欢把语速放慢,而且结结巴巴,没有抑扬顿挫,也没有节奏和激情。

"对诱惑的防御要从根本上做起,我的意思是,从……"萨尔瓦多又回看了一眼演讲稿,摇了摇头,"我永远也成不了伟大的演说家,兄弟,咱们还是换个简单点儿的办法吧,免得让事态进一步恶化。"

沙丘学派：姐妹会

"你讲得挺好啊，"罗德里克言不由衷地说，"但我听过你演讲，比这次讲得还好。尽管如此，听众还是会明白你传递的信息，芭特勒圣战组织的疯狂举动也能暂时平息一些。"

萨尔瓦多看出了罗德里克的心口不一，目的只是想让他振作起来。他沮丧地摇了摇头，又开始继续看着全息提词器上的字。

·:⚛:·

在帮助兄长准备完演讲之后，罗德里克还有好多工作要做，连跟自己妻子哈迪萨说几句话的时间都没有，有什么事都是她让仆人给罗德里克捎口信带话。此时，罗德里克正匆匆赶回家来换衣服，准备参加一个公开活动进行演讲。他走进王府才得知哈迪萨有急事找他。

但他的妻子已经走了，闷闷不乐的幕僚长告诉他哈迪萨和她的私人秘书佩里安娜姐妹起了冲突。佩里安娜姐妹是个爱多管闲事且一脸严肃、缺乏幽默的女人，她也在罗萨克接受过训练（但罗德里克觉得她根本比不上多洛蒂娅姐妹）。显然，佩里安娜是突然离职的，皇宫里不再欢迎她了。

但此时罗德里克顾不上担心家里的纠纷。他相信哈迪萨能处理好家事。他几乎没时间为晚上的活动换衣服了，只能抓紧时间迅速地吃了一盘面包和冷肉，然后立刻动身前往国会大厅。但愿萨尔瓦多趁这点儿工夫多练习几遍演讲。

他发现哈迪萨已经在开阔的大厅中央舞台一侧的私人包厢里等着他了。哈迪萨有一头卷曲的红褐色长发，美丽的脸庞充满贵族气质，她的叔公是一位圣战英雄，罗德里克见过她已故叔公的画像，觉得哈迪萨跟她叔公长得很像，但她的五官更精致，眼睛的颜色也更深。她穿着一件黑色的蕾丝长礼服，戴着珍珠项链，头发用红宝石发夹夹了起来。

罗德里克坐下来，俯身吻了一下妻子的脸颊。"对不起，我迟到了,"他说,"今天真是太忙了。"他身穿一套燕尾服,是为演讲后举行的社交晚会做的准备。因为刚才吃东西太快太急了,所以他现在胃里直翻腾,很难受。

从哈迪萨紧张又闪烁的眼睛里,罗德里克看出她很心烦意乱。"今天真是一团糟。佩里安娜走了——她可算走了。"

他看到妻子脸上流露出深深的担忧,心想看来她跟这个私人秘书之间不仅仅是争吵那么简单。"出什么事了?"

"这几个星期以来,我不断注意到一些小细节……感觉我的东西好像被人动过,比如我明明记得我离开时抽屉是关着的,可一回来发现抽屉留了个缝隙,还有本来凌乱的文件突然变整齐了,我写字台上的一支笔也不在原来放置的地方了——还有你的写字台也是。"

"我的写字台?有什么东西丢了吗?"

"我看不出来。佩里安娜是除了你我以外唯一有权进书房的人,但我问她的时候,她矢口否认。可今天我亲眼看见她从我书房溜了出来。我藏了起来,所以她不知道她被我发现了。之后,我问她,她却说她从来没去过我的书房。我知道她撒谎了,于是就揭露了她。她气得不行,说要是我怀疑她是小偷,尽管去搜她的住处,把她所有的东西都翻出来检查一遍。"

罗德里克眯起了眼睛,越来越担心。"那你搜了吗?"

"我不得不这么做,是她逼我的。当然,我们什么也没找到——她肯定早就想到了。"哈迪萨气得双眼冒火,"佩里安娜说,既然我不信任她,那她就没法继续服侍我了,于是她提出辞职,我就把她打发走了。"

罗德里克心里一冷。这个离职的仆人曾在姐妹会接受过训练,他见过多洛蒂娅公开展示的技能,所以知道佩里安娜有过目不忘的本事,无论什么东西只要看一眼就能记住,而无须携带任何物证。"也许我们应该把她关起来做进一步的审问。"

"我也事后才意识到这点——但可惜太迟了,她已经走了,离开萨鲁撒了。"

罗德里克咬紧牙关。他知道妻子没有把危险的国家机密藏在她的私人房间里,所以佩里安娜不会发现任何重要的东西。即使她看了他的私人日记,里面也只有一些关于他家庭的个人记录,没有任何政治意义。虽然没有证据表明她在监视他,但他已经在翻腾的胃里仍然感到一阵坠胀。

皇帝萨尔瓦多出现在下面的舞台上,缓缓走向讲台。兄弟二人身上都戴着植入式无线电收发器,方便罗德里克在必要时给萨尔瓦多提供建议。罗德里克一直把收发器关着,好静下心来思考刚才妻子告诉他的事情,而萨尔瓦多则不安地朝私人包厢瞥了一眼。

"应该没什么事。"罗德里克说,然后把注意力放在皇帝的演讲上。他捏了一下耳垂,打开无线电收发器,发现萨尔瓦多走上讲台前如释重负地舒了一口气。

随着新数据的不断曝光，各种理论也随之发生变化。然而，不管怎样，事实不会改变，我的原则也不会改变。这就是为什么我对任何理论都持怀疑态度。

　　——曼福德·托伦多，在兰帕达斯对芭特勒圣战者的讲话

　　天顶星是个崇尚知识的星球，这种追求知识的环境极大地推动了人们的创新能力和研发能力，使这颗星球自豪地成为科学发现和科技进步的绿洲。许多像托勒密和他的搭档埃尔钦这样的研究学者，从星际资金池里获得了大量研究资金，任何有可行性想法和具体实施计划的人都能轻易地拿到这种资金。

　　托勒密出生于一个大家庭，有三个姐姐和两个哥哥。所有兄弟姐妹都是出色的研究人员，在各自不同的领域颇有建树。每个人都有独立的实验室和技术员。他们彼此间一直都友好地竞争，互相比较谁的科学发现对人类最有益处。尽管托勒密连自己领域的技术刊物都没有足够的时间看完，但他还是尽力阅读自己兄弟姐妹发表的每一篇论文。

　　天顶星的所有科研团队都有一个清楚的共识，当他们的科学发现被证明实用性强且能够盈利时，很大一部分利润就会回流到这个资金池里，为以后那些有独到想法的科学家提供研究资金。这些先进的科技将会推广给帝国的其他星球，为其他星球的发展提供帮助。尽管如

沙丘学派：姐妹会

此慷慨大方，天顶星的经济依然蓬勃发展，一派欣欣向荣。

在过去的十几年里，托勒密一直在他的乡村实验室里工作，他对自己以及埃尔钦博士取得的成就十分满意和自豪。到目前为止，他们有两项科研成果取得了丰厚的回报，另有三项科技发明也获得了不错的收益。他们的实验室和住所被二十英亩连绵起伏的草地环绕着，草地上点缀着一棵棵的树木。托勒密手底下有十几名技术人员、实验室助手和家政服务人员，是一个有助于提高创造力和智力水平的科研团队。

托勒密非常喜欢天顶星的学术氛围，甚至自愿担任天顶星驻兰兹拉德议会的代表。竭尽全力履行公民义务是他家的传统。他的一生致力于科学研究，始终坚信他和他的搭档在尽心尽力做好事，为人类做贡献，从未有过一丝怀疑。

因此作为一个通情达理且思想开明的人，他对反科技的芭特勒圣战组织如此狂热和极端深感吃惊。在他看来，这简直毫无道理。

当然，没人会否认思维机器带给人类的恐惧，但把人类的野心和失败都归咎于科学，这本身就是荒谬的。比如苏克的医学诊断和先进外科技术拯救了无数人的生命；再比如农业机械使农业生产率大大提高，比奴隶的生产力高出好几个数量级，使许多人免于饥饿。可有些人连这些都予以否认，那只能说这些人思想太封闭、太狭隘了。事实上，他有个姐姐培育出了一种转基因小麦，其产量是普通单一作物的三倍。对于如此有益于人类的科技，怎么竟然有人反对呢？

然而，强大的芭特勒圣战运动已经蔓延到帝国的许多星球，但谢天谢地，天顶星还没受到波及。不过他还是百思不解，人们怎么会想回到原始生活呢？他们是怎么想的啊？

曼福德·托伦多的讲话让他确信，自己一定遗漏了一个至关重要的答案，因为根本弄不懂曼福德那套想法。托勒密很沮丧，因为他根本无法理解那些芭特勒圣战者。然而他也看到了他们的影响力，以及与他们寻求共同点的必要性。

托勒密研究了芭特勒圣战组织的开创者和前领导人蕾娜·芭特勒在童年经历了可怕瘟疫之后,是在哪里以及如何开展圣战运动的。尽管托勒密不想把这位受人尊敬的革命烈士想得很坏,但他怀疑她可能是在瘟疫中受了脑损伤,在体内生化结构发生了改变的同时,人格也相应起了变化,导致人格失衡。她利用了人们对奥米诺斯不可否认的恐惧,凭借超凡的个人魅力获得了极大的影响力。而她的继任者曼福德也因失去双腿而身心严重受创。从个人角度来讲,托勒密不禁对这个可怜的男人深表同情,但同情归同情,曼福德却带领他的追随者们走在一条愚蠢的道路上,还做了许多损害全人类利益的事情。

托勒密确信,如果他能为曼福德提供功能完备的假肢,如果他能让失去双腿的人重新变得完整,也许曼福德就会承认,有些技术是为人类造福的。这是令那些反科学狂热分子清醒过来的第一步。

但是曼福德对这份礼物的反应却令人震惊又费解。托勒密觉得自己整个人就像失重了一样。他这辈子都生活在天顶星,这里的人可以开诚布公地对各种问题进行辩论和讨论,因此人们思维开阔,思想开明。但他发现芭特勒圣战者盲目又固执,偏执程度简直令人震惊。埃尔钦博士的民族曾遭受过极大的迫害,不管这种迫害公不公平,总之他被吓坏了。他警告过托勒密,说曼福德很可能会有这样的反应,而且埃尔钦说他们能活着回来已经是万幸了……虽说听起来很荒谬,但似乎的确如此。

被吓坏的托勒密和埃尔钦狼狈不堪地回到了天顶星的乡间实验室,尴尬地埋头工作。托勒密强迫自己保持乐观,并在实验室里对埃尔钦说:"我们不应该气馁,我的朋友。毕竟咱们尽了最大的努力,阐明了自己的观点。咱们还是别在那帮芭特勒圣战者身上浪费时间了。"他一直滔滔不绝地说着,因为他要说服他自己。

然而埃尔钦博士,这位特鲁拉研究人员却一直很安静,专注于自

沙丘学派：姐妹会

己的工作。托勒密和埃尔钦是多年的好友兼搭档。他们相互协作不仅创造出了丰硕的研究成果，还相互激励，合作十分愉快。埃尔钦通过致力于富有人道主义和人文关怀的科学研究，也赢得了人们的尊重，消除了人们对特鲁拉人的许多偏见。

"我真高兴能安全地回到这里，"埃尔钦抬起自己的左臂，弯曲了一下他的人造手指，"我们知道这些义肢是有用的，幸亏我体内的神经末梢和这些人造的神经末梢之间有思维电路连接。我的手又回来了，可以运用自如了，只是手指现在一点儿感觉都没有。"

"感觉神经感受器是另一个完全不同的问题，"托勒密说，"但我们会解决的。"

埃尔钦也表示同意："我们取得成功的最佳途径还是继续为人类造福。我相信我们最终会说服那些芭特勒圣战者的。不管他们是否相信，科学始终是正确的。"

托勒密知道他们现在的工作的确会在整个帝国引起人们的质疑和强烈反应。培植罐和营养桶里生长着有机电路受体，这跟半机械生化人用大脑引导机械身体运动的原理极为相似。

他们俩从天顶星议会获得了大量资金，但埃尔钦也违反了某些规定，偷偷获取了半机械生化人的遗体进行研究。芭特勒圣战者只要看见这些机械的东西就会把它们砸得粉碎，因此大部分的半机械生化人残骸都被毁了，科学家们几乎很难获得关于思维电路和保存罐的记录和样本，以至于根本无从知晓思维电路和保存罐的功能原理以及运行方式。完整无损的半机械生化人十分稀有。托勒密从没问过埃尔钦他的那具半机械生化人尸体是从哪儿来的。

这位特鲁拉研究学者嘲讽地说："总有一天，我要解剖曼福德·托伦多的小脑袋瓜——看看他的大脑跟正常人的大脑有什么明显区别。"

托勒密并不想取笑这位芭特勒圣战组织的领袖："说话别这么损，

这样太不友善了。"他仍为双方没有达成对彼此都有利的妥协而感到失望和难过。他们从兰帕达斯败兴而归至今已经一个星期了，生活才刚开始恢复正常。

可芭特勒圣战者随后便跟着他们来了……

四十艘飞船朝乡间实验室大楼所在的位置降落。随着超负荷的浮空器引擎发出阵阵轰鸣，一架架小型飞船像乌鸦扑向新鲜的腐肉般俯冲下来。实验室里的许多工作人员都已经回家了，少数剩下的几个人一听到骚乱就立刻跑出去了。他们一看见飞船降落在长满青草的小山上就赶紧逃走了，只剩下托勒密和埃尔钦两人面对这一群芭特勒圣战者。

舱门打开，舷梯落下，声音震耳欲聋。一群剑术大师连同数百名挥舞着棍棒的平民从飞船里冲了出来。这两位身材矮小的科学家看着如此声势浩大、兴师动众的队伍，吓得目瞪口呆，简直不敢相信自己的眼睛。

埃尔钦心灰意冷地叹道："这下咱们跑不掉了吧。"他们孤零零地站在研究中心的主楼前。

"这没道理啊！"托勒密说，"他们来这儿干吗？"

在一片欢呼声中，那个没有双腿的人骑在套着挽具的剑术大师的肩上，在众人瞩目下出现了。在兰帕达斯，当托勒密看着那个坐在小书桌后的男人时，并不觉得此人有多令人生畏，然而此时当他看到眼前这个暴徒头子时，他顿感背脊发凉。

"天顶星的托勒密，"曼福德说，"我们是来帮助你的。诱惑已将你引入了歧途，野心蒙蔽了你。我来就是要确保让你走上正路。"

当暴徒头子说话时，兴奋难耐的芭特勒圣战者们则在追捕那些还没逃走的实验室技术员。曼福德并没有召回手下的人。

"你们来这儿要干什么？"托勒密惊恐地看着他的一名女员工被一群狂热分子抓住，女员工倒在地上，那群人对她拳打脚踢。他根本

沙丘学派：姐妹会

看不见那个女人，因为围在她周围的人实在太多了。但他听到了女人的惨叫声。"叫他们住手！"

阿纳莉·艾达荷把曼福德背到两个吓得发抖的科学家面前。他从阿纳莉的肩膀上俯视着二人，说："他们有他们的任务，我也有我的使命。"

那个女技术员停止了尖叫。越来越多的芭特勒圣战者从飞船上下来，埃尔钦吓坏了。托勒密想安抚他的朋友，但他知道这些话说了也没用："我会向议会起诉的。这……这是私人实验室。"

曼福德的声音柔和而轻松："是的，这是你的实验室。那我们就进去看看，看你都干了些什么。"

托勒密不想让他们进入研究室大楼，但芭特勒圣战者们像海啸一样涌了进去，把他俩也带了进去。狂热分子们进入实验室后四散开来，砸毁设备和样本，扯断固定装置，朝窗户扔石头。

托勒密吓得快无法呼吸。太可怕了，简直难以置信，这就像一场无法逃脱的噩梦一样。"我不明白！"他泪如雨下，"我从来没伤害过你，我只是想帮你。"

曼福德摇了摇头，一脸的沉痛和悲伤："我很生气，因为你竟然认为我需要你那卑鄙邪恶的科技的帮助，你以为我就那么软弱吗？"

在实验室里，曼福德被阿纳莉·艾达荷抱着，他用严厉谴责的目光看向试验台，那里摆着人造的假肢和神经末梢，此外他还看到好几台分析机，最可怕的是，竟还有三具被拆卸下来的半机械生化人躯壳。

曼福德伸手捡起一只坚硬的塑料假手，然后厌恶地把它扔在了地上，说道："为什么你们认为人类需要这样的东西来强化自己呢？我们需要的是信念……我对你也有信心，天顶星的托勒密。所以我来此是为了再给你一次机会。"

托勒密屏住呼吸，内心充满困惑。他仍能听到实验室大楼里里外外砸毁东西的嘈杂声。他害怕得想吐,身边的埃尔钦也吓呆了,浑身瘫软,颤抖不止,大气也不敢出。托勒密似乎还没明白怎么回事,但埃尔钦却已经看出来了。

曼福德皱起眉头,说:"不过,恐怕你那位特鲁拉的搭档已经堕落至极,无药可救了——但我们可以让你从他身上得到教训。也许你最终能改邪归正。"

埃尔钦恸哭哀号,想要逃跑,但立刻被两个狂热分子抓住,并把他推向曼福德和阿纳莉身边。剑术大师阿纳莉抽出剑来,一剑砍下了他的左臂假肢,将左臂从肩膀真正的肌肉和人造神经末梢的连接处一剑斩断。埃尔钦低头看着自己的残肢失声惨叫,液压装置输送到神经里的营养液喷溅而出,鲜血也从断臂处顺着动脉汩汩流出。

托勒密想要帮他,但身体被好几只强有力的胳膊按住,动弹不得。他的心怦怦直跳,几乎无法呼吸。他看到了好友惊恐的目光,但转眼间埃尔钦就瘫倒在地板上昏过去了。

"至少他能作为一个真正的人而死去,"曼福德说,"人的思维是神圣的。"

"人的思维是神圣的。"其他人异口同声地附和着。曼福德挥手示意他们离开。其中一位剑术大师把托勒密拉到外面,但把埃尔钦一个人留在了实验室里,显然是要让他鲜血流尽而死。这不是真的,简直丧心病狂。托勒密实在无法相信眼前所发生的一切。

众人退到了研究中心外的草地上,曼福德的追随者们朝已经破碎的窗户投掷燃烧弹,并放火焚烧研究中心大楼。

"住手!"托勒密声嘶力竭地大喊,"把埃尔钦救出来!你们不能这样对他!他是我的朋友——"

"他不值得被救。"曼福德说,无视了托勒密伤心欲绝的请求。

火焰越升越高。托勒密看见他的搭档出现在一扇窗户前,想要逃出去,但是芭特勒那帮狂热的家伙拿着棍棒冲上前去,朝他一通猛打,

沙丘学派：姐妹会

直到他被迫缩进屋里，不见人影。

大火蔓延到了屋顶，引燃了实验室里易燃的营养液。

刹那间，一个又一个实验室接连爆炸，托勒密听到了朋友痛苦的惨叫。

"住手！"他抽泣着跪倒在地。泪水顺着他的脸颊滚滚流淌。他双手捂脸不住地摇头，"住手，停下来，求你了……"

曼福德露出了满意的笑容，而阿纳莉·艾达荷面无表情。她一把抓住托勒密的头发，拉起他的头，强迫他看着实验室被熊熊大火烧毁。

"我们给了你一份礼物，"曼福德说，"相信你会从中学到东西。我研究过伊拉斯谟的日记，让我引用其中的一段话送给你好了。这段话对大多数人来说实在太可怕了，但你还是应该听一听，他说：'人类继续像坐地撒泼的孩子一样反抗我们，但我们的技术比他们更先进。我们有先进的科技、强大的适应能力和坚持，所以我们将会永远立于不败之地。而人类是如此落后而弱小，简直不堪一击……但我不得不承认，他们很有趣。'"

曼福德闭上眼睛，仿佛在努力驱散心中的厌恶："天顶星的托勒密，希望你已经认识到了自己的错误，我们会为你祈祷。"

·· ✧ ··

天顶星上的这场大火烧了好几个小时才渐渐熄灭，但此时芭特勒圣战组织的飞船早已远去，只剩下托勒密呆呆地盯着浓烟弥漫的研究中心残骸，听着四周一片令人心碎的静默。曼福德·托伦多和他的手下们一直待在那儿，直到埃尔钦的惨叫声停止了才走……他那凄惨的叫声持续了很久。

看着眼前一片烧焦的残骸，托勒密觉得自己仿佛失去了一切——除了他头脑里的知识和对科学的好奇心。那些残忍的野蛮人并没有完

291

全夺走他的一切。他蜷缩在长满青草的小山上，恍惚间深深地陷入了沉思，思考下一步他该怎么办。他想出了一个计划，一个详细具体的计划。

他站起身来，挺直身子，擦了擦红肿的眼睛，决定重新面对现实。仿佛周围的物理定律全都发生了变化似的，他不得不重新建构自己的信念。

他不敢去找自己的兄弟姐妹，不敢寻求他们的意见，商量该怎么对付那些芭特勒圣战者——他不敢让他们涉入其中，冒这么大的风险。因为那些野蛮人也会去他兄弟姐妹的实验室，把他们关进去，然后放火烧死。不，他得自己想办法……他的头脑是他最厉害的工具，也是最强大的武器。

芭特勒那帮人毁掉了他的实验室，杀死了他最好的朋友，让他一败涂地，无力还击。但他不会就此罢休。曼福德绝对想不到今天他给自己制造了一个多么可怕的敌人。

想想人类的生活：我们是生物，却又不止于此。尽管荣誉要求我们做出利他的决定，但即使是利他的举动也总是会给自己带来利益和回报，不管你如何想掩盖这个事实。

——圣母拉奎拉·贝托-阿妮鲁尔，《论人类的境况》

英格丽德姐妹好奇心很强，这对她来说没有半点儿好处。

早些时候，她在兰帕达斯的芭特勒圣战组织里受训时，她的导师们也曾说过她好奇心强，还因此对她赞许有加——只要她没有提出错误的问题，有好奇心从一定程度上而言还帮了她。例如对知识的好奇让她在自己感兴趣的科目上取得了很好的成绩，就像化学和人体生理学。但有一位老师也曾责备她总是对不相干的事情过分好奇，所以总是分心，不够专注。英格丽德意识到她经常把大把的时间浪费在一些不重要的小事上，忽视了硬性规定的必修课程。

她发觉在兰帕达斯的学校里学习越来越乏味无趣，一心想要逃离，于是经由多洛蒂娅姐妹的推荐，她申请来到了罗萨克的姐妹会进行训练。按照多洛蒂娅姐妹的话说，姐妹会为她活跃的头脑提供了新的启发。

最近这段日子以来，一想到有堕落的姐妹将计算机藏在了罗萨克，她就夜不能寐。另一个学员也说罗萨克上藏着计算机，许多老学员都兴奋地对使用计算机的前景表示乐观，但英格丽德却始终持怀疑

SISTERHOOD OF DUNE

态度。说小道消息的人没有证据，甚至没有令人信服的论据，英格丽德并不觉得那个传播小道消息的学员是个目光敏锐、洞察力强的人，连英格丽德自己都没注意到的细节，她怎么可能会发现呢？

但这可怕的想法必须得到重视，并认真对待。她从曼福德·托伦多那里学到了很多东西。安全起见，英格丽德暂且假定谣言是真的，直到她得到进一步的消息再说。假如她能找到证据，多洛蒂娅姐妹一定会帮助她彻底铲除思维机器，净化姐妹会。

当她把这个消息告诉多洛蒂娅姐妹时，多洛蒂娅也同样表示担心："请让我调查一下。自从我被派到萨鲁撒之后，这里发生了很大变化，但愿圣母没有误入歧途。"

但英格丽德并不想干坐着，等别人给出答案。她意识到如果多洛蒂娅调查当中问了不该问的人，姐妹会可能会把秘密隐藏得更深。

思维机器极具诱惑性，很可能会有姐妹借由不明智的理由来使用计算机。帝国将这种人称为"机器的辩护者"。但在英格丽德看来，对与错，非黑即白，没有灰色地带；是与非，泾渭分明，没有模棱两可：思维机器，无论披上什么伪装，都是邪恶的，必须被消灭。

这座悬崖之城很大，也很复杂，而且大多数地方都是空荡荡的。她在一些貌似已经关闭和设置路障的区域进行了搜索，这些地方都有禁止进入的标志。姐妹会要求所有姐妹都必须遵守规定，但作为姐妹，也应该学会思考，学会质疑。

英格丽德便是如此。最有可能藏着计算机的地方应该是保存着所有育种记录的密室。在黎明前的黑暗中，她绕过了挡在上山小路中央的路障，这条上山的小路沿悬崖而上，通向只有少数人有权进入的洞穴。她小心翼翼地沿着小路往上走，眼睛已渐渐适应了夜晚的星光，路上一切顺利。

她沿着学校里的导师和学员经常走过的小径继续往上走，突然发现前面有道亮光，有人拿着手电筒鬼鬼祟祟地走下山。英格丽德立即

沙丘学派：姐妹会

闪身躲进两块大圆石中的岩缝里，屏住呼吸静静地等候。

一个身穿白色女巫长袍的老妇人快步走过，英格丽德认出了那是卡丽·马奎斯。多洛蒂娅姐妹在丛林实验室里跟这位老女巫一起做化学研究。英格丽德不明白为什么这个一把年纪的老妇人会深更半夜地出现在这里。鉴于上面的洞穴是外人不可进入的禁区，所以那里很可能是保存育种记录的地方。

卡丽沿着小路艰难地走向悬崖城的居住区，英格丽德立刻精神百倍地冲向陡峭的悬崖小径最高处。下方丛林里树叶沙沙作响，虫鸟嗡鸣；头顶上一团云层飘来，遮住了一片耀眼的星光。英格丽德慢慢转过身来，仔细观察着这条悬崖小径，以及周围的巨石和陡坡，用她的想象力猜测卡丽刚才在这儿做了什么。

她爬到崖顶，并没看到白天守卫在洞口的那两个姐妹——晚上她们都走了，正如她所愿。通向限行通道的入口看上去黑漆漆的，令人生畏。

英格丽德犹豫了几分钟，在想该如何是好。还有不到一个小时，黎明的曙光就会染红天际，可她还是没有想出答案。再过不久，她那些在悬崖城居住区里的姐妹就会起床，在小径入口处、阳台上和通道里四处走动。正在这时，她突然听到下面陡峭的小路上传来清晰的说话声，有两个姐妹在夜色中一前一后地沿着小路往山上走来，明亮的手电筒灯光照亮了她们的身影。如果她待在岩石后面，在黑暗中，她们是看不到她的。那两个人离她越来越近，声音也越来越清晰。她们的身影若隐若现，时不时被垂到岩石上的枝叶遮挡。她的心跳越来越快，若被她们发现，英格丽德根本想不出合理的解释。不过她们为什么要怀疑她呢？

当那两个姐妹走到洞穴口时，英格丽德躲到了一棵粗壮的罗萨克雪松旁最黑暗的阴影里，周围被灯光照亮。她认出那两人里其中一个是瓦莉娅姐妹。除了她们的谈话声，英格丽德只听到下面丛林里的阵阵呢喃，并时不时被栖息在悬崖上的夜鸟叫声打断。

两位姐妹毫无戒备地拿着灯走进黑暗的洞穴。英格丽德犹豫了好一阵，还是悄悄跟在她们后面溜了进去，小心翼翼地躲在灯光照亮的区域之外。她悄无声息地走着，尽量紧跟着那两人。过去在兰帕达斯，她经常在夜里冒险外出，而且只带着一根蜡烛，连灯也不带。

瓦莉娅和她的同伴沿着石墙走廊一路走下去，拐了个弯便消失无踪，前面的路再次陷入一片黑暗。英格丽德急忙跑上前去追赶她们，这时又看到了那两道明亮的手电筒灯光，但她们向左一拐，转眼间又消失了，就像直接穿过了一堵墙一样。

漆黑的通道令人不寒而栗，但比起黑暗，英格丽德更害怕的是被抓住。的确，这些隐秘的通道神秘又暗含险恶。当她走到那两人转弯的地方时，她四处张望，努力寻找哪怕一丝微弱的光线，或者一个入口，可她除了一堵石墙，什么也没看到。

但那两个姐妹肯定是去了什么地方。英格丽德在通道里急匆匆地走来走去，确信自己来对了地方，却找不到入口。在黑暗中，她两手摸着石墙，脸也贴在墙上，想找找有没有暗门。隐约间，她听到嗡嗡的声音，就像昆虫的巢穴……或者敲打机器的声音。她继续摸索着石墙前行。

突然间她的手竟然穿过了岩石。

这岩石是障眼法，是个不透明图像在洞口的投影，以掩盖其存在！英格丽德惊得倒吸一口气。她呆愣愣地后退了一步，然后又小心翼翼地再次走上前，伸出一只手穿过那面只是投影的墙。没错，这是个隐藏的入口。英格丽德鼓起勇气，穿过岩石墙，发现里面竟然是个宽敞明亮的大岩洞，里面还嗡嗡作响，不禁惊奇地眨了眨眼睛。一阵微风吹过她的脸。

当她的眼睛适应了新环境的光亮之后，看到了不可思议的东西。一排又一排的计算机、复杂的存储设备以及围在墙边的一圈监视器屏

沙丘学派：姐妹会

幕和金属操作台，身穿长袍的姐妹们正在维护这些机器。瓦莉娅姐妹站在一组显示器前，迟疑了一下，似乎感觉到了什么，然后转身朝伪装的洞口走去。

英格丽德惊恐万分，吓得直后退，立刻转身穿过那面全息影像墙。但愿自己跑得及时，没让瓦莉娅发现她。英格丽德万万没想到她的姐妹们竟然隐瞒着这么一个惊天的罪恶秘密。她沿着黑暗的通道拼命逃跑，根本顾不上眼前的漆黑。她觉得自己身后有动静，于是脚下不停，直到跑出洞外，呼吸到凉爽的空气，看到被星光照亮的崖边小路。她气喘吁吁，胸口憋得难受，恨不得想要大声叫喊，把心里的一切都发泄出来。

她喘着粗气，开始沿着陡峭的小径往山下走，边走边试图让自己冷静下来。她必须要仔细想想。她必须得找人诉说这惊人的发现。此时在她心里，姐妹会突然变得阴暗无比，就像个充满无数秘密的怪物。她不该看到那个满是计算机的洞穴。

英格丽德迷迷糊糊地走着。圣母对她们的训练和教导有多少是谎言？姐妹会口口声声说只依赖于人的力量，然而她们真正依赖的竟然是那些计算机！会不会多洛蒂娅姐妹也骗了她？英格丽德真不愿意那么想……但谁能保证呢？

于是她在心里打定了主意，唯一的办法就是直接向曼福德·托伦多上报，告诉他罗萨克姐妹会私自藏匿计算机。他和他的追随者们会二话不说，不听任何解释，直接摧毁邪恶的机器。

·⚛·

瓦莉娅正准备趁众姐妹还没起床，悄悄地进入秘密洞穴操作计算机，却突然发现了入侵者。凭借在姐妹会里练就的敏锐洞察力，她认出了入侵者是来自兰帕达斯的新学员英格丽德姐妹。这个年轻的女孩仿佛身上刻着芭特勒的文身一样，一眼就能看出她是芭特勒圣战组织的信徒。

瓦莉娅没有把这件事告诉那些跟她一样在黎明前抓紧开始操作计算机的姐妹，而是选择一个人悄悄地冲出了洞穴，穿过全息图像投影，回到黑暗的通道里。她没有打开手电筒，而是悄无声息地潜行。

她能听到前面那个受到惊吓的学员在拼命逃跑。

瓦莉娅小心翼翼地不发出任何声响，走到洞口停下了脚步，看到英格丽德的身影就停在小路的路口，随后开始在黑暗中摸索着往山下走。

瓦莉娅经常在夜深人静时走这条路，所以对路线十分熟悉，于是紧跟在后。毫无疑问，那女孩肯定什么都看到了。她能听出英格丽德步履踉跄，边走边喘气。这时瓦莉娅无意中踢到了一块小石头，发出了明显的动静，英格丽德吓得顿时停下了，转身向身后看去，但什么也没看见。

瓦莉娅随即便追了上来，为了让这个新学员放松警惕，她连忙解释道："你是不是不舒服啊，英格丽德姐妹，需要我帮你吗？"她巧妙地侧身，从英格丽德身边闪过，挡住了她的去路，"你知道这里是禁地，外人不该来的。"

这个新学员的目光游移，像被困的动物一样神色慌张："你没资格教训我。"

瓦莉娅觉得自己向来不怕打斗，毕竟她从小跟她哥哥比武，相互激战过无数次了，于是说："咱们谈谈吧。"

英格丽德胸口剧烈地起伏，喘着粗气道："我不相信你。你已经被计算机腐蚀了。"

"计算机？"瓦莉娅尽力装出一副惊讶的样子，"你在说什么呢？"

英格丽德指向那条小路，犹豫了半天没说出话来。

瓦莉娅立刻趁此机会，一把将这个年轻女孩推下了悬崖，英格丽德还没来得及尖叫出声，就掉了下去。她在坠落中撞上了坚硬粗糙的崖壁,然后撞上了树冠,最后掉落在丛林的地面上。

瓦莉娅并不为自己的举动后悔,因为她别无选择。计算机里保存着无数代人的知识和信息,无可替代。她曾向拉奎拉发过誓要保守育种记录的秘密。因此保存育种记录是她最首要的任务,也是她誓要坚守的职责,哪怕为此杀人也在所不惜。

但现在她必须得告诉拉奎拉她杀了人。

瓦莉娅来到了圣母的住处,尽力让自己冷静下来,好让自己在坦白时表现得坚决果断。天刚破晓,姐妹们纷纷起床,开始一天的忙碌。拉奎拉正忙着梳洗,看到瓦莉娅来了便立刻迎她进屋。

看到房门关上,没人能偷听之后,瓦莉娅向拉奎拉坦白自己杀害了一名女学员,并且没有表露出任何情绪。老妇人几乎没有反应,只是专注地盯着瓦莉娅看,就像一名外科医生正在评估一个因得了可怕并发症而躺在手术台上的病人。最后,她伸出手,死死抓住瓦莉娅的手腕,力道大得吓人。

"你别无选择,只能把她杀了?"拉奎拉抓住年轻女孩的手腕,捏得更紧了。

瓦莉娅说的是事实,如有半点儿谎话,肯定能被拉奎拉识破:"我相信这是保护育种记录最好的办法。让她活着太冒险了,造成的灾难会更大。以我对英格丽德姐妹的了解,再看她的反应,我敢肯定她决意要引起祸端。"

"除此之外,你没有别的动机吗?"

"没有。"瓦莉娅直视着圣母说。

拉奎拉久久握着她的手腕,感受她的脉搏,触摸她皮肤上的水分:"我无法宽恕你的行为,但我相信你的动机是纯粹的。告诉我尸体在哪儿。我们必须确保不再引出别的问题,否则你这次铤而走险的冒险一赌终将失败。"

拂晓时分，罗萨克各个洞穴里都忙碌起来。圣母安排了另一位姐妹替瓦莉娅教课，然后带着瓦莉娅坐吊梯下到丛林里。她们穿过人迹罕至的矮灌木丛，沿着悬崖边来到英格丽德坠落的地方。

瓦莉娅寻找着死去的学员尸体，心里仍不感到内疚。如今姐妹会是你们唯一的家。"我也不希望这样的事情发生，圣母。我已经做好准备承受后果了。"

经过一个小时的搜寻，她们终于找到了瘫倒在岩石上的学员尸体，鲜血溅满岩石。两只羽毛如蓝宝石般的鸟正在尸身上进食，但一看到两个女人突然走近，就吓得飞走了。

拉奎拉盯着眼前的一幕看了好一会儿，说："你我都清楚英格丽德一定会把那群狂热分子召到罗萨克来。而我们必须不惜一切代价保护那些育种计算机。它们储存着女巫们几个世纪以来的心血，无数代人详细的血统预测——这些是人类未来进化的关键。很遗憾，我不得不承认，为了重要的事业，杀人是必要的，也是值得的。"

拉奎拉让瓦莉娅帮她把英格丽德的尸体抬进丛林深处，远离高耸悬崖的小路。她们把尸体抬到人迹罕至的地方，避开任何有人走过的小径，这样尸体很快会被食肉动物发现，并啃食殆尽。

打发走瓦莉娅后，圣母独自回到自己的住处，坐在她珍爱的书卷中，陷入沉思。她椅子旁边的书桌上放着一本《阿扎之书》，有时她喜欢翻阅一下这本书，找一些对她来说有用的段落。而今天，她遇到了前所未有的难题，当初她在写这本书时，从未经历过这样的事情。

她意识到姐妹会里姐妹之间的关系日益紧张，而曾经在门泰特训练过的卡丽最近也有不祥的预感，认为姐妹会将会出现可怕的分裂，遭受如暴雨般的浩劫。也许这件事就是暴风雨来临前的第一次预警。

沙丘学派：姐妹会

　　拉奎拉脑海中其他记忆的声音在呼唤她，那些声音大声惊呼着，提出相互矛盾的建议。那些祖先的记忆和经历并不像图书馆里的书籍，可以让她随时从书架上取下阅读，想什么时候看，就什么时候看，且有连续性。实际上，这些记忆的出现和消失全凭它们自己的意愿，有自己的目的，随心所欲。有时她可以让头脑里的喧哗稍微减弱，但那些声音总是去而复返，不断涌来。

　　不一会儿工夫，那些声音又安静下来，并没有对她的疑问给出回应。拉奎拉既没听到答案，也没得到任何指引。

宇宙中再没有比刚完成学业并准备实现远大理想的高水平毕业生更乐观的人了。

——摘自《帝国对学院运动的研究》

十二名门泰特学生完成了学校所有的训练课程。一群严厉的导师对他们一一进行了审查，然后将这十几名申请毕业的学生名单呈送到吉尔伯图斯·奥尔班斯那里，等待他最后的审核。

这十二名学生当中包括才华横溢的德莱格·罗杰特、两名来自罗萨克的姐妹，以及其他吉尔伯图斯熟悉的学生。吉尔伯图斯批准这些学生全部顺利毕业，他对这些学生的能力没有任何怀疑……

有些人可能会觉得，在一个追求逻辑和精确思维组织能力的学校里，毕业典礼却充满人为营造的一种传统感和历史感，两者有些格格不入。实际上，在建立这所门泰特学校时，吉尔伯图斯煞费苦心地赋予学校一种神圣庄严和历史感。学校里的所有建筑看上去都古老厚重，其结构复杂、形式紧凑，给人一种底蕴深厚、尊贵庄严之感。每一份毕业证书都字体华丽、错彩镂金，用的是真正的羊皮纸。毕业生们都穿着刺绣的宽松长袍，戴着蓬松又夸张的帽子。

吉尔伯图斯知道，这一切都只是象征性的，没有任何实际意义，不过学生和导师都很喜欢——特别是那些芭特勒圣战组织推荐来的学

沙丘学派：姐妹会

生。就连外人看了也对毕业典礼印象深刻，每个门泰特学生都必须记住古时拗口且几乎被人遗忘的古老辞令。有人可能会说，学习那些早已作古的语言简直没一点儿用处，但吉尔伯图斯预见到，这种晦涩难懂的语言如今几乎没人能明白，也许会作为一种只有少数人能听懂的暗语，可以在指挥作战或刺探情报时使用。

十二名学生在毕业典礼前早已准备就绪，此时吉尔伯图斯站在圆形大礼堂的主讲台上，十二名即将毕业的学生排队站好。吉尔伯图斯滔滔不绝地讲出那些他说了一遍又一遍的毕业典礼致辞，承认每个毕业生都是真正的门泰特，并代表兰帕达斯的门泰特学校赐予他们祝福。

"我在此望尔等能尽己之能、以己之力为人类进步做出自己的贡献，使人类的思维更加清晰，令人类的智力不断提高。"每一句致辞都会停顿一下，听众们会异口同声地附和一句"人的思维是神圣的"——作为对芭特勒圣战组织的妥协和让步，吉尔伯图斯把这些也加入到了仪式当中。

毕业典礼结束后，德莱格·罗杰特走过来跟吉尔伯图斯交谈。此时他已经脱下了毕业袍，把毕业袍连同袍上的穗带一起挂在了自己的房间里。现在的他又穿上了他那件整洁的黑色袍。他毕恭毕敬地向吉尔伯图斯鞠了一躬，说："我来是想对您的悉心教导表示感谢，尊敬的校长。您给予我的机会我将终生铭记。"

"我真希望你能留下来，跟我们在一起，德莱格。我找不到比你更出色、更有前途的导师了。你在这所学校将会前途无量，甚至会接替我的位置。毕竟我不可能永远待在这里。"这是真的，吉尔伯图斯觉得他也许能再活几个世纪或者更久，但时间对他来说却越来越紧迫。再过不久，他就要离开学校，换个身份过全新的生活。转眼几十年过去，他在年龄和相貌上的伪装也只能到此了，即使以食用美琅脂香料为借口，也已经到了极限，再过不久就可能瞒不住了。

"我是可以那么做，先生，但整个帝国都在等着我。我想那才是我的使命。"

吉尔伯图斯不情愿地点了点头，说："那么我祝你好运，希望我们能再见面。"

吉尔伯图斯站在悬浮的机场，看着载着德莱格·罗杰特和其他乘客的飞船即将起飞，并挥手跟他告别。一头黑发的德莱格坐在舷窗旁，显然没有看见他。没过一会儿，随着浮空引擎平稳而安静地震动，白色的飞船迅速飞向天空，直到在空中变成一个小点，随即消失。

吉尔伯图斯望着飞船离去，心里无限感伤，同时又为他最出色的学生感到高兴和自豪。他给德莱格写了一封长长的推荐信，这个年轻人要在贵族家庭中找到一个稳定的职位应该不难，甚至进入宫廷也没有丝毫问题。这位新的门泰特既有能力又有抱负，今后的人生无疑会十分精彩。他绝对有这个潜力。

在机场周围，驳船工人们用起重机将巨大的石块扔进沼泽湖的浅水区里，为扩大机场构建防波堤。

由于太空飞船来来往往，发出的隆隆声惊扰了沼泽湖里一些较大的生物，激得它们时常撞击浮空的机场，造成了极大的破坏。于是吉尔伯图斯下令将飞船停靠区移到浅水区，以保护机场不受这些动物的破坏。

学校周围的荒野中仍有许多不为人知的神秘；自然学家对栖息在这片浑浊水域及周边的生物鲜有研究。不过吉尔伯图斯喜欢这样，因为面对未知的危险，人们必须时刻戒备，并不断提高自己的适应能力和智力水平，这是生存的唯一办法。伊拉斯谟曾多次证明过，冒险有助于扩展人的心智……

沙丘学派：姐妹会

吉尔伯图斯回到自己的私人办公室，把门锁紧，拉下紫色的窗帘，然后跟闪闪发光的存储器核心交谈。经过这么多年的接触，他对这个独立机器人情绪上的微妙变化已经了如指掌。今天这个凝胶电路球体似乎有些奇怪，发出的光颜色更暗淡了。他明白这说明伊拉斯谟处于十分焦虑的状态。

"既然毕业生们都已经走了，这下你应该有机会给我弄副临时的身体了吧，"伊拉斯谟说，"只要你需要，我可以在任何方面给你提供帮助，有求必应。我已经计划好了，要进行许多的测试和实验，了解更多的人类行为。"

"而谁会从中受益呢？"

"获得知识本身就是受益。"

吉尔伯图斯知道他不得不满足他导师的这个愿望，因为他再也找不到合理的借口拖延下去了。但是现在它的愿望还不可能实现。"我的材料有限。"

"我相信你有足够的资源。"

吉尔伯图斯叹了口气，说："我会尽我所能的，但这很困难，也很危险。"

"还慢得要命。"

校长身子向后靠在椅背上，感到心烦不安，又忧心忡忡。尽管他对机器人以所有人类为实验对象这件事持保留意见，但他也知道，如果没有了导师，他会很孤独。在科林战役的最后时刻，当思维机器快要将人类大军打垮的时候，伊拉斯谟破坏了机器人的攻击，把他从死亡的边缘拉回来——救了他这个纯粹的人类。

吉尔伯图斯摇了摇头说："今天德莱格·罗杰特走了。这些年来，我们的关系日益亲密，但他还是不想留下来。"

"我明白，"伊拉斯谟说，"他是你的得意门生，就像你是我最喜欢的学生一样。"

"我很高兴成为他的导师。他是所有新门泰特中最出色的。"

"我完全理解。但如今帝国各方势力相互矛盾冲突,我不确定我们的门泰特是否站在正确的一方。从某种意义上说,我们正在帮助那些芭特勒圣战者证明他们的主张——思维机器是没有必要的。"机器人很喜欢说些深奥的东西,"芭特勒圣战者们就像古代历史上的那些卢德分子①,也就是旧历19世纪古地球的那些思想狭隘的人,一群心胸狭窄、目光短浅的英格兰暴徒。当时许多当地工厂引进了高效率的机器代替工人,所以他们便把自己贫穷困苦的处境归咎于那些机器。暴徒们摧毁机器,希望借此找回自己的工作,恢复以前的样子。但他们的运动最后还是失败了。"

存储器核心发出的灯光现在更明亮了些:"我相信迷信和恐惧对人类的奴役比奥米诺斯更甚。你们不是在思维机器的枷锁下受苦,而是被野蛮无知的人类欺凌。科技的进步不可能永远停滞不前。"

"可至少我们得假装为芭特勒圣战组织效忠,否则他们会把这所学校拆了的。"吉尔伯图斯说。他发现机器人的独白越来越激昂,存储器内核发出的光颜色越来越深,先是浅橙色,后来渐渐变成了深铜色。"你对自己做了什么?"

仿佛恶作剧被发现了一样,存储器内核发出的光又变回原来的金黄色,然后逐一显示出光谱里的所有颜色。"我在柜子里都待腻了,所以对内部程序悄悄做了些改动。这是我保持'清醒和理智'的方式,也许是我自身合成的方式。请你理解,我个人成长的方式只有有限的几种。"

吉尔伯图斯不知道他是否该为此感到惊慌:"我会尽力找到合适的移动设备来承载你,至少暂时能让你待在里面,但我们必须严格控

---

①卢德分子亦称作勒德分子,是19世纪英国工业革命时期,因为机器代替了人力而失业的技术工人。现在引申为持有反机械化以及反自动化观点的人。

制，你只能在有限的地方使用它，以防你被人发现。"

"也许我可以成为猎捕这周围野生动物的捕猎手。你把我放在沼泽周围的地上，我会专心研究那些野生动物，用那些数据作为我对人类研究的参考。"

"这个想法倒是挺有趣，但我不准备把你放到外面，谁知道你会不会又创建出一个思维机器的帝国来？"

机器人模仿人类的笑声，然后说："我为什么要创造出另一个思维永恒体来呢？奥米诺斯给我惹出的麻烦跟人类制造的麻烦一样多。不然你以为我为什么要把你教成一个门泰特呢？我这样做是为了证明人类可以比过去更优越、更强大。对思维机器来说也是如此。未来我们必须与人类共存，机器和人类可以结成伙伴关系。"

吉尔伯图斯回应道："应该是人类与机器结成伙伴关系才对——人类是主导。"

伊拉斯谟沉默了一会儿，说："这是个角度的问题。但是别忘了，没有我的话，你什么都不是。"

"我们必须站在彼此的肩膀上，互相合作。"吉尔伯图斯温柔地笑着说。

> 我不惜使用任何可以支配的武器——而情报是其中最致命的。
>
> ——约瑟夫·文波特，文氏集团内部备忘录

德莱格·罗杰特刚从以课程紧张和学费昂贵著称的兰帕达斯门泰特学校毕业，便立刻动身来到了科尔哈。约瑟夫·文波特像迎接英雄归来一样，热情地欢迎他。

这位新的门泰特穿着一件黑色的束腰外衣和一条飘逸的黑色裤子。他从飞船上走下来，站在正午的阳光下环顾周围的太空港发射塔、太空舰队行政总部大楼以及一座座巨大的引擎制造厂。约瑟夫带着一支欢迎队伍乘坐一辆嗡鸣作响的地行车快速穿过停机坪，前来迎接他。他们下了车，德莱格走上前来，向他的资助人微微鞠了一躬，说："您的计划圆满成功了，先生。"

约瑟夫兴奋地跟德莱格握手，接着后退了几步，盯着德莱格上下打量着说："你变了，整个人看上去……气场更强了。"他这无疑是在恭维德莱格。

德莱格微微点了点头，说："的确比之前精神更专注了。成为门泰特是一个漫长而艰难的过程，但您在我身上的投资绝不会白费。"

约瑟夫忍不住高兴地笑出了声："你是我们输送到门泰特学校的第一批人才。我希望能有越来越多的人加入我们。文氏集团迫切需要训练有素的门泰特。"他计划利用这些门泰特来监管他在不同星球上

的银行业务，另外文氏集团的子公司联合商业公司也有庞大而复杂的记录需要他们来进行保存。

在此之前，约瑟夫测试了许多愿意参加门泰特训练的年轻候选人，乔巴代表他对这些人进行了严格仔细的面试。一旦最优秀的一批候选人被筛选出来，约瑟夫的安全主管埃克比尔就会为这些候选人打造全新的身份和背景，然后把他们送到兰帕达斯的门泰特学校接受训练。这么做是为了不让那些狂热的芭特勒分子看出他们是文波特的人。门泰特学校跟曼福德·托伦多以及他手下那些野蛮人关系太过紧密，太令人不安了，就算那些脾气暴躁的狂热分子拒绝让约瑟夫输送的人进入学校受训，他也丝毫不会感到惊讶。因此文氏集团秘密资助他们——而且出于安全考虑，约瑟夫输送的这批学生彼此都互不相识。

"这么说我是第一批？"德莱格问，"我很高兴听到这些消息。"

"在你之后还会有许多人相继加入，"约瑟夫说，"明天，乔巴和我将开始带你熟悉一下接下来的新工作。"

约瑟夫和德莱格站在阳光照耀的田野上，装有美琅脂气体的密闭气罐上反射着光照。德莱格饶有兴趣地观察着领航员受训者变异的形态。此前，约瑟夫并没有向他透露这些机密。"谢谢你让我看到这些，文波特总裁。"

约瑟夫耸耸肩："门泰特如果没有得到完整的数据就没有用武之地。"

他的妻子也加入进来。她穿着一套保守的职业装，一头长发用头巾扎了起来。她和诺玛·森瓦刚结束罗萨克的奇异之旅。约瑟夫并不喜欢她们跟姐妹会分享文氏集团的机密信息，但诺玛和乔巴，甚至还有他的两个女儿，她们都跟姐妹会有密不可分的联系，所以他明白强迫她们效忠自己毫无用处。"

乔巴跟在约瑟夫后面，沿着一条通道走向约瑟夫特意要带德莱格去看的一个气罐。约瑟夫一边凝视着气罐的弧形强化玻璃，一边对身穿一袭黑衣的门泰特说："你在门泰特学校的训练的确很艰难，德莱格。但是要想成为一名领航员，需要经历更极端的转化过程。你瞧瞧这个人，他就是个很有趣的例子——实际上他并非自愿加入，而是我们当场抓获的一名间谍。"

"间谍？他想要刺探什么呢？"

"刺探我们是怎么培养出领航员的……但我们及时阻止了他泄露我们的秘密给他的雇主，也就是天体运输公司。我把他放进了气罐里，不为别的，就是想让他更死得其所，但没想到他的适应能力真让人吃惊。"约瑟夫用指关节敲了敲透明的强化玻璃窗。气罐里出现了一个像木棍一样的身影，它扭动、摇摆，就像被一根看不见的线提着的木偶。"他名叫罗伊斯·费耶德，但我不知道他在转化过程完全结束后还记不记得这些无足轻重的事。我的曾祖母在指引他。我想他也许能活下来，成为一名真正的领航员。"

费耶德的脸看上去扭曲又肿胀，眼睛变得硕大无比，脸颊圆圆的，下巴已经融化掉了，整个人看起来就像被加热过头的蜡像。他那双大眼睛眨了眨，但嘴巴一动不动，看来并不想说什么。

"如果他是一名间谍的话，那他就是你的敌人。"德莱格透过气罐里朦胧的烟雾朝里面张望，"从逻辑上讲，作为一名领航员，他并不值得信任。他身上发生了如此极端的变异，他怎么会不恨文波特集团呢？假如您把他派到空间折叠飞船上，他若蓄意撞毁飞船，令飞船上所有的乘客和货物都受损，或驾驶飞船直接去了天体运输公司，那该怎么办呢？您在冒一个极大的风险。"

"诺玛跟我们保证没有任何风险，"乔巴说，"由于最初的变异已经发生，他的思维也在急剧扩展，他极度渴望成为我们的领航员。这是真的。"

"有意思。"德莱格不置可否地说。

约瑟夫的语气比他想的更有防卫性和保护欲："既然诺玛·森瓦让我相信这个人，那我为何要质疑她呢？她可是我们整个商业帝国的核心啊。"

"我接受您的论断，先生。根据我近来的观察和发现，我知道您竭尽所能创造出的所有领航员都极为重要，必不可少。"这位新门泰特转过身，语气平淡地对他说，"我要送给您一份礼物，一个非常有趣的预测。"

约瑟夫扬起眉毛，说道："我洗耳恭听。"

"在我完成门泰特训练之前，吉尔伯图斯·奥尔班斯和我研究了一个多世纪以来的所有记录，追踪了所有思维机器飞船的已知飞行路径和运动轨迹。在收集了无数线索和数据之后，我们进行了大范围的门泰特推测，然后我们两人都得出了相同的结论。"德莱格笑了笑，然后解开了悬念，"先生，我推测到了一个大型机械造船厂的大概位置。这是个造船和补充燃料的设施，估计可以容纳许多船只和造船机械。由于这个造船厂没有留下任何历史记录——假如它存在的话——我完全可以得出这样的结论：这个造船厂基地应是完好无损的，一个多世纪以来一直没被人发现。"

约瑟夫眼睛一下子亮了起来。"就在那儿等着咱们去发现呢。"他瞥了一眼在充满香料气体的气罐里飘浮着的扭曲身影，说，"这个间谍提到过，天体运输公司已经找到了这个基地，但我不知道在哪儿。"

"也许我能找到。"德莱格说。

所有丛林都有其独特的生态系统,罗萨克的热带森林更是如此,而且它提供了各种生物化学资源,因此显得更为重要。对这个星球的资源尽可能多地加以掌控,是符合我们利益的。

——联合商业公司,机密报告

拉奎拉把瓦莉娅和多洛蒂娅叫到了她的私人图书馆兼办公室,但圣母还没来得及开口表明自己的意图,就被情绪激动不安的多洛蒂娅打断。

"圣母,我很担心。有位新学员,英格丽德姐妹,她从昨天就没来上课,也不在自己的房间里。从昨天起就没人见过她。"

瓦莉娅立刻紧张起来,但圣母却故意不看她。"你对她如此关心,这很好,多洛蒂娅姐妹。我会派学监去调查此事的。"她眯起眼睛,坐在办公桌前,打量她叫来的这两个女孩,"但我在罗萨克有一千一百名学生,我叫你们来是想讨论另一名特殊的学员——安娜·科瑞诺。这其中的利害关系你们也清楚,我们必须确保她得到妥善的照顾。多洛蒂娅姐妹,你在科瑞诺家族待了一年,我想听听你对这位公主的评价。"

"可是英格丽德姐妹她——"

"我们现在要谈的是安娜·科瑞诺。请说说你对她的看法。"拉奎拉的声音坚定有力,带着不容置疑的威严,让瓦莉娅和多洛蒂娅都噤若寒蝉。

多洛蒂娅眨了眨眼，立刻深吸了一口气道："很抱歉，圣母。"瓦莉娅仍坐在拉奎拉对面，而多洛蒂娅则在房间里踱来踱去。"是的，我很了解科瑞诺家的人，我也清楚安娜的性格。不能太娇惯她，她已经被宠坏了，平时要么怨天怨地，要么消极抵抗。她没有一点儿责任感，也不懂得为自己的行为承担后果。"

"那是因为她从来没得到过机会，"瓦莉娅插话道，"从小到大，她所有事情都由她的两个哥哥替她做主，什么都不让她做。她只能尽力为自己争取做主的权利，比如跟皇宫里的厨子闹出一段身份地位极不相配的恋情，让她的两个哥哥被逼无奈把她送到了罗萨克，其实只是想打发她走，让她别再惹出更多麻烦来。"

拉奎拉点了点头，说："要是她能学会自强自立就好了。我不认为皇帝对我们学校有特别的期待，只不过就是想让安娜远离麻烦罢了。但我们也不能错过这个千载难逢的机会，应该努力让她成为我们的一员。终有一天，安娜·科瑞诺会回到皇室，在那之前，我们应该确保让她献身于姐妹会。"

瓦莉娅的声音里透着沮丧。"她对课堂学习和意念练习一点儿都不感兴趣。"

多洛蒂娅皱着眉头对她说："实际上你就是她的监护人，看着她确保不让她受伤——但这对她有什么好处呢？过于保护她并不能让她变得更强大。她需要跟所有新学员一样，必须接受严格的训练。"

"她可是皇帝的妹妹啊，"瓦莉娅说，"我们怎么敢让她受伤呢？"

圣母点头表示同意："那你必须确保这种事情不会发生。但如果我们不训练安娜，这对她也不好。我们应该给她鼓励，而不是纵容。我们的目标是让每个姐妹的能力都得到提高。所以我们得继续前进，而不能原地踏步。艰苦的环境可以让人的身心都得到磨炼和成长——当然也要有适当的防护措施，保证人身安全。"说完，圣母点了点头，已经在心里做了决定,"我们要把这女孩放到一个艰苦的环境里,让她进行几天的求生探索。我命你二人陪她一起去,看着她。到丛林深处去,远离悬崖城。"

瓦莉娅心里明白圣母的这个决定还有另一个目的:既然多洛蒂娅已经开始对英格丽德的失踪产生怀疑了,那么圣母就干脆让她也离开悬崖城。

·····

瓦莉娅·哈克南并不喜欢被强迫,这让她觉得受束缚,一切都不在自己的掌控之中——而她离开兰基维尔就是为了逃离这一切。不过她也明白跟皇帝的妹妹单独相处几天,对她来说是有好处的。

此时,多洛蒂娅、瓦莉娅和安娜艰难地爬上了一个岩石嶙峋的火山坡,远离了身后银紫色的丛林。她们身穿轻便的夹克和多层的户外服,没有带帐篷,也没有任何装备或补给品。作为对安娜的第一次训练,圣母希望她们靠野外的食物生存,渴了喝池塘里的水,饿了吃浆果、菌类和蛋白质丰富的昆虫。

她们离开生活的洞穴已经整整三天了,真是漫长又凄惨的三天,但至少她们让科瑞诺公主活下来了。这次野外生存探险,与安娜在皇宫的花园里郊游可是截然不同。

不出所料,安娜对这次野外生存训练极为抗拒,并强烈反对,坚持要住在洞穴里,至少还有最起码的舒适可言。但严厉的多洛蒂娅提醒她,作为姐妹会的学员必须遵守姐妹会的规定。"你已经不在齐米亚了。在这里,所有学员都是平等的,这项训练任务是圣母决定的。"

瓦莉娅的话听起来更有同情心一些:"这是成为姐妹的重要一步,会让你变得更强大。记住,皇帝下了严格的命令,禁止让你回去,直到你完成姐妹会的训练为止。"

安娜对瓦莉娅笑了笑,同意试一试……但她的意志力很快就没

沙丘学派：姐妹会

了。她们黎明时分出发，没走几个小时，安娜就开始抱怨，什么脚疼、灌木丛都纠缠在一起、被虫子咬了之类的。她们发现了溪水，但她不喜欢喝用抗菌药片处理过的溪水，因为水里有股味道。她说她饿极了，但又不想吃浆果和菌类，更别说吃那些从腐木里爬出来的蛆了。她说晚上躺地上睡不着，稍有动静就会害怕不安。今天，在长途跋涉中，她非说她们迷路了，没走几步就想停下来休息，或想转身回去，但都被两个同伴阻止了……

漫长的三天过去了。瓦莉娅和多洛蒂娅时不时交换眼神或是摇头。对瓦莉娅来说，这次的生存训练任务与以往截然不同……

她不禁想起了格里芬，不知道他现在在哪儿，是不是已经设法找到沃立安·厄崔迪，并杀了他。以她哥哥的聪明才智和一身功夫，他的任务可比自己的简单多了。

多洛蒂娅姐妹总喜欢对别人说教，告诉她们什么能吃，什么不能吃，但态度高傲，让人越发厌烦。实际上，瓦莉娅在罗萨克生活了这么多年，又与卡丽·马奎斯在一起共事了好几个月，她完全清楚在丛林里什么可以吃。而且这是她第十次离开悬崖城到丛林里进行生存训练了。反倒是多洛蒂娅已经离开罗萨克多年，对丛林还没她熟悉呢。

她们的目标是在中午之前赶到一处温泉池。透过斑驳的树冠，依稀能看到天空是铅灰色的，这意味着快下雨了，下雨前这里的天气会更闷热，因为从悬崖上掠过的季风吹不到这里。一旦她们走出丛林，地面就会变成因熔岩流过而形成的粗糙多孔的黑岩。凌乱不规则的黑色岩石覆在长长的堤坝上，从高处望去，下面那青翠茂密的丛林看上去就像是泛紫的峡湾。

这场折磨人的生存之旅终于要结束了。瓦莉娅抬起头，看到灰色的天空变得越来越阴沉，看来一场大雨即将到来。她立刻加快了脚步，走在多洛蒂娅前面领路，就连安娜也快步跟上，因为她不想被那两个人落下，一个人走在最后。

"我要去温泉那边,"瓦莉娅说,"到那儿就能搭起帐篷了。"

"你认识英格丽德姐妹吗?"多洛蒂娅一边拨开挡住前路的灌木丛,一边问,"我在兰帕达斯认识了她,然后把她推荐到了罗萨克。我很关心她。她仿佛平白无故就失踪了。"

"太耸人听闻了。"瓦莉娅小心翼翼地说出准确的事实,这样可以避免让对方听出自己话里的虚假。毕竟多洛蒂娅服侍宫廷多年,十分擅于识破谎言。"她现在可能已经被找到了吧。"

"真高兴她没跟咱们一起来这儿。"安娜说,然后离开了小路,跑去看一片脊背状的菌类。突然撞击声和尖叫传来,瓦莉娅看到一个模糊的物体正朝她们冲过来,几乎贴地而行。安娜吓得惊声尖叫。

瓦莉娅和多洛蒂娅来不及交换眼神,一个箭步挡在安娜和那野兽中间,微微蹲下身子,重心下移,摆出防御的架势。一只长着獠牙、浑身是毛的野兽正冲破熔岩巨石间的灌木丛,四条腿像活塞一样咚咚地朝她们奔来。

在这千钧一发之时,瓦莉娅下意识地往侧边闪开一步,然后猛踢了那动物一脚,把那头猛兽踢晕,翻倒在地。经过多年与格里芬的比武训练,瓦莉娅身体不由自主地做出了战斗的反应。多洛蒂娅把安娜拉到了安全的地方,与此同时,瓦莉娅跳上了这头野兽的脖子,使出全力一脚踢向野兽的喉咙,踢碎了它的喉咙和椎骨,汩汩鲜血从野兽的嘴里和鼻孔里喷出。尽管受了重伤,这头野兽仍然扭动着身子想重新站起来,但四条腿却发软,倒在地上,一命呜呼。

瓦莉娅几乎连喘都没喘,转过头看着目瞪口呆的安娜,说:"如果你知道如何保护自己,你就总能化险为夷。作为皇帝的妹妹,这是个很有用的技能,不是吗?"

年轻女孩点点头,惊讶得说不出话来。

多洛蒂娅看着她,眼里也充满敬畏。"你这身手是在哪儿学的?姐妹会可从来没教过这种功夫。"

沙丘学派：姐妹会

"我哥哥和我互教互学。"她站起来拍了拍身上的灰尘，冷静务实地说，"附近可能还有这样的野兽，天色阴沉，不是好兆头。我看我们还是别去温泉了，直接回学校吧。"

话音刚落，地面突然轰隆作响，黑色的熔岩瞬间裂开，露出了一条狭窄的缝隙，地下的蒸汽夹杂着细细的红色岩浆如水柱一般喷涌而出，点燃了周围的植物。

"我同意，"多洛蒂娅说，"我们可以先去悬崖底部，沿着悬崖边往回走。"安娜·科瑞诺这回没有半句抱怨了。

多洛蒂娅在前面开路，带领大家躲进茂密的丛林，一路披荆斩棘，走下斜坡。瓦莉娅感觉到脚下地面的震动越来越剧烈。又一个缝隙裂开，蒸汽喷涌而出，火山喷气孔里发出嘶嘶的声音。她急忙催促安娜快步往前走，跌跌撞撞地冲破灌木丛，踏着粗糙的熔岩石前行。

她们一路艰难跋涉，终于走出了火山活动地带，找到了一条隐秘的小路，很可能是肉食动物猎捕时踏出的一条足迹。瓦莉娅和多洛蒂娅在丛林中找到了很多休息时留下的印记，并凭借这些印记找到了回去的方向。她们决定赶在夜幕降临前返回悬崖城。她们来到了悬崖底部，沿着悬崖边一直走，穿过灌木丛。令人惊讶的是，天阴沉了许久始终滴雨未落。最终下起雨来，则暴雨倾盆，淋得安娜缩起肩膀，痛苦地低下头看着地面。而对瓦莉娅来说，这天气让她想起了在兰基维尔她跟他哥哥乘船捕鲸时遇到的那场暴风雨，想起来就让她开心和感动。

这时，走在前面的多洛蒂娅突然惊慌地大喊一声，瓦莉娅催促安娜过去看看出了什么事。只见多洛蒂娅姐妹盯着一堆可怕的尸骨，其中有尸体碎片，有骨头，还有头骨，显然是个人的头骨，但全都残碎不堪。另外灌木丛上还挂着淡绿色的布料碎片，显然是被扯破的姐妹会学员长袍。瓦莉娅的心突然一沉。

"是英格丽德，"多洛蒂娅哭着说，"我就知道她肯定出事了！"

她从血淋淋的尸骨堆里取出了一条细细的金项链。瓦莉娅认出项链上有一个刻着芭特勒组织标志的吊坠——一个握着齿轮的拳头——是英格丽德的小护身符。

瓦莉娅抬起头，在雨中看到这里离有人居住的洞穴通道很近。她和拉奎拉当初把英格丽德的尸体扔进了丛林更深处，远离崖边小路，但那些肉食动物又把她拖到了这里。

幸运的是，恶心得要吐的安娜及时说了句极恰当的话："可怜的英格丽德肯定是从悬崖上摔下来的。野兽们把她拖到了这里……然后吃了她！"

多洛蒂娅一脸严肃，冷若冰霜，那脸庞看上去就像在磨刀石上磨出来的一样。"可她怎么会从悬崖上掉下来呢？她不是这样的人啊，她平时走路总是步履稳健啊。"多洛蒂娅擦了擦被雨水和眼泪打湿的脸，抬头凝视着高高的悬崖峭壁。

"我们是把尸体带回去，还是把它留在这儿啊？"安娜问，但似乎并不想碰那具尸体。

瓦莉娅依然镇定自若，知道自己该说什么。"按照姐妹会的规矩，尸体应该留在这里，回归自然。"

多洛蒂娅手里紧攥着那条项链，缓缓离开了这阴森恐怖的地方，整个人就像行尸走肉一样恍惚。考虑到控制伤害，瓦莉娅走到多洛蒂娅身边，伸出一只手搂住她，轻声安慰道："我知道她是你的好朋友。"

然而当她安慰多洛蒂娅时，她看到安娜脸上闪过一丝嫉妒，但此时瓦莉娅需要陪在多洛蒂娅身边，确保她不会再问太多不该问的问题。

人可以逃得又快又远，但却永远无法逃离自己。

——禅逊尼格言

厄拉科斯的天空一片晴朗，但十分干燥，呈枯草一样的橄榄绿色，而且永远都被灰尘笼罩着。今天风很小，气象站预测说没有风暴，所以工头允许沃立安·厄崔迪驾驶侦察机在空中飞行，而文氏集团的香料采集作业仍在山谷中继续进行。

尽管头发花白的老考比尔已经在驾驶舱里测试沃尔的飞行技术和熟练程度好几次了，但他仍然把沃尔当作新手飞行员来对待，照着安全手册给他详细讲解，告诫他一定要保持警惕，注意剧烈上升的气流和意想不到的局部气旋。"年轻人，永远不要低估厄拉科斯，因为这个星球根本不拿你当回事。"

沃尔承诺一定会小心，然后驾驶侦察机离去，用心观察天空的所有微妙变化，寻找沙虫靠近的细微迹象。这是他一周内第三次独自驾驶侦察机了，他清楚自己的实力。

黎明时分，香料勘探员在岩石环绕的山谷中间一片沙丘上发现了几个锈色的斑点。这个隐蔽的山谷很大，但对沙虫来说却太小，不可能是沙虫的领地。但香料开采机作业时巨大的震动最终还是会把沙虫引来。幸运的是，通往沙漠的唯一通道是山谷悬崖上一个像瓶颈一样的窄口，所以他们确切地知道沙虫会从哪里进入。

SISTERHOOD OF
DUNE

　　香料开采机在山谷开阔的沙地上疾驰，有时会移到安全的岩石堡垒，沃尔则驾驶侦察机绕一个弧线，在周围盘旋，观察是否有沙虫袭来的迹象。他一直睁大眼睛巡视四周，但他希望工人们挖掘的时间比平时更长一些，因为毕竟这里有山谷的高墙作为天然的堡垒，所以相对更安全些。

　　他驾驶侦察机飞到高处，绕着这块沙漠盆地巡视了一圈，扫视着下面起伏的沙丘，寻找沙虫游动的踪迹。到目前为止，这片沙漠荒原看上去平静而安详，甚至令人昏昏欲睡……

　　沃尔放松下来，深吸了一口气，不禁在心里感叹这片空旷的沙漠多么纯净且无拘无束，那层次分明的边缘和突兀的阴影，那开阔的视野和远离几个世纪喧嚣和纷争的自由，多么令人着迷。他很想念远在开普勒的玛丽拉，还有他的亲友们，但他知道他们平安无事，不会再受奴隶贩子的袭击和掳掠，所以也就放心了。这种苦乐参半的情绪让他内心十分煎熬，但随着时间的流逝，这种痛苦会渐渐消失……就像以前一样。

　　随着回忆越来越深入，他不禁想起了莱洛妮卡——第一个陪他过正常人生活的女人，还有他们的儿子埃斯蒂斯和凯金。他还想起了他最好的朋友泽维尔·哈克南在可怕的圣战期间人生的起起落落……还有美丽而悲壮的塞琳娜·芭特勒。那么多的回忆，那么久远的时间。

　　他还想起了他的徒弟阿布鲁尔德·哈克南，他曾经对这个年轻人给予厚望，但他违背了沃尔的命令——虽然出于最好的理由，却是最糟糕的战术策略——尤其是当时人类命运正处于生死存亡的危急关头。在与思维机器对战的最后时刻，阿布鲁尔德背叛了他，也背叛了全人类。沃尔眼看着阿布鲁尔德被定罪并遭到放逐。

　　是的，孤独能帮助他巩固记忆，并把那些记忆像博物馆里的文物一样放在他脑子里的架子上。孤独也让沃尔继续过着自己的人生——极其漫长的人生。

沙丘学派：姐妹会

绕了一圈之后，他又低下头继续扫视下面的沙漠。仍没有沙虫的踪迹，只有沙尘旋风在沙丘上盘旋时发出的沙沙声。

突然通信器里传来突发信号，发出静电干扰的噼啪声，在沃尔的驾驶舱里回响。由于大气中含有灰尘和电荷，所以总是会有静电产生。但除了静电，他还听到了叫喊、惊恐的话语以及一声巨响。

"天啊，这是怎么——"

"我们受到了攻击！"

接着通信器里便传来一声尖叫，然后是一阵静电声，最后一切都安静了下来。沃尔的手指停在通信器的按钮上方，他立刻将侦察机调转方向，朝隐蔽的山谷飞驰而去。他想追问细节，让对方说清楚，但谨慎起见，他还是保持了沉默，因为他觉得这可能不是沙虫来袭。沃尔不想让袭击者知道他要来了——如果袭击者是人的话。他距离山谷只有几十公里远，但他还是把侦察机的引擎推到了最高加速度。

当他接近山谷的瓶颈时，立刻降低了飞机引擎的功率，降低轰鸣声。从远处，他仍能看到香料开采机的排气管里正吐出飞扬的沙土。他驾驶飞机俯冲而下，进入山谷，看到三台沙丘碾压机正冒着浓烟，引擎爆炸了，无数尸体横七竖八地倒在沙地上。开采机停在山谷中央，引擎已经被关闭了，巨大的金属机器停在履带上，机身布满灰尘，机身上几块裸露的金属在阳光照射下闪闪发光。

要换作别人肯定会惊慌失措，吓得立刻赶回厄拉科斯城，向上级报告，并请求增援。但沃尔不是放任危机继续而撒手不管的人。尽管他侦察机的燃料可能足够飞到下一个据点，但等他向上级报告完并带来增援时，也许已经太迟了。到那时，沙虫会吞掉一切证据，抹去所有的痕迹。

他必须找到香料开采队被袭击的原因，并帮助任何有可能还活着的人。事情发生得太突然，根本看不出袭击因何而起！从他接到紧急求救信号到赶来这里，总共还不到十五分钟。假如是香料开采竞争者派出的雇佣军袭击了香料开采机和开采队,那么沃尔身上没有任何武器,只能靠他的头脑和战斗技巧。就连他的屏蔽场腰带也被锁在了开采机的储物柜里。

沃尔将飞机降落在布满脚印的沙滩上,侦察机的引擎仍然开启,但处于休眠状态,随时待命。不论是谁劫持并摧毁了这里的香料开采作业,他们肯定看到了他的侦察机——假如他们还在这里。任何熟悉香料开采的人都知道,每次进行香料采集时,都会至少有一名飞行员驾驶侦察机在附近巡视侦察。

他跳出驾驶舱,落在松软的沙丘上,然后立刻冲向那台高耸而庞大的金属机器。三具烧焦的尸体躺在翻倒的沙丘碾压机旁——这三个人他都认识。沃尔顾不上回忆他们的名字,现在还不是时候。他过去久经沙场,见过无数尸体……但这里不该是战场。

他突然有种诡异的感觉,当初他在开普勒想要阻止那些奴隶贩子,可惜赶到时已经太迟,无法阻止他们把他的家人和朋友押上货船,等他跑到那里时,掠奴的飞船已经飞走了。此时他的心情就跟那时一模一样。

装满香料的货舱仍然完好无损,也没人拉动紧急发射装置。逃生舱依然被锁在舰桥上部。

入口处的活动坡道没有收起,可以看到巨型香料开采机内部犹如洞穴一般黑暗,但沃尔相信自己的直觉,决定换个入口,转而绕了一圈,来到巨大机器的前面。在开采过程中,机器前端有一个宽大的挖掘铲和传送带机负责挖掘沙地表层的沙土,然后把沙土倒进处理箱和离心机里。

沃尔低下头,爬上传送带,从坡道形的进沙口爬进处理箱,然后从第一个料斗箱里爬出来。他浑身沾满沙土,空气中弥漫着香料的肉桂味,味道浓烈,呛得他直想咳嗽,但他竭力忍住,拼命地继续向前爬。

沙丘学派：姐妹会

又有三名工人的尸体躺在了脏兮兮的金属甲板上。一个装有收获香料的巨大容器被砸开，里面红色的粉末撒落在地板上。他四下张望，仔细查看各处的阴影，但没有发现任何动静，也没听到任何声响。

这肯定是一次外科手术式的袭击，攻击迅速而猛烈，趁对方还没来得及采取对策应战就赶快撤离。他记得他的工友们曾说过，约瑟夫·文波特对开采香料的竞争对手打压得十分厉害，毫不留情，所以敌人众多。这也许是对手的打击报复。

尽管香料开采机的引擎已经关闭，但仍发出沉闷的嘎吱响声。炽热阳光下的金属冷却下来。由于没人在外面搜寻虫迹，沃尔意识到沙虫会随时穿过岩石峭壁的瓶颈，突袭进来。但他现在更担心的是另一拨敌人。有人残忍杀害了他的工友和朋友，荣誉感迫使他必须找出凶手。

他轻轻踏着金属台阶，爬上阴暗的船员甲板，那里本该没人的，因为采集香料时，所有工人都必须上岗干活儿。但沃尔还是在船员甲板上发现了一具尸体，一名男子趴在甲板上，脖子断了。他尽可能悄无声息地移动着，从储物柜里取出他的屏蔽场腰带，戴在身上，但没有启动。

沃尔还从应急储物柜里拿了一把信号枪，从工具箱里拿出一根沉甸甸的撬棍，两手各拿一样，充当武器，然后又往上爬了一层，来到作业甲板。尽管沃尔出于恐惧而倍加小心，但心里的愤怒驱使他继续前行。难道所有的香料工人都死了吗？他要看看有没有人还活着，是否需要救援。虽然他孤身一人，但早已习惯了独自行动。他在圣战中取得了无数胜利，凭借杰出能力和精明策略摧毁了整个机器帝国。尽管他心知自己无法打败整个雇佣军部队，但他已经准备好面对这些残忍的凶手和蓄意破坏者了。沃尔开始觉得独自战斗有些力不从心，在面对敌人的同时，还得担心沙虫会来。

他爬上了金属梯来到了通向作业甲板的舱门口，突然愣住了。他看到老考比尔的脸正对着他，眼睛直盯着他，嘴巴半张着——但通信器面板上只立着他的人头，工头身体的其余部分倒在两米开外的椅子上。从考比尔颈部参差不齐的断口来看，他的头好像被人活生生地从身体上扯了下来。另一名男子的尸体倒在逃生舱敞开着的舱门里面，背部有一道鲜血淋漓的大口子。

主控制面板前站着一男一女，各自双臂交叉抱在胸前，看上去大约二十岁。两人像黑豹一样肌肉结实、野性十足，从手到肩膀都沾满了血。"你肯定就是沃立安·厄崔迪吧，"男人说，"我们知道你不会逃跑的。"年轻的女人嘴角一弯，笑着说："他长得跟你可真像，安德罗斯。简直像极了。"

沃尔本以为会看到一支军队，毕竟死了这么多人，造成了这么大的破坏，但没想到只有两个人。他注意到他们的相貌竟然看上去格外熟悉，相似的脸庞、相似的灰色眼睛还有同样的黑色头发。这一男一女张开双臂，就像两条准备进攻的眼镜蛇。他们的皮肤隐隐闪烁着金属光泽。他们步调一致地向前走来，仿佛猎食动物一样，一步步走向自己的猎物，步履轻快矫健且带着攻击性。

"把他击昏就行，海拉。"男人说。

年轻女人掏出一件粗短的武器拿在手里，说："我们想跟你谈谈，沃立安……也许在我们得到答案之前，会和你玩玩。你可能还不知道，但我们有许多共同点，我们联合在一起会有无穷的潜力。"

沃尔根本不理会他们在说什么，直接打开了个人屏蔽场，在那个女人发射眩晕光束前的一刹那，光束碰到他的屏蔽场，在他身体周围荡起阵阵波纹发出嗡嗡的响声。这一波光束并没有击穿他的屏蔽场。"我记得你说过在沙漠作业时任何人都不许开启屏蔽场。"

几十年前，当半机械生化人平息人类所引起的骚乱时，沃尔曾见过这种武器。他也知道这种武器有更强的威力。

沙丘学派：姐妹会

见眩晕光束没能让沃尔失去行动能力，年轻男人立刻扑了上去。沃尔抡起撬棍，粗壮的金属棍击中了安德罗斯的肋骨，沃尔看出来对方身上没有屏蔽场装置。看到这两人杀了这么多人，造成这么大的混乱，沃尔使出了全力，并没有手下留情。撬棍狠狠打在那个男人的身上，安德罗斯身子向后缩了一下，但一把抓住了撬棍，把它从沃尔手里拽了出来。

沃尔一个踉跄斜到一边。这一击本该打碎年轻人的胸腔，但那人毫发未损，连瘀伤都没出现！这时，海拉朝他冲了过来，沃尔用信号枪击向她的胸部。爆炸弹的闪光将她击退到安德罗斯身上。两人身上都着了火。火焰烧毁了他们的衣服，但他们不顾身上着火，仍朝他扑来。

沃尔纵身一跃跳过甲板栏杆，掉落到下层甲板上。如果是这两个人——这两个人——杀死了所有的工人，那他站在这儿直接跟他们对打可就太愚蠢了。就在那两人扑过来的前几秒，沃尔赶紧跑进了船员舱，封上了沉重的舱门，跑到甲板的另一头。

这对凶残可怕的男女开始猛砸金属门，随着一声爆炸，门锁被打开了。他本希望能多争取些时间，但那两人快步追来，衣服冒着烟，皮肤也被烧得焦黑，却没一点儿受伤的样子。

沃尔不敢轻敌，尽管他不认识这两人，也不知道他们是如何获得这种能力的。他必须想办法让对手失去行动能力，或者至少让他占领足够的先机，能回到正在待命的侦察机那儿。

沃尔脑海里闪出许多疑问：这两人是谁？他们似乎不像是竞争对手派来破坏香料开采的。安德罗斯和海拉——他并不认识，但他们很清楚他对他俩一无所知。他们想要什么？怎么看上去那么眼熟？另外他还听到海拉说，他和那个叫安德罗斯的家伙长得很像，这是怎么回事？一切都是巧合还是另有玄机？

沃尔穿过长长的开采机，跳到下一层甲板，来到装满香料的货舱，那里有一个紧急出舱口，能让他出去。他跑到密闭的金属舱门前，砰的一声打开舱门，走到开采机外面的高空过道上。热风在美琅脂香料货舱周围呼啸，他所在的过道距离地面有十五米之高。

通常情况下，货舱的紧急发射装置是应该在开采机舰桥上操作的，但手动的二级控制装置在开采机外面的高空过道上。沃尔怀疑，香料工人们面对即将袭来的沙虫和大型开采机的丢失，估计很难头脑冷静地想到要抢救这些香料，毕竟他们都自身难保了。但现在他很庆幸开采机上有这种自动保险装置。他激活了装置序列，还有不到一分钟的时间，货舱就会发射出去。

安德罗斯和海拉从逃生舱口出来，追着沃尔跑到了货舱边上的过道。"我们只是想跟你谈谈，"海拉面无表情，语气冷淡地说，"如果你对我们来说有用，我们也许决定不杀你。"

沃尔拿起一根救生杆和一截从香料收割机外面向下延伸的小金属梯子。他开始顺着梯子往下滑，但梯子的横档阻碍他的脚步，拖慢了他的速度。

当他距离沙地还有三米高的时候，他松开手，掉落下去，正好看到安德罗斯和海拉在梯子前停了下来。那个年轻男人朝他开枪，子弹光束的冲击力把沃尔左边半米远的一块圆形沙土熔成了玻璃。

正在这时，货舱发射装置发射出锚栓，把香料货舱射向空中，那两个追杀沃尔的人也连带着一起被拽走了。

沃尔连忙趴在地上，然后再次起身，穿过细密的沙地，朝在前面待机的侦察机跑去。他回过头，看着货舱升向空中。两个年轻男女紧紧抓住高空过道的栏杆，身体在空中摇晃。货舱越升越高，离地面足有五十米。安德罗斯和海拉就好像商量好了一样，同时放开手。

沃尔进入驾驶舱，看到那两个人坠向地面，然后以蹲伏的姿势同时落地，即使从这么高的高度坠落，他们还是能再次一跃而起，朝侦察机跳去，看上去毫发无损，也没有一丝犹豫。

沙丘学派：姐妹会

沃尔猛击了一下飞机的引擎，甚至没等驾驶舱的舱盖合上就操纵飞机从沙地上垂直起飞了。驾驶这种飞机对他来说驾轻就熟，此时他掉转方向，朝着环绕山谷露出地表的岩石飞去。如果他能飞出山谷，飞到空旷的沙漠，他就能直接飞向厄拉科斯城——

侦察机升空没多久，飞机的起落架就发生了一次小爆炸。其中一个引擎发出刺耳的噪声，轰鸣了一阵，然后突然失灵了。追杀沃尔的那两个人发射出半机械生化人独有的武器，破坏了侦察机的引擎。沃尔驾驶飞机开始旋转起来，但他努力控制飞机，尽力保持一定高度，但不知道是让侦察机坠落在山谷瓶颈外的开阔沙地上好，还是坠落在岩石堆里好，如果坠落在岩石堆里的话，他至少还能有地方躲起来。

侦察机的两个引擎都冒出浓烟。安德罗斯又开了一枪，但没打中。沃尔此时距离地面已经很近了，但凭借辅助动力的推动，飞机又继续前行，试图尽可能地跟那两个追杀者拉开距离。他脑子飞快地运转着。在沙丘里没有藏身之处，但他可以坐在岩脊上，也许还能设下埋伏，不过安德罗斯和海拉没那么容易对付。

在后面的成像仪里，沃尔看到两个小小的身影在开阔的山谷中奔跑，拼命追赶逃跑中的受伤飞行员。飞机开始减速，机身的腹部从一个高高的沙丘上掠过，扬起了一片沙尘，看上去就像公鸡的尾巴一样。沃尔还在顽强地坚持着，飞机因刚才与沙丘的碰撞而产生震动，但他仍坚持让飞机继续前行，最后飞机再次撞到地面，陷入了沙地里。他做出最后的努力，向山谷周围犹如一道天然屏障的岩石靠拢。最后，飞机滑进松软的沙子里，滑行一段距离，撞在第一块岩石上，发出一连串撞击声，然后停了下来。好在他有个人屏蔽场护盾的保护，他没有在撞击中受重伤。

沃尔立刻打开驾驶舱的舱盖，从侦察机上跳了出来，迅速跑到风化了的岩石板上，小心翼翼地走在上面，必要时手脚并用地顺着岩石往上爬。他回头看了一眼，发现那两个人正气势汹汹地朝他跑来，在松软的沙地上留下一连串的脚印。

岩石在阳光的炙烤下热得发烫，灼伤了沃尔的指尖，但他仍然继续攀登。当他爬到一个有利位置时，回头看到那两人停了下来，正研究他那架坠毁的侦察机，但没过几秒，他们就开始踩着岩石往上爬。沃尔仔细观察着沙虫游动时在沙丘上泛起的涟漪：受到骚动的影响，沙虫迟早会被引来，穿过山谷的瓶颈，进入被岩石围住的山谷。

但目前看来，沙漠依然平静。

沃尔爬上了山脊的顶端，心怦怦直跳——突然他吓了一跳，一个陌生的女人正站在那里，显然在等他。她穿着一身沙漠装，伪装得像岩石一样；身上背着个背包，里面装满了各种工具。她离他很近，他不敢相信她悄无声息地走这么近，他竟然没有发觉。这个女人皮肤干瘪，满是褶皱，显然饱经风霜，沃尔看不出她的年龄，但她的一双眼睛却炯炯有神。她头上戴着兜帽，兜帽外一缕缕棕色的头发在迎风飞舞。

"你一定是从那边过来的香料工人吧。"她漫不经心地说，就好像在问他喜欢什么颜色似的。鼻塞堵住了她的鼻孔，使她说话的声音带着鼻音。

"我是唯一的幸存者。"沃尔指了指正在奔向岩石的那两个人，说，"那两个人突袭了香料收割机，杀死了里面所有的工人。我不知道他们是谁，但他们跟战斗机器人一样厉害。"他转过头看向身边的这个女人，说，"你到底是谁？"

"我叫伊珊蒂，为约瑟夫·文波特工作，负责监视在外作业的香料开采情况。但我从没想到会发生这种情况。我们必须离开，跟上面汇报情况。"

沃尔仍大口喘着粗气，望着岩石后面那片广袤无垠的棕褐色沙漠，说道："你有飞机吗？我们怎么逃离这里？"

"我什么也没有。"

沙丘学派：姐妹会

沃尔眨了眨眼睛，不敢相信。"那你是怎么到这儿来的？"

"我利用沙漠给我的资源——看来现在我们还得用。跟我来，我有办法。"伊珊蒂脚步轻快地在岩石上游走，用沙漠长袍把自己紧紧裹起来，但她告诉沃尔要让那两个人看到他。他们穿过了一个布满碎石的岩石缺口。在前面的一个斜坡上，有几块大圆石正摇摇欲坠地矗立在斜坡的顶部。

看到沃尔的身影，安德罗斯和海拉像蜘蛛一样迅速爬上岩石的缺口。伊珊蒂看着那两人，微微一笑，"只要轻轻一推即可。"她和沃立安用身子抵住巨石，使尽全力撞击，把两块最大的巨石撞得松动。沉重的巨石翻滚着从斜坡滚下去，并引发了一场小小的山崩，许多稍小一些的岩石也迅速滚落下去。

安德罗斯和海拉被困在岩石间狭窄的空间里，尽管他们竭力想爬上岩壁，但还是被巨石卷走了。沃尔本以为他们会被巨石碾成肉泥，但不知怎的，这对年轻男女竟然踩在滚落的岩石上，脚步飞快地移动，直到他们再也跟不上岩石滚落的速度，被甩下了山坡。沃尔连叹口气的时间都没有，因为他看到那两人滚落崖底后，扒开压在身上的碎石块，从碎石堆里爬了出来，继续朝他奔来。

"我们得走了，"伊珊蒂说，"下到山脊的另一边，进入空旷的沙漠。还是你宁愿待在这儿，等着跟他们大战一场？"

"我已经跟他们打了一场了。空旷的沙漠里有什么？"

"安全。但是首先，你得把屏蔽场护盾关掉——除非你想死。"

"要是没有它，我根本活不到现在。"

"在沙丘里可就不一样了。屏蔽场会把沙虫吸引来，并且把它逼疯。那些怪物本来就够难控制了。"

控制？沃尔不明白她的意思，但他还是听话地关掉了屏蔽场。这女人像只山羊一样轻巧地沿着陡峭的斜坡往下走，直到抵达下面的沙漠。没有丝毫停歇，她立刻跑进了空旷的沙漠。

沃尔气喘吁吁地跟在那女人身后，问道："我们要去哪儿？"

伊珊蒂转过身来看着他，一双眼睛蓝中带蓝。沃尔意识到这是长期食用香料造成的。

"相信我——也相信我对沙漠的了解。"

沃尔没有一丝犹豫，立刻回答说："好，我相信你。"

虽然伊珊蒂生性寡言，但他们走向沙丘的途中，她还是给沃尔做了解释。"由于山谷里有香料开采作业，沙虫肯定就在附近。我们只能寄希望于沙虫比那两个人来得更快。"

"听起来不是个好选择。"

站在一座沙丘的顶端，伊珊蒂用手遮住阳光，观察他们刚刚离开的那片山脊。安德罗斯和海拉已经朝沙漠走去了。沃尔怀疑他们是有装甲皮肤和强化战斗能力的机器人。

"通常情况下，我并不建议用常规的方式走路，或者脚步过于沉重，"伊珊蒂说，"但现在我们必须把沙虫吸引过来。所以赶快跑起来。"她的背包里塞满了工具和一些奇怪的东西，比如棍子、钩子、还有从背包上垂下来的一卷绳子一类的。这个沙漠女人二话不说，利落地拿出了她需要的东西。"睁大眼睛，留意虫迹——夏胡鲁要在我们面前现身了，我们没多少时间了。"

在他们身后，安德罗斯和海拉来到沙地上，拔腿就往前冲，没有丝毫疲态。沃尔看出他的领先优势正在迅速缩小。他回过头朝前看，发现一道像冲击波一样的亮光，并且隐隐有股震动正穿过沙地。他突然喊道："是沙虫！"

伊珊蒂点点头说："很好。来的方向完全正确。我们可以将就着用。"说完她跪在沙地上，从背包里拿出一堆东西，"站在我身边，照我的样子做。我俩很可能都会没命，但也有可能死里逃生。"

沃尔还没来得及提出疑问，沙地上的沙波就被搅乱，掀起波澜，就像海洋里风暴掀起的白浪一样。伊珊蒂拿出了一个像小型声波手榴

沙丘学派：姐妹会

弹一样的装置。她激活了那装置，上面的灯光开始闪烁，然后她把那装置扔进了离他们不远的沙丘上一个洞里。她蹲在沙丘顶，说："耐心等着，仔细观察，做好准备。"

"我准备好了。"沃尔说。但实际上他根本不知道要准备什么。

声波手榴弹爆炸，发出巨大的脉冲，引得沙地不停震动，声音震耳欲聋。步步逼近的沙虫从下面的沙土里突然冲了出来，露出一个巨大的像黑洞一样的胃，仿佛吞噬一切的深渊，足以吞下最大的香料收割机。虽然沃尔活了好几个世纪，见过很多不可思议的东西，但他还是惊讶得屏住了呼吸，充满敬畏地站在沙丘顶上。没有眼睛的沙虫转向了脉冲的源头，它那脊状的背部从他们身边擦过，如果沃尔朝它扔块小石头都能砸到它。

而此时，伊珊蒂竟朝沙虫跑去，沃尔紧跟在她身后。"来吧，我们只有几秒的时间！"她就像个疯女人似的大步而行，用一根顶部带钩的杆子当钩爪，跳上了沙虫的背脊。伊珊蒂抓稳脊背之后，伸出右臂，对沃尔说："抓住我的手！"沃尔在极度的震惊中抓住她的手，被伊珊蒂拉到了沙虫脊背上，然后递给他另一个钩子。他二话不说，照她的指示做。他们沿着脊背、踏着沙虫身上的褶皱往沙虫的身前走，而那怪物扭动躯体，根本没注意到这两个不起眼的骑手。

伊珊蒂把一根撬棍塞进沙虫身上的褶皱里，沙虫重重地咕噜了一声，然后她把撬棍一推，强行打开褶皱，露出了沙虫下面柔软的粉红色皮肤。沙虫畏缩了一下，伊珊蒂戳了戳沙虫皮肤下的嫩肉。最后，沙虫为了避免疼痛，调转过身，进入沙漠，发出了隆隆的声音。

"把自己绑结实了。"她把那卷绳子的另一端扔给沃尔，"我们必须坚持住，直到走得足够远。"

沃尔照她的话做。

沙虫以惊人的速度前行，身后留下一串沙子被搅动的痕迹。沃尔的头发迎风打在脸上，他转过头看见安德罗斯和海拉站在空旷的沙漠里，一脸受挫的表情。

伊珊蒂指引沙虫前行，驾驭它带着他们迅速走进偏僻而荒凉的沙漠深处。

> 探索成功与否取决于不懈的坚持和好运,但使命的成功与否取决于承担使命者的性格。
>
> ——泽维尔·哈克南,《塞琳娜·芭特勒圣战回忆录》

本以为凭借厄拉科斯创造出的巨大财富和无限商机,这里会一片繁华,但令格里芬·哈克南感到惊讶的是,厄拉科斯城这座主要的太空港城市,看上去却像个拥挤的贫民窟。这里香料贸易频繁,他以为这里是个现代化的大都市,但没想到看见人们住在由熔合砖和聚合物搭建成的棚屋里。每扇窗门和缝隙都被封上,防止沙尘进入。厄拉科斯向来以吸金闻名,意思是在这里吸走财富和希望的速度远比那些追求财富的人从沙漠中赚回财富的速度要快得多。

当格里芬来到这儿,看到那些没机会离开这个星球而绝望的人时,他心里顿时一沉。他真的很想念兰基维尔的乡村,不管那儿的生活有多么艰苦。但他拒绝放弃追杀仇敌,因为这是他的使命。

"为我们家族的荣誉而复仇,格里芬,"这是妹妹对他的嘱托,"我知道我可以完全信赖你。"

他很清楚在一个星球上寻找一个人,可没那么容易——即便寻找的是像沃立安·厄崔迪这样万人瞩目、众人皆知的人物也十分困难。但当他看着远处光秃秃的悬崖和无尽的沙漠时,他实在不理解为什么会有人选择来这么个地方。

根据格里芬之前的调查（假如调查结果准确的话），沃立安·厄崔迪十分富有，他在许多星球上都藏有财富。在开普勒星，格里芬亲眼看到这个男人深受人们喜爱，甚至备受尊敬和爱戴。如果说皇帝要求厄崔迪离开开普勒，那他为什么不选择在个环境好的地方建个庄园，舒舒服服地过日子呢？

而且沃立安还告诉他的家人，他离开开普勒之后打算去哪里。所以这个秘密不难被发现。格里芬认为厄崔迪不是逃跑，也不是躲起来。他不相信他的仇人会隐姓埋名。他根本不知道格里芬在追踪他，所以他何必要逃？为什么要躲起来呢？尽管如此，格里芬怀疑要找到他并不容易。在这个广袤荒凉的星球上，人要想躲起来，像人间蒸发一样消失无踪，简直是易如反掌。

瓦莉娅对厄崔迪家族怀恨已久，她把沃立安看作怪物，一个需要为对哈克南家族犯下的罪孽而受到惩罚的罪人。但格里芬想先了解这个他要杀死的人，尽可能多地收集沃立安漫长人生中留下的各种信息，包括在机器帝国时期，在他改变立场前的年轻岁月，和后来加入塞琳娜·芭特勒圣战期间……以及他与格里芬的祖先泽维尔·哈克南的友谊，和他们并肩作战，共同参与的那场毁灭了所有同步世界的大原子清洗运动；还有最后的那场大战——科林战役，还有在那之后，沃立安·厄崔迪抹黑哈克南家族的名声，令家族从此蒙受屈辱等等。

但他实在不明白沃立安·厄崔迪甘愿来这儿的原因，格里芬猜测沃立安肯定是为了能让人发财的香料而来。

他独自站立许久，周围是熙熙攘攘的人群。随后他便动身进城了。他的皮肤仍柔软而湿润，但早已被太阳晒伤了。

在他身后，一艘跟齐柏林飞艇一样的水罐船飞了过来，这飞艇从外星球的海洋中取水，将海水进行淡化后再飞到这里。格里芬从鲸毛皮的交易中了解到商业运输的成本，于是不禁心想，如果从商业上用飞船运载水罐从一个星球飞到另一个星球，并能从中获利，那么这个星球对水的需求肯定是相当迫切了。他也终于明白了为什么这里的美琅脂香料如此昂贵。纯粹是经济原因。

格里芬对自己有限的资金十分谨慎,把现金藏在不同的口袋和身上的背包里。他已经做好了一切准备,确信自己有足够的钱买回兰基维尔的船票。他知道自己将被迫雇用当地的调查人员,还要提供慷慨的贿赂,以期获得零星的信息。

格里芬看到了在浮空器上悬浮着的托盘,里面装满了一罐罐浓缩的香料,上面印着联合商业公司的标志。乞丐们不断向格里芬走来,他心里也想帮助他们,但他有任务在身,没有多余的钱。许多穷人跟他一样是来自外星球的异乡人,他们衣衫褴褛地蜷缩在棚屋前,满身灰尘,一脸痛苦。

小贩们也同样不停地纠缠格里芬,向他推销保水面罩、眼罩、天气预报设备和磁罗盘(试了好多次,每次都指向不同的方向),甚至还推销魔法护身符,说保证能"避开夏胡鲁"。显然,别人一眼就能瞧出他是个异乡人,所以他很容易成为诈骗的目标。格里芬拒绝了所有的推销。

周围显然都是本地人:从他们暴露在外的皮革般黝黑的皮肤和他们走路时一直躲在阴影里的样子,和他们遮住嘴和鼻子的方式就能看出来。他们对外星球来的人态度强硬,甚至对天真的外来人有种毫不掩饰的厌恶。但格里芬认为他们可能是他获取信息的最好途径。然而,当他拦下一个沙漠老人,向他打听消息时,老人竖起两根手指,示意让开,还说了些格里芬听不懂的话,然后就连忙闪到一条小巷里去了。

格里芬有些沮丧,他找了个旅店,给店主看了一眼沃立安·厄崔迪的照片。胖墩墩的旅店老板摇了摇头,说:"我们尽量不去留意周围的人。即使照片里的那个人真来过我的旅店,他也很有可能头上裹着头巾,脸上戴着面罩和鼻塞。这周围没人见过穿成这样的人。"他指着照片说。

　　格里芬没说自己的名字，以防有人向他追杀的仇人告密。他走到街上跟小贩打探消息，并付给愿意透露消息的人一点儿报酬。那些兴高采烈给他提供消息的人显然在撒谎，只为多拿些报酬罢了。于是格里芬改变策略，联系了当地的一名私家侦探，说只有对方调查出结果他才会付钱。侦探对此不以为然，但表示只要不花费他太多时间，他同意开展调查。

　　格里芬决定亲自去调查。他向妹妹保证过，而且都已经一路追踪到了这儿，他知道自己比以往任何时候都更接近沃立安·厄崔迪，并下定决心一定要找到他。

　　一天晚上，太阳落山后，格里芬穿过一扇防潮的密封门，走进一家酒馆，里面有一群脏兮兮的丧气男人坐在那里喝香料啤酒，他们花光了赚来的所有工钱，因为他们早就放弃买船票离开厄拉科斯了。看到那些心灰意冷，放弃重获自我价值的人，总会让人觉得沮丧，格里芬也是如此。他发誓绝不让这种事发生在自己身上……

　　衡量好要拿出的钱数后，格里芬帮他们付了酒钱，并询问酒馆里的人若想找人，该如何打探消息，但格里芬很少吐露沃立安的名字。有的人还没看到照片就伸手要钱，有的人只看了一眼照片，什么也没说就先要钱。两个小时里，他问了一圈，根本没花出去多少钱。看到众人的嘲笑，格里芬越发沮丧。他走到角落里找了张桌子坐下，点了一杯味道浓烈的香料啤酒，但苦苦的肉桂味儿直冲脑顶，于是他又点了一杯水，价格是香料啤酒的两倍。

　　最后他放弃了，准备起身离开酒馆，里面的人还在嘲笑他。"明天再来吧。我们会考虑，要不要再多给你点儿信息。"一位咳嗽不停的工头粗鲁地说。

　　格里芬不愿再浪费钱，于是打开了酒馆的门，来到夜晚的街道上。他一点儿也不喜欢这个地方。在凉爽的夜晚，他努力辨认方向，

沙丘学派：姐妹会

转到他认为旅店所在的地方，然后沿着一条狭窄的街边小巷走去。

这个星球实在令人厌恶，格里芬实在太想念兰基维尔了，恨不得赶紧回去见自己的父母和弟弟妹妹。终有一天，瓦莉娅也会从罗萨克回来。虽然兰基维尔天寒地冻，黑漆漆的海洋深不见底，捕鲸船队作业艰苦，冬天猛烈的暴风雪也让人难以忍受，但那儿毕竟是自己的家。虽然不情愿，但他不得不承认，兰基维尔条件虽然艰苦，但令哈克南家族的人变得更加坚强，让他们能更坚定地迎接挑战。但与这个沙漠星球严酷的环境相比，兰基维尔根本不算什么，因为在这里连活下去都十分艰难。

这时他听到身后传来一阵混乱的脚步声，他转过身，看见一个人影朝他走来。格里芬神经紧绷，左手放在屏蔽场腰带按钮上，右手握住刀柄。多亏了瓦莉娅，他在格斗中积累了丰富的作战经验。

对方意识到自己被发现了，立刻停住脚步，然后用手电筒照向格里芬的脸，光线太刺眼，照得格里芬睁不开眼睛，什么也看不见。

"你是谁？想要干什么？"格里芬问道，尽力装作镇静。

那人走近了些，把手电灯光调暗，格里芬认出对方是酒馆的一个老主顾，总是沉默寡言，只见他面色红润，一头浓密的银发。"如果你肯出钱，"那人又走近了一步，说，"我就告诉你一些意想不到的消息。"

"什么消息？"格里芬看到那人目光凌厉，便不动声色地打开了屏蔽场。小巷的阴影里，传来阵阵嗡嗡声，他看到空气有种微微的扭曲。

他盯着对方的一举一动，警惕对方施诡计或偷袭。要是此刻瓦莉娅在他身边该多好。格里芬打开了屏蔽场，但对方没有反应，于是他突然想到对方也许并不知道这是什么东西。屏蔽场护盾是兰兹拉德联盟通用的标准个人保护装置，他发现在这个沙漠星球上，没有一个人戴着屏蔽场护盾。

那人步步逼近,拔出长刀,说:"让你知道知道死的滋味。"他咧嘴一笑,像只蜇人的蝎子一样,持刀向前突然一刺,显然以为格里芬不堪一击。格里芬立刻侧身闪过,闪闪发光的霍尔茨曼屏蔽场挡住了这一击。格里芬心跳加速,肾上腺素激增,准备好要跟对手激战一场……但对方的战斗力似乎比格里芬差远了。

行凶者大吃一惊,还没缓过神来,再次笨拙地出击,但他似乎很不习惯跟一个有屏蔽场护盾的人搏斗。格里芬用自己的匕首划伤了对方的手背。那人尖叫着后退,深色的鲜血从血管里涌出。格里芬挥刀绕过护盾刺向那人的左下方腹部,刀刺得很深,对手闷哼一声,咳嗽了两下,跪倒在地,差点儿把格里芬也拉倒。

那人惊惧地喊道:"你杀了我!你杀了我!"但格里芬一直很小心。虽然他和瓦莉娅在无数次对战中从没伤害过对方,但他们都十分清楚对方的弱点。"这一刀捅不死你。"他蹲在呻吟的男人身旁,说,"但结果随时可以改变。"他把血淋淋的刀尖靠向那人的脸,"是谁派你来杀我的?"

"没人派我来!我只是想要钱。"

"哦,那你可失算了。你们这儿的人都这么蠢吗?"

男人痛苦地号叫着:"我的血要流干了!"

格里芬四下张望,确信这场骚动几秒钟之内就会引来人。于是他把匕首压在那人的喉咙上,说道:"老实回答我的问题,不然我立刻就结束你的痛苦。"

"好的!我不但想要你的钱,"那男人哀号道,"我还想取走你的水!"

"我的水?我没有水啊。"

"你身体里的水!沙漠里的人可以从人身体里蒸馏出来水……然后卖出去。"男人讥讽地说,"现在你满意了?"

格里芬用匕首抵住这歹徒的喉咙,加大了力道,说:"我要找沃立安·厄崔迪,应该去哪儿找?你知道吗?"

那家伙呻吟着,紧紧捂住身上的刀伤,说:"我怎么知道他在哪儿?大部分外来人都在香料开采队干活儿。问问联合商业公司,就知道他们雇没雇这个人了。"

门口出现几个阴暗的身影,然后从小巷旁闪过。那歹徒身子扭动了一下,又尖叫起来。格里芬决定不再从他身上挖消息了,于是站了起来。"救命啊,有人吗?"歹徒大声喊道。人们簇拥过来,围在呻吟者的四周,受伤的家伙抬头看着周围的人,不停地挥动双手,扭动身子想走开。

格里芬惊讶地看到一道亮光,一个女人手里握着把亮闪闪的刀。她迅速抽刀,刺向那人的下巴,刀锋斜向上一直刺进了他的脑袋。被刺者抽搐了几下,倒地身亡,几乎没怎么流血。"他是个小偷,"女人俯身用死者的衣服擦拭她手里的刀,"现在我们要取走他的水。"她抬起头看着一脸惊讶的格里芬,仿佛在等待他提出挑战,"难道你要跟我抢吗?"

格里芬结结巴巴地说:"不……不。"说完他转过身,顺着小巷朝着旅店拔腿就跑,只想赶紧离开那里。但要时刻警惕,手里拿着刀,以防再被人袭击。

在他身后,那些浑身沾满尘土,沉默寡言的人裹好了歹徒的尸体,迅速把他抬进另一条巷子里。格里芬听到关门声,但他回头一看,所有人都没了,踪迹全无。

这个厄拉科斯可真是够野蛮的!沃立安·厄崔迪怎么会选择来这儿呢?

我们不应对取得的胜利过于骄傲。所谓的胜利也许只不过是敌人的虚晃一招。

——曼福德·托伦多,《唯一的道路》

他一无所有,再没什么可失去的了。

托勒密身心受到极大创伤,被迫离开自己的家园,再也不想看到这片冒着浓烟的废墟——如今成了芭特勒那帮人无知、狭隘和暴力的象征。一番深思熟虑后他决定隐瞒自己的行踪,让家人们以为他也被那群野蛮人杀死了。

从某种意义上说,他的确死了。他本坚信人类的本质是理性的,但如今这信仰被残忍地撕碎,只剩一地血淋淋的残渣。他可以选择投降,安静地回去做浅显的研究,或者另择行业。这个问题他心中早已有了答案,但抉择之中带着无限的痛苦。

过去,他看着反科技者那些荒唐可笑的举动时,是以一种旁观者的姿态,难过失望中,还带着一丝揶揄和嘲讽。怎么会有人相信这么荒谬且毫无道理的事情呢?过去的托勒密对此不屑一顾,因而酿成了大错。那些反科技者都是无知的暴徒,轻而易举地被一个言辞激烈的人煽动。他们擅于制造替罪羊,却丝毫没有理解能力。曾经的他相信知识的力量远大于迷信,理性终将战胜偏执。现在看来这种想法太天真了。

沙丘学派：姐妹会

现在他知道了，单凭逻辑是争论不过那些野蛮人的。那帮暴徒烧毁了他的实验室，销毁了他所有的实验记录和仪器设备，甚至残忍杀害了他最亲密的朋友兼搭档。

他没有动物般的狂热，也没有迷信的恐惧，更没有盲目愚昧的破坏欲。相反，他有比这些更强大的东西——他的头脑。托勒密再也不用冷静克制地思考和分析问题了。作为对他们疯狂暴力的反击和回应，他心里燃起一种从未有过的激情和动力。这不仅仅是思维联系，或教科书上的习题，这是一场战争，他要为人类文明而战，而不是为野蛮而战。托勒密不再将自己的知识用于理论上的追求、文明的研究和思想的传播，他要用自己的头脑复仇，誓要消灭那些芭特勒圣战者。

托勒密用他实验室账户里的最后一笔钱，又借用——也可以说是偷取——天顶星议会分配给他的研究经费余额，订了一张机票，去往他确信能让自己的能力得到充分发挥的地方。他在那里会受到保护，还可以跟志同道合的人一起合作。

那就是科尔哈。文波特集团的总部。

···⊗···

自从天顶星事件之后，托勒密不愿——也害怕——透露自己的身份。但如果帝国中要说有什么地方不受反科技运动影响，那无疑就是科尔哈了。他至今还记得文波特总裁在兰兹拉德会议上挑战曼福德的场面。这位商业大亨肯定会理解他的。

然而，托勒密到达科尔哈之后，等了五天才与文氏集团的行政主管有了一次私人会面。太空船队忙得不可开交。一艘艘飞船往来穿梭，从非常规航线出发，执行不记录在案的秘密任务。托勒密知道最好不要多嘴打听，他意志坚定、坚持不懈地等着，决不会放弃。

在行政大楼的大厅里，他向一个又一个的工作人员出示自己的证件,最后终于见到了乔巴·文波特,直接跟她交谈,这是最重要的一环,只有通过了她这一关,才能见到文波特总裁本人。托勒密的过往经历,和他那激愤而痛苦的眼神,令乔巴对他产生了信任。于是她把托勒密直接领进了丈夫的办公室。

尽管托勒密想要让自己勇敢些,但一讲到他与曼福德·托伦多在兰帕达斯那次本想示好的会面时,他声音不禁颤抖起来,泪水盈满眼眶。他提到他送给曼福德一副假腿,能让他奇迹般地恢复行走的能力,再到发生在他实验室和他搭档身上的事情时,他情绪激动,难掩悲痛。他本想作为一个理性而专业的人,克服心里的恐惧和悲痛,沉着而冷静地发言,但他发现自己根本做不到。尽管如此,文波特总裁似乎并没有因此而轻视他。

"我想向芭特勒人伸出橄榄枝,结果他们却杀死了我的搭档,毁了我的人生。"托勒密深吸一口气,竭力不去回忆当时的熊熊大火和在耳边回响的凄厉惨叫。

托勒密看到文波特眼中流露的兴趣,坚定地说:"我并没有被打败,先生。那些畜生继续横行霸道,我不能忍气吞声。我来此是为了尽我所能地捍卫人类文明。终有一天,曼福德·托伦多会明白,当他攻击我的那一刻,他便亲手埋下了毁灭自己的种子。"

文波特看向自己的妻子,两人眼神交汇,然后乔巴微微点了点头。文波特总裁露出了灿烂的笑容,浓密的胡子微微上翘:"文氏集团飞船欢迎您的加入,托勒密博士。正好我们在一个地图上未标注的星球设立了秘密研究基地,在那里有许多像您这样的科学家在自由地进行科学研究和项目开发,完全不用担心芭特勒人的破坏和骚扰。"

托勒密惊讶地屏住呼吸。"这听起来太好了,简直不可思议。"

文波特用手指敲了敲桌面,说道:"在那儿你可以尽情发挥你的能力和想象力,我们会给你几乎无限的资源和资金,让你可以开发先进的科技,增强我们的实力,使我们能够与无知的黑暗抗衡。我要把那些愚蠢的狂热分子踩在脚下。"

　　托勒密如释重负，总算松了一口气，放松之后便顿觉浑身无力，不得不坐下来。他的眼睛闪烁着兴奋的光芒，最后不禁激动得泪如雨下："那正是我应该去的地方，先生。"

> 大多数成就其实只是在起步阶段或中间过程。未能继续往前推进是人们常犯的错误。
>
> ——曼福德·托伦多,在萨鲁撒·塞康达斯的演讲

成功地摧毁了天顶星的研究中心之后,曼福德感到既兴奋又不安。托勒密和他的特鲁拉搭档犯的错误这般明显,而他们偏狭的执念又这般根深蒂固!

打败奥米诺斯才过去几十年,如果人类最伟大的科学头脑现在就已经如此偏离正确的道路,那曼福德不禁为未来感到无限担忧。

伊拉斯谟在他的日记里的那句信口开河的预言仍困扰着他,并驱使他继续战斗:只要过了足够长的时间之后,他们就会忘记以前的一切……然后重新创造我们。

他必须证明伊拉斯谟的预言是错的!现在还不是庆祝胜利或沉浸在胜利假象中的时刻,还没到夸耀或放松的时候。当他的追随者们离开阴燃的研究中心废墟之后,曼福德并没有回到平静的兰帕达斯,尽管他很想跟阿纳莉一起享受一段宁静的时光。相反,他命令他的追随者们前往萨鲁撒·塞康达斯。是时候面对萨尔瓦多·科瑞诺皇帝,让他看清眼前的事实了。

他派出的特遣队飞船降落在了齐米亚太空港,但事先并没有申请落地许可。他的追随者们集体走下飞船,一起向市中心和皇宫进发。

沙丘学派：姐妹会

萨鲁撒的官员们一时不知该如何应对。如此多的示威者突然到来，令帝国首都的卫戍部队大为震惊，一时间交通陷入阻塞，日常工作陷入混乱。曼福德很高兴以这样的方式引起了各方的注意，确信自己会受到足够的重视。他觉得这样才能振奋人心。

由于他是在正式的公众场合露面，而不是上战场，所以他坐在由两名手下抬着的轿子上。阿纳莉·艾达荷走在他旁边，时刻警惕，如果有人敢惹麻烦，她会立刻杀了他。

曼福德带领着队伍浩浩荡荡穿过城市，途中他看到了老苏克医学院庞大的教学楼群。苏克学院最近在帕门提尔建立了一个规模更大的教学基地，但老校区古老的石头建筑群仍然具有非凡的历史意义。在校区外新竖起了一块标语牌，上面写着庆祝学院的百年校庆，但实际上苏克医生这一组织是科林战役后才正式建立的。

曼福德厌恶地看着旧苏克学院总部，想起了那些高级医生的虚伪和高傲，他们就像托勒密一样，天真幼稚地认为科技可以修复人体的任何缺陷和弱点。曼福德非常讨厌让机器像寄生虫一样附在自己的身上。他嫌恶得浑身直打战，立刻别过头，不再去看那片老医学院教学楼。人不该认为自己能扮演神。

在前面，曼福德看到了科瑞诺皇帝华丽宫殿的塔楼。他自己在兰帕达斯的住所就没有这么奢华扎眼，因为他的财富蕴藏在他的灵魂中，蕴藏在他的信仰中，蕴藏在他的追随者对他的忠诚中。

"需要先派个人传话，要求见萨尔瓦多皇帝吗？"阿纳莉问。

"他已经知道我们来了。从我的追随者们走上皇宫台阶的那一刻起，他别无选择，只能邀请我们进入。别担心，皇帝会腾出时间来见咱们的。"

轿夫走上石阶，曼福德伸手抓住轿子的两侧。身穿制服的御前卫官守在拱门两旁，一脸怀疑地看着曼福德。曼福德举起一只手，示意自己没有任何威胁："我是来拜见皇帝的，我的手下是萨尔瓦多的忠实臣民，他们有重要消息报告。皇帝肯定会想听一听。"

"皇帝已经得知您的到来。"站在前面的御前卫官队长说。虽然这名队长明显有些不自在，但态度仍然十分坚定："等陛下一有时间，我们就会通知您的。"

曼福德对那名御前卫官温和一笑，提高了嗓门，说："我的追随者们又饿又渴，不知我们在此等候的时候，是否可以让当地的商人送来些茶点？"

对方还没同意，那些芭特勒分子就四散而开，走到周围为游客和达官显贵提供服务的咖啡馆、餐馆和小吃摊前要吃要喝。虽然有些提供餐饮服务的老板提出抱怨，但他们也知道得让芭特勒分子随便吃喝，不能找这帮人要钱。为了"感谢"这些商贩，曼福德承诺会为他们祈祷祝福。

一个小时过去了，皇宫里仍没有回音。曼福德的手下开始不耐烦了，纷纷表达愤懑和不满，声音越来越大。阿纳莉·艾达荷想强行闯入皇宫，但曼福德微微一笑，做了个手势阻止她，叫她少安毋躁。

最后卫官队长摸了摸耳朵，点点头，勉强挤出一抹笑意，说："托伦多大人，皇帝萨尔瓦多安排了一个地方，让您和他可以单独谈话。"

曼福德微微鞠了一躬，说："这正合我意。"

轿夫抬着轿子穿过拱门进入巨大的会客厅，阿纳莉走在曼福德身边。其余的芭特勒分子都留在外面，但曼福德并不担心与他们分开，因为如有需要，他可以迅速把这些信徒召唤过来。

萨尔瓦多·科瑞诺在一间空荡荡的小会议室里等他，看上去很不高兴，因为他很不情愿接待这位不速之客，但曼福德注意到皇帝的目光里隐约透着不安。他很惊讶罗德里克·科瑞诺竟然没来，因为皇帝很少在没有他弟弟在场的情况下，不听他弟弟的建议就擅自作出重要决定。也许萨尔瓦多并不认为跟他见面要作出什么重要决定。不过曼

沙丘学派：姐妹会

福德会说服他的。

"托伦多大人，实在抱歉，我费了半天劲才重新安排好日程，所以我只能跟你谈十五分钟。"他的话简单干脆，"我很忙，每天都有许多重要的事情要处理。"

"我来的确是有件极为重要的事情要请您决断，"曼福德说，"谢谢您拨冗相见。"

但萨尔瓦多还没抱怨完："你的到来引起了极大的混乱。如此大规模的集会需要申请许可。下次请深思熟虑，别这么鲁莽了。"

"我不会用所谓的许可来约束我的追随者们，这一点您必须知道。"

萨尔瓦多气得鼻翼翕动，但曼福德没那个耐心抚慰他受伤的自尊心。"我采取如此极端的做法，是因为时间紧迫，危险正与日俱增。但愿今后我不需要采取这么极端的做法。"

皇帝眯起了眼睛，问："你是在威胁我吗？"

"有件事我想跟您证实一下。之前，在兰兹拉德会议上，我呼吁进行投票的要求被恐怖分子的行动打断了。请问罪犯被抓获并判刑了吗？"

"此事仍在调查中。"

曼福德十指交叉，说："那就再安排一次投票吧，兰兹拉德的每一位代表都必须出席。他们必须公开表明自己的立场，明确表示对未来的人类文明发展持何种态度。"

"我会尽力帮你安排的。"萨尔瓦多竭力想让自己听起来强硬，但却无法掩饰自己迅速咽了口唾沫的声音，"兰兹拉德联盟的日程表都已经排满了，要等很长一段时间。"

"这可不行。我的追随者们不断发现思维机器的残余，这些残余很容易对人类形成威胁。但这些还只是冰山的一角。我们面临的更大危险是人类的软弱，经不起诱惑。科学家和实业家似乎决意要把人类带进一个机器新时代,重新依赖科技。我的追随者们刚刚在天顶星看到了这些,不过您可以放心,我们已经解决了这个问题。但我们现在仍处于一个非常危险的临界点。我们永远也不能忘记人类曾经遭受的痛苦,永远不能忘记蕾娜·芭特勒对我们的教诲。萨尔瓦多·科瑞诺皇帝陛下,我希望您能凭自己的良知,做正确的事情,站在我们一边,公开表明您反对先进科技的立场。"

"我必须权衡帝国里成千上万个星球之间的利益。但我保证会考虑你说的话。好了,如果你要说的话就是这些——"

"陛下,如果您不站在正义的一方,我的芭特勒信徒会替您去做的。您也看到了我带来的那些忠诚子民。我还有数百万跟他们一样忠诚的追随者遍及整个帝国。我发誓我们都已做好准备,在您身后,与您一起战斗。希望您能做出正确的选择。"说完,曼福德扬起眉毛,等待对方的回应。

皇帝萨尔瓦多显然被吓到了,尽管他竭力不表现出来。"你确定兰兹拉德的投票会让你满意吗?"

"兰兹拉德的投票结果是不言而喻的。不,我的追随者们更需要的是您做出明确的表示,公开表达您对芭特勒圣战运动的支持。"曼福德假装刚想出了一个主意,但实际上在他从天顶星回来的路上就已经仔细计划好了,"比如说,苏克学校具有历史意义的总部就在齐米亚。那些傲慢的医生试图用极端的医学实验重新塑造人类。而人类的身体应该由自己来照顾,祈求上天赐予我们健康,而不是依靠机器来维持生命。我们需要通过自己的意志和努力来增强心智和身体的健康,而不是通过人为的手段。假如您能关闭齐米亚的苏克学校——这将是表明您大力支持反科技运动而迈出的第一步,以极高的姿态发出一个明确的信息。"

皇帝萨尔瓦多左顾右盼,仿佛希望罗德里克此时就在自己身边。"本着与你和你的追随者保持良好关系的精神……我会考虑的。你提出的要求需要时间安排，但我想我可以让你按照你说的方式处理旧苏克学校总部——但你不能再在这里制造出更多的麻烦。"

曼福德无奈地双手一摊，没表现出胜利的喜悦，但实际上皇帝已经轻易地认输了。"芭特勒信徒热情高涨，精力十足，陛下。我得给他们释放激情的机会……不过帝国这么大，我们有很多事情要做。我们可以去其他外星球，也可以留在齐米亚。也许如果您能提供给我们一支舰队的话——比方说，两百艘当年人类大军作战时的战舰，如今早已封存不用了。我们可以去其他地方继续我们的事业，远离萨鲁撒·塞康达斯。目前暂时是这样打算的。"

曼福德看到皇帝听完后额头上立刻冒出了汗水。"正如你所说，我们确实有些不再使用的战舰。也许我能凑出几百艘退役的舰船来。你们得自己配备驾驶员和船员，但这些舰船可以完全由你们来支配，为你们的事业提供必要的帮助——只要你能让你的追随者们远离这里。"

曼福德笑着看向阿纳莉，只见阿纳莉露出了心满意足的表情。"我们一定能达成一个令彼此都满意的协议，陛下，我对结果表示很乐观。"他说，"我可以召集我的人马登上新的战舰，等适当的时候，我们会再回来处理苏克学校的事情。"他示意轿夫转身离开。当他动身离开时，他假装没有注意到皇帝萨尔瓦多带着颤音地长吁了一口气，仿佛如释重负。

> 所有姐妹都共同进行训练，穿同样的衣服，也许还有同样的心态，但在表面之下，她们就像从同一棵树上延展出来的根，彼此独立，各有不同。
>
> ——圣母拉奎拉·贝托－阿妮鲁尔，《姐妹会手册》

文波特姐妹满脸兴奋和着迷地向瓦莉娅跑去："是安娜姐妹！你应该亲眼去看看！"

瓦莉娅猛地站了起来，准备跟着女孩穿过隧道。"她受伤了吗？"皇帝的妹妹没什么常识，很容易给自己惹来麻烦。而另一方面，自从那次求生之旅并且在途中发现了英格丽德姐妹的尸体之后，安娜对自己的学业就更加认真，也更加投入了。

"她没受伤。"女孩拉着瓦莉娅的手说，"她比我和萨宾做得都好。"

在小屋里，安娜盘腿坐在地上，目不转睛地盯着墙面，墙上有一窝挖洞的虫子。安娜的注意力被打断了，她眨了眨眼睛，转过身来，惊讶地看到瓦莉娅来了。"直线……"她声音听起来很疲惫，"谁能想到直线竟然那么难？"

一开始，瓦莉娅不明白这个年轻女孩的意思，但坎迪斯跑上前指向了那些爬动的虫子挖的隧道。大多数洞穴隧道都是出于随机地形成曲线，但在墙边的一个角落里，所有的隧道竟然都是笔直的，横平竖

沙丘学派：姐妹会

直，相交处形成精确的垂直交叉点。

"就像皇宫花园里的烟木林一样，"安娜说，"这些挖洞的虫子能回应我。它们肯定有心灵感应，就像烟木一样。"安娜看到瓦莉娅惊愕的表情，不由得沉下脸来，"你很失望吗？你让我冥想它们的运动轨迹，我做的难道不对吗？"

"不——我是说对，你做得很好，我只是……太惊讶了。"她必须进一步调查，"真的让我很惊讶。我估计别的姐妹没人能做到。"

"这是我天生的本事。"安娜说。过去瓦莉娅认为这个女孩可能是被宠坏了，不成熟，而且情绪不稳定，但现在她改变了对安娜的看法。如果悉心引导，安娜的精神力量是可以得到充分发挥和利用的，不过她怀疑安娜·科瑞诺是否有足够成熟的心智或强大的动力去取得伟大的成就。

她正要带安娜去见圣母，多洛蒂娅突然出现在了小屋门口。她看起来严厉而冷酷："瓦莉娅姐妹，我一直在找你。我想让你跟我来，还有一些其他特别挑选的姐妹，我们一起召开一个重要的私人会议。"

"我能一起去吗？"安娜站起来问，"我可以在会上跟大家交流一下。"

"这个会议学员不能参加。瓦莉娅跟我们是同一级别的。"

多洛蒂娅的话似乎刺痛了安娜，她看上去很失望，脸上闪过一丝嫉妒的神色。为了安抚安娜，瓦莉娅说："我会尽快回来的。坎迪斯姐妹，你能送安娜回房间吗？多洛蒂娅姐妹和我有事要谈。"她很想知道多洛蒂娅要干什么。

尽管越来越多的姐妹在罗萨克学校接受训练，但要找到真正的隐私其实并不难。这座巨大的悬崖之城曾经居住着近十万名女巫，以及她们的伴侣和孩子，还有普通的罗萨克百姓和前来发掘丛林财富的外星球人。然而奥米诺斯瘟疫夺走了这里很多人，如今这座城市大部分的隧道都空荡荡的。

多洛蒂娅把瓦莉娅带进了一个没有窗户的屋子。瓦莉娅迅速打量一下周围，看到屋里另有九位姐妹，其中包括刚从萨鲁撒回来的佩里安娜姐妹，还有埃丝特·卡诺姐妹、宁珂姐妹、伍德拉姐妹，以及另外五位她不认识的姐妹。

"我跟她们说我们可以信任你——但愿我没有看错人，"多洛蒂娅对瓦莉娅说，"你似乎很得圣母的青睐和赏识，但我知道你也跟卡丽·马奎斯一起工作过。我相信你愿意投身于我们的事业。我们在这里要讨论姐妹会的未来。"

"你可以相信我。"瓦莉娅不假思索地说。她开始在脑子里评估这些姐妹，寻找跟她们的共同点。

多洛蒂娅对在座的姐妹说："我们聚集在此是因为我们担心圣母拉奎拉迷失了方向。"

瓦莉娅皱起眉头，不解地问："为什么说她迷失了？她创立了姐妹会——作为唯一的圣母，姐妹会的目标不是她制定出来的吗？"

"姐妹会本身是独立的。"多洛蒂娅说。

"我们可以做很多事情，提供很多帮助，"佩里安娜说，"皇帝已经意识到这一点。许多贵族家庭和商业集团也看到了我们训练的价值。但如果圣母站在机器辩护者一边，她就会损害我们的名誉。"

"不仅仅是损害我们的名誉，"伍德拉姐妹说，"还会玷污我们的灵魂。姐妹会的核心是帮助女性在身体和意志上得到提高，优于常人，从而远离机器的诱惑。"

瓦莉娅极力掩饰住内心的惊讶，找位子坐了下来。她已经决定要把这次讨论会报告给拉奎拉。"你们为什么认为圣母偏离了方向呢？她头脑中有我们听不到的声音和记忆。所以我更倾向于相信她的判断。"

"我们当中没一个人知道什么是圣母。"多洛蒂娅说。

"目前还没有。"宁珂说。

沙丘学派：姐妹会

"拉奎拉变了，"多洛蒂娅继续说，"我已经看到了。难道她头脑中的那些声音和记忆不会在给她建议和忠告的同时又欺骗她吗？"

瓦莉娅假装在考虑这个问题："这一点我们永远无法确定，除非我们能知道如何创造出其他的圣母，这样我们就可以相互比较了。"

"在英格丽德姐妹被杀这件事上，她几乎什么也没做！"多洛蒂娅说。

"被杀？她不是从崖边小路不小心掉下去的吗？"瓦莉娅装作漫不经心地说，"崖边小路被设为限制区是有原因的。也许她是去了不该去的地方。"

"并不完全是这样。我们听说罗萨克上可能藏有被禁用的思维机器！"埃丝特·卡诺姐妹压低声音，语气紧张地说。

屋子里响起一阵惊呼声，瓦莉娅也十分惊讶，所以根本不用装。育种计算机的事，外人是怎么知道的呢？英格丽德不是还没来得及告诉别人就被她阻止了吗？瓦莉娅难以置信地说："听起来像是对芭特勒信徒的政治迫害。"

多洛蒂娅紧抿双唇，缓缓点头："当年圣母派我去兰帕达斯执行我的第一个任务时，她想让我观察和研究曼福德·托伦多这个人，分析他的追随者和他们所谓的非理性行为。我觉得她并不想让我听从那些人。然而，我在那里看到了曼福德最真实的一面，还听到了蕾娜·芭特勒的演讲录音。虽然我本人并没有经历过那段历史，但我了解到思维机器是多么可怕。"

瓦莉娅靠在椅背上，听那些姐妹谈论她们听到的传闻，并对此表示担心和恐惧。她根本不想跟这些女人混在一起。她一边听着，一边适时地点点头，时而做出困惑的表情，时而假装陷入沉思，以此作为对她们的回应。看来她已经渗透到这群人中了。

··❧··

瓦莉娅把自己在私密集会上听到的内容报告给了圣母。老妇人听了这些消息，表情十分严肃。她随即指示瓦莉娅继续跟她们交往：
"你似乎很有骗人的天赋。"

瓦莉娅在圣母的话里并没听出谴责的语气，但尽管如此，她还是觉得自己在圣母面前就像赤身裸体一样，仿佛她的灵魂和所有的想法、动机都赤裸裸地摆在圣母眼前，任由她观察和分析。瓦莉娅低着头，装作可怜的样子，有意想引起圣母的同情："如果您认为我不值得被信任的话，我很抱歉，圣母。"

"说出的谎言能令人信服，这种能力是有用的，只要用于正当目的就好。一旦你明白了什么是谎言，你就可以转向真理——我们的真理。"

瓦莉娅移开目光，不敢正视圣母。而圣母继续说道："瓦莉娅姐妹，我知道你心里有股强烈的欲望，一心想要拯救哈克南家族。我也承认我永远无法完全改变你心里的目标。但我能看到你灵魂的深处，我相信你在适当的时间会出现在适当的地方为姐妹会谋福祉。"老妇人眯起眼睛，继续说，"我不会以好或坏来论断你，相反，我认为你是我们姐妹会能实现真正伟业的重要一环。而这两个目标并不见得矛盾。"

瓦莉娅已经察觉到拉奎拉有意在培养她和多洛蒂娅，甚至让她们俩相互竞争，看谁更出色。

拉奎拉停顿了一下，温柔一笑，然后说："你的愿望会实现的。我相信你是我见过的最有能力的年轻女子之一，这也是我如此信任你的原因。"

瓦莉娅骄傲地笑了，但感觉很奇怪，好像她被巧妙而迂回地操纵，潜移默化地离开了她为自己原先设定的道路。

"并且如果你能像我一样成为圣母，那你才是真正变得强大了。"

只要你愿意在必要时重新设定目标，你总能成功逮到猎物。

——沃立安·厄崔迪，在开普勒生活时期的私人日记

骑着巨大的沙虫让沃立安内心既充满惊叹又充满敬畏。在沙漠驰骋的过程中，伊珊蒂从未放松警惕。尽管如此，她还是从容大胆地冒险前行，仿佛控制这样一个庞大生物是件稀松平常的事情。当这头巨兽以科里奥利风暴般的速度在沙地上游走时，这个女人似乎担心沃尔还没做好准备进入沙漠深处。"你的面罩和鼻塞呢？你带了多少水？多少食物？看来你还没准备好待在这种地方。"

沃尔手里仍然抓着绳子，被沙虫游走激起的沙尘和肉桂味呛得直咳嗽。"我当时驾驶侦察机，正在返回香料开采机的途中，可万万没想到等我回去后，发现所有的香料工人都被杀了——而且我根本没料到飞机会被击落。"

伊珊蒂做了个表情，并不认同沃尔的解释："如果能预见每一次事故，那我们就都能提前做好准备，万无一失了。只有那些学会接受不可预测之事的人，才能生存下来。"

"你就是不可预测的意外。我不认识那两个杀手，同样，我也不知道你的身份。"沃尔对她咧嘴一笑，"说实话，相比那两个杀手，我更喜欢跟你在一起。"

"我们的耐布沙纳克会决定该怎么处置你。"说完，她用棍子捅

了捅沙虫，那巨兽便立刻向前冲去。

这时，沃尔开始觉得自己饿得有些难受了，沙尘和极度干燥的空气也让他喉咙发干。伊珊蒂一直没给他水喝，就好像故意要让他尝到教训似的，他发现伊珊蒂偶尔会从衣领上的管子吸水喝。

沃尔这辈子从来没像现在这么口渴过。虽然他在厄拉科斯待了一个多月，但他的新陈代谢还无法适应这种剧烈的环境变化。即使在香料开采队里，队员的配给也很紧张，但他仍能保持身体里有足够的水和脂肪。可现在，他感觉自己的喉咙就像灼热的灰烬。他的皮肤干燥，眼睛灼痛，好似冒着火一样。他能感觉到这个干燥的世界正偷走他身上的水分，吸走他身上的每一滴汗水和他呼出的每一口水蒸气。

尽管他口渴难耐，浑身难受，但他知道伊珊蒂是不会让他死的，毕竟她费了九牛二虎之力才把他救走。不过话说回来，伊珊蒂没义务照顾他，沃尔也没要求伊珊蒂照顾。他努力让自己不去想口渴的事情。

几个小时后，他们终于来到了一个灰色的山脉附近，伊珊蒂像对待孩子一样给沃尔耐心又详细地讲解如何从疲惫的沙虫身上下来。沃尔十分仔细地看着，等时机一到，他学着伊珊蒂的样子，从沙虫身上跳到柔软的沙地上，然后待在原地不动，看着那只暴躁的野兽恼怒地甩了甩滚烫的尾巴，继续向前游走。等沙虫走得足够远了之后，伊珊蒂默默向沃尔做了个手势，两人从离去的沙虫身后跳着离开。当巨大的沙虫停下来，转向他们所在的方向时，两人又站立不动了。最终那沙虫又转过头拖着笨重的身躯奔向开阔而空旷的沙漠。伊珊蒂松了一口气，然后催促沃尔赶紧跑上悬崖："不错，你学得很快。"

虽然沃尔满心疑惑，想知道下一步该怎么办，但他怕自己问个不停，把伊珊蒂问烦了，于是决定什么也不说，就跟着她走好了。伊珊蒂领着他游刃有余地穿梭在岩石之中，就好像这条路她已经走过了无数次。他仔细观察这里的地形，琢磨她要带他去哪儿，没想到竟然发

沙丘学派：姐妹会

现伊珊蒂一直在跟着标记走：放置整齐的鹅卵石，似乎是个很小的标记，不仔细看就根本看不出来。可能是有人经常踏着这些岩石以至踩出了一条路——也可能是有人每次走过这里之后，故意抹去了足迹。

他想起了和香料开采队在岩石堆里发现的那个废弃营地，此时他脑子里突然闪过一个念头，心想他没准儿终于能见到厄拉科斯上神秘的"弗雷曼人"了。当初他选择来这个荒凉而偏僻的星球，就是想见见他们。

沃尔并没注意到洞穴，直到走到跟前才看见。洞口被一块弯曲的岩石遮住了，必须向左急转弯才能进去。洞穴的入口被另一块岩石挡住。伊珊蒂停下来，打开了一扇防潮的密封门，门一开，就看到门里站着三个穿着沙漠长袍的男人，手里握着抽出一半的刀。伊珊蒂抬手做了个手势，那三个人便放她过去，但挡住了沃尔。

"我还不能为他担保，"伊珊蒂说，"他必须通过我们的测试。"

沃尔仔细打量那几个人，看到他们态度强硬，信心满满地准备好要跟他大战一场，他还发现那几人的匕首有着不寻常的奶白色刀刃。他决定不询问、不求饶、也不投降——只是直视着这几个沙漠里的人，让他们根据自己的所见做出判断。这几个守卫似乎对他的做法表示欣赏。

"这个人是香料开采队唯一的幸存者，"伊珊蒂说，"让他进来，我们得跟耐布谈谈。"说完三个守卫便站到了一旁，但没有放松警惕。

在一个由球形灯照亮的阴凉洞穴里，伊珊蒂把沃尔介绍给一个鬓发斑白的老人。此人一头长长的灰黑色头发，扎成一根粗粗的辫子；他的额头很高，表情平静，目光凌厉。伊珊蒂示意沃尔坐到石头地板上铺着的带图案的纤维地毯上，然后在沃尔身旁坐了下来。伊珊蒂简要地讲述了一下香料开采队的工人被两个坚不可摧的杀手尽数杀死的事情，以及她帮沃立安逃跑的经过。这期间沃尔一直保持沉默，以示尊重。

这个名叫沙纳克的耐布冷冷地打量沃尔，就像医生解剖尸体一样，然后他抬起下巴，说：“两个人杀了整个香料开采队的工人，还击落了你的飞机，还把伊珊蒂给吓到了？你说他们在追杀你？”

"那两个人是这么说的，但我从未见过也没听说过他们。"耐布的一个手下带来了精心制作的香料咖啡，味道太过浓烈，尽管沃尔很口渴，但实在喝不下去。而他们并没有给他水喝。

"那对男女的破坏力竟那么大，我对他们有很多的疑问。"伊珊蒂眯起蓝色的眼睛说，"我是联合商业公司在此地的代表。如果那两人是我们竞争对手的秘密武器或者派出的雇佣兵杀手，那我必须向上面报告。那两人不是普通人——也许甚至不完全是人类。要想杀死他们并不容易。"

"要想杀死弗雷曼人也没那么容易。"耐布沙纳克说。

自从逃出来之后，沃尔也在思考同样的问题，绞尽脑汁分析各种可能性，但始终没找到合理的答案。那两名袭击者直呼他的名字。但他住在开普勒星平静地生活了好几十年，也是不声不响地来到厄拉科斯，从没对外公开过，所以根本不可能有人知道他在这里。追杀他的人到底是谁呢？

"对沙漠的威胁，也就是对我们的威胁，"耐布说，"我会派侦察兵去勘察香料开采机的残骸——看看有什么线索。你得跟我们住在一起。"

"作为你们的囚犯吗？"

沙纳克扬起眉毛，说：“你会蠢到想逃跑吗？”

"我不留在这儿还能去哪儿呢？事实上，我一直盼着能见到你们。这也是我当初来厄拉科斯的原因。"

⋯⋯✧⋯⋯

两天后，耐布沙纳克派出的沙漠侦察兵回来了，他们是两个年轻

沙丘学派：姐妹会

人，一个叫依努托，另一个叫谢尔。沃尔和耐布坐在一个小小的穴地洞穴里，两个年轻人言辞激动地描述了他们看到的情景。这次任务对他们来说显然是一次惊险刺激的冒险。伊珊蒂也进来听他们的汇报。

"我们拼尽全力快速赶到了那里，耐布，"谢尔说，"到了傍晚突然遇到了一场沙尘暴，迫使我们提早躲了起来。但是到了第二天日出之前，我们就又出发了。"

"你们发现了什么？"

"什么也没发现。"依努托低着头说，"有沙虫来过。所有的机器，还有飞机、沙丘碾压机，以及那些工人的尸体——所有证据都不见了，什么也没留下。"

"可我知道我看到了什么，"沃尔说，"我确定那两个凶手还活着。"

伊珊蒂既焦虑又气愤。"我得回厄拉科斯城向总部报告。文波特总裁肯定会想了解此事。"她看向沃立安，说，"我猜你很想回城吧？我们有一架快速侦察机，我可以直接带你回去。"

沃尔吃惊不小，说："不，我要待在这里，跟你们的人谈谈。听说你们的寿命很长，能活一个世纪之久，是真的吗？"

"那是食用美琅脂香料产生的抗衰老效应，"沙纳克说，"这就是我们的生活方式。你不能从我们这里窃取永生的秘密。"

沃尔笑着说："哦，我已经拥有永生了，不过我很想跟你们谈谈这个问题。"

耐布看着眼前这位客人的面容，可能是注意到了他头发刚出现的一丝灰白，于是嘲讽道："你对永生了解多少呢？"

"不多，也就是在我活了这二百一十八年的时间里了解到的一些东西。"

沙纳克笑得更大声了："你是在白日做梦吧！外星球的人总是这么荒诞，简直是荒唐。"

沃尔会心一笑:"我向你发誓,我出生在塞琳娜·芭特勒圣战爆发之前,在两个世纪以前了。"他进一步解释了自己的身份,尽管这些与世隔绝的沙漠人对反抗思维机器战争的历史和政治知之甚少,而且这场跨越整个银河系的战争早在一个世纪前就结束了。"那些史诗般的战斗我都参加过,另外我也去过很多地方,看到无数朋友死去,其中很多人都是英勇牺牲的。我看着我的两任妻子为我生儿育女。我们组成家庭,生活幸福,我看着她们慢慢变老……而我的容貌却丝毫没有改变。半机械生化人给我做了延寿治疗,而你们拥有增强身体机能的美琅脂香料,但我们都活了很长时间,活得长久而又艰难。"

耐布听了他的话,似乎有些不安,但沃尔目不转睛地看着他,直到他移开目光。

伊珊蒂伸手抚摸沃尔的脸。"可我们不像你有这么柔软的皮肤。"突然她克制住自己,轻咳了一声,又加了句,"老人们总是对寿命这种事感兴趣。但我更担心的是眼前香料生产的事情,以及这两个杀手会不会突袭其他的香料开采作业。"

第二天太阳升起时,伊珊蒂驾驶侦察机飞走了。

奖赏对无福消受的人来说毫无价值。

——约瑟夫·文波特,文氏集团内部备忘录

文氏集团太空船队的船只主要用于民用交通和货物运输,巧妙地避免了星际间的冲突。但此时约瑟夫·文波特却打算发动一次直接的攻击。他猜测天体运输公司的工人们应该不会太过反抗,不过他决心要把本来属于他的东西夺过来。

通过对星图的仔细研究,德莱格·罗杰特已经确定了思维机器的一个主要基地很可能就在托纳里斯星系,而且迄今为止尚未被人发现。然而,这个地方不知为何竟然被阿尔扬·盖茨的侦察员偶然发现了——八成是撞了大运——而德莱格是通过自己过人的头脑和能力推算出这个位置的。

约瑟夫组织了一支由文氏集团船只组成的大型私人舰队,并且所有飞船上都配置了从黑市上购买的武器装备。现在他要从商业对手那儿夺取这个基地。

借助共享的信息、星图和高深莫测的多维度折叠空间演算,领航员小组带领文氏集团舰队来到了托纳里斯星系的边缘。托纳里斯星系是一颗毫不起眼的橙色恒星,外部环绕着一颗几乎肉眼看不到的褐矮星太阳。飞船上高分辨率的扫描仪扫描了整个空间,寻找这颗恒星上任何有人居住或者有工业活动的迹象。

SISTERHOOD OF DUNE

德莱格和约瑟夫并肩站在一架旧式军用弩炮战船的指挥舰桥上，这艘战船原属于当年的人类军队，是约瑟夫花大价钱买来的。科尔哈造船厂对这艘战船进行了改装，使其能装载更多的火力。

"我相信的确是这个星系，先生，"德莱格说，"但我们还需要扩大搜索范围，以便找到基地确切的位置。"

约瑟夫皱起眉头，捋着他那浓密的肉桂色胡子，说："应该不会太难吧，不然阿尔扬·盖茨永远也不可能找到这个地方。"

"从统计学上讲，凡事总有意外，先生……"

两小时后，经过搜索确定了星系中的六颗行星有可能隐藏着思维机器的基地——其中两颗是冰冻行星，比彗星大不了多少；还有一颗距离太阳很近，温度太高；另有两颗是气态巨行星，周围有少量卫星，以及一大片岩石小行星群。

"那些行星群能量辐射过多，"德莱格说，"说明那儿有人为活动，很可能是工业操作。"

约瑟夫也认为如此："看来那就是我们的目的地了。准备动手吧，争取速战速决。"

德莱格调出了七十艘文氏集团飞船的投影图，这些飞船都精准地分散布局，提前设定好位置，看上去就像复杂而精妙的交叉定位图。"最好是突然袭击，攻其不备，我相信这是最有效的方案，先生。在门泰特学校时，我在复杂的模拟太空军事对战中积累了大量作战经验。"

"这正是我想让你学的，德莱格。就由你来指挥这次进攻吧。天体公司需要被彻底铲除，永绝后患。"说着他向文氏集团的所有飞船下令，"我的门泰特拥有绝对的战术指挥权。在这次交战中，一切都听从他的指挥和号令。"说完，他便坐了回去，看着战斗进行。

在完全的通信静默状态下，两艘船启动了标准的超光速引擎，进入了星系。德莱格已经一艘一艘地给出了详细指示，描绘了每一次行

沙丘学派：姐妹会

动,就像战斗已经发生一样。所有武器都已启动,随时可以开火,但约瑟夫明确表示,损失要尽可能控制到最小。他警告每个船长:"我会从你的奖金中扣除每艘被你摧毁的可行船只的价值。"这应该会给他们足够的动力。

造船厂很快便出现在视野中,证明门泰特的推测是完全正确的。只见一颗表面坑坑洼洼的小行星上满是自动化的露天采矿机和金属加工机械,但造船厂的核心是其在低轨道上的机械装配系统以及大型太空船坞上停泊的被弃飞船。明亮的灯光和热成像说明造船厂正如火如荼地运行着。

造船厂里至少悬浮着五十艘机器人飞船,处于不同的制造阶段。这些巨大且具有强大火力的星际飞船除了发动机舱内外有灯光闪烁和人影晃动外,其他地方一片黑暗。约瑟夫看到至少十几艘天体公司的小型飞船,天体公司还在轨道网格间设立了基地的行政管理中心。除了已经升级加装了空间折叠引擎的五十艘飞船之外,还有十几艘飞船正在建造中。这个托纳里斯的基地还拥有很多机器人工厂,使用从小行星中采集的原材料来建造新的飞船结构梁、船体板和内部组件。但是率先占领这里的天体公司懒得将这些工厂激活,只强占了大部分已经建造完的旧飞船。

约瑟夫陷入了沉思,想到了各种可能性。"你已经超出了我的预期,门泰特。等这事结束之后,我要给你奖赏。"

"奖赏?"德莱格皱起眉头,"先生,这是我的分内之事,您雇我来不就是干这份差事的吗?"

"这的确是一笔不错的投资。"约瑟夫倾身向前,盯着屏幕看。文氏集团的突袭舰队像一群愤怒的狂蜂一拥而上,冲向托纳里斯基地,并按照门泰特之前布置好的进攻计划迅速包围了基地,占得先机。

不出所料,惊慌失措的天体公司工人们立刻发出警报。有几艘飞船企图撤离，但无路可逃。毫无疑问，文氏集团舰队实力强大，占尽兵力优势，准备速战速决。

而这里的天体公司似乎正处于发展的初始阶段，只有少数几个制造环节恢复了作业。很好，约瑟夫心想，幸亏他们来得及时，没有造成无法弥补的损失。工人们似乎也放松了警惕，自信地认为这个秘密基地不可能被人发现，所以尚未在周边建立牢固的防御系统。

对天体公司来说，这可真是天大的失策。

门泰特对小行星群、翻新的机器人飞船和轨道上的天体公司飞船进行了图像扫描，重新预测各种可能性。"他们无力跟我们对抗，先生。从逻辑上来讲，他们理应不战而降。"

"要是那样就省事多了。但不管怎样，都要做好对战的准备。"于是按照约瑟夫的命令，无论那些惊慌失措的天体公司工人多么愤怒地抗议和质问，文氏集团舰队都不予回应。没必要回应他们，因为他的意图显而易见，现在只等时机行动了。

约瑟夫抬头看了看德莱格，只见德莱格脸上没有一丝笑意。这位门泰特平静地向约瑟夫作简报："先生，我已经指出了所有薄弱环节。我相信我们在一小时之内就可以将这个基地占领。"

令约瑟夫吃惊的是，屏幕上竟突然出现了阿尔扬·盖茨的面孔。这位天体运输公司的领导者一头棕色的短发，尖下巴，眼睛总眨个不停。他的声音很尖细，听起来总显得战战兢兢——当然他有足够的理由战战兢兢："不管你们是谁，你们这么做都是在侵犯主权领土。根据捞救法，我有权占有这个无人居住的星系！你们无权占领这里。"

约瑟夫身子向后一靠，咯咯地笑了。这个讨厌的竞争对手真是个令人意想不到的蠢货，蠢得让人好笑！

见没人搭理，阿尔扬·盖茨的声音显得更惶恐不安了："如果你们是芭特勒运动的追随者，想要摧毁这些机器人战船，我们已经将它们占为己有，这些是我的私人财产，你们无权干涉！这些是人类商业扩张所需的宝贵遗产！我要求跟你们的代表对话。"

约瑟夫故意让对方又等了一会儿，然后开启了自己的通信器，说："我们不是芭特勒的人，我亲爱的阿尔扬。我并不打算毁掉这些飞船，这一点你可以放心。"

阿尔扬·盖茨气得大喊大叫，约瑟夫悄声对门泰特说："开始行动吧，门泰特，别浪费时间了，我们还有好多事儿要做呢。"

逻辑启蒙和教化总是会战胜情感上的无知,尽管这场战斗并不一定精彩。

——德纳里研究中心,使命宣言

托勒密曾被告知,只要他吸一口德纳里的空气,肺部就会被侵蚀,最终让他痛苦死去。各种危险的研究项目都在极为严密的安保措施下进行,每个实验室都有连锁装置和故障保险系统,一旦发生事故或故障,整个实验室就会被消毒或摧毁。

但当托勒密到达研究中心时,他觉得这里比哪儿都安全。如果没有文氏集团领航员的指引,没有一艘飞船能找到这儿。芭特勒的人永远也不会到这儿来。他可以自由地进行自己的科学研究。

他觉得自己就像一枚沿着既定轨道发射的炮弹。现在他才终于明白自己的真正使命,明白自己做研究的最重要原因是什么——不是为了利益或给人类带来便捷,而是阻止野蛮人破坏人类文明。这是一个需要用智力解决的矛盾和问题,也是一场激烈的战斗。他的朋友埃尔钦不会白白死去。

他乘坐一艘装载着各种化学容器、加压气体和食物补给的定期货运船来到了德纳里。研究中心的主管特鲁拉人诺非一见到托勒密便露出灿烂的笑容,并欢迎他的到来。诺非是个秃头,脸上有明显的白斑,与托勒密那位被害的搭档埃尔钦博士不太像,但都有特鲁拉人相似的面部特征。看到此人,托勒密的胸口一阵剧痛,他太想念埃尔钦了。

诺非向这位新来的科学家伸出手来,说:"欢迎来到德纳里,这是一个你可以自由探索之地。文波特总裁向我大力举荐了你,我对你寄予厚望。"

这位主管的音色跟埃尔钦极为相似,托勒密不由得又想起他那位挚友的死,耳边仿佛又回响起埃尔钦死前凄厉的惨叫。他深吸一口气,强迫自己别畏缩:"我很荣幸能来到这里,先生。这正是我需要的,也是人类需要的……我有一个对付芭特勒分子的计划。"

诺非感同身受地说:"我们这儿的人都有相同的目标,我的朋友。那些禽兽摧毁了我在特鲁拉的实验室,毁掉了我所有的成果。他们不想让我们发明任何东西。"他眨了眨眼睛,从回忆里回到现实,"在德纳里这儿,情况完全不同。我们的研究全部由文波特集团资助,我们的研究成果将令集团获利,同时也能促进人类文明的进步和发展。"

"我并不在乎约瑟夫·文波特是否从我的发明中获利。"他很着急,恨不得立刻就开始工作,"但我宁愿为理性且具有远见卓识的人效力,给他们带来利益,也不愿听命于那帮野蛮的芭特勒圣战者。"

两人穿过了三道舱壁门,进入了研究基地的中心,来到诺非的行政办公室。这位特鲁拉人坐了下来,十指交叉放在膝盖上。"我的心与你同在——看看这则报告吧,上面报道了天顶星发生的事情。我向你保证,在这里你无须担心和害怕。"

诺非靠在椅背上,仿佛有股比行星重力还重的力量把他往下推。"我曾经以为恐惧是种弱点。如果一个人胆小害怕,总是被恐惧和担忧所扰,怎能取得大的成就呢?但芭特勒圣战者将恐惧转化成了暴力,将惶恐转变成了武器。他们通过制造虚假的罪名、想象出无中生有的敌人,将普通人变成野兽,摧毁一切他们不了解的东西。"他难过地摇着头说,"而他们不了解的东西和事情有太多太多了。"

托勒密用力咽了口唾沫，点点头："为了人类的思想和未来，我们必须赢得这场战斗。我本以为芭特勒圣战者只是跟我们的观点不同，我们可以理性地解决这个问题。"他永远也无法忘记芭特勒圣战者砸烂设备、摧毁实验室、肆意杀戮的情景。"如今我明白了他们的邪恶，他们是真正的魔鬼。我要成为你们最厉害的战士之一，与你们一道迎接即将到来的战争。"

诺非呵呵地笑了，他说："哦，我希望你不仅仅是个士兵——我想要你成为我们的将军。"

这位特鲁拉主管带领他穿过一个个相互连接的实验室，非常自豪地向他展示了一间实验室，里面装满了密闭的容器，容器里装着领航员变异且扩张的大脑。这些大脑已经与肉体分离，令他们不由想起了圣战之前传说中的思想者。

"这些大脑相当发达，咱们的大脑跟这些相比，简直就像蹒跚学步的孩子，"诺非用指关节敲打着其中一个容器的透明曲面玻璃，继续说道，"但即便如此，它们的生命维持以及与外部世界的交流都得依靠我们。这些实验对象没能成为正式的领航员，但我们可以把他们发达的大脑当作新机器上的部件，对其进行研究和测试。"

托勒密点了点头，"我跟埃尔钦博士合作多年，一直致力于在人脑和人工智能之间开发出一种性能优越的接合点。我想把脆弱的人类从死亡的生物牢笼中解救出来。"他轻声说，"在联盟里如果说这些会令人十分厌恶，但我相信半机械生化人为我们指明了方向，让我们看到在许多方面都能有进步的空间和潜力……要是阿伽门农和其他几位泰坦没那么邪恶该多好。"他失望地摇了摇头。

诺非一个劲儿地点头作为回应："我完全同意。如果一个疯子用锤子杀了人，难道我们就该禁止使用锤子吗？简直荒唐！"

托勒密继续谈论他和埃尔钦在天顶星所做的研究："我所有的笔记和数据都被那帮暴徒毁了，但我有信心能把大部分的研究成果复制出来。不幸的是，由于芭特勒圣战者摧毁了我的实验室，完整的半机械生化人尸体很难再找到了。"

听到这里，诺非的眼睛突然亮了起来："有样东西你肯定会感兴趣的。"说着他把托勒密领进了一个巨大的机库，机库的圆顶是用白色塑钢玻璃砖砌成的，在球形灯的照耀下，闪闪发亮。机库里放着一件不祥的机器——一个令人望而生畏的战斗躯体，上面有铰链、加固的双腿和带屏蔽保护的核心，看上去就像一只机械的狼蛛。

托勒密惊讶地深吸了一口气，说："这是一具半机械生化人战士的躯体——而且是完整的！到目前为止，我从来没见过完整的躯体，只见过一些残片。"

诺非慷慨地打开了机库圆顶上的一扇观景窗，这样他们就能看到周围的景色。透过致命的含氯雾气，托勒密辨认出像蜘蛛一样形状的机器躯体，以及建造机器人和飞行器。

"在实验室圆顶附近至少有二十多个像这样的机器，"诺非说，"自从沃立安·厄崔迪杀死了阿伽门农和最后一个泰坦之后，这个基地里的所有最新式半机械生化人的大脑就像输入了死亡密码一样消亡了。现在这些机器躯体是你的了，希望对你有用，可以利用它们创造出富有成效的研究。"

"当然有用，"托勒密说，"不光富有成效，还具有防御性。我会创造出一种方法能令我们对抗横扫帝国的疯狂暴行。"他再次伸出手来紧紧握住诺非的手，激动地说，"让我们携手并肩、团结一致，为人类的福祉而努力吧。"

为你的军队提供最新的技术和武器,使其足以击溃敌人,但你必须先把足够的斗志投入到战斗中去,否则一切都是徒劳。

——古地球的一位将军

吉尔伯图斯·奥尔班斯创办门泰特学校已经几十年,在这几十年当中有几位毕业生格外出色,令他记忆犹新。除了德莱格·罗杰特之外(此时他肯定已经在兰兹拉德联盟的贵族当中找到了有实力的恩主),他记得还有另外几人也十分优秀,比如科里·尼弗、赫尔米娜·卡斯特罗、谢弗·帕克斯、法雷·丹顿——以及来自罗萨克学校的一些杰出姐妹。这些学生的面孔都清晰地印刻在他的记忆里,就连这些学生在学校里的一些轶事他都记得很清楚。

还有一个人令他记忆深刻,那就是卡丽·马奎斯,最后的纯血统女巫之一。卡丽已经在姐妹会接受过严格的训练,所以她能精准地控制自己的思维和身体。作为门泰特学校的学员,她在这里表现十分出色。到目前为止,已有八位姐妹被吉尔伯图斯培养成了门泰特,而卡丽是其中的佼佼者。他曾常跟卡丽谈论起伊拉斯谟。而现在卡丽回来了,吉尔伯图斯很高兴能再次见到她。

飞船刚一降落到兰帕达斯,卡丽就给吉尔伯图斯发送了信息,说她即将到达。这位上了年纪的妇人从一架高速的沼泽运输船上走下来,踏上学校大楼周围的浮动甲板。卡丽已经一百多岁了,一头白发

沙丘学派：姐妹会

已渐稀疏；吉尔伯图斯希望卡丽没有对他外表的年龄产生怀疑，因为这么多年来，他的外表一直没怎么变化。而这些姐妹的观察力十分敏锐。

吉尔伯图斯在码头迎接卡丽，并热情欢迎她的到来。毕业后的几年里，卡丽曾拜访过他两次，但从来没给他带过礼物。而这次，他注意到卡丽随身带了个小包裹。

他向卡丽询问了两名刚刚从门泰特学校毕业，并已经回到了罗萨克的姐妹情况，然后带着卡丽走进了她十分熟悉的那栋通透的行政大楼里。他们来到了吉尔伯图斯的办公室，卡丽微笑着将那个包裹递给他。

吉尔伯图斯扬起眉毛，仔细打量着这个包裹，想找出些线索，然后问："我需要让保安扫描一下吗？"

卡丽姐妹开心地笑着答道："这可能会对门泰特产生爆炸性的影响，但我向你保证，不会有直接的威胁。"

从建校开始，吉尔伯图斯就建立了严格的安保措施和安全防范系统，其主要目的是保护伊拉斯谟的存储器核心。但事实证明，他的担忧是对的。八年前，与他竞争的一家精神技能学校对门泰特学校发起法律诉讼，控告他建校资金来源不明。他以前从未听说过这个竞争对手，但对方却把他告上了法庭。后来法院认为对吉尔伯图斯的控告毫无根据并予以驳回，那所精神技能学校的校长一怒之下派人对兰帕达斯的门泰特学校进行了轰炸，袭击造成了两栋教学楼被毁，其他建筑均遭到不同程度的损坏。作为回应，皇帝萨尔瓦多解散了那所敌对的学校，并将其校长送进了监狱。

但吉尔伯图斯对卡丽·马奎斯十分信任。他开始动手解包裹，但捆包裹的绳子系得格外紧。"看来你给了我一个艰巨的任务。"

吉尔伯图斯也担心他保留下来的科技残余、失效的战斗机器人和作为重要教学工具的被拆除的计算机会给他惹来麻烦——尤其是自从伊拉斯谟戏耍古板的艾丽丝·卡罗尔,用恶作剧吓唬她之后。曼福德·托伦多刚刚带着一大群狂热的芭特勒圣战者回到兰帕达斯,人数之多前所未有。这个没有双腿的男人要求明天与吉尔伯图斯私下会面。

是的,门泰特学校需要安全保障。

最后,他终于解开紧系的绳子,打开包裹的包装,只见里面有几个装着宝石红液体的玻璃瓶。

卡丽倾身向前,对吉尔伯图斯说:"这个叫做纱芙,是我在罗萨克进行化学研究时开发的一种强效蒸馏剂,是从埃卡兹上的植物根部提取出来的。"吉尔伯图斯惊讶地扬起眉毛,卡丽继续说,"我在好几个姐妹身上测试过,所有接受测试的人都觉得效果很好,但在几个门泰特姐妹中效力最为显著。"

吉尔伯图斯把盛满药水的瓶子举到灯光下看,浓郁的色彩透过玻璃闪闪发光。"这药水有什么作用?"

"能促进精神高度集中,提高专注度,增进思维能力,提升思维敏捷度。我亲身试用过。我的一位实验室研究人员喝了一小口之后,思维就有了极大拓展,开创出许多我们以前从未想到过的新研究方法和手段。"

吉尔伯图斯决定试试这种药物,并征求伊拉斯谟的意见。"有什么副作用吗?"

卡丽张开嘴,给吉尔伯图斯看她口腔里的一片血红:"它会浸染皮肤组织,所以一定要小心,不要让它沾到嘴唇或其他部位。除此以外没发现其他副作用。如果你认定这种纱芙液体效果很好,并决定让你的门泰特学生服用,我可以告诉你这种液体的蒸馏方法和过程。这算是我对这所伟大学校的一种回馈吧。相信你可以很容易从埃卡兹的商人那里购买到原材料。"

"非常感谢。"他把药瓶放回原处,并没有当场打开,"我先研究

沙丘学派：姐妹会

一下再试用。感谢你给我们这个机会。我们必须寻求一切能帮助我们提高人类思维能力的途径。"

· · ·

第二天一早，吉尔伯图斯便开始为与曼福德·托伦多的会面做准备，这个门泰特学校的盟友实在令人不安。

吉尔伯图斯的学生艾丽丝·卡罗尔迈着轻快的步伐，将芭特勒圣战运动的领袖领进了吉尔伯图斯的办公室。吉尔伯图斯立即起身迎接。几个一声不吭的轿夫抬着曼福德，让他稳稳地坐在轿子上。这位芭特勒圣战运动领袖并没有客套地装作这只是一次礼节性的拜访，而是开门见山地说："我们这下可以开心一场了，校长，因为现在我们可以扩大我们的势力，令帝国所有星球为之瞩目。皇帝萨尔瓦多给了我们两百多艘人类大军的战舰。"

"您的目标实在令人钦佩。"吉尔伯图斯说，因为他不得不这么说。

"我们不断发现各种违规行为，以及顽固愚蠢的抵抗势力。因此，我决定把圣战运动的战线继续向前推进，推向更远的地方。我们必须以身作则。为此我的盟友需要帮助我们证明这一点。"说完曼福德眯起眼睛，环顾办公室四周，似乎在寻找任何邪恶科技的影子。吉尔伯图斯浑身发冷，因为机器人的存储器核心还藏在密封的柜子里。他知道伊拉斯谟此时正用它的间谍眼偷听他们的谈话。

"我需要贵校的帮助，吉尔伯图斯·奥尔班斯。"

吉尔伯图斯努力控制自己的情绪，让自己保持一脸平静："你需要我做什么？"

"我需要训练有素的门泰特为我们提供战术策略。我们获得了新的战舰，因此需要门泰特为我们预测战场上瞬息万变的情况。从字面意义上讲，这将是一场为人类心灵而战的战争。"

SISTERHOOD OF DUNE

吉尔伯图斯知道他的学生有足够的能力，因为他和德莱格进行过多次模拟战争演习，但他还是有些犹豫："我想这是可以的。"

"那就好办了。你能提供多少门泰特我就要多少——特别是我们芭特勒组织输送进来的那些学生。"

艾丽丝立刻开口说："我自愿加入。我可以相应地调整我的训练。"她看向曼福德，又看了看吉尔伯图斯，"我认识很多学生，他们都跟我一样愿意参加。"

"我对此深信不疑。"曼福德说。

不安感涌向吉尔伯图斯。但他仍笑着点了点头。

"有了你们的帮助，"曼福德继续说，"我们会封锁那些不受监管和控制的星球，净化和拯救它们。喜欢机器的人有他们的科技，而我有我的门泰特。"

"人的思维是神圣的。"艾丽丝吟诵道。

吉尔伯图斯强迫自己不去看藏着伊拉斯谟的普通柜子。"要让他们做好充分的准备需要几个月的时间，但我明天就实施新课程。"

"今天就开始吧。"曼福德说。

艾丽丝打开门，曼福德的轿夫转过身，抬着他走出了办公室。

人类进步的道路依赖于发现和探索，但伟大的发现往往伴随着极大的风险。

——《阿扎之书》

来到罗萨克的安娜·科瑞诺身处陌生的环境，面对周围陌生的人心里十分忐忑，于是不由得对友善的瓦莉娅越来越有好感。瓦莉娅感觉到每当她跟多洛蒂娅在一起时，公主都会心生嫉妒。因此瓦莉娅必须对皇帝的妹妹尽可能投入更多的体贴和关注。

几天来，她们两人一直形影不离。瓦莉娅鼓励这个年轻的女孩向她倾吐心事，特别是她跟希隆多·内夫的浪漫爱情。这完全是年轻人幼稚而愚蠢的迷恋，瓦莉娅心想，但她没有说出来，而只是对安娜表示同情，对她可怜的孤独表示安慰。在她们交谈时，瓦莉娅总是面带微笑，让安娜相信她是亲密的朋友。

一天早上，瓦莉娅带这女孩来到了洞穴内部最下面的一层隧道，这条隧道通往黑暗的丛林，但出口已经被永久地封死了。安娜着迷地瞪大了眼睛，问："我们可以到洞穴下面来吗？"她轻声耳语，似乎迫不及待地想做些小小的违规之事。

"洞穴的下面几层，包含了公用设施、储藏室和机械室等，为上层提供服务。这里的人干的大多是卑微的粗活。当年这里是一座巨大的城市，比现在的规模要大得多，城市的维护工作都是由男人来承担。但圣母把这里改为了学校,为那些有天赋的女性提供庇护……这就意味着这些粗活必须由我们自己来干。所有的学员都要轮流在这里干活——就连皇帝的妹妹也不例外。"对瓦莉娅来说,她更愿意去维护和操控那些育种计算机,但眼下她的首要任务是专心照顾安娜,因为拉奎拉认为这才是当务之急。

安娜听了一脸失落。显然她对这种乏味无趣的工作毫无兴趣,于是失望地应了一声:"哦。"

瓦莉娅则轻柔地拍了拍她的后背,说道:"来吧,咱们一起去缝纫室,在你轮值的时候我陪你一起干活,修补长袍。这段时间里,咱们一起工作。"

安娜听了立刻高兴起来。她们走过洗衣间,身穿绿色长袍的学员们正用从地下蓄水层输送上来的水,在固定的洗衣板上手洗衣服。缝纫室里有几张长桌,桌子上摆着许多长袍和内衣,除此之外还有四台缝纫机,但大多数的学员都用针线手工缝制。

瓦莉娅从一个大箱子里拿出一件白色长袍,然后坐在一把空椅子上,把长袍摊开在桌子上,指着上面一条裂缝说:"这是女巫的长袍。女巫们有些挑剔,所以一定要缝得仔细些。"

"我喜欢缝纫,"安娜说,"宫里的一些侍女教过我老式的刺绣技法。起初我还觉得没什么意思,但后来我发现做针线活能让我平静下来,任由我的思绪随意飘荡。"

瓦莉娅至今仍记得多年前她第一次在缝纫室轮值时,学监教导她的话,现在她把同样的故事讲给安娜听:"古地球有位伟大的宗教领袖,人称圣雄甘地,他就经常自己缝补衣服。他是个简朴的人,但思想却很不简单。"

"我从来没听说过这个人。"安娜拿起衣服,拿着针线缝了起来,对瓦莉娅的故事并不怎么感兴趣。瓦莉娅拿起一件口袋需要缝补的黑色长袍,坐在了安娜身旁。安娜喜欢聊天,此时她若有所思地问:

沙丘学派：姐妹会

"圣母拉奎拉的脑海里真的有她所有祖先的声音吗？"

"她已经达到了能力的顶峰，我们都梦想着能像她一样，但也只能梦想罢了，因为谁也无法企及。"

安娜眼睛一亮，兴奋地说："她说我们每个人都能成为圣母，只要我们集中意念，让自己变得足够强大，就能挺过那个过程。"

"那很危险，"瓦莉娅警告说，"除了拉奎拉，没人能成功转化，让自己得到能力上的升华。事实上，大多数人都中毒而亡了。"

"这么说，你还没有试过喽？"

"没有！"除非转化有了成功的先例，否则瓦莉娅绝不会拿她家族的未来冒险，把自己的性命投注在这场变化无常的赌局里，"我曾协助卡丽姐妹进行研究，为今后的志愿者开发新的有效药物。但我还有别的职责——对姐妹会来说，这个任务十分重要，我不能让自己冒这个险。"

"我倒觉得喝了毒药之后就能听到很多人的声音，这是件很有趣的事儿。"安娜捻了捻线，把线从针眼里穿过去，然后一针一针地缝了起来，"我的母亲只是个小妾，我从来没真正了解她……但她的整个人生都印刻在我的脑海里！我总能在历史典籍里读到科瑞诺家族的故事，但我对我母亲的家族却了解不多。我相信那些声音会告诉我的！"

我们可是血亲啊，瓦莉娅心想。总有一天，她会把这件事告诉安娜，但要等到适当的时候。

瓦莉娅尽力不去想为家族报仇的事情，但这就像慢性毒药一样，在慢慢侵蚀她的心灵。格里芬没有向她报告任何进展，但每天她都期待着能收到格里芬胜利的消息，说他已经解决了沃立安·厄崔迪——最好是让他痛苦地慢慢死去。

安娜咯咯地笑着说："我记得皇宫里有个小丑，他说他听到自己脑子里有声音。大伙儿都说他疯了，然后把他从宫里赶走了。"

瓦莉娅有些激动地说:"圣母没有疯。一旦卡丽·马奎斯发现了正确的转化药物,其他姐妹就能转化为圣母,从而证实她说过的话。"

"也许我们应该试试,就你和我!"安娜悄声说,就好像搞什么阴谋一样,"我们可以成为继拉奎拉之后的第一批圣母!"

瓦莉娅吓得连忙抬起头来,说道:"嘘,别瞎说——你还没做好准备。我也没有。"她环顾四周,确定没有别的学徒听到安娜的话。之前所有的志愿者都经过了最严格、最苛刻的心理测试,然而她们全都失败了。安娜·科瑞诺太不成熟,而且专注度也远远不够。

可安娜并没注意到瓦莉娅的惊慌,她补好了长袍,然后把衣服叠好,放在桌子上。她轻哼了一声,语气轻率地说:"我只是好奇,想知道成为圣母是什么样子罢了。早晚有一天,我也要拥有那样的能力。"

这个问题瓦莉娅也思考过很多次,她认为如果成为了圣母,拥有圣母的额外技能和精准的身体控制能力,以及头脑里的历史记忆库,她就可以拥有强大的力量,帮助哈克南家族恢复荣誉和地位。但如果她在转化过程中死去,那么洗去家族耻辱的重担就全部压在了格里芬一个人的肩上。她决不能那样对待她的哥哥。

两人继续缝补,这期间安娜喋喋不休,而瓦莉娅则一言不发。

晚上,瓦莉娅躺在自己小屋的床上辗转反侧,心里隐隐不安。许多年轻的姐妹住在一起,但由于这座悬崖城市大部分地方都空荡荡的,所以像她这样的高阶姐妹可以拥有自己的房间。但现在,她却觉得自己应该跟皇帝的妹妹住在一起,一是为了巩固她们之间的友情……二来可以让她更近距离地看着这个女孩。

晚饭时,安娜对其他学员讲起皇宫里的各种轶事,而瓦莉娅则尽职地待在她身边,多洛蒂娅姐妹也加入其中。多洛蒂娅对英格丽德之

沙丘学派：姐妹会

死依然追查不休，她对姐妹会里有计算机的传言也反复窥探，不肯罢手，她的突然加入让瓦莉娅深感不安，连晚饭也吃得战战兢兢。瓦莉娅假装热情友好，不想引起多洛蒂娅的怀疑，但这很困难，因为她十分了解多洛蒂娅。眼下，多洛蒂娅把瓦莉娅当成了盟友，而瓦莉娅则想将计就计，暂时让她放松警惕，这样对瓦莉娅更为有利……

此时此刻，瓦莉娅很想睡觉，但她脑子里千头万绪，怎么也静不下来。她不仅担心多洛蒂娅的猜忌和多疑，更为格里芬而担忧，不知现在他在做什么。另外她还得负责看着安娜。除此之外，还有一个时常困扰着她，又令她总是回避的问题——是否想要尝试成为圣母。如果瓦莉娅成为继拉奎拉之后第一个成功转化为圣母的人，那凭借强大的能力和影响力，她将来必能统领姐妹会，成为众姐妹的领袖。

在她与卡丽姐妹共事期间，她知道在卡丽的实验室里有很多未经试验的药物，只等待志愿者亲身去测试。但很少有姐妹敢于迈出这一步，而那些看上去十分急切地想要去尝试的人——比如安娜·科瑞诺——显然又太稚嫩，没有做好准备。

眼下卡丽·马奎斯已前往兰帕达斯，与她以前的门泰特导师吉尔伯图斯·奥尔班斯会面。现在丛林的实验室里空无一人，就连多洛蒂娅也不常去那儿。瓦莉娅仍保留着实验室的钥匙，但很少使用。安娜再三央求，想偷偷去实验室里参观一下，瓦莉娅不胜其烦，昨天为了让她安静下来，终于答应了她的请求。

但今天晚上，安娜的情绪似乎更紧张了。这位公主殿下反复询问制药实验室的情况、下一批待测试的毒药，以及下一批尝试成为圣母的人选。瓦莉娅终于忍不住责备她不要再问这些不切实际的问题，安娜随即安静下来，沉默不语——可现在想来，她沉默得太快，也太容易了。

瓦莉娅心生莫名的恐惧，立刻站起身来，检查自己的物品，包括长袍的口袋。最后，她发现实验室的钥匙不见了，顿时惊慌不安。她心跳加速，匆忙穿好衣服，抓起一盏球形灯，奔向安娜在学员区的寝室。糟糕的是，她发现安娜的铺位空无一人，而同寝室的另外两个姐妹则睡得很熟，瓦莉娅对此一点儿也不惊讶。

她知道安娜去了哪里，但不敢拉响警报，也不敢惊动其他姐妹。这是她的问题，是她的失职，她必须立刻去解决。

瓦莉娅的心怦怦狂跳，不是因为跑得太快，而是害怕。她跑过聚合的树冠，乘坐笼式升降机下到丛林。夜晚的野外比白天要危险得多，但她更担心的不是丛林里的危险，而是皇帝的妹妹打算以身试险。瓦莉娅吓得一身冷汗。如果安娜出事了，政治上的负面影响反而会害了哈克南家族，令家族的所有希望尽毁。

瓦莉娅用球形灯照亮前方的路，沿着弯曲的小径跑到一棵巨大的空心树前，发现树洞口的黑色金属门半开着。她气喘吁吁，急匆匆走进主实验室。实验室里各个工作台前都空无一人，由于没有卡丽监督那些敏感而重要的实验环节，所有的实验操作都停了。

她听到轻微的动静，看见安娜鬼鬼祟祟躲在暗处。年轻的安娜看到瓦莉娅来了，似乎并不意外，反而很兴奋，尽管实验室里只有她们两人，但安娜还是压低了声音悄声说："我拿到了一个药品样本，看不出来是什么。"她拿起一个陶土罐，打开盖子，说，"我一直在找味道最浓烈的药。"她从罐子里拿出一粒蓝色的小胶囊。

瓦莉娅一个箭步朝她冲过去，从她手里一把夺过那颗胶囊。陶土罐掉在地上摔碎了，药丸撒了一地。

安娜皱起眉头，不悦地说："我正要给你拿一粒药呢。你和我一起把药吃了，就能成为第一批新的圣母了。我们要让所有人都看到！"她蹲下来捡起掉落的药丸，但瓦莉娅把她拉了起来。

"你不该未经允许就偷偷闯进来！你知道已经死了多少姐妹吗？"

安娜的眼睛里闪着泪光，被朋友的斥责伤了心："我本来想把药带回去，跟你一起吃呢。"她想挣脱，但瓦莉娅紧抓住她的胳膊不放。

沙丘学派：姐妹会

这时，多洛蒂娅姐妹上气不接下气地跑进了实验室。她瞪着瓦莉娅，两眼放光，充满怀疑地问："我是跟着你来的。你们在这儿干什么呢？"

瓦莉娅的心里闪过一丝愠怒。难道多洛蒂娅一直在监视她？"别担心，我已经处理好了。"她的语气很生硬，试图打消这个女人的猜疑，"没必要担心。圣母命我照看安娜姐妹。有时候，她……有些冲动，但我及时抓住了她。没造成任何伤害和损失。"说话间，她仍然紧紧抓着安娜的胳膊，拉着安娜往门口走去。同时，她也朝多洛蒂娅狠狠地瞪了一眼，把责任推给她。"卡丽姐妹出门了，这个实验室就由你负责。你不该擅离职守，放着实验室不管，即使在晚上也得看着。不然出事了怎么办。"

多洛蒂娅仍很恼怒："我要向圣母报告此事。"

"没错，"瓦莉娅说，"我们是得报告。"

安娜拼命忍住泪水，而瓦莉娅随即带她走了，同时小声对安娜说："别担心，我会处理好的——不过你可别再想着从我身边偷偷溜走了。"

尽管计算机预测看起来绝不可能犯错，但计算机的预测并没有先见之明。

——蒂西亚·森瓦，罗萨克女巫前领袖

第二天，拉奎拉看了佩里安娜姐妹提交的完整报告，报告里详细描述了她在帝国宫廷为罗德里克·科瑞诺的妻子供职的细节。

佩里安娜在秘密进行侦察时，由于过于粗心笨拙，被人发现，没等被审问太多问题，就仓皇逃走，颓然沮丧地回到了罗萨克。拉奎拉失望地放下这份报告。佩里安娜失去了在皇宫里的重要职位，这位姐妹费了半天劲也只获得了关于萨尔瓦多、罗德里克和这两人妻子之间的一些家庭琐碎，根本没什么有价值的信息。

拉奎拉心里泛起一阵酸楚，离开了办公室，去旁听正在进行的课程。她喜欢改变既定的路线和时间，以便能更全面地了解正在发生的事情。走在过道里时，拉奎拉突然听到多洛蒂娅姐妹在叫她，她突然后脊背窜起一股寒意，但拉奎拉强迫自己保持冷静，尽管她脑海里的记忆大声地发出了警告。多洛蒂娅最近变得越来越令人厌烦，就连她的外祖母拉奎拉也越来越不喜欢这个外孙女了。

昨天晚上，多洛蒂娅带着瓦莉娅姐妹和安娜·科瑞诺突然闯进了她的私人房间，喋喋不休地搬弄是非，谴责安娜擅自潜入了丛林里的实验室。听到这个消息，拉奎拉吓了一跳，但还是义正词严地回答：

沙丘学派：姐妹会

"照看她是瓦莉娅的责任。只不过是一个学员的恶作剧或轻率之举罢了，这种小事没必要惊动我。"

多洛蒂娅对圣母的回应并不满意，于是愤愤地离开了。没想到现在她又来了，只见多洛蒂娅深吸一口气，让自己平静下来，然后说："圣母，我看了英格丽德姐妹的死亡报告，但我对结论有很多疑问。我认为这件事必须进一步调查。"

拉奎拉双手合十紧握在胸前，说："英格丽德虽有些浮躁、冲动，但有很大的潜力。她的死是姐妹会的一大损失，但这件事已经了结，到此为止了。"

多洛蒂娅显然很生气："您忙得连一桩谋杀案都没时间调查吗，圣母？"

"谋杀？"拉奎拉眯起眼睛，"那女孩从悬崖上掉了下来。那条路很危险，她本不该去那儿的。事情就是这样，这是一起意外。"

"那如果是被人故意推下悬崖的呢？"

"你的意思是你身边的姐妹中有人犯了杀人的重罪？你有证据吗？"拉奎拉双手叉腰问道，"哪怕一丝证据？"

多洛蒂娅垂下眼帘，说："没有，圣母。"

年老的女巫萨布拉·哈珀林就好像是来救拉奎拉似的，疾步向她走来。拉奎拉看出了老女巫脸上的惊恐。她的白色长袍前襟下摆很脏，看来她很可能是从保存育种记录的洞穴出来，匆忙下山时不小心绊倒，弄脏了衣服。

萨布拉连看都没看多洛蒂娅一眼，便对拉奎拉说："请原谅我打断您，尊敬的圣母，但我必须跟您单独谈谈。"她压低了声音说，"我们得出了一个重要的预测。"

拉奎拉很高兴终于有借口结束谈话，于是赶紧打发走多洛蒂娅。多洛蒂娅一脸不快，但圣母二话不说便拉起萨布拉的胳膊，带着她穿过过道，经过教室，回到自己的私人办公室，在那里，她们的谈话不会被外人听到。

萨布拉低声说:"我们的计算机利用海量的数据,参考了所有的变量,对一个又一个预测进行了整理和分析,最后得出了一个关于某位贵族血统的惊人消息。"她的嗓音沙哑,就像撕纸的声音一样,"这利用了我们所有的计算能力,将血统记录进行了整理,并利用我们育种库里所有可用的基因样本进行了后代预测,运算出了初级概率、二级概率、三级概率和更高等级的概率。我们可能已经达到了计算机运行能力的极限,但我相信这个预测是正确的。"

"是谁的血统?"拉奎拉努力保持镇定,"谁的后代?"

"皇帝萨尔瓦多·科瑞诺!我们已经模拟了他与皇后塔布丽娜或者目前拥有的嫔妃,模拟出他后代的贵族血统。所有后代身上的特有科瑞诺基因。"

拉奎拉看出这是一个极有价值的调查结果:"你们发现了什么?为何如此惊慌?"

萨布拉的眼睛闪闪发光:"所有的推测结果都出人意料地一致,甚至我们的门泰特姐妹也证实了这个统一的结论,那就是如果皇帝萨尔瓦多有后代——与任何配偶结合——他的家族将在五到十代之内诞生历史上最可怕的暴君。如果预测模型正确的话,那么数十亿甚至数万亿人的生命将危在旦夕,死亡人数将与圣战齐平。"

"你确定吗?"

"噢,是的,圣母——说得相当准确。如果这种血脉延续下去,暴君注定会在整个帝国范围内制造混乱和屠杀。当然,创建这样一个模型有很多因素,计算机不能绝对确定,但这种可能性高得令人不安。我强烈建议,为了预防起见,我们应该想办法阻止皇帝有血脉传承。"

"他的兄弟罗德里克呢?他已经有孩子了。我们需要完全削减科瑞诺血统吗?"

萨布拉露出一丝欣慰，答道："不，罗德里克·科瑞诺有一个不同的母亲，也有不同的基因构成。事实上，他没有任何危险因素，他的四个孩子也没有。我们已经在密切关注他们了。只有萨尔瓦多才是问题所在。"

根据记录，萨尔瓦多的母亲情绪不稳，曾在决定放弃自己侍妾身份时，试图杀死皇帝朱尔斯。相反，罗德里克的母亲不仅可爱，而且非常聪明。安娜的母亲也很正常，基因完好。那么，这个缺陷来自萨尔瓦多的母系血脉。拉奎拉并不是唯一一个相信罗德里克会成为比他哥哥更好的皇帝的人。

她内心深处的声音也异口同声地表示同意。

"让我回顾一下数据，然后我们再决定下一步。尽管有传宗接代的需要，但萨尔瓦多让皇后怀孕的可能性很小——根据姐妹多罗泰娅和佩里安娜的报告，他们几乎不能容忍对方。不过，我们可能需要监视他的侍妾……"

"这已经够危险的了，圣母，我们不能听天由命。如果我们现在就把这个问题扼杀在摇篮里，人类的进程就会相对容易纠正。"

"我们是可以做到，"拉奎拉赞同道，"甚至在人们察觉到威胁之前。"说着她暗自一笑。这正是她设想和引导的姐妹会所面临的挑战。

其他记忆的声音低声警告着她，以警报的方式回应了她，并对拉奎拉已经做出的决定表示了赞同。"我是个不愿意冒险的人，萨布拉。我宁愿给萨尔瓦多擦身子消毒也不想杀了他，但我们必须这么做。这将是我们对帝国最大的回报。"

忠诚的誓言就像是对上帝的承诺。

——剑术大师阿纳莉·艾达荷,对曼福德·托伦多说的话

曼福德对皇帝萨尔瓦多的妥协和让步感到很满意,因此阿纳莉也很满意。曼福德从皇帝那里获得了二百三十艘人类军团的战舰,这使得他的芭特勒组织得以迅速扩张,令他们决心要把帝国所有诱惑人的科技连根铲除。很快,他还将会得到很多经过严格战术训练的门泰特。

帮助曼福德完成圣塞琳娜和蕾娜·芭特勒交给他的使命,一直以来都是阿纳莉最大的荣耀。但现在的她尤为兴奋,因为她将陪同曼福德一起拜访吉奈斯,也就是剑术人师学校的所在地。在去往吉奈斯的途中,阿纳莉无微不至地照顾曼福德,满足他的一切需要,但心里却一直怀念着她的母校。她在吉奈斯那个岛屿遍布的星球上接受了多年训练,最终成为了一名合格的剑术大师。

穿梭机正在缓缓降落,曼福德靠在座位上,透过舷窗看向外面。阿纳莉弯下腰,脸慢慢向曼福德靠近,跟他一起俯视下面阳光照耀下的海洋,隐约看到了剑术大师训练基地所在的群岛。

曼福德温柔而充满期待地笑着看向阿纳莉,对她说:"阿纳莉,有你为我振臂高呼,我们肯定会招募到足够多的剑术大师,在我们所有的新战舰上领导我们的圣战大军。"

沙丘学派：姐妹会

阿纳莉心里充满了敬意和感动："我并没有什么功劳，曼福德。奉献和道义是每个剑术大师心中根深蒂固的信念。他们是你的圣骑士，是因为你才加入我们的组织，投身于我们的事业，因为这是正确的道路。"

曼福德拍拍她的胳膊，说道："但不可否认，有你陪在我身边，我很高兴。"

穿梭机降落在主岛上，自从乔·诺莱[①]死后，这里曾培养出了无数优秀的剑术大师。阿纳莉把背带系在身上，收紧胸前和腰部的带子以确保安全，然后转过身，蹲下身子。曼福德抓住阿纳莉的肩膀，撑起身子坐在了用来固定他臀部的托座里。阿纳莉肌肉发达的双腿一用力便站了起来，几乎没感觉到身上增加了重量，然后骄傲地走下飞船的坡道。

一群古铜色皮肤、上身赤裸的战士走上前来迎接他们。尽管阿纳莉所有的同学都分散到帝国各地，履行各自的使命，但她在欢迎的人群中还是认出了两位当年教过她的剑术老师。但她并没有开口打招呼，而是想隐藏自己的存在，因为她不想越界。在这种情况下，阿纳莉陪在她深爱的曼福德身边，只为照顾他，服侍他，帮助他——而不是炫耀自己的重要地位。除非曼福德需要她开口，否则她将一言不发。

阿纳莉站在明媚的阳光下，曼福德注视着前来欢迎他的队伍，沉默不语，一直等到队伍中的一位导师迟疑地鞠了一躬，随后所有的剑术大师也都鞠躬致意，这足以表示对曼福德的尊重。曼福德这才露出亲切的笑容，示意大家免礼。

"我给你们带来了一个很好的机会，"他说，"虽然我们对抗思维

[①] 乔·诺莱原本是一名吉奈斯雇佣兵，后来成为了第一名真正意义上的吉奈斯剑术大师，是芭特勒圣战期间一名传奇战士。

机器的战争早已结束,并打败了奥米诺斯,但人类仍需要剑术大师。我们将迎来一场新的战斗,不仅仅是对抗压迫者,更是为了拯救人类的未来。你们还记得怎么战斗吗?"

人群中响起激昂高亢的欢呼声:"记得!"越来越多肌肉发达的男女聚集到停机坪,来见曼福德。

剑术大师不需要等级和权威。他们相互对战,然后分出胜负。显然任何人都能一眼看出,这些英勇的斗士无需特殊标识和徽章,只需要剑鞘里的利剑便可。其中一位训练导师——弗勒大师,当年是对阿纳莉训练最为严苛的老师之一,此时代表学校的所有师生发言。

"我们欢迎新的挑战。吉奈斯的剑术大师们一直在等待值得较量的对手。我们遵循伟大的乔·诺莱的教诲,但我们当中的许多人要么干着保镖的活儿,要么在新帝国的各个星球之间漂泊不定,行侠仗义,为那些受欺压的人打抱不平。但一直以来,我们都有更大的雄心和抱负,希望能大有作为。"

阿纳莉几乎能听到曼福德说话时声音里带着的笑意:"那么我很高兴能来到这里。"

黑色的沙滩上有一片绿草青青的山丘,剑术大师们正在这里进行战斗训练。此时的曼福德坐在一把特别的椅子上,观看弗勒大师为他进行的特别展示。阿纳莉站在曼福德身边,目光充满期待和渴望。她想起了自己还是学员的时候,恨不得此时自己也参与其中。她知道如果她向曼福德提出请求,他会准许她加入的,但现在她有了更高的目标。虽然她很怀念当年训练的日子,但她如今的职责要重要得多。

弗勒大师命人把一个看上去像恶魔一样的黑色金属机器人放在了空旷的草地中央。庞大的多臂战斗机器人高达四米,是一个从一艘废弃的机器人战舰上打捞出来的机器巨人。它的双腿像两根巨大的柱

沙丘学派：姐妹会

子，肘部、肩部和腰部等处有多刺的防御性凸起。四条胳膊上内嵌的投射性武器已经失效，但战斗机器人仍拥有其他一些凶残的格斗技巧，以及足以将房屋夷平的引擎动力。

相比之下剑术大师的学员们就显得小多了，他们围在周围，准备用最原始但最有效的脉冲剑展示自己的非凡技艺。

弗勒大师对曼福德说："我们会继续磨炼我们的战斗能力，以防思维机器又卷土重来。"

阿纳莉知道如此近距离地面对噩梦般的巨型战斗机器人会让曼福德感到不安，但她会保护他的。剑术大师学校以及门泰特学校都认为把这些可恶的机器留下来作为训练的工具是非常有必要的，但曼福德对这种观点十分厌恶，不过也勉强能够理解。这是另一种妥协，有时候邪恶是不可避免的。

一名学员激活了战斗机器人，于是机器人开始评估周围的环境，同时脸部光滑锃亮的黑色金属开始发光，视觉光纤像天上的星群一样闪烁。只见这个战斗机人的腰部开始旋转、伸展，并抬起巨大的肩甲。平钝的脑袋转了一整圈，扫描他周围的对手。

随着洪亮的叫喊声，学员们全都冲上前去。

曼福德饶有兴趣地看着战斗的场面。阿纳莉的眼睛里闪烁着光芒，回忆起当年她的训练。她从小就是个孤儿，在成长中经历了许多艰难困苦，也打败了无数对手，证明自己足够优秀。十几岁时，她来到了吉奈斯，请求入校接受训练。不一会儿工夫，她就打败了五个拒绝让她入校的人，最后导师们把她招进了学校。她在学校里学习了各种战斗技巧：肉搏和战术技能，还有与人类和机器对抗。她受过无数次伤，身上伤痕累累，但总是很快就能痊愈，而且她的战斗之心从未被打败过。

埃勒斯是她的战友之一，也是唯一一个能跟她打得相持不下的学员。最后两人成了恋人，但他们从战斗的汗水和兴奋中获得的身体愉悦远比从性爱中得到的要多得多。因此,当两人离开学校,一同加入了芭特勒圣战组织之后,阿纳莉便把自己对埃勒斯的感情放在了一边。自从遇到曼福德之后,她给自己确立了更重要的目标,接受了一项超越普通荷尔蒙驱动的使命。在阿纳莉的心中,忠诚和奉献才是更高的境界。

阿纳莉还记得,她和埃勒斯跟类似的战斗机器人对战过,两人合力摧毁了那个强大的对手。埃勒斯跟另外两名剑术大师带领一群忠心耿耿的芭特勒圣战者离开了兰帕达斯,去寻找并摧毁了几十个被遗忘的半机械生化人基地,而她仍作为曼福德的亲密伙伴,守在曼福德身边。

他本来要离开几个月,但她知道埃勒斯最终会回到兰帕达斯,并宣布他们已经胜利完成了任务。埃勒斯离开了这么久,阿纳莉曾经很想念他,但现在她有了曼福德……而且比任何人都更亲近他。她对曼福德的爱就像哈葛尔的钻石一样纯洁清澈。

学员们像一群疯狂又狠毒的暴民一样暴打战斗机器人,阿纳莉站在那里激动不已,看入了迷。但这台庞大的战斗机器人并不是那么容易被击败的。学员们像凶狠的恶狼一样奋力搏斗,想要把这个狂怒的庞然大物打倒。

巨大的机器人挥舞着四条带铰链的胳膊,铰接的钳子一张一合,发出咔嗒声。它抓住了一把脉冲剑将它扔到一旁,拉力拽得一名战士的肩膀脱臼了。被夺走剑的男子痛苦地大叫,另有两名学员过来解围,他趁机踉跄着逃开。战斗机器人手臂一挥,扫倒两个学员;然后它突然向后移动,伸出一只带刺的胳膊,往外一扭,掏出了一个学员的内脏。鲜血喷溅而出,受伤者跌跌撞撞地倒地,咳嗽不止。最终另一名斗士把他拖走了,但显然那人受的伤是致命的,怕是活不成了。

其余的学员看到有人受伤,变得更加疯狂,他们一拥而上,朝战斗机器人扑过去。机器人的一只战斗胳膊被脉冲剑砍坏失效,它突然

沙丘学派：姐妹会

斜向上一冲，往边上一扫，又打倒了三个学员，那三个学员立刻跳起身来，闪身躲开。

战斗机器人旋转着，用它剩下的那三只胳膊一通猛刺。它想发射身上的投射武器，但突然愣住了，因为发现体内的武器系统失效了。

阿纳莉紧张得难以呼吸，目不转睛地盯着战斗场面。她汗津津的手掌紧握着自己的脉冲剑剑柄，感觉剑柄都快被她捏碎了。她低头看了一眼坐在椅上的曼福德，发现他正看着她，而不是看学员们战斗。曼福德的眼睛里闪烁着理解的光芒，"去吧。"他轻声说。

于是阿纳莉就像拉满弦的弓箭一样，带着狂野而兴奋的笑容，冲入了战场。她持剑一击，第一下就震得她整个手臂发麻，只见机器的外壳上留下了一个醒目的凹痕。

阿纳莉换了一只手拿剑，继续投入战斗，第二剑精准地砍在了机器人脸部光滑的金属表面上，击碎了一组视觉光纤。三名学员齐心合力用他们的剑锁住了机器人的一只战斗胳膊的关节。

其余的斗士不顾个人安危，冲向战斗机器人，一通砍刺狂击。阿纳莉砍向视觉光纤的那一剑，造就了机器人的一个盲点，使学员能触到机器人头部的检查口盖板。于是一个学员猛地扯下了盖板，用脉冲剑深深地刺入机器人的核心。

战斗机器人力量渐渐衰弱，受到严重损坏，失去了战斗力。阿纳莉抓住机器人一只失效的带铰链手臂，跳到了这个巨大机器的肩膀上，姿势有些奇怪，很像曼福德骑在她肩膀上的样子。她用脉冲剑插进机器人的脖子，把它的脑袋给撬了出来。

随着一声呻吟，那台巨大的机器失去了平衡，一头栽倒在地。不一会儿，学员们就把它砸成了碎片，把所有的功能电路都毁之殆尽。

阿纳莉这才心满意足，带着自豪而兴奋地笑容回到曼福德身边。她擦了擦额头上的汗水，向曼福德鞠躬致谢。"干得漂亮，"曼福德对她说，"真是功夫了得。"

在战场外，那个被掏出内脏的学员看到结果，笑着死去了。一名战地女医刚才一直试图给他止血，并把体外的肠子塞回腹部。但此时，女医摇了摇头，举起鲜血淋漓的双手，向这位倒下的勇士鞠躬致敬，尽管他还只是个学员。

弗勒难过地看了一眼死去的战士，然后看向其他的战斗勇士，说："剑术大师生得勇猛，死得壮烈，这就是我们在这里的原因。"

"人的思维是神圣的。"阿纳莉说。

曼福德大声对弗勒大师说："人类脆弱而容易受动摇，因此需要有人为他们指引方向——一个有清晰远见的人。有些人可能不喜欢，但我们芭特勒信徒有更伟大的使命和责任。"

"你们的使命就是我们的使命，"弗勒昂起下巴，说，"瞧，他们就快准备好了。"

余下的十二名学员继续摧毁这个战斗机器人，即使它已经倒地不起，再无战斗力了。其中一人卸掉了机器人的一只胳膊，像战利品一样将其高高举起。其他学员则有条不紊地拆解这个机器，碎片散落一地。一个学员举起了机器人鹅卵形的脑袋。

"又打败了一个对手，大师！"那名学员大喊起来。在他周围的那些学员一个个看上去疲惫不堪，但他们的眼睛却格外有神，闪烁着狂野而兴奋的光芒。

曼福德对弗勒说："我们还需要几百名像他们这样的人加入到我们的队伍里。我们有了新的战舰，必须深入到无数个星球，观察和监督他们，确保危险的科技不再泛滥。"

"您需要多少剑术大师我们就提供多少。"弗勒向曼福德承诺道。

"好，很好。"曼福德说，然后他压低了声音，轻声道，"然而别忘了，并不是所有敌人都像那个战斗机器人一样身在明处。"

不要妄自想要修改神圣的经文,因为无论如何都有可能犯错,而且十分危险。

——摘自一份机密报告,仅供皇帝观看

"若要拆除旧苏克学校,表明我的立场,那得找一个让人信服的理由,"萨尔瓦多为难地说,"是芭特勒人硬逼着我同意的,因为就算我不同意,他们也会毁掉学校——可我需要你给我找个听起来合理的借口。"

罗德里克和萨尔瓦多两兄弟在皇宫郁郁葱葱的温室里见面,罗德里克想努力挽回局势,觉得没有必要这么做:"这太过分了。曼福德·托伦多对他们的憎恨是错误的,我们都知道只要付得起钱,苏克医生们会提供十分有效的医疗服务。他们很小心,从来不使用可疑的科技。"

"可疑的科技?曼福德领导的那帮暴徒几乎怀疑所有的科技。"

"当初我们的父亲如果能及时就医,也不会死于脑瘤。"

萨尔瓦多哼了一声:"那我也就不会成为最高统治者了,所以这也算黑暗中的一丝光明。"

罗德里克缓缓点了点头。他必须想出一个正当的理由来拆除旧苏克学校。假如他证实了前苏克学校的校长埃洛·班度对萨尔瓦多进行了一系列不必要的医学治疗,并以此从皇帝那儿骗取了一大笔钱,那将会引发重磅丑闻——而且也会让他的哥哥萨尔瓦多看起来像个傻瓜,被世人取笑。他甚至怀疑即使自己费尽口舌,萨尔瓦多也不相信自己被骗了。"也许我们能以学校财务不当行为作借口。毕竟外界也一直有这样的传闻,这你知道。"

"或者可以散布谣言,说他们在某个密室里私藏了一台能够正常工作的计算机。"萨尔瓦多不耐烦地叹了口气,"反正曼福德的人也懒得去核查事实,只会动粗,不管里面有没有违禁机器,他们都会把大楼夷为平地。"

"这样当然可以,但谎言会让苏克学校成为我们的敌人。"罗德里克越来越警觉。

"可涌进首都的成千上万人,威胁要使用暴力的不是那些苏克医生——而是芭特勒人,我们要担心的是这些人。我得给点儿好处,让他们尝点儿甜头,曼福德·托伦多想要什么,已经说得很清楚了。"萨尔瓦多摇了摇头,眼神里透着忧心。"但我们必须替苏克医生挽回些局面。咱们可以要求他们从帕门提尔的苏克学校给我送来一位私人医生,以表示我们对他们的支持。一旦我们打发走曼福德和他的那群无脑的奴才,我可以跟苏克医生们赔罪,给他们一些补偿。"

温室曲折环绕的花圃里种植着各种奇花异草,两兄弟漫步在花草间,罗德里克再次建议皇帝行事要谨慎,但萨尔瓦多却说:"你以前建议我要理智,不要冲动,但我面对的是一群头脑发热且狂躁易怒的人。我讨厌被禁锢在这两难的境地里,但我不得不去安抚这些芭特勒人。如果他们把矛头对准我,那他们会把整个科瑞诺家族拉下台,让别人坐上王位。"

"别担心,哥哥,"罗德里克说,"我决不会让这种事情发生。"

...✧...

第二天早上,皇帝萨尔瓦多一觉醒来,脑子里突然冒出一个念

沙丘学派：姐妹会

头,要给他的第一个儿子取名为萨尔瓦多二世(第二选择是罗德里克)。但问题是,他既没有儿子,也没有女儿。无论是他的妻子还是妃嫔,都没给他生下一儿半女。

作为皇帝,萨尔瓦多迟早得有个继承人——最好是合法继承人——皇后知道她在这件事上的职责。这在他们的婚姻契约中是有明确规定的。

前一天晚上,他和塔布丽娜并没有吵架,这让他心里有了一丝微弱的希望。当天下午,奥蕾娜夫人对塔布丽娜谈起了她与朱尔斯皇帝之间令人窒息的关系,这显然引起了皇后的深思。随后,她和萨尔瓦多一起吃了顿美味的晚餐,喝了香醇的美酒,还进行了一番愉快的长谈,一直聊到了深夜。他们两人就像长期处于战争状态的两国大使一样,认真讨论着如何找到一个更好的相处方式,共同面对未来的生活。可惜,他们的和解中并不包含同床,但萨尔瓦多也没有选择跟妃嫔过夜。

第二天清晨,皇帝穿着优雅的浴袍和内衣(他的谋臣向他保证,这样一身装扮很有魅力),走在二楼通往塔布丽娜卧房的走廊上,浑身散发着昂贵古龙水的香气,头顶那一小撮棕色的头发上还抹了芬芳而亮滑的摩丝。

他敲了敲皇后卧室那扇华丽的房门,开门迎接他的是一个鹅蛋脸、身材婀娜的女仆。虽然不如他的妃子们艳丽,但也很迷人。然而,此时此刻,他更关注的还是自己的妻子。女仆看到他吃了一惊,但萨尔瓦多一把将女仆推开,走进房间里说:"我来找皇后。"

塔布丽娜的梳妆室门半开着,萨尔瓦多轻轻推开门,说:"早上好,我亲爱的。"同时露出最灿烂的笑容。

塔布丽娜转过身,看上去既吃惊又恼火。她那双杏眼打量着他的头发和身上的长袍,一脸困惑,但声音却粗暴无礼:"你想干什么?"昨晚饭桌上那种友好的气氛荡然无存。

萨尔瓦多吃了一惊，张口结舌地说："昨晚我们只是个开始，但要做的事还没做，我想现在我们可以把事做了，让我们的关系进入新的阶段。"

"什么新阶段？"

"我们昨晚相处得很好……"

"那么你到这儿来是要告诉我，我可以在政府里承担重要的职责了吗？我有新的职位了是吗？商务顾问，还是外交官，还是议员？"

"呃，我还没见到我的顾问，没跟他们商量呢。"

"那你没有理由待在我的卧房里，不是吗？"

"可我……我是皇帝。我可以命令你侍寝！"

塔布丽娜扬起眉毛，冷冽的目光比言语更清楚地回答了这个问题。最后，她开口道："别浪费我宝贵的时间，如果你控制不住自己的欲望，就去找你的那些妃子好了。"

萨尔瓦多慌乱地退到门口，然后匆匆转身离去，一点儿也不觉得自己是千万个星球的统治者。

萨尔瓦多独自坐在长长的餐桌旁，吃了一顿丰盛的早餐，他本该跟他的皇后一起吃的。他真后悔当初不该听谋臣的意见，他们坚持认为跟佩勒家族的联姻在政治上是完美的结合。其实塔布丽娜只不过家境殷实而已，根本没什么家世背景，却总是一副自命不凡的样子。

罗德里克进来时，皇帝正喝着他的第一杯咖啡。罗德里克一眼就看出了他哥哥心情不好。"怎么了，萨尔瓦多？"

罗德里克一头浓密的金发，五官分明，整个人看上去英俊又潇洒。最气人的是，他拥有幸福美满的婚姻，还有四个乖巧可爱的孩子。尽管如此，萨尔瓦多还是尽量不把自己的怒气和不满发泄在罗德里克身上。他叹了口气说："我只是对我跟皇后的关系感到沮丧——这皇后有跟没有没区别。"他对着盘子里的食物眨了眨眼，"我甚至不记得自己吃的东西验没验毒了。我看上去还好吗？我的肤色变了吗?"他揉了揉太阳穴,说,"我的声音颤抖了吗?我眼里有东西吗?"

"没有,你看起来很正常,只不过比平时更慌乱了些。你每周都要一个新医生给你看诊。我们应该给你找个固定的私人医生。"他的表情变得严肃,一副公事公办的样子,"我要进行一轮面试,为你找到苏克学校里最好的医生。"

"你对我真好,罗德里克,但我很怀念埃洛·班度医生,他对我的照顾可谓无微不至——他真的了解我的病情。"

罗德里克的脸上闪过一丝不悦,说:"是的,但班度医生已经死了。我们必须找到一个合适的替代者。"说完,他拿起一个银质的咖啡壶,给萨尔瓦多倒了一杯咖啡,又给自己倒了一杯。

"我只要最好的。"

作为辽阔帝国的统治者,萨尔瓦多必须保持健康的体魄,但他却疾病缠身,大多数疾病都是身在皇位压力太大所致。是的,他需要一个医生时刻伴他左右,一个熟悉萨尔瓦多身体状况和病史的医生,以便随时应对各种疾病和问题。

"皇帝永远都面临暗杀的威胁,所以我们需要一个绝对信得过的医生。"罗德里克说。

皇帝低头看着自己杯里的咖啡,说:"你是我唯一能以性命相托的人,罗德里克。请立刻通知帕门提尔的苏克学校,让他们这就开始筛选合适的私人医生。"

罗德里克想了想,说:"嗯,前苏克学校的校长确实曾做过你的私人医生。"

"是的,我很喜欢他。而且自从他自杀后,我就没觉得自己健康过。"他长叹了一声。

"那为什么不让苏克学校的新校长担任你的私人医生呢?卓玛医生的医术可以说是他们中最精湛的了。我会给她安排面试。前段时间,你派她检测沃立安·厄崔迪的基因样本,她做得很好。"

萨尔瓦多对这位卓玛医生没什么印象。"没什么个性,态度也不冷不热的。看起来太冷淡,也不够友善——"

"但是能力强。我看过她的档案,萨尔瓦多。她办事严谨,为人可靠,而且医术了得。"

"听起来像是吹牛,"他啜了一口咖啡,说,"但你说得对——既然我总也挑不到自己喜欢的医生,那就让苏克学校的校长来医治我吧,她是最合适的人选。我听你的。"

罗德里克点了点头,说:"如果你允许,我会亲自联系卓玛医生,请求她担任你的私人医生。这个新职位将会让她个人以及苏克学校在政治上的影响力大增,足以弥补米亚旧苏克学校被拆除带来的损失。尽管芭特勒人执意在政治上打击他们,但我们可以私下对苏克学校表示支持,赞扬和肯定他们为帮助人类做的贡献。我们和苏克学校之间相互谅解、相互妥协是必要的。"

"很好,这个办法好。我们没办法让双方都满意,但这样可以消除一些矛盾和摩擦。"是的,假如罗德里克当皇帝的话,肯定比萨尔瓦多做得好……如果没有罗德里克这个左膀右臂的辅佐,萨尔瓦多就更弱了。"我向卓玛医生保证,如果她愿意做我的私人医生,并达到我的期望,我将尽我所能保护帕门提尔的苏克学校,保证他们的自主权等。她不在校期间,可以把学校的工作交给她的合伙人瓦迪兹医生负责。"

"好的,这就去办。"

快到中午时,萨尔瓦多在皇宫的觐见室里召开了第一个正式会议,一个小代表团前来觐见皇帝,所有人手里都拿着装订好的书,准备做介绍。他们身穿皇家印刷公会的淡蓝色制服,在皇帝和他的兄弟面前鞠躬致意。

代表团里年纪最大的一位叫纳布丽科·敖德萨，是个皮肤黝黑的女人，下巴臃肿，但眼睛炯炯有神。她是新闻记者组织的负责人。"陛下，我们很高兴向您呈上新版的《奥兰治天主圣经》，刚刚出版的。我们一收到您批准印刷的许可，就立刻开工，首批印刷了一亿册，分发到帝国各星球。"说着，她拿出了一本厚厚的橙色封皮的书。

"这是专门献给萨尔瓦多皇帝的特别版。"另一位印刷工作人员说，此人个子不高，留着灰色的胡子。他微笑着说："您喜欢吗，陛下？您觉得有什么需要改动的吗？"

萨尔瓦多咯咯一笑，说："你想让我一眼就把整本书都看过来吗？"

"不，陛下，很抱歉，我太激动了。"小个子男人坐立不安，看着皇帝瞧了一眼印有自己名字的扉页，然后翻阅起书来。

"这本书做得很漂亮，配得上我的名字。"他看向敖德萨，"书里的内容你们仔细检查过了吗？"

"所有小组都检查过了，陛下。每一字每一句都仔细看过了。我向您保证，我们采取了严格而完备的质量检控措施，绝对万无一失。"

萨尔瓦多看了看罗德里克，又看向印刷公会的代表们说道："自从上一版出版后，我们的神学家们在争议内容上争论了五年之久，我们尽力去掉了所有争议部分。这次我不希望再有上次那样的骚乱。"

敖德萨看向她的同事们，说："编纂过程是我们无法控制的，陛下。我们只负责印刷成书。"

萨尔瓦多合上书，说："好吧，那么，我不希望在书里出现任何拼写错误，那会令我十分不悦，毕竟印刷的大部分费用都是出自我个人的资金。"

"书里绝对没有这种错误，陛下——我向您保证。"

"那好，开始出版发行吧。"

"您手里的那本是第一版,也是特别限量版,上面有印刷编号。"

"是的,我看到了,我这是第一版的第一本。"

"我们还带来了几本。"敖德萨指了指同事们手里拿着的书,又指了指放在觐见室后面桌子上的那一大摞书。

罗德里克清了清嗓子,凑到皇帝耳边,说:"是我让他们带来的。如果你能按照我整理的名单,给各个达官贵族签名,我们会优先分发给他们。"他停顿了一下,强忍住厌恶的表情,说,"另外还得给曼福德·托伦多单独签一本。"

萨尔瓦多心烦难耐,但他明白这么做是必要的。"你认为他收到这书会感到荣幸吗?"

"估计不会,但如果不送给他,他会生气。"

"是啊,是啊,我明白你的意思。"

罗德里克递给他一支笔,他在那些书上签了名,还特意在送给曼福德那本上写了几句寄语,之后便分发出去。

"许多贵族都想要您的签名呢。"敖德萨笑着说。

"他们当中有一半人更希望在辞职信上看到我的签名,"皇帝微微一笑,"或者看到大额银行转账单上有我的签名。"

然后,他在代表团带来的二十本书上签了名,并根据他弟弟提供的名单,为一些政要写了个人寄语。

> 我们的存在由无数渺小的经历所构成。这是可以计算的。
>
> ——伊拉斯谟语录

卡丽·马奎斯结束了对位于兰帕达斯的门泰特学校的拜访，启程离开，吉尔伯图斯没有听到关于德莱格·罗杰特的任何消息。这位校长在门泰特学校感到很孤独，但他也终于有时间安静地做自己的事情了。他打定主意要为伊拉斯谟再冒一次险。

吉尔伯图斯对着独立机器人不断闪烁着的存储器核心说："我费了很大的劲儿，父亲，总算有个惊喜要给您。为了保密，我甚至避开了你的间谍眼。"

伊拉斯谟高兴地说："惊喜总能让我收获不小。"

"你得跟我走。"说着他把球形存储器核心放进了一个小手提箱里，然后拎着小箱子走到外面，自信地走向建在宽阔沼泽湖上的一个小码头。没人问校长要去哪儿。

吉尔伯图斯登上一艘小型摩托艇，把手提箱塞在长凳下，将船开到了阳光照耀下的绿色沼泽湖。他驾着船在湖面上滑行，尽管船头上有电子驱虫系统，但仍有飞虫在他周围嗡嗡作响。

船渐渐朝一个长满高芦苇和多节树木的小岛靠近，他驾船绕到小岛的远端，远离学校的视线，然后开进一条狭窄的水道。树木和藤蔓低垂在水面之上，小船推开挡路的枝叶，滑过泥泞的浅滩。自从德莱格毕业离校之后，吉尔伯图斯来过这里几次，把教学仓库里的一些零件分次分批地带过来，一点点组装，直到确定能令伊拉斯谟感到惊喜为止。

爬满植物的墙面上露出一个手指形的窄码头，让吉尔伯图斯可以把船停靠在那里。他拎着手提箱走出船舱，打开箱子，让存储器核心的视觉光纤能观察到四周的细节。

微型扬声器里传出机器人的声音："一个新环境！这是我们的目的地吗？"

吉尔伯图斯拿着存储器核心，穿过浓密的树丛和低垂的枝条，沿着一条模糊但熟悉的小径穿过泥泞，最后来到了一个小木屋前，这是吉尔伯图斯建造的私人住所，僻静而隐秘。学校的员工知道这是他的冥想小屋，但不知道小屋里有什么。窗户都是关着的，整个小屋的私密性很好。

他从马甲口袋里掏出钥匙，打开小屋的门走了进去，里面只有一个房间。在地板中央站着一个破旧且失效的战斗机器人。"这是我为你准备的——一个新的身体，"吉尔伯图斯说，"这只是临时的，但可以让你稍微活动活动。"

机器人沉默了许久才回应道："很危险……但非常感谢，谢谢你。"模拟的声音里透着一丝激动。

吉尔伯图斯将存储器核心插入战斗机器人身上的一个端口，啪嗒一声连接到位。他已经把战斗机器人原始的基础思维控制系统拆除了，此时伊拉斯谟已经建好了自己的新系统。这远远比不上它过去拥有的那个流动金属身体，那套躯壳令它十分满意，它可以穿着优雅的长袍，模仿人类的动作和表情。但伊拉斯谟原来的身体在科林被毁了，现在只能凑合用这个战斗机器人的身体了。

看着机器人的身体开始移动，吉尔伯图斯心里涌上一阵兴奋。战斗机器人的构造主要体现力量和强劲，而不是优雅。一开始，伊拉斯谟走得很慢。视觉传感器被激活,扬声器恢复功能,透过扬声器发出的声音听起来既冷硬又陌生。"你真是……太了不起了,我的儿子。"

"谢谢,很抱歉,我没能做得更好。"

"是还不够好,但我对你有信心。"

伊拉斯谟开始操纵这副新的躯体在小屋里转悠,在硬木地板上迈着大步。"有些系统需要微调,但我在内部就可以处理。"

吉尔伯图斯把这个笨拙的战斗机器人带到了外面,领着它沿隐秘的小路穿过沼泽草丛。"这跟我们在科林的静思园里漫步不一样,感觉差远了,但这是我们这么长时间以来最美好的时刻。"

"我们能一起聊天,也同样令人兴奋。"

当他们靠近沼泽地时,一只巨大的红翼苍鹭从沼泽地中飞起,在天空翱翔。

"你可以伸展一下双腿,让你回忆起自己作为一个独立机器人曾经的样子,但我们必须格外小心。如果被芭特勒人发现了,他们会把你烧成灰,彻底毁了你。"说到此处,他喉咙哽咽,眼泪在灼烧眼眶,"我可不希望你落得那般下场。"

在岸边的阳光下,有两个黑绿相间像圆丘一样的东西露出水面。出于对栖息在沼泽湖里的生物的警惕,吉尔伯图斯向后退了一步,离岸边远一些,但伊拉斯谟用战斗机器人的视觉传感器看清了那个物体,于是说:"那是两只沼泽桨龟——我在学校的科学图书馆里研究过这种动物,但目前人们对其知之甚少。人类生物学家真应该对这片大陆的生物多样性予以更多关注。"

"等我回校后,会查一下的。"

战斗机器人朝吉尔伯图斯转过身来,说:"不用。我要抓一只来研究——咱们可以一起解剖它。"伊拉斯谟一时冲动,又因刚重获自由而过于兴奋,竟然踏进水里,朝那只龟走去。沉重的身子陷进了淤泥里,褐色的沼泽湖水涨到了它的胸口。

"别去，"吉尔伯图斯大喊，"这里的沼泽很不稳固，你的身体会因陷进淤泥而损毁的。"实际上，他早就知道这个战斗机器人躯壳并不结实，只不过暂时用一用罢了。而且他也用门泰特投影预测出了这个独立机器人会有这样的反应。他的冥想小屋周围的低地都被危险的淤泥包围，这是个额外的安全保护措施。

机器人笨拙地走进淤泥中，聚精会神地盯着正在十米开外波光粼粼的湖面上打盹的两只桨龟。两只龟抬起子弹形状的头，注视着这台笨重的机器，只见那机器步履艰难地蹚着水，一步步靠近它们的领地。

伊拉斯谟举起战斗机器人的武装手臂，说："眩晕电路失灵了。"

"是故意弄失灵的，"吉尔伯图斯承认道，"这是芭特勒圣战组织的要求。"

"那我就徒手去抓一只龟做标本。"他往满是淤泥的沼泽湖水深处走去。

"别去。你的战斗机器人身体只能在岛上活动，如果陷进沼泽里，我可能连你的存储器核心都取不回来。"尽管出声警告，但吉尔伯图斯并不指望伊拉斯谟会停下来。

那两只龟咕噜了一声，然后用船桨似的四肢拨动水面，溅起水花，划入沼泽的草丛中。伊拉斯谟驱动战斗机器人身体急速前进，但那沉重的身体却行动放缓，陷在泥沼里停住不动了。它身子一歪突然倒下，身体里的电路不断闪烁。它挣扎着想起来，弄得泥水四溅。

"这个身体已经坏了！"机器人挣扎着，难以置信自己竟陷入了淤泥中，但越来越多的湖水渗进了敏感的电路里，导致好几个移动系统短路了。

吉尔伯图斯从小屋里拿出了一条窄窄的悬浮独木舟，出于对水中捕食者的戒备，悄悄将小舟划到了笨重的战斗机器人深陷的泥沼旁，看着它正渐渐下沉。

沙丘学派：姐妹会

"看来我的估算有误。"伊拉斯谟说。

"我看得出你很开心，但显然你还没准备好接受一副新的身体。"吉尔伯图斯看到战斗机器人下沉的速度越来越快，赶紧伸出手，从水里抓住机器人，试图打开它的面板。这时，他看到两个黑漆漆、黏糊糊的东西从岸边向他滑过来：原来是黏滑节状水蛭。机器人越陷越深，肩膀已经沉入了水面，吉尔伯图斯终于取回了存储器核心，把它从水里捞出来。他轻轻一推，让悬浮独木舟退开了些，这时黏糊糊的水蛭来了，绕着沉没的机器人游了一圈，对这个猎物似乎并不感兴趣。

吉尔伯图斯回到了岸上，把凝胶电路球体带回冥想小屋。"你太心急了，"他说，"我不能再冒险把另一个战斗机器人的躯体从学校带出来了——至少短期内不行。"

尽管有些失望，但这个独立机器人还是很兴奋："虽然时间很短，但我仍然非常高兴。这倒提醒了我，让我知道了等下次能行动自如时，我要干什么。"

灭绝全人类是一件有趣的事情，哪怕只是观察他们在危机时的反应。

——摘自伊拉斯谟的日记

拉奎拉的穿梭机降落在帕门提尔太空港，她一眼就看到了北边的一个大型建筑群，那是一个规模宏大的综合性教学楼群，中心区域四周还围着许多辅助设施，也许将来还会点缀些花园和喷泉。此时，核心区域里满是起重机、推土机、建筑棚屋和一堆堆的建筑材料，到处尘土飞扬。

真是个宏大的项目。这是由苏克学校前任校长开始兴建的项目，但规模过于庞大，如今卓玛医生继续这个项目，但把多余且浮夸的装饰和娱乐设施都砍掉了。不过帮助扩大学校的规模并不是拉奎拉的职责。卓玛看到圣母到来，一定会大吃一惊，不过拉奎拉此次来到帕门提尔有充足的理由。

很久以前，这个星球曾是拉奎拉的家乡。她至今还记得，她跟莫汉达斯在医院里共同研究各种疑难杂症，想尽可能挽救更多人的生命，把美琅脂作为缓解剂，给病人使用。但尽管如此，受害者们还是像被收割的麦子一样一个接一个倒下，暴徒们占领了医院，到处砸设备、烧毁仪器，领头的是一个小女孩，在高烧中幸存下来，声称自己看到了圣塞琳娜的幻象，脑海里听到了她的声音。于是拉奎拉和莫汉

沙丘学派：姐妹会

达斯被迫逃离。

蕾娜圣战运动的继承者们仍追随着她的脚步，目标一致，而且比以前更为强大。幸运的是，莫汉达斯·苏克创立的学校似乎一直在发展壮大，规模宏大的新校区正在建设中。看来卓玛这位校长当得很不错……而且最近她还接受了邀请，成为皇帝的私人医生，这对姐妹会很有帮助。

帕门提尔正值夏季，气候温暖而干燥，圣母穿着一袭质地轻盈、带有透气口袋的黑色长袍。她安静地坐在一辆租来的地行车里，地行车载着她穿过尘土飞扬的道路，驶过尚未完工的学校宿舍、教学礼堂、手术中心和训练实验室。她还注意到校区里还配备了私人安保部队、准军事部队和武器装备。

在学校主楼前，一位高个子、棕色皮肤男子正站在那儿迎接她。那个男子扎着长长的马尾辫，并用一枚苏克银环将头发束起来。"我是瓦迪兹医生，学校的副校长，也是拥有学校百分之四十二股份的股东。"

这人怎么对她说这些，真是奇怪。拉奎拉心想。难道这个瓦迪兹副校长以为拉奎拉对他的股份感兴趣吗？"我是来找卓玛医生的，我想在她启程去萨鲁撒·塞康达斯之前跟她见一面。有事跟她商谈。"

瓦迪兹吃惊地抽动了一下，显然吓了一跳。"她升职的消息还没对外公布呢。"

拉奎拉觉得没必要告诉他细节，于是说："姐妹会有许多耳目。"

瓦迪兹当即表示认同，于是带着拉奎拉踏着宽大台阶，朝一座希腊式的建筑走去。这座建筑设计精美，有科林风格的圆柱，檐壁上还有精美的浮雕图案。拉奎拉认为这些花纹和装饰太过浮夸，根本没有必要，反而与学校济世救人的人道主义目标格格不入。莫汉达斯向来不喜欢这些花里胡哨的东西。

他们走到台阶的最高处，停下脚步。副校长指着尘土飞扬的中心区域，介绍道："等这些大楼完工，我们会在这儿建一个健身中心，里面有游泳池、跑道，甚至还有赛艇水道。"工人们和机器在工地里奔来跑去，忙得不可开交，机器发出隆隆的响声。

拉奎拉很惊讶，纵使再成功的学校也很难负担起这么庞大的资金投入。"培训新的医生需要这些东西吗？"

"锻炼和竞技体育对人的身体很有好处。古地球时代的希腊人和罗马人在一万五千年前就明白这一点了，这一理论放在今天也同样适用。"

瓦迪兹领着拉奎拉穿过一扇刻着药用植物图案的金属门："这边请，卓玛医生正在进行实验。您有兴趣看一看吗？"

"当然，毕竟我曾在此地的医院里工作过多年。"

"那是几乎一个世纪以前的事了，"瓦迪兹由衷钦佩地说，"从那时起，我们走过了一段十分漫长的道路。"

他们来到了上层，空气中弥漫着各种化学物质的味道：溶剂、油漆、砂浆和胶水。他们穿过一个气闸，进入一间巨大的无尘室，里面有许多医疗器械，这些器械由一群穿着白色工作服的男女照看着。瓦迪兹在一个棺材一样的白色太空舱前停住了脚步，太空舱的前面有一扇透明的强化玻璃窗。拉奎拉看到里面有一个女人被绑在一个平台上，像烤肉架上的肉一样慢慢转动，被四周无数道彩色的光针照射着。

"卓玛医生每天都接受这种理疗，"瓦迪兹说，但并没有进一步解释，"可惜，她入住皇宫之后就没办法做理疗了。萨鲁撒·塞康达斯上的科技远落后于我们。"他看了一眼腕表，告辞离去。

机器停下来之后，卓玛走了出来，看上去容光焕发。她看到圣母亲自到访十分惊讶，也十分开心："真高兴在这里见到您，圣母，这可太出乎意料了。"

"你有时间吗？我有事要跟你谈。"

沙丘学派：姐妹会

卓玛轻快地点了点头，说："当然可以，咱们边吃午饭边聊吧。"

两人来到了一个巨大的自助餐厅，周围有很多私人单间，她们找了个单间坐下，各自吃了一小份健康的简餐，跟拉奎拉在罗萨克习惯吃的食物很相像。尽管卓玛始终保持着专业而超然的态度，但无法掩饰自己想要重新获得圣母青睐和好感的事实。

"恭喜你被聘为皇帝的私人医生。这真是莫大的荣誉。"

"这也是对我们苏克学校和医生的认可。鉴于我过去为皇室服务的杰出表现，罗德里克·科瑞诺亲自邀请我成为皇帝的御医。我在帕门提尔这里的工作也很重要，但科瑞诺家族的支持将极大地增强学校的实力——当然，医疗费用也是很可观的。我不在时，瓦迪兹医生会把工作做好的。"

拉奎拉目不转睛地看着卓玛，发现卓玛的眼神里透着一丝孤注一掷。听说苏克学校出现了财政困难，看来这所学校急需皇帝的支持和认可，以及皇室的资助。

拉奎拉看到了她需要的突破口："我想给你提个醒——皇帝萨尔瓦多并不见得是苏克学校的朋友。你要看清他的动机，时刻小心。毕竟他总是受到芭特勒人的挟制。"

卓玛紧张又惊讶地干笑了两声，说："可他十分依赖和信任我们前任校长，甚至为了治疗花了巨额费用。他怎么可能不支持我们学校呢？"

"哦，他或许尊重医生们，尤其是当他感觉身体不舒服的时候，但他也十分惧怕芭特勒人。曼福德·托伦多把皇帝牢牢控制在手心，他想限制你们使用医疗技术。记住，我们仍有几位姐妹在宫廷任职，她们会尽力帮助你的。"

卓玛迟疑了片刻，然后坚定地说："等我得到了皇帝的信任，我会说服他支持苏克学校的。他的父亲死于脑瘤，现在他觉得自己被各种疾病缠身。我想出于个人利益他会站在我们这边的。"

拉奎拉伸出手，抓住对面女人的胳膊，告诉了她一件十分紧急的事情："我知道皇帝为了让曼福德满意，已经同意牺牲你们，以表明自己反科技的姿态了。"

卓玛看上去十分不安，问道："他们还想要什么？我们已经尽力迁就芭特勒人了。我们严格审查所有科技，消除全部计算机控制的迹象，可他们仍得寸进尺，不断收紧对我们的限制，找碴反对我们。医学分析深奥而复杂——难道他们要我们回到用放血槽取血、用水蛭清血、用咒语治病的原始时代吗？难道皇帝萨尔瓦多想让我作为私人医生用这些方法给他治疗吗？"

"萨尔瓦多自己想要的跟他允许芭特勒人做的是两回事。他是个有缺陷的人，这是你绝对想象不到的。"拉奎拉倾身向前，凝重地说。她必须引起这个女人的注意，让卓玛明白他们面对的问题——以及他们的未来是一致的。"我来是有个新任务交给你。我要向你提出一个机密的请求，而且是一个十分重要的请求。"

卓玛眨了眨眼睛，立刻答应下来，但答应得有些太快，太急切了："当然，圣母！您想要我做什么都行。"一时间，她仿佛又回到了罗萨克，变成了当年的那个年轻且心中有愧的姐妹会学员。

"你在罗萨克已经看过一些我们的育种记录了吧。"

医生点了点头，说："我对这个项目的钦佩之情简直难以言表。我能帮您什么吗？"

"你也知道，这是人类历史上最大的数据库之一，有了这么多的信息和精深的分析，我们可以做出某些预测。"她停顿了一下，继续说，"我们在科瑞诺家族的血统中发现了一个严重缺陷，特别是萨尔瓦多这一支的血统。"

这番话令卓玛惊呆了。"您是怎么知道的？谁能对这么海量的信息进行分析和评估，做出这样的预测——您的门泰特吗？"

拉奎拉没有直接回答："我们有自己的办法展望未来，并通过繁

沙丘学派：姐妹会

育者的基因预测其后代的特征。"她压低声音，环顾四周，怕被人听到，但其实周围根本没人，只有她们俩。"姐妹会决定阻止让萨尔瓦多·科瑞诺生育后代。他的基因里有致命的缺陷。为了人类的未来，科瑞诺族谱上他这一支必须终结，不能留有后代。"

卓玛低头看着自己餐盘里的食物，但胃口全无。她脸上掠过很多疑问，但都忍住了没有问出来。"病人应该相信合格医生的诊断。既然这个结论出自帝国之中我最尊敬的女人之口，那我怎能怀疑呢？"她明白圣母的言外之意，艰难地咽了口唾沫，问，"可我该怎么做呢？"

拉奎拉的话听起来似乎很有道理："科瑞诺家族并非只有萨尔瓦多一人。如果科瑞诺家族的血脉能通过他的兄弟延续下去，那一切就都解决了。"

"但……这种事我们怎么能保证呢？"

圣母抿了抿嘴唇，说道："如果你成为萨尔瓦多的私人医生，你就得定期给他看病。那就让他彻底失去生育能力……不是有许多导致不育的药物都无法被检测出来吗，所以没人会知道的。"

卓玛深棕色的眼睛大睁，嘴巴也不自觉张开了："您这是要我叛国啊。尽管我尊重姐妹会，也十分尊敬您，但是——"

拉奎拉观察这个女人多年，深知她的弱点："如果你照我的话做，我会原谅你过去的不检之行。只要我下令，姐妹会将随时欢迎你回来，成为我们最受敬重的姐妹。"

卓玛倒吸了一口凉气，努力控制住自己的情绪，竭力让自己冷静下来："尊敬的圣母，我真不知道……不知道该说什么。"

拉奎拉增加了砝码："姐妹会掌握着巨大的财富。如果你在这件事上帮助我们，我愿意向帕门提尔的苏克学校提供巨额资金支持，加强新校区的办学实力，并巩固我们的联盟。"

她看到了卓玛听到此话后的眼神。是的，没错，苏克学校陷入了严重的财政困难。

卓玛考虑再三,然后心一横,说:"这些资金必将得到妥善利用。"

拉奎拉用语重心长的语调,倾尽所能说服卓玛:"要知道,人类才是你真正的病人,而不是皇帝。根据我们十分准确的预测,他的后代中必将出现一位极其暴虐之人,对人类世界将会造成大规模的破坏,到时候将生灵涂炭。跟此人相比,之前的所有暴君都不过是顽劣的孩童罢了。我们的种族、我们的文明正处于危难的边缘,而我要告诉你一个办法,将我们从灭亡的边缘拉回来。"

卓玛的眼睛湿润了,她点了点头,说:"是的,人类才是我的病人。"她鼓起勇气,坚定地说:"我会照你的话做,因为我相信您,尊敬的圣母。"

作为凡人，我们一生下来就面临着死亡，所以服用一点点毒药又何妨呢？如果你能从这场痛苦的磨难和严酷的考验中挺过来，你的人生将会有意义重大的改变。所以何不冒险一试，成为一名圣母呢？我就是活生生的例子，证明人类的认知可以实现质的飞跃。

——圣母拉奎拉·贝托-阿妮鲁尔激励和鼓舞学员的演讲

即使在户外，远离其他姐妹，多洛蒂娅依然压低声音，小心谨慎地说："我有十分重要的事情要跟你商量，瓦莉娅姐妹。"

她们走到聚合的树冠边，一起坐在宽阔的淡紫色空地上。从这里，瓦莉娅能看到悬崖峭壁和那条陡峭的崖边小路，她就是在那里把英格丽德推下悬崖的。安娜·科瑞诺潜入卡丽姐妹的实验室，想偷走尚在试验阶段的圣母毒药，并当场被抓住。另外关于英格丽德姐妹意外坠崖的报告也公之于众。这两件事之后，多洛蒂娅对瓦莉娅格外警惕。

此时的瓦莉娅不知道多洛蒂娅要干什么，只能随时保持戒备，以防受到攻击。多洛蒂娅知道了多少？不管是好是坏，多洛蒂娅似乎对拉奎拉圣母日渐不满，但对瓦莉娅还没有表现出什么。毕竟瓦莉娅现在依然受邀参加多洛蒂娅组织的秘密会议，散播姐妹会里有违法科技的传言。

"如果你想找我谈话，我随叫随到，"瓦莉娅说，"因为咱们是朋友,不是吗?"

最近,她经常跟多洛蒂娅在一起,这样她一来能盯着多洛蒂娅,监视她的一举一动,二来可以假装关注英格丽德的事情,从而巧妙地骗过她。但不幸的是,这样做也产生了副作用,哪怕瓦莉娅对多洛蒂娅表现出一丝好意,都会惹来安娜·科瑞诺的强烈嫉妒。这位皇帝的妹妹并不习惯跟别人分享自己的朋友。但更棘手的问题还是多洛蒂娅。

瓦莉娅很清楚事情的轻重缓急:为了保护育种计算机的秘密,哪怕不得不再次杀人,她也会毫不犹疑出手。

"有时我们是朋友,"多洛蒂娅说,"但有时我们似乎又是敌人。尽管如此,我还是很尊重你的,瓦莉娅姐妹。我知道我们是平等的,圣母给我们都分配了重要的任务。你和我是最有望成为下一任圣母的人选——我们必须证明自己的价值。该怎么做完全取决于我们自己。"

瓦莉娅艰难地咽了咽口水,问出了一个她隐约已经知道了答案的问题:"你认为我们应该怎么做?"

多洛蒂娅从长袍口袋里掏出两个小药丸,一个颜色稍浅,一个颜色较深,说道:"这是我最近和卡丽姐妹一起研究出的药物,将原先的罗萨克约进行了一点儿改良——虽然只有一点点改变,但极为关键。她打算给下一个志愿者服用此药。"

"罗萨克药?那东西差点儿把圣母毒死,其他服用此药的人都丢了性命。"

"但这次的配方很特殊。"多洛蒂娅说。她拿出药丸,说:"这是我们最好的机会。通过了这次考验,我们就能成为跟拉奎拉一样强大的圣母了。"

先是安娜,现在又来了个多洛蒂娅……

多洛蒂娅将一粒药丸递给瓦莉娅,但瓦莉娅没有伸手去接。根据前车之鉴,这无疑等同于自杀。但她不想在像多洛蒂娅这样有影响力

沙丘学派：姐妹会

的姐妹面前表现得懦弱胆小……也不想重蹈她祖先阿布鲁尔德·哈克南的覆辙。"我渴望能够拥有像圣母那样的控制力和智慧，但通向圣母的道路尚未明确。"瓦莉娅真是进退两难——要是她不在了，格里芬可怎么办？她必须活着，这样等格里芬杀死沃立安·厄崔迪之后，她才能利用自己的身份和职务帮助自己的哥哥。她必须完成姐妹会的训练，然后帮助哈克南家族重新崛起，夺回他们的地位和家族遗产。

她不想跟那些已经死去的姐妹一样，最后变成一具腐烂不堪的尸体，被扔进丛林里。

"总得有人第一个站出来。我希望你能跟我一起接受考验。"多洛蒂娅的声音有些尖厉，"等我俩都成为圣母之后，就能跟其他姐妹谈话，用我们敏锐的感知能力找出说谎的人——并查清英格丽德的死。"

为了拖延时间，瓦莉娅凝视着阳光照耀的聚合树冠。当然，她根本不想帮这个女人找出真相。"也许你找到的答案并不会令你满意。如果这真是一场意外呢？"

"那就相信是意外好了。但至少我们知道到底发生了什么。"

瓦莉娅在玩一场十分危险的游戏，为了姐妹会的利益，她一直在监视并分散多洛蒂娅的注意力。眼下，拉奎拉去了苏克学校，不在姐妹会，所以她觉得眼前的多洛蒂娅极具威胁。"我们不能在这开阔的树冠上服药。"她低头看着银色树梢上锯齿状的缝隙，还有下面危险的丛林，然后说，"我们应该去医务室，在医生的监督下进行。这样私自服药太危险了——"

多洛蒂娅皱起眉头，"这是一场与自己内心的搏斗，是必须独自面对的挑战。再多的医疗援助也帮不了我们。"她在聚合的树冠上找到了一处稳固而开阔的地方，说道，"这里跟洞穴里一样安全——若我们服药后能幸存下来。一切都得靠我们自己，瓦莉娅……任何医生都帮不了我们。"

瓦莉娅低头看着那粒有毒的药丸,感觉自己的脉搏在怦怦狂跳。她可以轻而易举地接过那粒药丸,然后一口将它吞下——也可以一掌把它拍掉。

多洛蒂娅说:"你也知道这正是圣母所希望的。"

瓦莉娅之前见过很多志愿者——绝对都是当时最优秀的候选人——这些人要么在试验中当场死亡,要么造成了终身难以治愈的脑损伤,她问:"为什么你要冒这么大的险呢?"

"姐妹会的主要宗旨就是使我们达到人类能力的顶峰,但我怀疑我们的组织里存在腐败,甚至被险恶的思维机器所渗透。如果我能成为圣母,那我就能跟拉奎拉平起平坐了。我将成为她的接班人,可以带领姐妹会走上正确的道路。如果你能跟我一起成为圣母,我们可以共享权力。"多洛蒂娅姐妹缩回了手,说,"莫非你害怕跟我一道?"

"我并没有那么说,但成功的概率微乎其微。假如我们真的是姐妹会里最优秀的两人,那如果我俩都死了,岂不是给姐妹会造成了重创?"

"如果人类没有不切实际的希望,那我们永远也打败不了奥米诺斯。假如我俩都服了药,瓦莉娅,有可能其中一人能活下来,成为圣母拉奎拉的继任者。如果我们俩都活下来了,那你和我就共享领导权。对姐妹会来说,这是最好的结果。到目前为止,姐妹会一直在偏离正确的轨道,要想将姐妹会引入正轨,这是唯一的办法。"她再次把药丸递给瓦莉娅,"把它吃下去吧,瓦莉娅,我希望你能跟我一起面对考验。"

瓦莉娅不情愿地接过了药丸。

多洛蒂娅似乎大大地松了一口气:"现在就吃下去吧!我们已经等够久了。"她的眼神看起来很怪异,仿佛很着急,想趁自己还没失去勇气,赶紧动手。于是多洛蒂娅把心一横,吞下了药丸。

瓦莉娅一阵惊慌,模仿多洛蒂娅的动作,假装把自己手里的那粒药丸塞进嘴里，但并没有吞下去，而是吐到了手心里，等着看多洛蒂娅吞下药之后会有什么反应。

吞下药之后，多洛蒂娅叹了口气，闭上眼睛……然后开始在聚合的树冠粗糙的表面痛苦地翻滚，一开始动作缓慢，之后表情越发痛苦。瓦莉娅看着多洛蒂娅剧烈地抽搐，一时不敢出手帮忙，也不敢拉响警报。最后多洛蒂娅痛苦地蜷缩起来，疼得五官皱在一起，紧接着口吐白沫。

瓦莉娅碰了碰她的肩膀，感觉到多洛蒂娅剧烈地颤抖了几下，然后就一动不动了。瓦莉娅靠得更近了些，看不出多洛蒂娅是否还有呼吸。于是她立刻把自己手里的药丸从树冠枝叶间的缝隙扔了下去，落在下面的丛林里。

瓦莉娅听到身后传来动静，许多姐妹正向她们跑来，边跑边高声呼救。于是她也立即倒下，浑身抽搐，佯装毒发。但愿这一招能骗过众人。

沙漠并非最安全的藏身之处。

——禅逊尼格言

  私人侦探向格里芬报告说他没有找到关于沃立安·厄崔迪的任何消息,但这名侦探仍向格里芬索要报酬。格里芬说他们之前已经说好了,所以拒绝付钱。没想到那人一怒之下掏枪威胁,格里芬突然出手,一掌打断了那人的手腕,夺过武器。

  "我自己找到线索了。"格里芬说。

  说完,格里芬没有理会那个痛哭哀号的侦探,转身离去,他的目标是厄拉科斯城的联合商业公司香料开采总部。这个香料开采总部由两栋大楼构成,看上去就像一座堡垒。鉴于这个沙漠星球上的动荡和纷争以及美琅脂香料开采业的激烈竞争,也许这个总部就是个堡垒。

  这个星球令格里芬感到十分不安,毕竟在短短的时间里他已经遭遇了两次阴险的暴力袭击。他继续搜寻沃立安的踪迹,也丝毫没有放松警惕。他拒绝动用应急资金,那是用来购买回家的船票的。但其余的钱他一分都不会剩下,全都花光,只为找到沃立安·厄崔迪,为家族的荣誉而报仇。

  就像他妹妹说的那样,报仇才能雪恨。

  等他报完了仇,回到兰基维尔,他可以全身心地整顿家族秩序、扩大商业往来,寻求令家族走上正轨的稳妥之路。

沙丘学派：姐妹会

昨天，他给瓦莉娅录了很长的一段信息，描述了他的进展，并表示希望能尽快完成任务。他向她保证他一直在努力搜寻沃立安的下落。尽管离家这么远，但这段信息令格里芬更加专注于自己的任务，也激发了他继续完成使命的愿望。

出于亲情，格里芬又给兰基维尔的家人写了封简短的信，不过在信里他只是告诉他们，他现在很安全，也很健康，并且非常想念他们。等他回家时，他相信他的兰兹拉德代表确认书已经在等着他了。在信的结尾，他给他的父亲布置了几项任务——给萨鲁撒发信，要求在兰兹拉德会议厅附近购买一个处所作为兰基维尔代表的办公室；与每年春天来海岸的内地劳工商谈短期工程项目；给特定的捕鲸船队投资，进行鲸鱼毛皮期货交易——不过格里芬不敢肯定他的父亲维吉尔能否顺利完成这些任务。格里芬付了一笔费用，把这些信件分别送往罗萨克和兰基维尔，他知道这些东西可能得花上好几个月才能送到他亲人手里。

他去了香料业务的总部，向几个职员打听关于一个名叫厄崔迪的员工的信息。但那几个人只是漠然地耸了耸肩，作为对他的回应。一个表情很不耐烦的女人对他说："来到厄拉科斯的人，基本上都不想被人找到。"格里芬慌了神，花钱贿赂了那几个职员，想看一看受雇于联合商业公司、在沙漠中开采香料的工人的人事档案，职员递给他一摞厚得吓人且杂乱无章的登记簿。

他花了大半天时间在登记簿上搜寻厄崔迪的名字。登记簿上的信息残缺不全，有的按雇用日期分类，有的是按工人家乡所在地分类，只有三卷是按人名的首字母顺序归类。至于工人们的报酬，有的给现金，有的给水，而其他财务交易记录则很少。

如果厄崔迪用的是化名，那格里芬也许永远也找不到他了。但这个自命不凡的家伙是不会隐姓埋名的，他有什么理由要这么做呢？

格里芬不断地向联合商业公司的职员们问问题，但那些人正被一份新报告弄得焦头烂额,忙得不可开交,根本没功夫理睬他。报告上说一支香料开采队在沙漠中遭到伏击,设备尽毁,所有香料工人全部被杀。通常,工人遇难和机器受损大多都是出于天气原因或者受到沙虫的袭击,但据一位目击者称,香料开采队受到了武装分子的攻击。联合商业公司立即提高了安保警戒,并在沙漠开采作业时增加了军事保护。

也许那些受害者都是沃立安手下的工人,格里芬在心里祈祷。这给了他一丝希望。如果沃立安这个家伙还没见到哈克南家的人,没为他的罪责而受到应有的惩罚就先死了,瓦莉娅一定会不甘心的。但格里芬自己也不知道该有何感受,因为他从来没杀过人。

这时,他看到一个沙漠女人离开了总部,于是连忙跑去跟她打听消息。这个女人皮肤粗糙坚硬,饱经风霜,满身尘土。格里芬跑到那女人身前拦住她,看到女人的那双蓝中透蓝的眼睛像鸟的羽毛一样明艳。格里芬提出要拿钱跟她换消息,女人对这种贿赂行为嗤之以鼻:"信息不是可以买卖的东西,但可以分享或保留——不过说与不说取决于我。"

那个女人跟格里芬擦身而过,但格里芬坚决地拦住了:"我在找一个叫沃立安·厄崔迪的人。他在厄拉科斯,但我不知道去哪儿找他。"

女人皱起眉头,戴上了呼吸面罩,似乎着急要走:"你找他干什么?"

"我要跟他谈一件私事。他很久以前认识我的祖先。"

女人似乎并不相信格里芬,脸上露出了一种奇怪而不安的表情:"我从没听说过你要找的人。别浪费我的时间了。"格里芬向那女人道谢,而那女人急匆匆跑到了街上,头也不回地走了。

…⚛…

沙漠的寂静和空旷令沃立安感到十分安详,特别是在夜里。他怀

沙丘学派：姐妹会

念和玛丽拉在熟悉的床上相拥而眠的恬静夜晚，不过如今跟这些弗雷曼人在一起，他觉得也很舒服。虽然他们仍对他心怀戒备。他怀疑他们是否会接受一个外来人，估计即使他的余生都在这里度过，他们也未必会接纳他，把他当自己人。

他从其他的沙漠人那里听说过弗雷曼人遭受的苦难和艰辛，他们祖上世代都是奴隶，他们的祖先在波里特林暴动中偷走了一艘正在实验阶段的空间折叠飞船，于是大批弗雷曼人乘船逃离了联盟世界，最后飞船在厄拉科斯坠落。他们加入了传说中的沙漠亡命徒赛利姆·虫骑士的后裔。这些历史都鲜为人知，而且没有历史记载，令沃尔十分着迷——而帝国对这些全然不知。

他喜欢坐在户外的星空下。天空中的两个月亮越来越近，沃尔抬起头来，那颗位置较低、速度较快的月亮正朝另一个月亮靠近。弗雷曼人在岩石中放置了自创的露珠收集器，当大气冷却时，空气里会凝结出微量的水分。大部分沙纳克的族人都已经熟睡，而那些站岗放哨的人都不理睬他。

正当沃尔思索这些事情时，他突然发现下面岩石的阴暗处有动静。月光下突然现出两个人影，眨眼间又消失了。他立刻警觉起来，试图让自己相信他看到的那两人只不过是耐布沙纳克派出的夜间侦察兵而已。不然活生生的人怎么会出现在那里呢？

他一动不动地坐着，对着那些岩石观察了好一阵，突然又发现有人影出没，于是他蹑手蹑脚地回到洞穴里，关上洞口的防潮门，寻找营地里的另一面守卫。

如今他已经越来越习惯跟大伙儿挤在一起，闻着不同寻常的气味，耳边总是萦绕着各种噪声，没有一点儿隐私，而且极其不舒服。洞穴隧道里又昏暗又幽静，不过他还是找到了一个哨兵，那人面色阴沉，一脸蓬乱的胡子，似乎对沃尔打断了他的夜间巡逻感到很恼火。

"我看到外面有东西，"沃尔说，"你应该出去看看，弄清是怎么回事。"

"外面除了岩石和沙子，什么也没有——哦，还有夏胡鲁，不过如果你看见它的话，可就倒大霉了。"

"我看见两个人影。"

"那不是幽灵就是影子。我在沙漠里住了一辈子了，外来人。"

沃尔有些恼怒，大声说："我曾指挥过整个人类大军，我打过的仗比你想象的多得多。至少你应该去看看，调查一下。"

听到声音，另一个哨兵走了过来。他是之前被派去调查香料采集地点的那几个年轻人之一。这几天以来，依努托听沃尔讲了很多关于厄拉科斯城、开普勒和萨鲁撒·塞康达斯的事情。沃尔讲述的一切都让他觉得很新奇。他似乎更相信沃尔，于是说："来吧，我们叫醒耐布沙纳克，让他来做决定。"

"不可以，"那个面色阴沉的哨兵说，"我不许你们这么做。"

依努托出言讥笑，对那人没有一丝尊重："你凭什么不许，埃尔加。"他没搭理那人，带着沃尔去往沙纳克的住处，用刻薄的语气咕哝道："这个埃尔加，一心想着将来有一天能成为我们的耐布，但明眼人都看得出他连五个人都领导不了。"

他们隔着幕帘把耐布叫醒，沙纳克走了出来，眨着睡眼惺忪的眼睛，嘴里嘟嘟囔囔。他那一头黑灰色的头发平时都编成辫子，此时因为在睡梦中醒来，所以凌乱不堪。但沃尔还没来得及告诉这位穴地领袖他看到了什么，石头走廊上就传来了刺耳的尖叫声。

沙纳克惊得立马清醒过来，大喊着唤醒穴地里的人。于是洞穴里的男男女女都从睡房里冲了出来，招呼同伴们拿起武器。他们从没有忘记，即使过了好几代人之后，日子相对太平些了，他们也时常遭受掠奴者的猎捕。

"给我件武器！"沃尔喊道。依努托只有一把刀，但沙纳克有两把那种乳白色的匕首。他不情愿地递给沃尔一把，然后三个人沿着石

422

沙丘学派：姐妹会

头走廊跑了出去。

防潮门被撞开，石头地板上躺着两具尸体。洞穴隧道里爆发了激烈的争斗，沃尔立即朝隧道冲去，正好看到惊慌失措的埃尔加。其中一个入侵者从后面将埃尔加抓住，手揪着他的头发，膝盖抵住他的后背，一使劲便折断了他的脊柱。随即那个袭击者松开他，任由尸体倒地。

沃尔看到了安德罗斯和海拉。那两人也看到了沃尔，随即露出了笑容。"哦，原来你在这儿啊。"安德罗斯说。

"你们到底是谁？"沃尔怒不可遏，把刀举在身前，尽管他知道这把匕首根本伤不了他们分毫。"你们怎么会认识我？"

安德罗斯和海拉并不担心对面冲过来的几十个弗雷曼战士。海拉向前迈了一步，漫不经心地一脚踩在埃尔加断了的脊柱上，答道："你是沃立安，阿伽门农的儿子——你难道不认识我们吗？"

安德罗斯说："我们知道你对我们的父亲以及其他的泰坦做了什么……你背叛了我们所有人。"

海拉也上前一步道："但毕竟我们的血脉紧紧相连，你是我们的兄弟，也许我们可以在心里原谅你。"

兄弟？沃尔感觉仿佛受到了一颗小行星的撞击，震动了他的整个世界。他知道几个世纪以前，阿伽门农将军还没有抛弃自己的身体时，将自己的精子样本保留了下来。为了找到合格的继承者，阿伽门农用代孕母亲为他生了好几个儿子，但他发现这些儿子都不能令他满意。沃立安是他最大的希望，结果却成了他最大的失望。沃尔无法否认这两个人都有厄崔迪家族的基因，但其中一个是女儿。

"跟我们走吧，"海拉说，"我们会决定你是否该死。"

"那咱们先把其他人都杀了吧？"

这时，突然传来一声勇猛而愚蠢的叫喊声，依努托挥舞匕首，奋力扑向了安德罗斯。他刚迈出一步，海拉就不屑地伸出手，掐住了依努托的喉咙。依努托竭力挣扎，用匕首一通乱刺，最终海拉捏碎了依努托的喉咙，然后把他像个破娃娃一样扔到地上。海拉和安德罗斯的皮肤都闪烁着水银一样的光，她手臂上的刀伤很浅，只划破了表皮，几乎没有流血。

海拉杀了依努托后，五个沙漠男人怒吼着冲了上来。这对孪生兄妹就像一阵尘卷风一样与这些人厮杀，打断他们的脊骨，击碎他们的头骨，把他们狠狠地甩到墙上。

"住手！"沃尔大喊道，然后转向沙纳克，"让你的战士们后退。我跟他们走就是了。我从没想让你的族人受到伤害。"

但皮肤坚韧如革的耐布看上去愤怒至极。他朝两名战士喊道："拉住沃立安·厄崔迪。别让他靠近那两个人。"

沙漠男人立刻跑过来抓住沃尔的胳膊。沃尔奋力挣扎，但那两个战士太强壮了。"该死的，他们是冲我来的，让我自己对付他们。"

"不行——那就正中他们下怀了，"沙纳克说，"他们不能把你抓走。就算你跟他们是一伙儿的……"

就在这时，弗雷曼战士们向那对双胞胎发起了猛攻，结果那对双胞胎发现这群弗雷曼人比疲惫的香料工人难对付多了。沙漠战士们勇猛凶狠，把安德罗斯和海拉打得节节败退，把他俩水银化的皮肤砍得伤痕累累、皮开肉绽。一名战士砍中了安德罗斯的左眼下方，差点儿把左眼给挖出来。

激烈的猛攻把这对双胞胎击退到撞碎的防潮门口。两人怒火中烧，仍一心想要抓捕沃尔，但显然对此次失败感到震惊和不甘。

"我们会把你们的血洒在沙地里，把你们的尸体扔出去——而就连夏胡鲁也会把你们吐出来。"耐布对那两人喊道。

"你们根本不配做我们的对手。"安德罗斯冷笑着说。

沃尔决心不让这些弗雷曼人为他而战，但他无法挣脱开束缚。至少有八名沙漠勇士受了伤，躺在洞穴的地上，可能已经死了。但其余

沙丘学派：姐妹会

的人仍顽强作战，丝毫没有撤退的迹象。洞穴里越来越多的战士从隧道里跑出来。孪生兄妹犹豫了一下，似乎在估算胜负，然后在同一时间做出了同样的选择。

他们最后看了沃尔一眼，眼神中充满了警告和威胁。这对浑身血淋淋的兄妹没有理会那些把他们打得节节败退的弗雷曼人，从防潮门退了出去，像滚烫的岩石上冒出的蒸汽一样，转眼消失不见。

耐布沙纳克喊道："找到他们，杀了他们！"但沃尔知道这没用的。他不知道这对双胞胎是怎么到这里来的，是乘车还是驾驶飞机，还是他们徒步穿越沙漠走到这里的，但他决不能低估这两个人。

耐布喘着粗气，声音里透着杀气："你得给我一个满意的解释，沃立安·厄崔迪，否则我就取了你身体里的水。"

两个战士放开了他，沃尔一脸镇定地面对这位部落首领。很久以前，他假装站在半机械生化人将军一边，这样他才能拯救人类。他拿走了父亲的保存罐，把罐子里扭曲的大脑从高塔上扔了下去，最后溅落在下面冰冻的悬崖上。圣战胜利之后，沃尔以为天下太平了，但显然泰坦的邪恶污点没有被完全消除。

此时，沙漠里的人们都感到极为愤怒和震惊，没想到仅仅两个敌人就有这么大的破坏力。沃尔意识到他必须把他知道的一切都和盘托出："我会把我知道的一切都告诉你，比如我是谁，我过去做过什么，但我觉得这答案无法令你们满意。"

生命中有很多旅程，但很少会把你带到死亡的边缘，然后再把你带回来。而一旦经过这样一番惊险而激烈的挣扎之后，你会发现自己站在了一个比过去高得多的顶峰。

——圣母拉奎拉·贝托－阿妮鲁尔，经历转化后不久如是说

毒药就像一场风暴似的在她头脑里盘旋。意志上的阴云和狂风卷走了她的专注力，试图把她的生命偷偷带走。

突然间，多洛蒂娅的身体抽搐了一下，猛然睁开了眼睛。

她微微清醒了些，发现自己身在一间病房里……她躺在床上，周围都是医疗设备，她认出这里是救治那些昏迷了的姐妹的地方，那些姐妹没有通过转化为圣母的测试，虽然昏迷或神志不清，但仍还活着。

耳边依稀传来两个女人的说话声，似乎在谈论她的病情。多洛蒂娅发现自己浑身动弹不得，她太虚弱了。她竖起一根手指，然后又竖起另一根，但她能做的仅此而已。她的记忆有些模糊，隐约记得她小心翼翼地服下了药，然后身体不听使唤，失去了控制，瘫倒在了树冠上。

瓦莉娅也在这里吗？多洛蒂娅转不了头。昏迷前她记得的最后一件事是看到另一个年轻女孩也吞下了药。

之后多洛蒂娅就什么也记不清了，仿佛在漫长的心灵旅途中迷失

沙丘学派：姐妹会

了方向。

两个负责护理的姐妹仍没有注意到她。多洛蒂娅再次眨了眨眼睛，发现自己脑子里一片混乱，就像大脑被劈开，然后里面被塞进了新的思维和意识，并把之前存在于脑子里的东西占据和支配。她闭上眼睛，听到脑子里有许多声音在低语……所有的声音都来自女人，就像一群旁观者从里到外地打量她。一开始那些声音很微弱，后来声音越来越响亮，令她无法忽视。多洛蒂娅感觉到历史的沧桑感，仿佛来自古老时代的女人们隔着遥远的距离在呼唤她。

她集中注意力听着那些声音，试着去分辨和理解那些声音在说什么，一股记忆的洪流涌上她的脑海，那些记忆如此鲜活，仿佛她全都亲身经历过一般……然而那却并非她自己的人生经历。来自远古的女人们对她说话，有时有好多人同时说话，但她们说的每一句话，多洛蒂娅都能听懂。那些回忆真实鲜活而又令人震惊。她开始在脑海中梳理这些记忆，发现所有的记忆串连成一条生命之链，连接着一代又一代人，一直追溯到人类历史久远而模糊的过去。

她看到了自己的世系血脉，那是生命链条上的一环：几个世纪前，哈葛尔星上一个名叫卡莉达·朱兰的女人，爱上了一位年轻英俊的军官，成为他的情人，并生下了一个女儿，起名为赫尔米娜·贝托－阿妮鲁尔……许多年后，此人也生下了一个女儿，名叫拉奎拉·贝托－阿妮鲁尔，也就是现在的圣母。而圣母的女儿名叫阿丽特……竟是多洛蒂娅的母亲！

多洛蒂娅从出生起就一直生活在罗萨克，从未见过自己的母亲。而此时，她通过脑海中先人们的记忆，看到阿丽特姐妹在生下她之后就被赶出了罗萨克，受命到各个星球游历，为姐妹会招募学员。这些年来，姐妹会一直不允许她回到罗萨克，不让她见自己的女儿。她现在在哪儿？多洛蒂娅也不清楚。

但拉奎拉在学校里……她是多洛蒂娅的外祖母！对此圣母从未提

过只字片语,也从未承认过多洛蒂娅是自己的外孙女。很快,多洛蒂娅就看到了过去发生过的很多事情,也知道了很多她并不想知道的内幕。

就像一面扭曲镜子里的影像一样,多洛蒂娅看到了当年自己被迫与母亲分离时,两个不同的画面:一个是悲痛欲绝的阿丽特乞求留在自己女儿身边,抚养她,呵护她。而另一个是严厉的拉奎拉坚决要阻断阿丽特和多洛蒂娅的母女联系。她认为所有的姐妹都应该一视同仁,平等训练,每个人都是这个大家庭的一分子,不受家庭的羁绊和干扰。阿丽特不得不离弃自己的孩子,拉奎拉不得不把她赶出去,多洛蒂娅不得不一生都被隐瞒自己的身世。

是的,她在新的记忆库里看到了真相——是圣母拆散了阿丽特和多洛蒂娅母女。通过脑海里突然涌入的信息,多洛蒂娅意识到了这些记忆给她带来的深远影响,也看到了拉奎拉所做的一切。由于她跟阿丽特之间爆发了矛盾和冲突,育婴室里的所有婴儿都被调换了,连婴儿的名字也全都被抹去,统称为"姐妹会的女儿"。

但除此之外,还有更多的东西涌进她的脑海里。其他记忆遥远的声音再次增大,变成了轰鸣的咆哮。她见到了一代又一代的女人,她们一千年来饱经苦难,受到思维机器、独立机器人和战斗机器人的奴役,那时整个人类都深受其害。多年来,多洛蒂娅一直住在兰帕达斯,她被姐妹会派到那里,目的是观察芭特勒人的情况,冷静地分析他们的动向。在那里,她听到了真理,感受到了激情,她开始相信不加节制的科技进步会带来极大的危险。多洛蒂娅在姐妹会接受严格训练,并出色地掌握了姐妹会独有的技巧和能力,证明了自己的实力,于是她越来越相信人类不需要计算机和先进的科技作为辅助,因为每个人都有与生俱来的能力。

如今,那么多的祖先在她的脑海里,那么多的苦难在历史的长河中……这只会令她原本的信念更加坚定。所有女人的声音都一齐在她

沙丘学派：姐妹会

脑中对她高声呼喊，然后声音渐渐消失，最后冒出一个清晰的声音：拉奎拉·贝托-阿妮鲁尔，在八十年前，是那样年轻，那时科林战役尚未爆发。

突然，多洛蒂娅看到了可怕的记忆，帕门提尔瘟疫肆虐，人们痛不欲生。拉奎拉和莫汉达斯·苏克奋力抢救，想尽可能救治更多的病人……后来她来到了罗萨克，帮助幸存的女巫们对抗正在蔓延的瘟疫。此时，在多洛蒂娅的脑海中，她看到了许许多多穿着白色和黑色长袍的尸体，堆积在这座悬崖之城里。多洛蒂娅以拉奎拉的视角，看到了她外祖母所看到的景象：她沿着崎岖的悬崖小路向上走，朝悬崖高处的洞穴走去，那里是女巫们保存育种记录的地方。

此时拉奎拉的记忆也涌进了多洛蒂娅的脑海里。她透过自己外祖母的眼睛，看到了女巫们世世代代收集和保存的数十亿条全面而详尽的血统记录，这些记录是从人类的各个族系中采集来的。

它们竟然被保存在被严禁使用的计算机库里！这些计算机负责收集和处理数据，做出预测，并为这些女人提供报告。

多洛蒂娅想要大声抗议，但她喊不出来，只能惊恐地看着那些画面。多年来，她一直在兰帕达斯执行任务，当曼福德·托伦多向躁动的人群发表慷慨激昂的演讲时，她也陪同在旁，对这个男人领导的运动由衷地表示支持。她一直为姐妹会而感到骄傲，因为姐妹们可以凭自己的本事提高身体和精神上的能力，取得常人所不能及的优势。

而现在多洛蒂娅知道，原来姐妹会一直依赖于思维机器的帮助——不顾曼福德的强烈警告，陷入机器阴险的诱惑中。一直以来，姐妹会都标榜自己是人类潜能的捍卫者，但如今，她透过外祖母的眼睛，看到的一切令她理想中的信仰一下子破灭了。

这个洞穴城市里的某个地方的确藏着非法计算机。现在多洛蒂娅完全清醒了，同时也被这些天崩地裂般的真相和启示惊得屏住了呼吸。她仰面躺在病床上，思绪回到了现实，两眼盯着病房里白色的天花板，仔细回想刚才涌入脑海的信息，再次过滤其中细节。

姐妹会拥有禁止使用的计算机。

圣母拉奎拉是她的外祖母。

而如今我也是圣母了！致命的毒药令许多姐妹丧生，而多洛蒂娅却经受住了椎心蚀骨的痛苦，挺了过来。这一点是最重要的。

多洛蒂娅比她的外祖母更年轻，身体也更强壮。于是她决心行动起来，做些什么，给姐妹会带来重大的转变。她要挑战拉奎拉，迫使她公开承认姐妹会使用计算机的秘密，但在此之前，她必须拥有足够多的盟友。她知道思维机器藏在被封闭的洞穴里。英格丽德姐妹是怎么从悬崖小径上摔下来的，当时到底发生了什么，她已经猜得八九不离十了。

她头脑里新的信息十分危险，而她又虚弱无力。圣母拉奎拉去了苏克学校，她还有些时间做计划。

在安静的病房里，多洛蒂娅集中注意力，听着周围微弱的声音，适应和熟悉大脑里新的意识。另外也专注于调动体内的微小细胞，构建身体基本组织。她感受到体内跳动的心脏、肺里肺泡的氧气交换、各器官内的化学过程以及大脑内神经脉冲的传导。她活在自己的世界里，是自己这个宇宙的主宰。难怪圣母希望其他姐妹也能成为圣母，体验这种感受。

多洛蒂娅研究自己的身体，检查自己的体内细胞、新陈代谢和肌肉纤维，就像一艘星际飞船的飞行员对飞机进行彻底的检修，并根据需要作出适当的调整。一切检查完成之后，她确认自己非常健康，安然无恙，最后终于睁开眼睛，坐了起来。

她眨着眼睛，环顾这间安静的病房。瓦莉娅呢？怎么没看见她？可她亲眼看见瓦莉娅把毒药吞下去了啊。那么多志愿者都在测试毒药，进行化学转化的过程中牺牲了——难道瓦莉娅也失败了吗？但愿没有。

沙丘学派：姐妹会

在病房的另一侧，两位负责护理的姐妹看到多洛蒂娅有了动静，惊讶地转过头来看她。她们跑向多洛蒂娅，同时大声呼喊起来。多洛蒂娅只是坐在病床上微笑，任凭那两位姐妹包围她，向她拼命提问。到目前为止，她感觉良好。

要想下好人生这盘大棋，就要像国际象棋一样，每走一步都要提前想好第二步甚至第三步该怎么走。

——吉尔伯图斯·奥尔班斯，《思维之镜中的映像》

讨论室是门泰特学校最大的教室之一，这是一个深色墙壁的大礼堂，墙上挂满了画像，画像里的人威严庄重，气度不凡，都是人类历史上最伟大的辩论家，其中包括古地球时期古代著名的演说家，如马尔库斯·西塞罗[①]、亚伯拉罕·林克，以及开启泰坦时期的特拉洛克，另外也包括近几个世纪以来的演讲者，如雷纳塔·休和无与伦比的诺万·艾尔——琼斯。当年伊拉斯谟在科林培训和教导吉尔伯图斯时，它告诉自己的徒弟一定要记住这些人，把他们的演讲都熟记在心。

在一间休息室里，吉尔伯图斯又看了看自己的笔记，准备进行一次危险的讨论。准备好了之后，他便登上了讲台。按照曼福德·托伦多的要求，吉尔伯图斯挑选了十五名最拔尖学生接受战术训练。但他觉得至少他应该发出一些理性的声音，给一些头脑发热的学生降降温，让他们冷静思考……但他们会听吗？

吉尔伯图斯走上讲台。出于对校长的尊敬，学生们全都安静下

[①]马尔库斯·西塞罗（前106年—前43年），古罗马著名政治家、哲人、演说家和法学家。

沙丘学派：姐妹会

来，教室里一片寂静。"今天的课程不同于以往的战术训练模式。今天我们要采取另一种方式，改变一下训练的节奏。"

这些学生都是目前门泰特学员中表现最为优异的，都是吉尔伯图斯精心挑选出来的。他们都拥有杰出的分析能力——而曼福德要要求他们为他的圣战效力。为了曼福德的事业而牺牲这么有才华的学生，吉尔伯图斯从未说出半句怨言，不过实际上他打心眼里反对曼福德的事业，但不敢表露出来。

"谋划和制订成功战略的一个关键因素就是学会像敌人一样思考。这并不是想当然就能做到的，必须通过实践，对你们当中的有些人来说，这是一个非常困难和令人心理极为不适的挑战。因此，我们将对一个关键议题的正反两面进行辩论，帮助你们探究对手一方的心态和思维方式。我们将要讨论的主题是思维机器的优点。"话音刚落，他便听到学生中有一两个人倒吸了一口凉气，然后所有学生似乎都惊得屏住了呼吸。吉尔伯图斯停顿了一下，注意到学生们热切而专注的表情，然后用清晰而洪亮的声音说："考虑这样一个假设：思维机器在某些适当限制条件下，也许会在人类社会中发挥安全稳定且有益的作用。"

这番话惊得学生们窃窃私语，曼福德·托伦多派来的几个学生则向他投来了愤怒的目光。

吉尔伯图斯微微一笑，说："你们当中有许多人将要被派到芭特勒的战舰上，准备参战，所以你们应该想想你们为何而战，敌人是谁。在战场上，你们会与机器辩护者发生冲突，他们是星球的领导者，由衷地相信他们可以将思维机器用在正途上，并且有能力控制那些机器。"所有的学生都对此很感兴趣，不过明显能看出他们内心的不安。

吉尔伯图斯亲自挑选了一个坐在中间的红头发年轻女孩，并对她说："艾丽丝·卡罗尔，你将做我的对手。我期待着咱们来进行一场技巧纯熟、激情四射的辩论。"其实他事先早就计划好了。

艾丽丝站起身来,朝讲台走去,她腰板挺直,目光坚定。

吉尔伯图斯对全班同学说:"我站在问题的一方,而艾丽丝·卡罗尔则跟我持相反的观点。"他从口袋里掏出一枚闪亮的帝国金币。金币的一面是塞琳娜·芭特勒的头像,另一面是兰兹拉德联盟张开手掌的图案。"如果是正面,那么艾丽丝将作为机器辩护者,站在支持思维机器的立场。如果是反面,那么我就是机器辩护者。"

愤怒的年轻女孩看起来犹豫不决,但她还没来得及说什么,吉尔伯图斯就把金币抛向空中,接住硬币,然后摊开手掌。他瞥了一眼硬币,立刻把它盖住,没有把结果公开展示给学生们。伊拉斯谟不懂撒谎,也不理解撒谎这一概念,而门泰特却深谙其道,尤其是在这种情况下。这种训练应该会很有效,因为这个年轻而单纯的芭特勒女孩需要学会努力保持客观。

"是正面,"他说,"艾丽丝,你要代表思维机器,为其辩护。"年轻女孩惊讶地瞪大了眼睛。吉尔伯图斯看到女孩吓得面无血色,一脸震惊。

"那我就开始了,"他笑着说,"在这场辩论中,你要强调计算机和机器人可以给人类带来好处,并且理由要令我们信服。而我将会站在芭特勒人的立场,维护他们的利益。"

艾丽丝犹豫再三,说:"求您了,请别让我这么做。"

吉尔伯图斯预料到他一开始就会遇到阻力,于是说出了事先准备好的答案:"门泰特必须约束自己从各个不同角度审视问题,而不仅仅以符合自己信仰的视角。作为你的导师,我给你布置了一项任务。而作为学生,你得完成这个任务。你知道该怎么办,艾丽丝,我想让你思考一下,告诉我思维机器能给人类带来哪些好处。"

艾丽丝转过身,面对众人,吞吞吐吐不知该说什么。最后,她开口:"机器可以用来训练剑术大师,让他们能更有效地对抗机器。机器的确有用处,但十分危险……"她张口结舌,说不出话来,紧接着愤怒渐渐取代了犹豫,她气呼呼地说:"不,思维机器不会带来任何好处,所有机器是邪恶可憎的。"

"艾丽丝·卡罗尔,我们并没让你站在我的立场上辩论。请完成你的任务。"

艾丽丝怒不可遏:"先进的科技具有极大破坏性。因此我放弃辩护。这种论点根本不成立,无理可辩!"

"论点是成立的。"吉尔伯图斯仍希望挽回能令学生们受益匪浅的一堂课,于是说,"好吧,那我站在机器辩护者的位置,而你为芭特勒人辩护,这样你觉得可以吗?"

艾丽丝点了点头,吉尔伯图斯巴不得有这样的机会呢。对于事态的转变,在座的学生们都表现出极大的兴趣。

艾丽丝气愤地说:"这是个毫无意义的训练,校长。在座的每一位都知道机器对人类的奴役和压迫,它们欺压了人类好几个世纪。先是半机械生化人泰坦,接着是永恒思维机器奥米诺斯。数万亿人被残害而死,人类的精神和意志被残酷碾压。"她气得涨红了脸,但尽力让自己冷静下来。"这种事情绝不能再发生了。没有任何反驳的理由。"几个芭特勒组织输送进来的学生不住地表示赞同。

吉尔伯图斯叹了口说:"我并不赞同——为了辩论,我必须提出反对。机器辩护者们认为,我们人类可以驯服思维机器,让它们为人类服务。他们主张,人类不该仅仅因为奥米诺斯的恶行而抛弃所有的机器。他们会问,负责收割庄稼作物的机器是邪恶的吗?为无家可归者建造庇护所的建筑机器是阴险的吗?还有治疗疾病的医疗设备是可憎的吗?他们认为,无论是自动化机器还是计算机,都有合理的人道主义用途。"

"你问问那些在无数同步世界里受尽苦难、被残忍杀害、饱受欺凌和压迫的人,他们会同意你所说的吗!"艾丽丝气狠狠地说,"可惜那些受害者无法为自己说话。"

吉尔伯图斯表情温和地看着艾丽丝，说："这似乎是消灭思维机器的合法性的基础——但事实却是人类对同步世界进行了原子清洗。杀死了数十亿乃至数万亿俘虏的是人类自己，而不是思维机器。"

"这是必要之举。尽管那些被奴役的人死了，但幸存下来的人能活得更好。"

吉尔伯图斯抓住了漏洞："我们怎么能肯定他们会同意牺牲自己呢？你认为他们宁愿选择死亡也不愿屈服在奥米诺斯的统治之下，这种假设是不成立的。门泰特做出预测必须以数据为基础，如果没有准确而详实的数据，门泰特就不能做出有效的预测。"他转过头，看着艾丽丝说，"你直接跟任何活在同步世界里，并受机器统治的人交谈过吗？就像你所说的，他们都死了。"

"这简直荒谬至极！我们都知道在机器统治下，人们的真实生活是什么样子的——有许多第一手资料被公布出来，谁都能看到。"

"哦，是啊，那些令人发指的历史都是伊布利斯·金乔、塞琳娜·芭特勒和沃立安·厄崔迪写的——但公开的那些历史记录就是为了激起人们对机器的仇恨，煽动联盟的人使用暴力进行反击。就连奴隶从雷斯吉尔舰桥被救的事件也是被歪曲的，为了宣扬机器的邪恶而被写入历史。"

吉尔伯图斯意识到自己的声音越来越激昂，于是赶紧让自己平静下来。通过隐藏的间谍眼，伊拉斯谟应该正兴致勃勃地听着呢，吉尔伯图斯希望自己的导师能为他说的这番话而感到骄傲。

"不过还是让我们退一步，考虑一下如何适当地驯服科技使其为人类服务的基本原则好了。机器人能够执行重复、耗时且复杂的指令和任务，比如收集数据、收割庄稼或计算安全航行路线等等。如果人类能接受功能有限的机器作为辅助，那么人类将会极大地解放劳动力，不断取得新的发展和进步。"

沙丘学派：姐妹会

"可当奥米诺斯奴役人类时，我们根本没有时间令自身得到发展和提高啊。"艾丽丝指出，并获得了其支持者的称赞。

"但是通过禁止使用精密的机器——那些我们为了造福人类而开发的机器——我们否认了人类在历史上取得的进步，并被迫恢复了奴隶制度。由于我们抛弃了可以执行基础功能和作业的机器，人类被强行抓走，远离家乡和家人，被戴上镣铐、受奴隶主的鞭打，被迫从事本可以由机器替代的卑微劳动。许多人死于艰苦而危险的工作，仅仅因为我们拒绝使用思维机器。这样做是体现了人类的道德人权，还是聪明睿智呢？有人可能会说，在波里特林爆发的那场反对奴隶主的宗教暴力起义，就像反对思维机器的圣战一样，是正义而必要的。"

艾丽丝一个劲儿地摇头道："哦，不，这完全是两码事。教徒拒绝跟我们并肩作战。"

吉尔伯图斯抓住这句不明智的反驳，深吸了一口气，说："理念上的差异不能作为奴役别人的正当理由。"话音刚落，众人鸦雀无声，陷入尴尬的沉默，因为这所学校里的许多学生都来自依然实行奴隶制的星球。

艾丽丝挣扎着想反驳，但吉尔伯图斯注意到这个平日里自信满满的年轻女孩内心正在动摇，不断重复她已经说过的话，说明她已经理屈词穷了。这给了吉尔伯图斯一线希望，如果他能巧妙地说服那些支持芭特勒的门泰特学生，说不定他就能引导更多的人恢复理智。

但正在这时，突然有几个学生开始大声喊叫，表示抗议，不愿再听下去，想用叫喊声把吉尔伯图斯的声音压下去。

"安静！安静！"吉尔伯图斯举起双手，示意大家冷静。也许他做得有些太过火了，"这只是一次训练，一种学习的方式。"他笑着说，但并没有达到理想中的效果，没有得到友好的回应。相反，他发现自己跟几个心怀敌意的学生辩论了起来，就连艾丽丝也插不上话。

令吉尔伯图斯感到矛盾的是，他发现自己赢得了辩论，但也失去了对课堂以及对在场学生的控制。骚动仍在继续,他环视整个教室,顿觉失望,因为大多数学生都暴躁不安。就连那些之前表示赞同他观点的学生,现在也不敢在这群芭特勒狂热者的面前表现出对吉尔伯图斯的支持。

几个学生愤然起身离席,走出了教室。其中一个学生从礼堂上方的门口转过身来,对着下面的讲台喊道:"机器辩护者!"

于是这节课就在一阵抗议的喧嚣和狂怒中结束了。

···⚛···

吉尔伯图斯感到十分不安,急忙跑回自己的办公室,锁上房门,从隐蔽处取出了伊拉斯谟的存储器核心,当他用颤抖的手拿起那颗跳动的球体时,他并没感到丝毫轻松。"我想我犯了一个错误。"

"这场辩论非常精彩,极具启发性。不过我很好奇,你明知道在场的那些学生中有不少芭特勒的支持者,他们不希望听到这场辩论,只想要看到符合他们信仰和理念的东西。而你作为一个门泰特,还是试图把你的理念灌输到不能接受这些话的听众的心里。"

吉尔伯图斯低下了头,说:"我真是太幼稚了,简直蠢得不可原谅。我只是提出了合乎逻辑的论点,正如过去你我二人辩论时那样。"

"嗯,但是别人没有咱俩这么理性。"

吉尔伯图斯把存储器核心放在桌子上,说:"那我是不是彻底失败了?毕竟我创办这所学校就是为了教人们如何进行逻辑分析与合理预测。"

"也许芭特勒的支持者反应如此激烈,恰恰是因为他们知道你真正的信仰和理念是什么。情感与理智之战是人类永恒的战争,人类的左脑和右脑始终在争夺掌控权。人生本来就是一场持续不断的斗争,而比人类优越得多的机器则不需要为这种毫无意义的事情而烦恼。"

"请不要以此为借口宣扬机器的优越性!您倒是帮我想个办法,

找个出路啊。我得在曼福德回来之前缓和局势。他带领他的那些战舰去了特鲁拉星,但等他回来,肯定会听到关于今日之事的报告。"

"有意思,事情怎么这么快就出岔子了呢?"伊拉斯谟说,"真是有意思。"

人类命运的道路并不平坦,而是充满了高峰和低谷。

——《阿扎之书》

芭特勒圣战者带领一支舰队浩浩荡荡前往特鲁拉星。尽管他们已经对这些星球实行了严厉的管控和限制,但曼福德还是想找个目标一显实力,震慑帝国其他星球。而这里是他为实现伟业迈出第一步的最佳地点。

十五年前,曼福德来过这个星球,当时他对自己看到的一切都深感厌恶。那时,蕾娜·芭特勒的追随者们向可恶的特鲁拉人展示了人类必须要走的道路,这条路虽然艰难但是必要。所有令人深恶痛绝的生物实验项目都被贴上了违反人类和神律的标签,并被彻底摧毁。所有的特鲁拉科学家都被严加管控,芭特勒人警告他们,若有任何违法乱纪和不当行为,一律严惩。但许多年过去了,且特鲁拉远离新帝国的中心,曼福德敢肯定如今的特鲁拉人早已偏离正道,走上歧途——他决心一定要抓住他们违法的证据。

芭特勒人的舰队渐渐朝特鲁拉的主要城市班达隆逼近,曼福德和阿纳莉开始研究特鲁拉人建造的颇具异域风格的建筑,这个种族格外重视遗传基因学研究,甚至把科学凌驾于他们的灵魂之上。

"我一点儿不相信他们,阿纳莉,"曼福德说,"我知道他们触犯了法律,但他们是个极其聪明的种族,我们必须努力寻找证据。"

沙丘学派：姐妹会

"我们会找到证据的。"阿纳莉的声音很平静。曼福德笑了：即使天上的星星不再闪烁，阿纳莉·艾达荷也不会失去对他的信心和忠诚。

没有人，就连约瑟夫·文波特也不会为特鲁拉人辩护并大声疾呼。因为特鲁拉人在帝国里从来就不受欢迎，尤其是在圣战期间的那次器官培殖场丑闻之后，人们纷纷谴责特鲁拉人犯下了令人发指的罪行。如今，曼福德拥有两百多艘战舰和许多新加入的剑术大师率领大军，吉尔伯图斯·奥尔班斯还承诺很快会派出一批受过特殊训练的门泰特加入到他的队伍当中。这是一个不错的开端。

芭特勒的战舰占领了班达隆太空港，曼福德的大军以压倒性的数量遍布全城。他精心挑选的剑术大师们撞开了许多实验室、档案库和奇特神殿的大门。（他并不认为也不愿猜想这些卑鄙的人会有宗教信仰。）

芭特勒人继续向前进发，阿纳莉悄声警告说特鲁拉的科学家们可能私藏了武器，也许这些特鲁拉人会使出狡诈的手段对付芭特勒人。但曼福德并不认为特鲁拉会蠢到挑起更大规模的冲突。因为他们只是一群即使挨了打也只知道傻笑的人。

阿纳莉把曼福德背在肩上，大步走进特鲁拉人的一个生物研究中心。实验室里弥漫着化学药品、腐烂物、发酵的细胞物质以及大桶里冒着气泡的有机物的气味。研究中心的负责人是个又矮又胖，长得像熊一样的男人。他比大多数特鲁拉人都身材高大，相貌也更英俊。他的眼睛瞪得像茶碟一样圆，看上去吓坏了："我向您保证，先生，我们从来没有偏离严格的规定——所有科研人员都谨守规则。我们都诚心诚意接受对我们的限制，所以这里绝没有令您反感和厌恶的东西。"男人想竭力展现出笑容，但笑得卑微而可怜。

曼福德环顾实验室，皱眉说："我发现这里有许多令人厌恶的东西。"

一听此言，矮胖的研究中心主管立刻冲到一排半透明的罐子前，急切地想表明自己的观点：“我们跟所有人一样都痛恨思维机器！您瞧，我们的工作只是运用生物技术——没有任何禁止使用的机器或计算机。这里没有一样东西是违禁的。我们研究的是自然细胞的培育和繁殖。我们研究的目的是增强人类的智力以及各种潜在的能力。这都是神的计划和旨意。”

曼福德表现出极度的厌恶：“神的计划不是你能决定的。”

研究主管的语气更加急迫了：“但是请看这里！”他指向一个半透明的罐子，里面装满了漂浮的小球体。“这是我们为盲人创造的新眼睛。与我们过去的器官培殖场完全不同，以前培殖场里那些用来做替代品的器官都是从不幸的受害者身上偷走的，而现在的这些科研项目没有伤害任何人——只为了帮助有需要的人。”

曼福德察觉到站在下面的阿纳莉面容紧绷。他知道阿纳莉跟他一样，越来越愤怒。“如果一个人眼盲了，那是神的旨意要他眼盲。我没有双腿，这是我命中注定的缺陷。你无权挑战神的决定。”

矮胖的男人一个劲儿摆手：“没有，我没有——”

“你凭什么认为有缺陷的人必须弥补自己的身体或改变现有的生活呢？你凭什么认为生活方便和舒适是必要的呢？”

研究主管很聪明，没有回答，但曼福德依旧做出了决定。事实上，在舰队还没抵达特鲁拉时，曼福德就已经打定了主意。他要想办法使武力示威行动充满强大的震慑力，彰显自己的威名和芭特勒圣战组织的战斗力，他要使信仰的烈火继续熊熊燃烧。所以他把目标对准了特鲁拉研究中心，特别是像这种表面上看起来很可怕，容易引起别人厌恶的科研项目———堆眼球漂浮在大罐子里！这样可以使芭特勒人更加强大且令人畏惧，以此帮助他凝聚起力量对付更阴险的对手。他的许多追随者并不理解其中的奥妙，但不管怎样，他们都会誓死追随他，源源不断地为他提供战斗力量。

实验室研究主管害怕极了，说话也更加尖声细语："可帝国的每一项规定，我的研究员们都严格遵守了啊！"

此人所言非虚，曼福德没有丝毫怀疑，但事实并不符合他的目的。他伸出手臂，绕着实验室挥了一圈，说："这个特鲁拉研究项目在探索一个人类本不该涉足的领域，并且陷得太深、偏得太远了。"

矮胖的主管吓得面无血色。聚集在研究中心里的芭特勒人开始狂躁不安地叫嚣起来，就像肉食动物闻到了血腥味一样。"这个实验室和你所有的研究项目都必须关停，一切东西都必须毁掉。这是我的命令。"

曼福德的追随者们立刻行动，捣毁设备，把半透明的容器砸得粉碎，任由那些眼球随着里面的营养液溜到干净的白色地板上，像孩子的玩具球一样在地上弹跳。

"住手！"研究主管痛苦哀号，"我要你们住手！"

"这是曼福德·托伦多的命令。"阿纳莉拔出剑来，把主管砍倒在地，这一剑从肩膀一直砍到胸骨。

一个神经脆弱的实验室研究员吓得呕吐起来，呻吟不止。曼福德指着那个人说："你！我任命你为这个机构的新负责人。我会为你祈祷，希望你把精力放在更合适、更谦卑的实验项目上。"

研究员用手擦了擦自己的嘴，身体摇摇晃晃，好像随时会晕倒。

那人虚弱地点点头，但吓得大气都不敢喘。

曼福德杵在剑术大师的肩膀上，对阿纳莉说："把这里清除干净。然后我们去萨鲁撒·塞康达斯，帮助皇帝履行诺言。"

阿纳莉手握自己的剑，在死去的研究主管的外套上擦了擦，然后看着瑟瑟发抖的实验室研究员，对他说："我们会严密监视你的研究工作。"

计算机的存储器核心可以永久保存大量的信息数据。尽管我只是凡人，但我永远不会忘记芭特勒人对我、对我的搭档以及我的家乡所做的恶行。每个细节我都记得清清楚楚。

　　　　　　　　　　　　——托勒密，德纳里研究记录

　　在德纳里的研究基地里，托勒密正努力重新恢复在天顶星被那帮野蛮人毁掉的实验项目。他写下了大量的笔记，编写了大量的日志，竭尽全力复制之前创造的化学物和聚合物。当初他们的研究卓有成效，眼看就要成功了，可惜全被毁，其中大部分的创造都归功于埃尔钦博士。

　　他时常觉得自己无法一个人完成这些……但如今他孤身一人，没人能帮他。他决意一定做到，于是带着一往无前的激情投入到困难的工作中，这种激情简直跟芭特勒人的狂热不相上下。

　　通过解剖和解构这些半机械生化人思维电路和神经机械接口，他取得了巨大进展。托勒密利用中空合金骨架制作了十个胳膊和手的雏形，带骨锚的纤维滑轮具有肌肉的功能，它们被包裹在蛋白质凝胶中，上面覆盖着坚韧的人造皮肤。

　　所有雏形都无法与埃尔钦之前创造的假体相比，不过接合点更优越。每个实验假肢的末端都带有一组感受器，托勒密将这些感受器与自己的思维相适应。如果他集中注意力，只想着一个具体的动作，他的思维可以引导神经和人造肌肉产生相应的反应，但这需要意识和假肢的协同努力。他的目标是使假肢的接口变得更灵敏，能令假肢在潜意识里做出反应。如果人的每一个动作都需要提前计划和协同努力，那就无法行动自如。

托勒密一生致力于学院式和开放性的科学研究，旨在造福大众。他年轻时，他和他的兄弟姐妹经常一起玩游戏，想象他们可以在哪些领域帮助社会进步，设想思维机器被打败后，如何创造一个充满智慧和创造力的乌托邦。如今他意识到，这种想法极其危险，因为他们忽视了一个事实，世上还有邪恶、无知和破坏力量存在。

托勒密睡得很少，大部分时间都用在了工作上。除了工作，他对什么都不感兴趣。一直以来，他都跟自己的搭档一起进行科学研究，而如今只剩下他孤身一人，孤独与寂寞如影随形。与埃尔钦的互动跟合作曾是他们取得科研突破的催化剂，但现在托勒密只能靠自己，唯一陪伴他的是空气再循环管道里的沙沙声、生命维持系统的嗡嗡声，以及装着不断生长的人造肢体的营养罐里汩汩的气泡声。他的实验室再也没有试验取得进展的喜悦了。

一直以来，托勒密都想尽自己所能地帮助人们，让被截肢的人获得完整的肢体，或者给身上留下严重疤痕的人提供新的皮肤。他本是个善良博爱的人道主义者，一个有可能在整个帝国都广受赞誉的英雄。但他的义举和善心只为他招来了仇恨，还害埃尔钦送了性命。

此时，实验室里的托勒密闭上眼睛，想起自己当初献给曼福德·托勒密一副假腿时，内心是多么自豪和满足。他曾希望能改变这位芭特勒领袖的人生，让他微笑着拥抱科技。他紧闭双眼，浑身颤抖，眼前又浮现出那个一脸冷酷的剑术大师把假肢砍得支离破碎、把一切尽数摧毁的景象，这一幕始终在他脑海中徘徊，挥之不去……而这才只是个开始。

托勒密浑身是汗。凭借他的博学知识，他必须找到方法，让像约瑟夫·文波特这样有远见卓识的人获得权力和掌控局势的能力,如此文波特这样有理智的人才能有力地对抗那些反科技暴徒,阻止那些狂热分子把人类强行带进黑暗时代。

在寂静的实验室里,他仿佛听到了埃尔钦凄厉的惨叫声,一直萦绕在他耳边。

托勒密睁开眼睛,突然看到营养罐里所有的假肢都随着他强烈的意识和情绪起了反应,不住地抽搐和颤动,看上去就像一支反抗军的所有士兵都举起手臂一样,每只手都攥紧了拳头。

在圆顶机库里,三个巨大的机器人躯体立在托勒密面前——虽然一动不动,却令人望而生畏。分段式的双腿、擅于格斗的双手、内置式炮塔、传感器和电路……一切都由密封在保存罐里的某个暴戾之人脱离肉体的大脑控制。

这几个机械躯体是在德纳里恶劣的环境中发现并抢救回来的。托勒密默默地绕着这几个机械躯体来回踱步。装甲躯壳已经被擦干净,经过喷砂除锈处理,也检查了躯体的损坏程度。托勒密惊讶地发现,这些机械躯体即使在腐蚀性空气中暴露了好几十年,所有系统仍完好无损。

每个机械装甲躯体都有独特的设计,根据半机械生化人的喜好和品味修改过,以满足不同使用者的特定目的。此外,半机械生化人还可以随意改变自己的物理形态,只需要把他们的保存罐从一个人造机械身体移到另一个上即可。对他们来说,更换机械身体就像换套衣服一样简单。虽然他们的身体是机械装置,但也是由人类建造、并由人类控制的。这些静止不动的半机械生化人躯体简直是芭特勒人的梦魇,但托勒密一点儿也不害怕。他甚至想象着如果他能拥有一套半机械生化人的躯体,在天顶星上抵抗那帮芭特勒人野蛮的行径,他的人

沙丘学派：姐妹会

生将会有怎样的不同。

文波特总裁在这里为他提供了一切精密的仪器和高级的设施，甚至比他以前拥有的最好的实验室还要先进和完备。任何仪器、化学品或工具都应有尽有，无论他想要什么，只要开口，就能得到。

在过去的一个月里，他见到了科研基地里的科研同仁，所有人都拥有坚定的决心以及对科学的执着和痴迷——他们很可能跟他一样，每个人都有心灵上的伤疤。这些科学家聚在一起，有着共同的动力和具体目标，那就是捍卫和拯救人类文明。这不仅仅是对新事物和真理的深奥探索与追求。

这个科研基地并非没有问题。尽管文波特把最出色的科学家都集中在了这个科学的园地里，但他们却缺少助手的协助。托勒密曾请求安排助手，让他们穿上防护服去基地外，将他想要研究的半机械生化人完整躯体取回来。但这些助手一个多星期后才到达。他也曾礼貌地向诺非提出不满，抱怨时间延误太久，但这位特鲁拉主管只是会意地点点头。

"符合标准的技术人员很难找到。文波特总裁的手下一直在监视波里特林奴隶市场，找寻受过良好教育且有科研背景和技术的奴隶。"

托勒密惊讶地大笑，那些辅助的技术人员的确都是奴隶，但这有什么关系呢？这里的人没一个有报酬，但人人都在工作。实际上，他们每个人都是平等的。

诺非用手指敲着桌子，说："我们的确从历史中吸取了教训。即便是伟大的提奥·霍尔茨曼也几乎从来都不注意他手底下那些人的资历、态度和看法。他在自己的家里和实验室里配备了不少不情愿的宗教信徒奴隶——结果就是这些奴隶摧毁了斯塔达城。"诺非摇着头说，"这是无知暴徒摧毁社会精华和人类文明的又一个例子。这样的事情层出不穷，永远不会停止。"

特鲁拉主管带着阴沉而愤怒的表情，从一张薄膜纸上取下一份打印好的文件，递给托勒密。"我们刚刚收到消息，曼福德·托伦多入侵了班达隆，在那里大肆摧毁科研仪器和设施。"

托勒密看着这份报告，怒火中烧，但并不惊讶。"这么说，他们又把所有的科技都摧毁了。损失有多少？他们的科研发明有多少可以带到这里，用在我的项目里？"

"真是场浩劫啊。"主管挠了挠脸颊，好像要把他脸上的白斑抠掉似的。接着他压低声音向托勒密透露了一个秘密，"值得安慰的是，其实没有多少数据丢失。虽然我被流放到这里，但我一直跟特鲁拉的科学家们保持联系，定期收到他们大多数重要项目的总结摘要和详细备份。你还记得吗，十五年前我还在特鲁拉时，芭特勒人想动用私刑杀死我，所以我知道绝对不能低估他们。"诺非不屑地一笑说，"他们或许以为自己这次赢了，但我们却在继续进行研究，不受那帮野蛮人的破坏和干扰。殊不知笑到最后的人其实是我们。因为我们把所有的科学研究成果都保留下来了。"

"科技是保留下来了，可人心还没觉醒，"托勒密悲哀地说，"人心还没觉醒，我们还没赢。"他深吸了一口气，"不过，请记住我的话，我们一定会取得胜利的。"

> 我最欣赏的思维机器是人类的大脑。
>
> ——诺娃·森瓦提交给提奥·霍尔茨曼的早期科研日志

约瑟夫·文波特更愿意把他对托纳里斯机器人造船厂的突袭看作是一次产业整合，而不是武力征服。毕竟他是个商人，而不是军事领袖。他带领七十艘武装战舰迅速而高效地把造船厂基地占领了。

被缴获的天体公司船只如今被重新纳入文波特的船队，并换上了文波特集团的标志。在现场负责维修机器人战船的天体公司员工也被招入文波特的麾下，为文氏集团效力——而且多数人都是自愿加入的。有些人要求涨薪水，大部分人的要求都得到了满足。

管理中心连接着主要的战船组装网格，此时约瑟夫和他的门泰特站在温暖而明亮的管理中心里。"我对这次行动结果非常满意，德莱格。你不仅把这几年在兰帕达斯学校的学费全部赚了回来，也给所有的门泰特同仁树立了榜样。"他乐得连嘴边浓密的胡子也翘了起来，"你让我对你的期望更高了。"

德莱格得意地点了点头，说："我会继续迎接挑战的，先生。"

过去每当约瑟夫找到一支完整的舰队或机库时，他只掠夺机器人战舰然后进行修复，但这个托纳里斯造船厂为他提供了更多的资源。除了几十艘完整或建造中的机器人战舰之外，这里还拥有一套完全自动化、独立运行的造船系统，包括强力矿石提取机、熔炼机、制造机和机器人装配线等。有了这些,他不仅可以给现有的机器人战船翻新,还可以重新给自动制造机编程,设计建造合理的飞船。

约瑟夫立即给他的工程人员派任务,让他们研究造船厂的控制系统,并在把人工智能电路或感知控制芯片移除之后,让装配线重新运行起来。一想到这座造船厂运转起来的前景,约瑟夫欣喜若狂。

工程师们研究了这座已关闭的冰冷设施之后,给约瑟夫发来了进展报告。阿尔扬·盖茨和他的天体公司团队只看重那些现成的东西。约瑟夫怀疑他们根本没想过把整个工厂重新开启。毕竟阿尔扬·盖茨并不是个有远见的人。

当报告和图像传来,显示造船厂极有价值重启时,约瑟夫把这些东西都交给了他的门泰特,让他研究其中细节并且全部记下来。德莱格若有所思地说:"我在兰帕达斯接受门泰特训练的时候,我们总是被迫听到对所有思维机器的抨击和谴责,可看到这样的工厂和设施,连我自己都不禁感到惊讶。"

"但愿那些野蛮人没有给你洗脑。我需要的是你的智慧,而不是你的迷信。"

"我愿忠心为你效力,先生,但是我也要表达我的关切之情。如果岜特勒人发现了这些,那对我们来说是极为不利的。"

约瑟夫却对芭特勒人不屑一顾:"他们只不过是挥舞棍棒、在月下号叫的野蛮人罢了,我们不必把他们放在眼里。"

德莱格一只手擦了擦他黑色的长袍,说:"然而不要忘了,我以前的导师,同时也是门泰特学校的校长,曾经帮助我,跟我一起推算过这个造船厂的位置。"

约瑟夫浓眉紧锁,说:"他是芭特勒的支持者吗?"

"很难说。他是个聪明而理性的人,从来不会说不该说的话。就连我也猜不出他到底站在哪边。"

约瑟夫为了证明自己对芭特勒人毫不在乎,命令他手下的人加倍

沙丘学派：姐妹会

工作。每天托纳里斯造船基地里都有新的设施和仪器被重启运行……

今天是造船基地被约瑟夫占领的第八天，一艘意想不到的文氏集团飞船来到了托纳里斯。这是一艘很小的飞船，里面只有两位乘客，都被密封在气罐里。诺玛·森瓦征用了这艘飞船，并运用自己的领航技术直接从科尔哈飞到了这里。约瑟夫怀疑他的曾祖母并没有向太空港塔楼里的工作人员告知自己来此的意图，太空港管理中心此时肯定一片慌乱。他相信乔巴会处理好这件事的。不过到现在他手下的人应该已经习惯诺玛离奇古怪的举动了。

当诺玛来到机器建造基地，表明自己身份时，约瑟夫叫德莱格陪他一起去见诺玛，他们乘坐一艘小飞船从管理中心飞到了诺玛的飞船上。诺玛看到工厂迅速运转起来十分高兴。"更多的飞船，"她说，"需要更多的领航员。"

诺玛把她的气罐安装在飞船的领航甲板上，这是一个由强化玻璃围成的空间，身处密闭气罐里的领航员可以在这里透过烟雾缭绕的美琅脂气体观察宇宙，带领飞船通过折叠空间。之前为了满足曾祖母的要求，约瑟夫下令所有文氏集团的飞船都要装上方便领航员观察宇宙的领航甲板。

约瑟夫和他的门泰特登上了诺玛的飞船，他惊讶地看到船上还有另一个气罐，气罐里的人是那个被捕的间谍罗伊斯·费耶德，此时他还在突变和转化的过程中。没想到这个间谍这么聪明，而且适应能力很强，比大多数精心挑选的候选者进展更为顺利。

诺玛那颤抖而毫无感情的声音从气罐的扬声器里传了出来："我把我的徒弟也带来了，这是他的第一次飞行。"

"他做好准备了吗？"约瑟夫问。

"他会准备好的。我正在指导他。他的思维……很有趣。"诺玛朝气罐的观察窗游过来，透过观察窗她可以看到对面的费耶德。只见费耶德正在自己的气罐里飘浮着，肿胀的眼睛紧闭着，似乎在冥想。

"他正徜徉在高等物理的海洋里，追随着十维空间数学的轨迹前行。"

费耶德嘴里大声地说着什么，说话磕磕绊绊，仿佛人类的言语和词句对他来说是极大的挑战，但他一直闭着眼睛，始终没有睁开。"集中注意力向上走很容易……容易陷入沉思。"他深吸了一口刚释放出来的美琅脂气体，然后又吐了出来，就像在抽水烟袋一样。"但是……集中注意力向下走太难了。"

诺玛说："自我发现和思维扩展是成为领航员最重要的阶段和显要部分。但我的儿子阿德里安曾告诉我，作为领航员记住自己的人性也同样重要。如果与人性的联系被切断，那我们就不再优越于普通人，迷失在其中了。"

面对突如其来的转变，约瑟夫笑了笑。他把这个间谍扔进密闭的气罐里，本来是想以一种有创意甚至有诗意的方式处死他。但他万万没想到这个费耶德竟然活下来了。他不相信任何出卖文氏集团、投敌叛变的人，但他相信诺玛·森瓦——完完全全地相信，没有半点儿质疑。她利用自己的预知能力，通过除了她以外任何人却无法参透的复杂过程对新的领航员进行审查。她多次证明她的直觉比德莱格最缜密的门泰特预测更加准确。诺玛可以预见未来，探索交汇的时空，如果她认可费耶德的能力，相信他忠诚可靠，那约瑟夫便会欣然接受这个人。

约瑟夫保持着警惕。"我们必须加快速度将这个造船基地所有设施重新开启，且保持安不忘危，应对来自天体公司的报复。"他对诺玛说。他可不想重蹈阿尔扬·盖茨的覆辙，犯同样愚蠢的错误。

约瑟夫并没有让托纳里斯造船厂不受丝毫保护，他留下了二十艘武装战船在周围巡逻，其余的文氏集团飞船则按计划返回各自的航线。让这么多艘飞船离开既定的商业飞行航线，他可承受不起这么大的经济损失。

德莱格补充道："现在天体公司已经发觉这里出现了严重的问题。

他们过来调查,很可能会打起来。"

诺玛在气罐里游来游去,沉默了许久,然后十分自信地说:"你们不必担心天体公司。"

约瑟夫以为诺玛预见了什么,有话要说,但没想到她又游回到香料气体之中,没有再说话。又沉默了一阵后,约瑟夫认为诺玛又陷入自己的沉思中,沉迷在深奥而引人入胜的思绪里。他不打算再拉回诺玛的注意力,因为诺玛的想法往往能令文氏集团受益匪浅。他的曾祖母不仅是个天才,而是全宇宙所有天才的总和,无论死活,所有天才的智慧都集中在她那非凡的头脑之中。

罗伊斯·费耶德开口了:"我们要回科尔哈了,将由我来领航。"

约瑟夫声音里透出无法掩饰的惊恐。"你可以吗?"他无法想象他那天赋异禀的曾祖母要是在航行中出了事故,意外丧生可怎么办。

"诺玛·森瓦已经告诉我领航的原理,并亲自示范,向我展示了正确的技术。我已经准备好了。"

话音刚落,飞船开始发出嗡鸣声,领航员气罐相连接的指令电路接收到新的信号,开始闪动起来。突变的间谍说道:"你们两人该走了。"

"走吧,德莱格,赶快!"约瑟夫知道,一旦领航员把注意力转移到另一个问题,他们就会连人类也完全忘记。约瑟夫驾驶穿梭机,准备离开那艘文氏集团飞船,驶向托纳里斯管理中心。他还没完成对接,就发现费耶德负责领航的飞船已消失在他身后,通过空间折叠回科尔哈了……

他很高兴诺玛对他在托纳里斯的工作表示赞许。至少在他看来,诺玛很满意。他希望托纳里斯能成为一个实力强大、充满活力的造船工厂,为文波特集团带来巨大的利润。

在他周围,自动化生产线上灯火通明,机器设备嗡嗡作响,造船使用的材料是从小行星上开采出来的。在造船基地里,组装线上正在建造新的飞船，为文氏集团太空船队源源不断地提供新的船只，不断扩大船队的规模，使布局更为广阔——就像胶水一样，帮助他把帝国的数千颗行星连接在一起。

现在他明白诺玛为什么说不用再担心天体公司了，因为他们已经够不上威胁了，于是他终于松了口气。托纳里斯是个潜力巨大的造船基地，一个能与诺玛和奥利留斯·文波特共同建立的科尔哈造船厂形成竞争（甚至可以取而代之）的对手。是的，这真是美好的一天。

他透过管理中心宽大的观景窗，欣赏着他的战利品——阿尔扬·盖茨，他是在对造船厂进行突袭时被抓捕的。同时被捕的还有所有天体公司员工和飞行员，但约瑟夫最不能原谅的人就是这个阿尔扬·盖茨。

约瑟夫研究过人类历史，知道古代的大型帆船上都装饰着精心挑选的艏饰像，而他船上的艏饰像就是阿尔扬·盖茨。一个令人憎恶的雕像……一个胜利的纪念品。

盖茨被绑在一根铁栏杆上，双臂双腿都被捆住，脖子也是，好让他的头抬起来。文氏集团的工人们已经穿上了防护服，约瑟夫也加入其中，透过防护面罩带着笑意看着脆弱无助的盖茨扭动着身体。当工人们把他推进气闸室里，这个昔日的竞争对手不住地大声咒骂。

"你真是让人讨厌，"约瑟夫透过防护服里的扬声器说道，"你不好好守着自己的地盘，总是想要拿走属于我的东西。我的耐心可是有限的。"

气闸室重新启动，减压导致此人快速死亡。盖茨被捆在支架上，受真空压力推挤，没过一会儿整个人就僵住了，眼球爆裂，一脸惊恐。没错，这具安装在机器人造船厂管理中心外石化了的尸体，的确是非常令人满意的艏饰像。

然而约瑟夫并没有洋洋得意地继续欣赏，而是立刻转身离去，继续研究托纳里斯的运作情况，专心投入到他必须要做的工作中去。

衡量一下最令你害怕的东西。你希望那成为你人生的标杆吗？
——罗萨克学校教程中对学员的提问

当多洛蒂娅醒来后再次见到瓦莉娅姐妹时，她如释重负："你也挺过了转化过程，活下来了？见到你真是太高兴了！"瓦莉娅将成为她的第一个盟友，新一批圣母的开启者之一，同时也是她的新同伴，跟她一样目睹了几代人的恐怖经历和奴役历史，跟她一样意识到即使最小的风险也蕴含着极大的威胁……还有拉奎拉对姐妹会隐瞒的诸多秘密。她俩携手一定会给姐妹会带来翻天覆地的变化。

瓦莉娅目光游移，不敢看她："没有，毒药的剂量对我来说不合适。我吞下了药丸，非常难受，还没咽进肚子里，就吐出来了。"

多洛蒂娅回想着她看到的情景，同时脑子在飞速地运转。她比以前更能敏锐地注意到微小的细节和不易察觉的迹象，比如瓦莉娅的眼神、她嘴唇轻微的颤动、她泛红的脸颊，还有她声音的细微变化。瓦莉娅在撒谎——技巧很高明，但还不够纯熟。她根本没吃下药丸！

"很高兴你平安无事。"多洛蒂娅说。

"我让她们把你送进了医院。我们担心你会死，或跟其他人一样受到精神上的创伤。"

多洛蒂娅凭借敏锐的感官，立刻察觉到她以前从没注意过的细节。她原以为瓦莉娅是她的朋友，但此时她才震惊地发现对方并不真诚,甚至满口谎言!

多洛蒂娅很失望,但又无可奈何。不过她还有其他真正的盟友。从现在开始,她要夺回掌控权,主持大局。

拉奎拉从帕门提尔的新苏克学校回来时,发现姐妹会已经变了。简直是天翻地覆般的改变。她尝试了这么多年,令这么多志愿者送了命或者遭受了无法弥补的脑损伤,如今竟然有一位姐妹终于通过了化学和精神上的转化。而且这件事发生时,她没有在场,甚至没有医疗人员的协助。不可思议,真是太不可思议了——而做成这件事的人也同样不可思议。

多洛蒂娅姐妹……她的亲外孙女。现在是圣母多洛蒂娅了。

其他记忆的声音也证实了这一点。

多洛蒂娅不该未经授权就冒险尝试,但她的成功还是令拉奎拉非常高兴。拉奎拉终于不再是唯一的圣母了!她终于有了一位继任者,尽管多洛蒂娅的反科技倾向令她深感困扰,但这个年轻的女孩能够接触到这么多先人的智慧,肯定会受益匪浅。

但多洛蒂娅并没有跟拉奎拉一同欢庆,而是拉开距离,与她内心的变化激烈地挣扎。接近中午时,天空阴云密布,老圣母独自一人来到附近的温泉。这里有许多热气腾腾的温泉,岩坑里满是从地下火山区里冒出来的热水,顺着山坡缓缓流下。

新任圣母身穿浴袍坐在一块岩石上,双腿浸泡在水里,黑色的长袍扔在了附近的一块岩石上。在拉奎拉看来,多洛蒂娅与之前不一样了,变得苍老了许多,仿佛一下子拥有了几千年的记忆。这毫不奇怪,毕竟转化对她造成了影响和伤害,但不管怎样,她活下来了!

多洛蒂娅抬起头看着拉奎拉,什么也没说,但从她的眼神里却传递出无数信息,抵过千言万语。拉奎拉吃了一惊,爬到水池边,坐了

沙丘学派：姐妹会

下来，撩起自己长袍的下摆，然后脱下鞋子，把双脚浸在多洛蒂娅身边的温水里。一阵凝重的静默之后，拉奎拉开口说："恭喜你成功了。我本来也希望你是众多姐妹中第一个成为圣母的人。我深感抱歉，没能在身边帮助你。"她脑海里的其他生命都很兴奋，无不欢欣鼓舞。

既然多洛蒂娅已经证实了罗萨克药物的可用性，拉奎拉能预见到很快还将会有一批姐妹能成功转化成圣母。现在她终于知道她根本不是侥幸成功的……多洛蒂娅证明了姐妹是可以通过药物转化成圣母的。卡丽·马奎斯可以研究多洛蒂娅吞下的药物的精确样本，有了新的信息，姐妹会还将会有第三位、第四位圣母，甚至更多……

危机、生存、进化。拉奎拉终于对姐妹会未来前景充满了希望，她创建的姐妹会必将大有作为。

多洛蒂娅仍没有反应。拉奎拉越来越担心，试着跟这个一直封闭着自己的女孩沟通。"成为圣母可能会让人一时不知所措。你还有很多东西要学习，比如怎样控制自己的身体和反应，以及如何控制你头脑中的声音等等。它们会给你提供大量相互矛盾的建议，如果你一直沉浸在这些声音中，你就会迷失自己。一开始会很难适应，但我会帮助你的。我会给你提供建议，跟你分享我的经验——圣母与圣母之间的交流和沟通。如今我们有许多的共同之处——人类历史上再没有人能跟咱们两人一样。"多洛蒂娅终于看向了拉奎拉，说："一直以来我俩都有很多共同之处……外祖母。我知道你是谁，也知道你对我的生母——阿丽特姐妹——做了什么。"

拉奎拉突然心凉了半截，她本该料到多洛蒂娅会知道真相的。"既然你那么了解我，就不需要我过多解释了，你已经知道我很多的记忆了。"

多洛蒂娅移开目光，低头凝视着温泉里冒出的水蒸气，以隐藏自己的真实想法："我母亲现在在哪儿？"

"她在执行一项重要任务，为姐妹会招收更多的年轻女学员。"

"她什么时候能回来？我什么时候能见到她？"

"见你的生母这事不急，还有很多事情要优先考虑。"拉奎拉想用她们现在能做的事情来激起多洛蒂娅的激情。"你和我，我们是圣母，就好像我现在拥有了一个非常特别的姐妹，一个除了我以外、任何人都无法理解的同伴。我们非常容易相互理解。"有这么多的可能性一下子摆在她们面前。

初出茅庐的圣母仍保持冷静，但心里十分苦涩："这么说，有了一个新的姐妹令你很高兴，但你从来不想要自己的女儿或孙女，是吗？"

"我没有任何世俗的家庭观念或欲望。我所有的目标都围绕着姐妹会。多洛蒂娅，如今你已经为我们指明了方向……为更多姐妹能够成为圣母而铺平了道路。我的转化是个意外，但你的转化是有意而为之。这是有史以来的第一次！一开始我甚至怀疑是否还会有人转化成圣母。而如今，有了你的帮助，我们将来可以让更多姐妹成为像我们一样的人。"拉奎拉希望多洛蒂娅能看到大局，因为她们了解同样的真相，拥有同样的过去记忆。她们两人若能齐心协力，则会有相同的目标。

"我心里已经找好了一批候选人。"多洛蒂娅的声音透着冷酷，而不是激动。

⋯⋯✦⋯⋯

多洛蒂娅找了个僻静的房间，因为她希望在这里能够不受打扰。她跟另外五个姐妹围坐在一起，正在激烈地讨论。这五位姐妹愿意服从多洛蒂娅的安排，成为志愿者，并把自己名字上报给卡丽·马奎斯。多洛蒂娅挑选的人都是最合她心意的姐妹，其政治观点和态度都跟她一致。现在她很清楚她需要盟友。

然而她并不需要卡丽的指导或准许，因为她的成就已经超过了那个老女巫。她也没有跟圣母拉奎拉商量。

多洛蒂娅偷偷把她们召集到这里,希望她们能挺过试炼,幸存下来,成为圣母。将近两个小时的时间里,她一直在给这些志愿者做准备,消除她们心里的恐惧,并就一切有可能出现的风险和问题给她们进行解释和答疑。她详细向大家说明服用这种药物之后大脑和身体会发生的反应。

瓦莉娅姐妹并不在其中。多洛蒂娅终于看清了这个年轻女人的真面目。

志愿者们并排斜靠在用带子固定好的医疗椅上,一开始大家都有些紧张。每个人手里都拿着一粒最新配方的罗萨克药物胶囊,是多洛蒂娅在卡丽的实验室里亲手制作的。

"一旦毒药打开了你们体内的那扇门,"多洛蒂娅说,"你们必须勇往直前,进入感知的迷宫,指引自己一路通过。在你们之前的许多志愿者都迷失了方向……甚至最终走向了死亡。在这个内心的旅程中,你们必须孤身面对,只能通过自己的意志和精神力量取得成功。但我可以帮助你们增强力量。希望你们每个人都能成为继我之后的圣母。"

她眯起眼睛看着所有人的脸,回想起这些姐妹都对英格丽德姐妹的死感到担忧,她们也都跟多洛蒂娅一样讨厌依赖思维机器。很快,她们也会知道姐妹会里隐藏着计算机,到时候姐妹会将会发生翻天覆地的变化。抓紧吧,没有时间可以浪费了。

五位志愿者各自低声祷告,然后吞下了药丸。她们心怀期待地发出叹息,然后靠在椅背上,闭上了眼睛。多洛蒂娅从五位姐妹身前依次走过,检查绑着她们的带子,防止她们伤害到自己。她们的头都低垂着歪到一边。

多洛蒂娅站在她们面前,听着她脑海里那些低沉而急切的耳语声。也许这次也会成功的。她看着那些姐妹被捆绑的身体在不断扭动,一个个痛苦地呻吟和叫喊着……

她们痛苦地挣扎了好几个钟头,跟体内的毒素在较量,急切地将毒素转化,拼命想逃出意志和思维的牢笼。多洛蒂娅很清楚这些人正经历着什么。

最终三位姐妹睁开了眼睛,试着从旋风般袭来的过去记忆中了解先人的生活经历和过往。多洛蒂娅把她们的医疗椅摆正立直,给她们时间调整自己,搞清自己的状况。仿佛耳边传来了通讯广播一样,她们听到了脑海里其他记忆的声音。

剩下的两名姐妹躺倒在椅子上,耳朵里流出了鲜血,但多洛蒂娅并没有过多考虑死去的人,只想到又有三位姐妹加入了圣母的行列……她们是她的盟友,而且会帮她训练其他人。

"今天姐妹会翻开了崭新的一页。"多洛蒂娅说。

·· ·

罗萨克的姐妹们欢欣鼓舞,庆祝姐妹会又诞生了三位圣母。拉奎拉看到这一切心中无比骄傲和自豪,仿佛卸下了千斤重担一般。

瓦莉娅跟拉奎拉一起欢迎这批新圣母,不过她心里感到很不安。假如她有勇气跟多洛蒂娅一起吞下毒药,也许她如今会成为她们中的一员。她并不胆小懦弱,但也不是傻瓜,不肯轻易尝试失败率如此之高的事情。

可是,如果她当时……

这时,多洛蒂娅走到瓦莉娅跟前,用指责的语气对她耳语道:"我知道你根本没吃下我给你的毒药。你怕了。"

瓦莉娅立刻移开目光,大脑疯狂运转,想要做出回应,但多洛蒂娅的话还没说完:"作为你的朋友,我完全能够理解,但是如今我可以帮你度过这个艰难的过程,所以我决定再给你一次机会。"她伸出手,拿出一粒深蓝色的药丸,跟之前她给瓦莉娅的那粒一样,"把它随身携带,时刻提醒你做出选择,等你准备好了,就把它吃下去。"

瓦莉娅接过药丸,把它塞进了黑色长袍的口袋里。多洛蒂娅一只手放在瓦莉娅的肩膀上,看上去十分真诚且鼓舞人心:"我会帮你挺过难关的。我非常希望你能成为我们圣母中的一员。"

"你是说,姐妹会中圣母的一员吧。"

多洛蒂娅看了看她的那些新盟友,露出了笑容:"我们都是为姐妹会效力的啊。"

把最硬的心熔化，需要一个烧得白热的坩埚。

——《阿扎之书》

尽管肩负着拉奎拉圣母委派的秘密任务，卓玛医生还是满怀期待地等待着那个要把她带进皇宫去觐见皇帝的联络人。因为皇帝是她的专属病人。宫廷御医这个身份将会帮助她为苏克学校赢得声望。如果新苏克学校能有惊无险地度过财政危机，那么未来苏克学校一定能够日益强大和兴旺。

但拉奎拉警告她说，萨尔瓦多·科瑞诺的血统有缺陷，甚至会很危险。卓玛毫无疑问接受姐妹会的这个结论，同时她也会时刻注意，凭自己的能力去发现皇帝有缺陷的迹象。她随身携带了一种使人绝育的化学物质，这种物质很容易隐藏在维生素补充剂里。她会在给整个科瑞诺家族进行全面体检之后，给皇帝开这种补充剂让他服用。过不了多久，她就会还清亏欠姐妹会的债……她会得到姐妹会的原谅，长期萦绕在她心里的羞耻感也将会永远消失。

之后，她可以用自己的医术和手段说服皇帝与她结成同盟，成为苏克学校的真诚赞助人。卓玛很久没这么乐观过了。

她在首都太空港宽敞的大厅里默默等待着，周围人来人往，步履匆匆，所有人都在忙自己的事情，没人注意到她。她已经在大厅里等了半个多小时了，可还是一个人也没出现。可恶，真可恶。她最不喜

沙丘学派：姐妹会

欢不称职的人了，而负责皇帝日常行程的工作人员显然没有妥善安排好。这似乎是一种有意怠慢，她可能得自己去皇宫了。她不想第一次见面就给皇帝留下不好的印象。如果皇帝此时此刻已经在皇宫里等她了，会不会认为她迟到了呢？

在她等了快一个小时之后，一个身穿灰色西装的男人这才匆匆向她走来，开口问道："请问，您是卓玛医生吗？"

卓玛立刻打起精神来，竭力保持冷静，一脸从容淡定地答道："我是苏克学校的校长兼医师，之前约好了要跟皇帝见面。是我理解有误吗？他还留言给我说，我一到首都，他就会立刻召见我。"

"齐米亚的旧苏克学校大楼有许多必要的准备工作要做。我叫张维翰，是你的联络人。我这就带你过去。"这个姓张的男人带着她走出太空港大厅，来到一架线条流畅、造型华丽的私人飞机前，机身外壳上印有科瑞诺家族的金狮徽章。他们登上飞机时，飞行员正在发动引擎。

"我们直接去皇宫对吧？"

"不，旧苏克学校正在举行一项重要的活动，皇帝正在那里等您。到那之后，皇帝会亲自跟您解释详情的。"

飞机载着卓玛医生来到了首都的市中心，她看到老苏克学校的周围挤满了人。人们纷纷涌上附近的街道，聚集在学校边公园的草地上。看来这里将有一场盛大的欢迎会，这是个好兆头，可惜真正的目的令她始料未及。

尽管帕门提尔的扩建工程正在进行当中，卓玛和她员工的办公室仍在这座优雅的旧校区里。也许在她担任皇帝御医的这段时间里，她可以把这座历史悠久的砖砌建筑改造成一家治疗各种不治之症的医院，就像拉奎拉·贝托-阿妮鲁尔和莫汉达斯·苏克在奥米诺斯瘟疫暴发之前经营的那座医院一样。

她下了飞机，走向一个接待区，那里坐着许多政要显贵，以及皇帝萨尔瓦多·科瑞诺和他的兄弟罗德里克。卓玛看到曼福德·托伦多竟然也在,不禁愣住了,曼福德那没有双腿的身体正杵在一个高大的女剑术大师的肩膀上。

萨尔瓦多向卓玛医生点头致意道:"啊,卓玛医生——快来!大伙儿都在等你呢。为了达到完美的效果,你可必须得在场啊。我对此事深表歉意,详细情况我们以后再谈。"

罗德里克·科瑞诺移开视线,不敢看她,似乎很不安。他低声对卓玛说:"医生,这绝不是你所期待的,但我们会私下跟你解释。不要惊慌,皇帝会想办法补偿你。"

卓玛看着那位没有双腿的芭特勒组织领袖,一头雾水,不知究竟怎么回事。而曼福德则轻蔑地看着她,就好像她是路上的动物粪便一样。看到这位苏克医生正在看着自己,曼福德感到很满意,没等皇帝发话,他就径直对他的追随者们大声喊:"出发,去旧行政大楼!"他用肌肉发达的手臂做了个手势,他的剑术大师便大步流星朝前走去。街道上和公园里的人群像波浪一样紧紧跟随着,他们高声呼喊着口号,声音中透着一种奇怪的胜利喜悦。

卓玛医生很困惑,跟在科瑞诺兄弟俩身后。

"对此事我深感抱歉。"罗德里克低声说。

"他们——他们要干什么?"这显然不是为欢迎她而举行的庆祝活动。

曼福德毫不犹豫地向皇帝及其同伴发号施令:"陛下,您就在这儿等着吧——剩下的事就交给我的手下们来做好了。"

罗德里克和萨尔瓦多注视着前方,字斟句酌、小心谨慎地说:"这只是个象征性的行动,医生,"皇帝的声音越来越低,"实在没有办法,今天你只能忍气吞声了,我会想办法弥补的。"

那个女剑术大师背着曼福德登上了老行政大楼的台阶,站在高处。芭特勒的追随者们一拥而上,将大楼团团围住,边跑边点燃了火把。

"陛下,您不能允许他们把我们伟大的学校烧了!"卓玛的声音听起来比她自己想的要小得多。

"是我允许他们烧的吗?"萨尔瓦多转过头对卓玛说。他心烦意乱,把火气都撒在了卓玛头上,"这是我的命令。作为皇帝,我必须让我的臣民满意,有时甚至得做出艰难的决定。你会挺过去的——记住,我已经尽力了,事情本来会比这更糟。"

卓玛闻到空气中弥漫着燃料的刺鼻气味,眼睛也开始感到刺痛。她竭力保持自己的职业风度,不让自己在人前失态。

在通向大楼入口的台阶顶端,曼福德杵在他的剑术大师的肩膀上,举起双臂向人群示意。他的手下们欢呼雀跃,把火把扔向大楼的几个关键地方,让大楼瞬间燃起了大火。那火焰就像有生命一般,熊熊燃烧,原来他们事先早就计划好了,在整栋大楼各处都布置了助燃剂。

那是她的学校啊!他们正在摧毁历史悠久的苏克学校!突然,从这座宏伟的老建筑内部传来了一阵爆炸声,似乎震得天空都在颤抖。卓玛屏住呼吸痛苦地看着眼前的景象,历史悠久的行政大楼在烈火中化为灰烬,墙壁向内坍塌,只剩下入口的拱门完好无损,而曼福德就在那里等着。他的剑术大师平静地走下台阶,背着曼福德回到皇帝及其同伴面前,身后的烈焰直冲云霄。萨尔瓦多礼貌性地鼓了鼓掌,而罗德里克则默默地站在他哥哥身旁。

卓玛意识到自己泪流满面,于是伸手擦掉眼泪。皇帝萨尔瓦多怎么能允许这种事情发生?他果真是那些反科技狂热分子的傀儡……正如拉奎拉之前警告过她的一样。可惜卓玛当时并没有把圣母的警告当回事。

芭特勒领袖瞥了一眼皇帝,然后得意扬扬地让他的剑术大师朝卓玛走来。"医生,我们想让你看到,没有了科技,人类可以有多么强大。看看我们，仅用血肉之躯就能做出惊天动地的事来。"他转过身看着蹿升的火焰，"皇帝萨尔多瓦已经同意遵守基本规定和原则，他不需要你们那些医疗上的伎俩。"

卓玛对眼前看到的一切厌恶至极，喉咙刺痛难当："我是一名受过全面训练且经验丰富的出色医生。你的人刚刚摧毁了一座可以救治成千上万病人的医疗设施。难道这对你来说完全无所谓吗？"她知道她必须克制，把一腔愤怒憋在心里，但她实在难以控制。"就因为你和你的那些追随者，无数人会死于本来可以治好的疾病。"她转头看向萨尔瓦多，竭力隐忍着内心的愤怒和指责，尽量不表现出来。"陛下，您真的忍心想让您的臣民因这些愚蠢无知的暴徒而遭罪受苦吗？"

萨尔瓦多看上去明显不自在："有些人……对苏克学校使用的一些科技表示担忧。我只是想让大家放心，我们没什么可担心的。"

这时，大楼一侧的屋顶轰然倒塌，人群中立刻响起热烈的欢呼声和口哨声。

"可如果您有什么担心，直接问我就好了啊！我向您保证，苏克学校不会使用也不会创造出任何违禁的科技。"

"但你的态度是错误的，医生，"曼福德说，语气就好像在向一个孩子解释，"我在文献资料里看到过机器人伊拉斯谟以研究的名义实施的各种酷刑。当然，我们还会派观察员到帕门扒尔去进行视察。"

"那就不必了，托伦多大人，"罗德里克语气严厉地打断了曼福德的话，"我们已经同意了今天举行的游行活动，这就足够了。"卓玛看着罗德里克，对他给予苏克学校的这么一点点支持而心存感激。然而萨尔瓦多却对她没表露出一丝同情。

皇帝拒绝为学校辩护，也不愿替医生们说话，但他却还想要卓玛照料他的健康，治疗他身上的各种疾病？卓玛气得心脏狂跳。她看着萨尔瓦多，这下终于完全相信了圣母对她说的话——这个男人的血统有缺陷，他的后代中将会出现可怕的暴君。没错，必须得让他绝育

沙丘学派：姐妹会

——这是最起码的。但是如果萨尔瓦多继续统治下去，还会造成多少荼毒和破坏呢？

卓玛伤心地看着爆破工程师在研究实验室大楼周围布置炸药。这座大楼是老校区里最古老的建筑。她闻到了另一栋大楼里传来浓烈的烟味，她再也看不下去了，伸出手捂住自己的眼睛。但罗德里克碰了碰她的胳膊，小声对她说："你必须看着，不能移开目光，否则会给你惹来更多的麻烦。这场仗已经输了。"

萨尔瓦多继续心安理得地看着这场令人痛心的浩劫，没有表现出一丝不安。卓玛医生气得浑身颤抖，一阵恶心，胃里阵阵翻滚。她低下头，想掩饰自己的痛苦。

随着身后的一幢幢大楼和建筑被相继摧毁，浓烟升入空中，曼福德·托伦多骑在面无表情的剑术大师肩膀上，来到讲台。一名助手连忙走来，递给他一本厚厚的书卷，然后曼福德开始发言："以下这些话摘自邪恶机器人伊拉斯谟的日记，日记里记录了它在无数人类俘虏的身上实施的一系列疯狂可怕的医学实验。"

卓玛眨了眨眼睛，既害怕又好奇。那些实验记录不是已经被封存起来了吗，尽管她知道那里面有很多宝贵的医学数据。但芭特勒人是怎么把这些东西弄到手的呢？

曼福德开始读起来，他的声音被一种看不见的音响系统放大，传到了每个人的耳朵里。当他列举和描述无数俘虏所遭受的各种酷刑时，人群中发出阵阵哀号和激愤之辞，例如日记里讲述了伊拉斯谟如何将活人的四肢切除，然后移植到奇怪的替代物上；再比如它把数以千计的受害者进行活体解剖，而目的仅仅是了解人体是如何运作的。

读完之后，曼福德合上了书，然后挥手指向身后熊熊燃烧的行政大楼，说："苏克学校的医学研究与机器人伊拉斯谟的实验极其相似，但现在我们阻止了这种恐怖事件在此地发生。运用科技来维持自己的生命是违背自然的——就像半机械生化人对他们自己所做的事情一样。人们想要保持健康，所需要做的就是对身体进行适当的护理，并且为自己的健康祷告。如果觉得这样还不够，如果一个人非得需要靠非凡机器来维持生命，那他就该死去。作为一个人，要懂得知足。"

卓玛被这种疯狂的言论吓坏了，她真恨不得杀了这个狂热分子，就像她亲手除掉那个江湖骗子班度医生一样。如果没有"非凡机器"的帮助，这个没有双腿的男人怎么可能被炸弹炸毁了半截身子还能活下来？

皇帝萨尔瓦多却纵容这帮人的野蛮行径和残忍行为！难道全世界的人都疯了吗？

罗德里克再次凑近她耳边，对她说："相信我，医生，我们会尽力补偿苏克学校的。"

皇帝萨尔瓦多走到卓玛跟前，如释重负地笑了笑，说："好了，事情已经过去了，芭特勒那帮人可以回兰帕达斯去了。跟我回皇宫吧，医生。我们一起共进一顿丰盛的晚餐，然后我会告诉你我的病症。"

有些人认为真相是危险的，必须封锁起来，并小心翼翼地守护着。但我认为神秘远比真相更具威胁性。我们应该不惜一切代价、不计任何后果，尽一切所能寻求答案。

——吉尔伯图斯·奥尔班斯与伊拉斯谟的秘密交谈

天刚亮，侦察机就返回了沙漠地穴。由于前一晚的袭击，耐布沙纳克的卫兵们仍处于高度戒备状态。他们迅速将侦察机包围，拿出武器，准备战斗。这些士兵遍体鳞伤，惊魂未定，并为牺牲了的战友而悲伤。

伊珊蒂从侦察机里走出来，对士兵们的行为感到很困惑。"我刚从厄拉科斯城回来，跟联合商业公司的人作了汇报。"她皱着眉看着周围的士兵，说道，"你们不知道我是谁吗？怎么一个个跟受惊的沙漠老鼠似的。"

沙纳克亲自出来迎接她。"他们在夜里袭击了我们，我们损失很大，死了六个人。虽然最终我们赶走了他们，但他们还在沙漠。"说完，沙纳克摇了摇头，"我们以为你是他们的援兵。"

"谁袭击我们了？另一个香料开采队吗？还是军队来了？"伊珊蒂惊得瞪大了眼睛，"是追杀沃立安和我的那两人吗？"

沙纳克看起来有些尴尬，但不得不如实承认："是的，只有两个人。"

一个年轻的战士脱口而出:"他们简直是恶魔,根本杀不死!我们用刀砍、用匕首刺,用拳头打,各种招都使了,可那两人刀枪不入,怎么也伤不到他们。"

沙纳克睿智地点了点头:"我担心他们还会回来。"

"耐布不该面露惧色,"伊珊蒂责备地说,"不过我知道那两个人有多可怕。"

沙纳克一脸冷峻地说:"袭击者要找沃立安·厄崔迪。是他把灾难引来,让灾祸临到我们头上。他的命运必须由穴地来决定。"

"他的命掌握在我的手里,"伊珊蒂说,"因为是我救了他。"

"现在他欠我们部落一笔债:六个弗雷曼人因他而死,五人受伤——如果那两个袭击者卷土重来,可能还会有更多伤亡。"

伊珊蒂心神不安。"带我回穴地去,我有个令人不安的消息得让沃立安·厄崔迪知道。"

沃尔在自己的石墙房间里坐立不安,两个焦虑的年轻弗雷曼人手握匕首在洞口外守着。沃尔觉得根本没必要安排人看着他。他能去哪儿呢?他想一个人好好思考安德罗斯和海拉说的那番话暗含着什么意思。

他们竟然自称是阿伽门农将军的后代?这可太出人意料了,他刚听到这话时惊得都呆住了。而此时的沃尔感到羞愧难当。他仍然戴着个人屏蔽场。如果当时他对抗得更拼命一些,不顾耐布的命令,拼死跟他的"兄弟"对抗,也许那些无辜的部落成员就不会被残忍杀害了。

这些沙漠里的人完全有权力让他承担责任。他波澜起伏的漫长人生也许会在这个与世隔绝的沙漠定居点里终结,帝国里将没有一个人知道他出了什么事。

沙丘学派：姐妹会

他真的很想念玛丽拉以及开普勒上的家人和朋友，尽管他已经接受了自己的命运，今生可能再也见不到他们了。所有在他生命中出现的人，如今都逐一离他远去，越来越多的人只留存在他记忆中——从莱洛妮卡和他们的孩子，到泽维尔·哈克南和年轻的阿布鲁尔德——随着时间的推移，他的痛苦和遗憾也与日俱增。特别是泽维尔，一直受到历史的谴责，而沃尔是唯一知道真相的人，事实上，他的朋友死得英勇而壮烈……

很久以前，沃尔和哈克南并肩作战。他和阿布鲁尔德本来的计划是一旦思维机器在科林被打败，他们就澄清历史，还泽维尔一个公道。但阿布鲁尔德背叛了他，并因他的懦弱差点儿输掉了科林战役，所以沃尔拒绝再实施那些计划，最终导致泽维尔至今仍在官方历史记录中被描绘成一个十恶不赦的恶魔。沃尔为此感到十分内疚。阿布鲁尔德罪有应得，但泽维尔只是受圣战政治利益驱使而被牺牲的替罪羊……

是的，经过如此漫长的一生，沃尔知道他需要为许多事情赎罪，他并没有为自己找各种理由和借口脱罪，也没有刻意忘掉自己的责任。他尽力去做正确和必要的事情，并希望他做的事情既是正义的，也是必要的，但有时两者却往往不能兼而有之。

那对双胞胎是专门来找他的。他们是想拉他入伙，还是想杀了他呢？沃尔杀了他们的父亲，但那个半机械生化人将军死有余辜，即使那两个阿伽门农的孩子想要为父报仇，他心里也绝对不会有一丝内疚。

这时，沃尔听到有人过来。门外两个年轻的守卫立刻立正站好。他意识到来者是伊珊蒂和耐布沙纳克。那两人走进屋时，沃尔转过头来面对他们。

那个沙漠女人双臂环抱在胸前，并不怎么服从部落的首领："听说我不在的这段时间，你很忙啊，沃立安·厄崔迪。"

"我并非有意引来他们,是那两个杀手一直跟踪我到了这里。"

"总有一天他们还会回来的,"耐布说,"如果我们知道他们是谁,就能做好更充足的准备。"

"我已经把我知道的都告诉你了。"

可是弗雷曼人离开联盟太久了,他们根本不了解阿伽门农将军曾经拥有的权力和震慑。他们也不知道他在人类历史上留下了不可磨灭的印记。于是沃尔压低了声音说:"我再说一次,我从没想过要给你的族人带来伤害。"

"即使你这么说,也不能唤回那些被害者的灵魂。"耐布狠狠地瞪了伊珊蒂一眼,"是你擅自带他到这里。部落里有人私下议论说,你应该跟这个人一起被扔到沙漠旷野里。"

伊珊蒂粗鲁地哼了一声,说:"让他们有种就试试。有本事就公开指责我,我会为自己辩护的。有胆量就直接冲我来,别私下里窃窃私语,像个流浪者似的,一个人在沙漠里嘟嘟囔囔。我站在沃立安·厄崔迪这边,我相信他是个值得尊敬的人。"

沃尔很感谢伊珊蒂的支持。这个沙漠女人粗犷而坚韧,沙漠里的沙粒冲刷走了她的美丽容颜。她孑然一身,未婚而独立,在弗雷曼人中是个异类。沃尔怀疑这个女人是不是真的在跟他暧昧。他何必关心这个女人的年龄呢?他分别陪伴两位妻子度过了她们的一生,即使她们的身体逐渐衰老,他也依然爱着她们。但离开玛丽拉之后,他就对爱情再也没有兴趣了,不确定自己是否还能再次陷入爱河。

耐布沙纳克继续说:"我们弗雷曼人有能力保卫自己——但这并不是我们的战斗,从来都不是。我不能让我的族人为你的敌人白白浪费鲜血,牺牲性命。陌生人,为了我们部落的安全,我决定把你扔到沙漠旷野里去。"

伊珊蒂看起来很愤怒,气冲冲地说:"应该给他补给和一个机会。"

但不管怎么说，耐布都无动于衷："那你得为此而付出代价，伊珊蒂。我并不是非要他死——只是要他离开。"

"首先，你应该听听我在厄拉科斯城发现了什么。"伊珊蒂看着沃尔说，"我翻遍了联合商业公司的所有记录，发现没有任何竞争对手声称对袭击香料开采队事件负责。"

"我告诉过你了，"沃尔说，"如果那两个人是阿伽门农的孩子，他们是在追杀我。他们根本不关心政治或香料开采之类的事情。"

"没错……但我在城里时，还有一个人找到了我，也详细跟我打听了许多关于沃立安·厄崔迪的事情。"

耐布沙纳克气急败坏地说："到底有多少人在追杀你啊？"

伊珊蒂也追问道："怎么回事？你究竟做了什么？"

"我做了很多事情，但我还是完全没有头绪。"难道又有一个阿伽门农的后代要找沃尔寻仇吗？

"跟我说说那个想找我的人。"

"他很年轻，水灵灵的，看上去不到二十五岁。一头金发，留着山羊胡，看打扮像个贵族。他打听你的时候，问得很直接，而且有些笨拙。假如他是间谍的话，那也是个蹩脚的外行。"

沃尔并不认识这么年轻的小伙子，听起来也不像是开普勒来的人。

伊珊蒂转向耐布，对他说："如果有危险的人在追杀沃立安·厄崔迪，那在把他放逐到沙漠之前，我们应该先弄清楚那些人是谁。不然他们到这儿来了该怎么办？"

耐布想了想，然后点点头，说："我们必须做好防卫准备。"

伊珊蒂立刻回答："我会处理的。"

···✧···

格里芬在厄拉科斯城待了好几个星期，大部分钱都花光了。到现在他的搜寻还没有任何结果。他身上的钱只够再住两个晚上了,食物和水也所剩无几。尽管他一直尽量节俭,但花在贿赂上的钱太多了,而且花了钱也无果。

沃立安·厄崔迪像可怕的阴影一样笼罩着哈克南家族好几代人,然而令他惊讶的是,这里竟然没有一个人对沃立安·厄崔迪这个名字有反应。厄拉科斯的人们只关心日常的劳作,对将近两个世纪前爆发的战争中的历史人物毫不在意。

格里芬拒绝动用他留下的最后一笔存款。这笔钱是用来购买船票,离开这颗星球的。在这件事上他决不妥协:不管能否找到沃立安·厄崔迪,他都不想被困在厄拉科斯。再过两天……他就要回家了。

他很想念兰基维尔。他按照瓦莉娅的要求做了,而且尽了自己最大的努力,但始终进展不顺利。哈克南家族很可能不得不推迟,甚至放弃复仇的计划。

格里芬觉得没必要再到处跟人打听消息了,于是便在自己的房间里吃饭。太阳落山后,他更加小心谨慎,不敢冒险上街。

这时,门口传来鬼鬼祟祟的敲门声,让他吃了一惊。都这么晚了,难道还有人想跟他谈谈吗?然而,他知道他的名声已经传出去了,大伙儿都知道他出手阔绰,愿意花钱买消息——尽管他已经没剩下多少钱了。他希望真有人能给他想要的消息。

他打开门,看到三个穿着沙漠装束的人,他们的脸被深色的围巾和兜帽遮住了。"我们有问题要问你,"站在前面的一个女人说。她的声音透过围巾传出来,沙哑而刺耳。

他看到女人的那双眼睛,突然想到了什么……然后立刻认出了她来。"我跟你在香料开采部行政大楼里见过面,还交谈过。"

三人没有经过格里芬的同意,强行闯入了他的房间。"你问了那么多问题,我们想知道原因。"

沙丘学派：姐妹会

女人身后的两个年轻人箭步向前,一个抓住了格里芬的胳膊,另一个给他头上套上了个黑色的头罩。格里芬以惊人的力量和速度反击,令那两个人措手不及,结果一个被打伤,另一个被打倒在地。这时,突然有人用针管抵住了格里芬的脖子,他还没来得及挣扎,就陷入了一片黑暗中。

人生充满了试炼，一个接着一个，如果你识别不出它们，那么大部分的重要试炼你肯定无法通过。

——罗萨克学校对学员的训诫

在清晨的阳光下，门泰特学校最高的屋顶上，站着一个孤独的男人，他正凝视着远处的沼泽湖。他摘下头上戴着的宽边帽，擦了擦额头上的汗珠，望向碧绿的湖水，有几艘学校的安保船在四处巡逻。眼前的景象宁静安详，与之前课堂里暴风雨般紧张的气氛截然不同，而那种气氛的制造者是一群强硬固执且愤怒狂躁的芭特勒学生。

吉尔伯图斯在辩论中曾表示出对思维机器的同情，尽管只是出于理论和教学的目的，但他仍面临着负面的评论和指责。他曾愚蠢地认为，狂热的反科技追随者可以假装具有逻辑性和客观性。结果他失算了，并把自己置于危险的境地中。

曼福德已经带着他的追随者们以及一支忠诚的舰队回到了兰帕达斯，因此他的处境必定会变得更糟。消息泄露了出去，流言四起。身在兰帕达斯大陆首府的曼福德·托伦多公开做出回应，要求吉尔伯图斯解释自己的行为，并宣布摒弃对邪恶思维机器的同情。

吉尔伯图斯沿着屋顶边缘走到另一端，俯视与之相邻的教学楼群。其中几座建筑在夜间遭到了蓄意破坏：有人从窗户把重物扔了下去，还有人在他办公室的门上写下了"机器狂徒！"几个大字。另外

沙丘学派：姐妹会

还有一幅令人震惊且十分粗野的涂鸦，上面画着吉尔伯图斯本人正在与一台思维机器交配。难道这就是他精心挑选出来的最聪明、最有才华的学生干出来的事儿吗？

根据吉尔伯图斯的命令，维修工人正在遮盖那些涂鸦喷漆，并修复墙面。他很后悔，觉得应该在辩论中更有技巧、更谨慎些才对。是他的错误导致了学生们爆发不满情绪。但他仍然不明白也不理解他的学生怎么会对这所令人尊敬的学校做出如此粗鲁野蛮的事情来。

许多学员都能保持客观冷静，默默支持他，但面对嚣张的芭特勒追随者们，他们敢怒而不敢言。一个学生经过吉尔伯图斯身边时，迅速而小声地说了一句："我支持您，先生。我知道你在辩论中所说的不是您的本意。"

此时的吉尔伯图斯把帽子重新戴上，深吸了一口气。尽管早上很冷，他还是止不住地流汗。他心想事实、数据和科学，门泰特学校就是以此为基础而建立的。他一生中做过许多次门泰特预测。他是个算命师，但他是以数据和统计学为基础预测未来的某些结果，而不是靠超自然的力量。虽然学校里接受芭特勒教化的学生只占少数，但他没有想到这些人比温和派的学生更张扬、更激进，也更具有恐吓性。这些学生这么快就煽动起门泰特学校里的其他学生反对他，让别的学生陷入沉默，不敢为他们的校长辩护，这是他万万没想到的，而他本该提前预料到才对。

吉尔伯图斯走下楼，知道他必须想办法平息学生们这种愚蠢的愤怒。

⋯⋯🪐⋯⋯

与屋顶开阔明亮的景象不同，吉尔伯图斯的办公室里又黑又阴沉。他拉下了所有的窗帘，好秘密地跟金色小球形状的伊拉斯谟说话。

这个独立机器人态度很坚决:"如果曼福德的那帮暴徒找到我的存储器核心,那一切就都完了。你犯了个错误,不该让你的学生们看到你的真实想法。这只是一次演练呢,还是你想用理性和逻辑把他们争取到我们这边来?"

"我想让他们学会独立思考!"

"如果曼福德·托伦多让他的追随者反对你,那我们很可能得放弃这所学校了。所以你必须说服他们。你要向大家道歉——必要时甚至可以撒谎。无论如何你都得这么做。如果他们要处死你,那我也无能为力,我没法保护你,我连自身都难保。"

"我明白了,父亲。我保证,我不会让这种事情发生的。"

"可是如果你死了,我就只能躲在这儿,被困无助,那我该怎么存活下去啊?为了你,我牺牲了一切。我破坏了科林的机器防御系统,摧毁了奥米诺斯,就为了救你的命!"

吉尔伯图斯低下头说:"我知道,我保证一定会帮您的——但首先,我必须想办法让曼福德·托伦多相信,我对他构不成任何威胁。"

于是,为了安抚那些坚决持有不同意见的人,门泰特校长在学校礼堂发表了演讲,竭力以最令人信服的语气说:"我们必须停止为科技的可接受程度找借口。我们不该衡量科技的尺度,而应该坚决反对它。"他滔滔不绝地讲了将近一个钟头,极力让那一小撮支持芭特勒的学生相信他是真心的,别看虽然他们人数不多,但声势太猛,极具破坏性。

他的立场转变的这番辩解,多多少少缓和了艾丽丝·卡罗尔以及其他一些愤怒学生的情绪,但他知道问题并没有彻底解决,事情还没有结束。

他收到消息,说曼福德·托伦多要亲自前来调查。

...⚛...

当芭特勒的领袖亲自来门泰特学校视察情况时,吉尔伯图斯意识

沙丘学派：姐妹会

到这可能是他人生中最危险的一场辩论。

曼福德乘坐摩托艇来到了与门泰特学校相连的浮动平台。只见他骑在女剑术大师的肩膀上赫然现身。这本身就不是好兆头。吉尔伯图斯知道，当这个没有双腿的男人只是想召开会议，进行讲话时，他会坐在轿子上，让人抬着。但如果他骑在阿纳莉·艾达荷的肩膀上，那就意味着他想亲自上战场。

吉尔伯图斯跟曼福德问候致意，始终保持着悔过和合作的态度："很抱歉，托伦多大人，因为一些误会让日理万机的您丢下更重要的工作，特意来此。"

"这也是我重要的工作之一。"曼福德环视学校四周，"你的门泰特学校应该站在正义的一方，绝不能有模棱两可的态度。通过训练人类以计算机的方式和效率思考，你向世人展示了人类具有超越思维机器的优越性。但据我的朋友艾丽丝·卡罗尔所说，你任由自己……受到诱惑。"

吉尔伯图斯一直低垂着头："我向您保证，这只是一场辩论练习，一场挑战学生先入之见的训练——仅此而已。"

"可你辩论得也太出色了吧，校长。我必须强调一下，你选择的题目并不适合进行辩论练习，因为有关思维机器的问题不容辩驳。"他用右手推了推阿纳莉，让阿纳莉向前走，把吉尔伯图斯带进学校里。曼福德继续说："还有一件事。我一直对你用战斗机器人和计算机大脑作为辅助工具用于教学当中的做法睁一眼闭一眼。但是这样做太过危险。"

吉尔伯图斯谦逊地回答说："我明白。经过反复思考之后，我也明白我最近的课程容易引起别人误解，我希望能有机会弥补自己判断上的失误。"

曼福德眼里露出赞许的神色："很好。那么第一步，我想要你带我去看存放违禁机器的仓库。艾丽丝·卡罗尔告诉我说，你的标本并不像你说的那样完全失效了。"

吉尔伯图斯露出不以为意的笑容,说:"那些都是没用的老古董,一堆破零件罢了。"

"曼福德说想要看看那里。"剑术大师厉声喝道。

吉尔伯图斯只好领着他们穿过教学楼,经过一条条走廊和天桥。五个沉默不语、一脸严肃的芭特勒人跟他们同行,准备随时听候领袖的命令。

吉尔伯图斯从马甲口袋里掏出钥匙,打开仓库的大门,巨大的仓库立刻被里面的球形灯照亮。阿纳莉和曼福德站在过道里,满腹狐疑地往里看,五个芭特勒随从站在他们身后。

曼福德皱着眉头,怒视着仓库里的那些战斗机器人躯体、带武器的手臂和被分离的机器人头部,指责道:"我想要接受你对我的忠诚,校长,但这些东西令我十分担忧。这些邪恶的机器不该出现在你的课堂里。"

吉尔伯图斯按照伊拉斯谟教他的方法控制自己的情绪。"人的思维是神圣的,"他喃喃自语,然后做出了决定,"门泰特学校里不能出现一丁点儿不得体的东西,请让我自己来处理吧。"

他在仓库里找到了一根可以当棍棒用的金属棍,他把棍子拿在手里掂了掂,然后说道:"感谢您能给我这个机会,也谢谢您对我的信任。"说完,他深吸一口气,做好准备,然后走到放满机器人头部的架子前,举起棍棒,用尽全力把架子打倒在地。

伊拉斯谟说过,他必须要让芭特勒人信服。他打碎了第一个机器人的头,把面部的面板砸瘪,把钻石一样的视觉光纤砸得满地都是。他挥起棍棒,又砸烂了两个机器人的头,然后转过身,开始猛砸一个完整的战斗机器人。

没过多久,那些狂热的芭特勒分子也抓起仓库里的棍棒,加入进来。

沙丘学派：姐妹会

曼福德·托伦多的追随者像潮水般涌入门泰特学校，闯进学生的宿舍，肆意搜查他们的物品，要求学生打开上锁的箱子（如果有学生拒绝，他们就自己动手强行打开）。许多学生愤怒地进行抗议，而那帮芭特勒分子却回答说："为机器辩护之人不配有隐私权，如果你一身清白，又何须隐瞒呢？"

吉尔伯图斯知道他们很快就会搜到他的房间。他带领曼福德一行人穿过条条走廊，心里怦怦直跳，忐忑不安。曼福德骑在剑术大师的肩膀上，当阿纳莉走进校长办公室时，曼福德不得不在进门时低头躲闪。两个芭特勒随从跟在他们身后。"我要亲自搜查你的办公室，奥尔班斯校长，"曼福德说，"只是走个形式而已。"

"您请便。"吉尔伯图斯说。不然他还能说什么呢。他仔细观察这位芭特勒领袖平静无波的脸，想要找出曼福德对他起了疑心的蛛丝马迹。难道曼福德把目标指向他的办公室是有什么根据吗？还是他只想彻底检查一下？

阿纳莉·艾达荷看着书桌上的书，满腹狐疑地盯着书名问道："你怎么有那么多关于邪恶机器人伊拉斯谟的书？"

"因为了解我们的敌人是很重要的。"反正这些书都对伊拉斯谟没有任何正面的评价，有些充满了荒谬的夸大和扭曲，而有些则惊人地准确。当年吉尔伯图斯就在科林，陪在伊拉斯谟身边，他亲眼目睹了那些血淋淋的"恐慌反应"实验、对双胞胎的活体解剖甚至还有用人体器官和内脏制作的机器人，伊拉斯谟将其称为"艺术品"。

"任何有灵魂的人都无法理解伊拉斯谟，"曼福德说，"我很清楚这是事实。我自己也研究过他的原版实验室日记。"

吉尔伯图斯感到自己的脉搏在怦怦跳动："您有他的日记？能否让我也看一看？"

"这恐怕不行，校长。因为有些信息太邪恶了，不能让任何其他人看到。我打算看完这些日记后就把它们统统烧掉。"

芭特勒人把他书桌的抽屉拉了出来，翻箱倒柜，还掀开地毯的四角，寻找地板下面是否藏着带锁的箱子。他们取下窗帘杆，拧开窗帘头的螺丝，看看里面有没有藏着东西。

吉尔伯图斯越来越害怕，但表面上依然保持冷静。要是他们发现了机器人的微型间谍眼，或者发现了通向伊拉斯谟藏身处的电路连接线，那机器人的存储器核心就会被毁，吉尔伯图斯也会被处决，整个门泰特学校都将被夷为平地。

芭特勒人从书架上取下书籍和纪念品，敲打书架的背板，寻找秘密暗格。吉尔伯图斯竭力不让自己盯着他们看。一想到自己的致命弱点，他就心烦意乱，慌了神。他真没想到他们会搜查得这么细致。

他们开始搜查书架的另一个区域，那里有藏着机器人存储器核心的秘密暗格。他们从书架的最上面一层把书取下来，然后一点点往下搜查。

"请小心点儿，"他急得脱口而出，"有些物品很珍贵。"

曼福德朝他的手下点了点头，说："没必要这么无礼，校长一直很配合。正如我之前所说，我毫不怀疑他对我的忠诚。"

吉尔伯图斯突然想到一个主意，一个分散他们注意力的办法。伊拉斯谟曾建议他保留这个珍贵的信息，作为讨价还价的筹码。现在他决定把这个筹码拿出来。

"大人，我还有件重要的事情要向您透露——是一个复杂的门泰特预测的结果。"曼福德示意他的手下停下来。吉尔伯图斯倾身向前，压低了声音说："但最好还是私下里跟您说。万一我们还没准备好就提前走漏了风声的话……"他意味深长地看着那些手下，说，"我可不了解这些人。"

曼福德想了想，然后把那几个手下打发走了："阿纳莉得留下来。"

"当然。"

几个手下离开了办公室之后,曼福德说:"好了,说吧,我希望这是件大事,你要如实说来。"

吉尔伯图斯连忙说道:"我相信我们找到了一个被遗弃的机器人基地,而且规模庞大,还包括一个大型造船厂和补给站……很有可能是我们发现的基地中最大的一座。根据我的推测,这座基地尚无人发现……正等着您去攻克呢。"

"太好了!"曼福德十分高兴,"我们要杀一儆百,让世人看看。干得好,校长。"

"我可以把我推测出的所有细节都告诉您。如果我说对了,我希望您能把这当作是我为您献上的礼物,表明我对您的忠诚。"

曼福德咯咯地笑了起来:"校长,您的学校确实被我们弄得够乱的了,而这种混乱也确实潜藏着分裂的危机,这并不是我的本意。我需要经过战术训练的门泰特为我们效力,帮助我们继续搜寻和打击使用违禁科技的非法活动。所以你的门泰特得有一个安静的学习环境。"

曼福德调整了一下阿纳莉·艾达荷肩上的挽具,然后说:"我将发表声明,宣布不再怀疑和担心门泰特学校的纯洁性。我会让他们停止抗议,让学校一切恢复正常。"

"然后我们就去毁掉那个造船厂。"阿纳莉·艾达荷说。

第一个成功穿越过危险道路的人,要么是最勇敢的,要么是最幸运的。

——姐妹会格言

在多洛蒂娅的带领下,姐妹会先是多了三位圣母,然后在接下来忙碌的一周中,又有十一位姐妹成功转化为圣母……不过仍有十位不幸的姐妹在试炼过程中痛苦死去了。圣母拉奎拉带领四个志愿者,让她们服用新的罗萨克药物,像以往一样,指导她们完成整个过程,但四人中有三人死亡。最后总共有十六名姐妹突破了身体和精神上的壁垒,成为优越于常人的圣母,获得了真正的潜在能力。但瓦莉娅并不在其中。

瓦莉娅还保留着多洛蒂娅给她的罗萨克毒药,但她仍犹豫不决。尽管受到强烈的诱惑,可她还是没有下定决心去尝试。虽然她坚信自己已经学会了姐妹会教给她的所有知识和技能,也知道自己比大多数甘愿冒风险的志愿者更有资质,但她还是无法确定自己一定能成功。因为将近一半的人都服药后死去了。

而瓦莉娅必须活着,因为她还有很多事情要做。

她已经很久没听到格里芬的消息了。她渴望能够在格里芬打败沃立安·厄崔迪的时候陪在他身边。可她却只能留在罗萨克,而且面对着一个更加难缠的对手。

沙丘学派：姐妹会

瓦莉娅觉得自己就像站在一个又高又窄的悬崖裂缝边上，知道自己也许可以跳过去——就像其他人一样——但如果失败了，她就会摔下去，粉身碎骨。她还没准备好跳过那道裂缝，她告诉自己，要让自己活下去不是因为怕死，而是她必须活着。她掉进了自我怀疑的深海……而她的哥哥却不在她身边，无法跳进海里去救她。

然而，一天下午，瓦莉娅转向了另一条令自己前进的道路。她微笑着面对安娜，想要弥补她对安娜的忽略（她之前太过在意多洛蒂娅了）。她陪着皇帝的妹妹回到了学员区的寝室。"我们一起学习《阿扎之书》好吗？"瓦莉娅建议道，"我可以帮你补习功课，或者我们可以聊聊天。或许你能告诉我，你在齐米亚是怎么操纵那些烟木的，还有你是怎么控制那些虫子挖洞的。"

安娜眼睛一亮，说："我有个更好的主意。"瓦莉娅感觉到她突然兴奋起来。她们周围的隧道里空无一人，安静极了。安娜环顾四周，似乎在看是否有人会偷听。她凑到瓦莉娅耳边，激动地说："是时候让我经历试炼，转化成圣母了！等我转化成功，你想想我在宫廷里能帮多少忙啊——我的两个哥哥再也不会对我指手画脚了。"

瓦尔娅知道这个女孩根本没有准备好面对如此严峻的考验：她太情绪化，喜怒无常，不适合当候选人。"安娜，连我都没准备好。也许再训练几年——"

"我能活下来，瓦莉娅——我自己很清楚。"安娜抓住她的胳膊说，"陪着我好吧，帮我挺过试炼。"

瓦莉娅大惊失色。要是安娜·科瑞诺死于毒药，皇帝别无选择，只能施以报复。他们会把所有的愤怒和谴责都对准瓦莉娅！"不行，安娜，别这么说。这么多姐妹都在试炼中丧命了。皇帝萨尔瓦多绝对不会允许你这么做的。"

"这是我自己的事，我不仅仅是皇帝的妹妹，不仅仅是……不仅仅是科瑞诺家的人。"安娜的眼里涌出了泪水，"你不知道那是什么感觉。"

哦，我再清楚不过了。瓦莉娅试着挤出安慰的笑容。"我是你的朋友，安娜。我不想让你陷入任何危险之中，所以我不能让你冒险尝试……还没到时候。但如果你努力学习，先提升自己的能力——"然而瓦莉娅清楚，这种事情不可能发生。公主注意力不够集中，意志也不够坚定，即使偶尔表现出态度坚决，也是因为性格固执。

安娜气呼呼地转过身去，说："我自己的事我自己做决定。你不能控制我——就像你说的，我是皇帝的妹妹。"她把手伸进自己的长袍，取出一粒深蓝色的小药丸，"你不敢转化成圣母，可是我敢——不需要你陪我。"

瓦莉娅吓了一跳，认出了那颗药丸跟前几天多洛蒂娅给她的药丸一样。"你从哪儿弄来的？"

"你的房间里。我在那儿找到的，就像上次我偷了钥匙悄悄溜进卡丽姐妹的实验室一样。那时你总是跟多洛蒂娅在一起，所以根本没注意到我！"

瓦莉娅冲上去想夺过那粒药丸，但安娜立刻把手缩了回去。

"停下，"瓦莉娅说，"你根本不知道你在做什么！"

"我受够了人们总是对我说这种话！"说完，安娜扭过身子，把药丸吞了下去。瓦莉娅惊恐地看着她。安娜向后退了一步，双臂环抱在胸前，扬扬得意。"这下你没办法了吧。"

瓦莉娅吓得浑身直冒冷汗，她知道罗萨克药物很快会起作用。皇帝的妹妹笑了笑，然后突然倒地，在地板上抽搐起来，她的脸紧绷，牙关紧咬，想喊却喊不出声来。

瓦莉娅跪倒在地，抓住安娜的肩膀，试图把她摇晃清醒，但这个年轻的女孩已经迷失在痛苦的深渊中。安娜的表情极其痛苦，瓦莉娅脑子里突然闪过一个念头，吓得她一激灵——会不会多洛蒂娅给自己的毒药故意增加了剂量，企图在她转化之前毒死她？那可就糟了！

沙丘学派：姐妹会

瓦莉娅的心怦怦直跳，她知道她应该叫负责医疗的姐妹过来，把安娜送到医院。她惊慌失措地环顾四周想寻求帮助，但又怕被人看见。毕竟她是安娜·科瑞诺的监护人，她要对安娜的生命安全负责！

多洛蒂娅很清楚这药是从哪儿来的，也知道瓦莉娅肯定不会把药服下。她甚至能猜到瓦莉娅太害怕不敢尝试进行转化。难道是多洛蒂娅怂恿安娜服下毒药的？

安娜仍在痛苦地扭动呜咽。她挥舞手臂，承受着难以想象的剧痛。她的瞳孔开始向上翻。一直以来瓦莉娅都竭力接近科瑞诺家族，以便能让自己的家族重获地位和名誉，但现在所有的希望都因为这个倒在地上痛苦抽搐的女孩而破灭了。安娜怎么能这样对她？

但她突然又闪过另一个想法——既然安娜已经溜进卡丽的实验室一次了，那么也许瓦莉娅可以让其他人相信，这次安娜又故技重施，从实验室偷了一粒药丸，然后自己愚蠢地吞了下去。瓦莉娅必须把药丸放回原处，往自己的口袋里再放进一粒，这样她就能向多洛蒂娅证明自己的药丸还在，她的罪名就洗清了。

她低头看着安娜·科瑞诺，此时那女孩正躺在石头地板上，浑身颤抖，抽搐不止。瓦莉娅实在无能为力——安娜注定会死，已经没救了。估计很快就会有别的学员发现安娜。

于是瓦莉娅立刻起身，看通道里没有动静，悄悄从学员住宿区里溜了出来，急忙跑向卡丽·马奎斯的丛林实验室，去拿她需要的证据。

以仇恨滋养自己的人,很少意识到自己其实正在挨饿。

——禅逊尼警世格言

尽管格里芬一路上大部分时间里都昏昏沉沉,眼前一片漆黑,但他知道,抓他的人并不是要把他带到厄拉科斯城贫民窟里藏起来。他在一架轰鸣的飞机上醒来,感觉飞机正随着气流忽上忽下。他听出了那三个人的声音,尤其是那个沙漠女人沙哑的声音。但他们在用一种陌生的语言交谈,他完全听不懂。

他醒过来后,在推来撞去的机舱里,他隔着不透明的头罩朝外面喊:"你们要把我带到哪儿去?你们是谁?"他的双手被绑住了,无法跟那几个人动手。

"别问这么多。"女人说。

他感觉到针一样的东西刺进他的脖子里,然后再次失去了知觉……

等格里芬再次迷迷糊糊地醒来时,他发现自己坐在了一把椅子上,双手被反绑在背后。有人把他头上的头罩扯了下来,他顿时觉得清新的空气像一大桶冰水泼到了他的脸上。

在厄拉科斯,没人会这么浪费水,格里芬心想,他意识到自己的麻药劲儿还没过,可能还有些神志不清。

他深吸了一口气,结果扑鼻而来一股像古老的嗅盐一样的气味,

沙丘学派：姐妹会

一下子把他惊醒了。空气中弥漫着原始香料的味道和人的各种气味，比如汗臭味和人身上好久没洗澡的气味。他发现自己四周全是石墙。

一个男人的声音传来，听起来不带任何口音，着实令人困惑："我这辈子从没见过此人。我真不知道他是谁。"

格里芬转向声音传来的方向，两眼紧盯着说话之人的那张脸，立刻想要从椅子上跳起来："沃立安·厄崔迪！"

那人惊讶地往后退了两步。两个把格里芬抓来的人把他推回到椅子上。这时，一个粗声粗气的男人站到格里芬面前，只见他一头灰黑色的头发束成粗粗的辫子，双臂交叉环抱胸前。"你为什么要找这个人？"他点头指了指厄崔迪问道。

"因为他毁了我全家。"格里芬气得直想吐唾沫，并为自己的本能反应而感到吃惊。

沃立安只是发出一声长叹，摇了摇头道："请你说得更具体些——我活了这么久，不知道自己还有多少敌人。我肯定不认识你，你叫什么名字？"

"哈克南，"格里芬鼓起勇气，内心充满愤怒，想象着如果瓦莉娅在这儿，她会怎么做，"格里芬·哈克南。"

沃立安脸上露出惊愕的表情，正中格里芬下怀。沃尔的眼睛里闪过一丝光芒，显然这个人并没有忘记自己的所作所为。"你是阿布鲁尔德的……孙子？"

"曾孙。因为你，哈克南家族被剥夺了本属于我们的地位和财产，遭世人唾弃，并被流放到兰基维尔，至今已过了四代。"

沃立安·厄崔迪点了点头，表情很冷漠："兰基维尔……是的，我忘了阿布鲁尔德去了那里。竟然已经过了八十年了吗？我应该去看看他的。"

格里芬的愤怒还没有平息下来："他的上一代是泽维尔·哈克南，圣战英雄，对抗思维机器的最伟大战士之一！是你毁了他的事业和声誉,让他死得极不光彩,令世人唾骂。"

沃立安灰色的眼睛显得十分凝重。"泽维尔·哈克南是令我尊敬和爱戴的人,我本想挽回他的名誉。我也爱阿布鲁尔德,待他比待我的亲生儿子还亲……直到科林战役爆发。"

"你抛弃了他!"

"我无能为力。"

"你可以原谅他的!"

沃立安直视着他说:"不,我不能。我想尽办法才让他不被处决。我把他送到了一个可以让他活命的地方……我已经尽力了。"

"你放屁!你本可以说出真相的,你本可以为他求情的,你——伟大的沃立安·厄崔迪,圣战至尊霸撒,本可以救他的。"

"我也希望能这样,但人们不答应。就连他的兄弟费坎也不原谅他。我对你家族的这些遭遇感到难过……特别是泽维尔,他是个好人。但我被赶出了政治舞台。科瑞诺皇帝已经说得很清楚,公众不再需要我了,不许我再抛头露面。所以我才来到了厄拉科斯,被人遗忘。"他耸了耸肩说,"可没想到,你还是来找我了。"

瓦莉娅把那么多罪责都归到这个人身上,但格里芬却觉得所有罪行都在他的脑海里堆积起来,就像一群被冲上了岸的死鱼,散发着恶臭。为家族的荣誉而复仇。

"哈克南家族记得你对我们所做的一切,厄崔迪,你别想隐藏过去的罪行。"

这时沙漠女人声音沙哑地说:"你的过去不仅困扰着你,沃立安·厄崔迪,而且已经向你宣战了。"

"我跟阿布鲁尔德之间的纠葛已经是很久以前的事了,"沃尔对格里芬说,"可你们这些后人为什么这么在乎呢?你们在兰基维尔已经繁衍了四代了——为什么还要对我穷追不舍呢?"沃立安皱起眉头,显得很沮丧,"过去的恩怨何苦延续这么久呢?"

沙丘学派：姐妹会

"仇怨怎么可能消失呢？"格里芬替自己的妹妹感到愤怒。伤口愈合前必须要把毒清掉。"我的兄弟姐妹都不明不白蒙受屈辱，我的孩子们也会如此。"

"我看你未必知道事情的来龙去脉。"

"我知道得很清楚。"

"听到你家族遭受的痛苦，我感到很难过，我也知道你们为什么责怪我，但你们执着于仇恨是愚蠢的，因为这会让你们看不到未来。假如我死了，难道你还会找我儿子和孙子报仇吗？几个世纪以后，还有没有厄崔迪的后代，谁能知道呢？仇恨还要留存多久呢？"

"直到令哈克南家族满意为止。"格里芬回答说。

"可我没办法弥补。你找到我也是徒劳。耐布已经打算把我扔到沙漠里了。"他露出淡淡的一抹苦笑，"如果你再等等，你的仇会有上天替你报了。"

"上天从来不会替人报仇。"格里芬脑子里始终回想着对瓦莉娅的话，想象她在这种情况下会怎么做。他不想令自己的妹妹失望。

耐布对格里芬和沃尔感到很气愤。"这血债与弗雷曼人无关，沃立安·厄崔迪——可你却把仇人带到了我们的家门口来。"他朝一个沙漠士兵做了个手势，让士兵把格里芬手腕上的绑绳解开。格里芬被释放后，把疼痛的双臂拉到身前，揉了揉手，活动一下指关节。

沃立安摇了摇头说："我再说一遍，尽管我很想一个人隐姓埋名躲起来，但我的敌人还是会来找我的。现在我惹怒了你的部落，显然我在这里逗留太久，开始让人讨厌了。"

耐布指挥他的手下说："把他们各自分开，带到空房间里去。明天沙漠将会把他们都带走，让他们体内的水也随之带走吧。"

格里芬的眼睛死死盯着沃立安·厄崔迪，眼看着沙漠里的人把他领进了隧道。

皇帝身边从不缺少反对他的阴谋诡计。

——皇帝费坎·科瑞诺,新帝国的首位统治者

卓玛医生在罗德里克·科瑞诺的政府办公室外等他。卓玛向来冷静,从不会像现在这么激动,于是她用了以前在罗萨克学过的技巧平复自己的情绪。

她不愿坐下来干等,而是在一位上了年纪的女接待员面前走来走去。那位女接待员坐在一张镀金的大桌子前,那桌子富丽堂皇,连帝国的贵族使用都绰绰有余。但卓玛知道,罗德里克跟他的哥哥不同,他对这种穷奢极欲的东西并不感兴趣,反而更愿意致力于平稳而明智地管理帝国的成千上万个星球。

罗德里克王子迟到了,没能按约定时间前来跟卓玛见面。卓玛开始怀疑科瑞诺家的人是否会遵守之前的约定。不过至少,罗德里克派了个专业而体贴的亲信前来传话,为自己的迟到道歉。

然而她对萨尔瓦多就没什么好印象了。萨尔瓦多竟然允许芭特勒那帮狂热分子毁坏历史悠久的苏克学校,这令卓玛十分担心人类文明的未来。尽管圣母拉奎拉警告过她,说萨尔瓦多的后代中会出现暴君,但卓玛觉得真正的危险已经近在眼前,而不是几代人之后。

在皇帝没完没了地说了一番自己的病痛之后,卓玛坚持要给罗德里克夫妇以及他们的四个孩子做全面的身体检查,就像她给萨尔瓦多

和他的妻子塔布丽娜做的检查一样。萨尔瓦多习惯了班度医生那些令人质疑的治疗方法，所以希望卓玛也能给他开出一些神奇的药方。所以在这种情况下，卓玛认为既然皇帝当初对班度能毫无理由地信任，现在对她也十分放心，那她应该可以毫不费力地说服皇帝服下含有特殊药物的维生素补充剂，最终导致他不育。

卓玛凝视着皇宫里漂亮的花园和闪闪发光的喷泉，仍在为那场迎接她到来的野蛮活动而惊魂未定。历史悠久的苏克学校总部被毁是一个巨大的损失，她建议瓦迪兹医生在帕门提尔的新校区增派安保部队，保护学校的各主要建筑。她不知道学校要如何承受这些损失，恐怕即使用上皇帝和姐妹会给学校的钱也远远不够。

但不管怎样，她已经被困在这里了。

幸运的是，罗德里克似乎比他哥哥要理性得多，因为他考虑的不仅是自己的利益。在卓玛看来，如果罗德里克当皇帝，会比他哥哥做得更好……

这时，罗德里克·科瑞诺迈着矫健而轻快的步伐走进了外间的办公室，一副沉着干练的样子。他示意卓玛随他进入他的私人办公室，然后关上了门，说："对不起，医生，我迟到了。我刚才一直跟我皇兄商量老苏克学校的事情。首先，我谨代表我个人向您表示深深的歉意——那么历史悠久的建筑被毁简直是出愚蠢至极的闹剧，但这也是我们目前控制曼福德·托伦多和他手底下那群狂热分子的最好办法。请允许我们资助您的学校，并赔偿您的损失。"

卓玛十分激动，竭力掩饰自己内心的喜悦，因为这意味着学校的金库又将会有一大笔钱入账了。"谢谢您，大人。但是金钱无法补偿被暴徒摧毁的那些无价之宝，即便是按最高市价计算来赔偿的费用。不过这些资金可以用于我们学校其他的领域。苏克医生其实可以做更多的善事，帮助更多的人——但芭特勒那帮人强加给我们太多限制，束缚住我们的手脚。他们不允许我们使用最好的科技，致使许多人被误诊。很多人因缺乏有效的医疗手段而死，而这些科技手段本该得到广泛应用的。"

罗德里克苦笑了一下，说："我还是坚持要你用一切可能的手段和方法使我们家族的人保持健康——不用管芭特勒人怎么说，那些人就交给我来对付吧。"

卓玛知道自己必须小心行事，于是试探道："大人，我希望您能支持我们——不仅是帮我们对付芭特勒人，也请您在您皇兄那里替我们说话。从我的医学观点上来看，如果当年您父亲接受了先进医疗手段的治疗，就不会这么快就死于癌症。"

罗德里克缓缓点了点头，"我们的父亲……在他最后的日子里变了。在图雷·博莫科强奸童贞皇后的丑闻传出之后，他处死了所有普世翻译委员会的代表，变得格外保守。"王子再次抬起头看着卓玛，"但我们不必有此担心。虽然我不能保证皇帝一定会听我的话，但我会站在你们这边支持你们的。"

"因为你是皇帝的弟弟。"

"而你是皇帝的御医，也是苏克学校的校长。"

卓玛很高兴罗德里克对她如此重视。"跟其他学校的校长不同，他们薪水丰厚，视金钱高于一切。而我作为您皇兄的御医，我的全部薪水将直接转入苏克学校的账户，用于支付帕门提尔新校区的建设费用。"卓玛始终一脸平静，所以罗德里克没有看出卓玛对班度医生有多么鄙视和厌恶。

这时，办公室的门突然打开，一个金发小女孩哭着跑了进来。小女孩没有理会卓玛，而是径直走到她父亲身边，哭哭啼啼地说："萨米不见了！我到处都找不到他！"

"我正在开会呢，南莎。"罗德里克弯下腰，擦去这个六岁孩子脸上的泪水，"亲爱的，在我办公室外面等会儿好吗？我待会儿就派人去找你的小狗。如果有必要的话，我会召集帝国军队来帮你找。萨米不会走远的，我们会找到它的。"

小女孩点了点头。罗德里克在她脸颊上吻了一下，然后小女孩就转身走了，但没有把门关上，过了一会儿，有人从办公室外面把门关上了。

"是我的小女儿，"罗德里克对卓玛说，"很抱歉，打扰了。"

"为了给全面体检做准备，我看过她的医疗档案……只要您和您的家人方便，随时都可以进行检查，大人。"

如今，她亲眼目睹了罗德里克·科瑞诺的理性和体贴，心中打定了主意必须做更多的事情，而不仅仅是让萨尔瓦多绝育……她必须阻止皇帝造成更多的伤害，而且必须马上行动。作为皇帝的御医，她可以近距离接触皇帝，而且有许多的机会……

但显然，她的选择有限。作为一名苏克医生，她发誓要保护别人的生命，但她为自己的行为作出了合理的解释——如果她能为罗德里克成为统治者开辟道路，那她就是在拯救生命。卓玛再一次相信谋杀皇帝是她唯一的选择。

卓玛在皇宫的诊所见到罗德里克、哈迪萨和他们的四个孩子后，始终保持着专业的素养和风度。在全面检查之后，卓玛医生给王子全家出具了健康报告，并在他们各自的记录上做了相应的标注。哈迪萨和孩子们离开诊所时，卓玛看着他们说："您的孩子是科瑞诺家族的希望，罗德里克王子——他们是帝国的下一代。"

罗德里克笑了，说："我仍然相信我皇兄会生出一个继承人的。他知道自己有责任为家族延续血脉，皇后塔布丽娜也深知这一点。即使她做不到，我皇兄也可以跟他的妃子生育后代，就跟我父亲一样。我打算再多在他耳边唠叨唠叨，让他在这方面多花些心思。"

他们一同走进私人检查室时，卓玛目不转睛地盯着罗德里克，然后关上了安全门。"如果皇帝真没有留下后代,我相信以您的能力足以管理好帝国的各项事务。"

罗德里克突然惊得浑身发冷。"我的兄长是合法的皇帝,我对王位没有任何觊觎——我的职责就是保护和支持萨尔瓦多。"罗德里克眼神冷冽地打量她,让她觉得自己像被活体解剖了一样。罗德里克立即追问:"你为什么这么说?难道你在他的体检中发现什么了吗?"

"不,不,皇帝很健康。但我给他开了维生素补充剂,增强他的体能。"

"那我是不是也得服用同样的补充剂啊,我的家人也得服用吧。"

卓玛没能及时掩饰住自己的表情,这让罗德里克瞧出了异样。"没有那个必要,大人。这是一种特殊配方,专为皇帝萨尔瓦多量身定制的。如果您愿意的话,我也可以为您和您的家人提供类似的补品。"

罗德里克并没有继续追问,但卓玛看出他在思索。她害怕引起罗德里克的怀疑,赶紧礼貌地告辞离开了。

…⟨⟩…

罗德里克始终觉得不对劲儿,于是更深入细致地研究了卓玛医生的背景。他利用帝国的特权,找到了卓玛的旅行记录。这些记录混乱得令人困惑,她的许多行程都不同寻常,所去的目的地也让人费解。他怀疑卓玛在隐瞒一些非正常的活动,这让罗德里克心里更加不安。

他发现这位苏克学校的校长不仅是位优秀的医生,毕业成绩十分优异(尽管她很少给病人看病),而且她还曾经在罗萨克的姐妹会受过训练,并在四十年前突然离开了罗萨克学校。

他突然想起佩里安娜的可疑行为,她本是他妻子的私人秘书,却不声不响地偷偷离开了。他和他的哥哥把安娜送到了姐妹会,作为新学员,接受姐妹会的保护和指导。她们会不会给她灌输什么不良思

沙丘学派：姐妹会

想呢？

他必须警惕起来。

当晚他跟他哥哥吃了一顿私人晚餐。他知道萨尔瓦多宁愿兄弟二人聊聊天，也不愿参加那些令人疲惫的奢侈宴会。兄弟俩的晚餐简单而美味，有烤鸡、米饭和蔬菜，所有食物都按照萨尔瓦多的要求进行了仔细的毒物测试。

突然皇帝拿出了一个装着透明蜂蜜色液体的小药瓶，准备喝下去，但立刻被罗德里克阻止了："那是什么？"

"是卓玛医生开给我的维生素补充剂。她说吃了它会让我感觉神清气爽，让我更健康、更有活力。啊，我已经很久没感觉身体这么正常了。"

罗德里克皱起眉头，伸出手来，说："可以给我看看吗？"

萨尔瓦多把药瓶递给他，罗德里克把药瓶举到灯光下，若有所思道："我想先检测一下再让您喝。"

"检测？为什么？这是我私人医生开的药。这医生不是你给我选的吗？"

"我只是想确定一下。我们本应该相信御厨，但我们还是对所有食物进行毒物检测。所以对于药品，我们是不是也应该谨慎些呢？"

萨尔瓦多皱起眉头说："这样也好。"

于是罗德里克把药瓶放进了自己的口袋里。"你知道我一直为你着想，萨尔瓦多。"

"有时我真觉得你是唯一关心我，为我着想的人，但不知我配不配得到这样的关爱。"

罗德里克看着兄长脸上的痛苦和空虚，心里深感同情。"当然，这是我应该做的。"

···✦···

皇后塔布丽娜的出现激怒了萨尔瓦多，因为她大部分时间都待在罗德里克的办公室里,不停地向帝国代表、各位内阁部长和大使询问问题。

　　罗德里克知道塔布丽娜一直在研究政府部门的各个岗位,想为自己找个合适的职位,也不管萨尔瓦多愿不愿意给她授予职位头衔。其实塔布丽娜越是跟皇帝争取,皇帝就越是固执。罗德里克比皇后更了解他的哥哥。

　　并不是萨尔瓦多认为自己的妻子没能力担任政府要职,而是他认为政府、内阁和大使的职位是给愿意为皇室效忠、为帝国效力之人的奖赏。在皇帝眼里,高官厚禄是一种商品,要卖给有足够影响力的人。而把这样的职位交给他的妻子是一种浪费。

　　此时,塔布丽娜在罗德里克的办公室里,身子凑到罗德里克跟前,看着以萨尔瓦多名义起草的两项新法令。办公室的门紧闭着,皇后说这是"为了保密"。罗德里克尽量保持耐心,不过塔布丽娜靠得太近了,身上还喷了太多信息素香水——当然不是为了萨尔瓦多而喷的。

　　罗德里克还没把那些法令看完,皇后就把那些文件推到一边,说:"很多人都在说我应该生下一个王位继承人。"

　　"理应如此,萨尔瓦多的儿子将是皇位的下一任继承人,人们已经等得不耐烦了。"他抬起头看着皇后说,"这是你对帝国的责任,塔布丽娜。"

　　"我当然能生出科瑞诺家族的继承人……但你我都清楚,你才是更有资格成为皇帝的人。因为你比他更聪明、更英俊。"塔布丽娜的声音带着挑逗和轻浮,"为什么先出生的人是萨尔瓦多呢?这就像一场基因赌局,而你输了。"

　　"他是皇帝。"罗德里克剑眉竖起,不悦地说。

　　"我宁愿给你生儿子,"她声音沙哑而急促,"没人会知道孩子是你的,而不是萨尔瓦多的。就连基因测试也会显出同样的结果,没人会质疑。"

"我会质疑。如果你不跟我哥哥同房，他也会质疑的。"说完，罗德里克立刻站起身，绕过办公桌，离开塔布丽娜身边。皇后立刻拉下脸来。罗德里克转身对她说："你是皇后，你还有什么不满足的呢？我已经成家立室，有妻子和孩子了，我对我拥有的一切感到满意，不想改变。"

"但你可以改变！"塔布丽娜说。罗德里克立刻举起一只手，断然打断了她的话，不想再谈下去。他的接待员突然打开门，塔布丽娜立刻冲年老的女接待员发起火来："不是告诉你别来打扰吗？听不懂我的话吗？"

接待员越过皇后，径直看向罗德里克。显然没把皇后的话当回事。罗德里克怀疑她可能一直在偷听。"罗德里克王子，您给我下了严格的指示，命我化学分析结果一出来就立刻通知您。"

罗德里克对她表示感谢。"是的，我是这么说的。塔布丽娜皇后，咱们就谈到这儿吧。我要处理一件很重要的私事。"他紧盯着皇后，直到对方终于妥协，走出了他的办公室，并且故意摆出优雅的姿态以找回自己的面子……

罗德里克看了卓玛给萨尔瓦多开的维生素补充剂的检测结果后，立刻去见他的哥哥。他们犯了一个严重的错误，需要尽快改正。

不一会儿，罗德里克就出现在皇帝的私人书房，打发走守在门口的卫兵，并遣走了伺候皇帝的几个顾问和抄写员。萨尔瓦多抬起头来，像猫头鹰似的眨着眼睛看着自己的弟弟。"又怎么了，罗德里克？"

罗德里克关上门，房间里只剩下他们兄弟二人。"哥哥，我发现了一个针对你的阴谋。"

人类的大脑是一台脆弱的仪器，很容易受损坏，也很容易被扭曲。

——苏克学校校训

安娜·科瑞诺活了下来，但这么多天以来一直处于昏迷之中，尽管给予了各种手段的治疗，都没有任何效果，始终不见苏醒的迹象。她虽然没死，但在姐妹会中引起了一片哗然，所有人都在为姐妹会的未来而担忧。

皇帝的妹妹实在太冲动太不理智——这也是她被送到罗萨克的最主要原因。拉奎拉圣母虽然心烦意乱，但她认为即使指责瓦莉娅也徒劳无用。虽说的确是由于瓦莉娅没有看管好安娜，才让安娜做出了难以置信的蠢事，但姐妹会要找的不是替罪羊，而是解决办法。

不幸的科瑞诺女孩躺在医院的病床上，离那些因为转化失败而成了植物人的志愿者姐妹们维持生命的病房很近，令人感到隐隐不安。隔壁的病房有专人守护，那些受到脑损伤的幸存者仍受到密切观察。拉奎拉想立即将奥莉·卓玛医生从萨鲁撒·塞康达斯召来，给安娜进行治疗……但圣母还没有准备好让皇帝知道实情。

也许还有时间。她必须格外谨慎行事。

多洛蒂娅自己也在转化过程中昏迷了好几天，所以拉奎拉并没有完全放弃希望。然而，多洛蒂娅能力强、训练有素且意志坚定……而安娜·科瑞诺却完全不具备这些。她的情况对姐妹会来说无疑是一场前所未有的灾难,拉奎拉其他记忆里的所有先人都无法告诉她该如何逃脱帝国的震怒和惩罚。

瓦莉娅姐姐也承受着内心的煎熬。她每隔一小时就来看安娜,坐在她床边跟她说话,抚摸她的手,试图给她一些外在刺激,让她赶快醒过来。一天下午,拉奎拉走进房间,瓦莉娅脸色惨白,神情惊恐地问:"皇帝萨尔瓦多知道了吗?您觉得他会有什么反应?"

"他把他的妹妹交给我们照管。如果他知道了这件事,姐妹会可能会陷入严重的危机。除非她能从昏迷中醒过来。"

瓦莉娅眯起眼睛,紧张地咽了咽口水说:"有没有可能他永远也不知道到底发生了什么呢?我们可以解释说这是一场不幸的事故,在一场丛林求生练习中,她被猎食动物袭击了,或者从湿滑的悬崖小径上摔下来了,就像英格丽德姐妹一样。"

"可她还没死呢,孩子,即使她死了,也不能以这些作为借口。她是我们的责任。"在令人压抑的静默中,两人都低头看着安娜,沉默不语。

突然,安娜深吸了一口气,从床上坐了起来。她睁大眼睛,环顾四周,仿佛对周围的一切都视若无睹。她的嘴唇动了动,发出了难以理解的微小声音,渐渐地,声音越来越大——拉奎拉这才意识到,那像是在她自己脑海里反复出现的"其他记忆"的声音。此时安娜仿佛在引导那些声音,她似乎在用自己的声音说着许多无意义且重复的话。

拉奎拉立刻喊来负责医疗的姐妹,她意识到安娜的转化可能给她造成了脑损伤,就像其他那些失败却幸存下来的志愿者姐妹一样,想到这里,她不禁浑身打起冷战。也许她这样还不如死了的好。

·······

在接下来的一个星期里,门泰特卡丽·马奎斯和其他几位女巫轮流监护安娜。虽然安娜已经醒了，但她可能永远也恢复不了清晰的意识。拉奎拉知道她瞒不了皇帝多久了，但她希望在她把安娜的情况告诉皇帝之前，能对事情发生经过有更清楚的了解。

于是拉奎拉把瓦莉娅和多洛蒂娅——多洛蒂娅圣母叫了来，让她俩听听女巫们对安娜的观察情况。卡丽·马奎斯看上去十分焦虑不安："安娜现在已经不那么喋喋不休地说那些混乱的声音了，只是有时断断续续说几句，然后就停下来了。当她滔滔不绝地说出那些话时，并不总能得到其他记忆的回应——有时她会背诵出一些事情、偶尔说出些了解到的片段，比如历史列表，就好像那些信息是从她记忆里泄露出来的一样。她表现出的这种行为类似于曾经所谓的'低能特才者'。她在某些特定的领域里有惊人的能力。如果她能学会控制这些海量信息的流动，她可能会成为出类拔萃的有用之人。"

最年轻的纯血统女巫埃丝特·卡诺姐妹开口道："我们也不知道这是怎么回事，但安娜姐妹现在已经成为了折叠空间旅行的专家。她说出了大量有关飞船建造和操作等方面的信息，包括复杂的霍尔茨曼运算和领航技术。"

卡丽点了点头，说道："我们已经在力所能及的范围内对她所说的内容进行了核实，发现她说得完全正确，没有半点错误。而且她知道的信息比目前公开发表出来的还要多……甚至许多是只有文波特集团才拥有的机密信息。即使在给她喂饭时，也很难把她的注意力从这些事情上转移开。"

拉奎拉双手紧握撑在桌面上，说："她在谈论其他话题时，是否具有理性？"

卡丽摇了摇头："眼下，除了折叠空间旅行，她似乎对其他话题都不感兴趣。她说她要建造自己的飞船，成为一名领航员，这样她就可以永远逃离这个地方了。"

"她毫不掩饰自己对这里的厌恶，"埃丝特·卡诺姐妹说，"她从来就不想来罗萨克，一切都是被逼的。"

"以前她的情绪就不稳定，"瓦莉娅说，声音很紧张，"但这次似乎跟以往不同。我之前向您报告了她精神上的怪异情况，比如她能操纵土蠖虫的运动轨迹，控制它们在墙上挖洞；还有她说她能随意改变和操控皇宫花园里烟木的生长。也许她有一种我们没有认识到的独特精神防御能力。"

多洛蒂娅警告说："我了解皇帝萨尔瓦多，他不会接受这个事实的。他脾气暴躁，动不动就猛烈抨击和指责。我们必须非常谨慎小心地向他报告目前的问题。"

拉奎拉低下了头，觉得自己就像个殉道者："我是姐妹会的圣母。是我把安娜·科瑞诺接来，让她受姐妹会的照顾，是我向皇帝承诺会保护她的安全。因此，我要亲自去萨鲁撒·塞康达斯，把这个可怕的消息告诉他们。安娜将随我一同去皇宫，所有的罪责我会一力承担，我会说出全部真相，请求皇帝的理解。也许只有这样我才能拯救姐妹会，哪怕付出生命代价，我也在所不惜。"

多洛蒂娅挺直了身子，拉奎拉感觉到她的态度发生了变化，似乎打算由她来控制局面。"不，外祖母。科瑞诺家的人认识我，并且对我很尊重。也许我可以力挽狂澜。我之前在宫廷效力，他们对我欣赏有加——或许应该去的人是我。也许我能把局面控制住。"

"我不能让你走。"拉奎拉说。

"我现在是圣母了。"多洛蒂娅的声音很平静，但带着明显的反抗意味，"你不必留住我，我要做需要我做的事情。"

尽管拉奎拉表示反对，但她意识到这个年轻女孩是对的。这是最好的解决办法。虽然她对多洛蒂娅的不服从感到不安，但多洛蒂娅的确引导不少姐妹成为了圣母……这是拉奎拉一直以来没做到的。并且，在精心挑选志愿者的过程中，多洛蒂娅也加强和巩固了自己在姐妹会里的势力和权力基础。她野心勃勃，明显想要领导姐妹会，那么这次去萨鲁撒又将给她的资历添上浓墨重彩的一笔。难道她在玩弄权术吗？如果真是这样，那太危险了。

最终拉奎拉还是欣然同意了。"好吧，那你就带着安娜去萨鲁撒吧。你之前与科瑞诺家族共事的经历很可能是我们最大的希望。"

瓦莉娅陪同安娜·科瑞诺和多洛蒂娅，以及两位新圣母，穿过聚合的树冠，来到穿梭机停靠的地方。安娜很听话，也很配合，尽管她仍在喃喃自语，说着一连串令人难以理解的话。她两眼空洞而茫然，表情十分平静。

穿梭机准备出发了。瓦莉娅神情紧张地跟安娜道别，两位圣母护送安娜登上了飞船，而安娜自己却不知道将要与瓦莉娅分别了。在走上登机坡道之前，多洛蒂娅转向瓦莉娅，对她说："现在是你该做出选择的时候了。等我回来的时候，你会站在我这边吗？拉奎拉已经不是唯一一个能听到那些声音的人了。如今姐妹会当中已经有许多人知道了历史的真相，但我们听到的众多事件并不是准确的版本。拉奎拉圣母冒着极其可怕的风险，拿我们的灵魂做赌注——我们人类的灵魂！——只为实现她的野心。我不相信她的那一套，也不会做出同样的决定，尤其讨厌她那宝贝似的育种计划！"她厌恶地哼了一声，"我什么都知道，因为我的脑海里有其他记忆，其中也包括拉奎拉自己的记忆。我们都知道山洞里藏着计算机，等我向芭特勒人报信，他们会立刻带领人马到罗萨克来，搜查那些违禁的机器。到时候你会是我的盟友，还是敌人呢？好好想想吧。"

瓦莉娅吓得怔住了，感觉浑身都在起鸡皮疙瘩。"你曾发誓效忠姐妹会，你不能违背自己的誓言。"

多洛蒂娅太阳穴的静脉突突地在跳动。"作为人类，我们每个人都有更高的使命，那就是摧毁思维机器。如今我知道了真相，我能听到被奥米诺斯压迫的好几代人在嘶吼尖叫。这一切都是因为人类的狂妄自大，自以为可以控制自己创造出的科技。我们绝不能再让这种事情发生！'汝等不得创造像人一样的思维机器。'"

"人的思维是神圣的。"瓦莉娅吟诵道。

很快，多洛蒂娅便登上了穿梭机，关上了身后的舱门。

太大的东西是藏不住的。

——古老的格言

芭特勒总部附近的景色使吉尔伯图斯想起了他看到过的古代地球的景象：连绵起伏的山丘青葱翠绿，几座农场村舍点缀其中，农场里牧养着绵羊、山羊和奶牛。就连这些牛羊最初也都来自地球。这一幕景象很像伊拉斯谟最喜欢的一幅梵高画作《科尔德维尔的茅草农舍》。

吉尔伯图斯在芭特勒领袖曼福德·托伦多的私人住所里与其一同享用丰盛的户外早餐，包括新采摘的农作物和农场里最新鲜的奶制品。

由于曼福德即将带领舰队进行远征，前往托纳里斯造船厂，兴奋之余，他的话也多了起来："如果你的预测是正确的话，校长，那我们将取得一场伟大的胜利——这正是我要让追随者们保持干劲儿和活力所需要的。我们将为人类做出一件十分有益的事情。我很高兴你能亲眼看到这一切。"

尽管不饿，但这位门泰特还是把早餐吃了。"我很高兴您认为我的预测是有价值的。但我还是不随舰队远征了吧。毕竟我不是军人，而且学校有很多事情也离不开我。我还有重要的训练项目要协调。"

像往常一样，吉尔伯图斯把存储器核心藏在了自己的办公室里，跟自主机器人告了个别，就带着忐忑不安的心情离开了。他不想离开学校，把伊拉斯谟单独留在那里，但他别无选择，因为曼福德召他过去。吉尔伯图斯意识到，从某种意义上说，他是在为两个不同的主人工作，而且这两个主人都有残疾。

芭特勒领袖皱起眉头，对他的回答感到不悦："难道你不想跟我们在一起，亲眼见证你的门泰特预测是正确的吗？"

吉尔伯图斯依然一脸平静，说道："我知道我的预测是正确的。"

"我希望你去自然有我的道理，"曼福德说，"万一需要重新计算和预测，你可以当场进行。"

伊拉斯谟早就猜到这一点，并且建议吉尔伯图斯随同前往，于是这位门泰特没再提出异议，表示默许了。

··⊗··

吉尔伯图斯站在曼福德·托伦多身旁的演讲台上，觉得浑身不自在。在他们面前，欢呼雀跃的芭特勒圣战者聚集在宽阔的草地上，等待飞船升空，进入轨道。没有双腿的曼福德坐在由两个轿夫肩抬着的轿子上，他的剑术大师站在他身旁，如一尊雕像一般守卫着他。

曼福德看着兴高采烈的人群，脸上露出了笑容。他瞥了一眼吉尔伯图斯，说："现在，正如我所承诺的，是时候为你正名，洗去你名誉的污点了，奥尔班斯校长。我要向大家郑重声明，你被原谅了，你是个值得信赖的追随者，你的忠诚不容置疑。"说完，人群立刻欢呼起来。

吉尔伯图斯并没有因为曼福德的赞美而感到喜悦，但每次当伊拉斯谟赞赏他时，他都会感到内心涌上一股暖流。不过他还是装出十分高兴的样子，对门泰特学校恢复了名誉而感到激动和兴奋。

曼福德举起双手，让众人安静下来。在没有扩音器的情况下大声喊道："吉尔伯图斯·奥尔班斯通过门泰特分析和预测，发现了邪恶的奥米诺斯建造的造船厂位置,而且很有可能是迄今为止发现的规模最大的造船厂。随着我们舰队的不断发展壮大,我们将根除思维机器留下的另一个祸害。来,吉尔伯图斯,站到我面前来,让大家看看为我们指出下一个清除目标的门泰特。"

人群中响起雷鸣般的掌声,吉尔伯图斯知道无论曼福德说什么,人们都会拥护和赞成。尽管吉尔伯图斯对这种关注感到很不舒服,但他还是向前迈出一步,站在众人的视野中,而曼福德继续向众人发表讲话。

"最近,由于一些令人遗憾的误解,有些人质疑门泰特校长对我们圣战事业的忠诚和奉献。从今以后,我们应该消除这些疑虑。学者们有时会沉迷于理论,而真正的改革者则专注于实践。而我们的门泰特校长二者兼具。他宣誓效忠于我们,他伟大的门泰特学校证明了他的教学目标,那就是让人类永远摆脱思维机器。"

在一片喧嚣声中,吉尔伯图斯别无选择,只能站在那里接受赞美。阿纳莉·艾达荷甚至把自己的剑递给了他,让他在众人面前挥舞,使在场的人们更加兴奋。吉尔伯图斯明白大家对他的期望,并谨记伊拉斯谟的告诫——要尽一切可能转移人们对他的怀疑,于是他冲着人群大声喊道:"出发吧,到托纳里斯星系去!"

作为一名门泰特,他早已习惯于在行动前进行长时间的深入思考,他觉得自己与这位擅于政治煽动性的领导人格格不入,因为曼福德做出的许多决定都基于情绪和个人喜恶。摧毁废弃的造船厂不是真正的战斗,根本不需要门泰特进行战斗预测,但吉尔伯图斯心里清楚,当这个地方被摧毁后,斗争的矛头必会转移,芭特勒人总会把枪口转向别处。

是的,他们总得有个目标,而吉尔伯图斯希望这个目标永远也不会是他。

愤怒、绝望、复仇、后悔、宽恕。人的一生很难用一个词来概括。

——沃立安·厄崔迪,在厄拉科斯生活时期的私人日记

那些沙漠人会杀了他的——格里芬坚信。他可以跟对手短兵相接,也可以为了自己挺身而出……但他打不过整个部落的人。

十年前瓦莉娅跳进冰冷的海水去救他,同样,差不多十年前他也从醉醺醺的渔夫手里救过瓦莉娅的命。他和他的妹妹是个强大的团队,一个能从各种险境中幸存下来的团队,但现在他俩不在一起,没办法相互照应。奇怪的是,格里芬更担心的是妹妹瓦莉娅,而不是他自己。他希望假如他死在这个沙尘弥漫的星球上,他的妹妹瓦莉娅能承受住失去他的痛苦。

弗雷曼人绑架了他,把他带到这个秘密洞穴,而现在,他们做出了决定,不会笑着向他道歉并把他送回厄拉科斯城。尽管耐布命令他的手下把格里芬和沃立安·厄崔迪扔到沙漠里去,但格里芬还是认为他们会反悔,并割开他的喉咙,吸干他的血,回收他体内的水分留作部落里的资源。这是他在厄拉科斯短短的几天时间里学到的东西。他回忆起巷子里的人杀了劫匪后是如何迅速把尸体带走的。沙漠人认为外来者不过是行走的水袋而已。

他知道他们肯定会杀了他,不管用什么办法,而且没人会注意到

一个来自兰基维尔的人从他的旅馆房间里失踪了——旅馆老板只会以为他的客人偷偷溜走了。

格里芬本想用身上剩下的钱买船票,回到他那冰冷的家园。但在最后时刻,命运出现了离奇的转折,他竟然找到了沃立安·厄崔迪,并与他针锋相对。至少在这个部分格里芬取得了瓦莉娅想要的胜利——但格里芬却可能再也回不了家把这件事告诉其他人了。

除非他能逃跑。一想到再也见不到家人,不能与他们说话,格里芬就再也忍不下去了。于是他最终还是采取了行动。他必须告诉哈克南家的人,他发现了什么,尤其要告诉瓦莉娅。为此,他必须活下去。

沙漠人过着艰苦的生活,尽力获取他们所需要的东西……所以从现在起,格里芬也要这样,自己的命运要由自己来掌控。如果耐布无论如何都要杀他,那么他就得逃到沙漠里去,在那里他也许会有一线生机,尽管机会渺茫。

弗雷曼人只在他的牢房前安排了一个毫无生气的守卫,他们坚信地穴周围无尽的沙漠就是最难以逃脱的牢笼。格里芬哭哭啼啼,假装害怕懦弱,恳求守卫进来:"有蝎子!刺得我好痛!"

守卫带着一脸愠怒和不耐烦走进了牢房,格里芬转过身来,使尽全身力气用手砍向看守的肩颈处,把他打晕。那个弗雷曼人想迅速后退去,但没能闪开,被一掌击中。他万万没想到这个看似柔弱的外星球人竟然有这么纯熟的格斗技巧。守卫瘫倒在地上。

格里芬气喘吁吁,满头发汗,用自己的皮带把看守绑住,用牢房里帆布床上的一块布塞住了他的嘴。然后他在黑暗中蹑手蹑脚走出了牢房,沿着石头走廊偷偷溜了出去。

几个弗雷曼人在附近走动,但他一直躲在暗处,等隧道安静下来后继续前行。他知道他妹妹一定希望他找到沃立安的牢房,趁沃立安熟睡时把他杀了,然后逃走。但格里芬不知道他的敌人被关在哪里。

现在，唯一的希望就是逃离沙漠，熬过这场严酷的考验……然后他就能回到家人身边了。

他找到了弗雷曼人用来储存公共水源的蓄水池，这个蓄水池一直有人管理，却无人看守。在他们的文化中，盗水者比杀人者更令人憎恨——但既然沙漠人绑架了格里芬，而且很有可能还想偷他体内的水，所以他觉得带走一个干粮包和一瓶水是正当的。他还在外部防潮门附近的岩石架子上找到了一个装有防尘面罩和指南针的沙漠工具包。

于是他拿上东西出发了，希望能在干旱的荒漠里找到一个小定居点或者一个香料采集队。他知道自己胜算不大，毕竟在沙漠里有很多情况都能令人丧命。

沃尔清醒地躺在床上，盯着粗糙的石墙，回顾自己的过去和良知。当守夜人发出警报时，他以为是安德罗斯和海拉回来了，便立刻翻身从硬邦邦的床上跳下来，掀开门帘。他要跟那两人决战到底——与其被弗雷曼人流放，还不如与真正的敌人奋战到死。

还没等他沿着昏暗的走廊走出去，伊珊蒂就跑到了他的房间，一看到他便似乎松了一口气："还好，至少你俩没蠢到一块儿逃跑。"

"逃跑？谁跑了？"

"那个叫哈克南的人偷了水，逃进了沙漠……真不知道那傻瓜到沙漠里去干什么。"

沃尔的脑海里闪过一块块零星的记忆碎片，就像发条上的齿轮一样，咔哒咔哒地拼凑起来。"那又有什么不同呢？反正你们也打算杀了他。"

"既然他偷了我们的水，那我们肯定要杀死他。"

沃尔立刻开始动身："我们必须阻止他。他不可能走太远。如果耐布派人出去找,我们仍然可以救他——并且取回你们宝贵的水。"他没指望沙漠人会感激他。

伊珊蒂还没来得及回答,沙纳克就来了,在昏暗的光线下,他的脸紧绷着,就像握紧的拳头。"你们这些外星球人,我们对你们以礼相待,可你们是怎么回报我们的?"

沃尔露出一抹苦笑,回答说:"以礼相待?你把头罩套在他头上,给他下药,把他绑来。你们还威胁说要杀了我俩。这就是你们的'以礼相待'吗?"

伊珊蒂笑了笑说:"那个人跟你有血海深仇,如今你却替他说话?沃立安·厄崔迪,你可真是个怪人。"

"人生不是那么简单的。"自从跟那个叫哈克南的年轻人对峙了一番之后,沃尔一直在思考他对阿布鲁尔德的后代做了什么。因为曾祖父的罪行连累整个家族,让整个家族的人都跟着受责备和惩罚,这是不公平的。他的父亲阿伽门农是人类最大的罪犯之一,但沃尔却拒绝为他父亲的罪行承担任何责任。格里芬·哈克南也不该被这样对待。

至少,沃尔知道他应该信守诺言,恢复泽维尔·哈克南的名誉。也许他应该去趟兰基维尔,看望阿布鲁尔德的后代。他对他们没有任何敌意。他轻声对自己说:"如果你能活上好几个世纪,那么你便有大把的时间去改正那些让你后悔的事情。"

天真的格里芬已经逃进了沙漠,沃尔不禁对他心生怜悯和关切。"我们得找到他,把他带回来。然后再决定该怎么处置我们。如果你坚持的话,那就取走我的水好了,但别取他的。我不想再让他为我犯的错付出更多的代价了。"

"他是个愚蠢的外星球人,我们应该让沙虫把他吃掉算了。"耐布沙纳克说。

伊珊蒂摇了摇头说:"他偷了弗雷曼人的水和补给。至少我们应

沙丘学派：姐妹会

该把那些东西找回来。即使他想死，也别让那傻瓜浪费了我们的水。沃尔和我一起去找他。"

<hr />

他们登上了伊珊蒂的侦察机，但沃尔坚持要亲自驾驶。沙漠女人扬起眉毛，问："你确定你会开吗？"

"我驾驶这飞机的时候你父母还没出生呢。"

他们驾驶飞机从悬崖峭壁上起飞，飞入月色之中。沃尔凝视沙漠的荒原，说："他不会想到隐藏自己踪迹的，他也不知道该怎么隐藏，他只会一个劲儿地跑。"

他们很快就发现了格里芬的踪迹。飞机越过了岩脊，正准备穿过布满盆地的一大片沙丘。在西边地平线，大约二十公里远的地方，沃尔看到了另一条山脉。格里芬正径直朝他们所在的方向跑来，可能是希望在天亮前赶到有岩石的遮蔽处。他已经走了大约三公里，松软的沙地上留下一串长长的脚印，就像一条蜈蚣留下的足迹。

"你的敌人可真够蠢的，沃立安·厄崔迪，"伊珊蒂说，"算他走运，一路跌跌撞撞地走，竟然没引来沙虫。"

沃尔在当香料工人的时候，老考比尔教过他该怎么寻找沙虫的足迹。月光照在起伏的沙地上，他发现沙地表面有震动的波纹，有阴影在集中的波纹中向前跳动。"不，他引来了。"沃尔驾驶侦察机加速飞行，"我们得去救他。"

"我就知道你会这么说。"伊珊蒂指着西边说，"他现在正走在一排陡峭而柔软的沙丘脊线上——我们不能在那里着陆。看到东边的山谷了吗？把我放到那边的沙丘边上。"

"你去那儿干什么？"

"吸引沙虫的注意啊。低空盘旋，我从飞机上跳下去。然后你飞过去，在夏胡鲁追来之前，把那个傻瓜救上飞机。"伊珊蒂抓起一个挂在驾驶舱内壁的背包,抓住舱门的门框。沃尔驾驶飞机按照伊珊蒂的要求往指定方向俯冲时,他不禁问道:"你不会有事吧?"

伊珊蒂哼了一声,说道:"你之前不是见过我召唤沙虫吗?我不会有事的。"她打开舱门,冲沃尔微微一笑说,"快点儿吧,你没多少时间了。如果我们救不了你的朋友,我们就会失去所有的水,耐布沙纳克会生气的。"她被自己的玩笑逗乐了。接着沃尔放慢速度,让伊珊蒂从飞机上跳了下去,蹲伏在松软的沙地上。随后沃尔驾驶飞机转了一圈,看到伊珊蒂正在翻找背包,从里面拿出需要用的东西。

年轻的哈克南已经听到了飞机靠近的声音,同时也看到了沙虫正朝他袭来。沙虫那巨大的脑袋露出了一半,就像一个张开的大铲子,将沙丘铲开。

沃尔立刻加速,但要是不能在陡峭的沙丘上着陆,他不知道怎样才能及时把格里芬救走。

这时,那条沙虫突然改变了行进路线,像一头公牛一样朝伊珊蒂等待的地方冲去。她肯定是用了弗雷曼人的节奏性装置,把装置插进沙地里,让鼓点在沙地内部引起震动。

沃尔在沙丘之间的沟槽里找到了可以降落的地方。犹豫了片刻之后,格里芬跌跌撞撞地滑下沙丘,急匆匆朝飞机奔去。他本来宁愿死在沙漠,但一看到那巨大的沙虫,他立刻改变了想法。

惊慌失措的哈克南猛地打开舱门,想爬上飞机,但看到沃尔后,又停了下来。"你!你为什么来找我?"

"当然是来救你。除了我,没人愿意救你。"

格里芬爬进了舱门,还带进了一阵沙尘,然后把舱门关上。"早知道就该偷一架侦察机了。"他看着飞机通用的控制系统说,"那样就不用再跟你打交道了。"他坐到了副驾驶的座位上。

沃尔苦笑了一下。

"别以为我就这么原谅你了。"格里芬一边掸去胡子上的沙子,

沙丘学派：姐妹会

一边对沃尔说。

"我还没想那么远。先别说话，保持安静。我得集中精神去救我的朋友。是她冒着生命危险帮你把沙虫引开的。"

由于担心飞机引擎的噪声会把沙虫吸引过来，沃尔让飞机飞得很高，这时他看到伊珊蒂沿着鲸鱼背脊一样的丘顶蹒跚而行，离她放置有节奏敲击装置的地方已有一段距离，于是他立刻俯冲下来。只见沙漠女人的脚步轻盈，就像跳跃的芭蕾舞者，正在沙丘之间的平坦盆地上跑着，这里跟沙丘顶一样，也没有任何可以掩护和遮蔽的地方。沃尔看到沙虫正忙着摆弄那个敲击着的装置，他正好可以趁此机会把伊珊蒂救上飞机来。

于是他驾驶飞机绕到盆地，准备找个安全的地方降落，伊珊蒂朝着沃尔的方向奔来。突然，她一不小心跌进了白色的沙地，就像沙丘上的一个浅色斑点。她身下的沙子开始起伏，荡起波纹，并且有节奏地震动。沃尔回想起考比尔曾经耐心地给他讲述过厄拉科斯各种危险的情况，其中就包括鼓沙①。伊珊蒂本来应该能发现的，但她一直边抬头看着飞机边跑，所以没有看到脚下的沙地。突然，一大截沙丘倒了下来，夯实的沙粒成团翻滚下来，发出一阵轰隆声。

鼓沙的噪声比敲击装置的砰砰声还要大，沃尔看到沙虫飞快地游了过来。伊珊蒂也看到了，但她已经陷进了齐腰深的松软沙地里。沙尘就像沼泽一样将她吞没。沃尔不敢让飞机降落，因为沙地表面不稳，飞机会陷下去。

沙虫的头像攻城锤一样冲过沙丘，被仍在砰砰响的鼓沙吸引。

伊珊蒂拼命大喊。沃尔看到她脸上露出了无比惊恐的表情。格里芬也吓得大叫起来："她完了！"

---

① 鼓沙是一种在许多类地行星上发现的鸣沙现象，但只有在厄拉科斯才被称为鼓沙，成因是沙虫在附近的活动让沙地结构发生了变化，内部形成空腔，人踩上去会发出敲击当地一种鼓一样的声音。

沃尔操纵飞机降低高度。"我想我能靠近些。把包里的绳子扔给我。"飞机降得更低了。格里芬解开绳子,递给沃尔。"把它系在那根立柱上。"

飞机冲向被困在沙丘里的女人,沃尔看到那只没有眼睛的沙虫正向前冲过来。他虽然看得到,却无法及时赶到,虽然心里不愿相信,但事实却是如此。伊珊蒂想挖开不断下陷的沙子爬出来。

"你打算怎么办?"格里芬说,"没法救她了,那虫子——"

"该死的,抓好控制杆!"沃尔大喊。

格里芬一抓住控制杆,沃尔就猛地打开舱门,并把控制杆固定好。突然刮来的一阵风差点儿把沃尔从驾驶座上拉下来,但他紧紧抓住拴好了的绳子。飞机低空掠过沙地,眼看着就要与冲过来的沙虫相撞。

沃尔把绳子绕在肩膀上,身子探出舱口,悬在开阔而干燥的空气中。飞机引擎轰鸣,但他的喊声盖过了轰鸣声:"伊珊蒂!抓住我的手!"

格里芬驾驶飞船靠得更近些,沃尔身子悬空,靠绳子拉住自己,然后伸出胳膊。

沙虫腾空跃起,冲出沙土。伊珊蒂伸出手,但脸色突然一沉,她知道沃尔够不到她,飞机也不能离她太近,因为沙虫会把她带走,连同飞机也一同砸毁,但沃尔却始终不肯放弃。

最终伊珊蒂替沃尔做出了决定。在最后一刻,伊珊蒂放下了自己的手臂,身子从沙子里挣脱出来,然后趴在沙地上,远离迎面而来的飞机。

"不!"沃尔喊道。她是有意这么做的,为了保护沃尔,她甘愿牺牲自己。

滑动的沙子和伊珊蒂翻滚的身体令沙虫稍稍改变了方向。这个勇敢的女人挣扎着从松软的沙地上爬起来,转身面对这个庞然大物,没有再看沃尔和飞机一眼,欣然接受了自己的命运。她举起双手,沃尔不知她是在反抗还是祈祷。

沃尔的身子悬在舱口,无法阻止这个怪物的前进,他朝伊珊蒂大喊,想乞求她快跑,但话到嘴边却喊不出口。

在雷鸣般的巨响中,沙虫突然出现在伊珊蒂面前。格里芬费尽全力勉强改变了飞机的方向,离开了沙丘顶部。沙虫一口吞下了伊珊蒂,钻入了沙地里,转眼便消失。伊珊蒂刚才待过的那块沙地上没有留下一丝波纹,仿佛什么都没发生过一般。

沃尔身子悬在半空,心里痛苦万分,最后还是格里芬拽住绳子把他拉回到机舱里。沃尔抓住驾驶舱的控制杆,提升飞机的高度。过了一会儿,他才注意到有四架弗雷曼人的侦察机正朝他们围过来。看来耐布沙纳克也派人过来了,但为时已晚。刚才发生的那一幕,他们全都看到了。

格里芬一言不发。他感到既愧疚又难过。

弗雷曼人的侦察机队就在附近,他并没有想要逃跑,而是调转机头,跟着他们回到了地穴。"她为了救我们而牺牲了自己的生命,"沃尔说,"所以我们得回弗雷曼人那里去。"

有时候封棺材并不需要用太多钉子。

——皇帝朱尔斯·科瑞诺

萨尔瓦多·科瑞诺皇帝并不喜欢观刑,即使是他下令执行的。他知道这是统治帝国必要的工具,但他不喜欢亲眼看见或听见施刑时的情况。结果——他只想要结果。然而,有时他不得不目睹施刑的过程。

卓玛医生痛苦地躺着,她被绑在一个多用刑架上,一个戴着兜帽的"真相提取师"正在使用他的独门秘技拷问卓玛。这个又高又瘦的男人,名叫雷格·莱蒙尼斯,他对人体的疼痛十分了解,并能以独特的技巧给人造成痛苦。讽刺的是,他的这些能力和技巧是在苏克学校的一个专项训练部门——"手术刀"里学会的。此时,萨尔瓦多相信,这位苏克学校的校长肯定对自己的学校培养出拥有这种技能的学生而感到后悔。

因为芭特勒人不喜欢复杂的科技,所以莱蒙尼斯只能利用经过检验的可行设备。他已经用四肢虎钳夹碎了卓玛的两根手指。这时,施刑的男人抬起头来,看到了皇帝萨尔瓦多,并向他点头致意,同时把另一个夹钳和电击包绑在了医生的头上。

罗德里克站在皇帝身旁,神色明显很不安。卓玛呻吟着,发出模糊不清的声音,只能听出只言片语。在莱蒙尼斯问询之前,卓玛已经

沙丘学派：姐妹会

承受了长时间的痛苦折磨。罗德里克对施刑的过程既厌恶又着迷，但直到卓玛坦白了自己的阴谋，真相提取师才对她的身体施以真正的伤害。自她坦白了罪行之后，就连罗德里克也不再同情她了。

莱蒙尼斯装好了头部的夹钳、检查好配件，然后抬起头来，说道："陛下，这消息太令人震惊了。这位出色的医生说出了一些惊人的秘密，例如不正当财务行为和重大财务欺诈——另外，她还承认杀了人。"

萨尔瓦多迅速瞥了罗德里克一眼，说："杀人？被害人是谁？"施刑者记下了卓玛的原话，但自己进行了一下概括，然后向皇帝汇报："她杀了她的前任校长埃洛·班度医生，她在班度医生的办公室里给他注射了含有几十种致命化学物质的针剂，然后利用她的职位掩盖自己的罪行，将班度医生的死鉴定为自杀。"

萨尔瓦多惊讶地眨了眨眼，说："可怜的班度医生！这个女人为了得到校长的职位竟然不惜杀人？"他胃里一阵翻滚，厌恶地哼了一声。

"不，陛下，……确切地说，她说班度医生私自挪用您给的一大笔钱，差点儿让苏克学校破产。她还坚称，班度医生编造谎言，骗取您的信任，给您做了许多无用的治疗，以此向您收取高额的费用。"

萨尔瓦多气得脉搏加速，皮肤发烫，剧烈的头痛再次袭来，就像有什么东西要从他的脑壳里钻出来似的。"这个女人在说谎——你再给她用刑，用酷刑，逼她说出真相。她显然是想讨好我才编出这些荒谬的话，好让自己不用再受刑。"

罗德里克的表情令人难以捉摸："如果是那样，哥哥，那剩下的审讯也都是徒劳的了。莱蒙尼斯是非常称职的手术刀审讯者。"

"哦，她说的是实话，"施刑者说，但并没注意到皇帝的尴尬，"陛下，关于对您的阴谋，她还有更多的信息要告诉我们。用不了多久，她就会说出来，我们就知道背后是谁指使她的了。"

于是莱蒙尼斯继续进行下一个步骤,罗德里克看着萨尔瓦多说:"卓玛是苏克医生,也是学校的校长……是我选她做你的私人医生的,我很抱歉,让你失望了。"

"这不是你的错——是她太狡猾了,骗过我们所有的人,"萨尔瓦多说,"再说是你抓住的她。"

卓玛医生发出凄厉的尖叫。萨尔瓦多皱着眉,等待审讯结束,同时补充了一句:"我完全相信你。"

不到一个小时后,施刑者终于心满意足,认为自己已经问出了所有用信息。当莱蒙尼斯将审讯结果交给皇帝时,卓玛医生躺在刑架上,遍体鳞伤,但还活着。"这位医生的疼痛承受力很强。我让她保持清醒,这样她就可以直接回答您的其他问题了。"

萨尔瓦多低头看着浑身血淋淋的卓玛,一脸厌恶,他知道自己连卓玛一半的承受力都没有,要换做是他的话,没审到一半就死了。只见卓玛的眼睛里充满绝望,脸上青一块紫一块,血迹斑斑。他俯下身来,放慢呼吸,尽量让自己的声音显得低沉而可怕:"你对我有什么阴谋?要暗杀我吗?"

"姐妹会……"卓玛说道。萨尔瓦多不敢看卓玛瘀青的嘴唇和打碎的牙齿。那浑身的血让他感到不舒服。"育种记录……你不能有孩子。不良的血统……她们派我来给你绝育。"

萨尔瓦多勃然大怒:"给我绝育?他们想要毁了科瑞诺家族?"

"不……只有你的后代。罗德里克的后代应该做科瑞诺皇帝。"

罗德里克王子眉头紧皱,忧心忡忡。"姐妹会在密谋篡改帝位?"他瞥了一眼萨尔瓦多,说,"我们得让安娜远离她们。我们把她送到那里本是想保护她!"

但卓玛的话还没说完。她笑了几声,却忍不住咳嗽起来。仿佛体内涌起一股反抗的力量,令她说出的话十分清晰:"看到芭特勒人把你攥在手心里,任由他们摆布,我决定光给你绝育还不够——应该把你杀了才对。"说完,她一下子瘫倒在刑架上,"反正你最后还是会杀了我的,所以我要告诉你大伙儿在你背后都在议论什么:罗德里克是更好的统治者,比你强多了。"

··⚛··

萨尔瓦多和罗德里克两兄弟换了衣服,除去身上的汗渍和血迹,然后回到皇宫。令他们惊讶的是,他们竟然遇到了来自罗萨克的一个正式代表团,其中包括多洛蒂娅姐妹、另外两名随从,以及——安娜。

"很好,"兄弟俩走上觐见厅王座的高台时,萨尔瓦多看着他的弟弟说,"她们来得正好,我正想知道她们真正目的是什么。"

然而罗德里克却眯起眼睛,关切地看着代表团进来。安娜看起来一脸茫然,身上倒是没有受伤,但是……莫名就是觉得哪里不对劲儿,感觉她变化很大。

多洛蒂娅拉着安娜的手,走上前去,向皇帝鞠躬行礼。她的声音温柔而充满懊悔:"陛下,发生了一件可怕的悲剧。"

罗德里克立刻走上前来,抓住他妹妹的双手,想看看她是不是出了什么事。可安娜看都不看她哥哥一眼。她的眼神飘忽不定,随着一种听不见的节拍眨动。

萨尔瓦多的注意力仍在多洛蒂娅姐妹身上:"你给我说清楚了——要知道,你的回答决定了你们的性命以及整个罗萨克学校的命运。"

"我说的全部是真相,无论是否受到威胁,这一点永远不会改变。"她一直盯着萨尔瓦多,一刻也没有从他身上移开。"很久以前,我们的圣母拉奎拉遭暗杀中了毒,但她幸存了下来,并因此使身体起了变化。这种转化使她能够对自己身体的各器官和机能控制自如,并开启了过去无数代先人的大量记忆,从而成为了我们的第一位圣母。"

萨尔瓦多变得越来越不耐烦："我只想知道你们对我的妹妹做了什么——可不是要让你给我讲姐妹会历史。"

多洛蒂娅并没有急于解释，而是继续说："多年来，姐妹会一直在尝试重现这种转化，让姐妹会中的志愿者服下危险的化学物质，希望以此能找到转化的关键和要诀。但几乎所有的志愿者都在尝试转化的过程中失败，送了性命。然而前不久，我转化成功成为了继拉奎拉之后的第一位新圣母。当这种技术得到了证实，许多其他姐妹也开始尝试，因此现在姐妹会中诞生了更多的圣母。"

突然间，安娜开始语速飞快地喋喋不休。萨尔瓦多意识到安娜说的都是帝国里各星球的名字。

"安娜以为自己准备好了，但我们都不这么认为。她一时冲动，偷了药剂，擅自吞下，没人能来得及阻止。她昏迷了好多天，但没有死。当她醒来时，就变成了这样——您也看到了。"多洛蒂娅的声音依然冷静平稳，"但我并不认为她成了圣母，她似乎介于姐妹会的姐妹和圣母之间。"

罗德里克十分不悦，质问道："既然有那么多人死于这种药，为什么没派人严密守卫，防止我妹妹接触到毒药呢？你们也知道她情绪上有问题。我们把她送到你们姐妹会，就是为了保护她。"

"安娜太任性，"多洛蒂娅说，"也太聪明。"

"现在我更聪明了，"安娜发出含糊不清的声音，打断了多洛蒂娅的话，"在我脑海里有很多人，都是很特别的导师。我在听她们的指导。"她又说出了一大堆零散的词汇、语句和莫名其妙的话，让人摸不着头脑。她那双蓝色的眼睛就像晶莹剔透的蓝色玻璃珠，茫然而空洞。

多洛蒂娅面露忧色。"一位姐妹在转化成圣母的过程中，会陷入一个巨大的记忆库里，那里有过去好几代女人的海量回忆和人生经历。安娜似乎……成功了一部分。"

突然，年轻的安娜停止了毫无逻辑的话，而是恢复了熟悉的语调："那些声音让我快走开，她们不喜欢被我打扰，但已经太晚，我已经在那里面了。"

"安娜，"罗德里克说，"你愿意坐下来跟我谈谈吗，就像咱们以前那样？你现在回家了，这里很安全。"

安娜没有回应，也没有表示她到底听没听到罗德里克的话。她的眼睛似乎窥视到了一个隐秘的内在世界。

觐见厅里的一扇大门突然打开，奥莱娜夫人穿着一件白金相间的长袍走了进来。"我刚刚听说安娜回来了。"她急忙跑到受伤的公主身边，说，"哦，孩子，你还好吗？"

安娜似乎听到了继母的声音。她看着奥莱娜，脸上露出悲伤的表情："她们伤害我。"

"谁伤害你？"萨尔瓦多立刻从王座上站起身，焦急地问。

"那些声音。她们每次说话都伤害我……我的脑子里像针扎一样疼。"

童贞皇后伸出手一把抱住安娜，将她搂在怀里。"亲爱的，今晚你跟我住在一起吧，好吗？我会照顾你的。明天咱们到你最喜欢的烟木林里去。"

"太好了，"安娜说，"我终于回家了。"

皇帝萨尔瓦多恶狠狠地盯着多洛蒂娅和她的两个随从，怒不可遏地说："这是姐妹会第二次令我失望了——而且是在一天之内！我要关闭你们的学校，把整个学校都夷为平地！"

罗德里克小心翼翼地碰了碰他哥哥的手臂，说："但我们还需要知道更多信息。也许我们应该再进一步商量如何处理此事。如果太过草率，恐怕会影响整个帝国。"

这时，多洛蒂娅姐妹突然开口说话，让他俩吃了一惊。"萨尔瓦多皇帝，我理解您的愤怒。姐妹会里有很多人都已堕落败坏，理应被清除，但那些没有堕落的人应该得到拯救。有些人，比如我和随我同行的这几位圣母，与姐妹会里其他人理念不同。我们的崇高目标是推进帝国的繁荣兴盛。是时候该清除毒瘤，烙烧伤口以阻止其继续腐烂了，姐妹会应该改变方向，走上正途。"

萨尔瓦多粗声粗气地哼了一声，说："我知道你们姐妹会的阴谋，还有你们的育种记录，你们想阻止我生育后代，对吗！幸运的是，我们抓住了你们操纵的傀儡——卓玛医生，使她给我绝育的阴谋没能得逞。"

多洛蒂娅的表情变得很困惑："我不知道这个计划。不过卓玛医生曾是圣母拉奎拉的学生。我对她并不怎么了解。但是，陛下，我完全同意您所说的——姐妹会的育种计划是她们腐败的核心。在罗萨克的姐妹中隐藏着险恶的秘密，但我恳求您记住一点，我们当中有些人是正直而理性的，愿意与您共事……为您效力，陛下。我们当中有些人忠于帝国、忠于芭特勒信仰，这些人向来遵守芭特勒的原则，处事小心而谨慎。"

"你所说的这些人有多少？"罗德里克问。

"只占少数，但许多新圣母跟我一样深感忧虑。"

"'汝等不得创造像人一样思维的机器。'"多洛蒂娅的一位随从说道，此人身材娇小，鼻子圆润，左脸上有一颗痣。

萨尔瓦多显然感到很不自在："这句话我听曼福德·托伦多说过很多次了，但她为什么这么说？这又跟安娜出事有什么关系？"他心里还惦记着卓玛的阴谋。

"盖茜姐妹指的是姐妹会所做的最可怕的一件事，"多洛蒂娅说，"她们利用违禁的计算机来保存令人恶心的育种记录，并把计算机藏在禁止外人进入的山洞里。虽然她们不允许我进入那个禁区，但我脑海中的其他记忆见到过那些计算机。"

罗德里克立刻愣住了，问："罗萨克的洞穴里藏着思维机器？"

沙丘学派：姐妹会

"你说什么？"萨尔瓦多惊讶的声音响彻整个觐见厅。

"姐妹会的核心已经腐败，但我们当中的一些人无法接受。因此我才会自告奋勇，亲自把安娜带回来。陛下，我需要跟您见面，亲自告诉您这件骇人听闻的丑事。姐妹会需要被净化，而不是毁灭——我会带领姐妹会重新走上正轨。所以我恳求您不要因为一部分人的堕落就惩罚姐妹会所有人。实际上，大部分姐妹都不知道这桩可怕的罪行，如果给她们一个机会，她们会愿意加入我们的。"

"至于那些违禁的计算机，"罗德里克说，"你有证据吗？能找到它们吗？"

"我肯定能够找到那些违禁计算机，我们可以寻求曼福德·托伦多的帮助——"

萨尔瓦多露出惊恐之色，说："没必要让芭特勒人参与进来。帝国由我来统治。我会派军队前去处理此事。"他看向自己的弟弟，觉得郁闷了一整天，终于有了令他高兴的事，"好，就这么定了。"

女巫们把畸生儿驱逐出去,但那些幸存下来的人比任何人都更了解丛林深处。因为我过去曾跟他们在一起,见过那些秘密的地方。

——圣母拉奎拉·贝托-阿妮鲁尔,黎明前对忠诚信徒的告诫

姐妹会必须做好准备。不但脑海里的声音警告拉奎拉危机即将到来,而且瓦莉娅姐妹也告诉了她危机的具体原因。在成为圣母的过程中,多洛蒂娅通过看到拉奎拉过去的记忆,了解到秘密使用计算机的事情。她打算把姐妹会使用违禁科技的事情透露给芭特勒人。拉奎拉必须赶紧采取措施,在那帮暴徒来摧毁他们根本不理解的东西之前,隐藏计算机,保护姐妹会。

多洛蒂娅在姐妹会中也有不少盟友,尤其是在那些新圣母当中。许多姐妹被这突发情况吓坏,她们呼吁不要再隐瞒秘密了。多洛蒂娅手下最激进的九位圣母要求对保存育种记录的不对外开放洞穴进行搜查,她们坚信一定会找到姐妹会隐藏违禁科技的证据。

在保存育种记录的上层洞穴里,每个房间都摆着书架,上面堆满了用超薄纸张打印出来的文件。这堆积如山的信息是无数代罗萨克女人不断收集而来的,并保存至今,而且需要一大批门泰特对其进行检查和分析。

为数不多的几个姐妹负责硬拷贝基因记录,只有她们知道放置违禁计算机的巨大房间隐藏在一面伪装成石墙的全息影像图后面。但如

沙丘学派：姐妹会

果芭特勒的暴徒或帝国士兵对隧道进行搜查，寻找计算机的下落，那么肯定会有人误打误撞走进来。

拉奎拉很清楚，多洛蒂娅的盟友们并没有确凿的证据，即使是那些新圣母也没有从过去记忆中听到连续而切实的声音。她的外孙女也许记得拉奎拉很久以前，甚至在阿丽特还没出生前的一些经历，但她肯定不知道这位老圣母现在的想法和行动。

然而，仅仅唤起人们对计算机的恐惧就等于有罪。因此当拉奎拉断然拒绝一些姐妹进入禁地，同时在通往上层洞穴的路上派出更多的女巫把守，并且指责多洛蒂娅的盟友们公然违抗命令时，这些更加激化了盟友的不满情绪。

看到姐妹会出现分裂，形成对立的阵营，拉奎拉深感无助。卡丽·马奎斯和她的门泰特姐妹早已预测到姐妹会将出现走向黑暗深渊的分裂。拉奎拉知道如果她不公开谈论这个问题，她们就会把她的回避视为认罪。

她必须坚持自己的立场，忠于自己确立的目标，为此她需要立即采取必要的行动。她召来卡丽、瓦莉娅、萨布拉·哈珀林以及她最信任的核心圈里的其他十五名姐妹，共同商讨此事，这些人都知道姐妹会隐藏最深的秘密。最后拉奎拉给她们做出了指示。

接着，拉奎拉做出了一个大胆的举动——在黎明时分，召集姐妹会的所有成员召开紧急会议。太阳升起，雾蒙蒙的天空被阳光照亮，一千多名姐妹会成员陆陆续续涌进最大的会议厅。

在如此密集的人群中，没有人会注意到瓦莉娅和其他几个特别助手的缺席。这将是她们唯一的机会。

圣母站在众人面前，举起双手，示意大家安静下来。她那双写满岁月沧桑的眼睛凝视着乌压压的人群。"你们当中有很多人都想要进行公开讨论。你们有你们的疑问和担忧。现在你们畅所欲言吧，所有人都可以说出自己的想法，我会认真听，并作出回应。"她朝两个自己精心挑选的女巫守卫点了点头,那两人把会议厅里所有的门都关闭并上了锁。"我们就在这里进行讨论,把你们的想法都说出来吧,哪怕要花上一整天的时间。"

拉奎拉做好了准备聆听众人所有的批评和问题。

但这一切都是为了转移注意力,因为她需要尽可能地拖延时间。

当其他姐妹都聚在会议厅里开会时,瓦莉娅和十几个忠诚的姐妹争分夺秒地拆除那些违禁的计算机。

在那面以全息图像做伪装的屏障后面,她们拆下所有的组件,移除所有密集的凝胶电路存储器模块,然后用悬浮升降机把它们从悬崖城内部的旧通风井和通道偷偷运到峡谷岩壁的底部。运到那里之后,安静的工人们将把那些密封的组件运送到秘密的丛林深处。圣母拉奎拉告诉她们丛林里的一个隐秘之处,她们在那里把被拆除的计算机保护起来,免受丛林动植物的侵袭。那个地方永远不会受到芭特勒人的破坏,也不会被帝国士兵和怀有疑心的姐妹发现。

当年拉奎拉染上了奥米诺斯瘟疫,奄奄一息。一个被驱逐出悬崖城的畸生儿把她带到了丛林里畸生儿聚集的隐蔽之所。在灰岩天坑下的洞穴里,她受到了那些畸生儿的保护和照顾,直到她恢复了健康。从没有人发现过那里,几十年后,那些畸生儿也都死了。圣母已经很多年没去过那里了,但那个地点她还记得。

瓦莉娅带着同伴们气喘吁吁地走进丛林,但动作迅速,有条不紊,不亚于训练有素的士兵。陷落的岩坑是隐藏那些被拆除计算机的最佳之所,也是保存基因信息这样的无价之宝的最优之地。

塞琳娜·芭特勒的圣战教会了我们，必须使用任何能想到的武器与人类的敌人抗争。可敌人若是误入歧途的人类本身呢？

——托勒密，德纳里研究日志

当托勒密修复完第一个最高等级的半机械生化人躯体时，他感到十分兴奋，甚至当初那种乐观的情绪又回来了。当他全神贯注地研究机械系统时，他几乎忘记了独自工作的痛苦和失落。没有了埃尔钦博士，托勒密的工作变成了一种疯狂的执着，唯一的目标就是修复被破坏的一切，恢复原有的秩序。为了人类的福祉和利益，他必须废寝忘食地工作。

连接神经与装甲四肢的思维电路端口极其复杂，托勒密在使用神经脉冲控制机械战士躯体之前，还有很多东西要学。从好的方面看，装甲身躯不过是由引擎、活塞和电缆驱动的一种机器，因此可以用更传统的方式控制它们。托勒密建造了一个小驾驶室，吊在一个螃蟹一样机械身躯的下面。驾驶室被密封、加压，与机器控制系统紧密相连，另外还装备了维生系统，这样托勒密可以坐在驾驶室里，在德纳里昏暗且带有腐蚀性的户外进行探寻。

当完成各系统的测试之后，托勒密爬进驾驶室的舱口，把自己封闭在里面，然后打开气罐的阀门，启动系统。巨大的机器嗡嗡作响，螃蟹一样的机器躯体被几条粗壮的腿撑了起来。

即使他真把自己想象成是一个新型半机械生化人，他也意识到埃尔钦会因他的傲慢狂妄而责骂他。托勒密一生都致力于探索科技进步，提高和改善人类文明，从不追求个人荣耀。然而现在，他知道如果他如今想做的事情能够成功，他就会名声大噪，广受世人赞誉。如果他能活下来，人们会理解的。

这位经验丰富的科学家开始操纵机械身躯的六条腿，先移动其中一条，然后是另一条，逐一进行测试。这是一个精密而复杂的行走装置，令托勒密感到惊讶的是，半机械生化人曾经竟然能够如此流畅地操控自己的机械身体，而且这副机械身体如此庞大而复杂，包括腿部、武装机械手臂、滚动踏板甚至还有机械翅膀。

托勒密急切地想要用这台改装过的机器进行练习，看看他能在险恶的外部环境中发现和打捞出什么。于是他封闭了机库，给其加压，并利用远程信号打开机库大门。一股绿色的烟雾瞬间涌进了机库里。

托勒密透过驾驶室的强化玻璃窗向外看，并启动了机械关节腿，使其移动。一开始，他小心翼翼地操纵机械躯体，步履蹒跚地走到布满巨石的空地上。渐渐地，他越来越有信心了。含有毒气的云层给周围的环境蒙上了一层扭曲而充满梦幻的色彩。薄雾之下，从研究基地里发出的灯光显得格外模糊。

适应了三对机械腿的滚动和同步移动之后，托勒密坐在驾驶室里穿过飞船运送补给时降落的停机坪，然后离开了研究基地，到附近探险。

几年前，当文氏集团在这个古老的半机械生化人基地建造这个秘密研究中心时，技术人员穿着环保服在基地周围一公里范围内进行了侦察，但更远的地方则几乎从未探索过。这个研究中心的任务是在远离芭特勒组织监视的地方研究重要科技项目，因此这里的科学家们大多对这个环境恶劣、不宜居住的星球毫无兴趣。约瑟夫·文波特当然也毫不关心德纳里的景色。然而托勒密则一心想要寻找古老的半机械

沙丘学派：姐妹会

生化人的残骸，从中发现他能利用上的科技。

当机械身体大步流星地离开实验基地的穹顶时，他开启了照明装置。明亮机械眼睛将光锥射入含有氯气的空气中。在一个低矮的屋顶上，他发现了一个堆满半机械生化人躯体的垃圾场，巨大的机械躯体散落在各处，犹如战场上一具具腐烂的尸体。它们仿佛史前野兽的尸骨，被扔到这个特殊的墓地等待死亡。不过对托勒密来说，这是个巨大的宝藏。

他操纵机械腿停下笨拙的脚步，又惊又喜地盯着那些机器躯体，想象着那些机械战士的身躯重新运行起来，组成一支复活的机器大军。这支强大的军队可以对抗芭特勒的暴徒！托勒密发现自己咧嘴直笑：如果曼福德·托伦多前来摧毁德纳里的研究基地，他会发现他最大的噩梦正在保卫这里。

即使横七竖八地倒在岩石上，失去了行动能力，这些机械躯体看上去依然令人心生恐惧。托勒密回想起泰坦阿贾克斯的故事，他的机械身体杀死了所有反抗他的人。此时托勒密脑海中浮现一幅画面，半机械生化人躯体抓住愚昧迷信的芭特勒人、剑术大师以及任何狂热无知想要摧毁科技的人，把他们碎尸万段。

在封闭的驾驶室里，托勒密操纵着控制器，令机械身体笨拙地抬起一个爪状的机械脚，然后重重落下。在他的脑海里，他用这只机械脚抓住阿纳莉·艾达荷的躯干，把她狠狠捏碎。他想着曼福德手下的那帮野蛮人扑向半机械生化人的躯体，像虱子一样爬上去，对它拳打脚踢。但这帮狂热分子再怎么折腾也无济于事，因为这些半机械生化人躯体实在太强大了。

要是他能早点儿学会控制这样一具机械躯体，他就能杀死所有在天顶星实验室袭击他的芭特勒分子……就算他没能及时利用这副躯体去救下埃尔钦的性命，也能迫使没有双腿的曼福德·托伦多亲眼目睹他的芭特勒圣战者们被屠杀，就像这个卑鄙的男人让托勒密亲眼看着自己最亲密的朋友惨死一样。

  当他在封闭的驾驶室里操纵外部控制装置时，他意识到他的操作太过缓慢和笨拙，在战场上无法做到行动自如、快速流畅。他需要找到一个直接的神经接口，这样他——以及其他任何想捍卫人类文明的抵抗者都能准确而熟练地操控机械身体。

  他操纵机械腿迈着沉重的步伐，走过半机械生化人墓地，沿着山脊往远处走去，再到浑浊的气体消散的地方。他在那里发现了许多倒塌的建筑物，还有一百多副机械装甲躯体。托勒密打算充分利用这些意外得来的宝贝——组成一支新型防御部队，让理性的人类能够有强大的武力对抗那些想把人类文明带入黑暗时代的疯子。

  他把两条机械前腿抬起伸直，让机械身体高高昂起，就像一个人举起拳头向神灵赌咒发誓一样。

> 甘愿使用邪恶工具的人本身就是邪恶的。无一例外。
>
> ——曼福德·托伦多,《唯一的道路》

曼福德对门泰特的预测表示完全信服,指挥战船前往托纳里斯星系。吉尔伯图斯·奥尔班斯仅凭一些微小的线索就能整理出大量事实、梳理出各种模型和方案,这令曼福德既钦佩,又有些害怕。门泰特的思维过程让他想起了巫术或复杂的计算机运算——这两者都同样令人担忧。校长声称,他只是在示范人类的思维堪比任何计算机。

尽管吉尔伯图斯的确对思维机器暗暗钦佩(这令曼福德无法接受),这一点从他在课堂上那番悖逆的辩论就可以看出,但曼福德得出的结论是,门泰特和芭特勒是天生的盟友,站在同一阵线上并肩战斗。

曼福德乘坐着领头的弩炮式飞船,此时他正在自己的私人船舱里,继续读伊拉斯谟的日记,看着里面骇人听闻的段落。这个独立机器人残忍地描述了它对无数人类实施的各种折磨和实验,以及它根据自己收集的各种数据做出的评论和思考,其想法不但怪异离奇而且令人憎恶,让曼福德越来越感到恐惧和厌恶。如今人们已渐渐忘却思维机器有多么邪恶,而伊拉斯谟是其中最邪恶的一个。

虽然曼福德之前拒绝过吉尔伯图斯·奥尔班斯,不给他看伊拉斯谟的日记,但这位芭特勒的领袖认为吉尔伯图斯是他重要的盟友,于是此时把机器人的日记拿给了门泰特校长看。他指出日记里揭露的最令人震惊的一段话："你瞧,这个伊拉斯谟多么阴险邪恶。一字一句都证明了我们的反抗运动有多么正确。伊拉斯谟亲口说过——'只要过了足够长的时间之后,他们就会忘记以前的一切……然后重新创造我们。'"

吉尔伯图斯看着那厚厚的书页,脸色发白。他利用自己的门泰特能力,瞬间记住了这些文字。"这段话的确让我感到很害怕。"他不得不承认。这位门泰特校长是个沉静内敛的人,全心全意想管理好自己的学校,训练他的学生。尽管战舰上充满庆祝胜利的喜庆气氛,但他似乎还是不太愿意参加这次远征。他借口说需要进行冥想,为即将到来的战斗做准备,向曼福德请求告辞,然后回到了自己的住处。

标准的超光速飞船已经在太空飞行了大半个星期。由于托纳里斯前哨基地是一个被废弃已久的制造中心,芭特勒人觉得没必要着急,也不必冒险去使用不可预知的空间折叠引擎。在前往遥远星系的飞行途中,芭特勒人充满对胜利的期待和兴奋,那股热情和喜悦就像蒸汽浴室里的水蒸气一样弥漫在整个舰队。

然而曼福德已经感觉到,打击和摧毁一堆已经失效的机器只是一种空洞的胜利,其意义远没有圣战者所想的那么深远和伟大。但不管怎样,曼福德越是允许他那些狂热的追随者摧毁稻草人一般不堪一击的敌人,他们就越死心塌地追随他。当他号召圣战者对像机器辩护者之类不那么明显的敌人采取打击行动时,他们便会一呼百应。因为总有些人想要合理化使用思维机器。他的追随者们是他的武器,他要让摧毁托纳里斯造船厂的行动成为一个使圣战者释放压力的阀门,好让他的队伍更加团结一心。

人的思维是神圣的。

当舰队抵达托纳里斯星系时,他们发现思维机器的基地果真就在门泰特预测的地方。但令曼福德吃惊的是,他看到的并不是一个寂静冰冷的前哨，而是一个热火朝天运转着的工业制造中心，制造基地里遍布着制造金属船体板和结构部件的自动化装配线，到处都有热气和废气排出。巨大的船坞悬在破碎的小行星上，无数船只正在那里被建造。

曼福德的同伴们站在舰桥上，惊得倒吸了一口气，吉尔伯图斯·奥尔班斯也在其中。三十艘武装巡逻舰船正守卫着那些设施。阿纳莉·艾达荷最先发现了那些巡逻舰船的船身上印着文氏集团太空船队的标志。基地周围还另有至少十五艘文氏集团飞船。虽然芭特勒的舰船数量远远超过了敌人，但文氏集团的巡逻舰船还是列好阵形朝曼福德的舰队驶来。

传输线上传来一个傲慢的声音："警告入侵者：此基地为文波特集团所有。汝等立刻撤退。"

说话之人傲慢的态度令曼福德十分气愤，于是他回复道："此基地隐藏着违禁的思维机器。所有船只、工厂和物资都将被没收并摧毁。"他摩挲着下嘴唇，又补充了一句："你可以疏散你们的人员，如果不愿疏散，那随你们的便。那可是你们自找的。"

过了一会儿，文波特总裁本人出现在舰桥控制台的屏幕上。"你们竟敢干涉我合法的业务运营？你无权命令我，你们这是非法入侵文波特的私人领地。"

与此同时，阿纳莉·艾达荷对基地进行了一系列扫描。曼福德和文波特继续隔着屏幕相互怒视。扫描之后，阿纳莉说："他已经重新启动了十四个机器人造船设备。看起来那些机器在为他工作。如果再给他点儿时间，他会把其余的设备也都重新开启。"

芭特勒领袖感到怒火中烧："约瑟夫·文波特，真不知道你这是愚蠢透顶还是邪恶至极。"

文波特口气也很强硬："让你的那帮野蛮人赶紧掉头离开，否则我会向兰兹拉德联盟提出正式上诉，并停止向任何支持你们的星球提供运输服务。我还将要求法律赔偿——毁坏的每一样东西都照价赔偿，另外还要加上惩罚性损害赔偿。这笔赔偿金足够让你破产。赶快结束你那愚蠢的行动吧。"

阿纳莉气得恨不得抽出剑来刺穿那块通信屏幕。但曼福德依然尽力保持表面上的冷静："自从我的舰队离开兰帕达斯后，我就向我们的所有舰船发出了指示。你爱怎么上诉就怎么上诉，但这座造船厂我们今天是毁定了。"他关掉了通信系统，然后命令前线的武装战舰瞄准三座已经重新启动的机器人工厂。

吉尔伯图斯·奥尔班斯脸色唰的一下变得惨白，问："您不该给他点儿时间疏散人员吗？"

"我暂且不会毁掉他的管理中心或文氏集团飞船，但那些机器人工厂必须要被炸毁。任何选择重新唤醒思维机器的人都已经被上帝诅咒了。如果他拒不投降，那我们也不会放过其余的人。"

于是芭特勒战舰向这三座自动化机器人工厂发射了炮弹，造成了毁灭性的打击。燃料罐和压缩气体爆炸，大块的碎片飞溅到其他设施的圆顶上，各种密闭的金属罐被炸成碎片。

通信系统再次亮了起来，阿纳莉报告说："约瑟夫·文波特想要与您再次通话。"

"我早就料到了。"曼福德示意接通信号。

文波特勃然大怒："你简直是个恶魔，看看你干了什么？我的工人们还在那里呢！其他设施里也有工人在干活呢。"

"我之前给你时间和机会，让你疏散人员了。你已经输了。我们有两百多艘舰船，比你们的数量多得多——你打算就用你那几艘巡逻舰还击吗？若是敢来的话，我照打不误。"

"托伦多，你个无知的蠢货。"文波特说。

"恰恰相反，我认为自己聪明又大度——特别是现在。那些选择在这个造船基地工作的人都已误入歧途，但他们当中有些人还有可能

沙丘学派：姐妹会

会得救。正如我之前所说，我会允许你疏散人员。三艘船够装下这些人吗？给你一个小时的时间，把你想救的人聚集起来，让他们上船，我会把他们当作囚犯暂时接收，然后我会再次出手，把这里夷为平地，清除所有的邪恶机器。至于你自己犯下的罪行，文波特总裁，等我除掉这些祸害人类的东西之后，咱们再做清算。"

刀伤能有良心上的伤那么痛吗？

——沃立安·厄崔迪，厄拉科斯生活期间日记

弗雷曼人站在四面皆是岩壁的房间里，站成一圈，他们已经决定好了沃立安和格里芬这两人的命运。耐布沙纳克怒视着这两个人，显然他认为格里芬·哈克南无足轻重，大部分责任都在沃立安·厄崔迪身上。

沃尔对他们的决定坦然接受。他永远也忘不了伊珊蒂那绝望而决绝的表情，当她发现沃尔救不了她、却依然不肯放弃时的表情。她拒绝让沃尔救她，毅然扑向了那只沙虫。她担心沃尔为了救她而送命。

沙纳克摇了摇头说："我不知道伊珊蒂看出你有什么价值，但不管怎样，她看错你了。你害得一个好女人丢了性命。"

年轻的哈克南站在沃尔旁边，被自己刚才的经历击垮了。格里芬就像个傻瓜一样横冲直撞，根本不了解情况也没有做好准备，一意孤行。"你应该让我死在那里算了，"他喃喃地说，"我又没让人救我——特别是你。"

这个年轻人想要逃跑，沃尔无法责怪他，尽管他这一逃付出的代价如此惨重。"那不是你能决定的，"沃尔说，"是我和伊珊蒂决定的。"

"早就该让你死在沙漠里，那样既省了我们的麻烦，那个女人也

沙丘学派：姐妹会

不会白白送了命。"耐布说。

沃尔本来可以驾驶侦察机带着格里芬飞离沙漠，把格里芬丢到一个遥远的定居点，让他自己想办法回到厄拉科斯城。但弗雷曼人的侦察机队已经跟来了，尽管他可以比弗雷曼人飞得快，但还是回到了地穴。因为这是荣誉问题。

"我的家族想要报仇，好洗雪多年来的仇恨，"格里芬说，"但我很抱歉，我不该追到这里来。"

部落首领面容紧绷，盯着面前的这两个人，就好像在瞪着恼人的孩子。"你俩都不该来这里！你们不属于这里。"他瞪了沃尔一眼，说，"我们不认识你，沃立安·厄崔迪，也不想认识你。你的敌人让我的部落和族人受到严重的伤害。而你，格里芬·哈克南，太执着于你们之间的血仇，忽略了你在寻仇过程中对别的人和事物的伤害。"

沙纳克从腰间抽出一把乳白色的匕首，然后又从旁边的一个人身上拔出另一把匕首。他将两把匕首扔在满是沙子的地板上，说："动手吧！解决你们之间的宿怨。现在就做。我们不想牵涉其中，不过之后我们会取走你们体内的水。"

沃尔感到胸口一阵冰冷。"我不想跟他斗。这场纷争已经有些太过头了。"

耐布仍态度强硬，不肯让步："那我就立刻下令处决你们——你们两个难道不想自卫吗？"

格里芬脸色发灰，浑身颤抖，他拿起那把匕首，看了看刀刃，又看向沃尔："我妹妹和我一生的仇恨都寄托在这一刻。"

沃尔没有去拿另一把匕首。他无意跟格里芬对战。

沙纳克轻蔑地看着沃尔说："你们这些外来人真是傻瓜。你就站在这儿任由他把你打倒吗？"

"把我们扔到沙漠里去吧，"沃尔说，"让我们各走各路，听天由命吧。"

"我们不会掺和进来的。"沙纳克笔直地站着,双臂放在身体两侧。

耐布厌恶而轻蔑地厉声喝道:"别考验我的耐心。不——我说过了,如果你们不对战,我们就把你俩都杀了。"说完,几个弗雷曼人就拔出了自己的刀,缓缓靠近。

然而,沃尔还在尽力周旋:"那胜者——你们也要把他杀了吗?"

"也许杀,也许不杀。"

"你要向我保证,无论是谁赢了,都必须保全他的性命,并承诺会把胜者护送到安全的地方。"沃尔眯起灰色的眼睛,迎上沙纳克那雷霆般的怒容,丝毫没有退缩,"不然我就任凭他杀了我——总比被沙漠强盗杀死强。"

周围的弗雷曼人纷纷表示不满,但穴地领袖却冷笑一声:"好,我以我的名誉担保,我们会把获胜者送到安全的地方——而且很高兴能摆脱你们两个。"

沃尔极不情愿地俯身拾起另一把匕首,直面格里芬。年轻的格里芬举起那把乳白色的匕首,来回挥了挥,试试匕首的重量和拿在手里的感觉,看起来准备好了,但十分谨慎。

"我有屏蔽场腰带,"格里芬说,"我知道你也有。要像文明人那样对打吗?"

"文明?"沃尔说,"你觉得这是文明吗?"

耐布沙纳克皱起眉头说:"屏蔽场?这里不许用屏蔽场——只有白刃相接,生死肉搏。"

"我早就料到了。"格里芬说。他深吸了一口气。接着,出乎沃尔的预料,格里芬突然刺向前,又往旁边一砍,动作迅速而利落,技巧纯熟,令人意想不到。沃尔立刻向后一跳,锋利的刀刃擦身而过,差点儿没有躲开。看来有人教过哈克南格斗技巧,而且教得出奇地好。

作为回应，沃尔漫不经心地挥了一下匕首，格里芬反应很快，迅速闪开。年轻的哈克南把刀换到另一只手上，再次袭来。

沃尔在躲闪时听到了刀刃相接时玻璃般的碰撞声。弗雷曼人的匕首没有真正的剑柄，也没有护刃，当两人的匕首碰撞擦过时，沃尔不得不转动手腕，以免被刀伤到指关节，留下深深的刀口。而他的对手却不甘示弱，刀刃与刀刃相抵，两人互不相让。最终，沃尔伸出左手，狠狠拍向格里芬的胸口，格里芬踉跄着向后退。接着，格里芬站稳之后，沃尔迅速挥刀刺向他的左臂肱二头肌，虽然流了点儿血，但没伤到动脉。

"肯认输了吗？"沃尔不想杀他。

哈克南皱了皱眉，向后一跃，挥舞匕首防御。"我不能认输——我要以哈克南家族名义战斗到死。"

沃尔太了解家族荣誉给人的负担了。长期的仇恨笼罩在哈克南家族几代人身上，让他们对沃尔恨之入骨，而荣誉又给这种仇恨加上了微妙的复杂：即使沃尔投降认输，让格里芬获胜，估计这个年轻人也不会释怀和满意……不过弗雷曼人会把他带到安全之地。

弗雷曼人既欢呼又出言侮辱。沃尔认为他们并不在乎谁赢谁输，他们只是想为伊珊蒂报仇，希望能以他俩的血来祭奠她。耐布沙纳克看着两人的对战，脸色阴沉，默不作声。

沃尔冲过去，使劲推对方。他一生戎马，征战无数，赤膊对战的经历更是数不胜数。但几十年来，他一直过着平静的生活，从未与人交战过，格斗技巧早已生疏。尽管如此，他还是跟这个年轻人激烈搏斗，想要再次刺伤他，但不要他性命。

而格里芬没有任何顾虑，他的格斗技艺精湛，且出人意料。他的战斗技巧与沃尔以前见过的迥然不同。只见他对手的眼神由怀疑变成了自信，仿佛在脑中听到了加油鼓劲的声音。

"我跟你说过我去过开普勒，你原来居住的那个星球吗？"格里芬气喘吁吁地说，"我和你的家人交谈过。"

沃尔顿觉浑身发冷。及时举起匕首挡住了一击。

"你的妻子，玛丽拉，是个老太太，"格里芬语速快而短促，上气不接下气，"你知道她死了吗？"

说话间，格里芬找准了攻击的时机，锋利的刀刃穿透沃尔的防御，刺中了他的胸口，正好在右肩的下方——虽然不致命，但痛心彻骨。玛丽拉！沃尔突然停手，但求生的本能依然还在。眼看格里芬跳了上来，沃尔连忙举起手防御，接着往后抬腿一踢，踢到格里芬的大腿，两人打了个滚，倒在地上。

沃尔的肩部伤口流血不止，右臂几乎动弹不得，他的胸中燃烧着熊熊怒火。

格里芬和沃尔一齐倒在地上，倒地的同时，格里芬又奋力刺了一刀，沃尔用自己的匕首格挡，但握力不够，匕首脱手而掉。最后一次交手时，沃尔伸出左手，抓住对方的手腕，使尽全力不让刀落下刺伤自己。"你把玛丽拉怎么了？"

格里芬伸出两根手指直直插进沃尔肩膀上的伤口。沃尔疼得差点儿晕过去。转眼间，格里芬便用乳白色的刀刃抵住了沃尔的喉咙。

年轻人终于回答了沃尔的问题，声音里带着一丝悲伤："我没伤害她。我到达开普勒时正巧赶上她的葬礼。"他用匕首抵住沃尔的喉咙，加重了力道，"我不像你，我从没想过要伤害你的家人。我只是想……想让你知道所有哈克南家的人都不该蒙受你强加给我们的耻辱和冤屈。"

沃尔并没有乞求他饶命。他只是静静地躺在地上，感觉锋利的刀刃正抵住自己的脖子，等待对方给他最后致命一刺。他漫长的人生、他与泽维尔·哈克南和阿布鲁尔德多年的恩怨以及他与哈克南家所有后代的仇怨，都将在这一刻全部了结。

他低声说："取走我的性命就能恢复你们家族的荣誉了吗？"

沙丘学派：姐妹会

格里芬居高临下，狠狠按着他，肩膀在颤抖。刀刃在沃尔的颈动脉上颤动。年轻人的眼里涌出泪水，脸上的表情从愤怒转成犹豫再到沮丧。

最后，他举起了匕首，一脸厌恶地站起身，把匕首扔到了一边，说："我选择不杀你，厄崔迪，这是荣誉问题。你要为自己对哈克南家族的所作所为负责，但我要为自己的行为负责。"

他用左脚踢开那两把匕首，面对耐布和那些窃窃私语的弗雷曼人说："仇已经报完了。"

"你太懦弱了，"沙纳克说，"你穿越了整个银河系来寻仇，如今你本可以杀了自己的仇人，却因为太过懦弱而下不了手。"

格里芬皱起眉头说："这是我的决定，无须向你解释。"

沃尔挣扎着站了起来，流着血的肩膀一阵阵地疼，但他毫不理会身上的疼痛。周围的弗雷曼人狠狠瞪着他们二人，慢慢向他们靠近。

沙纳克握紧拳头，说："格里芬·哈克南，你偷走了部落的水，这是死罪。沃立安·厄崔迪，你是他的同谋。你们之间的血仇或许已经了结，但我们之间的水债你们还没偿还。我们要取走你们身上的水，愿你们从这世上消失，被人永远遗忘。"

"等等。"沃尔左手摸索着他身上那套紧身沙漠服的口袋。鲜血已经浸透了那身衣服，但沙漠服的布料具有极强的吸水能力，可以将水分循环，再输入他的身体——如果他能活那么久的话。最后终于他找到了衣服口袋里的袋子，并把它拿了出来，扔到地板上，沙地上全是他们刚才打斗的痕迹。"你把水看得比人命都重要。我敢肯定我比你更为伊珊蒂的死难过。"

耐布看着那个袋子，仿佛里面装满了蜇人的蝎子，问："这是什么？"

"如果说我们的罪行是偷水，那就用我在香料开采队挣来的水券偿还你吧。这是我所有的工钱。拿着这些水券去厄拉科斯城换水，这些水足抵得上格里芬偷走的那些水的五倍。"

弗雷曼人低头看着那个袋子。部落中许多人都受社会排斥，一辈子从未离开过沙漠深处的盆地，但有些人进过城。他们知道怎么花这些水券。耐布似乎对这一提议仍有疑虑。

沃尔紧追不舍地逼问："你们是想杀了我们，然后抢走我的水券对吗？你们是光明磊落的人，还是一群窃贼呢？"

弗雷曼人对沃尔的提议并不满意。"他欠我们的不仅是水。"一个战士说。

"取走他们身体的水。"另一个人说。

但耐布却挺直了身子说："我们不是窃贼，也不是杀人犯。再多的水券也无法补偿你们给我们带来的灾难和损失。但伊珊蒂看重你们。我不想让她的在天之灵怨恨我们，所以我这么做是为了她，而不是为了你。"他眉头深锁，弯下腰抓起地上的水券，说，"但你们必须离开地穴，走得远远的。"

沙纳克看了看周围的族人，等着他们对自己的决定提出异议，但他是穴地的耐布，大家都尊重他的权威，没人反驳。

"那就这样吧，"部落首领说，"我派人用伊珊蒂的侦察机把你们送走。离这儿几公里外有一个气象监测站，我们就把你们送到那里去。你们可以用那儿的通信器发送信息，但永远不许回到这里来。"

耐布沙纳克用冷酷的语气正式下了命令，说完便转过身，拒绝再看一眼沃立安和格里芬，就像当年阿布鲁尔德因怯懦而被判有罪之后，沃尔决然地转身离去一样。"我们不想再与你们俩有任何瓜葛了。"

计算机很有诱惑性，它会利用各种花招和诡计让我们沉沦和堕落。

——曼福德·托伦多，《唯一的道路》

对拉奎拉来说，这简直就是一场噩梦。

拉奎拉、瓦莉娅和十几个女巫站在高高的悬崖上，凝望天空。只见天空中布满金色机身的帝国战舰，犹如一群蝗虫从巨大的折叠空间轨道出现，铺天盖地而来。此时正值下午，除了那群金色的战舰外，罗萨克的天空清澈宁静，就连远处的火山也在安然沉睡中。

拉奎拉认出机身上印着科瑞诺家族的金狮标记，突然意识到这并不是那群狂热分子肆无忌惮的疯狂袭击，但心中的不安没有一丝减少。之前，她以为帝国的反应有可能会比较理性而节制，但安娜的悲剧发生后，皇帝完全有理由对姐妹会感到震怒。

拉奎拉知道，她自己以及姐妹会都危在旦夕，形势十分严峻。

"至少他没把芭特勒人带来。"说着，她瞥了一眼站在她身边脸色苍白、神情紧张的瓦莉娅。一艘又一艘的战船在银紫色树冠指定的停机坪降落。"也许我们还有一线希望。"

拉奎拉站在悬崖高处俯视下面的洞穴城市，她看见姐妹们惊慌失措地到处乱窜。她听到了众人的惊叫和呼喊。就连多洛蒂娅派系里的人也不免害怕起来。她们意识到她们释放出了一条恶龙。

姐妹会向来致力于对精神力量的训练，还有冥想与肌肉控制，因此训练出的只是姐妹，而不是战士。即使姐妹会中有少数女巫的后代，但她们也无法用灵力作战。

然而萨尔瓦多·科瑞诺皇帝带来的是一支全副武装的军队。反抗只会激怒他，导致姐妹会被摧毁。不，拉奎拉打定了主意，她们不能跟帝国正面对抗。她宁愿为安娜·科瑞诺的遭遇而承担责任，接受一切惩罚，哪怕牺牲自己的性命，只求能保住姐妹会。多亏瓦莉娅姐妹能力出众，帝国不可能找到违禁计算机存在的证据。多洛蒂娅提出的任何指控都是查无实据。

这时，身穿军服的士兵从降落在树冠上的军用运输机上走了下来。令圣母感到惊讶的是，这些士兵，甚至就连军官都那么年轻。空气中充斥着飞船引擎的嗡嗡响声。军队浩浩荡荡，井然有序，一场大战即将来临。体形较小的悬浮武装直升机沿着陡峭的崖壁缓缓下降，在悬崖城的山洞盘旋，炮口直接瞄准洞口。只消一枚炮弹，就能把悬崖小路上的岩石炸下来，封住隧道洞口，所有姐妹都必死无疑。但到目前为止，他们还没有开火。

卡丽·马奎斯召集了十几名杀气腾腾的女巫，围住拉奎拉，保护她的安全。很久以前，她们以传奇般的灵力令人闻风丧胆，但如今，那些都成了褪色的记忆。"我们会帮助您守护姐妹会的，圣母，"卡丽说，"要是女巫再多一些，皇帝就不会这么明目张胆地入侵了。"

"你们也无能为力，卡丽。如果我们想开战的话，他们会杀死这里的所有人。"说着，她开始走下悬崖，去迎接皇帝的军队，"我们必须想办法让他们满意。"

一艘华丽的巨大浮空飞船驶进拥挤的停机坪。拉奎拉看到军官们正忙着指挥部队。在聚合的树冠上，士兵们迅速站好队形，准备迎接帝国主舰的到来。一条带扶手的坡道从船身一侧弹出，身穿军服的士兵列队走下坡道，手里握着的武器上足了弹药，锃光闪亮。精锐部

沙丘学派：姐妹会

队……皇帝的私人卫队。

两位年长的军官跟在队伍后面，随后走出来的是皇帝萨尔瓦多·科瑞诺和他的弟弟罗德里克，跟在他们二人身后的是盛气凌人的多洛蒂娅姐妹。

瓦莉娅的厌恶之色显露无遗："不出我所料，多洛蒂娅背叛了我们。"

"她肯定做了什么。我要直接去跟他们谈。"瓦莉娅挺直了腰，鼓足勇气说，"如果皇帝是来为安娜报仇的，那我应该陪您一起去。"

"我是圣母，责任在我。"拉奎拉微微一笑，但并没有让瓦莉娅觉得安心，"不过，没错，我的确希望你跟我一起去。也许我们能挽回局面，给他们看他们想要看的东西。"拉奎拉转过头对年迈的女巫说，"卡丽，把门泰特姐妹都召集起来，让她们带着育种记录到山洞里等我们。我们会让皇帝随意搜查，但愿能让他相信，姐妹会只使用人类计算机。"

卡丽·马奎斯领命匆忙离开，拉奎拉和瓦莉娅顺着悬崖小路走了下来。

在帝国主舰前，侍从们忙着为皇帝搭建小凉亭，还准备了一把结实的椅子让皇帝坐着观察局势，指挥行动。萨尔瓦多穿着一身戎装，还佩带了一把钱德勒手枪，胸前戴着华丽的勋章、绶带和金狮图案徽章，使他的红色上衣看上去不像是指挥官的军服，而更像是一身演出服。当他看到圣母拉奎拉向他走来时，他对着登陆战舰上的扩音器大声说："罗萨克星目前已被封锁，面对严重反人类罪的指控，我们要对罗萨克的姐妹会进行调查。"

拉奎拉高昂着头，走在宽阔的聚合树冠上，无数飞船降落在此。她的随从紧随其后，但她并没有回头看她们。"您的军事力量真令人钦佩，陛下。这些姐妹都被您的权力与威严所折服。"只见拉奎拉大步走向前，脸上毫无惧色。萨尔瓦多急忙地坐到了临时的王座上。罗德里克和多洛蒂娅分别站在他的两侧。

"我代表这所学校,"拉奎拉说,"也代表所有的姐妹。我已派多洛蒂娅圣母将您的妹妹安娜送回萨鲁撒·塞康达斯的皇宫,并且对她遭受的伤害致以最诚挚的歉意。"说完,拉奎拉指向正在皇帝周围站得笔直的军队,"不过显然,这还不够,为了弥补这次可怕的事故,您还需要我们做什么呢?"

萨尔瓦多在王座上坐立不安。"这不是我们来此的原因。"他恼怒地看了一眼罗德里克,然后抬起下巴,清了清嗓子说,"除了在我亲爱的妹妹身上发生的悲剧以外,我们还收到了报告,说贵校使用非法的思维机器来管理和储存你们大量的育种记录。"他那狭窄的鼻子哼了一声:"我还知道你用那东西对家族和个人做出能否被允许生育的预测,但显然我没有通过测试。"

拉奎拉顿觉有一盆冷水浇头。她万万没料到会这样。作为一名圣母,多洛蒂娅可以接触到"其他记忆",并通过这些"其他记忆"了解到有关计算机的情况——但她很可能并不知道萨尔瓦多的基因有缺陷。门泰特姐妹不会告诉她,所以只有卓玛医生有可能会揭发。看来要么是卓玛这名苏克医生再次背叛了拉奎拉,要么就是她被抓住,受尽酷刑折磨。其他记忆在拉奎拉脑海里窃窃私语,声音越来越大,越来越惊慌,吵得拉奎拉几乎没办法思考。

萨尔瓦多压低声音,变成低吼,只有拉奎拉和身旁的姐妹们能听到。"如果你们的育种记录说不能让你们的皇帝生育后代,那它就有了致命的缺陷。"萨尔瓦多气得喘粗气,似乎在姐妹会的罪行清单上又加上了一条指控,因为他不想让别人知道自己的基因也许有瑕疵。

拉奎拉圣母大胆进言:"这些话是多洛蒂娅姐妹告诉您的?"她摇了摇头,装出一副难过的样子。"这也难怪。她最近才服了毒药,在一场转化为圣母的严酷试炼中差点儿死了。这种剂量大、毒性强的精神转化药物通常会造成脑损伤,导致服药者出现幻觉或精神上的创

沙丘学派：姐妹会

伤。您也看到了您妹妹安娜目前的情况，由于她服用这种毒药，而且用量过大，所以也产生了副作用。"她从多洛蒂娅的脸上看到了愤怒，但仍不动声色地盯着皇帝，"我的外孙女也跟您说过了吧，她昏迷了好几天才苏醒过来，虽然还活着，但变得跟以前不一样了？"

"外孙女？"皇帝用责备的目光瞥了多洛蒂娅一眼，然后又看向拉奎拉，说，"你是说这一切都有可能是幻觉？可要是这女人精神不稳定，你为什么还要派她到皇宫来呢？"

拉奎拉回答说："安娜遭遇不幸，我们必须立刻做出回应，于是我们选择了多洛蒂娅，我的外孙女代表我们觐见皇帝，因为她过去曾在宫廷效力。我以为她已经康复了，但现在看来，恐怕她已经开始产生幻觉了。"

多洛蒂娅的声音尖厉而刺耳："陛下，圣母简直是满口胡言。姐妹会里有个地方摆满了计算机——我们必须找到那地方，那就是我们需要的证据。"

"'无论在哪方面，人类都比机器优越。'"拉奎拉抑扬顿挫地吟诵道。

"别给我引用《奥兰治天主圣经》，"萨尔瓦多厉声说，"我刚刚以自己的名义发行了一个新版本。"

于是拉奎拉更谨慎地回答道："在圣战期间，我与莫汉达斯·苏克一起，帮助感染了奥米诺斯瘟疫的受害者，所以我亲眼目睹了思维机器的邪恶。我看着整个族群被思维机器害死，所以我决不会让思维机器再重见天日，让它们重新出现在罗萨克姐妹会里。"

皇帝一时间语塞，显然不知道该说什么。这时，罗德里克·科瑞诺挺身而出："我们有足够的理由对罗萨克进行搜查，并在必要时对这里进行大清洗。"

"这里的确隐藏着计算机。"多洛蒂娅坚称。

"孩子，那你倒是说说那些计算机到底在哪儿呢？"拉奎拉语气温和地问,显然她对自己的外孙女表示十分同情,"你见过那些机器吗?我是说,亲眼瞧见,而不是在你的梦里。"

"我在其他记忆里见过。脑海里的声音也告诉我了,还有你的记忆也是这么告诉我的。"

拉奎拉会意地点了点头,然后对皇帝说:"我明白了。她脑子里有声音。"然后便言尽于此。

"别管是什么形式的育种记录,带我们去看看吧,"萨尔瓦多从王座上站起身,命令道,"我想亲眼瞧瞧我家族的族谱,还有对我后代的预测。"

拉奎拉笑着说:"记录档案都保存在外人不得进入的山洞里,请允许我带您去吧。"

一切都准备好了。如迷宫一般盘根错节的家谱和育种图谱都是以手写资料的形式保存着。这些档案十分不完整,但将会呈交给皇帝。门泰特姐妹们已经准备好了相应的卷宗。

拉奎拉一路带领众人沿着悬崖小路往前走,同时脑子飞快地运转着。皇帝到底知道些什么?难道他审问过卓玛医生了吗?卓玛医生把绝育药放进他的食物里了吗?还是没得手就被逮到了?"陛下,您也知道,收集和编译一个如此庞大的基因信息数据库是罗萨克几个世纪以来最重大的一项工程。我们不仅有芭特勒家族和科瑞诺家族的基因信息,还有所有重要家族的信息。罗萨克的女巫们以及我们的姐妹在这件事上从来没有任何隐瞒。"

大批军人仍驻守在罗萨克姐妹会各处,拉奎拉带领皇帝和他的随从沿着狭窄的悬崖小路爬到了上层的洞穴。一进入洞穴,拉奎拉就带他们去了之前存放计算机的房间,而现在房间里只摆着几张桌子和几个书架,书架上摆满了一摞摞装订好的育种记录副本。七名身穿黑袍的门泰特姐妹正坐在桌旁,在女巫门泰特卡丽·马奎斯的监督下进行信息汇总。

沙丘学派：姐妹会

卡丽从书架上取下一卷副本，并交给皇帝萨尔瓦多亲自过目。"陛下，我们这里共有八名门泰特姐妹，她们每天的任务就是将几个世纪以来收集的基因信息，再加上我们已知的信息全部记忆下来。一旦我们有了足够的数据，就可以开始进行分析和预测。这些姐妹便是人类计算机，她们在芭特勒人支持的兰帕达斯学校接受过严格的训练。"

多洛蒂娅怒气冲冲地跑到书架前，翻开了几本书，然后把它们全都扔到了地上，气得声音变得更加尖厉："那些思维机器就在这里！计算机数据库里保存着几个世纪以来的所有育种信息，由计算机对后代的基因进行预测！"

罗德里克和皇帝看了看其他的卷宗，一些不以为意的军官也翻看了几眼。萨尔瓦多脸涨得通红，气急败坏地瞪着一脸绝望的多洛蒂娅。突然，多洛蒂娅冲出人群，从一个房间跑到另一个房间，一间一间地搜查，但一无所获。最后，她站在门口，脸上带着既困惑又愤怒的表情说："陛下，她们肯定是把计算机藏起来了！"

拉奎拉镇定从容地说："欢迎您对整个悬崖城进行搜查，陛下。姐妹会唯一的思维机器就是我们的人类计算机。有了门泰特，我们无需违禁的科技。"

这时，瓦莉娅开口了，声音听起来有些紧张，但拉奎拉知道她声音里的颤抖是小心翼翼装出来的。"请原谅，陛下，对于您妹妹的不幸遭遇，多洛蒂娅姐妹难辞其咎。多洛蒂娅曾在姐妹会的药物研究实验室工作，安娜所服用的毒药正是多洛蒂娅亲手调制的。"

多洛蒂娅听到这话，惊得瞪大了眼睛："我把那毒药给你了啊，瓦莉娅，我没有给安娜·科瑞诺。"

"你错了。你给我的药，还在我这里呢。"为了证明这一点，她从长袍的口袋里掏出了一粒黑色的小药丸。

年迈的卡丽·马奎斯憎恶地瞪了多洛蒂娅一眼，然后面对皇帝说："瓦莉娅姐妹所言属实，陛下。多洛蒂娅的确在药物实验室协助我。那些药物本该受到严密监控，但她却玩忽职守，让您的妹妹轻易溜进了实验室把毒药偷走，并且不顾劝阻和警告，执意服下了毒药。"

多洛蒂娅怒不可遏，强烈表示抗议，但萨尔瓦多显然对她越来越不耐烦："你今天已经说得够多了。看来这次调查比我预想的要深入得多。"

尽管拉奎拉让多洛蒂娅出尽了丑，但她仍觉得不放心。皇帝虽没有证据，但他已起了疑心。于是她尽力保持镇定，直视皇帝的眼睛，坚定地说："我们姐妹会将全力配合您的调查，陛下。"

一个有价值的对手比任何经济上的奖励都更令人满足。

——吉尔伯图斯·奥尔班斯，兰帕达斯门泰特学校《战术手册》

  托纳里斯的三座自动化工厂爆炸，令约瑟夫·文波特瞬间觉醒，打消了心中所有的疑虑。就连他也没有想到那些野蛮人竟如此残暴愚昧，但更没想到他们竟然如此邪恶。

  "该死的，你他妈的蠢货，对自己不懂的东西就心生恐惧。"他低声吼道。约瑟夫唯一能做的就是在心里发出愤怒的呐喊。他真希望此刻乔巴能陪在他身边，但同时他又庆幸乔巴没在这里，而是安全地留在了科尔哈。

  不久前，当科学家托勒密来到科尔哈，讲述那个"半身人"曼福德残忍地袭击了他的实验室时，他还认为托勒密对曼福德的残暴行径有些夸大其词。现在他自己终于亲眼看到了，芭特勒人的确是群残暴的疯狗。他们还没有把目标对准管理中心，但约瑟夫决不相信那个没腿的家伙会对他们手下留情。

  他转过身对自己的门泰特说："他杀死了我手下好几十名操作机器的工人，毁掉了那些工厂设施。他不会停手的——这你肯定清楚。"

  看到工厂遭受的破坏，德莱格·罗杰特的眼睛上下翻动，正在脑海中对信息进行整理和分析。"那鲁莽的行为是为了逼迫您投降。他们的军事实力远超过我们。"

通信器里传来曼福德的声音,他向约瑟夫发出了最后通牒,那声音就像金属丝一样刺耳:"再给你五分钟时间,如果你再不投降的话,接下来我们会摧毁剩下的所有机器人工厂。"

文波特转身看向德莱格,压低声音说:"给我一个选择,门泰特!我向你发誓,我决不会不战而降,白白把这些造船厂交出去。运用你的战术技能,我们要尽一切可能,想办法打败曼福德·托伦多。"

"那并不容易,先生。能活着离开这里就算幸运的了。"约瑟夫深深叹了口气,紧盯着托纳里斯造船厂基地以及那些渐渐逼近的野蛮舰队。"那至少想个办法让他吃点儿苦头。"

* * *

吉尔伯图斯已经记住了各个小行星的位置,以及各主要设施、三十艘文氏集团武装巡逻舰、基地周围十五艘类别未知的文氏集团飞船和一群正在建造中的飞船的分布情况。利用伊拉斯谟很久以前教过他的技巧,他在脑海中组建了一个复杂的造船厂基地三维图形,并将图形从各个角度进行移动,试图找到基地的薄弱点,预测那些身处绝境甚至有可能自毁的对手会使出哪些手段进行防御,抵抗势不可当的芭特勒舰队。他认为约瑟夫·文波特是不会轻易认输的。

在门泰特学校,吉尔伯图斯和他最欣赏的学生德莱格进行过许多次战术演习训练和思维练习,就像他和伊拉斯谟在科林的时候经常做的练习一样。而现在,由于曼福德·托伦多逼迫他随芭特勒舰队同行,他这一次面对的不再是演习,而是实战。他在现场得到的不再像以前那样是记录和资料,而是第一手数据。此时,他的目标是摧毁那些自动化工厂和组装了一半飞船的太空船坞,而不是像以前一样获得分数和成绩。

尽管他从来不敢大声说话,尤其是在芭特勒人面前,但他还是充满怀念地回忆起那些高效、高产且稳定的机器人工厂。在吉尔伯图斯看来，他和伊拉斯谟在一起的时光是那么宁静安详，与那些喜怒无常的芭特勒人表现出的狂热和疯癫截然不同。许多活生生的工人在刚刚的那场爆炸中丧生。这一切令人十分不安。曼福德甚至懒得去调查他要毁掉的东西到底是什么。

距离曼福德要摧毁剩余自动化工厂的时间快要到了，被激怒的约瑟夫·文波特最终做出让步，但曼福德仍持怀疑态度。他瞥了一眼吉尔伯图斯，说："你怎么看，门泰特？他是在骗咱们，还是他真的认输了？"

"我不知道他在想什么，但根据我对他们的工厂设施、船只和防御能力的估算，文波特总裁不可能打赢这场仗。他是个聪明人，我认为他也会得出相同的结论，所以我估计他是真的投降认输了。"

除非他失去了理性，或者有我们没有掌握的信息。

但吉尔伯图斯并没有说出这些话，因为曼福德·托伦多比任何门泰特都更了解非理性行为。

·······✧·······

在约瑟夫的命令下，德莱格在极短的时间内，利用托纳里斯造船厂每一块能用上的材料，想出了一个极富想象力的计划。约瑟夫想了想，立刻批准执行。"很好，假如无论如何一切都会被摧毁，那我宁愿与那些暴徒大战一场，也不愿束手就擒，眼看着一切被他们尽数毁灭。"他捋了捋胡子，深吸一口气，然后说，"我要你通过公开频道宣布全体撤离，并确保可信度。然后准备三艘船。"

与此同时，他真正的命令被加了密，并通过私人紧急频道发送给所有文氏集团太空船队的忠诚员工。尽管文波特鄙视那个芭特勒暴君，但他还是又开通了一条通信线路，对曼福德说："好吧，你个屠夫！我正在召集其余的员工迅速撤离。这些员工都是好人。你能保证不会让他们受到伤害吗？"

曼福德以目光回应他，约瑟夫看到那副毫无人性的面孔，就跟在那些变异的领航员脸上看到的冷漠表情一样。"如果他们犯下了危害人类灵魂的罪行，那他们将面对另一个法官的审判，而且比我可怕多了。"

约瑟夫忍不住翻了个白眼，随后才突然想起要摆出失败者的姿态。"那不是我问的问题。我只是问你会保证他们的安全吗？"从屏幕上，他看不出曼福德乘坐的是哪一艘战船。

"是的，他们会安全的。但这座造船厂基地将会被摧毁。把你的三艘撤离的船开过来吧，我的手下会继续完成任务，不会有不必要的流血牺牲。"

约瑟夫面无表情。他就是想制造必要的流血事件。他切断了通信，以便自己的手下继续秘密行事。

三艘巨大的撤离船比预计时间提前十五分钟启程出发，缓缓朝芭特勒舰队驶去。

· · ·

撤离船体积巨大，是艘翻新的机器人战船——也许是约瑟夫·文波特对曼福德故意的羞辱。吉尔伯图斯认出这种飞船的型号，知道这艘船里能承载多少乘客，但他并没有说他为什么知道这些信息。

"我很惊讶文波特总裁这么快就把人员弄上船了，毕竟那些员工都分散在各个工厂里，"吉尔伯图斯说，尽管他很担心曼福德把他的语气错误地理解为是对文波特的钦佩，"他的效率可够高的。"

芭特勒领袖笑了笑，说："他的工人们肯定吓坏了。因为怕死，所以行动格外迅速。"

吉尔伯图斯皱起眉头，继续在脑子里估算这些飞船。"不……我认为这个解释说不通。"他感到越来越不安，"请向文波特总裁询问一下撤离人员的总人数。"

沙丘学派：姐妹会

曼福德困惑不解，不以为意地说："何必多此一举呢？反正我们会把他们扣押在他们自己的船上。他们的事情过会儿再解决好了。"

"我需要知道人数。这很重要。"

曼福德耸了耸肩，朝阿纳莉·艾达荷点了点头。阿纳莉再次打开通信频道。过了一会儿，惊慌失措的约瑟夫·文波特出现在屏幕上，说："你们还想怎样？那三艘船已经在去你们那儿的路上了。"

"我的门泰特想知道正在撤离的员工有多少。"

"问这干吗？船不是已经在路上了嘛。等他们到了你们自己数一下不就知道了。你没杀死的工人们都在船上了。"

"他坚持不说。"

吉尔伯图斯出现在曼福德身旁，说："你为什么始终不回答我们的问题呢，文波特总裁？"

文波特言语含糊地骂了门泰特几句，然后说："六千二百八十三人，但这个数字可能不准确。因为我也不知道你炸掉那三座工厂时到底炸死了多少人。"说完，他突然切断了通信信号。

吉尔伯图斯在脑子里飞快地运算着。他很困惑，于是对曼福德说："这个数字不对。他不可能有足够的时间转移那么多人。有点儿不对劲。"

·⚛·

在托纳里斯造船厂的管理中心里，尽管约瑟夫发出了通知，但实际上他并没有指挥员工撤离。此时，约瑟夫看着三艘巨大的飞船驶进了那帮野蛮人的舰队中。那些大型战舰是由思维机器建造的，设计成由机器人操作的战舰。所以船上有自动化操作系统，不需要任何人员，只需要输入指令即可。

许多惊慌失措的工人吵着要登上撤离船，约瑟夫听到他们的喋喋不休的抱怨时，差点儿就让他们上船了。但他还是坚持派出了撤离船，里面一个人也没有。

"那个半身人曼福德还以为我们所有人都跟他有一样的信仰——这是他的认知上的无知和盲点。他是时候该醒醒了。"

德莱格始终保持沉默，当看到三艘船渐渐朝芭特勒舰队逼近时，他轻声说："先生，现在我知道了我们的对手是吉尔伯图斯·奥尔班斯，我的信心减了一半。"

约瑟夫不耐烦地瞥了他一眼，说："你的老师根本不知道你在这里。"

"这可能是我们唯一的优势。计划的其余部分已经准备好了。再过一会儿，我就可以做出更准确的预测，并提供进一步的建议，只要——"

正在这时，伪装的撤离船在芭特勒战舰之间突然爆炸，约瑟夫发出一声响亮的口哨。精心同步的自毁程序真是令人惊叹。爆炸冲击到无数敌人，机器人战船瞬间化作无数飞溅的弹片、炽热的气体和燃料蒸汽云。冲击波震裂了曼福德舰队中的九艘战船，熔化的船体金属块给至少六艘战船造成了损坏。

"要是我们知道曼福德在哪艘船上就好了，不过绝对是个极好的开始。"约瑟夫咧嘴一笑，说，"在他开始反击之前，赶紧进行下面的行动。"

我们并不总是人为地选择自己的敌人或盟友，有时命运会为我们做出选择。

——格里芬·哈克南，寄给兰基维尔的信

弗雷曼飞行员带着沃立安和格里芬飞离了穴地，一路上沉默寡言。沃立安感到疲惫又悲伤。虽然他从来都是个不服输、不轻易放弃的人，但此时，他找不到任何乐观的理由。一个弗雷曼人替他包扎好肩膀上被匕首刺伤的伤口，但包扎得很马虎，就好像他并不希望沃尔活那么长，活到伤口痊愈似的。格里芬受伤的胳膊上也缠上了绷带。

飞行员把他们二人送到了气象监测站，并给了他们一封水瓶的水。"耐布沙纳克说，你多付了那么多的水，所以还给你们一些。别浪费了。"说完，弗雷曼飞行员开着颤抖的侦察机离去，只留下他们两个人。

两人独自待在沙漠中，被困在这座自动气象监测站里，各自沉默，沉浸在各自的回忆里。

气象监测站位于一个空旷盆地中央一个由岩石组成的小堡垒里。放眼望去，四周连绵起伏的沙丘上，只有几座零星分散的岩石岛点缀其中。

沃尔打开了气象站的大门，集中精神寻找求生之法。格里芬在他旁边等着，脸上流露出一丝期盼。"也许这里也有一些紧急供水系统。"

"没有水,至少这里没有。"

不过他们倒是找到了些坚硬的干粮,能让他们在等待救援的这几天里靠这些干粮活下去。沃尔重新配置了设备,以便能发送范围更宽广的猝发脉冲信号。但这个靠太阳能发电的气象站是专门建立在沙漠深处的,受静电、扬尘和沙尘以及大小风暴等因素的影响,发送出去的信号经常微弱而模糊,令人难以理解。

格里芬坚持每小时发送一次信号。这会儿,他从气象站的设备室里走出来,擦了擦手,说:"我又发送了一次信号,相信很快就会有人来的。"

"但愿有人能听到。谁知道这些哨站多久被监控一次啊?"

"肯定会有人听到的。"

沃尔并没有与他争论。他在厄拉科斯待的时间比年轻的哈克南长,见过的艰辛和苦难也比他更多。格里芬认为一定会有人出于纯粹的利他主义而发动紧急救援,因为人类本就应该互相帮助。曾经,沃尔也坚信这一点,如果是在开普勒,他绝对不会怀疑。

但这里是厄拉科斯。

起初,沃尔觉得自己对格里芬·哈克南没什么可说的。但那个年轻人一直追问他关于泽维尔和阿布鲁尔德的事情。黄昏时分,他们坐在气象站里聊起天来。

"那是很久以前的事情了,"沃尔说,"确切地说是上一代的事了。认识他们之后,我搬到了另一个星球,变成了另一个人。并把所有的记忆都尘封起来。"

"那就把尘封的记忆打开吧。"

悸动的热浪笼罩着他们,沃尔看到年轻人脸上充满了期待。他深深地陷入自己的回忆,虽不愿但不由得想起阿布鲁尔德在雷斯吉尔舰桥背叛他的那一幕……他发现,即使时间已这么久远,但他仍对格里芬的曾祖父留有美好的回忆。

沃尔本可以骗那个年轻人，编造一些故事，称赞他的祖先，给他描绘一幅美好而虚假的画面，但他不想这么做。他活得太久，知道得太多，无法做出这种妥协。更何况，他现在无需撒谎。但他的确谈到了格里芬祖先的一些事情，比如他和阿布鲁尔德一起对抗奥米诺斯在萨鲁撒·塞康达斯的机械食人鱼螨；阿布鲁尔德依旧选择保留自己哈克南的姓氏，而家族里其他人都将姓氏改为了芭特勒；还有沃立安本来答应要帮助泽维尔·哈克南恢复名誉，洗刷历史对他的不公和侮辱。

"那泽维尔呢？"格里芬问，"关于他，你还记得什么吗？"

沃尔脸上掠过一抹笑意："我们第一次见面时，是势不两立的敌人。"

"就像我俩一样。"

"我记得很多关于泽维尔的故事，而且都是很精彩的故事……"

· · ◈ · ·

第二天下午，沃尔在气象监测站里看了看气象传感器收集到的气压轨迹和风向图，但这些气象数据在他看来没有任何用处。除了少量的补给和工具之外，他还找到了一个机械发射武器——一把弹簧式毛拉手枪，不过他完全不知道这把枪到底是干什么用的。难道是为了赶走强盗？他的个人屏蔽场护盾可以保护自己不受子弹的伤害，但沙漠里的人几乎都不戴屏蔽场。所以他选择留下了那支手枪，但并没有把发现枪的事情告诉格里芬。

这时，格里芬大声朝他喊道："有救援飞机来了！有人收到咱们的信号了！"

沃尔从闷热的气象站里出来，尘土飞扬的热浪迎面扑来，他看到年轻的格里芬正指着白色的天空。一架引擎轰鸣的飞机正低空盘旋，突然飞机改变了航向，俯冲下来准备降落。

"我们很快就会安全了。"格里芬挥了挥手臂，然后回过头朝沃尔喊道，"你的肩膀需要接受治疗——如果感染的话，胳膊可就不听使唤了。"

这话可真讽刺，沃尔感到有些好笑："你昨天还想杀了我呢，现在怎么突然又担心起我的胳膊能不能动了？"

格里芬嗤笑着说："瞧瞧现在到底是谁记仇来着？"

沃尔之前听格里芬谈到了兰基维尔，还谈起了自己要扩大鲸鱼毛皮生意的计划，但最近的一次交易令他失去了亲爱的叔叔和一整船的鲸鱼毛皮。于是沃尔心下决定，如果允许的话，他想去这个星球看一看。他甚至还考虑将自己的一部分资金投给哈克南家族的企业，并严格保守秘密，只作为一个匿名的合作伙伴。但到目前为止，他还没有跟格里芬提起这些。因为还不是时候。

格里芬现在最关心的是如何告诉自己的妹妹瓦莉娅，复仇的事情已经解决了，虽然不是按她所要求的方式。这个年轻人希望瓦莉娅能够接受他的做法，因此他一直在想合适的说辞跟她解释。

救援飞机在一阵排气的烟雾和引擎的轰鸣中降落在被岩石山脊包围的盆地里，格里芬立刻朝那里奔去，一边跑，一边挥手吸引机舱里的人的注意，但其实飞行员早已看到他了。

沃尔好奇是谁截获了他们的信号，也不知道这次营救要花多少钱。格里芬估计以为这是免费的。沃尔觉得这个年轻人应该没有钱，但他有钱，他可以通过文氏集团星际银行取出自己存在那里的钱。

救援飞机的引擎熄火了。舱口打开，滑到一边。

正当格里芬兴奋地笑着跳上斜坡时，沃尔看到飞机里闪出两个人影。

第一个人是海拉。沃尔大声发出警告，但格里芬根本没来得及听到。

格里芬并不认识海拉。只见海拉突然伸出手捏住了格里芬的脖子，吓得格里芬瞪大了眼睛。海拉把格里芬从地上举起来，虽然格里芬拼命挣扎，却没有任何效果。

紧接着，安德罗斯从机舱里走出来，站在海拉身旁，轻蔑地看了一眼格里芬，又看向沃尔。"这个人对你来说很特别吗？"

"不，但是——"

海拉目不转睛地直视着沃尔，同时不经意地扭了一下手腕，拧断了格里芬的脖子，然后像丢掉一个破娃娃一样，把格里芬扔到一边。格里芬仰面倒在沙地上，抽搐着。

沃尔大叫："你没必要这么做的！"

海拉大笑起来，尖厉刺耳的笑声就像没上过油的铰链一样："那有什么关系？我们是来找你的，哥哥。"

安德罗斯说道："我们必须做个选择。要么让你加入我们，咱们兄妹三人可以重建泰坦的伟大事业，要么……"

"要么，我们杀了你，为父亲报仇。"

沃尔看向格里芬·哈克南，见他一动不动躺在沙地上，显然已经死了。年轻人松弛的脸上没有一丝痛苦，只有惊慌和困惑。他回过头来面对着那对双胞胎说："这两个选择我都不喜欢。"

说完他就立刻跑了。

尽管门泰特有能力进行大量数据的运算，但仍有盲点。

——校长吉尔伯图斯·奥尔班斯，对新学员的告诫

整整三天，帝国的军队对罗萨克进行了深入而细致的搜查，把罗萨克翻了个底朝天，只为寻找多洛蒂娅坚称的计算机的痕迹。然而他们一无所获，什么也没找到。

更糟糕的是，皇帝萨尔瓦多出发前在萨鲁撒向欢呼的人群信誓旦旦地宣布，他要去罗萨克"摧毁邪恶的计算机"。随着时间一分一秒地流逝，他觉得越来越没面子。

随着一次次的失败，多洛蒂娅圣母却更坚持己见。皇帝面对着跟他一同站在悬崖高处洞穴口的多洛蒂娅，心中满是怒火。头顶上的灰色天空笼罩着一股不祥之气。"多洛蒂娅姐妹，因为你的一再保证，所以我把我的帝国军队都带了过来，可是你瞧瞧，"他愤怒地咆哮，"你让我对罗萨克进行彻底搜查，可到现在也一无所获，你让我这脸往哪儿搁！"

就连多洛蒂娅手下那帮多疑的姐妹也提不出任何建议。无奈之下，皇帝命令他的军队重新再搜一遍，每条隧道和每个洞穴都不要放过，并用声波扫描仪扫描墙壁，探测有没有隐藏的通道。罗德里克亲自带领军队监督此次行动。

与此同时，圣母拉奎拉依然镇定自若，并指示姐妹们全力配合。

沙丘学派：姐妹会

"陛下，您什么时候才能承认，罗萨克没有任何违禁的机器呢？"

"等我真正相信了再说。"说完，他便把拉奎拉打发走了。

在一个天色阴沉晦暗的下午，一架商务穿梭机抵达罗萨克，从外星球运来了定期的补给——这本是正常货物运送，但皇帝下令将每一个集装箱都打开，搜查里面是否含有违禁科技，以及任何可以用来证明他对罗萨克的军事行动合情合理的东西。

士兵们越来越焦躁不安，姐妹们——甚至就连多洛蒂娅的盟友——对这种不公也越来越感到愤怒。

萨尔瓦多在他的主舰外踱步，凝视这座悬崖城，心烦意乱，十分苦恼。他带着怒气低声对罗德里克说："我怎么才能从这种徒劳无功的事情上脱身，保住自己的颜面呢？我们就不能从齐米亚的垃圾堆里偷几台计算机运过来吗？咱们为下一次的狂暴节不是准备了很多机器吗？"

"那太难办了，皇兄。那得让飞船先飞回萨鲁撒，然后再返回来，这样没法令人信服。"他说话总是那么沉着理性。

"我看起来简直就像个大傻瓜，"萨尔瓦多喃喃地说，"我应该让曼福德·托伦多来这儿才对。这种费力不讨好的事，应该让他来干。"

罗德里克皱起眉头，压低了声音说："即使我们没有找到违禁的机器，这里也存在可怕的问题。安娜因为她们的疏忽而受到了伤害，而且我们都听到了卓玛医生的供述，姐妹会想要让你断子绝孙。虽然多洛蒂娅姐妹表面看起来不足信，但在我看来她不该受到怀疑。她在皇宫里证明了自己是可用之才，我更倾向于相信她对姐妹会的指控，尽管我们确实没有确凿的证据。"

"我同意你的看法，而且我也在考虑公开指责姐妹会对我的阴谋，揭露她们让我绝后的阴险诡计。"

罗德里克皱起了眉头，说："不，萨尔瓦多，我们不能那么做。这种事情不能公开。"

皇帝发出一声长叹，缓缓点头道："是啊，这太让人难堪了。但我需要的一个切实可行的解决办法。毕竟我之前当众发过誓，要到罗萨克来把她们的计算机砸烂。"

他望着自己带来的那些战舰，还有乌压压的军队，指挥官们无事可做，已经开始让士兵们在聚合树梢上进行军事操练了。真是浪费时间！他需要尽快了结此事。

"把多洛蒂娅姐妹和圣母拉奎拉叫来。让她们把所有的门泰特姐妹都带来，站在我们面前。"萨尔瓦多双臂交叉环抱胸前，打定了主意，然后下令说，"通知所有下级指挥官，让部队做好准备，天黑前启程返航。"

夕阳低垂，与火山口喷出的红色烟雾相接，圣母拉奎拉遵从皇帝的召唤，带领年迈的卡丽·马奎斯和其他几名门泰特姐妹来到科瑞诺皇帝的主舰前。两名全副武装的守卫站在皇帝的临时王座两侧，此时王座被转了过来，以免低垂的夕阳照到萨尔瓦多的眼睛。

多洛蒂娅早已等候在那里，看上去既不安又愤怒。拉奎拉万万没想到她的外孙女自从被派到兰帕达斯之后，便对芭特勒圣战者们产生了同情和支持。但拉奎拉怀疑多洛蒂娅反叛的真正原因更多是源于血缘，她觉得自己被亲人抛弃了，而没有理解姐妹会的基本教义和准则——姐妹会是姐妹们唯一的家。

皇帝坐在临时王座上，倾身向前，手肘支在膝盖上。他目光冷冽地朝那八名门泰特姐妹瞥了一眼，然后直直地盯着拉奎拉，说道："尊敬的圣母，我对你的育种计划表示极大的怀疑和鄙视。我知道你之前想要阻止我生育后代，卓玛医生把一切都如实招供了。"

罗德里克站在皇兄身旁，面无表情地盯着她。拉奎拉的喉咙发干，几乎无法吞咽。她脑海里安静得犹如墓地一般。

沙丘学派：姐妹会

"我们离开首都时，我曾公开发誓说要摧毁姐妹会使用的计算机，所以我不能两手空空地回到萨鲁撒。"

拉奎拉心头一紧，惊慌起来。皇帝似乎被惹怒了，但无法公开透露愤怒的真正原因。他应该是对卓玛医生用了酷刑，逼迫卓玛说出了实情。但拉奎拉对自己身体的化学反应拥有极高的控制力，她有信心让自己在被逼问出实情之前死去。"可您四处都找遍了，也没找到计算机啊，陛下。根本不存在的东西，您自然找不到。我们这里只有人类计算机。"

皇帝轻蔑地嗤笑一声，说："那只是换了词而已，但实际上她们仍然是计算机。"说完，他便向卫队的队长点了点头，只见所有的士兵都举起了步枪，将枪口对准那八名门泰特姐妹。

拉奎拉吓得不由自主往后退，一声恐惧的惊叫卡在了喉咙里。

她身旁的卡丽·马奎斯——这位罗萨克最年老的女巫——随即抬起了双手。拉奎拉察觉到一颗子弹击中了这位老女巫的头骨，她在临死前释放出一波灵力冲击波，这是当年最强大的女巫们消灭半机械生化人时使用过的超强能力。然而其他几位门泰特姐妹却不是女巫。

只打死卡丽·马奎斯一人还远远不够，皇帝显然感觉到了从卡丽身上爆发出灵力冲击波，大喊起来，于是卫兵们开始大开杀戒。八名门泰特姐妹在一通狂射中纷纷倒下，就像收割的麦秆一样倒在聚合树冠上。

拉奎拉很惊讶自己竟然还活着，她挣脱出来，跑向那些蜷缩的尸体，跪在卡丽·马奎斯身前，只见卡丽·马奎斯倒在一堆可怕而扭曲的尸体上，白袍上溅满鲜红的血。

站在聚合树冠上方的悬崖上的姐妹们看到这一幕，都大惊失色，有的人发出愤怒的吼叫，有的人悲恸地哀号。

悬崖上又传来五名巫女响亮的怒吼声，声音回荡在高耸的树梢间，回荡在学校周围所有人的脑海里。令临时王座周围的人感到惊讶的是，那些女巫一跃而起，自杀般地冲向金色的帝国主舰。只见她们直直落下来，白色长袍衣袂飘飘，犹如女武神一般冲向战场——突然她们降落的速度放缓，运用灵力使自己悬浮在半空中。她们眼中带着凌厉的杀气，朝皇帝俯冲，并释放出另一波灵力冲击波。在灵力的冲击下，拉奎拉感到自己的头骨都在颤抖，支撑不住跪倒在地。

作为袭击的目标，萨尔瓦多痛苦地大叫着，双眼紧闭，两手死死地按住自己的太阳穴。鲜血从他鼻孔里流出来。罗德里克不顾自己的安危，抓住哥哥的手臂，把他从王座上拉下来。

萨尔瓦多瘫倒在自己的王座旁，惊恐地啜泣。于是罗德里克喘着粗气，连忙朝卫队下令："阻止她们！"

拉奎拉挣扎着站起来，见女巫们继续俯冲。拉奎拉抬起头大喊："不！不，不要攻击！"

士兵们举枪射击，把女巫们从半空中击毙，身穿白袍的女巫们坠落下来，摔得血肉模糊，掉在死去的门泰特姐妹中间。

拉奎拉痛苦抽泣着。

萨尔瓦多踉跄着站起来，因疼痛和震惊而狂怒。他气急败坏地下令，命士兵们继续屠杀姐妹，罗德里克抓住他的肩膀，说："别把事情闹大！杀的人够多的了。"

多洛蒂娅跪在皇帝面前，说："陛下，您兄弟说得对，请不要杀死所有姐妹。"

萨尔瓦多大口喘着粗气，终于控制住了自己。他用手背擦去鼻孔里流出的鲜血，一看到手背上猩红的血迹又被激怒了。他抓住王座侧边的扶手稳住自己，并平稳住自己的呼吸。随后，他的声音从战舰的扩音器里嗡嗡地传出来："根据帝国法令，我在此宣布解散罗萨克姐妹会！这所学校将被永久关闭。所有的学员和受训者将被遣散回家。"

拉奎拉双肩耸立，两眼紧盯着那些被杀害的门泰特姐妹和那几位想要保护姐妹会却被杀死，坠落悬崖的女巫，久久无法将目光移开。

沙丘学派：姐妹会

当她再次看向皇帝时，那悲痛又仇恨的表情令皇帝不由得一阵胆寒。

罗德里克·科瑞诺迅速站到皇帝身前，将他与拉奎拉隔开："姐妹会取得的成就大多都很有价值。我建议多洛蒂娅圣母和那些值得尊敬的姐妹随我们一起返回萨鲁撒·塞康达斯。在那里，她们仍旧能利用自己的能力为帝国效力。至于其他人……"

萨尔瓦多似乎很高兴让他的兄弟显示出自己的强大实力。"其他人都必须离开罗萨克。育种记录将被销毁，永远不得再被滥用。"他命令部队从军械库里取出火焰枪，向高处的悬崖洞穴进发。

皇帝转过身来，看着站在悬崖阳台上数百名惊呆了的女人，说："你们其余的人都从哪儿来回哪儿去吧。你们的姐妹会是非法的！"他低头望着满腔悲愤的圣母，看着她那副挫败的模样，终于心满意足。"现在，你们还认为我的基因血统软弱低劣吗？"

我们最伟大的指挥官可以指定最复杂的军事计划,但最终谁能赢得每场战争的胜利只有神能够决定。

——曼福德·托伦多,《唯一的道路》

曼福德站在舰桥上,看到撤离船在离他较远的地方突然爆炸时,惊得脸都白了。几艘芭特勒战舰立刻靠拢过去想要帮忙,但被冲击波震得舰体四分五裂。"文波特那个疯子,竟然连自己人都杀吗?"

吉尔伯图斯看着眼前发生的一幕,脑海中早已想好了应对之策。"先生,我不得不说,芭特勒人也经常采取类似的狂热行动。"没有双腿的芭特勒领袖惊讶之余,表示否认,但吉尔伯图斯立刻补上一句,"但我认为那些撤离船里极有可能是空的,由自动导航系统驾驶,并被远程引爆。他和他的员工们应该仍然还躲在那些工业设施里呢。"

"我们会找到他们的,然后把他们炸成碎片,让他们下地狱见鬼去吧。我已经对他们仁至义尽了,文波特终于露出了他的真面目。"

吉尔伯图斯点了点头,继续冷静地分析。他认为更值得注意的一点是,约瑟夫·文波特已经证明了他是个深不可测、难以捉摸的人。这种鲁莽而自以为是的行为跟他以前的行事风格完全不同。他想达到什么目的呢?是的,这一招的确令芭特勒的舰队受损,但并不足以使他最终获胜。曼福德必然会报复性回击,可文波特想怎么从曼福德手里逃脱,救出自己和手下呢?这简直就是以卵击石,自取灭亡。芭特勒人现在绝不会接受他的投降了。这样做根本毫无意义啊。

"门泰特,你倒是说话啊!"曼福德说。

"我正在重新测算。"哦,他多么希望此时伊拉斯谟能在身边帮他啊……

在没有任何预警的情况下,三十艘文氏集团巡逻舰,以及至少十艘基地附近的其他船只开始开火。单纯从双方军事实力上来看,此时文波特根本不该有任何攻击行为,毕竟他们只有三四十艘战船,而芭特勒人有二百多艘呢。然而让人始料不及的是,他们竟然开始袭击芭特勒的战舰了。

正在吉尔伯图斯继续重新估算形势的时候,主舰附近发生了爆炸。

邻近的芭特勒战舰因燃料舱遭到破坏而爆炸了。

没等曼福德指示,剑术大师艾达荷就朝公开的通信频道大喊:"开火回击——所有战舰,立刻开火,把他们尽数消灭!"

三十艘文氏集团战舰朝芭特勒舰队疯狂扫射,而且攻击速度比预想的要快很多,而且他们的武器也比正常规模的战舰强大许多,因为约瑟夫·文波特改进了舰船上的武器。

吉尔伯图斯开始重构各种变量。也许曼福德的胜算并不是那么明显。文波特的那些战船的确对芭特勒人构成了威胁。

芭特勒人在数量上仍有优势,但他们的战船是八十年前人类军队使用过的,技术早已过时。曼福德·托伦多从没想过对方会顽强抵抗。他满心以为对手会因为害怕而缴械投降。

但这个无情的商人约瑟夫·文波特是个不会轻易被吓倒的人。吉尔伯图斯对他有了更深的了解。接下来,文波特的下一个防御计划启动了。

只见数十艘敌舰从造船厂中缓缓移出:那些船只只建造了一半,机器人舰船的船身根本无法运转,星际飞船的骨架结构正在加速散开。等芭特勒舰队到达时，吉尔伯图斯认为这些船只已经根本无法使用了，但当它们开始移动时，他对这些船只的战斗潜力进行了重新评估，并且有了一个令人懊恼又惊喜的发现！文波特派出的能投入战斗的船只数量是最初看到时的两倍多。

那些新造的飞船里有了一些能启动的武器系统，不过大多都是炮灰，那些巨大的飞船冲进曼福德的舰队里，即使被芭特勒战舰密集的火力击中，也给舰队造成了极大的破坏。虽然文波特派出的战船遭受损坏，但这些尚未完工的自动化舰船源源不断地驶来，撞向列阵紧密的芭特勒舰队。

文波特的一艘巡逻战舰爆炸了，但其余几艘仍在开火。吉尔伯图斯估计，至少曼福德将有四十艘战船会在这场意想不到的抵抗中被毁。

散开的芭特勒战船向主太空船坞和小行星工厂靠近时，他们再次开火，猛烈攻击其余工厂。至少有五座工厂被毁，厂房的圆顶被震碎，烈焰喷出，冲出大气层，涌向太空。

即便是门泰特，也难以记录下所有被摧毁的设施。吉尔伯图斯履行自己的职责，向曼福德提交了一份修改后的评估报告。"那些都是自动化战船，所以文波特会毫不犹豫地牺牲它们。"

阿纳莉·艾达荷气急败坏地说："是被思维机器驱动的？"

"是自动化飞船。"吉尔伯图斯重复了一遍，但没有进一步说明。

芭特勒领袖怒视着他，说："这种情况你怎么之前没有预料到呢，门泰特？"

"因为我没有完整的数据。"

"那就用新的参数。我也甘愿牺牲我的所有战船。只要我们能赢得这场战斗，我的所有追随者和战舰都可以牺牲。人的思维是神圣的。"

"人的思维是神圣的。"阿纳莉附和道。

沙丘学派：姐妹会

"一切都是可以牺牲的是吗，大人？"这是另一个矛盾。吉尔伯图斯并没有说出口，当文波特那伙人做出同样的决定时，曼福德其实十分震惊。

"除了曼福德大人的生命，"剑术大师说，"这是毋庸置疑的。"

曼福德极为镇定地解释道："当年我们正是通过全力以赴的攻击，才在塞琳娜·芭特勒的圣战中战胜了奥米诺斯和它的思维机器。所以在这场为人类灵魂而战的战斗中，我们自然也要不遗余力。"

吉尔伯图斯研究了船只的运动模式，追溯作战路线，找到了交叉点，最后所有的可能性在他脑海中形成了一张复杂的网络……一张异常熟悉的网络。是的，要是伊拉斯谟在，肯定能帮上大忙的。

又有几艘建造了一半的战舰撞上了芭特勒的舰队，损坏了一些战舰，扰乱了其他战舰的传感器，像捅了马蜂窝一般引来一阵炮火攻击。吉尔伯图斯突然意识到，这就是对手的目的，他们要鱼死网破。

时间在吉尔伯图斯的脑海中渐渐流逝，他进入了门泰特模式，并迅速建立起战斗模型，修改了预测船只的移动轨迹，这样他就能将潜在的损伤降到最低。只要小心谨慎，他就能解开对手制造的混乱局面和复杂难题。

吉尔伯图斯很钦佩对手的计策。可惜他必须打败对方。

慌乱无章的芭特勒人疯狂开火，浪费弹药；好几艘战船朝着同一个目标开火，而忽略了其他目标。"要赢得胜利的话，就需要军队组织有序，托伦多大人。我有一个计划，但是您必须让我来指导进攻，让您的指挥官听从我的指挥和命令。"

"你能保证打败他们吗？"领袖问。

"这是您最好的选择。"

"我明白了，"曼福德似乎对这个回答感到有些失望，"好吧，门泰特，给我们一场胜利吧。"

计划一旦开始实施，就像发条一样上满之后便松开，可以按部就班地进行下去，约瑟夫对自己门泰特的计策十分欣赏。"我们有机会了，德莱格。瞧他们被打得落花流水！"他入神地望着那些疾速奔去的战船、那些雨点般的炮火以及芭特勒舰队的战船被撞时发生的连锁式爆炸。火焰和碎片如星爆般炫目耀眼，遍布整个托纳里斯造船基地，满目皆是，令他完全猜测不出到底有多少野蛮人的战船已经被毁。

失去了这些伟大的工业设施，令约瑟夫十分心痛——这么多战船，本可以用来扩大文氏集团太空船队的规模，结果所有的利润和前景都变成了蒸汽和废铁！他想忘记这些巨大的损失，但这太难了。他无法挽救这里的设施和他在这里面投入的资金——但如果他能让芭特勒人伤筋动骨，损失惨重，那付出这些代价也值了。

尽管约瑟夫没有察觉到周围的混乱有何异样，但他的门泰特却一直密切关注着对手船只的动向，开口说："吉尔伯图斯·奥尔班斯已经接管了指挥权。我知道他的手段。"

但在约瑟夫看来，面对那些炮火硝烟和碰撞的船只所引发的混乱，敌人绝对无计可施。

德莱格眼球来回翻动，脑海里正在进行复杂的计算。"先生，我们在管理中心有一艘小型救生飞船。我建议咱们立刻离开控制中心。吉尔伯图斯很快就会瞄准这里，他很快就会找到我们了。"

约瑟夫简直不敢相信门泰特的这番话。"可我们赢了啊！瞧瞧他们损失了多少艘船！"

"但他们还有更多的船可以损失掉，先生。他们现在一点儿都不慌乱——在这种情况下，规则和胜算已经发生了改变。"他直视着约瑟夫，眼睛里流露出关切之情，"我们赢不了的，先生，请相信我。"

沙丘学派：姐妹会

一时间，约瑟夫拒绝接受这番话……但他信任德莱格和他的计划，如同他信任诺玛·森瓦一样。他总是依赖那些有才能的专业人士，他知道如果不听他们，那才真是傻瓜。"如果你确定的话，那我们就离开这里。"

"需要我宣布全体人员疏散吗？"

"你可以试试。我们只能寄希望于那群野蛮人愿意让一些人活下来——但你我都清楚，他的目标是我。"

约瑟夫和德莱格冲进了逃生飞船，关上舱门，把自己封闭在飞船里，并松开对接装置准备起飞。起飞前，约瑟夫瞥了一眼托纳里斯管理中心，看到阿尔扬·盖茨冰冻的尸体像草坪装饰品一样挂在外面，他感到自己投入了这么多人力和物力，全都打了水漂，真是巨大的损失和浪费！

逃生船上并没有配备霍尔茨曼引擎，船上也没有领航员。约瑟夫根本不知道他们要怎么逃出这个星系，但德莱格会想尽办法让他活下去的，哪怕多活一刻……即使在那一刻，他不得不看到周围一切都被摧毁。小救生船驶离管理中心，迷失在混乱的战场里，炮火四射，无数飞船呼啸而过。

"你说我们怎么才能安全离开这里呢，门泰特？"

门泰特犹豫了好久，令约瑟夫等得焦急又不安。"目前还不能确定。"约瑟夫感到心里咯噔一下，他从来没想过就连德莱格也没有答案。

不一会儿，一连串的炮弹炸毁了空荡荡的管理中心。约瑟夫亲眼目睹德莱格的结论得到了证实，心里怅然若失，甚至绝望沮丧。最后他终于意识到德莱格之前所说的局势发生了变化：那帮野蛮人鲁莽而轻率，他们不惜牺牲五艘载人战舰去毁掉一艘约瑟夫派来的战船。虽然人员伤亡惨重，但曼福德手下的那帮狂热分子正在逐步削弱文氏集团的战力和设施。太空船坞被毁，大多数自动化工厂也都被炸毁了。

"我们逃不了了是吧,门泰特?他们早晚会把目标对准我们,只是时间问题。"

"没办法折叠空间,我们就逃不出去。"德莱格调整了一下逃生船上的通信系统,说,"我已经干扰了信号传输,减缓他们找到我们的速度。您能允许我与他们的门泰特取得联系吗,先生?"

约瑟夫皱起眉头,说:"让他跟那帮野蛮人求情吗?"

"我相信他不会那么做的。但我想……跟他告个别。"

约瑟夫叹了口气,点点头说:"我们已经没什么可失去的了。"

没有标记的小型救生船在一片残骸和混乱中穿梭飞行,德莱格开启屏幕,向芭特勒人表明了自己的身份。"我是效力于文波特集团的门泰特,我想跟吉尔伯图斯·奥尔班斯通话。"

不一会儿,他的门泰特导师出现在屏幕上,看到德莱格丝毫没感到惊讶。"我认出了那是你的战术,德莱格。很遗憾,我们竟在一场真枪实战中成了对手。"

"门泰特必须忠于他们的主人。我已经尽了最大努力保护约瑟夫·文波特和这些造船厂——而您也尽了自己最大努力将其摧毁。"

"在曼福德·托伦多的指挥下。"吉尔伯图斯说。

德莱格露出挫败的微笑,说:"当我意识到您已经接管了指挥权时,我就预测到即使我使出浑身解数,也无法获胜。您手上有更好的资源足以打败我。"

"不过我仍为你感到骄傲,你做得很好。但你要明白,这是我们的永别,德莱格。曼福德·托伦多是不会让你们成为俘虏的。"

"让那个半身人曼福德见鬼去吧。"约瑟夫说。

曼福德·托伦多闯入了频道里,说:"这是机器人伊拉斯谟写的,他说人类只是一种可消耗的资源,但真正可消耗的是机器,以及它们的盟友——"

话未说完,德莱格便关掉了通信信号。

约瑟夫脸色凝重地看着德莱格,说道:"还有什么建议或要求吗,门泰特?"

"没有了,先生。所有已知的数据我都看过了。"

正在这时,一艘巨大的文氏集团货船不知从哪里穿过折叠空间从天而降,如此突然,距离他们这么近,连德莱格都不禁发出了一声惊呼。逃生船前面的货船像张开了嘴一样打开舱门。

通信器里传来一个女人的声音,约瑟夫听出来——那是他的妻子乔巴!"诺玛·森瓦和我来救你了,约瑟夫。我们这就把你带上船!"德莱格没有问这两个女人是怎么知道要来这里的,他迅速驾驶逃生船飞进了救援船的船舱。

在他们身后和下方的芭特勒人发现了这艘新船,并把武器转向了它。炮火接连在飞船附近爆炸,但并没有击中目标。

"你们怎么知道来这里的?"约瑟夫通过通信器问。

诺玛用她那飘忽不定的声音说:"他们有门泰特,但我可以凭预知能力打败他们。"

造船厂发生了一波又一波的剧烈爆炸,约瑟夫看到基地里的一切都被毁了。诺玛·森瓦的飞船关闭舱门,像母亲一样将他们的逃生船拥进怀里。乔巴跑进船舱去见她的丈夫,货船闪了一下便骤然消失在安全的折叠空间里。

坚持是一种美德，但执念是一种罪过。

——《奥兰治天主圣经》

阿伽门农的双胞胎紧追不舍，把格里芬的尸体留在了炙热的沙地上。

沃尔知道，即使他把自己关在这个小气象站里，安德罗斯和海拉也能在几分钟之内把岩石墙炸穿。于是他没有进入气象站，而是爬上岩石，手脚并用地攀爬松动的石头，一路向上，爬过一块巨石，登上了一个小山脊。远处开阔的地形很适合进行气象监测，但也让沃立安没多少逃生的优势。

"你往哪儿跑啊，哥哥？"海拉喊，"还是想办法说服我们饶你不死吧。"

沃尔并没有回答。

安德罗斯和海拉耐心地跟在沃尔后面，像向上流动的液体一样，仿佛丝毫不受重力的影响，迅速爬上岩石。当沃尔爬到岩脊顶上时，他看到下面陡峭的斜坡，通向空旷的沙地，除了斜坡和沙漠，周围什么也没有。也许他可以绕一圈，爬回到双胞胎降落的飞机那里，但他们已经把飞机引擎关闭了，重新启动并起飞的话，需要好几分钟的时间。安德罗斯和海拉始终紧追在后，不可能给他这么长的时间。

他身上仍然带着个人屏蔽场护盾和毛拉手枪，这种弹簧驱动的发

沙丘学派：姐妹会

射武器倒是能用，但他怀疑用来对付这对双胞胎估计毫无效果。不过开枪仍有可能拖慢他们的行动。于是他转过身来，打起精神，扣动扳机。

安德罗斯和海拉正扒着一排从斜坡上滑下来的松动巨石向上爬。虽说从基因上讲，他俩是自己的弟妹，但他没有丝毫犹豫和懊悔。几十年前，沃尔亲手杀死了阿伽门农，如今即使他手上再染上亲人的鲜血，那又能怎样。他亲眼看着那两个人杀死了格里芬·哈克南，那个单纯善良、品格高尚的年轻人不应该这样死去。

安德罗斯仍在往上爬，一边爬一边抬头对沃尔喊："你瞧你老婆就没跑，我们问她问题的时候，她就乖乖地待在那儿。不过没想到她竟然是个老太太。"

沃尔顿时怒气上涌，对准安德罗斯的额头，扣动了扳机。毛拉手枪发出一声巨响，听起来就像封闭式爆炸一样。但沃尔——或者说武器——没有瞄准，打偏了，只打中了安德罗斯头部左侧的一块巨石，石头碎裂，许多细小的岩石碎片四处飞溅。安德罗斯惊得一哆嗦。

海拉站起身来，沃尔瞄准她的胸口又开了一枪。这次终于击中了，他看到海拉的连体衣上有了个弹坑，胸口出现一个红色的伤口，皮开肉绽。强烈的冲击力震得海拉直往后退，但安德罗斯放慢了速度，伸出手来抓住海拉的胳膊，扶住了她。海拉疼得大叫，但很快就又恢复了力气。沃尔再次瞄准，然后开枪。这次手枪只发出了摩擦声，他又试了两次，但手枪卡壳了。于是沃尔只能把枪扔掉。

双胞胎再次追上来，离他更近了。沃尔边跑边竭力思考，寻找其他逃生的办法。他凝视着明亮而滚烫的沙地，看到许多小岩石块每隔一段距离就冒出来一堆，远远望去就像一排腐烂的牙齿。最近的岩石块距离这里将近一公里远。如果在满是沙尘的沙丘上拼命奔跑，他至少需要十五分钟才能跑到那里，而且那周围什么也没有。

尽管如此，他还是想到了一个计划。

他不顾一切地沿着陡峭的斜坡往下跑，从一块松动岩石跳到另一块，一直跑到岩石的尽头，又跑进沙漠，跌跌撞撞地走在松软的沙地上。伊珊蒂教过他如何在沙地上行走，掩饰自己的脚步，以及如何毫无节奏地在沙地上移动，以免引来沙虫。然而此时此刻，沃尔仍以正常的速度和步伐跑着，累得气喘吁吁。他身上没有水，所有补给都留在了气象站。而那对双胞胎正步步逼近。

他们杀死了格里芬。

还有玛丽拉。

身后的安德罗斯和海拉开始跑下斜坡，离沃尔越来越近。海拉大声叫喊，声音充满愤怒："即使你跑到岩石那里，你还能去哪儿呢？周围除了沙子什么都没有！"

沃尔没有浪费口舌回应他们。他尽可能地往前跑，拉开与他们的距离——但这还不够，他们离他越来越近了。现在他距离最近的岩石还有一半路程，他下定决心冒最大的风险拼死一搏，但愿他能有足够的时间跑到岩石那里。

他开启了个人屏蔽场，屏蔽场顿时发出微弱的震动声。静电似乎把他周围的沙尘都带了起来。他解开屏蔽场腰带，但电源一直开着，然后把腰带扔到了沙地上。随后，他拼尽全力，以更快的速度疯狂跑向小岩石堆，连他自己也没想到竟然还有这股潜力。沃尔确信他那有节奏的脚步声已经向沙虫发出了不可抗拒的召唤。现在，有了震动的屏蔽场腰带，应该更万无一失了……

双胞胎继续跟随沃尔的脚步，穿过沙丘，紧追不舍，这正中沃尔下怀。安德罗斯尖声喊道："瞧你逃跑那样子，简直就像个懦夫！真给阿伽门农丢脸。"

沃尔喉咙灼痛，眼睛也刺痛难忍，但当他跑上一个沙丘的顶端时，他发现露出地面的岩石堆已经近在咫尺了。露出的岩石仿佛冰山的一角，沙地下面隐藏着更大的基岩。他又跑了几步，感觉到沙地下

沙丘学派：姐妹会

面有坚硬的岩石。他气喘吁吁地爬向更高处，然后转身来望向不远处。

安德罗斯和海拉走到沃尔扔掉的屏蔽场腰带前，便知道距离沃尔已经越来越近了。而沃尔除了待在那个岩石岛上，已经无处可去。兄妹俩目不转睛地盯着沃尔，似乎并没有注意到沙地上的震动，也没留意到沙地上巨大的丘状波纹正朝他们涌来。

海拉迟疑了一下，似乎感觉到了什么，而安德罗斯则一直在皱着眉头拿着屏蔽场腰带仔细端详。他把腰带扔了出去，正在这时，一只沙虫突然从沙丘下面蹿了出来，张开了血盆大口。它挖起了几百立方米的沙子，仿佛直蹿天际，阿伽门农的两个孪生子女随即掉入了沙土的旋涡，犹如两个微小的斑点，转眼消失不见。

沙虫将他们一口吞了下去。

沃尔蹲下来，看着沙虫在附近盘旋。虽然他孤身一人，没有补给，被遗弃在这沙漠之中，但他这么长时间以来，第一次感觉到了安全……

最后，他终于空闲下来，回想起他给厄拉科斯带来的厄运和祸端，他原本只想平静地在这里生活下去。他想起了最近失去的这些人：对他关怀有加的伊珊蒂、意想不到的敌人格里芬·哈克南，这个善良的小伙子不但最终理解了沃立安，甚至可能已经原谅了他。另外，他还想起了玛丽拉。

几个世纪以来，他为失去许多亲人和朋友感到悲伤，但现在他却为白白死去的三条性命而难过。自从阿布鲁尔德被流放以来，哈克南家族几代人都对他恨之入骨，他本希望能想办法跟他们达成谅解。可一旦哈克南家的人知道格里芬出了事，估计他和哈克南家族之间的裂痕将永远无法修补了。

沃立安孤零零地坐在岩石上，觉得身心疲惫，仿佛过了几个世纪之久。他真希望能找到宁静的地方，不用再担惊受怕。他看着沙虫最终钻进了沙地里，远远离去。但他决定先休息一会儿，然后再返回气象站，然后驾驶飞机，永远离开这里。

> 由政府资助的公共活动大多是作秀。精明的领导者很清楚这一点,毕竟公众的认知才是他们权力和统治的基础。
>
> ——帝国对政府行为的研究

根据皇帝萨尔瓦多·科瑞诺下达的命令,被遣散的罗萨克姐妹必须在几天内离开这个星球,离开圣母拉奎拉创办了八十多年的学校。皇帝命帝国军队驻扎在罗萨克,确保他的命令得到有效执行。而皇帝等人则带着多洛蒂娅及其派系的一百多名成员返回萨鲁撒·塞康达斯。拉奎拉既没有机会跟她的外孙女道别,也没有机会跟瓦莉娅姐妹以及其他任何人告别。

姐妹会的所有人,无论老少,都将被遣散。只有少数在姐妹会有重要地位的姐妹可以决定自己的去处,但多数人都被送回了她们来罗萨克之前生活的故乡。

·····

罗德里克·科瑞诺,虽是皇帝的兄弟,但并不意味着他可以享受轻松而奢华的生活。在帝国军队返回萨鲁撒的第二天,他本想晚一点儿起床,跟他的妻子哈迪萨一起躺在床上放松一下,然后跟妻子和孩子们享受一顿丰盛的早餐。但皇宫里又有事情召唤他。

最近这几天,他一直睡不好觉,因为萨尔瓦多草率地下令处决了门泰特姐妹,并解散罗萨克学校,这些事情一直困扰着他。皇帝留下了一大堆烂摊子交给罗德里克处理,他必须把损失减到最低。他希望多洛蒂娅姐妹能提供富有远见且正确的建议,并愿意跟他一起工作。他仍然相信受过严格训练的姐妹有很大的利用价值,他也很高兴他说服了自己的哥哥,至少放过了多洛蒂娅和她派系里的姐妹,毕竟留下一些人总比一个都没有强……

罗德里克已经尽自己一切所能挽救局面。他利用皇帝没收的姐妹会存在银行的资金,给多洛蒂娅姐妹以及她亲自挑选的一百名追随者在萨鲁撒·塞康达斯建立了一个新的训练学校。不过这所学校里不再有育种计划,也没有《阿扎之书》,而且未经帝国政府批准,不得出版任何书籍或刊物。

多洛蒂娅姐妹将受到严密监控,但罗德里克始终认为她很有利用价值。毕竟到目前为止,多洛蒂娅还能理清个人野心与对皇帝忠诚之间的关系。罗德里克需要确定这两者在哪里有利益的重合点,又会在哪里出现冲突……

罗德里克早上去沐浴更衣的时候,显得心事重重,但他尽量保持安静,默默地思考他必须权衡的重要事情。虽然他哥哥有皇帝的头衔和荣耀,但实际上,大部分时间都是罗德里克在执行策略,确保政府平稳运行,但无奈皇帝总是行事草率,做出鲁莽的决定。

在他看来,为了安抚曼福德·托伦多和他那些煽动事端的追随者,帝国已经做出了太多妥协和让步——并不是因为萨尔瓦多支持他们那种极端的观点,而是因为他们掌握了太多的权力来压制和逼迫皇帝。萨尔瓦多对姐妹会的鲁莽行为显然是想要夺走曼福德的主动权,但实际上效果并不理想。罗德里克并不否认那些反科技的极端分子会引发各种社会动荡,但他更担心的是,他的哥哥在没有征求他意见的情况下发表了太多声明。

在他们人生大部分的时间里,萨尔瓦多都把自己的弟弟当作一个

沙丘学派：姐妹会

参谋，在做出重要的决定前都会询问他的意见，寻求他的帮助。罗德里克想知道到底是什么让这种情况发生了改变。他察觉到如今他的哥哥在疏远他，似乎在绝望中铤而走险，奋力求生。也许皇帝感觉到自己正在渐渐失去对帝国的控制权。但萨尔瓦多是他的哥哥，是合法的皇帝，作为皇帝的弟弟，罗德里克有自己的职责。

他要在哥哥变成暴君之前，重塑他对萨尔瓦多的影响力，成为他身边的理性声音。在翻译委员会引发暴乱、皇帝朱尔斯屠杀翻译委员会代表期间，他和哥哥都看到了情绪失控和偏执多疑所付出的代价，但萨尔瓦多对历史并不感兴趣⋯⋯

罗德里克已经准备好了迎接新的一天，尽管此时齐米亚还没有迎来破晓。他从他的私人翼楼里出来，沿着走廊，走向皇帝的私人办公室。他惊讶地发现萨尔瓦多已经在办公室里等他了。皇帝笑嘻嘻地对他说："快，跟我来，我有个好消息告诉你，看了就知道了！"

罗德里克跟在他哥哥身后，说："如今，我们还真是需要点儿好消息。"

萨尔瓦多就像个想要保密又激动不已的大男孩，兄弟俩坐着马车快速前往首都政府大楼中间巨大的中心广场，一路上萨尔瓦多始终不告诉罗德里克有什么好消息。到了那里之后，罗德里克看到帝国卫队用警戒线封锁了该区域，不让人群靠近。在一群身穿金色制服的卫兵护送下，科瑞诺家族的两兄弟穿过人群。这时，罗德里克突然闻到一股奇怪的烧焦气味，刺鼻又难闻。

罗德里克胃里一阵翻滚，感觉这种场面有些似曾相识，他停下脚步，看到灯柱上吊着一具被烧得血肉模糊、恐怖骇人的尸体。尸体的脖子上还缠绕着一根很粗的缆绳，四肢被砍断，脸被打得面目全非，难以辨认，皮肤和头发都被烧毁了。

萨尔瓦多拉着弟弟的胳膊，看上去丝毫没感到不安。"来，快看！你会喜欢的！"他压低声音，对着罗德里克耳语，"这样就同时解决掉了好几个问题。"

尽管罗德里克并不喜欢他看到的一幕，但他还是小心翼翼地走向前，尽力不吸入过多的焦臭味。只见被肢解的尸体旁边贴着一张布告，上面写着几个歪七扭八的大字："卖国贼博莫科。"

"又冒出一个来，"罗德里克呻吟道，"不知道这次是哪个无辜可怜的暴徒被动了私刑。"

他的哥哥没能掩饰住脸上的笑意，说："你怎么知道这个不是真正的博莫科？"

"这年头，哪还有这么多身份不明的受害者？我对此深表怀疑。"

萨尔瓦多凑到他耳边，低声说话。尽管卫兵和围观群众都在大声喧哗，淹没了其他声音，但罗德里克还是听到了他哥哥的话："这次可不是无辜的人，弟弟。你不觉得这是除掉卓玛医生的最好办法吗？这叫一石二鸟。"

罗德里克惊得一退，但他忍住没有大声喊出来。在聚集的人群前，萨尔瓦多趾高气扬地显出专横凌人的样子，提高嗓门，确保周围的人都能听到他的声音："我们必须认真对待此事，兄弟！做个基因测试吧，看看我们是否找到了真正的卖国贼，图雷·博莫科！让这个漫长的噩梦终结吧！我要你亲自督办此事。"

萨尔瓦多愤怒的表情很有说服力，就连给罗德里克的悄悄话也极具暗示。"我想你知道我想要的结果。"

罗德里克继续保持专注的神情，但其实心里惊恐万分："没人会相信的，萨尔瓦多。这甚至不是基因检测的问题——就连最基础的尸检都能看出这是个女人，而非男性，不可能是博莫科。"

皇帝仍泰然自若，说："哦，你肯定有办法的，我对你有信心。出一份详细报告给我，我会批准的。将尸体火化并销毁其他证据，问题不就解决了嘛！卓玛得到了应有的下场，那群暴徒也可以停止寻找他们的恶魔了。"

沙丘学派：姐妹会

罗德里克知道这位臭名昭著的翻译委员会领导人可能已经死在了某个遥远的星球上，或者因惧怕狭隘的帝国政治而躲了起来。罗德里克本想远离这些卑鄙的琐事，但他无法逃避自己的责任。科瑞诺家的人是躲不了的。

"别担心，"他说，"我来收拾残局。"

萨尔瓦多十分高兴地拍了拍弟弟的后背，说："我可以永远信赖和依靠你，你和我，咱俩是最出色的搭档。"

※

事实上，对罗德里克来说，皇帝派给他的这个任务很简单。相比之下，有个更困难、更具挑战性的事情在等着他，那就是见他的妹妹并决定如何安置她。

他看到安娜正跟奥莱娜夫人在一个浅水花园里，涉水采摘漂浮在池塘里五颜六色的花朵，并把摘下的花放进花篮里。两个女人并肩站在水里，看上去像孩子一样，罗德里克朝她们微笑致意。此时的温馨场面与当天早些时候那可怕的场面形成了鲜明的对比。满头银发的奥莱娜向来娴静优雅，而此时她却穿着一件简单的连衣裙，而且早已被水浸湿；安娜穿着一条长裤和一件脏兮兮的衬衫，看上去很高兴。

罗德里克站在池塘边看着她们两人，说："安娜，你今天看起来好多了，昨晚睡得好吗？"

"花如我心。"安娜甜甜一笑，举起一朵花瓣精致的黄花说，"荇菜属浅水性植物，俗称浮心。这花就代表了我的心。"她又指着自己花篮里一朵白黑相间、带有紫绿色叶子的花说，"这是水薤科水薤属，二穗水薤。它闻起来像香草的味道，可以食用。你想尝尝吗？"

"不了，谢谢。"他刚刚处理了一具被医生肢解了的尸体，到现在胃里还难受着。

他的妹妹继续念叨个不停："我认得这池塘里的每一株植物，皇宫所有花园里的植物我都认识。我还知道很多别的事情。比如泥土的化学成分、岩石的起源、所有鸟类和昆虫的学名等等。这些花园包含了许多生态系统——到目前为止，我还没看到任何奇妙的生态互动。"

安娜一直喋喋不休，连口气都不喘，突然滔滔不绝地开始了关于花园的学术演讲。但当她看到一只长着翠绿色羽毛的水鸟飞过时，她又开始讲这种鸟的具体特征和细节，以及在萨鲁撒·塞康达斯的栖息地和迁徙模式，随后扩展到在其他哪些星球和星系里还有类似的鸟类。没过多久，她完全偏离了这个话题，谈起水泥、砂浆、砖块以及其他建筑材料的化学成分，然后不知怎的话题又跳到了音乐中的数学理论。

奥莱娜夫人从池塘里走出来，用一块布擦了擦脚，低声对罗德里克说："我很担心她。"

看着喋喋不休的安娜，罗德里克向奥莱娜夫人问："她还能听到脑子里那些奇怪的声音吗？"

奥莱娜点点头说："就在我们来这里之前，她还呆愣愣的，一副茫然失措的样子。似乎是这些花让她平静了下来。"老妇人坐在一张小长椅上，重新把鞋穿上。"她的思维可能受到了损伤，脑子里充满杂乱无章的信息，时不时地喷涌而出。如果她能控制这些信息，并且进行重新组织和整理，也许我们亲爱的安娜就能恢复清醒了。"

"她向来比我们想象的要聪明，"罗德里克说，"现在，我们必须尽一切可能给她需要的帮助。"

奥莱娜夫人说："苏克学校现在一片混乱——而安娜目前精神十分脆弱，我实在不放心把她交给苏克的心理医生。"

罗德里克点头表示同意："是啊，我只想到一个地方或许了解她这种情况，那就是兰帕达斯的门泰特学校。他们比任何人都更加了解人类的思维。我会向萨尔瓦多提出这个建议，我想他会同意的。"

说完，罗德里克没有脱掉鞋子，也没卷起裤腿，就直接进入池塘

沙丘学派：姐妹会

里，拥抱他的妹妹，仿佛要保护她免受恶魔的折磨。安娜在自己哥哥的怀里，稍稍颤抖了一下，然后抬起头，看着罗德里克的眼睛，笑着对他说："我爱你。"

大多数人崇拜高尚的情操和行为，但这只是理论上的。当人们的信念受到挑战，他们就会退缩，不再崇尚理想主义，而变得更加务实。

——约瑟夫·文波特，文氏集团内部备忘录

诺玛把约瑟夫从托纳里斯灾难中救出来之后，约瑟夫没有停下脚步哀悼人员和船只的损失，相反，他和乔巴下令让整个集团、所有的控股公司和子公司都处于高度戒备状态。曼福德·托伦多和他手底下那群疯狂的野蛮人不再仅仅是令人厌烦的狂热者，而是具有极大破坏性和致命性的极端分子，必须不惜一切代价阻止。文波特集团拥有雄厚的资产为支撑，是帝国唯一能与野蛮残暴的芭特勒圣战组织抗衡的势力之一。

回到科尔哈之后，约瑟夫坐在他的办公室里，想清算和量化这场浩劫造成的人员伤亡和资产损失。近六千名员工死亡，其中包括数百名从天体运输公司转来的员工。有些人可能被芭特勒人俘虏。在严刑审问下，有些高级主管极有可能泄露公司的信息，暴露文氏集团的弱点和漏洞。想到这里，他不禁怒从中来。

十三艘全副武装的巡逻舰被毁。七十艘回收的机器人战船和未建造完的飞船都变成了废铁残片，连同好几艘装满精密仪器设备和重型机械的货船也都没了，那些是贵重的原材料。

沙丘学派：姐妹会

"一切都毁了。"

乔巴走进他的办公室，他抬起头看着自己的妻子。乔巴心里明白，自己的丈夫对她心怀感激，因为是她一直在尽力帮助约瑟夫支撑他的家族商业帝国。这桩婚姻是约瑟夫这辈子谈过的最明智的一笔生意。

今天，乔巴没有穿平时的职业装，也没有把长发束起，用头巾围住，而是散开了及腰的长发……她穿着一身干净的白色长袍，令她那白皙嫩滑的皮肤更加美丽诱人。约瑟夫看着她的一身装束，呆住了，让他不由得想起了那些与半机械生化人对战的可怕女巫。

约瑟夫还没开口，乔巴就抢先说："出现了另一场危机。"

短短几个字就像沉重的包袱压在约瑟夫的肩上："我不想要另一场危机。"

乔巴走到他的办公桌前，说："这个危机我们可以解决——而且会为我们赢得一个强大的盟友。"

约瑟夫身子靠在椅背上，用手指轻敲着血木书桌，说："好吧，跟我说说。"

乔巴讲述起她刚刚收到的关于罗萨克遇到危难的消息，皇帝下令处决了姐妹会里的门泰特——其中包括乔巴的外祖母卡丽·马奎斯，另外整个姐妹会不但蒙受耻辱，还被强行解散。"皇帝听信谣言，硬说罗萨克上有违禁科技，虽然他没有找到证据，但他还是对姐妹会发起了攻击。"

"违禁科技？难道大伙儿都疯了吗？"

"所有姐妹都被勒令离开罗萨克。一些姐妹已经回家，其他人则各奔东西，不知去往何处。"

约瑟夫站起身来："那我们的女儿呢？"

"她们很安全。我已经派出一艘飞船去接她们了。但还有很多姐妹需要我们的帮助。"乔巴那双黑色的眼睛闪闪发亮，用充满挑衅的目光看着约瑟夫,看他是否同意帮忙。

"怎么帮?"

"那些有反科技倾向的姐妹,仍然受到皇帝的器重和青睐,他把那些人带回了萨鲁撒·塞康达斯。而其他人,包括圣母拉奎拉,则无处可去。我建议你为她们提供避难所。把她们和其他流亡者一起送到杜拜,或者找个新的庇护所。姐妹会将继续存在……而文氏集团会发现她们的技能有很高的利用价值,也许你在我身上也看到了这种价值。"

"那是当然。"他把头发向后捋了捋,已经想到这一新进展会给他带来的好处了,"很好,安排咱们的太空船队为拉奎拉和其他有意向的姐妹提供庇护。让她们欠我们一个大大的人情。"

"姐妹会是不会忘记你的恩情的。"乔巴说,然后俯下身深情地吻上约瑟夫的唇,令他吃了一惊,便转身离开了。

..⚛..

在乔巴姐妹的要求下,文氏集团太空船队派出了一艘大型飞船前往罗萨克,但飞船还没抵达,大部分姐妹都已被遣散回家,离开了姐妹会。约瑟夫·文波特同意了乔巴的请求,让他的妻子为拉奎拉和其他愿公开与她结盟的姐妹提供庇护。圣母立刻抓住了这个机会。

离开罗萨克时,帝国要求所有姐妹只许带走几件衣服和个人物品,而且所有这些物品都必须经过检查。尽管《阿扎之书》的所有可用副本都已被销毁,但拉奎拉知道,许多分散在帝国各处去传教的姐妹都有《阿扎之书》的副本。另外还有十多名门泰特姐妹正在兰帕达斯的门泰特学校接受特别训练,她们正在那里将《阿扎之书》的全部内容印刻在脑子里。

皇帝萨尔瓦多迅速有效地解散了姐妹会,并且废除了姐妹会的许多基本教义和原则,但拉奎拉仍然相信,她的核心教义和姐妹会的目

沙丘学派：姐妹会

标会继续存在。她会确保这一点的。

拉奎拉登上了驶向外星球的空间折叠飞船，飞船由一名神秘的领航员引领。得知有些最忠诚的姐妹如今心灰意冷，认为她们的姐妹会成了非法组织，永远不会再有重建之日了，拉奎拉感到十分心痛。许多姐妹已经回到了自己的故乡，或者去了别的地方开始新生活。一旦拉奎拉在远离帝国监管的地方重新建立起自己的学校，她就会立即跟这些姐妹接触，重新取得联系。

惨遭屠杀的门泰特姐妹和女巫的尸体被扔到了悬崖下的丛林中，这样她们就可以重新融入罗萨克的生态系统中……其中也包括可怜的卡丽·马奎斯。在致命的奥米诺斯瘟疫期间，那时的卡丽还是个年轻的女孩，给拉奎拉提供了很多帮助。现在想起来，那还是好几十年之前的事了，可在拉奎拉心里时间比几十年还要久远。

育种记录和被拆除的计算机仍隐藏在丛林深处，在那与世隔绝的天然岩石天井里。尽管所有姐妹都被流放了，但幸好所有的资料和数据都安全而完整。多亏了乔巴和约瑟夫·文波特的帮助，等圣母一旦为这些姐妹找到了新家，她就会立刻把那些计算机和记录取回。

但首先，她需要为学校找到一个新的地点。

··· ✧ ···

约瑟夫和他的门泰特去了领航员训练场。德莱格·罗杰特虽死里逃生，但仍心有余悸。"即使我在兰帕达斯完成了所有的训练，但在最近的这场战斗中，我还是领悟到了一个最基本的道理。"门泰特看着气罐里缭绕的香料气体入了迷，"我发现即便是最详实的门泰特预测也仍旧会出错。尽管我认为我有完整的数据，但我永远也无法预测到诺玛·森瓦会来救我们。"

诺玛那张被放大的脸突然靠近强化玻璃观察窗前，她眨了眨眼睛说："预知能力是永远也无法被纳入门泰特计算范围内的变量——即使预知本身充满很多变量。领航员用香料来扩展思维,想象出无数穿过宇宙的路径,然后必须从中选出一条安全的线路。而选择通常都不只有一个。"

约瑟夫仍在损失了造船厂基地的愤怒中,于是立刻打断了这一话题的讨论:"我向来对您深奥的讨论很有耐心,诺玛,但现在我们面临一个巨大的危机。"他的视线从领航员训练场移向远处的科尔哈太空港,无数飞船往来不息,其中有货船、客运船以及他当初征服托纳里斯造船厂时使用的武装战船。他应该把所有武装战船都派到托纳里斯严阵以待才对……

"科尔哈将成为下一个目标,"约瑟夫说,"我们必须对这里进行防卫,并建立行星屏蔽场,就像萨鲁撒·塞康达斯为了免受思维机器的攻击而建立的屏蔽场一样。我们的商业运输船也必须配备军用级屏蔽场和最先进的武器装备。"

此时,门泰特正在脑子里默默地整理一份清单。"文氏集团太空船队拥有数千艘船只,先生。如果按您的计划实施,那将花费一笔巨额开支,会有重大风险。"

"花多少钱都无所谓,我宁愿冒风险!毫无疑问,这是一场战争,帝国的各个星球将都得公开站队,要么获得好处,要么承担后果。如果有星球选择与那帮野蛮人为伍,那我们就从该星球撤回所有文氏集团的飞船。"

门泰特眉头紧皱,说:"文波特集团将会因此蒙受巨大的经济损失,如果您输了这场战争,您会失去更多——甚至会失去一切。"

约瑟夫斩钉截铁地说:"我们不会帮助任何违背理性、背弃文明的星球。野蛮人的底线在哪儿?他们会摒弃所有的医疗技术,即使死到临头也不肯接受医治吗?别忘了,连齐米亚的旧苏克学校都被他们摧毁了。"他摇了摇头。

"他们会放弃电网吗?他们会放弃暖气和管道系统吗?他们会把

所有灯关掉,让人们在黑夜里挤在烛光下过夜吗?他们会因为太过危险而禁止使用武器吗?他们会吃生肉吗?"约瑟夫苦笑了一下,"等半身人曼福德的那帮追随者真正得到他们想要的东西时,我倒要看看那时他们的狂热劲儿有多高。让他们像原始人一样生活一段时间,无法与其他世界的人交流,我要亲眼看着,他们如何迅速转变想法,与曼福德反目成仇。"

一直以来,约瑟夫一直致力于巩固家族势力,积累财富,并在尽可能多的领域扩张市场。但如今,他已经下了战书,进入了一场比他之前想象的更激烈、规模更大的战争。他意识到这是两种文明之间的冲突,理性和迷信之间的较量,也是进步和野蛮之间的抗衡。约瑟夫决不会不战而降,因为理性的人类需要一个捍卫者。

新迸发出的激情令约瑟夫感受到一股前所未有的力量。"我们绝对可以直面这些凶残的恶霸,揭露他们的真面目。我们会把曼福德·托伦多拉下神坛,让他那愚蠢的信仰再也站不住脚。"他顿了一下,面无表情地说,"这只是打个比方。"

"这场战争有可能要持续数年……甚至几十年。"德莱格警告说。

"那又怎样?我们拥有文氏集团的资源,我们有知识储备,还有头脑清晰、竭力效忠的人才。我们将以智慧对抗愚昧带来的恐慌。所以这场仗我们怎么可能会输呢?"

信念是你人生之路的真正基石，还是装腔作势？如果你不愿站出来，向所有人宣告自己的信仰，那你就不是真正有信仰的人，而只是虚伪做作罢了。

——曼福德·托伦多，在兰兹拉德联盟会议上的讲话

在摧毁了托纳里斯造船厂之后，曼福德率领剩余的芭特勒舰队直接前往萨鲁撒·塞康达斯。尽管文波特和他手下的那些科技拥护者令他损失了六十多艘战船，但剩余那些布满战争伤疤的战舰降落到齐米亚太空港时，那壮观的景象引得众人无比惊叹。

曼福德还没有从战争的激动和怒火中走出来，为了确保萨鲁撒的每个人都听到他的声音，他打开了所有通信频道，向公众大声宣告："我们避免了一场机器复活的灾难，打败了一群人类的叛徒。现在我们回到帝国的首都，想要得到兰兹拉德联盟每一个成员的支持和赞扬。"

说完，芭特勒人放出了精心编辑的视频，视频中显示了重新唤醒机器人工厂的可怕画面，以及约瑟夫·文波特藐视无视律法的野蛮行径。战斗取得胜利之后，芭特勒人仍留在托纳里斯，继续猛烈攻击基地和造船厂设施，袭击行动持续了将近一天，但文波特本人还是逃跑了。

在经历了商业大亨的背叛之后，曼福德回到造船厂，宣布他今后

沙丘学派：姐妹会

不会再留下任何一名囚犯了。每一个与思维机器同流合污的人都罪大恶极，会被判处死刑，而且是就地正法。随着芭特勒战舰持续不断的轰炸，托纳里斯被炸得千疮百孔，只剩下四散的碎片和弥漫的硝烟。曼福德见到这满目疮痍的景象，备感骄傲和自豪。

要是皇帝萨尔瓦多明智的话，他也应该为此而感到骄傲。曼福德已经做出了决定，要在萨鲁撒待几个星期，如有必要，甚至会待上几个月，直到他有机会在兰兹拉德议会上面对众代表进行讲话。

曼福德刚抵达首都，就向公众发出呼吁，要求议会正式进行重新投票，代替上次因炸弹威胁事件而被迫中断的投票。这一次，曼福德不会再接受任何借口。考虑到他拥有一百四十多艘战舰和众多追随者，他的要求很快得到了批准，并计划在两周后进行投票表决。

萨尔瓦多皇帝本人强烈敦促所有兰兹拉德联盟的代表和代理人出席会议。

等投票表决的日子到来时，曼福德的芭特勒圣战者们早已在太空港严阵以待，并且在齐米亚各处彰显声威，招募新的追随者，并收集请愿书。当他们强烈鼓动民众在声明上签字时，很少有人拒绝。

在预定投票日的当天早上，曼福德思考着要以怎样的方式进入兰兹拉德议会厅，才能让人更加印象深刻。他的三名手下分别举着三位为人类的自由而献身的烈士画像，这三人分别是：面色苍白的蕾娜·芭特勒、美丽的塞琳娜·芭特勒和她被邪恶机器人伊拉斯谟残忍杀害的孩子曼尼昂。

曼福德穿着一件宽松的衬衫，上面没有半点儿装饰，也没有一枚勋章，只带着一个黑色的拳头紧握着一个机器齿轮的标志。尽管他是声势浩大的芭特勒圣战组织领导人，但他自认为是个简单的人，是民众中的一员，不需要用那些华丽的小饰品来装点自己。这一次，他没有像上次那样坐在轿子上被人抬着走进兰兹拉德议会厅，而是骑在阿纳莉·艾达荷的肩膀上。因为这一次他要与贵族们展开一场较量，这场战斗与不久前的托纳里斯之战同样重要。

到了约定的时间，足有五万多芭特勒圣战追随者涌上街头，聚集在兰兹拉德议会厅前的广场上，曼福德站在议会厅门外，命人将门打开。阿纳莉骄傲地背着他走进巨大的议会厅，吉尔伯图斯·奥尔班斯也陪同在侧，另有三名举着画像旗帜的手下紧随其后。这个没有双腿的男人骑在别人身上前行时，他感觉到有些头晕目眩，仿佛受到了蕾娜的祝福，浑身充满动力。今天将是他们千年斗争的分水岭。

然而，当他看到几乎一半的座位是空的时，心里咯噔一沉。

又是这样。"这怎么可能呢？"他对阿纳莉说。

他感觉到阿纳莉肩膀的肌肉紧绷，像树上的节瘤一样坚硬。他能感觉到阿纳莉的愤怒和紧张，但仍隐忍克制着，没有表现出来。"别灰心，我们知道自己站在正确和正义的一方。"

他转头对吉尔伯图斯·奥尔班斯说道："门泰特，记录一下谁缺席了。之后我要一份详细而完整的名单。"

"我正在记录。"

曼福德没有表现出一丝惊愕，而是像驭马一样推了一下阿纳莉，让她背着自己走到演讲区。与会代表中传来不满的嘘声，但他提高了嗓门，无视他们的挑衅："这下再也不需躲在那些繁文缛节的行政程序后面了。今天你们就要公开表态，到底相信什么。今天你们必须做出决定，清楚地表明自己是站在正义的一方呢，还是站在另一方，成为人类未来的敌人。"

但当他看到所有的空座位时，他意识到，许多代表出于自我保护的目的，在非公开地抵制这次会议，无论怎样，他们都拒绝公开表态。他应该知道的，即使他的追随者在托纳里斯获取了大量有关文波特非法行径的照片和视频，但仍然很难让兰兹拉德联盟里的这些人团结一致，共同对抗文波特集团。帝国的交通运输、配送补给和商业活动在很大程度上依赖文氏集团的船只和他们神秘莫测的领航员。许多

沙丘学派：姐妹会

缺席的代表可能已经回到了各自的母星，建立防御体系或组织人马来准备对抗他。

但曼福德的人比他们更强大，会以更大的声势和力量进行反击。他知道他的许多追随者将会在即将到来的战斗中死去，但他会记录下这些牺牲者的名字，并把他们的名字收录在一卷又一卷的《殉道者名录》中。

曼福德看向皇家包厢。他曾经强烈鼓励和要求皇帝公开表达对这一举措的支持。此时，萨尔瓦多正不情不愿地站在他的私人包厢里，面对半数座位都空缺的议会发表讲话。"我们都知道不受控制的科技是十分危险的。一想到我们的帝国有机会回到过去那种简单而平和的日子，我不禁欣喜若狂。"他顿了顿，似乎在鼓足勇气，然后继续说，"我强烈恳请在座的各位投票支持曼福德·托伦多的决议。"说完，皇帝就立刻坐下，看上去好像恨不得赶紧离开这里。

曼福德等待着，但他知道最终的投票结果是什么。兰兹拉德的代表们被逼到了死角，他们知道反抗的下场。于是最终，兰兹拉德联盟的代表们以压倒性的票数通过了决议，表示坚决反对一切"复杂、诱惑性强且危险性大的"科技。

当决议通过后，曼福德感觉到阿纳莉终于放松下来了，肩膀上紧绷的肌肉就像化作一摊水放松下来。但曼福德的目的还没有达到，他尽可能地挺直身子，说："还得再具体一些，这样就没人再质疑了。萨尔瓦多皇帝，我请求您立即成立一个正教委员会，以监督工业和科技的发展，在问题尚未演变成危险之前，把祸患扼杀在摇篮里。帝国的每个公民都必须有一个清单，让他们知道哪些科技可以接受，哪些科技不可接触，政府也需要建立相关的执法机构。我自愿加入其中，在这些事情上帮助我的人民。"

萨尔瓦多的抵抗早已被击溃，不出所料，他毫无招架之力，没有半句争辩，一切都乖乖照办了。

现在，曼福德的目的终于达成，于是要求休会离席。

阿纳莉转过身，带领三名举旗手依次走出兰兹拉德议会厅。他们穿过敞开的大门，面对着广场上乌泱泱的芭特勒支持者。曼福德高举双手，发出胜利的信号，人群中爆发出阵阵欢呼，震耳欲聋。

"从此刻起，我们的运动将会更加壮大。"阿纳莉抬起头，一脸崇拜地望向曼福德，露出灿烂的笑容。

曼福德凝视着人群和高楼，说："今天我们或许赢了，但真正的战斗才刚刚开始。人类十分脆弱，不喜欢不便利的生活。我们必须尽一切可能向他们表明，正义远比舒适更重要。"

历史学家和科学家面临两个截然相反的方向：一个面对过去，另一个面向未来。然而，聪明的科学家会听取历史学家的意见，思考过去，以便创造出最能令人接受的未来。

——托勒密，德纳里实验笔记

当托勒密得知托纳里斯遭到大屠杀和袭击之后，他的噩梦再次袭来，而且更加恐怖惨烈：实验室被毁、搭档被杀，还有疯狂的曼福德对那双新的仿生腿厌恶鄙视的表情。正是那帮芭特勒人的野蛮无道，才使整个社会变得迷信、无知，并且充满暴力。理智的人开始躲藏，科技开始停滞，新的黑暗时代已经来临，人类正一步步陷入无尽的深渊。

这一切使托勒密比任何人都更加痛恨曼福德·托伦多。

托勒密一辈子性情平和，与世无争、与人无害，他专心研究自己感兴趣的东西，很少关注外部的政治纠葛。塞琳娜·芭特勒的反思维机器运动早在他出生的几十年前就结束了。但曼福德的目的却是将这种偏执而极端的芭特勒运动一直持续下去。科技是曼福德用来召集追随者并建立自己权力王国的唯一假想敌。

最近对特鲁拉生物研究中心的大肆破坏说明芭特勒人希望将所有科学斩草除根，对托纳里斯造船厂的袭击表明他们毫无理由地将暴力升级，在兰兹拉德议会上的投票表决是对人类文明的公然挑衅。兰兹拉德不但没有限制和打击芭特勒激进分子无视政府的暴行，反而让曼福德·托伦多的圣战运动政治合法化，并得到了帝国的公开支持。从此，他的极端主义将正式被纳入社会主流。

托勒密忍无可忍，因为他看到了文明在逐步走向崩溃。这让人无法容忍。理智的人必须进行反击！

文波特总裁发来了一封恳求信，恳请德纳里的所有研究人员提高警惕，并加大科研力度，抵御曼福德的阴险攻击。这封信让所有流亡的科学家们备受激励，更加鼓足了干劲儿。

托勒密决定，是时候进行下一步了。他要求与实验中心主管诺非进行一次特别会议，会议地点设在大脑保存实验室里。这个实验室的墙壁上摆满了冒着气泡的保存罐，转化失败的领航员扩张的大脑被保存在这些含有营养液的罐子里。这些大脑虽然被切断了感官输出，但仍然还活着。托勒密经常花费好几个小时研究这些脱离了人体的大脑，想搞清楚这些大脑的灰质中隐藏着什么意识和想法。

此时，托勒密面对压力重重的诺非，对他说："我们有一个机会，大人。面对极端的威胁，我们需要采取极端的行动。"

"我一直都很想听听你的想法，托勒密。"诺非总是心烦意乱，这使得托勒密有时间在他不知情的情况下完成重大的研究。

"这不仅是想法。我知道你跟我一样痛恨芭特勒人。德纳里实验基地的每个科研人员都被他伤害过。我毫不怀疑，约瑟夫·文波特会对我的研究大加赞赏，并立刻批准投入使用。这项科技将会改变一切。"

诺非主管十分好奇地看着他。

托勒密最后看了一眼那些整齐排列的强化大脑，然后转过身说："跟我来。"他领着这位特鲁拉主管来到了密闭的机库，明亮的发光板照亮了三副整修一新且功能完备的半机械生化人躯体。仅仅看一眼这些庞大的机器，就令托勒密心生恐惧。

诺非脸上的表情变化，既有些畏惧，又充满赞叹和钦佩。"三副

沙丘学派：姐妹会

完整的躯体！"他走近了一些，既敬畏又紧张，"我知道你一直在研究那些年代久远的机器，但是——"

"我找到了数百副机器躯体，并且经过仔细研究，对它们有了足够的了解——我们并不是回收旧机器和失败科技的拾荒者，我们可以造出新的机器躯体，比过去的那些更先进、防御性更强并且武器更强大。你觉得古老的半机械生化人可怕吗？那你等着再瞧瞧我新造的吧！"

诺非继续目不转睛地盯着那些机器躯体，然后用小得几乎听不见的声音，充满惊恐地说道："为什么要造这种东西？"

"我研究了泰坦时代的记录，包括一些原始资料、阿伽门农将军的回忆录，以及在那之前的特拉洛克[①]宣言。那时候，人类已经停滞不前，愈发软弱了。而泰坦则雄心勃勃，但从某种意义上说，他们也有利他的动机，但可惜他们好斗的个性最终导致了他们的失败。"

说完，托勒密转过身来，对着诺非笑了笑，说："我们可以做得更好。有了实验室里这些强化的大脑，以及先进的科技，我们可以创造出新的半机械生化人——比之前的更强大、更智能、适应能力更强。"

"他们需要人来引导……有可能是约瑟夫·文波特——如果他愿意接受全面彻底的手术的话。如果不行的话，主管大人，你和我可以成为第一批新一代的半机械生化人。有了新的泰坦，我们或许就可以设法阻挡住即将到来的黑暗时代了。"

两人讨论了曼福德和他的追随者们造成的灾难性破坏。然后诺非若有所思地说："是的，我们可以取得辉煌的胜利，迎来一个新的泰坦时代。"

[①]特拉洛克是一位旧帝国末期的特鲁拉人，一名最初的泰坦和哲学家。他的死亡在泰坦中造成了巨大的恐慌，迫使他们将自己转化为半机械生化人。

人生最大的幸福之一，就是在年轻的时候发现自己的潜力和才能，并利用它们做些有意义的事情。

——圣母拉奎拉·贝托-阿妮鲁尔

吉尔伯图斯·奥尔班斯乘坐着一辆敞篷马车，在兰帕达斯首都泥泞的街道上缓缓前行，身后跟着好几辆马车，组成了庆祝胜利的游行队伍。曼福德·托伦多坐在他身旁一个特别设计的座位上，向围观的群众挥手致意。芭特勒圣战组织的领袖和他的追随者们为他们在托纳里斯造船厂取得的胜利而欢呼雀跃，为在兰兹拉德议会投票取得满意的结果而欣喜若狂。

对吉尔伯图斯来说，这两次胜利都得不偿失。他向芭特勒人证明了自己不是机器的拥护者和支持者，从而重新赢得了曼福德的信任，但他必须控制自己的情绪，不让人看出他的真实想法。尽管机器人存储器核心建议他牺牲造船厂以维护自己的声誉，但他仍然觉得自己辜负了伊拉斯谟。吉尔伯图斯痛恨自己被迫在一场真实而残酷的战斗中打败了德莱格·罗杰特，也渴望能回到过去，与他最得意的学生进行富有挑战性的智力辩论和模拟演习。

在兰帕达斯这座中世纪风格的城市里，他看到前面便是政治和商业活动的中心，那里仿佛是一个聚集着密集人群的大熔炉，周围是人行道和铺着路石的街道。人群在纵情欢呼，人们高举着标语牌，在曼

沙丘学派：姐妹会

福德身边举起他的画像，展示他的英雄形象。公众的想法多么容易改变，并且变得多快啊！血红色和黑色的芭特勒旗帜高高悬挂在建筑物上，在凉爽的晨风中随风飘扬。

一阵凉风吹来，吉尔伯图斯瑟瑟发抖，于是连忙拉紧夹克的衣领。这座城市融合了各种风格的建筑，并且位于一个气候辐合区之下，因此经常有风暴骤然聚集，时常风雨交加、电闪雷鸣，把人们淋得浑身湿透。但当地的领导者们是一群吃苦耐劳的人，他们似乎很喜欢这里。他们本可以利用气象卫星监测气象，但曼福德永远不会允许使用这项技术的。

尽管庆祝活动热闹纷呈，但吉尔伯图斯却透过敞开的车窗闻到了污水的气味。在高科技的城市里，永远不会飘出如此难闻的臭味，当然在思维机器管辖下的科林也绝没有这种味道。他怀着百感交集的心情看着外面的人群。他想要改善人类社会，促进人类进步。尽管有芭特勒分子的狂热劲头，可他的理想是无法通过废除和摧毁设备和科技来实现的，更何况这些设备和科技远没有那么复杂。

他迫不及待地想回到伊拉斯谟身边。它一直被他藏着，锁在柜子里……可能很孤独，而且肯定无聊死了。吉尔伯图斯离开了这么久，心里十分担心。在托纳里斯之战中，许多芭特勒人战死，要是他万一有什么不测的话，那伊拉斯谟可怎么办？虽然吉尔伯图斯活了很久很久，但他毕竟是个凡人。他需要尽快找到一个办法来保证独立机器人伊拉斯谟的安全。但是，什么样的人，或者一群人，能够监督个性这么强的一个机器人呢？

就在这时，曼福德转过头来，一脸严肃地说："在这么一个伟大的日子里，你为何看上去这么闷闷不乐呢，门泰特？"

吉尔伯图斯勉强挤出一丝笑容，向人群挥手致意。

"他们也爱你，"曼福德继续说，"他们也很尊重你——你为我们的圣战运动做出了巨大贡献。你应该留在这里，和我一起共创大业。

把你的学校交给别人管理吧。"

吉尔伯图斯从一开始就不想来这里,但曼福德坚决要带着他,说人们需要看到他们的英雄、敬拜他们的英雄。"感谢您对我的厚爱,大人,但我另有职责。今天下午有个重要的新生要来。"

"啊,是的。安娜·科瑞诺。由你这样德高望重的人来训练她真是件幸事。我很高兴皇帝的妹妹来到这里,就在兰帕达斯,近在咫尺,这样我也可以……确保她的安全。"

吉尔伯图斯极力克制自己内心的不安,不敢显露出来。曼福德竟然把安娜看作是人质?"我知道她遇到了困难,她的思维受到了毒药的损害。但我会尽我所能帮助她渡过难关。也许门泰特的技能可以对她有益处。"

当游行接近尾声时,吉尔伯图斯从马车里出来,阿纳莉·艾达荷把曼福德也接下了马车。这位门泰特的校长被迫与芭特勒领袖领导的圣战运动有了更加紧密的联系。

在接下来一个多小时里,吉尔伯图斯被迫留在接待区,与热情的民众握手。人们滔滔不绝地称赞他,拍他的后背表示对他的支持和喜爱。他跟无数人合影留念,夸赞他们的孩子,同时下定决心不要成为一个政治家。

······

皇帝的妹妹已经抵达了太空港,吉尔伯图斯前去迎接,场面远没有想象的那么壮观。安娜·科瑞诺表情茫然,身旁跟着两名宫廷护卫,看上去似乎是双胞胎,面色红润,身穿制服,初来兰帕达斯,还有些不适应。

安娜穿着衬衫和裙子,看上去像个十几岁的小姑娘,而不像二十一岁的妙龄少女。她向前走着,注意力迅速转到周围的景物上。她没有看到吉尔伯图斯,嘴里一直念念有词。

吉尔伯图斯正式向安娜做了自我介绍，但没有得到任何回应。一名护卫向吉尔伯图斯点点头，说："罗德里克·科瑞诺王子把他的妹妹送来贵校。你必须为她提供一切可用的药物，帮助她治疗她的疾病。"

吉尔伯图斯仔细观察这个年轻的女孩，听到她背诵出一连串五花八门的信息，一开始他还没听懂，后来他突然意识到那些是帝国中成千上万个星球在兰兹拉德的代表以及代理人的名字。

"我对你的记忆能力表示很钦佩，安娜。这跟我们的研究十分相似。门泰特能记住大量的信息，并随时能将其从记忆中调取出来，你能做到吗？你能随时调出你想要的数据吗？"安娜没有回应，他转过头对护卫说："这对她来说可能是个不小的挑战，但鉴于她独特而出众的技能，我认为她也许会大有作为。"

"如果您允许的话，校长，我们要陪公主前往贵校。她很激动——也非常聪明。您一定得小心，别让她跑了。"

"是的，当然，我可不希望发生这种事情。"

吉尔伯图斯站在安娜身旁，听她背诵出一长串数字、一大堆事实，以及科瑞诺/芭特勒家族家谱里每个人的生日。

他不由得心想，伊拉斯谟肯定会对她感兴趣的。

有时候最吸引人的包装往往也是最危险的。

　　——圣母多洛蒂娅，第一张来自皇宫的短笺

　　萨尔瓦多·科瑞诺皇帝悠闲地坐在绿水晶王座上，看着新纳的妃子在宽敞的谒见厅里为他唱歌跳舞。这个女子既年轻又漂亮，是由多洛蒂娅姐妹推荐来的，名叫安吉丽娜。虽然萨尔瓦多本不愿接近任何在罗萨克接受过训练的女人，但多洛蒂娅暗示他说，一些姐妹受过特别的身体训练，这倒是引起了他的兴趣。

　　在作为妃子侍寝的头两个晚上，安吉丽娜的表现的确没让萨尔瓦多失望，甚至可以说是极为满意。

　　虽然安吉丽娜从头到脚穿着一身长袍，但她显示出了极强的柔韧性，而且她舞跳得也很棒，妩媚动人。每一个动作都让他不由得想起她在卧房里的万般柔媚，让萨尔瓦多很快就把塔布丽娜皇后抛到了脑后。

　　作为礼节，他邀请塔布丽娜一起来看这个可爱女人的舞蹈，但被皇后拒绝了。最近几周以来，他们的关系一直很稳定，没有争吵，也没有激情，什么事也没发生。就好像这两个人根本没有结婚，各自生活在不同的世界里。最近，萨尔瓦多一直在考虑效仿父亲的做法，让妃子给他生孩子，然后从中指定一名继承人。

　　在得知圣母拉奎拉对他实施阴谋，想要切断他的血脉之前，萨尔

沙丘学派：姐妹会

瓦多几乎没想过要繁衍子嗣，生儿育女……但现在看来，这事似乎关乎他的名誉。他心想如果皇后不履行她的职责的话，那么他的任何一个妃子都可以代替她完成这个使命。

萨尔瓦多靠在王座上，根本听不懂安吉丽娜在唱什么，也不在乎是否能听懂。安吉丽娜那低沉的嗓音，让他想起了在胶片书[①]里见过的那些遥远时光和地方。虽然他让安吉丽娜跳舞是为了让自己振奋精神，但最后他还是挥了挥手，把跳舞的女人打发走了。这女人的确是个不错的消遣，能让他暂时放松一下，但他还有很多别的事要做。安吉丽娜微微一笑，顺从地鞠了一躬，迅速朝敞着的大门走去。

至少安吉丽娜乖巧听话。也许今晚萨尔瓦多还会去她的房里……不过也不一定。尽管皇帝对安吉丽娜很满意，但他还有另外八个妃子，他不想让多洛蒂娅姐妹太骄傲。多洛蒂娅此时就站在王座不远处，看上去严肃而忠诚，但眉宇间透着一股傲慢。毫无疑问，她很高兴皇帝喜欢她挑选的妃子。

萨尔瓦多的部队已经将罗萨克的姐妹会所有成员遣散驱逐。除了多洛蒂娅选出的那些姐妹外，圣母拉奎拉和其余所有姐妹也都离开了丛林，除了几件衣服，她们什么也没带走。在罗德里克的建议下，一些受过训练的姐妹被留了下来，为帝国效力，萨尔瓦多希望罗德里克的这个建议是正确的。他急切地想知道多洛蒂娅和她精心挑选的这些姐妹如何为他效力。这些人将受到严密的监视。

罗德里克王子此时也站在王座旁，准备执行他哥哥的命令。透过一扇开着的房门，科瑞诺皇帝看到一些人正在门外踱步，等待皇帝的召唤。天花板上悬挂着巨大的枝形吊灯，墙上挂满了帝国时期最优秀的艺术家画的英雄肖像。

[①]任何由志贺藤加工而成、用以教学目的、载有电子记忆脉冲信息的投影书都可以被称作胶片书。

SISTERHOOD OF DUNE

此时此刻，萨尔瓦多对任何浮夸俗套的装饰都不感兴趣。他一整天都头痛难忍，并且十分担心，因为他现在已经没有私人医生了。皇帝朱尔斯在被诊断出脑瘤之前……一直饱受慢性偏头痛的折磨。

妩媚撩人的妃子离开了谒见厅之后，罗德里克开始谈正事："陛下，今天有八个人想要见您，其中包括苏克学校的瓦迪兹医生、文波特集团的一名代表，还有一位漂亮的女士想要跟您……"

"先让瓦迪兹进来吧。我想跟他谈谈我头痛的事。"他很烦恼，因为一直没能找到医术高明的医生，他需要医生，却并不完全信任他们。另有三名苏克医生在皇宫里，随时听候召唤，他命令那几个医生待在自己的房间里，等待下一步通知，不过他并不确定是否会再次传唤他们。

瓦迪兹医生身材高大，皮肤黝黑，相貌出众。这位苏克学校的新校长十分清楚卓玛做了不光彩的事，令自己名誉扫地，并被撤去了御医和校长的职位。他很聪明，没有对卓玛的事情提出过多疑问。

他来到王座前，鞠躬行礼，然后说："陛下，请允许我向您表示最诚挚的歉意，很抱歉卓玛医生的表现没能令您满意。她行事诡秘，经常独来独往，不知在做些什么。现在，我们已经开始分析她的私人记录，还发现了她在财务上的违规行为。请您放心，我们会进行彻底调查。"瓦迪兹语速很快，显然十分紧张。由于皇帝之前的公开声明，他很清楚萨尔瓦多对罗萨克的姐妹会做了什么，甚至可能还知道卓玛医生对皇帝图谋不轨，中途被抓住了。"但我向您请求，不要让这件不幸的事件给苏克学校带来恶劣的影响。"

"那是，那是，"萨尔瓦多揉了揉太阳穴，说，"但你们学校的声誉显然已经受损了。"他的头突突地疼，坚信自己脑子里肯定是长肿瘤了，正压迫着他的眼睛，那瘤子就长在头骨里……要是没有医术精湛的医生，他可怎么活下去啊？

瓦迪兹始终低着头，然后站直身子，说："在我的领导下，我们

沙丘学派：姐妹会

将尽一切可能恢复苏克学校的名誉和地位，我们在帕门提尔的新校区将与新成立的正教委员会密切合作。陛下，我们将保证按照您的要求和指导进行我们的工作。"

萨尔瓦多带着一脸阴郁和质疑的表情看着瓦迪兹，说："想要重新赢得我的欢心，最好的办法就是保证派给所有王室成员的医生必须忠心不贰。卓玛是最高等级的苏克医生，连她都想害我，那我怎么能相信、怎么能确定你派给我的医生没有谋害之心呢？"

瓦迪兹双手合十，又鞠了一躬，说："陛下，我们已经研究过这个问题了。我们意识到这并不是帝国赞助人独有的问题。许多达官显贵和重要人物也同样害怕遭到暗算，而病人在治疗过程中往往十分脆弱。我们的心理学部门正在开发一种预处理机制，使医生完全无法伤害特定的人。"

站在王座旁边的罗德里克插进了谈话中："预处理？你是说像机器一样的程序吗？半机械生化人为了防止奥米诺斯伤害他们，就给它加上了限制程序。"

瓦迪兹一听到这种比喻，立刻吓坏了："不……不是那样的。这是一种特殊的精神预处理，十分复杂而严密，旨在保护像陛下您这样重要的雇主。"

"我并不只是个重要的雇主——我是皇帝。"

"当然，陛下，对您我们将实行最高等级的安全措施。帝国预处理①。这是一项严密无误的忠诚验证程序，它可以深入到医生的'发热良心'②，留下一种无法在任何条件下逆转的印记。目前这种预处理还只是在测试阶段，但结果是很乐观的。"

罗德里克对萨尔瓦多耳语了几句，向皇帝提供自己的一些建议。

---

①帝国预处理是苏克学校开发的一种技术，能制约人杀人的举动。
②发热良心，俗称火之良心，指受到帝国预处理后的受禁行为。

之后，皇帝转头看向王座不远处的圣母，说："多洛蒂娅姐妹，你凭借可靠的直觉，擅于辨别真伪。你认为瓦迪兹医生的计划合理可信吗？到目前为止，在你看来，他说的话都是真的吗？"

多洛蒂娅将瓦迪兹上下打量一番，本就紧张的医生在她锐利的目光下，更加局促不安了。片刻之后，多洛蒂娅抬起头，看向萨尔瓦多，说："我相信这种预处理是可行的，我并没有感觉到他在撒谎。"

罗德里克再次低声提出建议。这一次，他建议萨鲁撒·塞康达斯对预处理进行反复多次的测试，这样科瑞诺家族的人就可以得到绝对忠诚的医生，高枕无忧了。

皇帝点点头，说道："很好，瓦迪兹。你可以继续进行预处理计划。我要你尽快给我派个经过彻底预处理的医生来。"

医生不知从哪儿来的勇气，连忙说："谢谢您，陛下，但目前这只是一个范围十分有限的测试，我们还需要一些额外的资金……"

萨尔瓦多命令他退下："去找帝国财政官吧。罗德里克，起草一份付款授权书。"

"多谢陛下。"说完，瓦迪兹鞠了一躬，匆匆离去。

讽刺的是，苏克医生一离开，皇帝就发现自己头已经不再痛了。

"尊敬的陛下，"多洛蒂娅说，"我和我的姐妹们非常感谢您给我们这个机会，邀请我们前来。作为一个擅于测谎的人，我愿意尽心尽力效忠于帝国，为陛下效力。陛下，如果您允许我在您接见时站在您的王座旁边，离您更近一些，我将会向您证明，我的能力对您十分有用。"

"但我能信任你吗？这不是一个难题吗，多洛蒂娅？我想信任你，就像我想信任我的医生一样。但是接二连三发生了这么多糟糕的事情，让我心有余悸，尚无法轻易作出决定。"

多洛蒂娅望着萨尔瓦多，没有丝毫动摇。"陛下，请允许我向您展示一下我的能力。我保证不会让您失望。"

沙丘学派：姐妹会

罗德里克插话道："也许皇帝有特殊任务时，会召唤你的。需要你的时候，我们会通知你的。"

多洛蒂娅看起来很失望，向皇帝鞠了一躬，便转身离开了。皇帝萨尔瓦多又坐回王座上。他还有一整天的公务要忙，有许多决定要做，有许多人要接见，这是他的职责。但他还有别的责任，他做起了白日梦，打算晚上去皇后的寝室，而不是去找他的妃子，只为了一个特殊的目的。

是的，萨尔瓦多下定了决心，是时候该有自己的孩子了，只为向拉奎拉的姐妹会证明她们关于自己血脉的预言是错误的。

· · ·

当晚，萨尔瓦多像往常一样忍受着无聊的宴会，皇后塔布丽娜坐在他的身旁，他觉得他的生活正在一步步恢复正常……但并不意味着这种生活是他想要的。

他望着餐桌对面，看着罗德里克和他的妻子，还有他们乖巧懂事的孩子们，看到他们正在互相分享甜点。哈迪萨拿起一小块蛋糕，咬了一口，然后递给她的女儿。罗德里克被儿子的玩笑逗得哈哈大笑，然后俯身在妻子的脸上吻了一下。

萨尔瓦多深深地渴望能得到他弟弟拥有的幸福。他是帝国的皇帝！他统治着成千上万个星球！可为什么他不能拥有一个美满的家庭，享受幸福的家庭生活呢？为什么这么难呢？他伸出手，满怀希望地摸了摸塔布丽娜的手。

皇后看着他，仿佛皇帝把屎擦在她手腕上似的。"别碰我。"她厉声说。

皇帝立刻收回了手，心被狠狠地刺痛。他低声抗议道："你是我的皇后！为什么这样对待我？"

"我们已经讨论过上百次了！如果你给我一个头衔，在政府给我安排一个职位,我会对你更热情些。多年来,我在我父亲身边,看着他处理自己的工作,我坐在他的办公室里,跟他学习管理之道。我有能力,我绝对可以成为一个出色的商务部长,肯定比你委任的那几个干了四年的白痴要强多了。"

"你竟敢以此来勒索我!?"

"什么勒索?"塔布丽娜皱起眉头,不悦地说,"我只是在做女人自古以来就在做的事。你把我当宠物一样对待,还指望我对你神魂颠倒吗?我要求得到一个合理的职位,可你却拒绝了。受委屈的人是我,而不是你。"

"但我需要一个合法的继承人。帝国需要一个继承人。"

"我想当商务部长。"她双臂环抱在胸前说,"解决办法再简单不过了。"

"所以……如果我给你头衔,你就会给我生孩子吗?"

"给我头衔以及相应的职位。然后嘛,是的,我会邀请你到我的卧房——在指定的时间。除此之外,至于能不能怀上孩子,那就不是我能控制的了。"

萨尔瓦多眯起眼睛,说道:"但你不会想办法阻止自己怀上孩子,对吗?"

"我不会阻止的。"她的表情缓和了一些,说,"我想你会发现这样的安排会令咱们彼此都满意的,因为这种新的状态会让我更开心。但别指望我会爱上你。"

"不,我从没期盼你爱我。"萨尔瓦多说着又看向了罗德里克和哈迪萨这对幸福的夫妻。

多洛蒂娅把药瓶塞进新妃子涂了乳液、光滑柔软的手里,说道:"这乳霜很容易涂抹。皇帝萨尔瓦多绝对不会注意到,只要你让他把注意力放在别处就可以了。"

　　安吉丽娜挤出一丝笑，说道："可是圣母，你能肯定他不会感觉到，不会知道吗？"

　　"我们非常仔细地制订了这个方案。只要用一次，就足以让他绝育。他不会发现任何变化，甚至在很长时间里都不会怀疑自己身体出了问题。而且它丝毫伤不到你。"

　　漂亮的女孩鞠了一躬，说："我担心的不是我自己，而是姐妹会。"

　　"如果你办成了这件事，就是帮助了姐妹会，确保姐妹会有更安全的未来。"说完，多洛蒂娅便沿着妃嫔住所外黑暗的走廊飞奔离去。

　　尽管多洛蒂娅和圣母拉奎拉有争执和矛盾，但她还是独自研究了育种计划。虽然计算机从本质上讲是邪恶的，但她不能否认计算机预测的准确性。她觉得有责任防止人类遭受历史上最可怕暴君的残害和屠戮。

每个人都以自己的方式哀悼死去的战友。但无论悼词多么华丽，逝者终究已逝。

——禅逊尼格言

沃尔回到了那个孤零零的气象监测站，双胞胎驾驶的飞机就在那里。他在格里芬·哈克南的尸体旁温暖的沙地上跪了许久。这个年轻人的死和伊珊蒂的牺牲一样，都毫无意义，而且令人心碎。

格里芬或许是哈克南家族重获声望和财产的最大希望。他的能力扎实，他的计划也切实可行……但可惜所有的希望都破灭了。

沃尔的敌人一直跟着他，给他带来无数痛苦，而且他的敌人总是找不到真正的目标，许多无辜的人因此而白白丧生。就连玛丽拉也……

沃尔在气象站的物资库里找到了一块薄薄的聚合防水油布，用这块布把格里芬的尸体裹了起来。他本可以把这个年轻人留在原地——让他的尸体渐渐融入大自然中。但沃尔觉得这样做并不光彩。格里芬·哈克南在一场决斗中打败了他，用一把锋利的匕首抵住他的喉咙，但格里芬最终并没有杀他，而是放了他。沃尔欠他的情，更对哈克南家族有所亏欠……他不给自己找任何借口，也不做任何解释，而是承认自己的确令泽维尔·哈克南的名声受辱，也承认自己确实让阿布鲁尔德和他无辜的后代子孙蒙受耻辱和痛苦。

沙丘学派：姐妹会

是的，他这是自食其果。他深吸了一口气，重新考虑了一下，但只想到一点——泽维尔和阿布鲁尔德以及格里芬都得承担一部分责任——沃尔并没有任何偏袒，不过他自己也负有一部分责任，现在他意识到了这一点。

沃尔用油布把尸体裹好之后，把这个年轻人扛在肩上上了飞机，然后把裹好的尸体放在驾驶舱座位后面。他缓慢而费力地做好飞行前的检查，然后启动引擎，离开了岩石盆地。

这架飞机是普通的厄拉科斯飞行工具，在罗盘、气象卫星和导航图的指引下，他终于回到了厄拉科斯城。当天下午，他将飞机降落在主太空港的边缘，然后开始寻找货船，将格里芬的尸体运回兰基维尔，并且还将一封格里芬尚未写完的信一同寄去。

货运公司的人一听他的请求，有些犯了难。其中一个人问道："先生，您知道这一趟要花多少钱吗？运送尸体费用很高，并不划算。"

"我不在乎要花多少钱。他应该被送回自己的家乡，送回到他亲人身边，因为他属于那里。"沃尔不得不从他在另一个星球的银行账户里转了一笔钱，但这些钱对他来说根本不算什么。他本可以不用承担这份责任，再次把哈克南家族抛到一边，内疚地转身离去……但这种想法已经引发了太多问题。

货运人员摇了摇头说："我见过不少傻瓜以各种方式浪费钱。我劝你别这么做，但我也知道，如果我不收你的钱，别人也会收的。"他想了想，还是接下了这个运送尸体的活儿。

沃尔也觉得有义务给格里芬的家人一番解释——尽管他说的并不多。货运人员开始处理尸体，准备装船，沃尔便趁这个工夫给格里芬的家人写了一封信："格里芬·哈克南死得光荣而体面，并守住了自己的原则。他是一个勇敢的人，游历帝国，从不逃避他高尚的职责。按照家人的要求，他找到了我，我们解决了彼此之间的纷争。也许假以时日,我们甚至会成为朋友,但可惜他遭遇意外而不幸死去。如今,我希望他的家人能依照他的意愿原谅我。"

沃尔停顿了一下,决定不向格里芬的家人透露阿伽门农另外两个孩子的存在。毕竟这件事情已经解决了,那对双胞胎再也不会对任何人造成危害了。这是一场哈克南家族本不该卷入的战斗。

"他是被沙漠强盗杀死的,"沃尔继续写道,"我亲手杀了那些凶手,为勇敢的格里芬报了仇。我和你们一样悲痛。我认识格里芬的时间不长,但我十分钦佩他。我可以向你们保证,格里芬为他的家族赢得了永不磨灭的荣誉和尊重。"

沃尔把想说的话都写在了信里,在厄拉科斯城的殡仪人员把尸体密封并保存好之后,他把那封信放在了一个密闭存储容器的邮件格里,然后目送着尸体被装进了下一艘要出港的货船上。最终,这具尸体将被运送到兰基维尔。

货船飞走后,沃立安仍留在厄拉科斯城,待了三天,但不久他就意识到,这里什么也没有给他留下。如今,玛丽拉已经死了,他不想再回到开普勒了,因为这样只会给他剩下的家人带来危险。

帝国里有一万三千个星球呢,他肯定能找到落脚之处。

在太空港办公室里,他提供了自己的证件,支付了一笔可观的费用,登上了一艘装载着美琅脂香料的文氏集团货船,准备离开这里。他有许多账户,里面的宇宙索多的是。他可以乘坐太空飞船在星际间游历一段时间,找到感兴趣的地方就会停下脚步,留在那里。

然而,沃立安·厄崔迪的未来——不管他的生命还有多长——都仍旧是一张开放的空白画布。他登上了飞船,不知道它要飞到哪里,也始终没有回头再看一眼这颗沙漠星球。

威胁只是语言,其作用是警告对手,让对方做好防御或进攻的准备。我不相信威胁,我只相信坚决而果断的行动。

——瓦莉娅·哈克南

罗萨克的姐妹会被取缔后,瓦莉娅被强行送回兰基维尔。她被人强拉硬拽地从这个丛林星球带走,然后跟许多姐妹一起被赶进了一艘太空飞船里,无法去询问圣母拉奎拉接下来该怎么办,或者她该如何帮忙守住姐妹会的核心。

一切都没了。

她的父母很高兴她又回到了这个阴沉的小星球。她对家的定义就是:无论你带来了什么耻辱和危险,当你回来的时候,你的家人都会敞开大门迎接你,接纳你。

去找沃立安·厄崔迪报仇的格里芬还没有回来,但瓦莉娅的弟弟妹妹见到她都很兴奋。她的父母还替她留着原来的房间。他们不停地问她关于姐妹会的事情,但其实他们对姐妹会并不感兴趣,只是很高兴他们的女儿终于回来了。瓦莉娅的母亲从来不相信这种特殊的训练能对瓦莉娅有什么益处。

然而,在瓦莉娅看来,她学了太多东西,以至于自己根本无法安定下来,过这种毫无野心和抱负的安静生活。她盼着格里芬赶快回来,他俩好制订计划,寻找新的办法和途径,让哈克南家族重获地位和名誉。她本希望通过姐妹会，或者凭借与安娜·科瑞诺的亲密友情让她的家族东山再起，但如今所有计划都搁浅了。

她仍记得圣母拉奎拉说过的话：现在姐妹会是你唯一的家人。但如今姐妹会已经被解散了，她自己的家人似乎也忘记了真正的哈克南人应该是什么样子。他们做了错误的决定，导致整个家族被流放到这个被冰冷海洋和崎岖峡湾包围的寒冷星球。他们完全不关注这个落后星球以外的政治事件，也根本不理解那些政治事件背后暗含的玄机。他们仍旧令她失望。

但格里芬从来没让她失望过。日子一天天过去，她越来越担心自己的哥哥。如果需要她再次跳入北极海水里去救格里芬，她会毫不犹豫跳下去。

在瓦莉娅回到兰基维尔两周后的一天早上，瓦莉娅走进了她父母待着的客厅。壁炉里生着火，她闻到从厨房里飘出鲸鱼肉炖菜的味道，这是他们家常吃的一道菜，用鲸鱼肉搭配当地的香料和蔬菜一起炖煮。她向来不喜欢兰基维尔的饭菜。

瓦莉娅的父亲和她长谈了一番，讨论装修房子的事情，他父亲想换个屋顶，用隔热性能更好的材料。瓦莉娅对此毫无兴趣。作为兰基维尔星球的领袖，维吉尔·哈克南根本无意提升哈克南家族的政治地位。当他收到曼福德·托伦多的请愿书，并且看到兰基维尔在兰兹拉德的代理人已在上面签了名时，他只是耸了耸肩，便公开表示支持芭特勒圣战组织。

瓦莉娅看着坐在炉火旁的木椅上、正全神贯注看书的父亲，沮丧地叹了口气。她离家多年，如今回来，发现她的父亲变成了一个无勇无谋又没有志向的小人物。如果哈克南家族有朝一日可以重获声望和荣誉，那也指望不了他，只能靠她和她哥哥。

格里芬，你在哪儿啊？瓦莉娅越想越觉得不对劲儿，有了不祥的预感。

沙丘学派：姐妹会

索尼娅·哈克南坐在一张小桌旁，用粗针和线绳把鲸鱼毛皮缝在一起，给瓦莉娅的弟弟丹维斯缝制新外套。丹维斯已经十四岁了，到了可以出去捕鲸的年龄，看着那孩子的模样和言谈举止，不由得让索尼娅想起了格里芬小时候。

瓦莉娅站在炉火边取暖。自从回到这里冰冷的世界之后，她每天都觉得寒意彻骨，因为她早已习惯了罗萨克温暖宜人的气候。瓦莉娅的父亲笑着看向她，说道："早上好啊，瓦莉娅。"她的母亲也对她说了同样的话，脸上带着空洞的笑容。

瓦莉娅迫不及待地想再次离开这里。

当年阿莱特姐妹在兰基维尔一个狂风呼啸的码头招募了瓦莉娅，并告诉她罗萨克的姐妹会是帮助瓦莉娅获得权力和影响的最佳途径。但如今姐妹会就像一个受了重伤的动物，正在寻找地方独自疗伤……或者等待死亡。

"刚才你没下来吃早饭，所以我们给你留了一个煎蛋卷。"瓦莉娅的母亲指了指壁炉里盖着盖子的暖盘说。

瓦莉娅决定把早餐拿到自己房间里去吃，边吃边考虑下一步该怎么办。她拿起盘子，朝木楼梯走去。正在这时，她听到门外一阵急促的敲门声。听起来不像是有好事，她立刻警觉起来。

瓦莉娅的父亲朝她挥了挥手叫她上楼，然后自己走去开门。他打开厚重的大门，看到当地的两个渔夫抬来一个大箱子，一个长方形的包裹，几乎有两米长，上面贴着文氏集团太空船队的运送标签。"这是昨晚抵达的补给船运来的。其他货物还在搬运中。"

维吉尔向那两个渔夫表示感谢，对这个大包裹感到十分好奇。瓦莉娅帮他把这个大箱子拉进屋里，但这箱子的形状和大小令瓦莉娅感到十分恐惧。她父亲随手翻看了一下箱子上的标签，想看看寄件人是谁，但瓦莉娅丝毫没理会邮件格里的东西，直接打开了包裹，撕开了防水油布。

瓦莉娅一眼认出了他哥哥的脸,只见格里芬闭着眼睛,脸上长满了胡楂,山羊胡乱蓬蓬,前额和棕色的头发上沾着灰尘,脑袋以十分怪异的角度耷拉着。

瓦莉娅的父亲震惊不已,踉跄着往后退,直撞到墙上,然后放声大哭。她母亲冲上前来,惊恐地盯着儿子的尸体。这是身为父母最不愿看到的。

瓦莉娅利用起她在姐妹会里学到的所有技能。她学过如何从各种角度迅速观察和分析形势。一开始她惊得呆住了,立刻扑倒在临时的棺材上,低声叫着她哥哥的名字,知道他再也不会回应她了。"格里芬!"

两个送来包裹的渔夫恭敬地低下了头。其中一人打开邮件格,把一封信递给维吉尔·哈克南。"随包裹寄来的还有一封信,大人。请节哀,大人。"他的搭档又递上另一份邮件,然后两人离开了。

维吉尔伤心欲绝,抽泣着撕开第一个信封,然后双手颤抖着将信撕碎,但随后又把撕碎的信凑了起来,好看清上面的字。他似乎无法理解信上面的字,就像他无法理解儿子的死亡一样。"这是……沃立安·厄崔迪写来的。"

瓦莉娅一把从她父亲手里夺过那封信,说道:"什么?是那个混蛋!"

她看了那封信,知道这要么是沃立安的幸灾乐祸,要么是他编造的谎言。在这封信里,沃立安言之凿凿地说瓦莉娅的哥哥死得英勇,是为了保护沃立安免受攻击而壮烈牺牲的。胡说八道!格里芬根本不是去救他,而是去杀他的。这个厄崔迪还暗示说他跟格里芬成了朋友!他绝对是在撒谎,这是一个彻头彻尾的谎言!

沃立安·厄崔迪又一次捅破了哈克南家族尚未愈合的伤口,旧伤未愈,新伤又起。"是他杀了我的哥哥。"虽然瓦莉娅不知道格里芬究竟是怎么死的,但她知道谁该为此而负责。现在她更加痛恨沃立安,想要杀死他的欲望比任何时候都更加强烈。

随补给货船送来的邮件里还有一份华丽的官方文件,上面签了字、盖着章——是一份声明,声明上说格里芬·哈克南已经支付了必要的费用,并通过了所有的考试,现在正式接纳他为兰基维尔在兰兹拉德联盟的官方代表。

瓦莉娅把那份声明撕成了两半。

"这个世仇将永远不会了结,"她对着她哥哥的尸体低声说,"我一定会找到沃立安·厄崔迪。"

瓦莉娅回到自己的房间,锁上了门。她父母以为她要独自哀悼,但其实并非如此。她伸手摸自己的口袋,从口袋里拿出一个小包,里面装着罗萨克的新型毒药,是她从卡丽姐妹的实验室里拿的,而且毒药计量很精确。这粒药跟安娜·科瑞诺从实验室里偷取并吞下的药是完全一样的,但虽是同一种药,安娜吃了却差点儿送命。

瓦莉娅用拇指和食指夹着那粒药丸,盯着它仔细观瞧,想要鼓起勇气把药吞下——吃下去之后,要么被毒死,要么被转化。之前,她犹豫不决,担心万一她死了,会给哈克南家族造成无法弥补的损失,令她的家族难以再次崛起。但如今,她觉得恰恰相反。如果她能转化成圣母,那么她可以完全控制和精确掌握自己体内细胞的化学物质,并拥有历代女性祖先的所有记忆——到那时,她的能力将无可阻挡。

瓦莉娅可以想到很多办法来追踪并摧毁沃立安·厄崔迪。她脑海中其他记忆的声音会指引她的。

想到这里,她随即闭上眼睛,吞下了那粒药丸。

挫折可以让你偏离原来的轨道，也可以让你变得更加强大。

——圣母拉奎拉·贝托－阿妮鲁尔，致姐妹会的讲话

　　文氏集团穿梭机穿过一片晴朗的天空驶向一颗虽寒冷却仍可以居住的星球。这是一个新的避难所，乔巴向大家保证，这里绝对不会被人发现。

　　在文波特集团提供援助之前，拉奎拉就与卡丽·马奎斯制订好了一个秘密的应急生存计划。姐妹会在外星球账户上的资金已经被吸收进文氏集团银行系统。这是拉奎拉未曾预料到的紧密联盟，但她看到了其中的价值。

　　与拉奎拉一同前来的还有二十八名追随者，是她秘密召集起来的。拉奎拉对这次探察行动给予厚望。如果这个星球条件合适，她会立刻联络仍旧忠于姐妹会的姐妹。幸运的话，文氏集团太空船队会把这些姐妹全都送到这里。

　　老圣母觉得自己对姐妹会的每一个人都有责任和义务。她需要尽快选定新的姐妹会的基地，然后联系姐妹，重建学校。

　　瓦拉赫九号星曾是奥米诺斯控制下的同步世界之一，被人类叛徒约雷克·瑟尔统治了一段时间，然后在一个世纪前被圣战军队射出的核弹摧毁。如今，这颗星球上大部分的辐射已经消散，并且有可能适合人类居住。文波特总裁向圣母保证，从没有商船到过这里。

沙丘学派：姐妹会

　　穿梭机降落在一个从浩劫中幸存的旧机器人停机坪上。场地周围有许多石头堆砌成的仓库，其中一些已经倒塌。拉奎拉看到远处有稀疏的树林和一排被雪覆盖的山峰。附近山上的冰层在蓝白色太阳的微弱光线照耀下闪着亮光。尽管根据预测显示，这颗星球具有典型的寒冷多雨气候，但今天，瓦拉赫九号星似乎完美地展现出了它的自然之美。

　　拉奎拉裹上一件厚厚的大衣，走下穿梭机的坡道，来到布满裂缝的路面上。姐妹们也下了飞船，朝最近的一幢建筑走去。拉奎拉感到一阵刺骨的冷风，仿佛要刺穿她的皮肤似的。这里的环境与罗萨克潮湿的丛林截然不同。乌云迅速逼近，卷起狂风暴雨，还没等她们到达建筑物那里，大雨就把她们淋得浑身湿透了。

　　拉奎拉站在仓库的阴影里，浑身颤抖地对众姐妹说："文波特总裁向我们保证这里是安全的。我想我们找到了新的家园。"

　　在这个遥远而崎岖的星球上，拉奎拉将召集来尽可能多的姐妹，继续对她们进行秘密训练。目前，姐妹们的目标只是生存下去……但相信过不了多久，姐妹会的成就将远不止如此。